Fundação
E TERRA

Tradução
Henrique B. Szolnoky

FUNDAÇÃO E TERRA

TÍTULO ORIGINAL:
Foundation and Earth

COPIDESQUE:
Hebe Ester Lucas

REVISÃO:
Renato Ritto

ILUSTRAÇÃO DE CAPA:
Michael Whelan

CAPA:
Giovanna Cianelli

PROJETO GRÁFICO E DIAGRAMAÇÃO:
Desenho Editorial

DADOS INTERNACIONAIS DE CATALOGAÇÃO NA PUBLICAÇÃO (CIP) DE ACORDO COM ISBD

A832f
Asimov, Isaac
Fundação e Terra / Isaac Asimov ; traduzido por Henrique B. Szolnoky. - 2. ed. - São Paulo, SP : Editora Aleph, 2021.
520 p. ; 14cm x 21cm.

Tradução de: Foundation and Earth
ISBN: 978-65-86064-89-6

1. Literatura americana. 2. Ficção científica. I. Szolnoky, Henrique B. II. Título.

2021-2631   CDD 813.0876
                 CDU 821.111(73)-3

ELABORADO POR ODILIO HILARIO MOREIRA JUNIOR - CRB-8/9949

ÍNDICES PARA CATÁLOGO SISTEMÁTICO:
1. Literatura americana : ficção científica 813.0876
2. Literatura americana : ficção científica 821.111(73)-3

COPYRIGHT © NIGHTFALL, INC., 1986
COPYRIGHT © EDITORA ALEPH, 2009
(EDIÇÃO EM LÍNGUA PORTUGUESA PARA O BRASIL)

TODOS OS DIREITOS RESERVADOS.
PROIBIDA A REPRODUÇÃO, NO TODO OU EM PARTE, ATRAVÉS DE QUAISQUER MEIOS.

Aleph

Rua Bento Freitas, 306 - Conj. 71 - São Paulo/SP
CEP 01220-000 • TEL 11 3743-3202
www.editoraaleph.com.br

 @editoraaleph
 @editora_aleph

*À memória de Judy-Lynn del Rey
(1943-1986), uma gigante de mente e espírito.*

Nota à edição brasileira 9
A história por trás da Fundação 13

PARTE 1 – GAIA
1. O início da busca 19
2. Rumo a Comporellon 40

PARTE 2 – COMPORELLON
3. Na estação de acesso 67
4. Em Comporellon 91
5. Disputa pela nave 109
6. A natureza da Terra 136
7. Deixando Comporellon 158

PARTE 3 – AURORA
8. Mundo Proibido 185
9. Planeta deserto 206

PARTE 4 – SOLARIA
10. Robôs 233
11. Subterrâneo 257
12. Para a superfície 282

PARTE 5 – MELPOMENIA
13. Longe de Solaria 309
14. Planeta morto 329
15. Musgo 352

PARTE 6 – ALFA
16. O centro dos mundos 379
17. Terra Nova 397
18. O festival de música 422

PARTE 7 – TERRA
19. Radioativa? 455
20. O planeta nas proximidades 479
21. A busca chega ao fim 498

NOTA À EDIÇÃO BRASILEIRA

Iniciada em 1942 e concluída em 1953, a Trilogia da Fundação é um dos maiores clássicos de aventura, fantasia e ficção do século 20. Os três livros que compõem a história original – *Fundação*, *Fundação e Império* e *Segunda Fundação* – receberam, em 1966, o Prêmio Hugo Especial como a melhor série de ficção científica e fantasia de todos os tempos, superando concorrentes de peso como *O Senhor dos Anéis*, de J. R. R. Tolkien, e a série *Barsoom*, de Edgar Rice Burroughs. Acredite, isso não é pouco. Mas também não é tudo.

A saga é um exemplo do que se convencionou chamar *Space Opera* – uma história que se ambienta no espaço. Todos os elementos estão presentes em *Fundação*: cenários grandiosos, ação envolvente, diversos personagens atuando num amplo espectro de tempo. Seu desenvolvimento é derivado das histórias *pulp* de faroeste e aventuras marítimas (notadamente de piratas).

Isaac Asimov, como grande divulgador científico e especulador imaginativo, começou a conceber em *Fundação* uma história grandiosa. Elaborou, dezenas de séculos no futuro, um cenário em que toda a Via Láctea havia sido colonizada pela raça humana, a ponto de as origens da espécie terem se perdido no tempo. Outros escritores, como Robert Heinlein e Olaf Stapledon, já haviam se aventurado na especulação sobre o futuro da raça humana. O que, então, *Fundação* possui de tão especial?

Um dos pontos notáveis é o fato de ter sido inspirada pelo clássico *Declínio e Queda do Império Romano*, do historiador inglês Edward Gibbon. Não é, portanto, uma história de glória e exaltação. Mas, sim, a epopeia de uma civilização que havia posto tudo a perder. E também a história de um visionário que havia previsto não apenas a inevitável decadência de um magnífico Império Galáctico, mas também o caminho menos traumático para que, após apenas um milênio, este pudesse renascer em todo o seu esplendor.

O autor fez questão de utilizar doutrinas polêmicas para basear seu futuro militarista, como o Destino Manifesto americano (a crença de que o expansionismo dos Estados Unidos é divino, já que os norte-americanos seriam o povo escolhido por Deus) e o nazismo alemão (que professava ser a democracia uma força desestabilizadora da sociedade por distribuir o poder entre minorias étnicas, em prejuízo de um governo centralizador exercido por pessoas intelectualmente mais capacitadas). *Fundação* se revela, pois, um texto que ultrapassa, e muito, aquela camada superficial de leitura. De fato, a cada página percorrida, o leitor notará os paralelos entre as aventuras dos personagens da trilogia e diversas passagens históricas. E mais: a percepção dos arquétipos psicológicos de cada personagem nos leva a apreciar, em todas as suas nuances, a maravilhosa diversidade intelectual de nossa espécie.

Além da trilogia da *Fundação*, Asimov acabou atendendo a pedidos de fãs e de seus editores para retomar a história de Terminus: quase trinta anos depois do lançamento de *Segunda Fundação*, escreveu as continuações *Limites da Fundação* e *Fundação e Terra*. Em seguida, publicou *Prelúdio à Fundação* e *Origens da Fundação*, que narram os eventos que antecedem o livro *Fundação*.

Na mesma época em que começava a expandir sua trilogia original, Isaac Asimov também decidiu integrar seus diversos livros e universos futuristas, para que todas as histórias transcorressem em uma continuidade temporal. Ou seja, clássicos como *O Homem Bicentenário* e *Eu, Robô* se passam no mesmo passado da saga de *Fundação*. Para isso, ele modificou diversos detalhes em suas histórias, corrigindo datas e atitudes de personagens e rearranjando fatos. Esse processo, conhecido tradicionalmente como *retcon*, foi aplicado a quase todos os seus livros. A trilogia da *Fundação* era peça-chave nesse quebra-cabeça, e foi modificada em pontos fundamentais, como, por exemplo, ajustes na cronologia. E é essa a versão editada pela Aleph desde 2009. A editora também publicou, pela primeira vez no Brasil, a trilogia em três volumes separados, de modo que o leitor pudesse apreciar a obra como concebida por seu criador.

Nas próximas páginas, as aventuras iniciadas em Trantor continuam, rumo à glória que a humanidade acredita que, um dia, lhe será destinada.

Tenha uma boa jornada.

Os editores

A HISTÓRIA POR TRÁS DA FUNDAÇÃO

Era 1º de agosto de 1941. Eu, um jovem de vinte e um anos, era aluno de pós-graduação em Química na Universidade Columbia e já escrevia ficção cientifica profissionalmente há três anos. Estava apressado para me encontrar com John Campbell, editor da revista *Astounding*, a quem havia vendido cinco histórias até então. Ansioso, queria contar-lhe sobre a minha mais nova ideia para uma história de ficção cientifica.

Eu escreveria um romance sobre o futuro; contaria a história da Queda do Império Galáctico. Meu entusiasmo deve ter sido contagiante, pois Campbell ficou tão empolgado quanto eu. Ele não quis que eu contasse apenas uma sequência de eventos; eu deveria delinear uma série de narrativas que detalhariam os mil anos de desordem entre a Queda do Primeiro Império Galáctico e a ascensão do Segundo Império Galáctico. Todos os eventos aconteceriam à luz da ciência "psico-histórica", que Campbell e eu discutimos exaustivamente.

A primeira história foi publicada no fascículo de maio de 1942 da *Astounding*, e a segunda em junho de 1942. Elas logo alcançaram popularidade e Campbell fez questão que eu escrevesse outros seis textos até 1950. E, além do mais, elas ficavam cada vez maiores. A primeira tinha apenas doze mil palavras, enquanto duas das três últimas chegavam a ter cinquenta mil vocábulos cada.

Quando a década de 1940 terminou, eu ficara cansado da série, e acabei por abandoná-la, focando em outras coisas. Entretanto, foi justamente naquela época que muitas editoras começaram a publicar livros de ficção científica em capa dura. Uma dessas editoras, pequena e semiprofissional, chamava-se Gnome Press. Eles publicaram a série da Fundação em três volumes: *Fundação* (1951), *Fundação e Império* (1952), e *Segunda Fundação* (1953). Os três livros juntos vieram a ser conhecidos como a Trilogia da Fundação.

Os livros não venderam muito bem, já que a Gnome Press não tinha capital o suficiente para promovê-los ou mesmo anunciá-los. Não cheguei a receber nem demonstrativos nem *royalties* da parte deles.

No começo de 1961, meu editor na Doubleday era Timothy Seldes. Ele me informou que havia recebido um pedido de um editor estrangeiro para reimprimir os livros da série Fundação. Como não eram títulos da Doubleday, Seldes passou a informação para mim. Dando de ombros, eu lhe disse: "Não tenho interesse, Tim. Não recebo *royalties* desse livro".

Seldes ficou horrorizado e prontificou-se a lutar pelos direitos que estavam com a Gnome Press, que, naquela época, estava à beira de um colapso. Em agosto do mesmo ano, os três livros (juntamente com *Eu, Robô*) se tornaram propriedade da Doubleday.

A partir daquele momento, a série da Fundação começou a crescer e a gerar uma receita cada vez maior. A Doubleday publicou a Trilogia em um único volume e a distribuiu no Clube do Livro de Ficção Científica, o que acabou por consagrá-la.

Em 1966, na Convenção Mundial de Ficção Científica realizada em Cleveland, pediu-se aos fãs que votassem na categoria "melhor série de todos os tempos". Pela primeira vez – e até agora, a última – a categoria foi inclusa no Prêmio Hugo. Vencedora do prêmio, a Trilogia da Fundação se tornou ainda mais popular.

Cada vez mais os fãs me pediam para continuar a escrever a série. Educadamente, eu continuava a recusar. Ainda assim, me fascinava o fato de algumas pessoas interessadas pela Trilogia sequer serem nascidas quando ela fora originalmente publicada.

A Doubleday, no entanto, levou a solicitação dos fãs mais a sério do que eu. A editora respeitou minha posição por vinte anos; porém, as demandas continuavam crescendo em intensidade e em quantidade, até que finalmente eles perderam a paciência. Em 1981, me disseram que eu simplesmente *tinha* de escrever outro romance da Fundação, e, dourando a pílula, me ofereceram um adiantamento dez vezes maior do que eu estava acostumado a receber.

Ansioso, concordei. Trinta e dois anos haviam se passado desde que escrevera as últimas linhas da Trilogia da Fundação. Agora, precisava escrever um romance com cento e quarenta mil palavras; o dobro dos textos anteriores e três vezes maior do que qualquer outra história individual. Reli a Trilogia da Fundação e, respirando fundo, mergulhei de cabeça na tarefa. O quarto volume da série, *Limites da Fundação*, foi publicado em outubro de 1982; e então algo estranho ocorreu. O livro logo apareceu na lista de mais vendidos do *The New York Times*. Na verdade, o que mais me deixou admirado foi o fato de ele ter ficado nessa lista por vinte e cinco semanas. Isso nunca havia acontecido comigo.

De pronto, a Doubleday fez com que eu me comprometesse a escrever novos romances, e então trabalhei em duas histórias que faziam parte da série dos robôs. Em seguida, retomei a Fundação.

Assim, escrevi *Fundação e Terra*, que começa no momento em que *Limites da Fundação* termina; e é este livro que você agora tem em mãos. Não é completamente necessário, mas ajudaria se você folheasse novamente *Limites da Fundação*, só para refrescar a memória, embora a leitura de *Fundação e Terra* independa dos outros livros. Espero que você o aprecie.

Isaac Asimov
Nova York, 1986

PARTE 1

GAIA

PARTE I

GAIA

1.

O início da busca

1

– POR QUE OPTEI POR ISSO? – perguntou Golan Trevize.

Não era uma pergunta inédita. Desde que chegara a Gaia, perguntava-se a mesma coisa com frequência. Era capaz de acordar de um sono profundo no agradável frescor da madrugada e encontrar tal questionamento ecoando em sua mente, como um leve pulsar: Por que optei por isso? Por que optei por isso?

Agora, pela primeira vez, ele conseguira fazer a pergunta a Dom, o Ancião de Gaia.

Dom tinha plena consciência da tensão de Trevize, pois podia sentir a textura da mente do conselheiro. Não reagiu a ela. Gaia não deveria, *de maneira nenhuma*, tocar a mente de Trevize, e a melhor maneira de evitar a tentação era ignorar essa sensibilidade – o que era angustiante.

– Isso o quê, Trev? – perguntou. Não conseguia usar mais de uma sílaba ao se dirigir a uma pessoa, o que não importava. Trevize, de alguma maneira, estava se acostumando com aquilo.

– A escolha que fiz – respondeu Trevize. – Escolher Gaia como o futuro.

– Sua escolha foi a correta – disse Dom, sentado, os olhos profundos e envelhecidos observando com seriedade o homem da Fundação, que estava em pé.

– Assim o senhor *diz* – retrucou Trevize, impaciente.

– Eu/nós/Gaia sabemos que foi. É seu grande valor para nós. Tem a capacidade de decidir corretamente com base em informações incompletas, e optou pelo que achava certo. Escolheu Gaia!

Rejeitou a anarquia de um Império Galáctico cujos alicerces seriam a tecnologia da Primeira Fundação, e também a anarquia de um Império Galáctico cujos alicerces seriam o mentalicismo da Segunda Fundação. Decidiu que nenhuma das duas se sustentaria a longo prazo. Portanto, escolheu Gaia.

– Sim! – disse Trevize. – Exatamente! Optei por Gaia, um superorganismo, um planeta com uma comunhão de mente e personalidade que leva as pessoas a precisarem dizer o pronome inventado "eu/nós/Gaia" para expressar o inexprimível – ele andava de um lado para o outro, inquieto. – E que acabará por se tornar Galaksia, um super superorganismo que se estenderá por todo o enxame da Via Láctea.

Ele parou e se voltou quase agressivamente na direção de Dom.

– Sinto que tomei a decisão certa – disse –, assim como você, mas você *anseia* pela vinda de Galaksia, portanto está satisfeito com a minha escolha. Mas há algo em mim que *não* compartilha esse desejo, e, por isso, não fico contente de aceitar a decisão com tanta facilidade. Quero saber *por que* optei pelo que optei; quero analisar e julgar minha opção e ficar satisfeito com ela. Apenas intuir que foi certo não é suficiente. Como posso *saber* que estou certo? Que tipo de mecanismo faz com que eu esteja certo?

– Eu/nós/Gaia não sabemos como você fez a escolha certa. Qual a relevância de saber, se temos o resultado?

– Está falando em nome de todo o planeta? Pela consciência coletiva de todas as gotas de orvalho, de todas as rochas, até mesmo do núcleo líquido central do planeta?

– De fato. Qualquer parte do planeta em que a intensidade da consciência coletiva fosse forte o suficiente diria o mesmo.

– E toda essa consciência coletiva está satisfeita de me usar como uma caixa-preta? Desde que a caixa-preta funcione, não é importante saber o que está lá dentro? Isso não é suficiente para mim. Não gosto de ser uma caixa-preta. Quero saber o que há lá dentro. Quero saber como e por que escolhi Gaia e Galaksia como o futuro, para que possa relaxar e encontrar paz.

– Mas por que não gosta ou não confia em sua decisão?

Trevize respirou fundo e respondeu em um tom grave e vigoroso.

– Porque não quero fazer parte de um superorganismo – disse. – Não quero ser uma parte dispensável a ser eliminada assim que o superorganismo julgar ser o melhor para o todo.

Dom encarou Trevize, pensativo.

– Então deseja mudar sua escolha, Trev? – perguntou. – Você sabe que é possível.

– Tenho o ímpeto de mudá-la, mas não posso fazer isso simplesmente porque não gosto dela. Para agir, eu precisaria *saber* se a decisão foi correta ou equivocada. Não é suficiente apenas *sentir* que foi certa.

– Se acredita estar certo, então está certo – respondeu Dom, sempre com aquela voz lenta e gentil que fazia Trevize sentir-se ainda mais tempestuoso pelo simples contraste com sua agitação interna.

Então Trevize, libertando-se da insolúvel oscilação entre sentir e saber e em um quase sussurro, disse:

– Eu preciso encontrar a Terra.

– Por que ela está relacionada com sua intensa necessidade de saber?

– Porque é outra questão que me atormenta de maneira insuportável, e porque *sinto* que há uma conexão entre as duas. Não sou a caixa-preta? *Sinto* que há uma relação. Não é suficiente para que aceite isso como um fato?

– Talvez – respondeu Dom, serenamente.

– Considerando que se passaram milhares de anos – vinte mil anos, talvez – desde que as pessoas da Galáxia se preocuparam com a Terra, como é possível que todos nós tenhamos esquecido nosso planeta de origem?

– Vinte mil anos é mais tempo do que imagina. Existem muitos aspectos dos primórdios do Império sobre os quais sabemos muito pouco; muitos mitos que são quase certamente fictícios, mas que continuamos repetindo, e até acreditando, por causa da ausência de substitutos. E a Terra é mais antiga do que o Império.

– Mas certamente existem registros. Meu bom amigo Pelorat coleta mitos e lendas sobre a Terra antiga; qualquer coisa que consiga extrair de qualquer fonte. É sua profissão e, acima disso, seu hobby. Esses mitos e lendas são tudo o que existe sobre o assunto. Não há nenhum registro factual, nenhum documento.

– Documentos de vinte mil anos atrás? As coisas se deterioram, apodrecem, são destruídas por incompetência ou por guerras.

– Mas deveria haver registros desses documentos; cópias, cópias das cópias e cópias das cópias das cópias; material útil e muito mais recente do que vinte milênios. Eles foram eliminados. A Biblioteca Galáctica em Trantor deveria ter documentos a respeito da Terra. Esses documentos são mencionados em conhecidos registros históricos, mas não estão mais no catálogo da Biblioteca Galáctica. Referências a eles podem existir, mas citações extraídas deles não existem.

– Lembre-se de que Trantor foi saqueado há alguns séculos.

– A biblioteca foi mantida intacta. Foi protegida por membros da Segunda Fundação. E foram essas mesmas pessoas que recentemente descobriram a ausência de qualquer material relacionado à Terra. O material foi deliberadamente removido em algum momento recente. Por quê? – Trevize parou de andar e olhou atentamente para Dom. – Se eu encontrar a Terra, poderei descobrir o que está oculto...

– Oculto?

– Oculto ou mantido em segredo. Quando descobrir, tenho a sensação de que *saberei* por que optei por Gaia e Galaksia e não por nossa individualidade. Então, presumo, saberei, além da simples intuição, que tomei a decisão certa e se for, de fato, a decisão certa – ele deu de ombros, sem esperanças –, então que seja.

– Se sente que assim será – disse Dom – e se sente que deve partir em busca da Terra, então, evidentemente, ajudaremos o máximo possível. Porém, tal ajuda é limitada. Eu/nós/Gaia não sabemos, por exemplo, qual poderia ser a localização da Terra na imensa vastidão de mundos que compõem a Galáxia.

– Ainda assim – respondeu Trevize –, preciso procurá-la. Mesmo que o infinito mapa de estrelas da Galáxia faça a jornada parecer fadada ao fracasso e mesmo que eu tenha de embarcar nela sozinho.

2

Trevize estava cercado pela placidez de Gaia. A temperatura, como sempre, era amena, e uma brisa agradável passava por ele, refrescante sem ser fria demais. Nuvens vagavam pelo céu, interrompendo a luz do sol de vez em quando – e era certo que, se o nível de umidade por metro de superfície caísse aqui ou ali, haveria chuva para restaurá-lo.

As árvores cresciam com espaçamento regular, como um pomar, e era assim, sem dúvida, ao redor do mundo todo. A terra e o mar eram habitados por vegetais e animais em quantidade e variedade ideais para um equilíbrio ecológico apropriado, e a população de todos aumentava e diminuía de acordo com uma lenta oscilação do que era reconhecido como certo. Isso também se aplicava à quantidade de humanos.

De todos os objetos no campo de visão de Trevize, o único contrastante era sua espaçonave, a *Estrela Distante*.

A nave havia sido limpa e restaurada de maneira eficiente por um grupo de componentes humanos de Gaia. O estoque de comidas e bebidas fora reposto, a mobília fora reformada ou substituída, os equipamentos, verificados. O próprio Trevize checara o computador de bordo cuidadosamente.

A *Estrela Distante* não requeria abastecimento, pois era uma das poucas espaçonaves gravitacionais da Fundação, funcionando com a energia do campo gravitacional geral da Galáxia, suficiente para suprir todas as possíveis frotas humanas de todas as prováveis eras de existência da humanidade sem nenhuma diminuição mensurável de sua intensidade.

Três meses atrás, Trevize era um conselheiro de Terminus – em outras palavras, era um membro da Legislatura da Fundação e, portanto, uma figura proeminente na Galáxia. Tudo isso havia apenas três meses? Parecia ter passado metade de seus trinta e dois anos de vida desde que ocupara aquela posição; desde aquele momento em que sua única preocupação era relacionada à validade do Plano Seldon e a questionamentos sobre a precisão do mapeamento pré-datado da ascensão certeira da Fundação, de vilarejo planetário à grandiosidade galáctica.

Mesmo assim, de certa forma, não havia nenhuma mudança propriamente dita. Ele *ainda* era um conselheiro. Ainda conservava seu status e seus privilégios, apesar de não ter expectativas de retornar a Terminus para usufruir de nenhum deles. Ele não seria mais adequado para o tremendo caos da Fundação do que para a sistematização pacata de Gaia. Não estava em casa em lugar nenhum. Era um órfão onde quer que fosse.

Sua mandíbula se tensionou e ele passou os dedos pelos cabelos pretos, nervoso. Antes de desperdiçar seu tempo lamentando-se sobre o destino, precisava encontrar a Terra. Se sobrevivesse à busca, aí sim teria tempo suficiente para sentar e choramingar – e, depois da jornada, talvez tivesse até mais motivos para tanto.

Assim, com deliberada apatia, pensou no passado.

Três meses atrás, ele e Janov Pelorat, seu amigo acadêmico ingênuo e capacitado, deixaram Terminus. Pelorat era impulsionado por seu duradouro entusiasmo para descobrir a localização da esquecida Terra, e Trevize o acompanhou, usando o objetivo de Pelorat como disfarce para o que acreditava ser seu alvo verdadeiro. Eles não localizaram a Terra, mas encontraram Gaia, e então Trevize viu-se forçado a tomar sua decisão fatídica. Agora era ele, Trevize, quem havia revisto suas prioridades e buscava pela Terra.

E Pelorat também encontrara algo que não esperava. Encontrara Júbilo, a jovem de cabelos e olhos escuros que era Gaia (assim como Dom; assim como qualquer grão de areia ou folha de grama). Pelorat, com o peculiar ardor da meia-idade, apaixonou-se por uma mulher com menos da metade de sua idade, e a moça surpreendentemente parecia contente com aquilo.

Era estranho, mas Pelorat decerto estava feliz, e Trevize acreditava, resignadamente, que cada pessoa deveria encontrar a felicidade à sua própria maneira. Era essa a essência da individualidade – individualidade da qual Trevize, com sua decisão, estava privando (com o tempo) toda a Galáxia.

A angústia retornou. Aquela decisão que havia tomado, e que não tivera escolha a não ser tomar, continuava a oprimi-lo a todo instante e...

– Golan!

A voz invadiu os pensamentos de Trevize conforme ele olhou na direção do sol, piscando os olhos.

– Ah, Janov – disse carinhosamente, talvez até carinhosamente demais, pois não queria que Pelorat percebesse a amargura de seus pensamentos. – Finalmente conseguiu separar-se de Júbilo, como posso ver – completou de maneira até jovial.

Pelorat negou com a cabeça. A brisa gentil agitou seus sedosos cabelos brancos, e seu alongado e solene rosto manteve-se alongado e solene.

– Na verdade, velho amigo, foi ela quem sugeriu que eu falasse com você sobre... sobre o que quero falar. Não que eu preferisse evitá-lo, evidentemente, mas ela parece pensar mais rápido do que eu.

– Sem problemas, Janov – sorriu Trevize. – Imagino que esteja aqui para dizer adeus.

– Bom... Não, não exatamente. Na realidade, quase o inverso. Golan, quando você e eu deixamos Terminus, era minha intenção encontrar a Terra. Passei praticamente toda a minha vida adulta perseguindo esse objetivo.

– E eu continuarei, Janov. O objetivo agora é meu.

– Sim, mas também é meu. Ainda é meu.

– Mas... – Trevize ergueu um braço em um vago gesto que indicava o mundo ao redor deles.

– Quero ir com você – disse Pelorat, com súbita urgência.

Trevize ficou pasmo.

– Você não pode estar falando sério, Janov. Agora tem Gaia.

– Voltarei a Gaia algum dia, mas não posso deixá-lo ir sozinho.

– Claro que pode. Posso cuidar de mim mesmo.

– Não quero ofendê-lo, Golan, mas você não sabe o suficiente.

Sou eu quem sabe sobre os mitos e as lendas. Posso direcioná-lo.

– E abandonar Júbilo? Não seja tolo.

Um leve rosado surgiu no rosto de Pelorat.

– Não é algo que eu gostaria de fazer, velho amigo, mas ela disse...

– Janov, será que ela está tentando se livrar de *você*? Ela me prometeu...

– Não, você não entendeu. Por favor, Golan, me escute. Você tem, de fato, essa maneira desconfortavelmente explosiva de extrair conclusões antes de escutar tudo. É sua especialidade, sei disso, e acredito que tenho certa dificuldade de me expressar de maneira concisa, mas...

– Pois bem – respondeu Trevize, gentilmente –, diga-me, da maneira que quiser, exatamente o que Júbilo tem em mente, e prometo que serei muito paciente.

– Obrigado. E, como você prometeu ser paciente, acho que posso dizer sem rodeios. Veja bem, Júbilo quer vir conosco.

– *Júbilo* quer vir? – respondeu Trevize. – Não, estou me exacerbando novamente. Não me exaltarei. Diga-me, Janov, por que Júbilo iria querer vir conosco? Pergunto pacificamente.

– Ela não me disse. Falou que gostaria de conversar com você.

– Mas então por que ela não está aqui?

– Eu suspeito, e apenas *suspeito* – disse Pelorat –, que ela acredita não ser bem-vista por você, Golan, e tem muito receio de abordá-lo. Fiz o melhor que pude, meu amigo, para garantir que você não tenha nada contra ela. Não posso acreditar que alguém poderia pensar qualquer coisa negativa sobre ela. Ainda assim, ela queria que eu introduzisse o assunto, por assim dizer. Posso avisá-la de que você está disposto a falar com ela, Golan?

– É claro, falarei com ela agora mesmo.

– E será sensato? Entenda, velho amigo, que ela leva isso muito a sério. Disse que a questão é vital e que ela *precisa* acompanhá-lo.

– Ela não explicou por que, explicou?

– Não, mas se ela acredita que deve ir, Gaia também acredita.

– O que significa que não devo negar. É isso, Janov?

– Sim. Acho que não deve negar, Golan.

3

Pela primeira vez durante sua breve estadia em Gaia, Trevize entrou na casa de Júbilo – que agora também abrigava Pelorat.

Ele olhou à volta. Em Gaia, as casas tendiam a ser simples. Com a quase total ausência de qualquer tipo de clima violento, com a temperatura constantemente amena nessa altitude, com até mesmo as placas tectônicas ajustando-se suavemente quando precisavam ajustar-se, não era necessário construir casas voltadas para proteção severa ou para manter um ambiente confortável dentro de um ambiente não confortável. Era como se todo o planeta fosse uma casa criada para abrigar seus habitantes.

A casa de Júbilo naquela residência planetária era pequena; as janelas tinham telas, não vidros; a mobília era esparsa e graciosamente utilitária. Havia imagens holográficas nas paredes; em uma delas estava Pelorat, visivelmente surpreso e constrangido. Os lábios de Trevize esboçaram uma risada, mas ele tentou impedir que o escárnio ficasse evidente e concentrou-se em ajustar meticulosamente a faixa de tecido que levava em volta da cintura.

Júbilo o observava. Não sorria, como era de costume. Em vez disso, tinha um aspecto sério, com seus belos olhos escuros e atentos e seus cabelos descendo até os ombros em uma suave onda preta. Apenas seus lábios generosos, pintados de vermelho, forneciam alguma cor a seu rosto.

– Obrigada por se dispor a me ver, Trev.

– Janov foi bastante enfático em seu pedido, Jubinobiarella.

Júbilo sorriu por um instante.

– Boa resposta. Se puder chamar-me Júbilo, tentarei dizer seu nome inteiro, Trevize – ela hesitou, quase imperceptivelmente, ao pronunciá-lo.

– É um bom acordo – Trevize ergueu a mão direita. – Reconheço a preferência gaiana de usar partes monossilábicas de nomes na troca rotineira de pensamentos, portanto, se acontecer de me chamar de Trev ocasionalmente, não ficarei ofendido. Ainda assim, fico mais confortável se tentar pronunciar Trevize sempre que puder. E eu a chamarei Júbilo.

Trevize estudou-a, como sempre fazia quando a encontrava. Como indivíduo, era uma mulher na casa dos vinte anos. Mas como parte de Gaia, tinha milhares de anos de idade. Tal fato não influenciava sua aparência, mas tinha, de vez em quando, efeito na maneira como ela falava e na aura que inevitavelmente a cercava. Será que ele gostaria que fosse assim com *todas* as pessoas? Não! Decerto que não, e, ainda assim...

– Serei direta – disse Júbilo. – Você expôs seu desejo de encontrar a Terra...

– Conversei com Dom – respondeu Trevize, determinado a não ceder à vontade de Gaia sem uma insistência constante em seu próprio ponto de vista.

– Sim, mas, ao conversar com Dom, conversou com Gaia e com todas as suas partes; portanto, também conversou comigo, por exemplo.

– Ouviu-me conforme eu falei?

– Não, pois não estava me dedicando a tanto, mas, se eu vasculhar minha memória, poderia me lembrar do que disse. Por favor, aceite esse fato e permita-nos continuar. Você expôs seu desejo de encontrar a Terra e insistiu na importância dessa missão. Não consigo enxergar tal importância, mas você tem a habilidade de estar certo e, por isso, eu/nós/Gaia precisamos aceitar o que diz. Se a busca é crucial para sua decisão que envolveu Gaia, é de importância crucial para Gaia, e, portanto, Gaia deve ir com você, ao menos para tentar protegê-lo.

– Quando diz que Gaia deve ir comigo, quer dizer que *você* deve ir comigo. Estou certo?

– Eu sou Gaia – foi a simples resposta de Júbilo.

– Assim como tudo o que há neste planeta. Por que, então, você? Por que não outra parte de Gaia?

– Porque Pel deseja ir com você e, se ele assim o fizer, não ficaria contente com nenhuma outra parte de Gaia além de mim.

Pelorat, sentado reservadamente em uma cadeira em um dos cantos (de costas para a própria imagem na parede, reparou Trevize), disse gentilmente:

– É verdade, Golan. Júbilo é a *minha* parte de Gaia.

Júbilo abriu um súbito sorriso.

– É bastante emocionante ser vista dessa maneira. É bem diferente, claro.

– Então, vejamos – Trevize colocou as mãos atrás da cabeça e começou a reclinar-se na cadeira; os finos pés da cadeira rangeram conforme ele o fez e, por isso, ele decidiu rapidamente que o móvel não era robusto o suficiente para aguentar o movimento e voltou a apoiá-la nos quatro pés. – Você ainda será parte de Gaia se for embora conosco?

– Não preciso ser. Posso, por exemplo, me isolar se estiver em grave perigo, para que esse perigo não chegue até Gaia, ou se houver outra razão maior para tanto. Mas trata-se apenas de emergências. No geral, continuarei sendo parte de Gaia.

– Mesmo se Saltarmos pelo hiperespaço?

– Mesmo assim, apesar de complicar um pouco a questão.

– Por algum motivo, isso não me acalma.

– Por que não?

Trevize contraiu o nariz na tradicional reação metafórica a um mau cheiro.

– Porque isso significa que qualquer coisa mencionada ou feita em minha nave que você ouça e veja será ouvida e vista por todo o planeta Gaia.

– Eu sou Gaia, portanto o que vejo, ouço e percebo é visto, ouvido e percebido por Gaia.

– Exato. Até mesmo aquela parede verá, ouvirá e perceberá.

Júbilo olhou para a parede que ele apontou e deu de ombros.

– Sim – respondeu –, aquela parede também. Ela tem uma consciência apenas infinitesimal e, portanto, só percebe e compreende infinitesimalmente, mas presumo que haja reações subatômicas a, por exemplo, o que estamos dizendo neste exato momento; reações que permitem que ela se encaixe em Gaia com um propósito que possa beneficiar o todo.

– Mas e se eu quiser privacidade? Posso não querer que a parede tenha consciência do que eu disser ou fizer.

Júbilo pareceu aborrecida e Pelorat interveio repentinamente.

– Sabe, Golan, eu não quero interferir, pois obviamente não sei muito sobre Gaia. Ainda assim, tenho passado bastante tempo com Júbilo e adquiri algumas noções do que se trata tudo isso. Se você caminhar por uma multidão em Terminus, verá e escutará muita coisa, e talvez se lembre de algumas partes. Talvez possa até, sob estímulo cerebral apropriado, lembrar-se de tudo, mas não se importará com grande parte do que viu e escutou. Deixará de lado. Mesmo que veja alguma cena emotiva entre estranhos e fique interessado; mesmo assim, se não for de grande relevância para você, deixará de lado. Esquecerá. Deve ser assim também com Gaia. Mesmo que todo o planeta saiba detalhes do que você fizer, não significa, necessariamente, que eles se importem. Não é mesmo, Júbilo querida?

– Nunca pensei no assunto dessa maneira, Pel, mas há algum sentido no que diz. Ainda assim, essa privacidade à qual Trev se refere – quero dizer, Trevize –, não é algo que valorizamos. Na realidade, eu/nós/Gaia a consideramos incompreensível. Desejar *não* fazer parte, *não* ser ouvido; desejar que suas ações *não* sejam testemunhadas e que seus pensamentos *não* sejam percebidos... – Júbilo negou vigorosamente com a cabeça. – Eu disse que podemos nos isolar em caso de emergência, mas quem iria querer viver dessa maneira, mesmo que por apenas uma hora?

– Eu iria – respondeu Trevize. – É por isso que devo encontrar a Terra. Para descobrir a razão primordial, se houver alguma, que me levou a escolher esse terrível destino para a humanidade.

– Não se trata de um destino terrível, mas não vamos discutir. Estarei com você não como espiã, mas como amiga e ajudante. Gaia estará com você não como espião, mas como amiga e ajudante.

– A melhor ajuda que Gaia poderia me oferecer – disse Trevize, taciturno – seria indicar o caminho para a Terra.

Júbilo negou lentamente com a cabeça.

– Gaia não sabe a localização da Terra. Dom já lhe disse isso.

– Não consigo acreditar. Vocês devem, afinal, ter arquivos. Por que nunca pude ver esses arquivos durante minha estadia? Mesmo que Gaia não saiba a localização da Terra, eu poderia obter mais informações em seus registros. Conheço a Galáxia com considerável profundidade, certamente muito mais do que Gaia. Eu poderia entender e seguir pistas nesses arquivos que talvez Gaia não enxergue.

– Mas de que arquivos está falando, Trevize?

– Qualquer arquivo. Livros, filmes, gravações, hologramas, artefatos, o que quer que tenham. Durante o tempo que passei aqui, não vi nenhum item que poderia considerar um arquivo. Você viu algum, Janov?

– Não – respondeu Pelorat, hesitante –, mas, na verdade, não estava procurando.

– Mas eu estava, discretamente – disse Trevize –, e não vi nada. Nada! A única conclusão a que posso chegar é que estão escondendo. Não consigo entender por quê. Pode me dizer?

A testa jovem e suave de Júbilo franziu-se.

– Por que não perguntou antes? Eu/nós/Gaia não temos nada a esconder e não contamos mentiras. Um Isolado (um indivíduo em isolamento) pode contar mentiras. Ele é limitado, e tem medo *porque* é limitado. Gaia é um organismo planetário de grande capacidade mental, e não tem receios. Para Gaia, dizer mentiras, criar descrições que não estão de acordo com a realidade, é totalmente desnecessário.

Trevize bufou.

– Mas, então – disse –, por que fui impedido de ver os arquivos? Dê-me uma razão que faça sentido.

– Claro – ela estendeu as duas mãos, palmas voltadas para cima. – Não temos arquivo nenhum.

4

Pelorat, aparentemente o menos chocado dos dois, recuperou-se primeiro.

– Minha querida – disse gentilmente –, isso é deveras impossível. Uma civilização estruturada sem algum tipo de registro histórico é algo inconcebível.

Júbilo ergueu as sobrancelhas.

– Sei disso. O que quero dizer é que não temos arquivos do tipo que Trev – Trevize – diz ter buscado. Eu/nós/Gaia não temos ensaios, papéis, filmes, bancos de dados, nada disso. Não temos nem rochas entalhadas. É isso que estou dizendo. Naturalmente, como não temos nada do tipo, Trevize não encontrou nada.

– O que têm, então – disse Trevize –, se não são registros que eu poderia reconhecer como registros?

Com pronúncia cuidadosa, como se falasse com uma criança, Júbilo respondeu:

– Eu/nós/Gaia temos memória. Eu *lembro*.

– Lembra-se do quê? – perguntou Trevize.

– De tudo.

– Lembra-se de todos os dados de referência histórica?

– Certamente.

– De quanto tempo? Quantos anos para trás?

– Um espaço indefinido de tempo.

– Você pode me fornecer dados históricos, biográficos, geográficos e científicos? Até mesmo boatos?

– Tudo.

– Tudo nessa cabecinha – Trevize apontou sardonicamente para a têmpora direita de Júbilo.

– Não – ela disse. – As memórias de Gaia não estão limitadas ao conteúdo de meu crânio em particular. Veja bem – naquele instante, ela adotou uma postura formal e até austera, conforme deixou de ser apenas Júbilo e assumiu um amálgama de outras entidades –, deve ter havido uma época, antes do início da História, em que os seres humanos, mesmo que pudessem se lembrar de acontecimentos, eram primitivos a ponto de não poderem oralizá-los. O discurso foi inventado e serviu para expressar lembranças e para transmiti-las de pessoa a pessoa. A escrita acabou por ser criada para registrar lembranças e transmiti-las de geração a geração. Todos os avanços tecnológicos desde então serviram para garantir ainda mais transferência e acúmulo de memórias e para facilitar o resgate de pontos específicos do passado. Todavia, uma vez que os indivíduos se juntaram para formar Gaia, tudo isso se tornou obsoleto. Podemos voltar para a memória, o sistema básico de registro a partir do qual todos os outros foram construídos. Compreende?

– Está dizendo – respondeu Trevize – que a soma de todos os cérebros de Gaia pode registrar muito mais dados do que um único cérebro poderia?

– Evidentemente.

– Mas se Gaia tem todos os arquivos espalhados pela memória planetária, qual o benefício que isso garante a uma parte individual de Gaia?

– Todos os benefícios que desejar. O que eu quiser saber está em uma mente individual em algum lugar, talvez em muitas delas. Se for algo básico, como o significado da palavra "cadeira", está em todas as mentes. Mas mesmo que seja algo esotérico que esteja em apenas uma pequena parte da mente de Gaia, posso invocá-lo se precisar, apesar de tal processo demorar um pouco mais do que uma lembrança mais difundida. Escute, Trevize, se você quiser saber algo que não está em sua mente, pesquisa em algum livro-filme ou acessa o banco de dados de um computador. Eu vasculho a totalidade da mente de Gaia.

– Como você consegue impedir que toda essa informação invada sua mente e exploda seu crânio? – perguntou Trevize.

– Está usando a oportunidade para ser sarcástico, Trevize?

– Por favor, Golan – disse Pelorat –, não seja desagradável.

Trevize olhou para os dois e, com visível esforço, permitiu que a tensão em seu rosto diminuísse.

– Lamento. Estou sob o peso de uma responsabilidade que não quero e da qual não sei como me livrar. Isso pode fazer com que eu soe desagradável, quando não tenho intenção. Júbilo, eu realmente quero saber. Como pode extrair o conteúdo do cérebro de outros e armazenar no seu sem rapidamente sobrecarregar sua capacidade?

– Eu não sei, Trevize – respondeu Júbilo –, não mais do que você sabe sobre o intricado funcionamento de seu próprio cérebro individual. Suponho que saiba a distância de seu sol até uma estrela vizinha, mas não está sempre consciente de tal dado. Você o armazena em algum lugar e pode buscar tal número a qualquer momento, se for necessário. Se não o fizer, pode, com o tempo, esquecê-lo, mas então poderá recuperá-lo em algum banco de dados. Se você considerar o cérebro de Gaia um vasto banco de dados, é um banco que posso consultar a qualquer momento. Não é necessário que eu lembre conscientemente de qualquer item que tenha usado antes. Uma vez que tenha utilizado um fato ou uma lembrança, posso permitir que saia do primeiro plano da memória. Na verdade, posso deliberadamente colocá-lo de volta no lugar de onde o tirei, vamos dizer.

– Júbilo, quantas pessoas há em Gaia? Quantos seres humanos?

– Aproximadamente um bilhão. Quer o número exato?

Trevize sorriu, pesaroso.

– Vejo que pode buscar o número exato, se assim o desejar, mas aceito a quantidade aproximada.

– Na verdade – continuou Júbilo –, a população é estável e oscila em torno de um número específico que fica logo acima de um bilhão. Posso determinar a oscilação para mais ou para menos ao estender minha consciência e, bom, sentir as fronteiras. Não posso explicar mais claramente do que isso para alguém que nunca compartilhou tal experiência.

– Parece-me, porém, que um bilhão de mentes humanas, das quais uma quantidade considerável é de crianças, decerto não é o suficiente para armazenar na memória todos os dados necessários sobre uma sociedade complexa.

– Mas os humanos não são os únicos seres vivos de Gaia, Trev.

– Quer dizer que animais também se lembram?

– Cérebros diferentes dos humanos não podem acumular lembranças com a mesma densidade que os cérebros humanos, e muito do espaço em todos os cérebros, tanto de humanos como de não humanos, precisa ser usado para guardar recordações pessoais, úteis apenas para aquele componente em particular da consciência planetária. Entretanto, quantidades significativas de dados avançados podem ser, e são, guardados em cérebros animais e também em tecido vegetal e na estrutura mineral do planeta.

– Na estrutura mineral? Refere-se a rochas e cadeias montanhosas?

– E, para alguns tipos de dados, o oceano e a atmosfera. Tudo isso também é Gaia.

– Mas o que sistemas inanimados poderiam memorizar?

– Muita coisa. A intensidade é baixa, mas o volume é tão grande que a maior parte da memória total de Gaia está em suas rochas. É necessário um pouco mais de tempo para resgatar e substituir lembranças contidas nas rochas, portanto é o lugar preferido para o armazenamento dos chamados dados mortos – itens que, no dia a dia, raramente seriam usados.

– O que acontece quando morre alguém cujo cérebro guardava dados de valor considerável?

– Os registros não são perdidos. São lentamente distribuídos pela multidão conforme o cérebro é decomposto após a morte, e há tempo suficiente para espalhar as lembranças para outras partes de Gaia. E, conforme cérebros novos surgem em bebês e se tornam mais capacitados com o crescimento, não desenvolvem apenas seus pensamentos e recordações pessoais, mas são também alimentados com conhecimento apropriado de outras fontes. O que vocês chamariam de educação é algo totalmente automático para mim/nós/Gaia.

– Sinceramente, Golan – disse Pelorat –, me parece que essa noção de um planeta vivo tem muita coisa a seu favor.

Trevize lançou a seu colega habitante da Fundação um breve olhar de soslaio.

– Tenho certeza de que sim, Janov – respondeu Trevize –, mas isso não me impressiona. O planeta, por maior e mais diverso que seja, representa um cérebro. Apenas um! Todo cérebro novo que surge é fundido com o todo. Onde está a abertura para oposição, para divergências de pontos de vista? Quando você pensa na história humana, pensa no ser humano ocasional cujo ponto de vista minoritário pode ser condenado pela sociedade, mas que acaba vencendo e muda o mundo. Que chances teriam os grandes rebeldes da história em Gaia?

– Existe conflito interno – disse Júbilo. – Nem todos os elementos de Gaia aceitam necessariamente a visão comum.

– Deve ser algo limitado – respondeu Trevize. – É impossível encontrar muita discrepância dentro de um único organismo, ou ele não funcionaria apropriadamente. Se o progresso e o desenvolvimento não puderem ser impedidos, devem, certamente, ser enfraquecidos. Será que podemos arriscar impor isso sobre toda a Galáxia? Sobre toda a humanidade?

– Você agora questiona sua decisão? – perguntou Júbilo, sem demonstrar emoção. – Está mudando de ideia e agora diz que Gaia é um futuro indesejável para a humanidade?

Trevize tensionou os lábios e hesitou.

– Eu gostaria de mudar de ideia, mas... ainda não. Tomei minha decisão com base em alguma coisa, algo inconsciente. Até que eu descubra no que me baseei, não posso decidir verdadeiramente se mantenho ou altero minha escolha. Portanto, voltemos à questão da Terra.

– Lugar onde você acredita que entenderá a natureza do que o levou a tomar sua decisão. É isso, Trevize?

– É o que acho. Pois bem, Dom diz que Gaia não sabe a localização da Terra. E você concorda com ele, creio.

– Claro que concordo com ele. Não sou menos Gaia do que ele.

– E você está omitindo informações de mim? Quero dizer, conscientemente?

– Claro que não. Mesmo que Gaia pudesse mentir, não mentiria para *você*. Dependemos, acima de tudo, de suas conclusões, e precisamos que elas sejam corretas, e isso requer que sejam baseadas na realidade.

– Nesse caso – disse Trevize –, utilizemos sua memória planetária. Sonde o passado e me diga até onde pode se lembrar.

Houve uma pequena hesitação. Júbilo olhou impassivelmente para Trevize – como se, por um instante, estivesse em um transe. Então, disse:

– Quinze mil anos.

– Por que hesitou?

– Levou algum tempo. Lembranças antigas, antigas mesmo, estão quase todas nas raízes das montanhas, e é necessário tempo para extraí-las.

– Quinze mil anos? Foi quando Gaia foi colonizado?

– Não. Até onde sabemos, a colonização aconteceu aproximadamente três mil anos antes disso.

– Por que está na dúvida? Você – ou Gaia – não se lembra?

– Isso foi antes de Gaia se desenvolver e a memória se tornar um fenômeno global – respondeu Júbilo.

– Ainda assim, Júbilo, antes que pudessem contar com a memória coletiva, Gaia deve ter mantido registros. Registros no sentido tradicional: gravados, escritos, filmados, assim por diante.

– Imagino que sim, mas eles não teriam como resistir a todo esse tempo.

– Eles poderiam ter sido copiados ou, melhor ainda, transferidos para a memória global, uma vez que ela estivesse estabelecida.

Júbilo franziu o cenho. Houve outra hesitação, mais demorada dessa vez.

– Não encontro nenhum sinal desses registros aos quais se refere.

– Por quê?

– Eu não sei, Trevize. Suponho que não tenham se provado importantes. Imagino que, no momento em que perceberam que os primeiros arquivos não memória estavam se degradando, foi decidido que eram arcaicos e não necessários.

– Você não tem como saber isso. Pode supor e imaginar, mas não tem como saber. Gaia não tem como saber isso.

Os olhos de Júbilo murcharam.

– Mas deve ser isso.

– Deve ser? Não sou parte de Gaia e, portanto, não preciso supor o mesmo que Gaia, o que serve como um exemplo da importância do isolamento. Eu, como um Isolado, suponho algo diferente.

– Supõe o quê?

– Primeiro, há algo de que tenho certeza. É pouco provável que uma civilização em existência destrua seus primeiros registros. Longe de considerá-los arcaicos e desnecessários, ela provavelmente os trataria com reverência exagerada e se esforçaria para preservá-los. Se os arquivos pré-globais de Gaia foram destruídos, Júbilo, a destruição não deve ter sido voluntária.

– Então, como explicaria?

– Todas as referências à Terra foram eliminadas da Biblioteca de Trantor por alguém ou alguma força externa aos membros trantorianos da Segunda Fundação. Assim, não seria possível que, também em Gaia, todas as referências à Terra tenham sido removidas por algo externo a Gaia?

– Como sabe que os primeiros registros estão relacionados à Terra?

– De acordo com o que você disse, Gaia foi fundada há pelo menos dezoito mil anos. Isso nos leva ao período anterior à instituição do Império Galáctico, ao período em que a Galáxia estava sendo colonizada e em que a principal fonte de Colonizadores era a Terra. Pelorat pode confirmar tal fato.

Pelorat, pego desprevenido pela súbita referência a si, pigarreou.

– Assim dizem os mitos, minha querida – respondeu. – Levo tais mitos a sério e creio, assim como Golan Trevize, que a espécie humana, originalmente, era limitada a um único planeta, e esse planeta era a Terra. Os primeiros Colonizadores vieram da Terra.

– Portanto – continuou Trevize –, se Gaia foi fundada nos primórdios da viagem hiperespacial, é muito provável que tenha sido colonizada por terráqueos, ou possivelmente por nativos de um planeta não muito antigo que havia sido recentemente colonizado por terráqueos. Por isso, os registros da colonização de Gaia e de seus primeiros milênios certamente envolveriam a Terra e os terráqueos, e tais registros desapareceram. *Alguma coisa* parece estar fazendo questão de que a Terra não seja mencionada em nenhum registro da Galáxia. Se for este o caso, deve haver alguma razão.

– São apenas conjecturas, Trevize – disse Júbilo, indignada. – Não tem nenhuma prova.

– Mas é Gaia que insiste que meu talento especial é chegar a conclusões certas com base em provas insuficientes. Se eu chegar a uma conclusão sólida, não me diga que não tenho provas.

Júbilo permaneceu em silêncio.

– Mais motivos para encontrar a Terra. Pretendo partir assim que a *Estrela Distante* estiver pronta. Vocês dois ainda querem vir?

– Sim – disse Júbilo imediatamente.

– Sim – disse também Pelorat.

2.

Rumo a Comporellon

5

CHOVIA DE LEVE. TREVIZE OLHOU para o céu, um branco cinzento sólido.

Usava um gorro de chuva que repelia as gotas e as mandava para longe de seu corpo, em todas as direções. Pelorat, fora do alcance das gotas que voavam de Trevize, não usava nenhum acessório para evitar a água.

– Não vejo razão para você se deixar molhar, Janov – disse Trevize.

– A água não me incomoda, meu caro colega – respondeu Pelorat, solene como de costume. – É uma chuva leve e agradável. Não há nenhum vento. Além disso, para citar o ditado, "uma vez em Anacreon, faça como os anacreonianos" – ele indicou os poucos gaianos que estavam próximos da *Estrela Distante*, observando silenciosamente. Estavam espalhados como se fossem árvores em um bosque gaiano, e nenhum deles usava proteção contra a chuva.

– Suponho que nenhum deles se importe com a chuva – disse Trevize –, pois todo o restante de Gaia está se molhando. As árvores, a grama, o solo... Tudo molhado, e tudo parte de Gaia, assim como os gaianos.

– Acho que faz sentido – comentou Pelorat. – Logo, o sol sairá e tudo secará rapidamente. As roupas não ficarão amassadas nem encolherão. Não há sensação de frio e, considerando que não existem microrganismos patogênicos desnecessários, ninguém ficará resfriado, gripado ou com pneumonia. Para que, então, se importar com um pouco de umidade?

Trevize não tinha dificuldade nenhuma em enxergar a lógica daquilo, mas odiava a ideia de abandonar seu ressentimento.

– Ainda assim, não há necessidade de chover em nossa partida. Afinal, a chuva é voluntária. Gaia não choveria se não quisesse. É quase como se demonstrasse seu desprezo por nós.

– Talvez – e os lábios de Pelorat contraíram-se por um instante – Gaia esteja em prantos por nossa partida.

– Pode ser, mas eu não estou – respondeu Trevize.

– Na verdade – continuou Pelorat –, suponho que o solo nesta região precise ser umedecido, e essa necessidade é mais importante do que seu desejo de que o sol brilhe.

– Desconfio que você gosta mesmo deste mundo – sorriu Trevize. – Digo, independentemente de Júbilo.

– Sim, eu gosto – disse Pelorat, levemente defensivo. – Sempre vivi uma vida calma e ordeira, e pense em como aqui seria bom para mim, todo um planeta se dedicando a manter a calma e a ordem. Afinal, Golan, quando construímos uma casa – ou aquela nave –, tentamos criar o abrigo perfeito. Equipamos com tudo de que precisamos; arranjamos de maneira que a temperatura, a qualidade do ar, a iluminação e tudo o que tenha importância esteja sob nosso controle e que seja manipulado para que nos acomode com perfeição. Gaia é apenas uma amplificação do desejo por conforto e segurança, estendido por todo um planeta. O que há de errado com isso?

– O que há de errado com isso – respondeu Trevize – é que a minha casa ou a minha nave foi feita para se adequar *a mim*. Não fui feito para me adequar *a ela*. Se eu fosse parte de Gaia, por mais adequado que para mim seja o planeta, ficaria imensamente perturbado pelo fato de também ter sido criado para ser adequado para ele.

Pelorat contraiu os lábios e disse:

– Pode-se dizer que toda sociedade molda sua população para que se encaixe em seus ideais. São desenvolvidos costumes que fazem sentido dentro daquela sociedade, e isso acorrenta todos os indivíduos às necessidades dela.

– Nas sociedades que eu conheço, um indivíduo pode se revoltar. Existem excêntricos e até mesmo criminosos.

– Você *quer* excêntricos e criminosos?

– Por que não? Eu e você somos excêntricos. Certamente não somos os habitantes típicos de Terminus. Quanto a criminosos, é uma questão de definição. E se criminosos são o preço que devemos pagar pelos rebeldes, hereges e gênios, estou disposto a pagar. *Exijo* que o preço seja pago.

– Os criminosos são o único pagamento possível? Não podemos ter gênios sem criminosos?

– Você não pode ter gênios e santos sem pessoas que estejam longe da norma, e não vejo como seria possível ter tais coisas em apenas um dos lados da norma. É de se esperar alguma simetria. De toda maneira, quero um motivo melhor para justificar minha decisão de transformar Gaia no modelo para o futuro da humanidade do que o fato de ser uma versão planetária de uma casa confortável.

– Oh, meu caro amigo. Não estou tentando convencê-lo a ficar satisfeito com sua decisão. Estava apenas fazendo uma observa...

Pelorat interrompeu o raciocínio. Júbilo dava passos largos na direção dos dois, seus cabelos escuros molhados e a vestimenta colando-se a seu corpo, enfatizando a generosa largura de seu quadril. Ela acenava com a cabeça conforme se aproximava.

– Peço desculpas por tê-los atrasado – disse, levemente ofegante. – Levei mais tempo conversando com Dom do que imaginei.

– Decerto – respondeu Trevize – já sabia tudo o que ele sabe.

– Às vezes, é uma questão de diferença de interpretação. Afinal de contas, não somos idênticos e trocamos informações. Escute-me – disse, com um toque de aspereza –, você tem duas mãos. Ambas são parte de você e parecem idênticas, exceto pelo fato de serem a imagem em espelho uma da outra. Mas você não as usa da mesma maneira, usa? Há algumas coisas que faz com sua mão direita e outras que faz com a esquerda. Diferentes interpretações, por assim dizer.

– Ela te pegou – afirmou Pelorat, com óbvia satisfação.

– É uma analogia que funcionaria – Trevize concordou com a cabeça – se tivesse alguma relevância, e não tenho certeza de que tenha. De qualquer maneira, isso quer dizer que agora podemos entrar na nave? Está *chovendo*.

– Sim, sim – respondeu Júbilo. – Não há mais nenhum gaiano a bordo e a nave está em perfeitas condições – e então, com um súbito olhar curioso para Trevize: – Você está seco. As gotas de chuva estão passando longe.

– Sim, de fato – disse Trevize. – Estou evitando a água.

– Mas não é uma sensação boa, molhar-se de vez em quando?

– Definitivamente. Mas por minha própria vontade, não pela da chuva.

– Bom, como queira – Júbilo deu de ombros. – Toda nossa bagagem já foi levada para dentro. Portanto, entremos.

Os três caminharam na direção da *Estrela Distante*. A chuva ficava cada vez mais leve, mas a grama estava encharcada. Trevize viu-se caminhando com cuidado, mas Júbilo havia tirado suas sandálias, que carregava em uma das mãos, e andava chafurdando os pés descalços na grama.

– É uma sensação maravilhosa – ela disse, em resposta ao olhar de Trevize.

– Que bom – ele respondeu, distraído. Então, com um toque de irritação: – O que aqueles outros gaianos estão fazendo, afinal?

– Estão gravando este evento, que Gaia considera importante. Você é importante para nós, Trevize. Considere que, se mudar de ideia por causa desta viagem e decidir algo que não seja a nosso favor, nunca nos tornaremos Galaksia, e talvez nem continuemos Gaia.

– Então represento vida ou morte para Gaia. Para o mundo todo.

– Acreditamos que sim.

Trevize parou repentinamente e tirou seu chapéu de chuva. Trechos azuis do céu apareciam entre as nuvens.

– Vocês têm meu voto a favor *no momento* – disse. – Se me matarem, eu não poderia mudá-lo.

– Golan – murmurou Pelorat, chocado –, isso é algo terrível de se dizer.

– Típico de um Isolado – disse Júbilo, calmamente. – Trevize, você precisa entender que não estamos interessados em você como pessoa, e nem mesmo em seu voto, mas na verdade, nos fatos. Você é importante apenas como um condutor para a verdade, e seu voto, apenas como uma indicação da verdade. É isso que queremos de você, e se o matarmos para evitar uma mudança em seu voto, estaríamos apenas escondendo a verdade de nós mesmos.

– Se eu disser que a verdade é contra Gaia, então todos vocês concordariam alegremente com a morte?

– Talvez não alegremente, mas seria isso que aconteceria.

Trevize negou com a cabeça.

– Se alguma coisa poderia me convencer de que Gaia é um horror e que *deveria* morrer, talvez tenha sido essa declaração que acabou de fazer – e então seus olhos se voltaram para os gaianos que observavam (e presumivelmente, ouviam) pacientemente. – Por que estão espalhados dessa maneira? E por que precisa de tantos? Se um deles observar este evento e guardar em sua memória, não estaria disponível para todo o resto do planeta? Não poderia ser armazenado em um milhão de receptáculos diferentes, se quisessem?

– Cada um deles observa de um ângulo diferente – respondeu Júbilo –, e cada um armazena em um cérebro ligeiramente diferente. Quando todas as observações forem estudadas, o que está acontecendo agora será compreendido com muito mais profundidade a partir de todos os pontos de vista combinados do que a partir de apenas um deles.

– Em outras palavras, o todo é maior do que a soma de suas partes.

– Exatamente. Você compreendeu a justificativa básica da existência de Gaia. Você, como indivíduo humano, é composto, talvez, por cinquenta trilhões de células, mas você, como indivíduo multicelular, é muito mais importante do que esses cinquenta trilhões e a soma de suas importâncias individuais. Certamente concorda com isso.

– Sim – respondeu Trevize –, concordo.

Ele pisou dentro da nave e se virou por um instante, para ver Gaia uma última vez. A breve chuva havia oferecido um novo frescor ao ar. Viu um mundo verdejante, vistoso, calmo e pacífico; um jardim de serenidade dentro da turbulência de uma Galáxia saturada.

E Trevize desejou, com toda a sinceridade, nunca mais ver aquilo.

6

Quando a câmara de descompressão se fechou atrás deles, Trevize sentiu como se tivesse fechado as portas não exatamente de um pesadelo, mas de uma anormalidade tão intensa que o havia impedido de respirar livremente.

Tinha plena consciência de que um elemento daquela anormalidade continuava com ele, personificado em Júbilo. Enquanto ela estivesse ali, Gaia também estaria. Ainda assim, Trevize estava convencido de que sua presença era essencial – era a caixa-preta em funcionamento mais uma vez. Ele desejou intensamente nunca confiar demais naquela caixa-preta.

Olhou à volta e a embarcação continuava incrível. Era sua desde que a prefeita Harla Branno, da Fundação, o forçara para dentro da nave e o mandara para as estrelas – um para-raios de carne e osso feito para atrair a hostilidade daqueles que ela considerava inimigos da Fundação. Seu dever fora cumprido, mas a nave ainda era dele, e ele não tinha nenhuma intenção de devolvê-la.

Era sua havia apenas alguns meses, mas era como sua casa, e mal conseguia se lembrar do que fora sua casa em Terminus.

Terminus! O eixo principal da Fundação que, de acordo com o Plano Seldon, era destinado a formar um segundo Império Galáctico, ainda maior do que o Primeiro, nos próximos cinco séculos – exceto que ele, Trevize, havia desviado o Plano. Com sua decisão, estava convertendo a Fundação a nada e, em vez disso, dava abertura a uma nova sociedade, a um novo esquema de vida, uma revolução assustadora, maior do que todas as ocorridas desde o desenvolvimento de vida pluricelular.

Agora se envolvia em uma viagem concebida para provar a si mesmo que sua decisão fora acertada – ou para refutá-la.

Viu-se imóvel e perdido em pensamentos e, por isso, sacudiu-se, irritado. Apressou-se à sala de comando. O computador ainda estava ali, e estava lustroso. Tudo estava lustroso. A nave havia passado por uma limpeza muito cuidadosa. Os interruptores que acionou quase aleatoriamente funcionaram com perfeição, aparentemente com mais competência do que nunca. O sistema de ventilação estava tão silencioso que ele precisou colocar as mãos sobre as ventoinhas para ter certeza de que sentia correntes de vento.

O círculo luminoso no painel do computador brilhava sedutoramente. Trevize o tocou. A luz se espalhou até cobrir a área de trabalho, e os contornos de duas mãos surgiram. Ele respirou fundo, e percebeu que não respirava havia algum tempo. Os gaianos não sabiam nada sobre a tecnologia da Fundação e poderiam facilmente ter danificado o computador, mesmo sem nenhuma intenção. Até agora, nada parecia estar errado – as mãos ainda estavam ali.

Mas o teste crucial viria quando ele colocasse as mãos nos contatos – por um momento, hesitou. Saberia, quase de imediato, se houvesse alguma coisa errada. Mas, se houvesse, o que poderia fazer? Se necessitasse de reparos, precisaria voltar a Terminus e, se o fizesse, tinha quase certeza de que a prefeita Branno não o deixaria ir embora. E, se não fosse embora...

Podia sentir seu coração pulsando. Era evidente que não havia nenhuma razão para aumentar o suspense.

Estendeu as mãos e colocou-as nos contornos sobre a área de trabalho. Instantaneamente teve a ilusão de que outro par de mãos segurava as suas. Seus sentidos se expandiram e ele pôde ver Gaia em todas as direções, verde e úmida, os gaianos ainda os observando. Quando instruiu o computador a olhar para cima, viu um céu encoberto de nuvens. Mais uma vez sob seu comando, atravessou as nuvens e estava diante de um céu completamente azul, o sol de Gaia exibido através de filtros.

Mais um comando, o azul se desfez e ele viu as estrelas. Apagou-as e guiou a máquina para ver a Galáxia, que parecia um redemoinho em perspectiva. Ele testou a imagem computadorizada, ajustando a orientação, alterando o progresso aparente do tempo, fazendo-a girar primeiro em uma direção, depois na outra. Localizou o sol de Sayshell, a estrela de grande importância mais próxima de Gaia; então buscou o sol de Terminus e, em seguida, o de Trantor, um após o outro. Viajou de estrela em estrela pelo mapa galáctico que habitava as entranhas do computador.

Retirou as mãos dos contatos e deixou que o mundo real o cercasse novamente – e percebeu que estivera em pé o tempo todo, inclinado sobre o computador para fazer o contato manual. Sentiu-se dolorido e precisou alongar os músculos das costas antes de se sentar.

Olhou para o computador, sentindo um caloroso alívio. Funcionara perfeitamente. Se havia alguma diferença, era positiva; respondia com mais rapidez, e Trevize sentiu o que poderia descrever apenas como amor. Afinal, quando segurava aquelas mãos (recusava-se terminantemente a admitir para si mesmo que as considerava mãos femininas), ele e a máquina faziam parte um do outro, e sua vontade direcionava, controlava, vivia a experiência; fazia parte de um "eu" maior. Ele e o computador talvez sentissem, de certa maneira (pensou subitamente e com grande inquietação), o que Gaia fazia em proporção muito maior.

Sacudiu a cabeça. Não! Naquela situação entre ele e o computador, era Trevize quem controlava tudo. O computador era algo totalmente submisso.

Ele se levantou e foi até a pequena cozinha e refeitório. Havia bastante comida de todos os tipos, com refrigeração apropriada e equipamentos para aquecimento rápido. Já tinha reparado que os livro-filmes em seu quarto estavam na ordem certa, e tinha considerável certeza – ou melhor, certeza absoluta – de que Pelorat guardara sua biblioteca pessoal, armazenada em uma placa eletrônica, em um lugar seguro. Já teria ouvido reclamações, se não fosse o caso.

Pelorat! Um pensamento veio à mente de Trevize, e ele foi até o quarto de Pelorat.

– Há espaço para Júbilo, Janov?

– Oh, sim, bastante.

– Posso converter a sala comum em um quarto para ela.

Júbilo olhou para Trevize, olhos arregalados.

– Não desejo um quarto separado. Estou muito contente de ficar aqui com Pel. Mas suponho que poderei usar outros aposentos, quando necessário. A sala de ginástica, por exemplo.

– Certamente. Qualquer um, exceto o meu.

– Ótimo. É isso que eu teria sugerido como acordo, se tivesse poder de decisão. Naturalmente, você também ficará fora do nosso.

– Naturalmente – respondeu Trevize, olhando para baixo e reparando que seus pés estavam parcialmente dentro do quarto. Ele deu um passo para trás e disse, com dureza: – Isso não é um quarto de núpcias, Júbilo.

– Considerando seu tamanho reduzido – respondeu Júbilo –, eu diria que é exatamente isso, mesmo que Gaia tenha aumentado o espaço em quase metade.

Trevize tentou não sorrir.

– Vocês precisarão ser muito amigáveis um com o outro.

– E somos – disse Pelorat, claramente desconfortável com o tema da conversa –, mas, velho amigo, pode deixar que descobriremos uma maneira de lidar com essa situação.

– Na verdade, não posso deixar – respondeu Trevize, lentamente. – Ainda quero esclarecer que não se trata de uma acomodação para uma lua de mel. Não tenho objeções contra nada do que façam em consenso mútuo, mas precisam entender que não terão privacidade. Espero que entenda isso, Júbilo.

– Há uma porta – disse Júbilo –, e imagino que você não nos incomodará quando ela estiver trancada, a não ser que haja uma emergência real.

– Claro que não incomodarei. Entretanto, não há isolamento acústico.

– Então o que está dizendo, Trevize – respondeu Júbilo –, é que ouvirá, com bastante clareza, qualquer conversa que mantivermos e qualquer som que façamos durante o intercurso sexual.

– Sim, é isso que estou dizendo. Com isso em mente, espero que concordem que precisarão limitar as atividades enquanto estiverem aqui. Isso talvez os incomode, e lamento, mas é essa a situação.

Pelorat pigarreou e disse, gentilmente:

– Na verdade, Golan, esse é um problema que já tive de enfrentar. Você sabe que qualquer experiência sensorial que Júbilo tenha comigo é compartilhada com todo o planeta Gaia.

– Já pensei nisso, Janov – respondeu Trevize, com uma expressão de alguém que reprime um arrepio de desgosto. – Tomei cuidado para não falar no assunto, caso o pensamento ainda não tivesse lhe ocorrido.

– Mas receio dizer que me ocorreu.

– Não crie caso com isso, Trevize – disse Júbilo. – Há milhares de seres humanos em Gaia praticando sexo, e milhões comendo, bebendo ou envolvidos com outras atividades prazerosas, o tempo todo. Isso resulta em uma aura geral de exultação que Gaia sente, cada parte dela. Os animais inferiores, as plantas e os minerais têm seus prazeres progressivamente mais brandos que também contribuem para uma alegria de consciência que Gaia sente em todas as partes, o tempo todo, e que não é sentida por nenhum outro mundo.

– Temos nossas próprias alegrias particulares – respondeu Trevize –, que podemos compartilhar de alguma forma ou manter pessoais, se desejarmos.

– Se pudesse sentir a nossa, saberia o quão paupérrimos são os Isolados nesse aspecto.

– Como pode saber o que sentimos?

– Mesmo sem saber como se sentem, é razoável supor que um mundo comum de prazeres deve ser mais intenso do que aqueles disponíveis para um único indivíduo isolado.

– Talvez. Mas, mesmo que meus prazeres sejam paupérrimos, eu manteria minhas próprias alegrias e dissabores, por mais rarefeitos que sejam, e ficaria satisfeito com eles. Eu seria *eu mesmo*, e não irmão de sangue da rocha mais próxima.

– Não desdenhe – disse Júbilo. – Você dá valor para cada partícula mineral em seus ossos e dentes e não gostaria de danificá-las, ainda que elas não tenham mais consciência do que uma partícula mineral comum do mesmo tamanho.

– Até que é verdade – respondeu Trevize, relutante –, mas estamos fugindo do assunto. Não me importo se Gaia inteira compartilhe de sua alegria, Júbilo, mas *eu* não quero compartilhar. Aqui vivemos muito próximos um do outro e não desejo ser forçado a participar de suas atividades, nem mesmo indiretamente.

– É uma discussão sem fundamento, meu caro amigo – interveio Pelorat. – Não tenho a menor intenção de violar sua privacidade. E nem a minha, aliás. Júbilo e eu seremos decorosos, não é mesmo, Júbilo?

– Será como quiser, Pel.

– Afinal – completou Pelorat –, é bastante provável que passemos mais tempo em superfície planetária do que no espaço e, nos planetas, as oportunidades para privacidade genuína...

– Não me importo com o que façam nos planetas – interrompeu Trevize –, mas, nesta nave, estou no comando.

– Exato – respondeu Pelorat.

– Com isso esclarecido, é hora de decolarmos.

– Espere um pouco – Pelorat estendeu o braço para puxar a manga de Trevize. – Decolar para onde? Você não sabe onde está a Terra, nem eu sei, nem Júbilo. E nem o seu computador, pois você me contou, algum tempo atrás, que ele não tem nenhuma informação sobre a Terra. Então, o que pretende fazer? Não pode simplesmente ficar à deriva no espaço aleatoriamente, meu caro amigo.

Ao ouvir aquilo, Trevize sorriu com o que era quase alegria. Pela primeira vez desde que caíra nas garras de Gaia, sentiu-se dono do próprio destino.

– Eu garanto, Janov – disse –, que ficar à deriva não é minha intenção. Sei exatamente para onde estou indo.

7

Pelorat entrou silenciosamente na sala do piloto depois de esperar por algum tempo por uma resposta à sua discreta batida na porta. Encontrou Trevize analisando, absorto, o mapa estelar.

– Golan... – disse Pelorat, e esperou.

Trevize tirou os olhos da tela.

– Janov! Sente-se. Onde está Júbilo?

– Dormindo. Vejo que estamos no espaço.

– Sim, correto – Trevize não se surpreendeu com a leve surpresa do outro. Com as novas espaçonaves gravitacionais, era simplesmente impossível detectar a decolagem. Não havia nenhum efeito de inércia, nenhum empuxo de aceleração, nenhum ruído, nenhuma vibração.

Com a capacidade de se isolar de campos grativacionais exteriores, com níveis variáveis de isolamento que progridem até o isolamento total, a *Estrela Distante* deixava uma superfície planetária como se flutuasse em algum tipo de oceano cósmico. Enquanto fazia isso, o efeito gravitacional *interno* da nave continuava, ironicamente, inalterado.

Enquanto a espaçonave estivesse dentro de uma atmosfera, não havia necessidade de aceleração e, por isso, os gemidos e as vibrações causados pelo ar, que passava rapidamente, não existiam. Entretanto, quando a atmosfera era deixada para trás, a aceleração era, às vezes, necessária, e podia chegar a graus elevados sem afetar os passageiros.

Era a última palavra em conforto e Trevize não saberia dizer como aperfeiçoá-la, pelo menos não até que os seres humanos descobrissem uma maneira de cortar o hiperespaço sem usar naves e sem preocupações em relação a campos gravitacionais próximos serem intensos demais. Naquele momento, a *Estrela Distante* precisava distanciar-se do sol de Gaia por vários dias antes de a intensidade gravitacional ser fraca o suficiente para a realização do Salto hiperespacial.

– Golan, meu caro colega – disse Pelorat. – Posso conversar com você um instante? Está muito ocupado?

– Não estou nada ocupado. O computador faz tudo, uma vez que eu tenha dado as instruções apropriadas. E ele parece, às vezes, adivinhar o que vou ordenar, e cumpre as ordens antes mesmo que eu possa articulá-las. – Trevize acariciou o topo da mesa com carinho.

– Nós nos tornamos bons amigos, Golan – prosseguiu Pelorat –, nesse breve período de tempo desde que nos conhecemos, mesmo que eu deva admitir que esse período não pareça nada breve para mim. Tanta coisa aconteceu. É algo muito peculiar, quando paro para pensar em minha vida razoavelmente longa, que metade dos eventos dos quais fiz parte se espremeu nos últimos meses. Pelo menos é o que parece. Posso quase imaginar que...

– Janov – Trevize ergueu uma mão –, estou certo de que você está saindo pela tangente do assunto sobre o qual quer falar. Começou dizendo que ficamos muito próximos em um curto período de tempo. Sim, ficamos, e ainda somos. Aliás, você conhece Júbilo há menos tempo ainda, e ficou ainda mais próximo dela.

– Isso é diferente, claro – respondeu Pelorat, pigarreando com certo embaraço.

– Claro – disse Trevize –, mas o que gostaria de dizer sobre nossa breve, mas contínua amizade?

– Se, meu caro, ainda somos amigos, como acaba de dizer, falarei sobre isso com Júbilo, que, como também acaba de dizer, é especialmente prezada por mim.

– Entendo. E o que deseja?

– Eu sei, Golan, que você não gosta de Júbilo, mas, pela consideração que tem por mim, eu gostaria...

Trevize ergueu uma mão.

– Espere, Janov – disse. – Não me derreto por Júbilo, mas tampouco sinto ódio por ela. Na verdade, não tenho nenhuma animosidade contra ela. É uma moça com atrativos e, mesmo se não fosse, em consideração a você, eu estaria disposto a achar que sim. O meu desgosto é por *Gaia*.

– Mas Júbilo *é* Gaia.

– Eu sei, Janov. É isso que complica tanto a questão. Desde que eu pense em Júbilo como pessoa, não há problema. Se eu pensar nela como Gaia, é um problema.

– Mas, Golan, você não deu nenhuma chance a Gaia. Escute, velho amigo, permita-me fazer uma confissão. Quando eu e Júbilo nos envolvemos intimamente, ela, de vez em quando, permite que eu compartilhe sua mente por um ou dois minutos. Nunca além disso, porque ela diz que sou velho demais para me adaptar àquilo – oh, não me venha com esse sorriso, Golan. Você também seria velho demais. Se um Isolado, como eu ou você, permanecesse parte de Gaia por mais do que um ou dois minutos, poderia haver danos cerebrais e, se chegasse a cinco ou dez minutos, seria algo irreversível. Mas se ao menos você pudesse experimentar, Golan.

– O quê? Danos cerebrais irreversíveis? Não, obrigado.

– Golan, você está deliberadamente entendendo errado. Estou falando desse pequeno momento de união. Você não tem ideia do que está perdendo. É indescritível. Júbilo diz que é uma sensação de alegria. É como dizer que há uma sensação de alegria quando você finalmente bebe um pouco de água quando está à beira da morte por desidratação. Eu não poderia nem começar a explicar. Você compartilha todos os prazeres que um bilhão de pessoas estão sentindo separadamente. Não é uma alegria uniforme; se fosse, você logo deixaria de percebê-la. É uma vibração... Um lampejo... Um estranho pulsar que nunca o abandona. É mais alegria... não, não mais. É uma alegria *melhor* do que é possível sentir isoladamente. Dá vontade de chorar quando ela quebra a conexão...

– Você é incrivelmente eloquente, meu bom amigo – respondeu Trevize –, mas soa como se estivesse descrevendo um vício em pseudoendorfina, ou em alguma outra droga que garante alegria a curto prazo, à custa de deixá-lo permanentemente horrorizado no longo prazo. Não comigo! Eu me recuso a vender minha individualidade por uma sensação passageira de uma alegria qualquer.

– Ainda tenho minha individualidade, Golan.

– Mas por quanto tempo terá, Janov, se continuar com isso? Você há de implorar por cada vez mais até que, enfim, seu cérebro fique danificado. Você não pode deixar que Júbilo faça isso com você, Janov. Talvez eu devesse falar com ela.

– Não! Não fale! Você não é a personificação do tato, sabe, e não quero que ela fique magoada. Garanto que ela tem mais cuidado com essa questão do que você imagina. Ela está mais preocupada com a possibilidade de dano cerebral do que eu. Pode ter certeza.

– Pois bem, então falarei com você. Janov, não faça mais isso. Você viveu por cinquenta e dois anos com seus próprios prazeres e alegrias, e seu cérebro está adaptado a lidar com eles. Não seja arrebatado por um vício novo e estranho. Existe um preço a ser pago; se não imediatamente, no longo prazo.

– Sim, Golan – disse Pelorat com tom grave, olhando para as pontas de seus sapatos. – Mas pense neste ponto de vista. Suponha que você fosse uma criatura unicelular...

– Sei o que vai dizer, Janov. Esqueça. Eu e Júbilo já discutimos essa analogia.

– Sim, mas pense por um instante. Conceba organismos unicelulares com um nível humano de consciência e com a capacidade do pensamento, e imagine que eles se veem diante da possibilidade de se tornar um organismo pluricelular. Os organismos unicelulares lamentariam a perda de suas individualidades e se ressentiriam amargamente do agrupamento forçado com a personalidade de um organismo maior, não é? E eles estariam errados? Pode uma única célula conceber o poder do cérebro humano?

– Não, Janov – Trevize negou agressivamente com a cabeça –, é uma analogia falsa. Organismos unicelulares *não têm* consciência nem capacidade de pensamento, ou, se tiverem, são tão infinitesimais que podem ser consideradas zero. Para algo assim, agrupar-se e perder individualidade é perder algo que nunca tiveram de verdade. Entretanto, um ser humano *é* consciente e *tem* a capacidade do pensamento. Tem consciência e inteligência genuínas para perder. Portanto, a analogia não é válida.

Por alguns instantes, houve um silêncio entre os dois, um silêncio quase opressivo, e então Pelorat, tentando levar a conversa a uma nova direção, disse:

– Por que está tão concentrado na tela?

– Força do hábito – respondeu Trevize, com um sorriso torto. – O computador me diz que não há nenhuma nave gaiana nos seguindo e que não há nenhuma frota sayshelliana vindo em minha direção. Ainda assim, observo, ansioso, conformado com minha própria incapacidade de ver essas naves, considerando que os sensores do computador são centenas de vezes mais precisos e com alcance muito maior do que meus olhos. Além disso, o computador é capaz de captar algumas propriedades do espaço com muita sutileza, propriedades que meus sentidos não podem captar de maneira nenhuma. Mesmo sabendo tudo isso, observo a tela.

– Golan – disse Pelorat –, se de fato somos amigos...

– Prometo-lhe que não farei nada que possa afligir Júbilo; pelo menos, nada que eu possa evitar.

– Agora, outra questão. Você não me informou sobre nosso destino, como se não confiasse em mim em relação a essa informação. Para onde estamos indo? Você acredita saber onde está a Terra?

Trevize levantou os olhos da tela, sobrancelhas erguidas.

– Eu lamento. Tenho agido como se fosse um segredo, não é?

– Sim, mas por quê?

– Boa pergunta – respondeu Trevize. – Eu me pergunto, meu amigo, se não é um problema com Júbilo.

– Júbilo? Você não quer que *ela* saiba. Garanto, velho amigo, que ela é *totalmente* de confiança.

– Não é isso. Qual seria a utilidade de não confiar nela? Desconfio que ela pode arrancar qualquer segredo da minha mente, se assim desejar. Acho que tenho uma motivação mais infantil do que essa. Tenho a sensação de que você tem prestado atenção apenas nela, e que eu não existo mais.

– Mas isso não é verdade – respondeu Pelorat, horrorizado.

– Eu sei, mas estou tentando entender meus próprios sentimentos. Você acabou de se abrir sobre seus receios em relação à nossa amizade e, pensando nisso, sinto que tive os mesmos medos. Não admiti para mim mesmo, mas acho que me senti excluído por Júbilo. Talvez eu esteja tentando "me vingar" ao ser petulante e esconder informações de você. Imaturo, creio.

– Golan!

– Eu falei que era infantil, não falei? Onde está a pessoa que não é infantil de vez em quando? Mas somos amigos. Concordamos com isso e, portanto, não farei mais joguinhos. Estamos a caminho de Comporellon.

– Comporellon? – perguntou Pelorat, momentaneamente esquecido.

– Certamente lembra-se de meu amigo, Munn Li Compor, o traidor. Nós o encontramos em Sayshell.

O rosto de Pelorat demonstrou uma visível expressão de esclarecimento.

– Claro que lembro. Comporellon era o mundo de seus ancestrais.

– *Se* for verdade. Não acredito necessariamente no que Compor nos disse. Mas Comporellon é um mundo conhecido, e Compor afirmou que seus habitantes sabem sobre a Terra. Pois bem, vamos até lá descobrir. Talvez não dê em nada, mas é o único ponto de partida que temos.

Pelorat pigarreou e pareceu estar em dúvida.

– Oh, meu caro colega, tem certeza?

– Não há nada que possa garantir certeza ou incerteza. Temos um ponto de partida e, por mais frágil que seja, não temos escolha senão usá-lo.

– Sim, mas se formos nos basear em Compor, então talvez devamos levar em consideração tudo o que ele disse. Lembro-me de que ele nos contou, enfaticamente, que a Terra não existe como um planeta vivo; que sua superfície é radioativa e que é totalmente sem vida. Se for o caso, vamos para Comporellon sem nenhum propósito.

8

Os três almoçavam no refeitório, o que praticamente lotava a sala.

– Isso é muito gostoso – disse Pelorat, com considerável satisfação. – Faz parte dos suprimentos que trouxemos de Terminus?

– Não – respondeu Trevize. – Aquilo acabou faz tempo. Isso faz parte dos suprimentos que trouxemos de Sayshell, antes de seguirmos para Gaia. Diferente, não é? Algum tipo de fruto do mar bem crocante. E isso aqui, tive a impressão de que era repolho quando trouxe a bordo, mas o gosto não é nada parecido.

Júbilo ouvia a conversa, mas não fazia nenhum comentário. Cutucava a comida em seu prato, com cautela.

– Você precisa comer, querida – disse Pelorat, gentilmente.

– Eu sei, Pel, e estou comendo.

Trevize, com um toque de impaciência que não conseguiu suprimir, disse:

– Júbilo, temos comida gaiana.

– Eu sei – respondeu Júbilo –, mas prefiro economizá-la. Não sabemos quanto tempo ficaremos no espaço e tenho de aprender a comer alimentos de Isolados.

– É assim tão ruim? Ou gaianos só devem comer coisas de Gaia?

– Na verdade – suspirou Júbilo –, temos um ditado que diz: "Quando Gaia se alimenta de Gaia, não há perda ou ganho". Não é nada além de uma transferência de consciência para cima ou para baixo da escala. O que quer que eu coma em Gaia é Gaia e, quando boa parte disso é metabolizado e transforma-se em mim ainda é Gaia. Na verdade, ao me alimentar, parte do que degusto tem chance de participar de uma intensidade maior de consciência, enquanto outras porções são transformadas em dejetos de tipos diferentes e, portanto, descem na escala de consciência.

Ela deu uma grande mordida em sua comida, mastigou vigorosamente por um instante, engoliu e continuou:

– Representa um vasto ciclo. As plantas crescem e são comidas por animais. Os animais comem e são comidos. Qualquer organismo que morra é incorporado pelas células de mofo e de bactérias decompositoras, e assim por diante. Ainda é Gaia. Nesse vasto ciclo de consciência, até mesmo matéria inorgânica participa, e tudo nesse ciclo tem sua chance de participar periodicamente de uma intensidade maior de consciência.

– Tudo isso – respondeu Trevize – pode ser dito de qualquer mundo. Todos os átomos em mim têm uma longa história, durante a qual eles podem ter feito parte de muitos seres vivos, inclusive humanos, e durante a qual podem também ter feito parte do mar, ou de um pedaço de carvão, ou de uma rocha, ou parte do vento que sopra em nós.

– Entretanto, em Gaia – disse Júbilo –, todos os átomos são também parte contínua de uma consciência planetária maior sobre a qual você não sabe nada.

– Pois bem, o que acontece, então – continuou Trevize –, com esses vegetais de Sayshell que está comendo? Eles se tornam parte de Gaia?

– Sim, bem lentamente. E os dejetos que excreto também deixam lentamente de ser parte de Gaia. Afinal, o que deixa meu corpo não tem nenhum contato com Gaia. Fica até mesmo sem o contato hiperespacial, menos direto, que posso manter graças ao meu alto nível de intensidade de consciência. É esse contato hiperespacial que faz a comida não gaiana tornar-se lentamente parte de Gaia, depois de eu ingeri-la.

– E a comida gaiana em nosso estoque? Ela lentamente deixará de ser gaiana? Se for o caso, é melhor comer o mais rápido possível.

– Não há razão para se preocupar com isso – respondeu Júbilo. – Nossos estoques gaianos foram tratados para permanecer parte de Gaia por um longo período de tempo.

– Mas o que acontecerá – disse Pelorat, subitamente – quando *nós* comermos a comida gaiana? Aliás, o que aconteceu conosco quando comemos alimentos gaianos em Gaia? Estaríamos lentamente nos tornando Gaia?

Júbilo negou com a cabeça e uma peculiar expressão de perturbação surgiu em seu rosto.

– Não, o que vocês comeram perdeu-se para nós. Ou, pelo menos, as porções que foram metabolizadas por seus tecidos perderam-se. O que excretaram ficou em Gaia ou lentamente tornou-se Gaia e, assim, o equilíbrio foi mantido, mas numerosos átomos de Gaia se tornaram não Gaia como resultado de sua visita.

– Por que isso aconteceu? – perguntou Trevize, curioso.

– Porque vocês não teriam conseguido suportar a conversão, nem mesmo uma conversão parcial. Eram nossos convidados, trazidos ao nosso planeta, de certa maneira, por necessidade, e precisávamos protegê-los do perigo, mesmo à custa de pequenos fragmentos de Gaia. Foi um preço que estávamos dispostos a pagar, mas não foi barato.

– Lamentamos por isso – disse Trevize –, mas tem certeza de que a comida não gaiana, ou alguns tipos de comida não gaiana, não poderiam, por sua vez, prejudicar *você*?

– Não – respondeu Júbilo. – O que é comestível para vocês é comestível para mim. Tenho apenas o problema adicional de metabolizar essa comida para além de meus próprios tecidos. Metabolizo para dentro de Gaia também. Isso representa uma barreira psicológica que estraga o prazer que eu sentiria com a comida e faz com que eu coma devagar, mas hei de superar com o tempo.

– E doenças? – interveio Pelorat, em um tom alarmado. – Como não pensei nisso antes? Júbilo! Qualquer mundo que visitar deve ter microrganismos contra os quais você não tem defesa e morrerá de alguma doença infecciosa qualquer. Trevize, precisamos voltar.

– Não entre em pânico, Pel, querido – respondeu Júbilo, sorrindo. – Microrganismos também são assimilados por Gaia quando fazem parte da comida ou quando entram em meu corpo de alguma outra forma. Se parecer que eles estão em processo de me fazer mal, serão assimilados mais rapidamente e, uma vez que se tornem parte de Gaia, não me prejudicarão.

A refeição terminou e Pelorat bebericou sua mistura quente e picante de sucos de frutas.

– Puxa – disse –, acho que chegou o momento de mudar de assunto mais uma vez. Parece-me que minha única função nessa nave é mudar o assunto. Por que será?

– Porque Júbilo e eu – respondeu Trevize, solenemente – insistimos até a morte em qualquer assunto que discutimos. Dependemos de você, Janov, para salvar nossa sanidade. Que assunto deseja abordar, velho amigo?

– Analisei meu material de referência em busca de informações sobre Comporellon, e o setor inteiro do qual ele faz parte é rico em lendas antigas. Eles determinaram que a colonização aconteceu em um passado muito distante, no primeiro milênio de viagens hiperespaciais. Comporellon menciona até um lendário fundador, chamado Benbally, apesar de não dizerem de onde ele veio. Afirmam que o nome original do planeta era Mundo Benbally.

– E quão verdadeiro é tudo isso, Janov, em sua opinião?

– A essência, talvez, mas é difícil imaginar que essência é essa.

– Nunca ouvi falar de ninguém chamado Benbally. Você já ouviu?

– Não ouvi, mas você sabe que, no final da era Imperial, houve uma deliberada supressão de história pré-Império. Os imperadores, nos turbulentos séculos finais do Império, estavam ansiosos para reduzir o patriotismo local, pois o consideravam, com amplas razões, uma influência fragmentadora. Por isso, a história propriamente dita, com registros completos e cronologia precisa, começa apenas nos dias em que a influência de Trantor espalhou-se e quando o setor em questão aliou-se ao Império ou foi conquistado por ele. Isso em quase todos os setores da Galáxia.

– Eu nunca poderia imaginar que a história seria assim tão fácil de erradicar – comentou Trevize.

– De muitas maneiras, não é – respondeu Pelorat –, mas um governo poderoso e determinado pode enfraquecê-la bastante.

E, se for enfraquecida o suficiente, a história antiga passa a depender de material raro e tende a se degenerar até se tornar lenda popular. Invariavelmente, essas lendas acabam repletas de exageros e ilustram aquele setor como sendo mais antigo ou mais poderoso do que, muito provavelmente, foi ou é de fato. E, apesar de quão tola ou obviamente inverossímil uma lenda específica é, acreditar nela torna-se uma questão de patriotismo entre os nativos. Posso mostrar lendas de cada canto da Galáxia que falam sobre a colonização original ter sido feita diretamente pela Terra, apesar de esse nem sempre ser o nome atribuído ao planeta-pai.

– Do que mais o chamam?

– De vários nomes. Às vezes, chamam-no de O Único; às vezes, de O Antiquíssimo. Ou chamam de Mundo Minguante, o que, de acordo com algumas autoridades no assunto, é uma referência ao seu satélite gigante. Outros afirmam que significa "Mundo Perdido", e que "Minguante" é algum tipo de palavra pré-Padrão Galáctico que significa "decadente" ou "declinante".

– Janov, pare! – interveio Trevize, gentilmente. – Você continuará eternamente com seus argumentos e contra-argumentos. Essas lendas, você diz, estão por toda parte?

– Ah, sim, meu caro amigo. Por toda parte. Basta analisá-las para se ter uma ideia do costume humano de começar com uma semente de verdade e sobrepor a ela camadas e camadas de mentiras atraentes, do mesmo jeito que fazem as ostras de Rhampora, formando pérolas a partir de um grão de areia. Esbarrei justamente nessa metáfora certa vez, quando...

– Janov! Mais uma vez, pare! Diga-me, existe alguma coisa nas lendas de Comporellon que seja diferente das outras?

– Hm – inexpressivo, Pelorat encarou Trevize por um momento. – Diferente? Bom, eles dizem que a Terra fica relativamente próxima, e isso é incomum. Na maioria dos planetas em que se fala sobre a Terra, sob qualquer nome que se opte por usar, há uma tendência à imprecisão em relação à localização, colocando-a a uma distância grande e indefinida ou em algum lugar impossível.

– Sim – concordou Trevize –, como aqueles em Sayshell que nos disseram que Gaia estava no hiperespaço.

Júbilo riu.

Trevize olhou para ela de relance.

– É verdade – disse. – Foi o que nos disseram.

– Não duvido. É divertido, só isso. Trata-se, claro, do que queremos que acreditem. A única coisa que queremos é ser deixados em paz, e onde é mais seguro e protegido do que o hiperespaço? Não estamos lá, mas se as pessoas acreditarem nisso, é como se estivéssemos.

– Sim – disse Trevize, secamente –, e, da mesma maneira, existe alguma coisa que faz as pessoas acreditarem que a Terra não existe, ou que está muito longe, ou que é uma casca radioativa.

– Mas – completou Pelorat – os comporellanos acreditam que ela está relativamente perto deles.

– Ainda assim, atribuem a ela uma casca radioativa. De alguma maneira, qualquer grupo que tenha uma lenda sobre a Terra considera aquele planeta inalcançável.

– É mais ou menos isso – concordou Pelorat.

– Muitas pessoas em Sayshell – disse Trevize – acreditavam que Gaia estava próxima; alguns até identificaram seu sol corretamente; mas ainda assim todos a consideravam inalcançável. Pode haver alguns comporellanos que insistam que a Terra é radioativa e sem vida, mas que possam identificar sua estrela. E então nos aproximaremos, por mais inalcançável que acreditem ser. Fizemos exatamente isso com Gaia.

– Gaia estava disposta a recebê-los, Trevize – interveio Júbilo. – Vocês estavam indefesos sob nosso poder, mas nunca tivemos intenção de feri-los. E se a Terra também for poderosa, mas não benevolente? O que acontecerá?

– Preciso ir até lá, de qualquer maneira, e aceitar as consequências. Entretanto, essa missão é *minha*. Quando eu localizar a Terra e começar minha jornada, não será tarde demais para vocês irem embora. Eu os deixarei no planeta da Fundação mais próximo, ou os levarei de volta a Gaia, se insistirem, e então vou para a Terra sozinho.

– Meu caro amigo – respondeu Pelorat, claramente angustiado –, não diga coisas assim. Eu não sonharia em abandoná-lo.

– E eu nunca abandonaria Pel – disse Júbilo, estendendo uma mão e tocando o rosto de Pelorat.

– Então, tudo certo. Logo poderemos realizar o Salto para Comporellon e depois, quem sabe... para a Terra.

PARTE 2

COMPORELLON

3.

Na estação de acesso

9

– TREVIZE O AVISOU DE QUE VAMOS realizar o Salto e atravessar o hiperespaço a qualquer momento? – perguntou Júbilo ao entrar no quarto dos dois.

Pelorat, que estava debruçado sobre seu disco de visualização, ergueu os olhos.

– Na verdade, ele apenas olhou aqui para dentro e me disse "na próxima meia hora".

– Não gosto da ideia, Pel. Nunca apreciei o Salto. Fico com uma sensação esquisita de ser virada do avesso.

– Júbilo – Pelorat parecia um pouco surpreso –, querida, eu não imaginava que você fosse uma viajante espacial.

– Não sou, particularmente, e não digo isso apenas como um componente do todo. Gaia propriamente dita não tem oportunidades para viagens regulares pelo espaço. Pela natureza que caracteriza a mim/nós/Gaia, eu/nós/Gaia não exploramos, comercializamos nem realizamos viagens diplomáticas. Ainda assim, é necessário ter alguém na estação de acesso...

– Como quando tivemos a felicidade de conhecê-la.

– Sim, Pel – Júbilo sorriu afetuosamente. – E também para visitar Sayshell e outras regiões estelares, por diversos motivos, geralmente clandestinos. Mas, clandestinos ou não, isso sempre implica em Saltos, e quando qualquer parte de Gaia salta, Gaia inteira sente, claro.

– Isso é ruim – respondeu Pel.

– Podia ser pior. A grande massa de Gaia *não* está no Salto, portanto o efeito é bastante diluído. Entretanto, eu pareço sentir muito mais do que a maior parte de Gaia. Como tento dizer a Trevize, apesar de tudo e todos em Gaia serem Gaia, os componentes individuais não são Gaia. Temos nossas diferenças, e minha constituição, por algum motivo, é especialmente sensível aos Saltos.

– Espere um pouco! – disse Pelorat repentinamente, lembrando-se. – Trevize explicou-me sobre isso certa vez. Você sente o pior dessa sensação nas naves comuns. Nelas, os tripulantes deixam o campo gravitacional galáctico ao entrarem no hiperespaço, e voltam para ele ao retornar ao espaço comum. É a saída e a reentrada que causam a sensação. Mas a *Estrela Distante* é uma nave gravitacional. É independente do campo gravitacional, e tecnicamente não o deixa nem retorna a ele. Por isso, não vamos sentir nada. Posso garantir, querida, por experiência própria.

– Mas isso é incrível! Quem me dera ter falado no assunto antes. Eu teria me poupado de considerável apreensão.

– Isso é vantajoso também de outra forma – continuou Pelorat, sentindo grandeza de espírito ao assumir o papel de esclarecedor de questões astronáuticas, o que não era normal para ele. – As naves regulares precisam abrir uma considerável distância entre elas e grandes massas, como estrelas, para realizarem os Saltos. Parte disso deve-se ao fato de que, quanto mais próximo de uma estrela, mais intenso é o campo gravitacional, e mais acentuadas as sensações de um Salto. Para piorar, quanto mais intenso for o campo gravitacional, mais complexas são as equações necessárias para conduzir o Salto com segurança e atingir o destino desejado no espaço. Em uma nave gravitacional, não há nenhuma sensação de Salto. Além disso, esta nave tem um computador muito mais avançado do que o comum e pode lidar com equações complexas com competência e velocidade extraordinárias. Por isso, em vez de precisarmos nos afastar de uma estrela por duas semanas para chegar a uma distância segura e confortável para o Salto, a *Estrela Distante* requer apenas dois ou três dias. Tal fato deve-se, especialmente, a não estarmos sob nenhum campo gravitacional e, portanto, não estarmos sujeitos aos efeitos da inércia. Admito que não entendo essa parte, mas é o que Trevize diz. E podemos acelerar muito mais rapidamente do que uma espaçonave comum.

– Impressionante – disse Júbilo –, e Trev merece reconhecimento por saber lidar com essa nave extraordinária.

– Por favor, Júbilo – o cenho de Pelorat franziu-se de leve. – Diga "Trevize".

– Eu falo. Eu falo! Mas na ausência dele, relaxo um pouco.

– Não relaxe. Não encorajemos esse hábito nem um pouco, querida. Ele é muito sensível quanto a isso.

– Não quanto a isso. Ele é sensível em relação a mim. Ele não gosta de mim.

– Não é verdade – respondeu Pelorat, com sinceridade. – Conversei com ele. Vamos, querida, não feche a cara. Fui extremamente cuidadoso, minha cara. Ele me garantiu que não tem nada contra você. Desconfia de *Gaia*, e está infeliz com o fato de ter tido que transformar Gaia no futuro da humanidade. Precisamos fazer concessões por causa disso. Ele há de superar gradualmente, conforme entender as vantagens de Gaia.

– Espero que sim, mas não é apenas Gaia. Apesar do que ele lhe disse, Pel (e lembre-se de que ele sente grande afeto por você e não quer magoá-lo), ele não gosta de mim como indivíduo.

– Não, Júbilo. Isso não é possível.

– As pessoas não são obrigadas a gostar de mim simplesmente porque você gosta, Pel. Deixe-me explicar. Trev... está bem, Trevize acredita que eu sou um robô.

Uma expressão de choque tingiu as feições normalmente impassíveis de Pelorat.

– Impossível ele achar que você é um ser humano artificial.

– Por que isso seria tão absurdo? Gaia foi colonizada com a ajuda de robôs. É um fato conhecido.

– Robôs podem ajudar, assim como máquinas, mas foram *pessoas* que colonizaram Gaia; pessoas da Terra. É o que Trevize acha. Sei que é.

– Não há nada sobre a Terra na memória de Gaia, como eu disse a você e a Trevize. Mas, mesmo depois de três mil anos, em nossas memórias mais antigas ainda há alguns robôs que trabalharam na função de transformar Gaia em um mundo habitável. Naquela época, estávamos também formando Gaia como uma consciência planetária. Isso, Pel, querido, levou muito tempo e é outro motivo pelo qual nossas memórias mais antigas são tão vagas. Talvez não seja resultado de nenhuma queima de arquivo provocada pela Terra, como Trevize acha...

– Sim, Júbilo – respondeu Pelorat, ansioso –, mas e os robôs?

– Bom, conforme Gaia se formou, os robôs foram embora. Não queríamos um planeta Gaia que incluísse robôs, pois éramos, e ainda somos, convencidos de que um componente robótico seria, no longo prazo, prejudicial para uma sociedade humana, seja de natureza Isolada ou Planetária. Não sei como chegamos a essa conclusão, mas é possível que seja baseada em eventos que remetam a uma época muito antiga da história galáctica, que a extensão da memória de Gaia não alcança.

– Se os robôs foram embora...

– Sim, mas e se alguns ficaram para trás? E se eu sou um deles, com quinze mil anos de idade, talvez? É disso que Trevize suspeita.

– Mas você não é – negou Pelorat com a cabeça.

– Tem certeza de que acredita nisso?

– Claro que sim. Você *não é* um robô.

– Como sabe?

– Júbilo, eu *sei*. Não há nada artificial em você. Ninguém melhor do que eu para dizer *isso*.

– Não acha possível que eu seja tão engenhosamente artificial que seja indistinguível do natural, em todos os aspectos, desde o maior até o menor? Se fosse assim, como você saberia a diferença entre mim e um ser humano de verdade?

– Eu não acho possível você ser assim tão engenhosamente artificial – respondeu Pelorat.

– E se *fosse* possível, independentemente do que você acha?

– Eu simplesmente não acredito que possa ser.

– Então vamos considerar hipoteticamente. Se eu fosse um robô indistinguível, como você se sentiria?

– Bom, eu, eu...

– Para ser específica. Como você se sente em relação a fazer amor com um robô?

Repentinamente, Pelorat estalou o polegar e o dedo do meio de sua mão direita.

– Sabe, existem lendas de mulheres se apaixonando por homens artificiais, e vice-versa. Sempre imaginei que houvesse um significado alegórico nelas, nunca imaginei que essas histórias pudessem representar verdades literais. Eu e Golan nunca tínhamos ouvido a palavra "robô" antes de pousarmos em Sayshell, mas, agora que penso no assunto, aqueles homens e mulheres artificiais deveriam ser robôs. Esse tipo de robô existiu em períodos históricos antigos, aparentemente. Isso quer dizer que as lendas devem ser repensadas...

Ele mergulhou em um pensamento silencioso e, depois de aguardar um momento, Júbilo bateu palmas repentinamente e com força. Pelorat se assustou.

– Pel, querido – disse Júbilo –, você está usando sua mitografia para fugir da pergunta. A pergunta é: como você se sente em relação a fazer amor com um robô?

Ele a encarou, desconfortável.

– Um que fosse totalmente indistinguível? – perguntou. – Um que não pudesse ser diferenciado de um ser humano?

– Sim.

– Me parece que um robô que não pode ser distinguido de um ser humano de maneira nenhuma *é* um ser humano. Se você fosse um desses robôs, não seria nada além de um ser humano para mim.

– Era isso que eu queria ouvi-lo dizer, Pel.

Pelorat esperou um instante e disse:

– Pois então, agora que ouviu o que queria, minha cara, não me contará que é um ser humano natural e que não tenho que me debater com situações hipotéticas?

– Não. Não farei nada disso. Você definiu como ser humano natural um objeto que tenha todas as propriedades de um ser humano natural. Se estiver convencido de que tenho todas essas propriedades, é o fim da discussão. Temos a definição prática, e não precisamos de mais nenhuma. Afinal, como posso saber que *você* não é um robô indistinguível de um ser humano?

– Porque lhe digo que não sou.

– Ah, mas se você fosse um robô indistinguível de um ser humano, poderia ter sido programado para me dizer que é um ser humano natural, e talvez até para acreditar nisso de verdade. A definição prática é tudo o que temos, e tudo o que podemos ter.

Ela colocou os braços em torno do pescoço de Pelorat e o beijou. O beijo intensificou-se e prolongou-se, até que Pelorat conseguiu dizer, um tanto abafado:

– Mas prometemos a Trevize que não o constrangeríamos convertendo essa nave em um refúgio de núpcias.

– Vamos nos entregar – disse Júbilo, insinuante – e não nos permitir nenhum momento para pensar em promessas.

– Mas não posso fazer isso, querida – respondeu Pelorat, incomodado. – Sei que deve irritá-la, Júbilo, mas estou constantemente raciocinando e sou naturalmente avesso a me entregar a emoções. É um hábito que me acompanhou a vida toda, algo provavelmente muito irritante para os outros. Nunca vivi com uma mulher que não se manifestasse contra isso, mais cedo ou mais tarde. Minha primeira esposa – creio que não seria apropriado falar sobre isso...

– Bastante inapropriado, sim, mas nada fatal. Você também não é meu primeiro amante.

– Oh! – exclamou Pelorat, decepcionado; então, consciente do pequeno sorriso de Júbilo –, quero dizer, claro que não. Não esperaria que fosse. De qualquer jeito, minha primeira esposa não gostava dessa característica.

– Mas eu gosto. Acho seus incessantes mergulhos em pensamentos muito atraentes.

– *Nisso* eu não consigo acreditar, mas me ocorreu outra coisa. Robô ou humano, não importa. Concordamos nesse ponto. Porém, sou um Isolado e você sabe disso. Não faço parte de Gaia e, quando ficamos íntimos, você compartilha emoções fora de Gaia até mesmo quando me deixa participar de Gaia por um curto período, e pode não ser a mesma intensidade de emoção que você sentiria se fosse Gaia amando Gaia.

– Amar você, Pel – disse Júbilo –, tem seus próprios encantos. Não busco nada além.

– Mas não é apenas questão de você me amar. Você não é apenas você. E se Gaia considerar isso uma perversão?

– Se considerasse, eu saberia, pois eu sou Gaia. E, como tenho alegrias com você, Gaia também tem. Quando fazemos amor, o planeta inteiro compartilha essa sensação, em um grau ou outro. Quando digo que te amo, significa que Gaia te ama, apesar de apenas a parte que represento assumir o papel imediato. Você parece confuso.

– Como um Isolado, Júbilo, não consigo entender.

– É sempre possível fazer uma analogia com o corpo de um Isolado. Quando você assobia uma melodia, seu corpo inteiro (você, como organismo) deseja assobiar essa melodia, mas a tarefa imediata de fazê-lo é atribuída aos seus lábios, língua e pulmões. Seu dedão do pé direito não faz nada.

– Pode batucar o ritmo.

– Mas isso não é necessário para o ato de assobiar. Batucar o ritmo com o dedão do pé não é a ação em si, mas uma resposta à ação. Decerto todas as partes de Gaia poderiam reagir, de uma pequena maneira ou de outra, à minha emoção, da mesma forma que eu reajo à emoção das partes dela.

– Suponho que ficar constrangido por isso não seja de nenhuma utilidade – disse Pelorat.

– Nenhuma.

– Isso me passa uma estranha sensação de responsabilidade. Quando tento fazê-la feliz, parece que estou tentando fazer todos os organismos de Gaia felizes.

– Cada átomo... mas você consegue. Você acrescenta algo à sensação de alegria comum que permito que você compartilhe por curtos períodos. Suponho que sua contribuição seja pequena demais para ser quantificada facilmente, mas está ali, e saber disso deve aumentar sua satisfação.

– Quem me dera ter certeza de que Trevize está suficientemente ocupado com suas manobras pelo hiperespaço para ficar na sala de pilotagem por um bom tempo.

– Deseja consumar núpcias, meu caro?

– Sim.

– Então pegue uma folha de papel, escreva "refúgio de núpcias", prenda na parte externa da porta e, se ele quiser entrar, é problema dele.

Assim fez Pelorat. Durante os prazerosos momentos que se seguiram, a *Estrela Distante* realizou o Salto. Pelorat e Júbilo nem perceberam a manobra – e nem teriam percebido, se estivessem prestando atenção.

10

Fazia apenas alguns meses que Pelorat conhecera Trevize e deixara Terminus. Até então, durante a maior parte de sua vida de mais de meio século (em Padrão Galáctico), fora totalmente pacato e caseiro.

Para si mesmo, naqueles poucos meses, ele se tornara um veterano do espaço. Tinha conhecido três planetas: Terminus, Sayshell e Gaia. E agora, na tela de visualização, via um quarto, não a olho nu, mas através do aparelho telescópico controlado pelo computador. O quarto planeta era Comporellon.

E novamente, pela quarta vez, ficou ligeiramente decepcionado. Por algum motivo, continuava a achar que veria os contornos dos continentes cortando os oceanos; ou, se fosse um planeta seco, os desenhos dos lagos contrastando com a terra à volta.

Nunca era assim.

Se um mundo era habitável, tinha atmosfera e hidrosfera. Se tinha ar e água, tinha nuvens; e se tinha nuvens, a vista era bloqueada. Assim, Pelorat viu-se mais uma vez observando redemoinhos brancos, com um ocasional vislumbre de azul-pálido ou marrom-ferrugem.

Ele se perguntou, pesarosamente, se alguém poderia identificar um planeta caso uma imagem dele a, digamos, trezentos mil quilômetros de distância fosse exibida em uma tela. Como alguém poderia distinguir um redemoinho de nuvens do outro?

Júbilo olhou para Pelorat com ar de preocupação.

– O que foi, Pel? – perguntou. – Você parece descontente.

– Todos os planetas parecem iguais, observando-os do espaço.

– E daí, Janov? – interveio Trevize. – É a mesma coisa com a linha litorânea de Terminus quando vista a distância, a não ser que você saiba o que está procurando: uma montanha específica ou uma ilhota com algum formato característico, em alto-mar.

– Pode ser – respondeu Pelorat, claramente insatisfeito –, mas o que você procuraria em uma massa de nuvens volúveis? E, mesmo que tente, provavelmente entrará na face noturna do planeta antes de conseguir decidir.

– Olhe com mais atenção, Janov. Se acompanhar o formato das nuvens, verá que tendem a cair em um padrão que circula o planeta e acompanha um centro. Esse centro está, mais ou menos, em um dos polos.

– Em qual deles? – perguntou Júbilo, interessada.

– Considerando que o planeta está em rotação em sentido horário, usando-nos como ponto de referência, estamos vendo, por definição, o polo sul. Além disso, o centro parece estar a aproximadamente quinze graus da linha de separação entre a parte iluminada e a sombra, e o eixo planetário está inclinado a vinte e um graus perpendicularmente ao seu plano de órbita. Ou seja, estamos em meados da primavera ou em meados do verão; o que determina isso é o polo estar se aproximando ou se afastando da linha de separação entre luz e sombra. O computador pode calcular sua órbita e responder a essa pergunta rapidamente, caso eu queira. A capital está ao norte do equador, portanto está em meados do outono ou do inverno.

– Você tem como saber tudo isso? – Pelorat franziu o cenho. Olhou para a camada de nuvens como se achasse que ela iria, ou deveria, falar com ele naquele exato momento. Obviamente não foi o caso.

– Não só isso – continuou Trevize. – Se você observar as regiões polares, verá que não há buracos na camada de nuvens, como em pontos distantes dos polos. Na verdade, há buracos, mas através deles você vê gelo; portanto é branco no branco.

– Ah – disse Pelorat –, suponho que isso seja algo que se espera, nos polos.

– Em planetas habitáveis, certamente. Planetas sem vida podem não ter atmosfera nem água, ou podem exibir certos estigmas que mostram que as nuvens e o gelo não são de água. Esse planeta não tem esses estigmas, portanto sabemos que estamos vendo nuvens e gelo feitos de água. O que também podemos ver é o tamanho da área de branco maciço no lado iluminado, que, para um olho treinado, é imediatamente identificável como maior do que a média. Além disso, pode-se detectar certo brilho alaranjado, bem tênue, na luz refletida, o que significa que o sol de Comporellon é significativamente mais frio do que o de Terminus. Apesar de Comporellon estar mais perto de seu sol do que Terminus está do seu, não é próximo o suficiente para compensar a temperatura mais baixa. Logo, Comporellon é um mundo frio, dentro do limite habitável.

– Você observa como se lesse um relatório, velho amigo – disse Pelorat, admirado.

– Não fique tão impressionado – respondeu Trevize, sorrindo afetuosamente. – O computador me forneceu as estatísticas práticas desse mundo, inclusive sua temperatura média ligeiramente baixa. É fácil deduzir algo que você já sabe. Na verdade, Comporellon está à beira de uma era do gelo, e estaria no meio de uma, se a configuração de seus continentes fosse mais favorável a essa condição.

Júbilo mordeu o lábio inferior.

– Não gosto de mundos frios – comentou.

– Temos roupas quentes – disse Trevize.

– Não importa. Seres humanos não são adaptados de verdade a climas frios. Não temos camadas grossas de pelos ou penas ou gordura subcutânea. Um mundo que tem clima frio parece demonstrar certa indiferença ao bem-estar de seus próprios habitantes.

– Gaia é um planeta uniformemente ameno? – perguntou Trevize.

– A maior parte, sim. Há algumas áreas frias para plantas e animais de frio e algumas áreas quentes para plantas e animais de calor, mas a maior parte é uniformemente amena, nunca desconfortavelmente quente ou fria, para aqueles que vivem no meio-termo, inclusive seres humanos, claro.

– Seres humanos, claro. Todas as partes de Gaia são vivas e iguais, mas algumas delas, como os seres humanos, são obviamente mais iguais do que outras.

– Não seja insensatamente sarcástico – respondeu Júbilo, com um traço de irritação. – O nível e a intensidade de consciência e de percepção são importantes. Um ser humano é uma parte mais útil para Gaia do que uma rocha com o mesmo peso, e as propriedades e as funções de Gaia como um todo são necessariamente inclinadas na direção dos seres humanos, mas não tanto quanto em seus mundos de Isolados. Além disso, há épocas em que a inclinação segue para outras direções, quando é necessário para Gaia como um todo. Pode até, raramente, se inclinar na direção do interior rochoso. Ele também requer atenção, pois, em caso de negligência, todas as partes de Gaia poderiam sofrer. Não gostaríamos de uma erupção vulcânica desnecessária, gostaríamos?

– Não – respondeu Trevize. – Não de uma desnecessária.

– Você não está convencido, está?

– Escute – disse Trevize. – Temos mundos que são mais frios do que a média e mundos que são mais quentes; mundos que são, na maior parte, florestas tropicais, e mundos que são vastas savanas. Não há nenhum mundo igual ao outro, e cada um deles é o lar daqueles que estão acostumados a viver ali. Estou acostumado com a relativa amenidade de Terminus (nós o submetemos a uma moderação quase gaiana, para falar a verdade), mas gosto de fugir, pelo menos temporariamente, para algo diferente. O que temos, Júbilo, e o que Gaia não tem, é variedade. Se Gaia se expandir e tornar-se Galaksia, todos os mundos da Galáxia serão forçados à amenidade? A mesmice seria insuportável.

– Se isso é verdade – respondeu Júbilo –, se a variedade parecer desejável, a variedade será mantida.

– Como um presente do comitê central, por assim dizer? – rebateu Trevize, secamente. – É o mínimo que eles poderiam suportar ceder? Prefiro deixar a cargo da natureza.

– Mas vocês *não* deixaram a cargo da natureza. Todos os mundos habitáveis da Galáxia foram modificados. Cada um deles foi encontrado em um estado natural que era desconfortável para a humanidade, e cada um deles foi modificado até ser tão ameno quanto possível. Se este mundo aqui é frio, tenho certeza de que seus habitantes não puderam aquecê-lo, ainda mais sem custos inaceitáveis. E mesmo assim podemos ter certeza de que as porções que eles de fato habitam são aquecidas artificialmente até serem amenas. Portanto, não seja tão arrogantemente virtuoso sobre deixar a cargo da natureza.

– Você fala em nome de Gaia, suponho.

– Sempre falo em nome de Gaia. Eu *sou* Gaia.

– Então, se Gaia está tão certo de sua própria superioridade, por que precisa da *minha* decisão? Por que não foi adiante sem mim?

Júbilo ficou em silêncio, como se tentasse reagrupar os pensamentos.

– Porque não é sábio confiar demais em si mesmo – respondeu. – Naturalmente, vemos nossas virtudes com mais clareza do que nossos defeitos. Estamos ansiosos para fazer o que é certo; não necessariamente o que *pareça* certo para nós, mas sim o que é *objetivamente* certo, se é que existe algo assim. Você parece ser o caminho mais próximo para o objetivamente certo que pudemos encontrar, portanto seguimos sua orientação.

– Tão objetivamente certo – disse Trevize, pesaroso – que não consigo entender minha própria decisão, e busco uma explicação.

– Você a encontrará – respondeu Júbilo.

– Espero que sim – disse Trevize.

– Velho amigo – comentou Pelorat –, me parece que esta discussão foi vencida habilmente por Júbilo. Por que não reconhece o fato de que os argumentos que ela ofereceu justificam sua decisão de que Gaia é o melhor para o futuro da humanidade?

– Porque – respondeu Trevize, secamente – eu não sabia desses argumentos no momento em que tomei minha decisão. Não sabia de nenhum desses detalhes sobre Gaia. Alguma outra coisa me influenciou, pelo menos inconscientemente, algo que não depende de detalhes gaianos, algo que deve ser mais fundamental. É isso que preciso descobrir.

Pelorat ergueu uma mão apaziguadora.

– Não fique irritado, Golan – disse.

– Não estou irritado. Estou apenas sob uma tensão insuportável. Não quero ser o ponto de convergência de toda a Galáxia.

– Não o culpo por isso, Trevize – disse Júbilo –, e lamento, sinceramente, que suas características o tenham, de alguma maneira, forçado a assumir esse posto. Quando aterrissaremos em Comporellon?

– Em três dias – respondeu Trevize – e apenas depois de pararmos em uma das estações de acesso que orbitam o planeta.

– Não deve haver nenhum problema nisso, não é? – perguntou Pelorat.

– Depende da quantidade de naves que se aproximam do mundo – Trevize deu de ombros –, do número de estações de acesso e, acima de tudo, das regras específicas que permitem ou negam o acesso. Essas regras mudam o tempo todo.

– O que quer dizer com *negar* acesso? – perguntou Pelorat, indignado. – Como eles poderiam negar acesso a cidadãos da Fundação? Comporellon faz parte do domínio da Fundação, não faz?

– Bom, sim e não. Há uma delicada questão legalista sobre o assunto, e não tenho certeza de qual é a interpretação de Comporellon. Suponho que haja alguma chance de sermos barrados, mas não acredito que seja uma chance grande.

– E, se formos barrados, o que faremos?

– Não sei dizer – respondeu Trevize. – Esperemos para ver o que acontece antes de nos dedicar a planos de contingência.

11

Estavam próximos o suficiente de Comporellon para vê-lo como um globo de tamanho considerável, mesmo sem ampliação telescópica. Quando a ampliação foi usada, as estações de acesso podiam ser vistas. Estavam mais longe do planeta do que outras estruturas em órbita, e eram bem iluminadas.

A *Estrela Distante* aproximava-se na direção do polo sul do planeta. Assim, metade do globo estava constantemente banhado pela luz de seu sol. As estações de acesso no lado noturno eram naturalmente mais visíveis, pois se destacavam com focos de luzes artificiais. Estavam distribuídas igualmente em um arco em torno do planeta. Seis eram visíveis (e havia mais seis do outro lado, sem dúvida), e todas circulavam o planeta em velocidade homogênea e idêntica.

– Há outras luzes mais perto do planeta – disse Pelorat, ligeiramente espantado com o que via. – O que são?

– Não conheço o planeta detalhadamente – respondeu Trevize –, portanto, não posso dizer. Talvez sejam fábricas, laboratórios ou observatórios em órbita, ou talvez até aglomerados residenciais. Alguns mundos preferem manter todos os objetos em órbita no escuro, com exceção das estações de acesso. É o caso de Terminus, por exemplo. Comporellon adota um princípio mais liberal, como é evidente.

– Para qual estação de acesso vamos, Golan?

– Depende deles. Enviei o requerimento para aterrissarmos em Comporellon e logo receberemos instruções sobre a estação de acesso a que devemos ir, e quando. Depende muito de quantas naves estão tentando entrar no momento. Se houver uma dúzia de naves em cada estação, não teremos escolha senão esperar.

– Somente duas vezes – disse Júbilo – estive a uma distância hiperespacial de Gaia e, em ambas, fui para Sayshell ou suas imediações. Nunca estive a uma distância tão grande como *esta*.

– E isso importa? – Trevize olhou para ela rispidamente. – Você ainda é Gaia, não é?

Por um momento, Júbilo pareceu irritada, mas sua expressão se dissolveu para o que pareceu um sorriso de embaraço.

– Devo admitir que você me pegou desta vez, Trevize – disse. – Existe um significado duplo para a palavra "Gaia". Pode ser usada para se referir ao planeta físico, um objeto globular sólido no espaço, e, também, à entidade viva que inclui aquele globo. Falando tecnicamente, deveríamos usar palavras diferentes para esses dois conceitos diferentes, mas os gaianos sempre sabem, a partir do contexto, a qual deles a palavra Gaia se refere. Reconheço que um Isolado deve ficar confuso, de vez em quando.

– Pois bem – respondeu Trevize –, considerando que você está a muitos milhares de parsecs de Gaia, o globo, ainda faz parte de Gaia, o organismo?

– Em relação ao organismo, ainda sou Gaia.

– Sem nenhum enfraquecimento?

– Essencialmente, não. Estou certa de que já lhe falei das complicações em continuar Gaia a distâncias hiperespaciais, mas continuo Gaia.

– Já lhe ocorreu – disse Trevize – que Gaia pode ser considerada o monstro tentaculado da mitologia, um kraken galáctico, seus tentáculos alcançando tudo? Bastaria colocar alguns gaianos em cada mundo povoado e você, na prática, já teria Galaksia. Aliás, vocês provavelmente já fizeram isso. Onde estão os gaianos? Presumo que haja pelo menos um em Terminus, e pelo menos um em Trantor. Qual é a extensão disso?

– Eu disse que não mentiria a você, Trevize – Júbilo parecia evidentemente desconfortável –, mas isso não significa que me sinto inclinada a oferecer-lhe toda a verdade. Há coisas que você não precisa saber, e a posição e a identidade de partes específicas de Gaia são uma delas.

– Eu deveria saber o motivo da existência desses tentáculos, Júbilo, mesmo que não saiba onde estão?

– Não. É a opinião de Gaia.

– Mas suponho que eu possa adivinhar. Vocês acreditam que são guardiões da Galáxia.

– Ansiamos por uma Galáxia estável e segura, pacífica e próspera. O Plano Seldon, pelo menos na concepção original, de Hari Seldon, foi criado para desenvolver um Segundo Império Galáctico, um Império mais estável e mais funcional do que foi o Primeiro. O Plano, que foi continuamente modificado e aperfeiçoado pela Segunda Fundação, parece estar funcionando bem até agora.

– Mas Gaia não quer um Segundo Império Galáctico no sentido clássico, não é mesmo? Vocês querem Galaksia, uma galáxia viva.

– Como você optou por isso, esperamos, com o tempo, formar Galaksia. Se não tivesse feito essa escolha, teríamos nos dedicado ao Segundo Império de Seldon, para garantir que fosse tão seguro quanto possível.

– Mas o que há de errado com...

O ouvido de Trevize captou o suave sinal do computador.

– O computador está me chamando. Acho que estamos recebendo instruções sobre a estação de acesso. Já volto.

Ele foi até a sala do piloto, colocou as mãos nos contornos da área de trabalho e viu que havia recebido orientações para a estação específica que deveria usar – as coordenadas com referências à linha do centro de Comporellon até o polo norte, a rota indicada de aproximação.

Trevize enviou a aceitação dos termos e então se reclinou por um instante. O Plano Seldon! Não pensava nele havia bastante tempo. O Primeiro Império Galáctico havia caído e, por quinhentos anos, a Fundação crescera, primeiro competindo com aquele Império, depois prevalecendo sobre suas ruínas – tudo de acordo com o Plano.

Houve a interrupção causada pelo Mulo, que, durante algum tempo, ameaçou estilhaçar o Plano, mas a Fundação acabou vencendo-o, provavelmente com a ajuda da sempre oculta Segunda Fundação, e, provavelmente, com a ajuda ainda mais oculta de Gaia.

Agora, o Plano estava sob a ameaça de algo mais sério do que o Mulo jamais fora. Ele seria desviado de um restabelecimento do Império para algo completamente diferente de tudo que fazia parte da história – Galaksia. *E o próprio Trevize havia concordado com isso.*

Mas por quê? Haveria uma falha no Plano? Alguma falha essencial?

Por um instante, parecia que essa falha existia e que Trevize sabia qual era; que ele sabia qual era quando tomou sua decisão – mas essa consciência, se é que era uma consciência, desapareceu tão rápido quanto havia surgido, e ele acabou sem nada.

Talvez tivesse sido apenas uma ilusão, tanto no momento em que ele havia tomado a decisão como agora. Afinal, ele não sabia nada sobre o Plano além das pressuposições básicas que validavam a psico-história. Tirando isso, não sabia detalhes, e certamente nem uma migalha da matemática envolvida. Fechou os olhos e se concentrou...

Não havia nada.

Poderia ter sido o poder extra que tinha através do computador? Colocou as mãos na área de trabalho e sentiu o calor das mãos da máquina segurando as suas. Fechou os olhos e mais uma vez se concentrou...

Ainda não havia nada.

12

O comporellano que embarcou na *Estrela Distante* usava um cartão de identificação holográfico. A imagem mostrava seu rosto rechonchudo, de barba rala, com uma fidelidade impressionante, e sob ela estava seu nome, A. Kendray.

Era baixinho, com um corpo tão arredondado quanto o rosto. Tinha aspecto e atitude leves e amigáveis, e olhou à volta, claramente maravilhado.

– Como chegaram tão rápido? – perguntou. – Não os esperávamos pelas próximas duas horas.

– A nave é um modelo novo – respondeu Trevize, com educação indiferente.

Mas Kendray não era o jovem ingênuo que aparentava ser.

– Gravitacional? – perguntou, imediatamente após entrar na sala de comando.

Trevize achou que não fazia sentido negar algo que, aparentemente, era tão óbvio.

– Sim – respondeu, inexpressivamente.

– Muito interessante. Você ouve falar nelas, mas parece que nunca encontra uma. Os motores ficam na fuselagem?

– De fato.

– Circuitos do computador também? – Kendray examinou o computador.

– De fato. Pelo menos, foi o que me disseram. Nunca conferi.

– Que pena. Preciso da documentação, o número de série do motor, o local de fabricação, o código de identificação, a história toda. Tenho certeza de que está tudo no computador e que ele pode imprimir o relatório formal de que preciso em meio segundo.

O tempo necessário foi praticamente esse. Kendray olhou à volta mais uma vez.

– Vocês três são os únicos a bordo?

– Isso mesmo – respondeu Trevize.

– Algum animal? Plantas? Estado de saúde?

– Não. Não. E saudáveis – disse Trevize, secamente.

– Hum! – exclamou Kendray, fazendo anotações. – Pode colocar sua mão neste aparelho? Apenas rotina. Mão direita, por favor.

Trevize olhou para o micro-detector, desconfiado. Era cada vez mais usado, e sua tecnologia avançava com rapidez. Era quase possível determinar o atraso de um mundo pelo atraso de seu micro-detector. Havia poucos planetas, por mais provincianos que fossem, que não tinham um desses. Tudo começou no último suspiro do Império, à medida que seus fragmentos se tornaram progressivamente mais apreensivos para se proteger das doenças e de microrganismos alienígenas dos outros.

– O que é isso? – perguntou Júbilo, com voz grave e interessada, inclinando a cabeça para um lado, depois para o outro, para ver melhor o equipamento.

– Creio que se chama micro-detector – disse Pelorat.

– Não é nada de especial – acrescentou Trevize. – É um aparelho que verifica automaticamente uma parte de seu corpo, interna e externamente, em busca de qualquer microrganismo capaz de transmitir doenças.

– E classifica os microrganismos também – interveio Kendray, com orgulho pouco discreto. – Foi projetado bem aqui em Comporellon. E, se não se importa, ainda preciso de sua mão direita.

Trevize inseriu a mão e viu uma série de pequenas marcações vermelhas dançando sobre um conjunto de linhas horizontais. Kendray tocou um contato e uma cópia colorida do gráfico surgiu em seguida.

– Assine aqui, senhor, por favor.

Assim fez Trevize.

– Quão mal estou? – perguntou. – Não estou correndo nenhum perigo, estou?

– Não sou médico – respondeu Kendray –, portanto não posso oferecer detalhes, mas o aparelho não mostrou nenhuma das indicações que fariam sua entrada ser recusada ou que o colocariam em quarentena. É só isso que me interessa.

– Mas que sorte a minha – disse Trevize, seco, sacudindo a mão para se livrar da sensação de formigamento que sentia.

– Agora o senhor – pediu Kendray.

Pelorat inseriu sua mão com certa hesitação e depois assinou o relatório impresso.

– E a senhorita?

Alguns instantes depois, Kendray observava o resultado.

– Nunca vi nada assim antes – Kendray encarou Júbilo com uma expressão de espanto. – Deu negativo. Negativo absoluto.

– Que bom – sorriu Júbilo, sedutoramente.

– Sim, senhorita. Eu a invejo.

Ele voltou para o primeiro relatório e disse:

– Sua identificação, sr. Trevize.

Trevize forneceu sua documentação. Kendray passou os olhos pelos papéis e, mais uma vez, demonstrou surpresa.

– Conselheiro da Legislatura de Terminus? – perguntou.

– Isso mesmo.

– Alto oficial da Fundação?

– Exato – disse Trevize, friamente. – Portanto, sejamos rápidos neste procedimento, está bem?

– O senhor é o capitão da nave?

– Sim, sou.

– Propósito da visita?

– A segurança da Fundação, e essa é a única resposta que estou disposto a oferecer. Compreende o que digo?

– Sim, senhor. Quanto tempo pretendem ficar?

– Eu não sei. Talvez uma semana.

– Pois bem, senhor. E esse outro cavalheiro?

– É o dr. Janov Pelorat – respondeu Trevize. – Você tem a assinatura do dr. Pelorat e eu assumo toda a responsabilidade. É um estudioso de Terminus e meu assistente na questão que motivou minha visita.

– Entendo, senhor, mas preciso ver a identificação. Lamento, mas regras são regras. Espero que compreenda, senhor.

Pelorat forneceu os papéis de identificação. Kendray concordou com a cabeça e disse:

– E a senhorita?

– Não é necessário incomodar a moça – interveio Trevize. – Assumo responsabilidade por ela também.

– Sim, senhor. Mas preciso de uma identificação.

– Receio não ter nenhuma identificação, senhor – disse Júbilo.

– Desculpe, o que disse? – Kendray franziu o cenho.

– A moça não trouxe nenhuma identificação consigo – disse Trevize. – Um descuido. Não há problema nenhum. Assumo responsabilidade total.

– Eu gostaria de permitir que assumisse – respondeu Kendray –, mas não posso. A responsabilidade é minha. Sob as circuns-

86

tâncias, não é nenhum problema. Não deve ser difícil conseguir segundas vias. Suponho que a moça seja de Terminus?

– Não, ela não é.

– Então de algum lugar em território da Fundação?

– Na verdade, também não.

Kendray observou Júbilo atentamente, e depois, Trevize.

– Isso é uma complicação, conselheiro. Pode ser que levemos mais tempo para conseguir segundas vias de um mundo não Fundação. Senhorita Júbilo, como você não é uma cidadã da Fundação, preciso do nome de seu planeta natal e do planeta do qual é cidadã. Em seguida, você deverá esperar pela chegada das segundas vias.

– Entenda, sr. Kendray – interveio Trevize. – Não vejo nenhum motivo para mais demoras. Sou um alto oficial do governo da Fundação e estou aqui em uma missão de grande importância. Não posso ser atrasado por uma questão de burocracia trivial.

– A escolha não é minha, conselheiro. Se dependesse de mim, eu permitiria que descessem até Comporellon agora mesmo, mas tenho um imenso livro de regras que guia todas as minhas ações. Preciso seguir o livro, ou ele será jogado na minha cara. Mas suponho que exista alguma figura do governo comporellano que espera por sua chegada. Se me disser quem é, posso entrar em contato e, se ele der a ordem para garantirmos a entrada, assim será.

Trevize hesitou um momento.

– Isso não seria politicamente estratégico, sr. Kendray. Posso falar com seu superior?

– Certamente, mas não pode vê-lo sem agendar...

– Tenho certeza de que ele virá de imediato quando souber que o requerimento vem de um oficial da Fundação...

– Na verdade – disse Kendray –, cá entre nós, isso só iria piorar a situação. Não fazemos parte do território metropolitano da Fundação, como o senhor sabe. Estamos sob o título "Potência Associada", e o levamos muito a sério. As pessoas estão ansiosas para não parecerem marionetes da Fundação... entenda, estou usando o termo popular... e fazem questão de demonstrar independência. Meu superior esperaria reconhecimento se recusasse um favor especial para um oficial da Fundação.

– E você também? – a expressão de Trevize se fechou.

– Estou abaixo da política, senhor – Kendray negou com a cabeça. – Ninguém me dá reconhecimento por nada. Tenho sorte se eles pagarem meu salário. E, apesar de não ter reconhecimentos, *posso* receber deméritos, e facilmente. Gostaria que não fosse assim.

– Considerando meu cargo, posso providenciar certos arranjos.

– Não, senhor. Lamento se soar impertinente, mas não acho que possa. E, senhor, é constrangedor dizer isso, mas, por favor, não me ofereça nada valioso. Eles gostam de usar oficiais que aceitam coisas do tipo como exemplo e, hoje em dia, andam muito habilidosos para descobrir quem faz isso.

– Não era a minha intenção suborná-lo. Estou pensando apenas no que a prefeita de Terminus poderia lhe fazer, caso você interferisse na minha missão.

– Conselheiro, desde que eu possa me esconder atrás das regras, estarei perfeitamente protegido. Se os membros do governo comporellano sofrerem algum tipo de punição por parte da Fundação, é problema deles, não meu. Mas se ajudar, posso permitir que o senhor e o dr. Pelorat passem com a nave. Se deixarem a srta. Júbilo na estação de acesso, nós a manteremos por aqui e a enviaremos para a superfície assim que as segundas vias chegarem. Se, por alguma razão, os papéis não puderem ser obtidos, nós a mandaremos de volta ao seu mundo em um transporte civil. Mas receio que, neste caso, alguém deverá arcar com as despesas.

Trevize viu a reação no rosto de Pelorat e disse:

– Sr. Kendray, podemos conversar em particular, na sala do piloto?

– Pois bem, mas não posso permanecer a bordo por muito mais tempo, ou serei interrogado.

– Não vamos demorar – respondeu Trevize.

Na sala de pilotagem, Trevize fez questão de deixar claro que fechou a porta cuidadosamente, e então, em um tom baixo, disse:

– Já estive em muitos lugares, sr. Kendray, mas nunca vi uma ênfase tão rígida nas minúcias das regras de imigração, especialmente para pessoas e *oficiais* da Fundação.

– Mas a moça não é da Fundação.

– Mesmo assim.

– Esse tipo de coisa vai e vem – disse Kendray. – Tivemos alguns escândalos, e agora as coisas estão difíceis. Se voltarem no ano que vem, talvez não tenham nenhum problema, mas, neste exato momento, não há nada que eu possa fazer.

– Tente, sr. Kendray – respondeu Trevize, sua voz suavizando-se. – Vou abrir o jogo com você e fazer um apelo, de homem para homem. Eu e Pelorat estamos nessa missão há algum tempo. Eu e ele, apenas eu e ele. Somos bons amigos, mas há algo de solitário nisso, se é que me entende. Algum tempo atrás, Pelorat encontrou essa mocinha. Não preciso contar o que aconteceu, mas decidimos trazê-la conosco. É saudável para nós usufruir dela de vez em quando. O problema é que Pelorat tem um relacionamento em Terminus. Eu estou desimpedido, entende, mas Pelorat é um homem mais velho e chegou à idade em que homens ficam um pouco... desesperados. Precisam recuperar a juventude, ou algo assim. Ele não consegue abrir mão dela. Ao mesmo tempo, se ela for mencionada oficialmente, Pelorat encontrará amargura e infelicidade quando voltar a Terminus. Ninguém está sendo prejudicado nessa história, compreenda. A senhorita Júbilo, como ela se autoproclama – um ótimo nome, considerando sua profissão – não é exatamente uma moça brilhante; não é por isso que a queremos. Você precisa mesmo mencioná-la? Não poderia listar apenas eu e Pelorat como passageiros? Somente nós dois estávamos listados quando deixamos Terminus. Não há nenhuma necessidade de um reconhecimento oficial da presença dessa mulher. Afinal, ela está totalmente livre de doenças. Você mesmo fez essa observação.

A expressão de Kendray mostrou desagrado.

– Eu não quero atrapalhá-los. Entendo a situação e, acredite, sou solidário. Se o senhor acha que trabalhar por períodos de meses nessa estação é divertido, pense de novo. Há separação por sexo aqui nas estações de Comporellon – ele negou com a cabeça.

– E também tenho uma esposa, então compreendo a situação. Mas escute, mesmo que eu os deixe passar, assim que descobrirem que a... uh... senhorita não tem documentos, ela será presa, e o senhor e o dr. Pelorat estarão no tipo de confusão que alcançará Terminus. E eu certamente perderei o emprego.

– Sr. Kendray – disse Trevize –, confie em mim. Uma vez que eu tenha aterrissado em Comporellon, estarei a salvo. Posso falar sobre minha missão com as pessoas certas e, depois disso, não haverá mais problemas. Assumirei a responsabilidade total pelo que aconteceu aqui, se a questão for levantada, o que duvido. Além disso, recomendarei sua promoção, e você será promovido, porque farei com que Terminus seja duro contra qualquer um que hesite. E podemos garantir um alívio a Pelorat.

Kendray hesitou.

– Certo – enfim, disse. – Deixarei que passem, mas um aviso. A partir deste instante estarei pensando em algum jeito de salvar meu traseiro, se isso for descoberto. Não pretendo fazer nada para salvar o seu. Sei como esse tipo de coisa funciona em Comporellon, e o senhor não sabe. Comporellon não é um mundo fácil para aqueles que ultrapassam limites.

– Obrigado, sr. Kendray – respondeu Trevize. – Não haverá nenhum problema. Eu garanto.

4.

Em Comporellon

13

Passaram. A estação de acesso havia encolhido até parecer uma estrela que se apagava na distância, atrás deles. Cruzariam a camada de nuvens em duas horas.

Uma nave gravitacional não precisava fazer a entrada na atmosfera com uma longa rota em lenta espiral descendente, mas também não podia dar uma rasante rapidamente na vertical. Estar livre da gravidade não significava estar livre da resistência do ar. A nave poderia descer em linha reta, mas ainda era necessário cuidado; a velocidade não podia ser muito alta.

– Para onde estamos indo? – perguntou Pelorat, confuso. – Não consigo distinguir nada sob essas nuvens, velho amigo.

– Nem eu – respondeu Trevize –, mas temos o mapa holográfico oficial de Comporellon, que fornece os contornos das massas terrestres e uma representação do relevo, tanto dos pontos altos como das profundezas dos oceanos, além das subdivisões políticas. O mapa está no computador, e ele fará todo o trabalho. Sincronizará a estrutura oceânica e de terra firme do planeta com o mapa, orientando a nave e nos levando até a capital por meio de um trajeto cicloidal.

– Se formos para a capital – disse Pelorat –, mergulharemos diretamente no turbilhão político. Se o mundo é anti-Fundação, como o camarada da estação de acesso sugeriu, estaremos procurando confusão.

– Por outro lado, é provável que seja o centro intelectual do planeta e, se quisermos informações, é ali que encontraremos, se é que elas podem ser encontradas. Quanto a ser anti-Fundação, duvido que possam demonstrar isso abertamente. A prefeita pode não ter grande apreço por mim, mas também não pode se negar a receber um conselheiro. Ela não iria querer tal precedente registrado.

Júbilo saiu do banheiro, mãos ainda úmidas depois da higienização, e ajustou suas roupas íntimas sem nenhum sinal de constrangimento.

– Espero que os excrementos sejam totalmente reaproveitados – disse.

– Não temos escolha – respondeu Trevize. – Quanto tempo acha que duraria nosso estoque de água sem a reciclagem de excrementos? Como acha que aqueles deliciosos bolos que comemos para dar algum sabor a nossas rações congeladas crescem? Espero que isso não estrague seu apetite, minha eficiente Júbilo.

– E por que deveria? De onde você acha que sai a comida e a água em Gaia, ou neste planeta, ou em Terminus?

– Em Gaia – respondeu Trevize –, os excrementos são tão vivos quanto você, claro.

– Vivos, não. Conscientes. Existe uma diferença. O nível de consciência é, obviamente, muito baixo.

Trevize aspirou de maneira displicente, mas não respondeu.

– Vou para a sala do piloto fazer companhia ao computador – disse. – Não que ele precise de mim.

– Podemos ir também e ajudá-lo a fazer companhia? Não consigo me acostumar com o fato de ele nos levar por conta própria até a superfície, de que ele pode captar outras naves, ou tempestades ou... o que for.

– Acostume-se, por obséquio – Trevize abriu um amplo sorriso. – A nave está muito mais segura sob o controle do computador do que jamais estaria sob o meu. Mas venham, claro. Será bom que vejam o que acontece.

Naquele momento, estavam sobre o lado iluminado do planeta, pois, como explicou Trevize, o mapa do computador podia ser alinhado com a realidade mais facilmente na luz do que na sombra.

– Isso é óbvio – disse Pelorat.

– Não tão óbvio assim. O computador pode processar rapidamente usando a luz infravermelha irradiada pela superfície, mesmo no escuro. Porém, as ondas mais longas de infravermelho não garantem a mesma resolução que a luz visível. Ou seja, o computador não enxerga com tanta precisão e minúcia através do infravermelho e, quando não há necessidades urgentes, prefiro facilitar o máximo possível as coisas para o computador.

– E se a capital estiver no lado noturno?

– A chance é de 50% – respondeu Trevize –, mas, se estiver, uma vez que o mapa tenha sido sincronizado na luz, podemos descer para a capital sem nenhum problema, mesmo no escuro. E muito antes de chegarmos perto dela, interceptaremos feixes de micro-ondas e receberemos instruções sobre o espaçoporto mais conveniente. Não há nada com o que nos preocupar.

– Tem certeza? – perguntou Júbilo. – Está me levando para a superfície sem papéis e sem um mundo de origem que essas pessoas conheçam, e estou absolutamente determinada a não mencionar Gaia, de jeito nenhum. Portanto, o que faremos se me pedirem identificação quando estivermos na superfície?

– É pouco provável que isso aconteça – respondeu Trevize. – Todos devem supor que a questão foi resolvida na estação de acesso.

– Mas e se pedirem?

– Quando chegar esse momento, lidaremos com o problema. Enquanto isso, não criemos preocupações sem justificativa.

– Quando encararmos os problemas que podem surgir, talvez seja tarde demais para resolvê-los.

– Confiarei na minha engenhosidade para garantir que não seja tarde demais.

– Por falar em engenhosidade, como conseguiu que fôssemos liberados pela estação de acesso?

Trevize olhou para Júbilo e seus lábios lentamente se abriram em um sorriso que o fazia parecer quase um adolescente diabólico.

– Usei meu cérebro.

– O que foi que fez? – perguntou Pelorat.

– Era questão de recorrer à estratégia certa. Tentei ameaças e subornos discretos. Recorri à lógica e à lealdade pela Fundação. Nada funcionou, portanto usei o último recurso. Disse que você estava traindo sua esposa, Pelorat.

– Minha *esposa*? Ah, meu caro amigo, não tenho esposa no momento.

– Eu sei disso, mas *ele* não sabia.

– Ao dizer "esposa" – interveio Júbilo –, presumo que estejam falando de uma mulher que seja uma companhia regular e específica de um homem.

– Um pouco mais do que isso, Júbilo – respondeu Trevize. – Uma companheira reconhecida *por lei*, que tem certos direitos por causa dessa união.

– Júbilo – disse Pelorat, nervoso –, eu *não tenho* uma esposa. Tive uma ou outra no passado, mas não tenho uma faz algum tempo. Se você desejar que passemos pelo ritual de legalização...

– Oh, Pel – respondeu Júbilo, fazendo um movimento de desdém com a mão direita –, por que eu me importaria com isso? Tenho inúmeros companheiros, tão próximos de mim quanto seu braço direito é do esquerdo. Somente os Isolados se sentem tão alienados a ponto de usarem convenções artificiais para reforçar um substituto frágil para o verdadeiro companheirismo.

– Mas eu *sou* um Isolado, Júbilo, querida.

– Será menos Isolado com o tempo, Pel. Nunca verdadeiramente Gaia, talvez, mas menos Isolado, e terá uma multidão de companheiros.

– Eu só quero você, Júbilo.

– É porque não sabe nada sobre isso. Aprenderá.

Trevize esteve concentrado na tela de visualização durante aquela conversa, com uma expressão de tolerância cansada em seu rosto. A camada de nuvens estava próxima e, por um instante, tudo era neblina cinzenta.

Visualização em micro-ondas, pensou, e o computador mudou imediatamente para a detecção de ecos dos radares. As nuvens desapareceram e a superfície de Comporellon surgiu com uma cor falsa, as fronteiras entre os setores de constituição diferente apareceram um tanto borradas e trêmulas.

– É assim que vamos ver daqui em diante? – perguntou Júbilo, um pouco surpresa.

– Apenas até passarmos a camada de nuvens. Voltemos à luz do dia – conforme ele falou, a luz solar e a visibilidade normal retornaram.

– Entendo – disse Júbilo. Então, virando-se na direção de Trevize: – O que não entendo é por que deveria importar para aquele oficial da estação de acesso se Pel estaria ou não traindo a esposa.

– Se aquele homem, Kendray, a tivesse mantido sob custódia, eu disse que a notícia chegaria a Terminus e, portanto, à esposa de Pelorat, que teria problemas. Não especifiquei o tipo de problema, mas tentei soar como se fosse algo muito ruim. Existe uma espécie de irmandade entre homens – Trevize agora sorria – e um homem não trai a confiança do outro. Ele até nos ajudaria, se eu tivesse pedido. A lógica, suponho, é que, da próxima vez, aquele que ajudou talvez seja aquele que precise ser ajudado. E presumo – seu tom ficou um pouco mais sério – que exista uma irmandade semelhante entre as mulheres, mas, como não sou uma delas, nunca tive a oportunidade de observar com atenção.

O rosto de Júbilo parecia uma bela tempestade de relâmpagos.

– Isso é uma piada? – vociferou.

– Não, estou falando sério – respondeu Trevize. – Não digo que Kendray nos deixou passar apenas para ajudar Janov a não enfurecer sua esposa. A irmandade masculina deve ter sido apenas o último empurrão para validar meus outros argumentos.

– Mas isso é terrível. São as regras que mantêm a sociedade íntegra e a transformam em um todo. Ignorar as regras por razões triviais é algo assim tão inconsequente?

– Bom – disse Trevize, instantaneamente defensivo –, algumas regras são, elas próprias, triviais. Poucos mundos são exageradamente minuciosos em relação à entrada e à saída de seu espaço em épocas de paz e prosperidade comercial como a que temos agora, e graças à Fundação. Comporellon, por algum motivo, está fora do compasso, provavelmente por causa de alguma questão obscura de política interna. Por que deveríamos ser prejudicados por isso?

– Isso não faz diferença. Se obedecermos apenas às regras que consideramos justas e razoáveis, nenhuma regra funcionará, pois não existe regra que *alguém* não considere injusta e sem sentido. E, se nos dedicarmos apenas a ter vantagens individuais, do nosso ponto de vista, sempre haverá motivos para acreditar que qualquer regra de impedimento é injusta e sem sentido. Assim, o que começa como um truque de esperteza acaba em anarquia e desastre, até mesmo para aquele que foi esperto, pois ele também não conseguirá sobreviver ao colapso da sociedade.

– A sociedade não entra em colapso tão facilmente – respondeu Trevize. – Você fala como Gaia, e Gaia não pode entender a associação de indivíduos livres. Regras, estabelecidas por lógica e justiça, podem facilmente durar mais do que suas próprias utilidades conforme as circunstâncias mudam e, ainda assim, continuarem em voga por causa da inércia. Portanto, não é apenas certo, é também útil, quebrar essas regras para demonstrar o fato de que elas se tornaram inúteis, ou até mesmo danosas.

– Então todos os ladrões e assassinos podem dizer que estão fazendo bem para a humanidade.

– Você está indo a extremos. No superorganismo de Gaia, existe um consenso automático nas regras da sociedade, e não ocorre a ninguém quebrá-las. Alguém poderia até dizer que Gaia está vegetando, fossilizando-se. Existe, de fato, um elemento de desordem na associação livre, mas é o preço a se pagar pela possibilidade de introduzir inovações e mudanças. No geral, é um preço justo.

– Você está bastante equivocado – o tom de voz de Júbilo elevou-se – se acredita que Gaia vegeta e se fossiliza. Nossos feitos, nossos costumes, nossas opiniões estão sob constante autorreflexão. Não permanecem em voga por causa de uma inércia que se sobreponha à razão. Gaia aprende pela experiência e por reflexão e, portanto, muda quando é necessário.

– Mesmo que você diga isso, a autorreflexão e o aprendizado devem ser lentos porque nada que não seja Gaia existe em Gaia. Aqui, em liberdade, mesmo quando praticamente todos concordam, existe a possibilidade de uma minoria que discorda e, em alguns casos, eles podem estar certos. Se forem espertos, apaixonados e *convictos* o suficiente, vencerão no final, e serão os heróis de gerações futuras... como Hari Seldon, que levou a psico-história à perfeição, usou as próprias ideias para digladiar com todo o Império Galáctico e venceu.

– Venceu até agora, Trevize. O Segundo Império planejado por ele não entrará em vigor. Galaxia entrará em seu lugar.

– Será mesmo? – respondeu Trevize, ríspido.

– Foi *sua* decisão e, por mais que discuta comigo em favor dos Isolados e da liberdade de serem tolos e criminosos, há algo nos recessos ocultos de sua mente que o forçou a concordar comigo/conosco/com Gaia quando fez sua escolha.

– O que está presente nos recessos ocultos da minha mente – disse Trevize, ainda mais ríspido – é justamente o que estou procurando. Ali, por exemplo – acrescentou, apontando para a tela de visualização que mostrava uma grande cidade ocupando o horizonte, um aglomerado de pequenas estruturas que, às vezes, atingiam alturas maiores, cercado por campos marrons sob uma leve friagem.

– Que pena – Pelorat sacudiu a cabeça. – Eu queria ter visto a aproximação, mas acabei prestando atenção no debate.

– Não se preocupe, Janov – disse Trevize. – Você poderá ver quando formos embora. Prometo manter minha boca fechada nessa ocasião, se você persuadir Júbilo a controlar a dela.

E a *Estrela Distante* desceu por um feixe de micro-ondas para aterrissar no espaçoporto.

14

Kendray parecia pesaroso quando voltou à estação de acesso e observou a *Estrela Distante* passar. Continuava claramente deprimido ao final de seu turno.

Estava sentado diante de sua última refeição do dia quando um de seus amigos, um sujeito desajeitado com olhos separados, cabelos ralos e claros e sobrancelhas tão loiras que pareciam ausentes, sentou-se ao seu lado.

– Qual o problema, Ken? – perguntou o amigo.

Os lábios de Kendray se torceram.

– Aquela nave que acabou de passar – respondeu – era uma nave gravitacional, Gatis.

– Aquela esquisita, com zero radioatividade?

– Por isso não tem radioatividade. Não usa combustível. É gravitacional.

Gatis concordou com a cabeça.

– Aquela sobre a qual nos avisaram, não é?

– Isso.

– E você a recebeu. Você é sempre o sortudo.

– Não tão sortudo assim. Uma mulher sem identificação estava a bordo, e eu não a reportei.

– *O quê?* Quer saber? Não diga nada. *Eu* não quero saber. Nem mais uma palavra. Você pode ser meu amigo, mas não vou virar seu cúmplice nessa história.

– Não estou preocupado com isso. Não muito, pelo menos. Eu *tinha* que enviar a nave à superfície. Eles querem aquela gravitacional... ou *qualquer* gravitacional. Você sabe disso.

– Certo, mas você poderia, pelo menos, ter reportado a mulher.

– Eu não quis. Ela não é casada. Está lá apenas para... para uso.

– Quantos homens a bordo?

– Dois

– E eles a levaram para a nave somente para... para aquilo. Devem ser de Terminus.

– De fato.

– Eles não se importam com o que fazem, lá em Terminus.

– De fato.

– Repulsivo. E eles conseguem se safar.

– Um deles é casado, e não queria que a esposa soubesse. Se eu reportasse a moça, a esposa descobriria.

– Mas ela não está em Terminus?

– Claro, mas ela descobriria mesmo assim.

– Seria bem-feito para esse homem, se ela descobrisse.

– Concordo. Mas *eu* não posso ser o responsável por isso.

– Eles vão massacrá-lo por não reportar. Querer evitar confusão para um fulano não é justificativa.

– *Você* teria reportado?

– Acho que eu teria a obrigação, sim.

– Não, não teria. O governo quer aquela nave. Se eu tivesse insistido em registrar a mulher, os tripulantes teriam mudado de ideia sobre aterrissar e teriam ido para algum outro planeta. O governo não iria querer isso.

– Mas será que eles acreditarão em você?

– Acho que sim. E era uma mulher linda. Imagine só, uma mulher como aquela disposta a viajar com dois homens, homens casados, com a intenção de se aproveitarem dela. Para falar a verdade, é tentador.

– Você não iria querer que sua esposa soubesse que disse isso, ou até mesmo que pensou nisso.

– Quem vai contar a ela? – respondeu Kendray, desafiador. – Você?

– Sem essa. Você sabe muito bem que não – o olhar de indignação de Gatis desapareceu rapidamente. – Não vai ser nada bom para aqueles caras, sabe, você tê-los deixado passar.

– Eu sei.

– O pessoal da superfície descobrirá logo e, mesmo que *você* saia ileso, *eles* não sairão.

– Eu sei – respondeu Kendray –, mas sinto pena deles. Qualquer problema que a mulher cause não será nada comparado ao que a nave causará. O capitão fez algumas observações...

Kendray parou de falar.

– Como o quê? – perguntou Gatis, ansioso.

– Esqueça – disse Kendray. – Se isso se espalhar, será o meu traseiro na linha.

– Não vou contar a ninguém.

– Nem eu. Mas sinto pena daqueles dois homens de Terminus.

15

Para qualquer pessoa que tenha viajado pelo espaço e experimentado sua inexorável constância, a verdadeira empolgação dos voos espaciais surge no momento em que se aterrissa em um novo planeta. O chão passa rapidamente sob a espaçonave e você tem vislumbres de terra e do mar, de áreas e linhas geométricas que representam campos e estradas. Você percebe o verde da natureza, o cinza do concreto, o marrom do solo infértil, o branco da neve. Acima de tudo, há a empolgação dos conglomerados habitados; cidades que, em cada mundo, têm suas próprias variedades geométricas e arquitetônicas.

Em uma espaçonave comum, haveria a emoção de tocar o solo e deslizar por uma pista. Para a *Estrela Distante*, era diferente. Ela flutuava; sua velocidade era diminuída por meio de cuidadosos ajustes no equilíbrio entre a resistência do ar e a gravidade, para, enfim, pousar sobre o espaçoporto. O vento estava forte, o que acrescentou complicações. A *Estrela Distante*, quando ajustada para baixa resposta à tração da gravidade, tinha não apenas pouco peso, mas também pouca massa. Se sua massa estivesse perto demais de zero, o vento a sobrepujaria facilmente. Portanto, a resposta à gravidade precisava ser aumentada, e propulsores deviam ser cuidadosamente usados não apenas contra a tração do planeta, mas também contra a força do vento – e da forma mais próxima possível das variações de intensidade do vento. Sem um computador apropriado, isso era impossível.

A nave desceu e desceu, com pequenas e inevitáveis mudanças de direção aqui e ali, flutuando até finalmente aterrissar na marcação que destacava a área do porto reservada para ela.

Quando a *Estrela Distante* pousou, o céu era de um azul-pálido misturado com um branco chapado. O vento continuava agressivo no solo e, mesmo que não fosse mais um perigo para a navegação, causava um arrepio que fazia Trevize se contorcer. Ele percebeu, imediatamente, que o suprimento de roupas dos três era totalmente inapropriado para o clima comporellano.

Pelorat, por outro lado, olhou à volta com admiração e respirou fundo pelo nariz, satisfeito, apreciando o abraço do frio, pelo menos naquele momento. Ele até abriu deliberadamente seu casaco para sentir o frio contra o peito. Sabia que, em breve, fecharia o casaco novamente e ajustaria seu cachecol, mas, por enquanto, queria sentir a existência de uma atmosfera. Isso era impossível dentro da nave.

Júbilo fechou-se o máximo que pôde em seu casaco e, com mãos cobertas por luvas, puxou o chapéu que vestia para baixo a fim de cobrir as orelhas. Seu rosto estava contorcido pelo sofrimento e ela parecia à beira das lágrimas.

– Este mundo é maligno – murmurou. – Ele nos odeia e nos trata mal.

– De jeito nenhum, Júbilo, querida – respondeu Pelorat, com seriedade. – Estou certo de que os habitantes gostam deste mundo, e que ele... uh... gosta de seus habitantes, se quiser usar esses termos. Logo estaremos em um lugar fechado, e será quente.

Quase completando o raciocínio, ele abriu um dos lados de seu casaco e a envolveu; ela se aconchegou a ele. Trevize fez o melhor que pôde para ignorar a temperatura. Obteve um cartão-mapa com a autoridade portuária, verificando em seu computador de bolso que o cartão continha todos os detalhes necessários – o número da galeria e do lote, o nome da nave e o número de série do motor, e assim por diante. Checou a nave mais uma vez para garantir que ela estava segura e então comprou o seguro máximo contra eventualidades (inútil, na verdade, pois a *Estrela Distante* era provavelmente invulnerável a qualquer nível de tecnologia comporellana, e totalmente insubstituível, mesmo com dinheiro, caso não fosse).

Trevize encontrou o ponto de táxi onde era esperado (várias instalações em espaçoportos eram padronizadas em localização, aparência e modo de usar. Precisavam ser, considerando a natureza interplanetária da clientela).

Ele usou o terminal para chamar um táxi, marcando apenas "cidade" como destino. Um táxi planou na direção deles sobre esquis diamagnéticos, deslizando um pouco para os lados por causa do vento e tremendo sob a vibração de seu motor não muito silencioso. Era cinza-escuro e trazia os emblemas brancos de táxi nas portas traseiras. O taxista usava um casaco escuro e um chapéu de penugem branca.

– A decoração planetária parece ser preta e branca – comentou Pelorat discretamente, ao reparar no motorista.

– Talvez seja mais animada na cidade.

O taxista falou por um pequeno microfone, talvez para evitar abrir a janela.

– Estão indo para a cidade, companheiros? – perguntou.

Havia uma gentil melodia em seu dialeto galáctico que era bastante acolhedora, e ele não era difícil de entender – sempre um alívio em um novo planeta.

– Isso mesmo – respondeu Trevize, e a porta traseira abriu-se, deslizando.

Júbilo entrou, seguida por Pelorat e então por Trevize. A porta foi fechada e ar quente soprou de baixo para cima.

Júbilo esfregou as mãos e soltou um longo suspiro de alívio.

O táxi começou a andar lentamente.

– Aquela nave em que chegaram é gravitacional, não é? – perguntou o motorista.

– Considerando a maneira como pousamos – disse Trevize, secamente –, você tem dúvidas?

– Então ela é de Terminus? – perguntou o taxista.

– Você conhece algum outro mundo que poderia construir uma dessas? – respondeu Trevize.

O motorista pareceu digerir a resposta conforme o táxi ganhava velocidade. Então, disse:

– Você sempre responde uma pergunta com outra pergunta?

Trevize não pôde resistir.

– Por que não? – respondeu.

– Nesse caso, o que você responderia caso eu perguntasse se o seu nome é Golan Trevize?

– Eu responderia: por que pergunta?

O táxi encostou nos arredores do espaçoporto e o motorista disse:

– Curiosidade! Repito a pergunta: você é Golan Trevize?

A voz de Trevize ficou tensa e hostil.

– Como isso pode ser da sua conta? – respondeu.

– Meu amigo – disse o taxista –, não andaremos até que você me responda. E, se não responder com "sim" ou "não" em dois segundos, desligarei o ar quente do compartimento de passageiros e ficaremos aqui. Você é Golan Trevize, conselheiro de Terminus? Se responder negativamente, deverá mostrar documentos de identificação.

– Sim – respondeu Trevize –, sou Golan Trevize e, como conselheiro da Fundação, espero ser tratado com toda a cortesia condizente ao meu cargo. Sua recusa a fazê-lo lhe trará problemas, camarada. E agora?

– Agora podemos continuar com um pouco mais de tranquilidade – o táxi começou a andar novamente. – Escolho meus passageiros com cuidado, e esperava pegar apenas dois homens. A mulher não era esperada e eu talvez tivesse cometido um erro. Como não me enganei, deixarei a seu cargo explicar a presença da moça quando chegar ao seu destino.

– Você não sabe qual é o meu destino.

– Acontece que eu sei. Você irá para o Departamento de Transporte.

– Não é para onde quero ir.

– Isso não tem a mínima importância, conselheiro. Se eu fosse um taxista, eu o levaria para onde quisesse ir. Como não sou, eu o levarei para onde *eu* quero que você vá.

– Desculpe-me – interveio Pelorat, inclinando-se para a frente –, mas você parece um taxista. Está dirigindo um táxi.

– Qualquer um pode dirigir um táxi. Nem todos têm a licença para tanto. E nem todos os carros que parecem táxis são táxis.

– Chega de brincadeiras. Quem é você e o que está fazendo? Lembre-se de que terá de responder por isso à Fundação.

– Não eu – respondeu o motorista. – Meus superiores, talvez. Sou um agente da Força de Segurança Comporellana. Tenho ordens de tratá-lo com todo o respeito exigido por seu cargo, mas você deve ir para onde eu levá-lo. E tome muito cuidado com sua reação, pois este veículo é armado e estou sob ordens de me defender contra qualquer ataque.

16

Depois de alcançar a velocidade de passeio, o veículo movia-se com quietude e suavidade absolutas, e Trevize, naquele silêncio, parecia congelado. Percebia, sem precisar ver, que Pelorat lançava olhares de incerteza para ele, com uma expressão de "O que faremos agora? Por favor, diga-me".

Com uma olhadela na direção de Júbilo, Trevize viu que ela estava calma, aparentemente despreocupada. Claro – ela era todo um planeta. Gaia inteira, por mais que estivesse a distâncias galácticas, estava contida sob sua pele. Ela possuía recursos que poderiam ser invocados, no caso de uma emergência verdadeira.

Mas, então, o que tinha acontecido?

Era evidente que o oficial da estação de acesso, seguindo procedimentos de rotina, enviara seu relatório – omitindo Júbilo – e atraíra o interesse do pessoal da segurança, além, surpreendentemente, do Departamento de Transportes.

Por quê?

Era uma época de paz e ele não sabia de nenhuma tensão específica entre Comporellon e a Fundação. Ele próprio era um importante oficial da Fundação...

Espere um momento. Ele havia dito ao oficial da estação de acesso – Kendray, era seu nome – que estava em uma missão importante envolvendo o governo comporellano. Enfatizara tal fato ao tentar convencê-lo a liberar a passagem. Kendray talvez tivesse incluído aquilo no relatório, e *aquilo* levantara todo tipo de interesse.

Trevize não antecipara isso, e certamente deveria ter antecipado.

O que era, então, seu suposto dom da certeza? Estaria ele começando a acreditar que era a caixa-preta que Gaia acreditava que ele fosse – ou dizia acreditar que ele fosse? Estaria ele se envolvendo em uma situação complicada por causa do aumento de uma confiança exagerada, baseada em superstição?

Como ele poderia ter, por um momento sequer, acreditado naquela tolice? Nunca estivera errado, em toda a sua vida? Sabia dizer qual seria o clima de amanhã? Ganhara grandes somas em jogos de azar? As respostas eram não, não e não.

Pois então era apenas nas questões grandes e amorfas que ele estava sempre certo? Como poderia ter certeza?

Esqueça isso! Afinal, o simples fato de ter declarado estar ali por causa de assuntos importantes de Estado... não, ele dissera "segurança da Fundação"...

Pois bem. O simples fato de ele estar ali por questões de segurança da Fundação, vindo em segredo e sem ser anunciado, como fizera, certamente atrairia a atenção comporellana. Sim, mas até que eles soubessem do que tudo aquilo se tratava, decerto agiriam com prudência absoluta. Seriam cerimoniosos e o tratariam como a um alto dignitário. Eles *não* o sequestrariam nem coagiriam com ameaças.

Entretanto, tinham feito exatamente aquilo. Por quê?

O que os fizera se sentirem fortes e poderosos o suficiente para tratarem um conselheiro de Terminus daquela maneira?

Poderia ser a Terra? Seria a mesma força que escondera o planeta de origem com tanta eficiência, até mesmo dos grandes mentálicos da Segunda Fundação, que agora agia para frustrar sua busca pela Terra, logo no primeiro passo? Seria a Terra onisciente? Onipotente?

Trevize sacudiu a cabeça. Aquele caminho levaria à paranoia. Ele iria culpar a Terra por tudo? Todos os comportamentos esquisitos, todas as curvas na estrada, todas as mudanças de circunstância seriam resultado das maquinações secretas da Terra? No momento em que começasse a pensar dessa maneira, estaria derrotado.

Àquela altura, sentiu o veículo diminuir a velocidade e foi trazido imediatamente de volta à realidade.

Ocorreu-lhe que não tinha, nem por um segundo, olhado para a cidade pela qual passavam. Naquele momento, observou o entorno apressadamente. Os prédios eram baixos, mas era um planeta frio – a maioria das estruturas era, provavelmente, subterrânea.

Não viu nenhum traço de cor, o que pareceu contra a natureza humana.

De vez em quando via uma pessoa com casacos pesados passar. Mas as pessoas, como os próprios prédios, deveriam estar, a maioria, sob a superfície.

O táxi parou diante de um prédio largo e baixo, construído em uma depressão cujo fundo Trevize não conseguia ver. Alguns momentos se passaram e o veículo continuou ali, o motorista imóvel. Seu chapéu alto e branco quase tocava o teto.

Trevize se perguntou, vagamente, como o motorista conseguia entrar e sair do veículo sem derrubar o chapéu. Então, com a raiva controlada que era de se esperar de um oficial orgulhoso e contrariado, disse:

– E então, motorista, o que acontece agora?

A versão comporellana do campo de força que separava o motorista dos passageiros não era nada primitiva. Ondas sonoras podiam passar, apesar de Trevize ter certeza de que objetos materiais, em níveis adequados de força, não passariam.

– Alguém virá buscá-los – respondeu o motorista. – Fique sentado e acalme-se.

Conforme ele disse isso, três cabeças surgiram de dentro da depressão onde estava o prédio, em uma lenta e suave ascensão. Em seguida, apareceram os corpos. Era evidente que os recém-chegados subiam em algo semelhante a uma escada rolante, mas, de onde estava sentado, Trevize não conseguia ver detalhes do equipamento.

Conforme os três se aproximaram, a porta de passageiros do táxi se abriu e uma corrente de ar gelado invadiu o compartimento.

Trevize saiu, ajustando seu casaco em torno do pescoço. Os outros dois vieram em seguida – Júbilo, com considerável relutância.

Os três comporellanos não tinham formas muito definidas, pois usavam vestimentas estufadas, provavelmente aquecidas eletricamente. Trevize sentiu desprezo. Havia pouco uso para coisas daquele tipo em Terminus, e na única vez em que usara um casaco elétrico, durante o inverno de um planeta próximo a Anacreon, descobriu que eles aqueciam lentamente; quando percebeu que estava quente demais, já transpirava desconfortavelmente.

Conforme os comporellanos se aproximaram, Trevize reparou, com um distinto senso de indignação, que estavam armados. E nem tentavam esconder tal fato; muito pelo contrário. Cada um carregava um desintegrador em um coldre preso à parte externa da roupa.

Um dos comporellanos se aproximou e ficou diante de Trevize.

– Com sua licença, conselheiro – disse o comporellano grosseiramente, e então abriu o casaco de Trevize com um movimento rude. Usou as mãos em movimentos rápidos que passaram para cima e para baixo pelas laterais, costas, peito e coxas de Trevize. O casaco foi sacudido e apalpado. Trevize estava chocado e confuso demais para entender imediatamente que acabara de ser revistado de maneira rápida e eficiente.

Pelorat, com o queixo para baixo e uma careta torcida, passava por humilhação parecida nas mãos de um segundo comporellano. O terceiro se aproximou de Júbilo, que não esperou ser tocada. De alguma maneira, ela sabia o que esperar, pois se despiu do casaco e, por um momento, ficou ali com suas roupas de baixo, exposta ao sopro do vento. Com uma frieza equiparável à temperatura externa, disse:

– Vocês podem ver que não estou armada.

E, de fato, todos podiam ver. O comporellano sacudiu o casaco de Júbilo, como se pudesse saber se havia uma arma ali apenas pelo peso – e talvez pudesse – e se afastou.

Júbilo vestiu seu casaco novamente, aconchegando-se dentro dele; e, por um instante, Trevize admirou seu gesto. Ele sabia como ela se sentia em relação ao frio, mas ela não permitiu que nenhum tremor ou arrepio percorresse o próprio corpo enquanto ficou ali usando apenas uma blusa e uma calça finas (então ele se perguntou se, na emergência, ela não teria buscado calor no restante de Gaia).

Um dos comporellanos gesticulou e os três Estrangeiros o seguiram. Os outros dois comporellanos vieram logo atrás. Um ou dois pedestres que estavam na rua não se importaram o suficiente para observar o que estava acontecendo. Talvez estivessem acostumados com aquilo ou, mais provavelmente, concentrados demais em entrar em algum lugar quente o mais rápido possível.

Trevize viu que os comporellanos tinham subido por uma rampa móvel. Agora, os seis desciam por ela e passavam por uma comporta quase tão sofisticada quanto a de uma espaçonave – para conter o calor, sem dúvida.

E então eles estavam dentro de um prédio imenso.

5.

Disputa pela nave

17

A PRIMEIRA IMPRESSÃO DE TREVIZE foi que ele estava no cenário de um hiperdrama; especificamente, de um romance histórico ambientado nos dias imperiais. Era uma montagem típica, com poucas variações (na opinião dele, talvez existisse apenas uma, usada por todos os produtores de hiperdramas), que representava a grande cidade planetária Trantor em seu auge.

Havia os grandes espaços, a pressa atarefada dos pedestres, os pequenos veículos trafegando pelas faixas reservadas a eles.

Trevize olhou para cima, quase esperando táxis-aéreos entrando em recessos escuros, mas isso, pelo menos, não existia. Na verdade, conforme sua surpresa inicial diminuiu, ficou evidente que o prédio era muito menor do que seria de se esperar em Trantor. Era *apenas* um prédio, e não parte de um complexo que se espalhava, ininterrupto, por milhares de quilômetros em todas as direções.

As cores também eram diferentes. Nos hiperdramas, Trantor era sempre retratado com uma extravagância impossível de cores, e as roupas, caso fossem representadas literalmente, não eram nada práticas e funcionais. Porém, todas aquelas cores e ornamentos serviam a um propósito simbólico, pois indicavam a decadência (opinião que era obrigatória, naqueles dias) do Império, especialmente em Trantor.

Mas se a representação era válida, Comporellon era o oposto completo da decadência, pois a paleta de cores que Pelorat comentara no espaçoporto era, aqui, corroborada.

As paredes tinham tons de cinza; o teto era branco; a roupa da população era preta, cinza e branca. De vez em quando, uma roupa totalmente preta; raramente, uma totalmente cinza. Trevize não viu nenhuma totalmente branca. Mas a textura era sempre diferente, como se as pessoas, destituídas de cores, conseguissem encontrar maneiras irrefreáveis de afirmar individualidade.

Os rostos tendiam a ser inexpressivos – os que não eram mostravam austeridade. As mulheres tinham cabelos curtos; os dos homens eram mais longos, puxados para trás em tranças curtas. Ninguém olhava para ninguém conforme passavam uns pelos outros. Todos pareciam transpirar objetividade, como se tivessem assuntos importantes em mente, sem espaço para mais nada. Homens e mulheres vestiam-se da mesma maneira, com apenas o comprimento do cabelo e o discreto volume de seios e largura de quadris como diferenciadores.

Os três foram guiados até um elevador, que desceu cinco andares. Saíram e foram conduzidos até uma porta, na qual aparecia, em letras pequenas e discretas, branco sobre cinza, "Mitza Lizalor, MinTrans".

O comporellano na liderança tocou as letras, que, depois de um momento, brilharam em resposta. A porta se abriu e eles entraram. Era um grande aposento, quase vazio; a nudez de elementos servindo, talvez, como um notável consumo de espaço criado para destacar o poder de seu ocupante.

Dois guardas estavam postados na parede ao fundo, com rostos inexpressivos e olhos fixos naqueles que entravam. Uma grande escrivaninha ocupava o centro do aposento, posicionada, talvez, um pouco para trás do centro. Atrás da escrivaninha estava, presumivelmente, Mitza Lizalor, corpulenta, rosto suave, olhos escuros. Duas mãos fortes e ágeis, com longos dedos de pontas quadradas, estavam pousadas sobre o móvel.

A MinTrans (ministra do Transporte, supôs Trevize) tinha amplas lapelas de um branco ofuscante que contrastavam com o cinza-escuro do restante de suas vestimentas. O branco das lapelas continuava em linhas diagonais, que se cruzavam no centro do peito. Trevize observou que, mesmo que a roupa tivesse sido desenhada para disfarçar o volume dos seios de uma mulher, o X branco chamava a atenção para eles.

A ministra era, sem dúvida, uma mulher. Mesmo ignorando seus seios, seus cabelos curtos eram evidentes e, apesar de seu rosto estar sem maquiagem, seus traços eram distintamente femininos.

Sua voz, um rico contralto, também era indiscutivelmente feminina.

– Boa tarde – ela disse. – Não é sempre que somos honrados com a visita de homens de Terminus. E de uma mulher não reportada, também – seus olhos passaram de um para o outro e então pousaram em Trevize, que estava tenso e com postura contrariada. – E ainda a de um homem que é membro do Conselho.

– Um conselheiro da Fundação – respondeu Trevize, tentando fazer a voz ressoar. – Conselheiro Golan Trevize, em uma missão em nome da Fundação.

– Em uma missão? – as sobrancelhas da ministra se ergueram.

– Em uma missão – repetiu Trevize. – Por que, então, somos tratados como criminosos? Por que fomos colocados sob custódia por guardas armados e trazidos para cá como prisioneiros? Espero que entenda que o Conselho da Fundação não ficará nada contente quando ouvir sobre isso.

– E de qualquer forma – disse Júbilo, sua voz parecendo um tanto estridente em comparação à da senhora diante deles –, ficaremos de pé indefinidamente?

A ministra encarou Júbilo friamente por algum tempo, então ergueu um braço.

– Três cadeiras! Agora! – ordenou.

Uma porta se abriu e três homens, vestidos da maneira comporellana tradicionalmente sóbria, trouxeram três cadeiras em um semitrote. As três pessoas diante da escrivaninha se sentaram.

– Pronto – disse a ministra, com um sorriso gelado –, estamos confortáveis?

Trevize não se sentia nada confortável. As cadeiras não tinham estofamento, eram frias ao toque e tinham assentos e encostos retos, que não acomodavam de maneira nenhuma a forma do corpo. Ele perguntou:

– Por que estamos aqui?

A ministra consultou papéis em sua escrivaninha.

– Explicarei assim que tiver certeza de alguns dados. Sua nave é a *Estrela Distante*, vinda de Terminus. Está correto, conselheiro?

– Sim.

A ministra ergueu os olhos.

– Usei seu título, conselheiro. Use o meu, por favor, como cortesia.

– Madame Ministra seria suficiente? Ou existe algum honorífico?

– Nenhum honorífico, senhor, e não precisa usar termos duplos. "ministra" é suficiente, ou "madame", caso se canse da repetição.

– Então minha resposta para sua pergunta é: sim, ministra.

– O capitão da nave é Golan Trevize, cidadão da Fundação e membro do Conselho de Terminus; um conselheiro novato, na realidade. O senhor é Trevize. Estou certa, conselheiro?

– Sim, ministra. E, como sou cidadão da Fundação...

– Ainda não acabei, conselheiro. Guarde suas objeções até que eu tenha terminado. Acompanhando-o está Janov Pelorat, estudioso, historiador e cidadão da Fundação. É o senhor, não é mesmo, dr. Pelorat?

Pelorat não conseguiu disfarçar uma leve surpresa quando a ministra virou seu aguçado olhar em sua direção.

– Sim, sou eu, minha c... – ele parou e recomeçou: – Sim, sou eu, ministra.

A ministra juntou as mãos rapidamente.

– Não há nenhuma menção sobre uma mulher no relatório que me foi passado. Essa mulher é um dos membros da tripulação da nave?

– Sim, ministra – respondeu Trevize.

– Então me dirijo à mulher. Seu nome?

– Sou conhecida como Júbilo – disse Júbilo, sentada ereta e falando com clareza tranquila –, mas meu nome completo é mais longo do que isso, madame. Gostaria de meu nome completo?

– Estou satisfeita com Júbilo, por enquanto. É uma cidadã da Fundação, Júbilo?

– Não sou, madame.

– De que mundo é cidadã, Júbilo?

– Não tenho documentos que atestem cidadania em nenhum mundo, madame.

– Nenhum documento, Júbilo? – ela fez uma pequena anotação nos papéis à sua frente. – Tal fato foi registrado. O que faz a bordo da nave?

– Sou uma passageira, madame.

– O conselheiro Trevize ou o dr. Pelorat pediram seus documentos antes que embarcasse, Júbilo?

– Não, madame.

– Informou-lhes de que estava sem documentação, Júbilo?

– Não, madame.

– Qual é sua função a bordo da nave, Júbilo? Seu nome diz respeito à sua função?

– Sou uma passageira e não tenho nenhuma outra função – respondeu Júbilo, orgulhosa.

Trevize interrompeu.

– Por que a senhora importuna essa mulher, ministra? Qual lei ela desobedeceu?

Os olhos da ministra Lizalor passaram de Júbilo para Trevize.

– O senhor é um Estrangeiro, conselheiro – respondeu a ministra –, e não conhece nossas leis. Ainda assim, está sujeito a elas ao optar por visitar nosso mundo. O senhor não traz suas leis consigo; creio que é a regra geral das leis galácticas.

– De fato, ministra, mas isso não me diz quais leis ela desobedeceu.

– É uma regra geral na Galáxia, conselheiro, que um visitante de fora dos domínios do mundo que está sendo visitado traga documentação consigo. Muitos planetas são negligentes nesse aspecto, priorizando o turismo ou agindo de maneira indiferente à regra de ordem. Nós, em Comporellon, não somos assim. Somos um mundo de leis, rígidos em suas aplicações. Ela é uma pessoa sem mundo e, portanto, desobedece às nossas leis.

– Ela não teve escolha nessa questão – disse Trevize. – Eu era o piloto da nave e aterrissei em Comporellon. Ela precisava nos acompanhar, ministra, ou a senhora está sugerindo que ela devesse ter pedido para ser lançada ao espaço?

– Isso significa apenas que você também desobedeceu às nossas leis, conselheiro.

– Não, não é verdade, ministra. Eu não sou um Estrangeiro. Sou um cidadão da Fundação, e Comporellon e seus mundos dependentes são Potências Associadas à Fundação. Como cidadão da Fundação, posso visitar Comporellon livremente.

– Certamente, conselheiro, desde que tenha a documentação que prove que é um cidadão da Fundação.

– Eu tenho, ministra.

– Ainda assim, mesmo como cidadão da Fundação, não tem o direito de infringir nossa lei ao trazer consigo uma pessoa sem mundo.

Trevize hesitou. Era óbvio que o agente de imigração, Kendray, não tinha cumprido sua parte do acordo, portanto não fazia sentido protegê-lo.

– Não fomos barrados na estação de imigração, ministra, e considerei tal fato uma permissão implícita para trazer essa mulher comigo.

– É verdade que não foram barrados, conselheiro. É verdade que a mulher não foi reportada pelas autoridades de imigração e teve a passagem permitida. Mas suspeito que os oficiais na estação de acesso decidiram, e corretamente, que era mais importante que sua nave chegasse à superfície do que se preocupar com uma pessoa sem mundo. O que fizeram foi, falando estritamente, uma infração das regras, e a questão será resolvida com os procedimentos adequados, mas tenho certeza de que o veredicto dirá que a infração foi justificada. Somos um mundo de leis rígidas, conselheiro, mas não somos rígidos além do que dita o bom senso.

– Então – respondeu Trevize, imediatamente –, apelo para o bom senso da senhora para flexibilizar o rigor neste momento, ministra. Se a senhora não recebeu da estação de acesso nenhuma informação sobre uma pessoa sem mundo a bordo da nave, não sabia que estávamos infringindo a lei quando aterrissamos. Ainda assim, é evidente que estavam preparados para nos colocar sob custódia no momento em que pousamos, e assim o fizeram. Por que, se não tinham nenhum motivo para acreditar que alguma lei estava sendo infringida?

– Entendo sua confusão, conselheiro – sorriu a ministra. – Por favor, permita-me garantir que qualquer informação que obtivemos ou não sobre a condição sem mundo de sua passageira não está relacionada a vocês terem sido colocados sob custódia. Estamos agindo em nome da Fundação, da qual, como você mesmo aponta, somos uma Potência Associada.

– Mas isso é impossível, ministra – Trevize olhou-a nos olhos. – Pior. É ridículo.

A risadinha da ministra foi como a suave textura do mel. Ela respondeu:

– Estou interessada em saber por que o senhor considera ser ridículo pior do que ser impossível, conselheiro. Concordo com isso. Porém, infelizmente, não é nenhum dos dois casos. Por que seria?

– Porque sou um oficial do governo da Fundação, em uma missão em nome deles, e é absolutamente inconcebível que eles queiram me prender, ou até mesmo que tivessem o poder para tanto, considerando que tenho imunidade legislativa.

– Ah, o senhor omite meu título, mas está profundamente emotivo, o que faz isso ser perdoável. Ainda assim, não tenho ordens de prendê-lo diretamente. Eu o fiz apenas para poder cumprir o que me *foi* pedido, conselheiro.

– O que lhe foi pedido, ministra? – perguntou Trevize, tentando manter as emoções sob controle diante dessa formidável mulher.

– Que eu tome posse de sua nave, conselheiro, e a devolva para a Fundação.

– O quê?

– Mais uma vez omitiu meu título, conselheiro. É um descuido da sua parte e não colabora em nada com a sua situação. Presumo que a nave não seja sua. Ela foi criada para você, construída para você ou paga por você?

– Evidente que não, ministra. Foi concedida a mim pelo governo da Fundação.

– Então é de se presumir que o governo da Fundação tenha o direito de cancelar tal concessão, conselheiro. Imagino que seja uma nave valiosa.

Trevize não respondeu.

– É uma espaçonave gravitacional, conselheiro – continuou a ministra. – Não devem existir muitas delas e até mesmo a Fundação deve ter poucas disponíveis. Provavelmente lamentam terem concedido uma dessas a você. Talvez consiga persuadi-los a conceder-lhe outra nave, menos valiosa, mas amplamente satisfatória para a realização de sua missão. Mas precisamos ficar com a nave em que você chegou.

– Não, ministra, não posso abrir mão da nave. Não consigo acreditar que a Fundação tenha lhe feito esse pedido.

– Não foi um pedido formal a mim, conselheiro – sorriu a ministra. – Não foi específico para Comporellon. Temos motivos para acreditar que o pedido tinha sido enviado a todos os muitos planetas e a todas as regiões sob jurisdição ou em acordo com a Fundação. Com base nisso, deduzo que a Fundação não saiba o seu itinerário e esteja lhe procurando com certo vigor raivoso. Deduzo, ainda, que o senhor não tem nenhuma missão a cumprir aqui em Comporellon em nome da Fundação, pois, nesse caso, eles saberiam onde o senhor está e lidariam diretamente conosco. Em resumo, conselheiro, o senhor está mentindo para mim.

– Eu gostaria – disse Trevize, com certa dificuldade – de ver uma cópia do pedido que recebeu do governo da Fundação, ministra. Acredito ter prerrogativa para tanto.

– Certamente, se isso tudo se tornar uma ação legal. Levamos nossos relatórios legais muito a sério, conselheiro, e seus direitos serão plenamente protegidos, eu garanto. Mas seria melhor e mais fácil se chegássemos a um acordo aqui e agora sem a publicidade e os atrasos de uma ação judicial. Prefeririamos assim, e tenho certeza de que a Fundação também preferiria, pois não deve querer que a Galáxia toda saiba sobre um legislador fugitivo. Isso a deixaria sob os holofotes do ridículo e, tanto em sua opinião como na minha, isso seria pior do que impossível.

Trevize mais uma vez permaneceu em silêncio.

A ministra esperou um instante e então prosseguiu, tão inabalável quanto antes.

– Veja bem, conselheiro, de qualquer forma, seja por meio de um acordo informal ou por ação judicial, nós ficaremos com a nave. A penalidade por trazer uma passageira sem mundo dependerá de qual desses caminhos seguiremos. Exija o cumprimento da lei e ela será mais um ponto contra o senhor, e todos estarão sujeitos à punição mais severa pelo crime, que não será branda, eu garanto. Cheguemos a um acordo e sua passageira poderá ser mandada embora em um voo comercial para qualquer destino que ela quiser, e vocês poderão acompanhá-la, se assim desejarem. Ou, se a Fundação estiver disposta a tanto, forneceremos uma de nossas próprias naves, uma que seja perfeitamente adequada, desde que, evidentemente, a Fundação a substitua com uma nave equivalente de sua própria frota. Ou se, por algum motivo, o senhor não quiser retornar a um território controlado pela Fundação, talvez estejamos dispostos a oferecer refúgio aqui mesmo e no futuro, possivelmente, a cidadania comporellana. O senhor tem muitas possibilidades de ganho se chegar a um acordo amigável, e nenhuma se insistir em seus direitos legais. Compreende?

– Ministra – disse Trevize –, a senhora está se precipitando. Promete o que não pode cumprir. Não pode me oferecer asilo diante de um requerimento da Fundação para que eu seja entregue a eles.

– Conselheiro – a ministra respondeu –, eu nunca prometo o que não posso cumprir. O requerimento da Fundação foi apenas pela nave. Não fizeram nenhum requerimento que diga respeito ao senhor como indivíduo, ou a qualquer outro que estivesse na nave. O único pedido foi pela espaçonave.

Trevize olhou rapidamente para Júbilo e disse:

– Com sua permissão, ministra, posso deliberar com o dr. Pelorat e com a srta. Júbilo por um instante?

– Certamente, conselheiro. Terão quinze minutos.

– Em particular, ministra.

– Vocês serão levados a um aposento e, depois de quinze minutos, serão trazidos de volta, conselheiro. Não serão incomodados enquanto estiverem ali, e não tentaremos monitorar sua conversa. Tem minha palavra, e eu mantenho minha palavra. Mas serão adequadamente escoltados, portanto não sejam tolos a ponto de pensarem em fugir.

– Entendido, ministra.

– E, quando voltarem, esperamos que concorde espontaneamente e ceda a nave. Caso contrário, a lei seguirá seu rumo, e será muito pior para todos vocês, conselheiro. Ficou claro?

– Ficou claro, ministra – disse Trevize, mantendo a fúria sob rígido controle, pois expressá-la não seria nem um pouco benéfico.

18

Era uma sala pequena, mas bem iluminada. Tinha um sofá e duas cadeiras e era possível ouvir o discreto som de ventilação. No geral, era evidentemente mais confortável do que o escritório grande e estéril da ministra.

Um guarda alto e solene, com mão a postos sobre a coronha do seu desintegrador, os levou até lá. Ele ficou do lado de fora conforme os três entraram e, com um pesado tom de voz, disse:

– Vocês têm quinze minutos.

Imediatamente, a porta deslizou e fechou com um som grave.

– Espero que não estejamos grampeados – disse Trevize.

– Ela nos deu a própria palavra, Golan – respondeu Pelorat.

– Você julga os outros como bem entende, Janov. A tal "palavra" dela não é suficiente. Ela deixará de cumpri-la sem hesitação, se quiser.

– Não importa – interveio Júbilo. – Posso bloquear este lugar.

– Você tem um equipamento de bloqueio? – perguntou Pelorat.

Júbilo sorriu com dentes muito brancos.

– A mente de Gaia é um equipamento de bloqueio, Pel. É uma mente gigantesca.

– Estamos aqui – disse Trevize –, por causa das limitações dessa mente gigantesca.

– O que quer dizer? – perguntou Júbilo.

– Quando aconteceu o confronto triplo para decidir o futuro da Galáxia, você me tirou tanto da mente da prefeita como da mente daquele membro da Segunda Fundação, Gendibal. Nenhum deles pensaria em mim de novo, a não ser vagamente e com indiferença. Eu seria deixado em paz.

– Tivemos que fazer aquilo – disse Júbilo. – Você é nosso recurso mais importante.

– Sim. Golan Trevize, o eternamente certo. Mas você não tirou minha nave da mente deles, tirou? A prefeita Branno não quer a mim, ela não tem nenhum interesse por mim. Mas quer *a nave*. Ela não esqueceu a nave.

Júbilo franziu o cenho.

– Pense nisso – continuou Trevize. – Gaia presumiu despreocupadamente que eu incluía minha nave; que éramos uma unidade. Se Branno não pensasse em mim, não pensaria na nave. O problema é que Gaia não entende individualidade. Considerou que eu e a nave éramos um único organismo, e estava errada.

– É possível – disse Júbilo, suavemente.

– Pois bem – prosseguiu Trevize, categoricamente –, agora cabe a você retificar esse erro. Preciso de minha nave gravitacional e do meu computador. Nada poderá substituí-los. Portanto, Júbilo, faça com que eu permaneça com a nave. Você pode controlar mentes.

– Sim, Trevize, mas não exercemos esse controle de modo inconsequente. Fizemos isso em conjuntura com o confronto triplo, mas você tem ideia de quanto tempo aquele confronto levou para ser planejado? Calculado? Ponderado? Levou, literalmente, muitos anos. Não posso simplesmente ajustar a mente dessa mulher para a conveniência de alguém.

– É um momento de...

– Se eu começar com esse tipo de atitude – continuou Júbilo, com vigor –, onde vamos parar? Eu poderia ter influenciado a mente do agente da estação de acesso, e teríamos passado sem nenhum problema. Eu poderia ter influenciado a mente do agente no táxi, e ele teria nos deixado fugir.

– Bom, já que você mencionou, por que não o fez?

– Porque não sabemos onde isso iria dar. Não conhecemos os efeitos colaterais, que podem, no final das contas, piorar a situação. Se eu ajustar a mente da ministra agora, isso afetará a maneira como ela lidará com outros com quem terá contato e, como é uma alta oficial de seu governo, pode afetar relações interestelares. Até essa questão ser resolvida, não ousaremos tocar em sua mente.

– Então por que está conosco?

– Porque pode chegar um momento em que sua vida esteja ameaçada. Devo proteger sua vida a qualquer custo, mesmo ao custo de meu Pel ou de mim mesma. Sua vida não foi ameaçada na estação de acesso. Não está sob ameaça agora. Você precisa resolver essa situação por conta própria, pelo menos até que Gaia possa estimar as consequências de qualquer ação e decidir tomá-la.

Trevize fechou-se em pensamento e, enfim, disse:

– Neste caso, preciso tentar alguma coisa. Pode ser que não funcione.

A porta se abriu, encaixando-se em seu mecanismo tão ruidosamente quanto no momento em que se fechou.

– Saiam – disse o guarda.

Conforme saíram, Pelorat sussurrou:

– O que pretende fazer, Golan?

– Não tenho muita certeza – Trevize negou com a cabeça, sussurrando. – Precisarei improvisar.

19

A ministra Lizalor ainda estava sentada à mesa quando eles voltaram ao escritório dela. Seu rosto abriu-se em um sorriso austero quando eles entraram.

– Imagino, conselheiro Trevize – disse ela –, que o senhor retorna para me dizer que abrirá mão dessa nave da Fundação que está em sua posse.

– Vim, ministra – respondeu Trevize, calmamente –, para negociar termos.

– Não há termos a serem negociados, conselheiro. Um julgamento, se insistir nele, pode ser providenciado rapidamente e realizado com ainda mais rapidez. Garanto sua condenação mesmo em um julgamento perfeitamente justo, pois sua culpa por trazer consigo uma pessoa sem mundo é óbvia e indiscutível. Depois disso, estaremos legalmente amparados para tomar posse da nave, e os três sofrerão punições severas. Não se force a suportar tais punições para nos atrasar por apenas um dia.

– Ainda assim, existem termos a serem discutidos, ministra, pois, independentemente de quão rápido possa nos condenar, não pode tomar posse da nave sem meu consentimento. Qualquer tentativa para forçar uma entrada na nave irá destruí-la, e também o espaçoporto e todos os seres humanos que lá estiverem. Isso certamente enfureceria a Fundação, algo que a senhora não ousaria fazer. Ameaçar-nos ou maltratar-nos para forçar-me a abrir a nave é certamente contra suas leis e, se infringir a própria lei por desespero e nos submeter à tortura ou até mesmo a um período cruel e incomum de aprisionamento, a Fundação saberá disso e ficará ainda mais furiosa. Por mais que queiram a nave, não podem admitir um precedente que permitiria maus-tratos a cidadãos da Fundação. Falemos de condições?

– Isso é tolice – disse a ministra, com olhar zangado. – Se for necessário, chamaremos a Fundação. Eles saberão como abrir a própria nave, ou *eles* o forçarão a abri-la.

– A senhora não usou meu título, ministra – respondeu Trevize –, mas está emocionalmente agitada, portanto talvez seja perdoável. A senhora sabe muito bem que a última coisa que fará é chamar a Fundação, pois não tem intenção nenhuma de entregar-lhes a nave.

O sorriso desapareceu do rosto da ministra.

– Que absurdo é esse, conselheiro? – perguntou.

– O tipo de absurdo, ministra, sobre o qual outros talvez não devessem ouvir. Permita que meu amigo e a jovem sigam para algum confortável quarto de hotel e consigam o descanso de que tanto precisam, e peça que seus guardas saiam. Eles podem ficar do lado de fora e a senhora pode pedir que deixem um desintegrador. A senhora não aparenta fraqueza e, com uma pistola, não tem nada a temer de mim. Estou desarmado.

A ministra inclinou-se na direção de Trevize por cima da escrivaninha.

– Eu não tenho nada a temer de você em nenhum momento.

Sem olhar para trás, fez um sinal para um dos guardas, que se aproximou imediatamente e posicionou-se ao seu lado em posição de continência.

– Guarda, leve aqueles dois para a suíte cinco. Garanta que fiquem lá e que estejam confortáveis, e sob vigilância. Você será responsabilizado por quaisquer maus-tratos que recebam e também por qualquer falha de segurança.

Ela se levantou e nem mesmo a firme determinação de Trevize para manter a compostura foi suficiente para impedi-lo de hesitar um pouco. Ela era alta; pelo menos tão alta quanto o 1,85 metro de Trevize, talvez um centímetro além. Tinha uma cintura fina, e as duas faixas que cruzavam seu peito continuavam até circundar a cintura, o que fazia com que parecesse ainda mais delgada. Emanava uma graciosidade absoluta, e Trevize pensou, pesaroso, que a afirmação de que ela não teria nada a temer dele podia ser verdadeira. Em uma briga, pensou, ela não teria problemas para imobilizá-lo no chão.

– Venha comigo, conselheiro – disse a ministra. – Se insiste em falar absurdos, então, para o seu próprio bem, quanto menos pessoas o ouvirem, melhor.

Ela caminhava a passos largos e velozes, e Trevize a seguiu, sentindo-se diminuído pela imensa sombra da ministra, sentimento que nunca tivera em relação a uma mulher.

Entraram em um elevador e, assim que a porta se fechou, ela disse:

– Agora estamos sozinhos. Se tiver a ilusão de que pode usar força comigo, conselheiro, para conseguir algum propósito imaginário, por favor, esqueça – o monótono em sua voz ficou mais acentuado conforme ela continuou, claramente divertindo-se: – O senhor parece um espécime razoavelmente forte, mas garanto que não terei nenhuma dificuldade para quebrar seu braço, ou até mesmo sua coluna, se for preciso. Estou armada, mas não precisarei usar nenhuma arma.

Trevize coçou o rosto e seus olhos a analisaram de cima a baixo.

– Ministra, posso vencer qualquer homem com peso igual ao meu em uma briga, mas já decidi que não ousarei brigar com a senhora. Sei quando estou diante de um oponente mais formidável do que eu.

– Ótimo – disse a ministra, satisfeita.

– Para onde estamos indo, ministra? – perguntou Trevize.

– Para baixo! Vários metros para baixo. Mas não fique nervoso. Suponho que, nos hiperdramas, este seria o momento em que eu o levaria até o calabouço, mas não temos calabouços em Comporellon, apenas prisões aceitáveis. Estamos indo ao meu apartamento; não tão romanesco, mas bem mais confortável.

Trevize estimou que eles estavam a pelo menos cinquenta metros abaixo da superfície do planeta quando a porta do elevador se abriu e eles saíram.

20

Trevize olhou em volta com evidente surpresa.

– O senhor reprova minha habitação, conselheiro? – perguntou a ministra, sombriamente.

– Não tenho motivos para tanto, ministra. Estou apenas surpreso. Não esperava por isso. A impressão que tive do seu mundo, do pouco que vi e ouvi desde que cheguei, era de um mundo... moderado, que se abstém de luxo desnecessário.

– E de fato o é, conselheiro. Nossos recursos são limitados, e nossas vidas precisam ser tão austeras quanto nosso clima.

– Mas isto, ministra – e Trevize abriu os braços como se fosse abraçar o aposento, onde, pela primeira vez naquele planeta, viu cores; onde os sofás eram bem acolchoados, as luzes das paredes iluminadas eram suaves e o chão era acarpetado, fazendo os passos serem macios e silenciosos. – Isto é certamente luxuoso.

– Conselheiro, como o senhor mesmo diz, nós nos abstemos do luxo desnecessário, do luxo ostentoso, do luxo excessivo e do desperdício. Mas este é luxo privativo, que tem sua utilidade. Eu trabalho muito e lido com muitas responsabilidades. Preciso de um lugar onde possa esquecer as dificuldades do meu cargo por algum tempo.

– E todos os comporellanos vivem assim quando os olhos alheios estão desviados, ministra? – perguntou Trevize.

– Depende do nível do trabalho e da responsabilidade. Poucos têm o poder aquisitivo para tanto, ou merecem, ou, graças ao nosso código de ética, desejam algo assim.

– Mas a senhora, ministra, tem o poder aquisitivo, merece e deseja tudo isso?

– Cargos elevados têm suas vantagens, além de obrigações – respondeu a ministra. – Agora sente-se, conselheiro, e conte-me sobre essa sua loucura – ela se sentou no sofá, que cedeu levemente sob seu peso sólido, e apontou para uma poltrona igualmente macia, na qual Trevize ficaria diante dela a uma distância não muito grande.

– Loucura, ministra? – disse Trevize, depois de se sentar.

A ministra relaxou visivelmente, apoiando o cotovelo direito em uma almofada.

– Em uma conversa particular, não precisamos seguir meticulosamente as regras do discurso formal. Pode me chamar de Lizalor. Eu o chamarei de Trevize. Diga o que está em sua mente, Trevize, e vamos examinar a questão.

Trevize cruzou as pernas e reclinou-se na poltrona.

– Veja bem, Lizalor, você me ofereceu a possibilidade de ceder a nave voluntariamente ou estar sujeito a um julgamento formal. Em ambos os casos, você ficaria com a nave. Ainda assim, se esforça bastante para me persuadir a aceitar a primeira possibilidade. Está disposta a oferecer outra nave para substituir a minha, para que eu e meus amigos possamos ir para onde quisermos. Poderíamos até ficar aqui em Comporellon e fazer requerimentos para cidadania, se assim o desejarmos. Em um exemplo menor, permitiu que eu tivesse quinze minutos para consultá-los. Estava disposta até mesmo a me trazer a seu apartamento, enquanto meus amigos, eu presumo, estão acomodados em um lugar confortável. Em resumo, Lizalor, você está me subornando, de maneira excessiva, para conseguir a nave sem a necessidade de um julgamento.

– Ora, Trevize, não tem disposição para me dar créditos por impulsos humanísticos?

– Nenhuma.

– Ou cogitar a ideia de que ceder voluntariamente seria mais rápido e conveniente do que um julgamento?

– Não! Eu daria uma sugestão diferente.

– Qual?

– Um julgamento tem uma grande desvantagem: é uma questão pública. Você se referiu diversas vezes ao rigoroso sistema legal deste mundo, e suspeito que seria muito difícil realizar um julgamento sem que fosse totalmente registrado. Se fosse assim, a Fundação saberia dele e você teria que lhes entregar a nave assim que o julgamento terminasse.

– Pois claro – respondeu Lizalor, inexpressiva. – A nave pertence à Fundação.

– Mas – continuou Trevize – um acordo particular comigo não precisaria ser formalmente registrado. Você poderia ficar com a nave e, como a Fundação não teria conhecimento disso (eles nem sabem que estamos neste mundo), Comporellon poderia mantê-la. Tenho certeza de que é isso que pretende fazer.

– Por que faríamos isso? – ela continuava sem demonstrar expressão. – Não somos parte da Federação da Fundação?

– Não exatamente. Seu status é de Potência Associada. Em qualquer mapa em que os mundos-membros da Federação são mostrados em vermelho, Comporellon e seus mundos dependentes aparecem como um trecho rosa-pálido.

– Ainda assim, mesmo como uma Potência Associada, certamente cooperaríamos com a Fundação.

– Cooperariam? Será que Comporellon não está sonhando com independência total, ou até mesmo liderança? Vocês são um mundo antigo. Quase todos os mundos afirmam ser mais velhos do que realmente são, mas Comporellon é, de fato, muito antigo.

A ministra Lizalor permitiu que um sorriso frio surgisse em seu rosto.

– O mais antigo – comentou –, se alguns de nossos entusiastas forem dignos de crédito.

– Será que não houve uma época em que Comporellon foi, de fato, o mundo-líder de um grupo planetário relativamente pequeno? Será que ainda não sonham em recuperar essa posição de poder que perderam?

– Você acha que sonhamos com um objetivo tão impossível quanto esse? Chamei de loucura antes de saber o que você pensava, e é certamente loucura, agora que sei.

– Sonhos talvez sejam impossíveis, mas, ainda assim, são sonhados. Terminus, localizado no extremo da Galáxia e com uma história de cinco séculos que é mais breve do que a de qualquer outro mundo, virtualmente governa a Galáxia. E Comporellon não poderia governar? Hein? – Trevize estava sorrindo.

Lizalor permaneceu séria.

– Pelo que nos é ensinado – disse a ministra –, Terminus alcançou tal posição graças ao funcionamento do Plano de Hari Seldon.

– Esse é o alicerce psicológico de sua superioridade, que talvez só fique de pé enquanto as pessoas acreditarem nele. Pode ser que o governo de Comporellon não acredite. Ainda assim, Terminus goza, também, de um alicerce tecnológico. A hegemonia de Terminus sobre a Galáxia é resultado, sem dúvida, de sua tecnologia avançada, e a espaçonave gravitacional que você tanto deseja é um exemplo dessa tecnologia. Nenhum outro mundo além de Terminus tem naves gravitacionais à disposição. Se Comporellon pudesse ter uma e aprender seus mecanismos detalhadamente, poderia dar um colossal passo à frente. Não acho que seria suficiente para ajudá-los a superar a liderança de Terminus, mas seu governo talvez acredite que sim.

– Não pode estar falando sério – respondeu Lizalor. – Qualquer governo que retivesse a nave da Fundação contra sua vontade certamente sofreria a fúria da Fundação, e a história nos mostra como ela pode ser desconfortavelmente furiosa.

– A fúria da Fundação – disse Trevize – só poderia ser exercida se a Fundação soubesse que existe um motivo para se enfurecer.

– Nesse caso, Trevize, se admitirmos hipoteticamente que sua análise da situação não é uma loucura, não seria melhor para você abrir mão da nave e fazer uma negociação que lhe seja extremamente vantajosa? Pagaríamos bem pela chance de adquiri-la discretamente, seguindo a sua linha de raciocínio.

– Vocês poderiam confiar que eu não relataria tudo para a Fundação?

– Decerto, pois você teria de relatar sua própria participação.

– Eu poderia dizer que agi sob coerção.

– Sim. A não ser que o seu bom senso lhe dissesse que a prefeita nunca acreditaria nisso. Vamos, aceite um acordo.

Trevize negou com a cabeça.

– Não aceitarei, madame Lizalor – disse. – A nave é minha e deve continuar sendo minha. Como falei, ela há de explodir com potência extraordinária se tentarem forçar a entrada. Garanto que estou dizendo a verdade. Não suponha que estou blefando.

– *Você* poderia abri-la e reprogramar o computador.

– Sem dúvida, mas não farei isso.

Lizalor suspirou profundamente.

– Você sabe que podemos fazê-lo mudar de ideia; se não por meio do que poderíamos fazer com você, então pelo que poderíamos fazer com seu amigo, o dr. Pelorat, ou com a moça.

– Tortura, ministra? Essa é a sua lei?

– Não, conselheiro. Mas talvez não precisemos apelar para algo tão cru. Existe sempre a possibilidade de usarmos uma Sonda Psíquica.

Pela primeira vez desde que entrara no apartamento da ministra, Trevize sentiu um arrepio.

– Tampouco poderia fazer isso – disse Trevize. – O uso da Sonda Psíquica para qualquer propósito além de medicinal é proibido em toda a Galáxia.

– Mas se formos levados a medidas extremas...

– Estou disposto a arriscar – respondeu Trevize, calmamente –, pois isso não lhe traria nenhuma vantagem. Minha determinação para ficar com a nave é tão profunda que a Sonda Psíquica destruiria minha mente antes de desfigurá-la a ponto de eu concordar em ceder. (*Isso* era um blefe, pensou, e o arrepio em seu âmago ficou mais intenso.) E, mesmo que fossem habilidosos e conseguissem persuadir-me sem destruir minha mente, e se eu abrisse a nave e desarmasse a segurança e a entregasse a você, ainda não lhe seria vantajoso. O computador da nave é ainda mais avançado do que a própria nave, e foi, de alguma maneira, criado (não sei como) para funcionar em potencial máximo apenas comigo. É o que eu chamaria de um computador uniusuário.

– Vamos supor, então, que você fique com sua nave e continue a pilotá-la. Consideraria fazer isso por nós, como um cidadão honorário comporellano? Um salário alto. Luxo considerável. E seus amigos também.

– Não.

– O que está sugerindo? Que simplesmente deixemos você e seus amigos decolarem com a nave e partirem pela Galáxia? Aviso que, antes de permitirmos isso, poderíamos simplesmente informar a Fundação de que você está aqui com sua nave e deixar tudo a cargo deles.

– E acabar você mesma sem a nave?

– Se é inevitável perdê-la, talvez achemos melhor perdê-la para a Fundação do que para um Estrangeiro petulante.

– Então me permita oferecer uma concessão da minha parte.

– Uma concessão? Pois bem, estou ouvindo. Prossiga.

– Estou em uma missão importante – disse Trevize. – Ela começou com o apoio da Fundação. O apoio parece ter sido suspenso, mas a missão continua importante. Se eu puder contar com o apoio comporellano e completar a missão com sucesso, Comporellon se beneficiará.

Lizalor assumiu uma expressão dúbia.

– E você não devolverá a nave para a Fundação? – perguntou.

– Isso nunca esteve nos meus planos. A Fundação não buscaria a nave com tanto afinco se *ela* achasse que eu tenho intenção de devolvê-la.

– O que não é exatamente a mesma coisa de dizer que você dará a nave a nós.

– Uma vez que eu tenha completado a missão, a nave talvez não tenha mais utilidade para mim. Nesse caso, eu não teria objeções contra Comporellon ficar com ela.

Durante alguns instantes, os dois olharam um para o outro em silêncio.

– Você usou a condicional – disse Lizalor. – "A nave talvez não tenha mais utilidade." Isso não tem nenhum valor para nós.

– Eu poderia fazer grandes promessas, mas qual seria o valor delas para você? O fato de minhas promessas serem cautelosas e limitadas deveria mostrar que são, ao menos, sinceras.

– Muito perspicaz – concordou Lizalor com a cabeça. – Gosto disso. E então, qual é sua missão e como ela poderia beneficiar Comporellon?

– Não, não – respondeu Trevize –, é a sua vez. Você me dará apoio se eu convencê-la de que a missão é importante para Comporellon?

A ministra Lizalor levantou-se do sofá, uma presença esguia e intimidante.

– Estou faminta, conselheiro Trevize, e não prosseguirei de estômago vazio. Ofereço-lhe algo para comer e beber... moderadamente. Depois disso, chegaremos a uma conclusão.

Para Trevize, naquele momento a ministra parecia ter um ar de excitação um tanto carnívoro, e ele contraiu os lábios com certo desconforto.

21

A refeição foi nutritiva, mas não algo que satisfizesse o paladar. O prato principal consistia em carne cozida com um molho à base de mostarda, servido sobre vegetais folhosos que Trevize não reconheceu – e não apreciou, tampouco, pois tinham um gosto amargo e salgado que não lhe agradava. Depois, descobriu que era um tipo de alga marinha.

Em seguida, comeram uma fruta que tinha sabor de maçã impregnada com pêssego (nada mau, na verdade) e uma bebida quente e escura, amarga o suficiente para Trevize deixar o copo pela metade e pedir água fresca. Todas as porções eram diminutas, mas, naquelas circunstâncias, Trevize não se importou.

A refeição foi particular, sem a presença de nenhum empregado. A própria ministra aqueceu e serviu a comida, e ela mesma retirou a louça e os talheres.

– Espero que tenha considerado a refeição agradável – disse Lizalor enquanto eles deixavam a sala de jantar.

– Muito agradável – respondeu Trevize, sem entusiasmo.

A ministra mais uma vez sentou-se no sofá.

– Retornemos, então, à nossa conversa – ela disse. – Você afirmou que Comporellon talvez tenha ressentimentos pela liderança da Fundação em avanços tecnológicos e por sua soberania sobre a Galáxia. De certa maneira, é verdade, mas esses aspectos da situação interessariam apenas aos entusiastas da política interestelar, que são relativamente poucos. Muito mais próximo do cerne do problema está o fato de que o comporellano médio sente-se indignado pela imoralidade da Fundação. Existe imoralidade na maioria dos mundos, mas parece mais acentuada em Terminus. Eu diria que qualquer hostilidade anti-Fundação existente neste mundo está enraizada nisso, e não em questões mais abstratas.

– Imoralidade? – perguntou Trevize, intrigado. – Apesar das falhas da Fundação, você precisa admitir que ela cumpre seu papel na Galáxia com razoável eficiência e honestidade fiscal. Os direitos civis são amplamente respeitados e...

– Conselheiro Trevize, falo de moralidade *sexual*.

– Nesse caso, não entendo o que está dizendo. Somos uma sociedade completamente moral em termos sexuais. As mulheres são bem representadas em cada faceta da vida social. Nossa prefeita é uma mulher e quase metade do Conselho consiste em...

A ministra permitiu que uma expressão irritada cruzasse seu rosto.

– Conselheiro, está zombando de mim? Você decerto sabe o que significa moralidade sexual. O casamento é ou não é um sacramento em Terminus?

– O que quer dizer com sacramento?

– Existe uma cerimônia formal de casamento que une duas pessoas?

– Certamente, se as pessoas assim desejarem. Uma cerimônia desse tipo simplifica problemas de impostos e herança.

– Mas o divórcio é possível.

– Claro. Seria imoral manter pessoas presas umas às outras quando...

– Não existem restrições religiosas?

– Religiosas? Há pessoas que usam cultos antigos como base para suas filosofias, mas o que isso tem a ver com casamento?

– Conselheiro, aqui em Comporellon, todos os aspectos do sexo são estritamente controlados. Não pode acontecer fora do casamento. Sua prática é limitada até mesmo dentro do casamento. Ficamos estarrecidos com esses planetas, especialmente com Terminus, em que sexo parece ser considerado um mero prazer social sem grande importância, a ser desfrutado quando, como e com quem se bem entender, sem consideração pelos valores religiosos.

– Lamento – Trevize deu de ombros –, mas não posso ser incumbido de reformar a Galáxia, e nem Terminus. E como isso está relacionado à questão da minha nave?

– Estou falando da opinião pública relacionada à questão da sua nave, e como isso limita minha capacidade de fazer concessões. As pessoas de Comporellon ficarão indignadas se descobrirem que você levou uma mulher jovem e atraente para a nave a fim de satisfazer os seus impulsos libidinosos e os de seu companheiro. É por consideração à segurança dos três que tenho insistido para que aceite uma rendição pacífica em vez de um julgamento público.

– Vejo – respondeu Trevize – que usou a refeição para pensar em um novo tipo de persuasão, desta vez por ameaça. Agora devo temer um linchamento?

– Apenas aponto os perigos. Você nega que a mulher que trouxeram a bordo é algo além de conveniência sexual?

– Claro que nego. Júbilo é a companheira do meu amigo, o dr. Pelorat. Ele não tem outras companheiras. Você talvez não possa afirmar que eles são casados, mas creio que, na mente de Pelorat, e também na da mulher, existe um casamento entre eles.

– Está me dizendo que você não está envolvido?

– É claro que não – respondeu Trevize. – O que acha que sou?

– Não sei dizer. Não conheço suas noções de moralidade.

– Então deixe-me explicar que minhas noções de moralidade me impedem de brincar com as posses do meu amigo, ou com suas companheiras.

– Não fica nem tentado?

– Não posso controlar a tentação, mas não há nenhuma chance de eu ceder a ela.

– Nenhuma chance? Então você talvez não se interesse por mulheres.

– Não é o caso. Tenho, sim, interesse.

– Há quanto tempo não faz sexo com uma mulher?

– Meses. Desde que deixei Terminus.

– Isso com certeza o incomoda.

– Certamente – disse Trevize, com intensidade –, mas, na atual situação, não tenho escolha.

– Decerto seu amigo Pelorat, ao perceber seu sofrimento, estaria disposto a compartilhar a mulher.

– Não demonstrei nenhum sofrimento, mas, se eu o fizesse, ele não estaria disposto a compartilhar Júbilo. Tampouco ela consentiria, creio. Ela não sente atração por mim.

– Diz isso porque já fez testes?

– Não, não fiz testes. Sou dessa opinião sem sentir necessidade de testá-la. De qualquer maneira, não sou particularmente afeiçoado a ela.

– Surpreendente! Ela é o que um homem consideraria atraente.

– Fisicamente, ela *é* sedutora. Ainda assim, ela não me apetece. Primeiro, é jovem demais, infantil demais em alguns quesitos.

– Então prefere mulheres mais maduras?

Trevize parou de falar. Seria uma armadilha? Ele respondeu com cautela:

– Tenho idade suficiente para valorizar algumas mulheres mais maduras. E o que isso tem a ver com a minha nave?

– Esqueça sua nave, por um momento – disse Lizalor. – Tenho quarenta e seis anos e não sou casada. De alguma maneira, estive ocupada demais para casar.

– Sendo assim, pelas regras da sua sociedade, você deve ter se mantido casta a vida toda. Foi por isso que me perguntou sobre a última vez em que fiz sexo? Está pedindo conselhos sobre o assunto? Se for o caso, digo que não é como comida ou bebida. É desconfortável ficar sem sexo, mas não impossível.

A ministra sorriu e, mais uma vez, o olhar carnívoro surgiu em seu rosto.

– Não me subestime, Trevize. Um cargo alto tem seus privilégios, e a discrição é possível. Não sou totalmente abstêmia. Porém, os homens comporellanos deixam a desejar. Aceito que a moralidade é um bem absoluto, mas tende a impor culpa sobre os homens deste planeta, e eles se tornam acanhados, frouxos, lentos para começar, rápidos para concluir e, no geral, inexperientes.

– Não há nada que eu possa fazer quanto a isso, tampouco – respondeu Trevize, com muita cautela.

– Está sugerindo que a culpa talvez seja minha? Que sou pouco inspiradora?

– Não é o que estou dizendo – Trevize ergueu uma mão –, de jeito nenhum.

– Nesse caso, como *você* reagiria se tivesse a oportunidade? Você, um homem de um mundo imoral, que deve ter tido uma grande variedade de experiências sexuais de todos os tipos, que está sob a pressão de vários meses de abstinência forçada, e na presença de uma moça jovem e graciosa. Como *você* reagiria à presença de uma mulher como eu, do tipo maduro que você declara apreciar?

– Eu me comportaria com o respeito e a decência apropriados para o seu cargo e a sua importância – respondeu Trevize.

– Não seja tolo! – disse a ministra. Sua mão foi para a lateral direita de sua cintura. A faixa branca que a circundava soltou-se e retrocedeu por seu peito e pescoço. O corpete de seu vestido preto ficou visivelmente mais frouxo.

Trevize estava congelado na poltrona. Estaria isso na mente da ministra desde... desde quando? Ou seria um suborno para conseguir o que as ameaças não conseguiram?

O corpete soltou-se e caiu, assim como o sólido reforço dos seios. A ministra permaneceu ali, com um olhar de desdém orgulhoso no rosto, nua da cintura para cima. Seus seios eram uma versão mais compacta da própria mulher – maciços, firmes e impressionantes.

– E então?

– Magníficos! – exclamou Trevize, com toda a sinceridade.

– E o que você fará em relação a isso?

– O que dita a moralidade em Comporellon, madame Lizalor?

– De que importa isso para um homem de Terminus? O que a *sua* moralidade dita? Comece logo. Meu peito está com frio e deseja calor.

Trevize levantou-se e começou a se despir.

6.

A natureza da Terra

22

TREVIZE SENTIA-SE QUASE ENTORPECIDO, e se perguntou quanto tempo teria passado. Ao seu lado estava Mitza Lizalor, ministra do Transporte. Ela estava deitada de barriga para baixo, cabeça virada para um lado, boca aberta, roncando inconfundivelmente. Trevize estava aliviado por ela ter caído no sono. Quando acordasse, ele esperava que ela tivesse consciência de que tinha dormido.

O próprio Trevize queria dormir, mas considerou importante não fazê-lo. Ela não podia acordar e flagrá-lo dormindo. Ela precisava entender que, enquanto se exaurira até a inconsciência, ele perseverara. Ela esperaria tal resistência de um imoral apoiado pela Fundação e, àquela altura, era melhor que não se decepcionasse.

De certa maneira, ele tinha se saído bem. Deduzira corretamente que Lizalor, considerando seu tamanho e força física, seu poder político, seu desprezo pelos homens comporellanos com quem esteve e sua indignação e fascinação pelos mitos sexuais dos decadentes de Terminus (o que ela teria ouvido?, perguntou-se Trevize), gostaria de ser dominada. Talvez até esperasse ser, mesmo que não conseguisse expressar seus desejos e expectativas.

Ele agiu de acordo com aquela intuição e, para sua sorte, descobriu que estava certo (Trevize, o eternamente certo, caçoou de si mesmo). Isso satisfez a mulher e permitiu que Trevize conduzisse o ato de modo que ela ficasse exausta, mas ele saiu relativamente intocado.

Não tinha sido fácil. Ela tinha um corpo maravilhoso (quarenta e seis, havia dito, mas não ficava nada a dever se comparada a uma atleta de vinte e cinco anos) e muita energia – energia superada apenas pelo prazer descuidado com o qual ela a consumiu.

Se ela pudesse ser domada e aprender moderação; se treino (mas será que ele sobreviveria a esse treino?) lhe desse maior domínio sobre suas próprias capacidades, e, mais importante, sobre as capacidades *dele*, teria sido prazeroso...

O ronco cessou repentinamente, e ela se mexeu. Trevize colocou a mão no ombro dela e a acariciou de leve – e os olhos de Lizalor se abriram. Trevize estava apoiado sobre um cotovelo e fez o máximo que pôde para parecer descansado e cheio de vida.

– Estou contente que tenha dormido, querida – ele disse. – Você precisava descansar.

Ela sorriu para ele, sonolenta, e, por um desconfortável instante, Trevize achou que Lizalor estaria disposta a mais atividades, mas ela se ergueu apenas para se virar e deitar-se de costas.

– Minha opinião sobre você estava certa desde o início – disse Lizalor, com voz suave e satisfeita. – Você é um rei do sexo.

– Preciso ser mais comedido – Trevize tentou parecer modesto.

– Bobagem. Você foi ótimo. Eu temia que você tivesse se esgotado com aquela moça, mas me garantiu que não é o caso. É verdade, não é?

– Eu me comportei como alguém que começou já quase satisfeito?

– Não, não se comportou – e a risada de Lizalor ressoou.

– Ainda está pensando em Sondas Psíquicas?

– Está louco? – ela riu. – Por que eu iria querer perdê-lo justo *agora*?

– Mas seria melhor que você me perdesse temporariamente...

– O quê? – Lizalor franziu o cenho.

– Se eu ficasse aqui permanentemente, minha... minha querida, quanto tempo até que olhares se voltassem em nossa direção e bocas começassem a sussurrar? Entretanto, se eu partir em minha missão, será natural que eu volte periodicamente para me reportar, e será esperado que fiquemos juntos durante algum tempo... e minha missão é, *de fato*, importante.

Ela pensou no assunto, coçando distraidamente o próprio quadril.

– Acho que você está certo – respondeu. – Detesto a ideia, mas acho que você está certo.

– E não pense que eu não voltarei – disse Trevize. – Não sou estúpido a ponto de esquecer o que estará aqui esperando por mim.

Ela sorriu para ele, tocou seu rosto gentilmente e, olhando em seus olhos, disse:

– Achou prazeroso, querido?

– Muito mais do que prazeroso, minha cara.

– Mas você é um habitante da Fundação. Um homem no auge da juventude, vindo de Terminus. Deve estar acostumado com todos os tipos de mulheres, dotadas de todos os tipos de habilidades...

– Não encontrei ninguém, *ninguém*, que se equipare a você – respondeu Trevize, com a impetuosidade natural de alguém que, afinal, estava falando a mais pura verdade.

– Bom, se assim você diz – disse Lizalor, complacente. – Porém, hábitos antigos são difíceis de perder, e não acho que poderia confiar na palavra de um homem sem algum tipo de garantia. É concebível que você e seu amigo, Pelorat, partam nessa sua missão uma vez que eu ouça sobre ela e a tenha aprovado, mas manterei a moça aqui. Não tema; ela será bem tratada, mas imagino que seu dr. Pelorat a queira, e fará com que vocês retornem com frequência a Comporellon, mesmo que seu entusiasmo por essa missão o incentive a ficar longe por muito tempo.

– Mas, Lizalor, isso é impossível.

– É mesmo? – Seus olhos imediatamente demonstraram suspeita. – Por que impossível? Por qual motivo você precisaria da moça?

– Não é para sexo. Eu já disse isso, e fui sincero. Ela é de Pelorat e eu não tenho interesse por ela. Além disso, tenho certeza de que ela partiria em dois se tentasse fazer o que você fez de maneira triunfante.

Lizalor quase sorriu, mas suprimiu o sorriso e disse, severamente:

– Que diferença faz para você, então, se ela ficar em Comporellon?

– Porque ela é de suma importância para a nossa missão. É por isso que precisamos dela.

– Pois então que missão é essa? Chegou o momento de me contar.

Trevize hesitou brevemente. Precisava ser a verdade. Ele não conseguiu pensar em nenhuma mentira que fosse tão efetiva quanto a própria verdade.

– Escute-me – disse. – Comporellon pode ser um mundo antigo, até mesmo entre os mais antigos, mas não pode ser *o* mais antigo de todos. A vida humana não se originou aqui. Os primeiros seres humanos vieram para cá de algum outro mundo, e a vida humana talvez não tenha se originado nesse outro mundo, mas sim em algum outro, ainda mais antigo. Mas esse retrocesso deve ter um fim e alcançaremos o primeiro mundo, o mundo da origem humana. Estou procurando pela Terra.

A mudança que subitamente tomou conta de Mitza Lizalor o chocou.

Os olhos da ministra se arregalaram, sua respiração assumiu um ritmo de urgência e todos os seus músculos se contraíram sobre a cama. Ela esticou os braços para cima, com rigidez, e os dois primeiros dedos de cada mão se cruzaram.

– Você falou o nome – ela sussurrou, rouca.

23

Ela não disse nada depois daquilo; nem olhou para ele. Seus braços lentamente se abaixaram, ela girou as pernas para a lateral da cama e sentou-se de costas para ele. Trevize ficou imóvel, na posição em que estava.

Podia ouvir, em sua memória, as palavras de Munn Li Compor no momento em que estavam no centro turístico vazio de

Sayshell. Podia ouvi-lo falar sobre seu próprio planeta ancestral – no qual Trevize estava naquele mesmo instante –, onde "são supersticiosos em relação a isso. Toda vez que mencionam a palavra, levantam as duas mãos, com o primeiro e o segundo dedo cruzados, para repelir infortúnios".

Não era nada útil lembrar-se disso depois do que tinha feito.

– Que palavra eu deveria ter usado, Mitza? – ele murmurou.

Ela negou discretamente com a cabeça, levantou-se, caminhou a passos largos e passou por uma porta. A porta se fechou e, depois de um momento, Trevize escutou o som de água corrente.

Ele não tinha alternativa senão esperar, nu, indigno, perguntando-se se deveria se juntar a ela no chuveiro e em seguida tendo a certeza de que era melhor não fazê-lo. De certa forma, sentiu que o chuveiro lhe tinha sido negado – e imediatamente passou a sentir a necessidade crescente de um banho.

Ela enfim ressurgiu e, em silêncio, começou a escolher uma roupa.

– Você se importa se eu... – disse Trevize.

Lizalor não respondeu, e ele considerou o silêncio um consentimento. Tentou ir ao banheiro de maneira resoluta e masculina, mas sentiu-se como na época em que sua mãe, ofendida por algum mau comportamento, não o castigava com nada além de silêncio, fazendo-o contrair-se de desconforto.

Ele olhou à volta do cubículo de paredes lisas, que era vazio – totalmente vazio. Olhou com mais cuidado; não havia nada.

Abriu a porta novamente, colocou a cabeça para fora e perguntou:

– Como se liga o chuveiro?

Ela guardou o desodorante (pelo menos, era o que Trevize supunha ser aquilo), caminhou até o cubículo e, ainda sem olhar para ele, apontou. Trevize acompanhou o dedo e reparou em um ponto na parede, redondo e levemente rosado, quase sem cor, como se o arquiteto lamentasse interromper a rigidez do branco por algum motivo além de uma sugestão de funcionamento.

Trevize deu de ombros, inclinou-se na direção da parede e tocou o botão. Aquilo era provavelmente o que ele deveria ter feito, pois, em um instante, um dilúvio de jatos de água o cobriu por todas as direções. Engasgado, ele tocou o botão mais uma vez, e a água parou.

Abriu a porta, sabendo que parecia ainda mais indigno conforme tremia de frio a ponto de ter dificuldade de articular palavras.

– Como se ativa a água *quente*? – perguntou, com voz baixa e áspera.

Nesse momento ela olhou para ele e, aparentemente, sua aparência patética venceu a raiva que sentia (ou medo, ou qualquer que fosse a emoção que a afligia), pois ela abriu um sorriso de escárnio e, sem aviso, riu expansivamente de sua situação.

– Água quente? – perguntou. – Você acha que vamos desperdiçar energia para aquecer água de banho? É água boa, a que tem aí, água não gelada. O que mais quer? Seus terminianos débeis e frouxos... Volte para dentro e lave-se!

Trevize hesitou, mas não por muito tempo, pois era evidente que não tinha escolha.

Com bastante relutância, tocou o ponto rosa novamente e, dessa vez, contraiu o corpo para se proteger dos jatos gelados. Água *boa*? Ele viu espuma se formando em seu corpo e se esfregou apressadamente aqui, ali, em todas as partes, imaginando que aquele era o ciclo de lavagem, que não deveria durar muito tempo.

Depois veio o ciclo de enxágue. Ah, quente – talvez não quente, mas não tão frio, e parecia definitivamente quente em seu corpo gelado da cabeça aos pés. Em seguida, quando considerava tocar o ponto rosa novamente para interromper a água – e se perguntava como Lizalor ressurgira seca, se não havia nenhuma toalha ou substituto de toalha naquele lugar –, os jatos pararam. Então veio uma rajada de ar, que teria sido forte o suficiente para derrubá-lo se não viesse de todas as direções igualmente.

Era quente; talvez quente demais. Trevize sabia que era necessário muito menos energia para aquecer ar do que água. O ar quente secou a água em seu corpo e, em poucos minutos, ele saiu tão seco quanto se nunca tivesse visto água na vida.

Lizalor parecia totalmente recuperada.

– Sente-se bem? – ela perguntou.

– Muito bem – respondeu Trevize. Na verdade, ele se sentia surpreendentemente confortável. – Tudo o que precisei fazer foi me preparar para a temperatura. Você não me falou que...

– Débil e frouxo – disse Lizalor, com leve desprezo.

Ele pegou seu desodorante emprestado e começou a se vestir, consciente do fato de que ela tinha roupas íntimas limpas e ele não.

– Como eu deveria ter me referido a... àquele mundo?

– Nós o chamamos de o Antiquíssimo – disse.

– Como eu poderia saber que o nome que usei é proibido? Você me falou?

– Você perguntou?

– Como eu poderia saber que devia perguntar?

– Agora sabe.

– Posso esquecer.

– É melhor que não esqueça.

– Qual é a diferença? – Trevize sentiu seu humor alterando-se. – É apenas uma palavra, um som.

– Existem palavras que não devem ser ditas – respondeu Lizalor, sombriamente. – Você diz todas as palavras que conhece em qualquer circunstância?

– Algumas palavras são vulgares, algumas são inapropriadas; algumas, em determinadas circunstâncias, podem ser danosas. Qual dessas é... a palavra que usei?

– É uma palavra triste, uma palavra sacra – disse Lizalor. – Representa um mundo que foi ancestral de todos nós e que agora não existe. É trágico, e nos sentimos assim porque era próximo de nós. Preferimos não falar sobre ele ou, se o assunto for inevitável, não usar seu nome.

– E cruzar os dedos? Como isso alivia a dor e a tristeza?

O rosto de Lizalor enrubesceu.

– Aquilo foi uma reação automática, e não fico agradecida por você ter me forçado a tê-la. Existem pessoas que acreditam que a palavra, até mesmo o pensamento, traz infortúnios, e é assim que eles os repelem.

– Você também acredita que cruzar os dedos repele infortúnios?

– Não. Bom, sim, de certa maneira. Fico desconfortável se não cruzo – ela não olhou para ele. Então, como se para mudar de assunto, continuou rapidamente: – E como aquela mulher de cabelos escuros que vocês trouxeram pode ser essencial na sua missão para encontrar... aquele mundo que você mencionou?

– Diga "o Antiquíssimo". Ou prefere não dizer nem isso?

– Eu preferiria não falar sobre o assunto, mas fiz uma pergunta.

– Acredito que o povo de Júbilo chegou ao mundo que habitam agora como emigrantes do Antiquíssimo.

– Assim como nós – disse Lizalor, orgulhosa.

– Eles, entretanto, têm alguns tipos de tradições que ela diz serem a chave para entender o Antiquíssimo, mas apenas se conseguirmos encontrá-lo e estudar seu histórico.

– Ela está mentindo.

– Talvez. Mas precisamos verificar.

– Se você tem essa mulher com conhecimento precário e quer chegar ao Antiquíssimo com ela, por que veio a Comporellon?

– Para descobrir a localização do Antiquíssimo. Tive um amigo que, como eu, era habitante da Fundação. Mas ele tinha ancestrais comporellanos e me garantiu que muito da história do Antiquíssimo era conhecida em Comporellon.

– Ele disse isso? E *ele* lhe contou alguma coisa sobre essa história?

– Sim – respondeu Trevize, buscando a verdade mais uma vez. – Ele disse que o Antiquíssimo era um planeta morto, totalmente radioativo. Não sabia o motivo, mas acreditava que poderia ser o resultado de explosões nucleares. Em uma guerra, talvez.

– Não! – disse Lizalor, explosivamente.

– Não, não houve guerra? Ou não, o Antiquíssimo não é radioativo?

– É radioativo, mas não houve guerra.

– Então como ele se tornou radioativo? Não pode ter sido radioativo desde o início, pois a vida humana surgiu ali. Nunca teria havido vida no Antiquíssimo, se fosse esse o caso.

Lizalor pareceu hesitar. Ela estava em pé, tensa, respirando pesadamente, quase sem fôlego.

– Foi uma punição – disse. – Era um mundo que usava robôs. Você sabe o que são robôs?

– Sim.

– Eles tinham robôs e por isso foram punidos. Todos os mundos que tinham robôs foram punidos e não existem mais.

– Quem os puniu, Lizalor?

– Aquele Que Castiga. As forças da história. Eu não sei – ela desviou os olhos, desconfortável, e então, em um tom mais baixo, disse: – Pergunte para outras pessoas.

– Eu gostaria, mas para quem devo perguntar? Existem aqueles que estudam história primitiva em Comporellon?

– Existem. Não são bem-vistos por nós, pelo comporellano médio, mas a Fundação, a *sua* Fundação, insiste em liberdade intelectual, como a chamam.

– Uma boa insistência, em minha opinião – disse Trevize.

– Tudo o que é imposto de fora é ruim – respondeu Lizalor.

Trevize deu de ombros. Não fazia sentido continuar a discussão.

– Meu amigo – ele disse –, o dr. Pelorat, é, de certa maneira, um especialista em história primitiva. Ele certamente gostaria de conhecer seus colegas comporellanos. Poderia providenciar isso, Lizalor?

Ela concordou com a cabeça.

– Há um historiador chamado Vasil Deniador que tem um escritório na universidade da cidade. Ele não dá aulas, mas talvez possa dizer o que vocês querem saber.

– Por que ele não dá aulas?

– Não que ele seja proibido; os alunos simplesmente não se matriculam em sua matéria.

– Imagino – disse Trevize, tentando não ser sarcástico – que os estudantes não são encorajados a se matricularem.

– Por que iriam querer? Ele é um Cético. Temos gente assim, sabe? Tem sempre algum indivíduo que decide ir contra os modos gerais e que é arrogante a ponto de achar que está certo, e que todo o resto está errado.

– Será que não é verdade, em alguns casos?

– Nunca! – alterou-se Lizalor, com uma convicção que deixou claro que qualquer discussão sobre o assunto seria inútil. – E, apesar de todo o seu ceticismo, ele será forçado a lhe dizer exatamente o que qualquer outro comporellano diria.

– O quê?

– Se você procurar pelo Antiquíssimo, não o encontrará.

24

Nos aposentos privativos reservados para eles, Pelorat ouviu tudo o que Trevize tinha a dizer, pensativo, e então respondeu:

– Vasil Deniador? Não me recordo de ter ouvido falar dele, mas talvez consiga encontrar alguns ensaios de sua autoria na minha biblioteca, que está na nave.

– Tem certeza de que nunca ouviu falar dele? Pense! – insistiu Trevize.

– Não me recordo, no momento, de ter ouvido falar sobre ele – disse Pelorat, com cautela –, mas, meu caro amigo, devem existir centenas de estudiosos importantes sobre os quais não ouvi falar; ou já ouvi, mas não consigo me lembrar.

– Mesmo assim, ele não deve ser de primeira ordem, ou você teria ouvido algo sobre ele.

– Os estudos sobre a Terra...

– Treine dizer "o Antiquíssimo", Janov. Senão podemos complicar as coisas.

– Os estudos sobre o Antiquíssimo – continuou Pelorat – não são um nicho bem recompensado no labirinto do aprendizado, portanto até mesmo estudiosos de primeira ordem, mesmo no campo da história antiga, não se inclinam nessa direção. Ou, se invertermos a questão, aqueles que já estão nessa área não conseguem um nome de destaque para si mesmos em um universo que não demonstra interesse pelo assunto, portanto não são considerados de primeira ordem, mesmo que o sejam. Estou certo de que *eu* não sou de primeira ordem na estima de ninguém.

– Na minha estima, sim, Pel – disse Júbilo, com doçura.

– Sim, decerto na sua, minha querida – respondeu Pelorat, sorrindo de leve –, mas você não está me julgando pela minha capacidade acadêmica.

De acordo com o relógio, já era quase noite, e Trevize ficou um tanto impaciente, como sempre ficava quando Júbilo e Pelorat trocavam carícias.

– Tentarei providenciar para visitarmos esse Deniador amanhã, mas se ele souber tão pouco sobre a questão quanto a ministra, não estaremos muito melhor do que estamos agora.

– Ele talvez possa nos direcionar a alguém com mais informações – disse Pelorat.

– Eu duvido – respondeu Trevize. – A atitude deste mundo em relação à Terra... É melhor que eu pratique falar sobre ela indiretamente, também. A atitude deste mundo em relação ao Antiquíssimo é tola e supersticiosa – ele se virou na direção oposta aos dois –, mas foi um dia longo e acho que precisamos de um jantar, se conseguirmos enfrentar a insípida culinária local, e de cama. Vocês aprenderam a usar o chuveiro?

– Meu caro colega – disse Pelorat –, fomos tratados com muita gentileza. Deram-nos todos os tipos de orientações, a maioria das quais não precisávamos.

– Escute, Trevize – interveio Júbilo –, e quanto à nave?

– O que quer saber?

– O governo comporellano a confiscará?

– Não. Acho que não confiscarão.

– Ah. Que boa notícia. Mas por quê?

– Porque persuadi a ministra a mudar de ideia.

– Incrível – disse Pelorat. – Ela não me pareceu alguém particularmente fácil de persuadir.

– Não sei – comentou Júbilo. – Pela textura de sua mente, era claro que ela se sentia atraída por Trevize.

Trevize olhou para Júbilo com súbita irritação.

– Você fez aquilo, Júbilo? – perguntou.

– O que quer dizer, Trevize?

– Estou falando sobre você tê-la influenciado...

– Não influenciei. Entretanto, quando percebi que ela se sentia atraída por você, não pude resistir e rompi uma ou outra inibição. Foi uma coisa muito pequena. Aquelas inibições talvez tivessem se rompido por conta própria, e parecia importante garantir que ela fosse tomada por boa vontade em relação a você.

– Boa vontade? Foi mais do que isso! Ela se suavizou, sim, mas pós-coito.

– Velho amigo, você certamente não está dizendo que... – surpreendeu-se Pelorat.

– Por que não? – respondeu Trevize, irritado. – Ela pode ter passado de sua juventude, mas era conhecedora da arte. Não era nada iniciante, eu garanto. E também não vou fazer o papel de cavalheiro e mentir para protegê-la. Foi ideia dela, graças às intromissões de Júbilo em suas inibições, e eu não estava em posição de negar, mesmo que tal pensamento tivesse me ocorrido, o que não foi o caso. Deixe disso, Janov, não fique aí com esse ar puritano. Fazia meses desde a última vez que tive oportunidade. Você... – e ele fez um gesto vago na direção de Júbilo.

– Acredite em mim, Golan – disse Pelorat, constrangido –, se você interpreta minha expressão como puritana, está enganado. Não tenho nenhuma objeção.

– Mas *ela* é puritana – interveio Júbilo. – Eu quis deixá-la mais amigável em relação a você; *não* contava com nenhum paroxismo sexual.

– Mas foi exatamente isso que você causou, minha pequena enxerida. Talvez seja necessário para a ministra assumir o papel de puritana em público, mas, se for assim, isso apenas atiçou o fogo.

– E, portanto, se você for direto ao ponto fraco, ela trairá a Fundação...

– Ela teria feito isso de qualquer maneira – respondeu Trevize.

– Ela queria a nave... – e subitamente parou de falar, sussurrando: – Estamos sendo escutados?

– Não! – disse Júbilo.

– Tem certeza?

– Absoluta. É impossível invadir a mente de Gaia clandestinamente através de qualquer estratégia sem que Gaia perceba o que está acontecendo.

– Nesse caso, Comporellon quer a nave para si; um acréscimo valioso para a própria frota.

– A Fundação decerto não permitiria.

– Comporellon não pretende informar a Fundação.

– Esses são os Isolados – suspirou Júbilo. – A ministra pretende trair a Fundação em benefício de Comporellon e, em troca de sexo, logo se dispõe a trair Comporellon também. E quanto a Trevize, ele vende os serviços do próprio corpo com prazer para induzir a traição. Que anarquia existe nessa sua Galáxia. Que *caos*.

Trevize respondeu friamente:

– Você está errada, mocinha...

– No que acabei de dizer – afirmou Júbilo –, não sou uma mocinha, sou Gaia. Sou todo o planeta Gaia.

– Então você está errada, *Gaia*. Eu não vendi os serviços do meu corpo. Eu os ofereci com satisfação. Tive prazer e não causei mal nenhum. Quanto às consequências, do meu ponto de vista, elas foram boas, e eu aceito isso. E se Comporellon quer a nave para seus próprios objetivos, quem pode dizer o que está certo e o que está errado nessa história? É uma nave da Fundação, mas ela foi cedida a mim para que eu procurasse pela Terra. Portanto, é minha até que eu termine a busca, e sinto que a Fundação não tem direito de romper a sua parte do acordo. Quanto a Comporellon, o planeta não gosta do domínio da Fundação e sonha com independência. Para eles, isso é o certo a se fazer e é certo enganar a Fundação, pois não se trata de uma traição, e sim de patriotismo. Quem pode saber?

– Exato. Quem pode saber? Em uma Galáxia de anarquia, como é possível distinguir as ações aceitáveis das inaceitáveis? Como decidir entre certo e errado, bem e mal, justiça e crime, útil e inútil? E como explicar a traição da ministra em relação a seu próprio governo ao permitir que você fique com a nave? Ela deseja independência pessoal de um planeta opressivo? Ela é uma traidora ou é uma autopatriota dela mesma, e só dela?

– Para ser sincero – respondeu Trevize –, não creio que ela tenha permitido que eu fique com a nave simplesmente graças à gratidão que sente pelo prazer que a proporcionei. Creio que ela tomou essa decisão no momento em que lhe disse que estou em busca do Antiquíssimo. Para ela, é um mundo de mau agouro e, ao procurar pelo planeta, nós também nos tornamos sinal de mau presságio, assim como a nave que nos carrega. Acredito que ela sente ter contaminado a si e ao planeta com esse prenúncio negativo ao tentar confiscar a nave; que talvez encare a nave, neste momento, com repulsa. Talvez sinta que, ao permitir que deixemos o planeta com nossa nave e continuemos nossa missão, posso evitar que Comporellon sofra infortúnios e, assim, esteja fazendo um gesto patriótico.

– Se for assim, Trevize, o que duvido, a superstição é o propulsor da ação. Você admira isso?

– Não admiro e nem condeno. Superstição sempre direciona atitudes na ausência de conhecimento. A Fundação acredita no Plano Seldon, apesar de ninguém conseguir entendê-lo, interpretar seus detalhes ou usá-lo para fazer previsões. Nós o seguimos cegamente, por ignorância e fé. Não seria isso superstição?

– Sim, pode ser.

– E Gaia também. Vocês acreditam que eu tomei a decisão correta ao julgar que Gaia deveria absorver a Galáxia e transformá-la em um organismo gigante, mas não sabem por que eu estaria certo, ou quão seguro seria apoiar minha decisão. Vocês estão dispostos a seguir a partir de ignorância e fé, e estão até incomodados com a minha tentativa de descobrir provas para eliminar a ignorância e tornar a fé algo desnecessário. Isso não é superstição?

– Júbilo, acho que ele te pegou – disse Pelorat.

– Não é verdade. Ou ele não encontrará nada em sua busca, ou encontrará algo que confirme sua decisão.

– E para apoiar essa sua crença – respondeu Trevize –, você tem apenas ignorância e fé. Em outras palavras, superstição!

25

Vasil Deniador era um homem pequeno, com poucos traços distintos, que tinha um jeito específico de olhar para frente apenas com os olhos, sem levantar a cabeça. Tal fato, combinado aos breves sorrisos que periodicamente iluminavam seu rosto, passava a impressão de que ele ria silenciosamente do mundo.

Seu escritório era longo e estreito, repleto de arquivos que pareciam totalmente fora de ordem, não por causa de alguma evidência concreta, mas porque não estavam distribuídos igualmente pelas prateleiras, o que dava às estantes a aparência de bocas desdentadas. As três cadeiras que ele indicou aos visitantes não formavam um conjunto e mostravam sinais de terem sido limpas recentemente, mas sem muito cuidado. Ele disse:

– Janov Pelorat, Golan Trevize e Júbilo. Não tenho seu sobrenome, senhorita.

– Apenas Júbilo – ela respondeu. – É geralmente como as pessoas me chamam – e se sentou.

– Bom, é o suficiente – disse Deniador, observando-a atentamente. – Você é atraente o suficiente para ser perdoada até se não tivesse nome algum.

Todos estavam sentados.

– Ouvi falar no senhor, dr. Pelorat – continuou Deniador –, apesar de nunca termos nos correspondido. O senhor é habitante da Fundação, não é? De Terminus?

– Sim, dr. Deniador.

– E o senhor, conselheiro Trevize. Acredito ter ouvido que o senhor foi recentemente expulso do Conselho e exilado. Não creio ter entendido os motivos.

– Não fui expulso, senhor. Ainda sou membro do Conselho, apesar de não saber quando reassumirei meu cargo. Tampouco fui exilado. Recebi uma missão, que diz respeito ao motivo pelo qual desejamos consultá-lo.

– Fico satisfeito por tentar ajudá-los – disse Deniador. – E a jubilosa moça? Também é de Terminus?

Trevize interveio rapidamente.

– Ela é de outro lugar, doutor.

– Ah, um mundo estranho, esse "outro lugar". Uma coleção bastante inusitada de seres humanos é nativa de lá. Mas, considerando que dois dos senhores são da capital da Fundação, Terminus, e que a terceira é uma jovem atraente, e que Mitza Lizalor não é conhecida por seu afeto por essas duas categorias, como é possível que ela os tenha encaminhado com tanta gentileza aos meus cuidados?

– Creio – respondeu Trevize – que foi para se livrar de nós. Quanto mais rápido o senhor nos ajudar, mais rápido deixaremos Comporellon, entende?

Deniador encarou Trevize com interesse (mais uma vez, com o sorriso faiscante) e disse:

– Mas é claro que um homem jovem e vigoroso como o senhor poderia atraí-la, independentemente das origens. Ela assume com competência o papel de virgem fria, mas não com perfeição.

– Eu não sei nada disso – disse Trevize, tenso.

– E é melhor não saber. Pelo menos, não em público. Mas sou um Cético, profissionalmente treinado a não acreditar em superficialidades. Então me diga, conselheiro, qual é sua missão? Deixe-me ver se posso ajudá-lo.

– Sobre esse assunto, o dr. Pelorat é nosso porta-voz – respondeu Trevize.

– Não tenho nenhuma objeção – disse Deniador. – Dr. Pelorat?

– Para dizer da maneira mais simples, caro doutor – afirmou Pelorat –, tentei, durante toda a minha vida adulta, chegar à essência do conhecimento relacionado ao mundo no qual a espécie humana se originou, e fui enviado com meu bom amigo, Golan

Trevize, embora não o conhecesse na época, para encontrarmos, se possível, a... uh, o Antiquíssimo, creio ser o nome que usam.

– O Antiquíssimo? – perguntou Deniador. – Suponho que esteja falando sobre a Terra.

Pelorat abriu a boca, surpreso. Então, com um leve gaguejar, disse:

– Eu tive a impressão... Quer dizer, me levaram a entender que... que ninguém podia...

Ele olhou para Trevize, desolado.

– A ministra Lizalor me disse – interveio Trevize – que essa palavra não era usada em Comporellon.

– Quer dizer que ela fez isso? – a boca de Deniador voltou-se para baixo, seu nariz torceu-se para cima e ele estendeu os braços vigorosamente para a frente, cruzando os dois primeiros dedos de cada mão.

– Sim – respondeu Trevize. – É isso que quis dizer.

Deniador relaxou e riu-se.

– Bobagem, cavalheiros. Fazemos isso por hábito, e no interior talvez levem a sério, mas, no geral, não importa. Não conheço nenhum comporellano que não diga "Terra" quando está irritado ou toma um susto. É a vulgaridade mais comum que temos.

– Vulgaridade? – perguntou Pelorat, em tom baixo.

– Ou palavrão, se preferir.

– De qualquer maneira – continuou Trevize –, a ministra pareceu bastante incomodada quando usei a palavra.

– Bom, ela é uma mulher das montanhas.

– Senhor, o que isso quer dizer?

– Exatamente o que diz o termo. Mitza Lizalor é da Cordilheira Central. As crianças de lá são criadas pelo que chamam de "bons modos de antigamente", o que significa que, não importa o quanto estudem, você nunca consegue livrá-las desses dedos cruzados.

– Então quer dizer – disse Júbilo – que a palavra "Terra" não o incomoda, não é mesmo, doutor?

– De jeito nenhum, bela moça. Eu sou um Cético.

– Sei o que significa a palavra "cético" no Padrão Galáctico – disse Trevize –, mas como o senhor usa essa palavra?

– Da mesma maneira que o senhor, conselheiro. Aceito apenas o que sou forçado a aceitar por causa de provas lógicas e confiáveis, e mantenho essa aceitação pendente até a chegada de mais provas. Isso não nos torna muito populares.

– Por que não? – perguntou Trevize.

– Não seríamos populares em lugar nenhum. Em qual mundo as pessoas não preferem uma crença confortável, acalentadora e conhecida, por mais ilógica que seja, do que os ventos gelados da incerteza? Pense em como vocês acreditam no Plano Seldon sem provas.

– Sim – disse Trevize, estudando as pontas de seus dedos. – Também usei isso como exemplo ontem.

– Posso voltar à questão, velho amigo? – interveio Pelorat. – O que se sabe sobre a Terra que um Cético aceitaria?

– Muito pouco – respondeu Deniador. – Podemos supor que existe apenas um planeta no qual a espécie humana se desenvolveu. É extremamente improvável que seres da mesma espécie (com tamanha semelhança a ponto de serem capazes de procriar) tivessem se desenvolvido de maneira independente em outros planetas, ou até mesmo em apenas dois. Podemos optar por chamar esse planeta de origem de Terra. A crença geral por aqui é que a Terra existe neste canto da Galáxia, pois os mundos desta região são excepcionalmente antigos, e é mais provável que os primeiros mundos colonizados fossem perto da Terra, e não longe dela.

– E a Terra tem alguma outra característica única além de ser o planeta de origem? – perguntou Pelorat, ansioso.

– Você tem algo em mente? – respondeu Deniador, com o sorriso rápido.

– Estou pensando no satélite, que algumas pessoas chamam de Lua. Isso seria incomum, não seria?

– É uma pergunta tendenciosa, dr. Pelorat. Pode colocar pensamentos em minha cabeça.

– Eu não disse o que faz a Lua ser incomum.

– Seu tamanho, claro. Estou certo? Sim, vejo que estou. Todas as lendas sobre a Terra falam sobre sua vasta coleção de espécies vivas e sobre seu imenso satélite, que teria entre três mil e três mil e quinhentos quilômetros de diâmetro. A vasta coleção de vida é fácil de aceitar, pois viria naturalmente por meio da evolução biológica, se o que sabemos sobre esse processo é verdadeiro. Um satélite gigante é difícil de aceitar. Nenhum outro planeta habitado na Galáxia tem um satélite assim. Grandes satélites são inevitavelmente associados a planetas gasosos gigantes inabitados e inabitáveis. Portanto, como um Cético, prefiro não aceitar a existência da Lua.

– Se os milhões de espécies fazem da Terra um planeta único – disse Pelorat –, a presença de um satélite não poderia ser, também, uma característica única? Uma singularidade poderia implicar outra.

Deniador sorriu.

– Não vejo como a presença de milhões de espécies na Terra pudesse criar um satélite gigante do nada – respondeu.

– Mas e o inverso? Talvez um satélite gigante pudesse ajudar na criação das milhões de espécies.

– Tampouco vejo como isso poderia ter sido possível.

– E quanto à história da radioatividade da Terra? – perguntou Trevize.

– Isso é contado universalmente e aceito universalmente.

– Mas – continuou Trevize – a Terra não poderia ter sido tão radioativa a ponto de impedir o surgimento de vida durante bilhões de anos, quando sabemos que ela tinha vida. Como se tornou radioativa? Uma guerra nuclear?

– É a opinião mais comum, conselheiro Trevize.

– Da maneira como o senhor fala, suponho que não compartilha dessa opinião.

– Não existe nenhuma prova de que tal guerra tenha ocorrido. Conhecimento comum, nem mesmo conhecimento universal, não são, por si próprios, evidências.

– O que mais poderia ter acontecido?

– Não há nenhuma evidência de que algo tenha acontecido. A radioatividade pode ser totalmente inventada, assim como a lenda do satélite gigante.

– Qual é a versão mais aceita da história da Terra? – perguntou Pelorat. – Durante minha carreira, coletei uma grande quantidade de mitos de origem, muitos dos quais envolvem um mundo chamado Terra ou algum outro nome muito parecido. Não tenho nenhum vindo de Comporellon, nada além da vaga menção a um Benbally, que poderia ter saído do nada, pelo que dizem as lendas comporellanas.

– Não é de se surpreender. Geralmente não exportamos nossos mitos, e estou chocado que tenha encontrado referências sobre Benbally. Mais uma vez, superstição.

– Mas o senhor não é supersticioso e não hesitaria em falar no assunto, hesitaria?

– Correto – disse o pequeno historiador, levantando os olhos para observar Pelorat. – Isso aumentaria consideravelmente minha impopularidade, talvez até a um nível perigoso, mas vocês deixarão Comporellon em breve e imagino que nunca mencionarão meu nome como fonte.

– Tem nossa palavra de honra – respondeu Pelorat, rapidamente.

– Então aqui vai um resumo do que supostamente aconteceu, livre de qualquer influência sobrenatural ou moralismo. A Terra existiu como o único mundo dos seres humanos por um período imensurável de tempo e então, há aproximadamente vinte ou vinte e cinco mil anos, a espécie humana desenvolveu tecnologia para viagens interestelares por meio de Saltos pelo hiperespaço. Assim, colonizou um grupo de planetas. Os Colonizadores desses planetas fizeram uso de robôs, que foram criados na Terra antes dos dias das viagens hiperespaciais, e... Aliás, vocês sabem o que são robôs?

– Sim – respondeu Trevize. – Já nos fizeram essa pergunta antes. Sabemos o que são robôs.

– Os Colonizadores, com uma sociedade totalmente robotizada, desenvolveram alta tecnologia e longevidade incomum, e desprezaram seu mundo ancestral. De acordo com versões mais dramáticas dessa história, eles dominaram e oprimiram o mundo ancestral. Assim – continuou Deniador –, a Terra acabou enviando um novo grupo de Colonizadores, dentre os quais robôs eram proibidos. Dos novos mundos, Comporellon estava entre os primeiros. Nossos patriotas insistem que foi *o* primeiro de todos, mas não existe nenhuma prova aceitável disso para um Cético. O grupo anterior de Colonizadores acabou morrendo...

– Por que o grupo anterior acabou morrendo, dr. Deniador? – perguntou Trevize.

– Por quê? Geralmente, nossos sentimentalistas imaginam que eles foram punidos por Aquele Que Castiga, apesar de ninguém explicar por que Ele demorou tanto. Mas não é necessário recorrer a contos de fadas. É fácil concluir que uma sociedade que depende totalmente de robôs se torne frouxa e decadente, atrofiando-se e morrendo de puro tédio ou, mais sutilmente, por perder a vontade de viver. A segunda leva de Colonizadores, sem robôs, prosperou e conquistou toda a Galáxia, mas a Terra se tornou radioativa e lentamente saiu de vista. O motivo geralmente atribuído é que havia robôs também na Terra, pois a primeira leva de Colonizadores encorajou isso.

Júbilo, que ouviu o relato com certa impaciência, disse:

– Bom, dr. Deniador, com ou sem radioatividade, e independentemente de quantas levas de Colonizadores existiram, a questão crucial é simples. Onde exatamente *está* a Terra? Quais são as coordenadas?

– A resposta para essa pergunta – respondeu Deniador – é: eu não sei. Venham, é hora do almoço. Posso pedir que nos tragam comida e discutiremos sobre a Terra enquanto comermos, por quanto tempo quiserem.

– Você não *sabe*? – perguntou Trevize, o tom de sua voz tornando-se um pouco mais alto.

– Na verdade, até onde eu sei, ninguém sabe.

– Mas isso é impossível.

– Conselheiro – disse Deniador, com um suave suspiro –, se deseja chamar a verdade de impossível, é sua prerrogativa, mas isso não o levará a lugar nenhum.

7.

Deixando Comporellon

26

O ALMOÇO CONSISTIA EM UMA porção de bolotas macias e crocantes, com cores diferentes, que traziam uma variedade de recheios. Deniador pegou um pequeno objeto que se abriu e virou um par de luvas transparentes e as vestiu. Seus convidados fizeram o mesmo.

– Por favor, o que há dentro desses alimentos? – perguntou Júbilo.

– Os rosados – respondeu Deniador – são recheados com peixe picante, uma grande iguaria comporellana. Esses amarelos têm um recheio de queijo muito suave. Os verdes trazem uma mistura de vegetais. Coma-os enquanto estiverem bem quentes. Depois, teremos torta quente de amêndoas e as bebidas de sempre. Eu recomendaria a cidra quente. Em um clima frio, temos a tendência de aquecer nossa comida, até mesmo as sobremesas.

– Fazem muito bem – comentou Pelorat.

– Na verdade – disse Deniador –, estou sendo hospitaleiro com meus convidados. Quando é para mim, costumo me virar com muito pouco. Não tenho tanta massa corporal para sustentar, como provavelmente perceberam.

Trevize mordeu um dos bolinhos rosados e descobriu, de fato, um acentuado gosto de peixe, com diversas camadas de temperos que eram agradáveis ao paladar, mas que, pensou, ficariam com ele pelo resto do dia, e talvez noite adentro – e o peixe também.

Quando tirou o alimento mordido da boca, percebeu que a casca crocante havia fechado sobre o recheio. Não houve nenhum esguicho, nenhum vazamento e, por um momento, ele se perguntou qual seria a verdadeira função das luvas. Não parecia haver nenhuma possibilidade de ele engordurar as mãos, mesmo que não usasse as luvas, então concluiu que deveria ser uma questão de higiene. Elas evitavam que as mãos tivessem de ser lavadas quando isso fosse inconveniente, e agora o costume talvez determinasse que elas deveriam ser usadas mesmo que as mãos fossem lavadas depois. (Lizalor não usara luvas quando eles comeram juntos no dia anterior – talvez por ela ser uma mulher da montanha.)

– Seria descortês falar diretamente sobre nossos interesses durante o almoço? – perguntou Trevize.

– Pelos padrões comporellanos, conselheiro, seria, mas os senhores são meus convidados e seguiremos os padrões de vocês. Se deseja falar seriamente e não acredita, ou não se importa, que isso diminua sua apreciação pela comida, por favor o faça, e eu acompanharei.

– Obrigado – respondeu Trevize. – A ministra Lizalor sugeriu, ou melhor, falou de maneira bastante direta, que os Céticos são bastante impopulares neste mundo. É verdade?

– Certamente! – O bom humor de Deniador pareceu aumentar. – Ficaríamos muito magoados se não fôssemos. Comporellon, veja bem, é um mundo frustrado. Sem o conhecimento sobre os detalhes, existe a crença mítica geral de que, há muitos milênios, quando a Galáxia habitada era pequena, Comporellon era o planeta-líder. Nunca nos esquecemos disso, e o fato de *não* termos sido listados como líderes na história oficial nos incomoda, nos provoca... quero dizer, provoca na população geral uma sensação de injustiça. Mas o que podemos fazer? No passado, o governo foi forçado a ser vassalo do imperador, e agora é um Associado leal da Fundação. E quanto mais consciência temos de nossa posição submissa, mais forte é a crença nos admiráveis e misteriosos dias do passado. O que Comporellon poderia fazer? – continuou Deniador. – Eles nunca poderiam ter afrontado o Império no passado, e hoje não podem afrontar abertamente a Fundação. Assim, eles se refugiam em ataques e ódio contra nós, pois não acreditamos nas lendas e zombamos das superstições. De qualquer maneira, estamos protegidos contra os efeitos mais radicais dessa perseguição. Controlamos a tecnologia e preenchemos os corpos docentes das universidades. Alguns de nós, particularmente francos, têm dificuldade de dar aulas abertamente. Eu, por exemplo, enfrento esse problema, mas tenho meus estudantes e faço reuniões discretas fora do campus. De qualquer forma, se fôssemos realmente excluídos da vida pública, a tecnologia decairia e as universidades perderiam o reconhecimento geral da Galáxia. Suponho que a tolice dos seres humanos seja tão grande que a perspectiva de suicídio intelectual talvez não os impedisse de ceder ao ódio, mas a Fundação nos apoia. Assim, somos constantemente repreendidos, desprezados e censurados, mas nunca prejudicados.

– É a oposição popular que o impede de nos dizer a localização da Terra? – perguntou Trevize. – Apesar de tudo, teme que a reação anti-Ceticismo possa tornar-se séria se você for longe demais?

– Não – Deniador negou com a cabeça. – A localização da Terra é desconhecida. Não estou escondendo nada de vocês, seja por medo ou por qualquer outro motivo.

– Mas, escute – continuou Trevize –, existe um número limitado de planetas neste setor da Galáxia com as características físicas associadas à habitabilidade, e quase todos eles devem ser não apenas habitáveis, mas habitados e, portanto, conhecidos por você. Seria tão difícil explorar o setor em busca de um planeta que seria habitável se não fosse radioativo? Além disso, procuraríamos por um planeta com um grande satélite. Graças à radioatividade e ao satélite, a Terra seria absolutamente inconfundível e poderia ser encontrada até mesmo com uma busca superficial. Talvez levasse algum tempo, mas essa seria a única dificuldade.

– A visão Cética, claro – respondeu Deniador –, é que a radioatividade e o satélite da Terra são, ambos, meras lendas. Se procurarmos por eles, estaremos procurando por leite de pardal e penas de coelho.

– Pode ser, mas isso não deveria impedir Comporellon de, pelo menos, arriscar a busca. Se encontrarem um mundo radioativo do tamanho certo para habitabilidade, com um grande satélite, isso daria uma bela aparência de credibilidade aos mitos comporellanos em geral.

Deniador riu-se.

– Talvez seja justamente por isso que Comporellon não faz essa busca – disse. – Se falharmos, ou se encontrarmos uma Terra obviamente diferente das lendas, aconteceria o inverso. Os mitos comporellanos seriam demolidos e transformados em motivo de risadas. Comporellon não arriscaria que isso acontecesse.

Trevize ficou em silêncio por um momento e então prosseguiu, com seriedade:

– Além disso, mesmo que ignoremos essas duas uniquezas (se é que existe essa palavra no Padrão Galáctico), a da radioatividade e a do grande satélite, existe uma terceira que, por definição, *deve* existir, sem nenhuma referência a mitos. A Terra deve ter vida efervescente, de diversidade incrível; ou os resquícios disso, ou, pelo menos, registros fósseis disso.

– Conselheiro – respondeu Deniador –, embora Comporellon não tenha enviado uma equipe organizada de busca para encontrar a Terra, *temos* oportunidades para viajar pelo espaço, e ocasionalmente recebemos relatórios de espaçonaves que saíram de suas rotas planejadas por esse ou aquele motivo. Como o senhor talvez saiba, os Saltos nem sempre são perfeitos. De qualquer forma, não houve nenhum relatório sobre qualquer planeta com propriedades que lembrem aquelas da lendária Terra, ou de qualquer planeta que esteja repleto de vida exuberante. É também pouco provável que uma nave aterrisse no que parece ser um mundo inabitado para que a tripulação possa caçar fósseis. Portanto, se nada do tipo foi reportado em milhares de anos, estou perfeitamente disposto a acreditar que localizar a Terra é impossível porque ela não está em nenhum lugar para ser localizada.

– Mas a Terra tem de estar em *algum lugar* – disse Trevize, frustrado. – Existe, em algum lugar, um planeta no qual a humanidade e todas as formas de vida familiares associadas à humanidade se desenvolveram. Se a Terra não está neste setor da Galáxia, deve estar em outro.

– É possível – respondeu Deniador, friamente –, mas depois de todo esse tempo, não apareceu em nenhum lugar.

– As pessoas não estavam procurando especificamente por ela.

– Bom, aparentemente, você está. Desejo-lhe sorte, mas eu nunca apostaria no seu sucesso.

– Já houve tentativas de determinar a posição da Terra por meios indiretos, por outras maneiras além de buscas diretas?

– Sim – responderam duas vozes ao mesmo tempo. Deniador, que era o dono de uma das vozes, disse a Pelorat: – Está pensando no projeto Yariffs?

– Estou – respondeu Pelorat.

– Então poderia explicá-lo ao conselheiro? Creio que ele acreditaria mais facilmente se viesse de você, e não de mim.

– Nos últimos dias do Império, Golan – disse Pelorat –, houve um período em que a Busca pela Origem, como era chamada, foi um passatempo popular, talvez como uma fuga dos aborrecimentos da realidade existente. Como você sabe, o Império estava em processo de desintegração. Ocorreu a um historiador liviano, Humbal Yariff, que, fosse qual fosse o planeta de origem, ele teria colonizado planetas próximos de si antes de colonizar os mais distantes. Ou seja, quanto maior a distância entre um planeta e o ponto de origem, mais tarde esse planeta teria sido colonizado. Suponha, então, que alguém registrasse a data de colonização de todos os planetas habitáveis da Galáxia, e fizesse redes de todos aqueles com determinada quantidade de milênios de idade. Haveria uma rede englobando todos os planetas com dez mil anos de idade; outra entre aqueles com doze mil; mais uma entre aqueles com quinze mil anos. Cada rede, em teoria, desenharia um formato razoavelmente esférico, e elas todas deveriam ser razoavelmente concêntricas. As redes mais antigas formariam esferas com raios menores do que as mais novas, e se alguém determinasse todos os centros, eles deveriam estar em um volume relativamente pequeno de espaço, que incluiria o planeta de origem: a Terra.

O rosto de Pelorat estava muito sério conforme ele fazia formas esféricas com suas mãos em concha.

– Entende o que estou dizendo, Golan? – perguntou.

– Sim – Trevize concordou com a cabeça. – Mas imagino que não tenha dado certo.

– Teoricamente, velho amigo, deveria ter dado. Um dos problemas foi que as datas de origem eram totalmente imprecisas. Cada planeta exagerava a própria idade, em grau maior ou menor, e não havia nenhuma maneira fácil de determinar a idade, além dos mitos.

– Deterioração do carbono-14 em madeira antiga – disse Júbilo.

– Decerto, querida – respondeu Pelorat –, mas você precisaria da cooperação dos mundos em questão, e ela nunca era fornecida. Nenhum mundo queria que sua própria alegação exagerada de idade fosse desacreditada e, naquela época, o Império não tinha capacidade de anular objeções locais em uma questão de importância tão pequena; eles tinham outras coisas em mente. Tudo o que Yariff conseguiu fazer foi usar mundos de, no máximo, dois mil anos de idade, e cuja descoberta havia sido documentada meticulosamente, sob circunstâncias confiáveis. Havia poucos desses e, embora estivessem distribuídos com simetria razoavelmente esférica, o centro era relativamente próximo de Trantor, a capital Imperial, pois foi dali que as expedições colonizadoras se originaram para aqueles poucos mundos. Esse, claro, era outro problema. A Terra não era o único ponto de origem de colonização de outros mundos. Conforme o tempo passou, os mundos mais velhos mandaram expedições colonizadoras por conta própria. Na época do auge do Império, Trantor era uma fonte abundante delas. Injustamente, Yariff foi ridicularizado e virou motivo de piada, e sua reputação profissional foi destruída.

– Entendi a história, Janov – disse Trevize. – Dr. Deniador, então não existe nada que o senhor possa me dar que represente a mais ínfima possibilidade de esperança? Existe algum outro mundo em que talvez haja alguma informação sobre a Terra?

Durante algum tempo, Deniador mergulhou em um pensamento cheio de dúvidas.

– Bo-o-m – disse finalmente, verbalizando a palavra com hesitação –, como Cético, devo dizer que não tenho certeza sobre a atual existência da Terra, ou até mesmo se ela já existiu. Entretanto... – ele ficou em silêncio novamente.

Júbilo, enfim, interveio:

– Acho que o senhor pensou em algo que pode ser importante, doutor.

– Importante? Duvido – disse Deniador, em tom baixo. – Talvez... divertido. A Terra não é o único planeta cuja localização é um mistério. Há os mundos do primeiro grupo de Colonizadores; os Siderais, como são chamados em nossas lendas. Algumas pessoas chamam os planetas que eles habitaram de "Mundos Siderais"; outros chamam de "Mundos Proibidos". Esse segundo nome é o usado hoje em dia. Em seu orgulho e apogeu, diz a lenda, os Siderais tinham vidas que se estendiam por séculos, e não permitiam que nossos ancestrais de vida curta pousassem em seus mundos. Depois que os derrotamos, a situação se reverteu. Desdenhávamos do contato com eles e os deixamos por conta própria, proibindo nossas próprias naves e comerciantes de entrarem em contato com eles. Por isso, aqueles planetas se tornaram os Mundos Proibidos. Estávamos certos, de acordo com a lenda, de que Aquele Que Castiga os destruiria sem nossa intervenção, e, aparentemente, Ele assim o fez. Pelo menos até onde sabemos, nenhum Sideral apareceu na Galáxia em muitos milênios.

– O senhor acha que os Siderais saberiam sobre a Terra? – perguntou Trevize.

– É possível, pois seus mundos eram mais velhos do que qualquer um dos nossos. Isto é, se os Siderais existirem, o que é extremamente improvável.

– Mesmo que eles não existam, os mundos deles existem e podem ter registros.

– Se você conseguir encontrar esses mundos.

– O senhor quer dizer que a chave para a Terra, cuja localização é desconhecida – exasperou-se Trevize –, pode ser encontrada nos Mundos Siderais, cujas localizações também são desconhecidas?

Deniador deu de ombros.

– Não tivemos contato com eles por vinte mil anos – disse. – Nenhum pensamento sobre eles. Assim como a Terra, eles também se perderam na neblina.

– Em quantos mundos viviam os Siderais?

– A lenda fala de cinquenta mundos, um número suspeitamente redondo. É provável que fossem muito menos.

– E o senhor não sabe a localização de nenhum desses cinquenta?

– Bom, eu me pergunto...

– O que o senhor se pergunta?

– Como história primitiva é o meu passatempo favorito, assim como é o do dr. Pelorat – disse Deniador –, por vezes explorei documentos antigos em busca de qualquer coisa que se referisse aos primórdios; algo além de mitos. No ano passado, encontrei os registros de uma nave antiga, registros quase indecifráveis. Eram datados de um passado muito longínquo, quando nosso mundo ainda nem era conhecido como Comporellon. O nome usado era "Baleyworld", que me parece uma forma ainda mais antiga do "mundo Benbally" de nossas lendas.

– O senhor publicou esse material? – perguntou Pelorat, empolgado.

– Não – respondeu Deniador. – Eu não gosto de mergulhar até ter certeza de que há água na piscina, como diz o velho ditado. Veja bem, o registro dizia que o capitão da nave havia visitado um Mundo Sideral, e que uma mulher Sideral partira com ele, quando ele foi embora.

Júbilo interveio:

– Mas o senhor disse que os Siderais não permitiam visitantes.

– Exato, e é por isso que não publico o material. Soa inverossímil. Existem histórias vagas que poderiam ser interpretadas como referências aos Siderais e a seus conflitos com os Colonizadores – nossos próprios ancestrais. Tais histórias existem não apenas em Comporellon, mas em muitos planetas e com muitas variações. Entretanto, todas têm um ponto em comum. Os dois grupos, os Siderais e os Colonizadores, não se misturavam. Não havia contato social, e muito menos contato sexual. Ainda assim, aparentemente o capitão Colonizador e a mulher Sideral tinham laços amorosos. É tão inverossímil que não vejo nenhuma chance de essa história ser aceita como algo além de ficção histórica romântica, no máximo.

– Isso é tudo? – Trevize parecia decepcionado.

– Não, conselheiro. Existe mais uma questão. Encontrei alguns números no que sobrou do registro de voo da nave, que podem, ou não, representar coordenadas espaciais. Se forem, e minha honra de Cético me força a repetir que podem não ser, então evidências internas me obrigam a concluir que são coordenadas de três dos Mundos Siderais. Um deles pode ser o Mundo Sideral em que o capitão pousou e de onde levou sua amante Sideral.

– Mesmo que a história seja fictícia, é possível que as coordenadas sejam reais? – perguntou Trevize.

– Pode ser que sim – respondeu Deniador. – Fornecerei os números e você está livre para usá-los, mas talvez não chegue a lugar nenhum. E ainda assim, uma ideia divertida me vem à cabeça – e seu rápido sorriso surgiu mais uma vez.

– Qual? – disse Trevize.

– E se uma dessas coordenadas for a localização da Terra?

27

O sol comporellano, distintamente alaranjado, aparentava ser maior do que o sol de Terminus, mas ficava baixo no céu e emitia pouco calor. O vento, felizmente leve, tocou o rosto de Trevize com seus dedos gelados. Ele se arrepiou sob o casaco elétrico que recebera de Mitza Lizalor, que agora estava em pé ao seu lado.

– Deve ficar quente em algum momento, Mitza – disse Trevize.

No vazio do espaçoporto, ela olhou para o sol momentaneamente sem demonstrar nenhum sinal de desconforto – alta, grandiosa, usando um casaco mais leve do que o de Trevize; se não era imune ao vento, no mínimo o desdenhava.

– Temos um lindo verão – ela respondeu. – Não é um verão longo, mas nossas plantações estão adaptadas a ele. As variedades de levedura são escolhidas com cuidado para crescerem rapidamente sob o sol e não sofrerem com o frio. Nossos animais domésticos têm pelagem boa, e a lã comporellana é reconhecida por todos como a melhor da Galáxia. Além disso, temos colônias fazendeiras em órbita ao redor de Comporellon, nas quais crescem frutas tropicais. Somos exportadores de um abacaxi enlatado de sabor inigualável. A maioria das pessoas que nos vê como um mundo frio não sabe disso.

– Fico agradecido por ter nos acompanhado até o embarque, Mitza – disse Trevize –, e por estar disposta a cooperar conosco em nossa missão. Porém, para minha própria tranquilidade, preciso perguntar se você terá problemas sérios por causa disso.

– Não! – ela negou com a cabeça, orgulhosa. – Nenhum problema. Em primeiro lugar, não serei questionada. Estou no controle do transporte, o que quer dizer que eu, e somente eu, estabeleço as regras para esse espaçoporto e para os outros, para as estações de acesso, para as naves que vêm e vão. O primeiro-ministro depende de mim para tudo isso e fica bastante feliz de permanecer na ignorância dos detalhes. E, mesmo se eu fosse questionada, tudo o que preciso fazer é dizer a verdade. O governo me louvaria por não entregar a nave à Fundação. As pessoas também, se fosse seguro que soubessem. E a própria Fundação não saberia de nada.

– O governo pode estar disposto a não devolver a nave à Fundação – disse Trevize –, mas estaria disposto a aprovar a sua permissão para partirmos com ela?

– Você é um ser humano respeitável, Trevize – sorriu Lizalor. – Batalhou com tenacidade para manter sua nave e, agora que a tem, dá-se ao trabalho de se preocupar com meu bem-estar – ela estendeu o braço em sua direção, como se tentada a demonstrar algum sinal de afeto e então, com óbvia dificuldade, controlou o impulso. Com aspereza renovada, continuou. – Mesmo que eles questionem minha decisão, tudo o que preciso fazer é dizer que você estava, e ainda está, à procura do Antiquíssimo, e eles dirão que fiz bem ao me livrar de você tão rápido quanto o fiz, com nave e tudo. E farão todo o ritual de reconhecimento de que você nunca deveria ter recebido permissão para aterrissar, mesmo que não houvesse nenhuma maneira de sabermos o que pretendia.

– Você realmente teme infortúnios para você e para o mundo por causa da minha presença?

– Sim – respondeu Lizalor, estoica. Então, mais suavemente: – Você já me trouxe infortúnio, pois agora que o conheço, os homens comporellanos parecerão ainda mais murchos. Ficarei com uma ânsia insaciável. Aquele Que Castiga já me garantiu esse infortúnio.

Trevize hesitou.

– Não quero que você mude de ideia sobre isso – disse ele –, mas também não quero que sofra com uma preocupação desnecessária. Você precisa entender que isso de eu trazer infortúnios para você é mera superstição.

– Suponho que o Cético tenha lhe dito isso.

– Eu sei disso sem que ele precise me contar.

Lizalor passou a mão no rosto, pois resquícios de gelo se formavam em suas proeminentes sobrancelhas.

– Sei que alguns acreditam ser apenas superstição – disse. – Mas o Antiquíssimo trazer infortúnios é um fato. Foi demonstrado diversas vezes, e nenhum argumento inteligente dos Céticos pode tirar a verdade da existência.

Ela subitamente estendeu a mão em um cumprimento.

– Adeus, Golan. Embarque e junte-se a seus companheiros antes que seu frouxo corpo terminiano congele em nosso vento frio, mas bondoso.

– Adeus, Mitza. Espero vê-la quando voltar.

– Sim, você prometeu voltar e tentei acreditar que voltará. Cheguei a planejar que usaria uma nave para encontrá-lo no espaço, para que os infortúnios afetem apenas a mim, e não ao meu mundo. Mas você não voltará.

– Não é verdade! Eu voltarei! Eu não desistiria de você assim, tão fácil, depois do prazer de sua companhia – naquele momento, Trevize estava convencido de que dizia a mais pura verdade.

– Não duvido de seus impulsos românticos, meu doce habitante da Fundação, mas aqueles que se aventuram em busca do Antiquíssimo nunca voltam, para lugar nenhum. Meu coração não tem dúvidas quanto a isso.

Trevize tentou impedir que seus dentes batessem – era por causa do frio, e ele não queria que ela achasse que era por medo.

– Isso também é superstição – disse Trevize.

– E ainda assim – ela respondeu –, também é verdade.

28

Era bom estar de volta à sala de pilotagem da *Estrela Distante*. Podia ser um aposento apertado; podia ser uma bolha de constrição no espaço infinito. Ainda assim, era familiar, amigável e quente.

– Estou contente que você tenha finalmente embarcado – disse Júbilo. – Eu estava me perguntando quanto tempo passaria com a ministra.

– Não muito – respondeu Trevize. – Estava frio.

– Me pareceu que você cogitava a possibilidade de ficar com ela e adiar a busca pela Terra – continuou Júbilo. – Não gosto de sondar a sua mente nem mesmo de leve, mas fiquei preocupada, e a tentação que você enfrentou pareceu gritante para mim.

– Está certa – disse Trevize. – Pelo menos momentaneamente, senti essa tentação. A ministra é uma mulher extraordinária e nunca encontrei ninguém como ela. Você fortaleceu minha resistência, Júbilo?

– Já lhe disse muitas vezes – ela respondeu – que não devo e não quero modificar sua mente de forma nenhuma, Trevize. Você venceu a tentação graças ao seu inabalável senso de dever, imagino.

– Não, prefiro achar que não – disse Trevize. – Nada tão dramático ou nobre. Minha resistência foi fortalecida primeiro por causa do frio, e depois pela triste constatação de que não seriam necessários muitos encontros com ela para me matar. Eu nunca conseguiria manter o ritmo.

– Bom – interveio Pelorat –, de qualquer maneira você está a salvo e a bordo. O que faremos a seguir?

– No futuro imediato, seguiremos rapidamente pelo sistema planetário até que estejamos longe o suficiente do sol de Comporellon para realizar um Salto.

– Acha que seremos impedidos ou seguidos?

– Não. Tenho fé de que a ministra está ansiosa para que nos distanciemos o mais rápido possível e fiquemos longe, para que a vingança d'Aquele Que Castiga não desgrace o planeta. Na verdade...

– Sim?

– Ela acredita que essa vingança decerto cairá sobre nós. Tem convicção absoluta de que nunca voltaremos. Isso, devo acrescentar rapidamente, não é uma estimativa do meu provável nível de infidelidade, que ela não teve oportunidade de mensurar. Ela quis dizer que a Terra é portadora de infortúnios tão terríveis que qualquer pessoa que a procura deve morrer no processo.

– Quantas pessoas deixaram Comporellon em busca da Terra para ela afirmar isso? – perguntou Júbilo.

– Duvido que algum comporellano tenha partido com essa missão. Eu disse a ela que esses medos eram apenas superstição.

– Tem certeza de que *você* acredita nisso? Ou permitiu que ela o abalasse?

– Sei que os medos da ministra são a superstição mais pura na forma como ela os expressa, mas talvez sejam fundamentados mesmo assim.

– Quer dizer que a radioatividade nos matará se aterrissarmos na Terra?

– Não creio que a Terra seja radioativa. Mas acredito que a Terra se proteja. Lembrem-se de que todas as referências a ela foram removidas da Biblioteca de Trantor. Lembrem-se de que a maravilhosa memória de Gaia, da qual todo o planeta faz parte, até os estratos rochosos da superfície e o metal derretido do núcleo, termina logo antes de penetrar o suficiente no passado para nos dizer qualquer coisa sobre a Terra. É evidente que, se a Terra é poderosa o bastante para fazer isso, pode ser capaz também de ajustar mentes para impor crenças sobre sua radioatividade, assim prevenindo toda busca. Talvez, por Comporellon estar tão perto e representar um perigo especial para a Terra, haja ainda ajustes que resultem em uma curiosa apatia. Deniador, um Cético e cientista, está completamente convencido de que não há nenhuma utilidade em procurar a Terra. Ele diz que ela não pode ser encontrada. E é por isso que a superstição da ministra talvez seja bem fundamentada. Se a Terra faz tanta questão de se esconder, será que não nos mataria, ou distorceria nossas mentes, antes de permitir que a encontrássemos?

Júbilo franziu o cenho e disse:

– Gaia...

– Não diga que Gaia nos protegerá – reagiu Trevize rapidamente. – Se a Terra foi capaz de remover as memórias mais antigas de Gaia, é óbvio que, em um conflito entre os dois planetas, a Terra venceria.

– Como sabe que as memórias foram removidas? – disse Júbilo, friamente. – Pode ser que Gaia simplesmente tenha levado um tempo para desenvolver uma memória planetária, e que agora podemos sondar o passado apenas até o término desse desenvolvimento. E, se a memória *foi* removida, como pode ter certeza de que foi a Terra?

– Eu não sei – respondeu Trevize. – Estou apenas desenvolvendo minhas especulações.

– Se a Terra é tão poderosa – interveio Pelorat, timidamente – e tão determinada a, vamos dizer, preservar sua privacidade, qual a utilidade de nossa busca? Você parece acreditar que a Terra não permitirá nosso sucesso e nos matará, se isso for necessário para impedir que tenhamos sucesso. Nesse caso, faz algum sentido não abandonar tudo isso?

– Admito que parece melhor desistirmos, mas tenho uma forte convicção de que a Terra existe, de que devo e vou encontrá-la. E Gaia me diz que quando tenho convicções fortes desse tipo, estou sempre certo.

– Mas como sobreviveremos à descoberta, velho amigo?

– Talvez – respondeu Trevize, esforçando-se para ser leve – a Terra também reconheça o valor da minha extraordinária certeza e me deixe em paz. *Mas*, e é nisso que eu queria chegar, não posso ter certeza de que vocês dois sobreviverão, e isso me preocupa. Sempre preocupou, mas agora está mais acentuado e me parece que devo levá-los de volta a Gaia e prosseguir sozinho. Fui eu, e não vocês, quem decidiu procurar pela Terra; sou eu, e não vocês, quem enxerga valor nessa missão; sou eu, e não vocês, quem está compelido a encontrá-la. Permitam, então, que seja eu a correr riscos, e não vocês. Permitam que eu vá sozinho. Janov?

A expressão melancólica de Pelorat parecia acentuada, pois ele havia enterrado o queixo no pescoço.

– Não nego que estou apreensivo, Golan – respondeu –, mas eu teria vergonha de abandoná-lo. Eu me desonraria se o fizesse.

– Júbilo?

– Gaia não o abandonará, Trevize, seja lá o que faça. Se a Terra for mesmo perigosa, Gaia o protegerá o máximo que puder. E, de toda maneira, em meu papel como Júbilo, não abandonarei Pel, e se ele permanecer com você, eu ficarei com ele.

– Pois bem, então – disse Trevize, inflexível. – Ofereci a chance. Prosseguiremos juntos.

– Juntos – respondeu Júbilo.

– Juntos – Pelorat sorriu de leve e pousou a mão no ombro de Trevize. – Sempre.

29

– Olhe só para aquilo, Pel – disse Júbilo.

Ela manipulava o telescópio da nave quase aleatoriamente porque queria fazer algo além de explorar a biblioteca de mitos sobre a Terra compilados por Pelorat.

Pelorat se aproximou, colocou um braço em torno dos ombros de Júbilo e observou a tela. Um dos gigantes de gás do sistema solar comporellano estava em vista, ampliado até parecer o grande corpo celeste que era na vida real.

Sua cor era laranja suave e ele era coberto por faixas mais pálidas. Visto a partir do plano planetário e mais longe do sol do que a nave estava, era quase um círculo completo de luz.

– Lindo – comentou Pelorat.

– A faixa central se estende para além do planeta, Pel.

– Sabe, Júbilo – Pelorat enrugou a testa –, acho que você está certa.

– Você diria que é uma ilusão de óptica?

– Não tenho certeza, Júbilo – respondeu Pelorat. – Sou tão novato no espaço quanto você... Golan!

– O que foi? – respondeu Trevize a distância, com voz fraca. Ele então adentrou a sala do piloto parecendo um pouco amarrotado, como se tivesse acabado de acordar de uma soneca, que era exatamente o que ele estivera fazendo.

– Por favor! – ele disse, rabugento. – Não mexam nos instrumentos.

– É apenas o telescópio – respondeu Pelorat. – Veja isso.

– É um planeta gigante de gás – disse Trevize –, aquele que eles chamam de Gallia, de acordo com as informações que recebi.

– Como pode dizer que é esse apenas olhando?

– Para começar – respondeu Trevize –, pela nossa distância do sol, e por causa dos tamanhos planetários e das posições de órbita que estudei ao planejar nosso trajeto, Gallia é o único que vocês poderiam ampliar a esse tamanho nesse momento. Além disso, há o anel.

– Anel? – perguntou Júbilo, intrigada.

– Tudo o que vocês podem ver é uma marca pálida e estreita, pois estamos vendo-o quase de frente. Podemos sair do plano planetário e ter uma vista melhor. Gostariam que eu fizesse isso?

– Não quero obrigá-lo a recalcular posições e trajetos, Golan – respondeu Pelorat.

– Não se preocupe, o computador fará tudo por mim sem nenhum problema – ele se sentou ao computador conforme falava e colocou as mãos nas marcas apropriadas. O computador, em sintonia extraordinária com sua mente, fez todo o resto.

A *Estrela Distante*, livre de dificuldades de combustível ou sensação de inércia, acelerou rapidamente e, mais uma vez, Trevize sentiu uma onda de afeto por um computador – e uma nave – que reagiam de tal maneira a ele, como se fosse seu pensamento que os alimentasse e direcionasse, como se fossem uma poderosa e obediente extensão de sua vontade.

Não era de se admirar que a Fundação a quisesse de volta; não era de se admirar que Comporellon também quisesse ficar com ela. A única surpresa era que a força da superstição tinha sido grande o suficiente para fazer com que Comporellon desistisse de obtê-la.

Propriamente armada, poderia superar a velocidade ou o poder de fogo de qualquer espaçonave na Galáxia, ou qualquer combinação de espaçonaves – desde que não encontrasse outra como ela mesma.

Mas era evidente que ela não estava propriamente armada. A prefeita Branno, ao atribuir a nave a Trevize, fora cuidadosa o suficiente para deixá-la sem armamentos.

Pelorat e Júbilo observaram com atenção conforme o planeta Gallia lentamente inclinou-se na direção deles. O polo de cima (qualquer que fosse) ficou visível, com turbulência em uma grande região circular em seu entorno, enquanto o polo de baixo desaparecia sob o volume da esfera.

Na parte de cima, o lado escuro do planeta invadiu a esfera de luz alaranjada, e o belo círculo tornou-se progressivamente assimétrico.

O mais empolgante era a faixa central, que não era mais reta; havia se tornado curva, assim como as outras faixas ao norte e ao sul, só que mais acentuadamente.

Agora a faixa central estendia-se distintamente para além dos limites do planeta, e fazia uma curva mais acentuada nas extremidades. Não havia mais dúvidas sobre ser uma ilusão; sua natureza era aparente. Tratava-se de um anel de matéria que contornava o planeta; o restante estava escondido atrás da massa planetária.

– Acho que é o suficiente para terem uma ideia – disse Trevize. – Se fôssemos passar por sobre o planeta, veriam o anel em sua forma circular, concêntrico em torno do globo, sem tocá-lo em nenhum ponto. E vocês provavelmente veriam que não se trata de apenas um anel, mas vários anéis concêntricos.

– Eu não achava que isso era possível – comentou Pelorat, estupefato. – O que os mantém no espaço?

– A mesma coisa que mantém um satélite em seu lugar – respondeu Trevize. – Os anéis consistem em pequenas partículas, e cada uma delas está em órbita ao redor do planeta. Os anéis ficam tão próximos da superfície que efeitos de maré evitam que se aglutinem e formem um único corpo.

– É aterrador pensar nisso, velho amigo – Pelorat sacudiu a cabeça. – Como é possível que eu tenha dedicado toda a minha vida aos estudos e, ainda assim, saiba tão pouco sobre astronomia?

– E eu não sei nada sobre os mitos da humanidade. Ninguém pode abarcar todo o conhecimento. A questão é que esses anéis planetários não são incomuns. Quase todos os planetas gigantes de gás os têm, mesmo que seja apenas uma pequena circunferência de poeira. Acontece que o sol de Terminus não tem nenhum gigante de gás verdadeiro em sua família planetária; portanto, a não ser que os terminianos sejam viajantes espaciais ou estudem astronomia na universidade, é provável que não saibam nada sobre anéis planetários. O que é incomum é um anel suficientemente largo para ser brilhante e visível, como aquele. É magnífico. Deve ter pelo menos duas centenas de quilômetros de largura.

– É *isso* que significava! – Pelorat subitamente estalou os dedos.

– O que foi, Pel? – Júbilo parecia alarmada.

– Certa vez – disse Pelorat – encontrei o fragmento de um poema muito antigo e em uma versão arcaica do Padrão Galáctico que era muito difícil de compreender, mas isso era prova de sua idade avançada. Apesar de que não devo reclamar do arcaísmo, velho amigo. Meu trabalho me transformou em um especialista em diversas variedades do galáctico antigo, o que é muito gratificante, mesmo que não tenha nenhuma utilidade para mim fora das minhas pesquisas. Sobre o que eu estava falando?

– Um fragmento de um poema antigo, Pel querido – disse Júbilo.

– Obrigado, Júbilo – ele respondeu; então, para Trevize: – Ela presta muita atenção no que digo para me puxar de volta caso eu divague para longe demais, o que acontece na maioria das vezes.

– Faz parte do seu charme, Pel – disse Júbilo, sorrindo.

– De qualquer forma, esse fragmento de poesia pretendia descrever o sistema planetário do qual a Terra fazia parte. Por que esse era o tema, eu não sei dizer, pois o poema integral não sobreviveu; ou, pelo menos, nunca consegui localizá-lo. Somente essa pequena parte resistiu, graças talvez a seu conteúdo astronômico. Em todo caso, falava sobre os três cintilantes anéis do sexto planeta, "vahstos e colossaes, e o mundi abrandeava em comparato". Viu só, ainda consigo citá-lo. Eu não entendi o que poderia ser o anel de um planeta. Lembro-me de ter pensado em três círculos em um dos lados do planeta, enfileirados. Parecia tão sem sentido que não achei importante incluir em minha biblioteca. Agora, lamento não ter perguntado a alguém sobre isso – ele fez "não" com a cabeça. – Ser mitólogo na Galáxia de hoje em dia é tão solitário que você acaba se esquecendo dos benefícios de perguntar aos outros.

– Você provavelmente estava certo ao ignorá-lo, Janov – disse Trevize, consolando-o. – Interpretar poemas de forma literal é um erro.

– Mas era esse o significado – respondeu Pelorat, apontando para a tela. – Era disso que o poema estava falando. Três amplos anéis, concêntricos, mais largos do que o próprio planeta.

– Nunca ouvi falar de algo assim – disse Trevize. – Não creio que anéis possam ser tão largos. Se comparados com o planeta que circundam, são sempre muito estreitos.

– Tampouco ouvimos falar sobre um planeta habitável com um satélite gigante. Ou um com superfície radioativa. Essa é a singularidade número três. Se encontrarmos um planeta radioativo que, se não fosse pela radioatividade, seria habitável; que tenha um satélite gigante e com um planeta vizinho com um anel imenso, não haverá mais nenhuma dúvida de que teremos encontrado a Terra.

– Eu concordo, Janov – sorriu Trevize. – Se acharmos todas as três, certamente teremos encontrado a Terra.

– Se! – exclamou Júbilo, com um suspiro.

30

Tinham passado pelos principais mundos do sistema solar, lançando-se para fora dele por entre as posições dos dois planetas mais distantes. Assim, não havia nenhuma massa significativa dentro de um bilhão e meio de quilômetros. Adiante, havia apenas uma vasta nuvem cometária que, gravitacionalmente, era irrelevante.

A *Estrela Distante* tinha acelerado até uma velocidade de 0,1 *c*, um décimo da velocidade da luz. Trevize sabia que, em teoria, a nave poderia ser acelerada até quase a velocidade da luz, mas sabia também que, na prática, 0,1 *c* era o limite aceitável.

Naquela velocidade, qualquer objeto com massa mensurável podia ser evitado, mas não havia como desviar das inúmeras partículas de poeira do espaço e, muito menos, de átomos e moléculas individuais. Em velocidades muito altas, até mesmo objetos pequenos como esses poderiam causar danos, arranhando a fuselagem ao colidir com a nave. Em velocidades próximas à da luz, cada átomo que se chocasse contra a fuselagem teria as propriedades de uma partícula de raio cósmico. Sob essa radiação cósmica penetrante, nenhuma pessoa a bordo da nave sobreviveria por muito tempo.

As estrelas mais afastadas não mostravam nenhuma movimentação perceptível na tela de visualização e, mesmo que a nave estivesse se movendo a trinta mil quilômetros por segundo, tudo parecia indicar que ela estava, na verdade, imóvel.

O computador sondava grandes distâncias espaciais em busca de qualquer objeto pequeno, mas significativo, que estivesse em rota de colisão, e a nave manobraria gentilmente para evitá-lo, no caso extremamente improvável de que isso fosse necessário. Considerando o tamanho diminuto dos objetos em possível rota de colisão, a velocidade com que eles eram ultrapassados e a ausência de efeitos de inércia resultantes da mudança de curso, era impossível dizer se, em algum momento, houvera algo do tipo "essa foi por pouco".

Portanto, Trevize não se preocupava com coisas assim; não pensava nem casualmente no assunto. Mantinha sua atenção nos três conjuntos de coordenadas que recebera de Deniador e, especialmente, no conjunto que indicava o objeto mais próximo deles.

– Há algo errado com os números? – perguntou Pelorat, ansioso.

– Ainda não sei dizer – respondeu Trevize. – Coordenadas, por si só, não são úteis, a não ser que você saiba o ponto zero e as convenções usadas para estabelecê-las: a direção usada para traçar a distância, por assim dizer; qual seria o equivalente ao meridiano, essas coisas.

– Como se descobre isso? – disse Pelorat, confuso.

– Peguei as coordenadas de Terminus e de alguns outros pontos conhecidos relativos a Comporellon. Se eu colocá-las no computador, ele calculará quais devem ser as convenções para essas coordenadas, se Terminus e os outros pontos forem localizados corretamente. Estou apenas tentando organizar as coisas em minha cabeça para que possa programar o computador adequadamente para fazer isso. Uma vez que as convenções tenham sido determinadas, os números que temos para os Mundos Proibidos podem, talvez, fazer algum sentido.

– Apenas talvez? – perguntou Júbilo.

– Receio que apenas talvez – disse Trevize. – Esses números são antigos, afinal; presume-se que sejam comporellanos, mas não se sabe ao certo. E se forem baseados em outras convenções?

– Nesse caso?

– Nesse caso, temos apenas números sem sentido. Precisamos descobrir.

Seus dedos tocaram as teclas com brilho suave do computador, alimentando-o com as informações necessárias. Em seguida, ele colocou as mãos nas marcas sobre a área de trabalho. Esperou enquanto o computador processava as convenções das coordenadas conhecidas, parou um instante e então interpretou as coordenadas do Mundo Proibido mais próximo usando as mesmas convenções, até que finalmente localizou essas coordenadas no mapa galáctico existente na memória do computador.

Um campo de estrelas apareceu na tela e se moveu rapidamente conforme era ajustado. Quando ficou estático, se expandiu, com estrelas saindo pelas bordas por todas as direções, até que quase todas se foram. Em nenhum momento o olho nu poderia acompanhar a mudança; era apenas um borrão salpicado de pontos brilhantes. Até que, enfim, um espaço de um décimo de parsec para cada lado (de acordo com a escala mostrada na parte de baixo da tela) era tudo o que restava. Não houve mais nenhuma mudança, e apenas meia dúzia de pontos com brilho pálido flutuavam na escuridão da tela.

– Qual deles é o Mundo Proibido? – perguntou Pelorat, em tom brando.

– Nenhum deles – respondeu Trevize. – Quatro são anãs vermelhas, uma é quase uma anã vermelha, e a última é uma anã branca. É impossível que alguma dessas estrelas tenha um planeta habitável orbitando ao seu redor.

– Você sabe que são anãs vermelhas só de olhar para elas?

– Não estamos olhando para estrelas de verdade; estamos observando um trecho do mapa galáctico gravado na memória do computador. Cada uma delas está rotulada. Você não pode ver as indicações e, normalmente, eu também não poderia, mas, desde que minhas mãos estejam fazendo contato, como agora, descubro uma quantidade considerável de informações sobre qualquer estrela em que meus olhos se concentrem.

– Então as coordenadas são inúteis – disse Pelorat, em um tom desolado.

– Não, Janov – Trevize olhou para ele. – Ainda não terminei. Há, ainda, a questão do tempo. As coordenadas do Mundo Proibido são de vinte mil anos atrás. Naquela época, tanto esse planeta como Comporellon orbitavam em torno do núcleo galáctico, e talvez o fizessem em diferentes velocidades, e em órbitas de inclinações e excentricidades diferentes. Portanto, com o tempo, os dois planetas podem ter se aproximado ou se distanciado e, em vinte mil anos, o Mundo Proibido pode ter se deslocado entre meio e cinco parsecs da posição marcada. Ele certamente não estaria nesse quadrado de um décimo de parsec.

– O que faremos, então?

– Faremos o computador retroceder a Galáxia vinte mil anos em relação a Comporellon.

– Ele pode fazer isso? – perguntou Júbilo, soando bastante admirada.

– Bom, ele não pode fazer a Galáxia propriamente dita voltar no tempo, mas pode retroceder o tempo do mapa usando seus bancos de memória.

– Vamos ver alguma coisa na tela? – disse Júbilo.

– Observe – respondeu Trevize.

Lentamente, a meia dúzia de estrelas deslocou-se pela tela. Uma nova estrela, que até então não estava na tela, adentrou pelo canto esquerdo, e Pelorat apontou para ela, empolgado.

– Ali! Ali! – disse.

– Sinto muito – respondeu Trevize. – Outra anã vermelha. São muito comuns. Pelo menos 3/4 de todas as estrelas da Galáxia são anãs vermelhas.

A tela parou de se mover.

– E então? – perguntou Júbilo.

– É isso – respondeu Trevize. – Essa é a visão daquele setor da Galáxia, como deveria ter sido vinte mil anos atrás. No centro da tela está o ponto onde o Mundo Proibido deveria estar, caso estivesse se deslocando em uma velocidade constante.

– Deveria estar, mas não está – disse Júbilo, ríspida.

– Não está – concordou Trevize, com notável inexpressão.

– Ah, que pena, Golan – Pelorat soltou um longo suspiro.

– Esperem, não percam as esperanças. Eu não esperava ver a estrela aqui.

– Não esperava? – indagou Pelorat, surpreso.

– Não. Eu disse que essa não é a Galáxia propriamente dita, mas sim o mapa que o computador tem da Galáxia. Se uma estrela real não estiver incluída no mapa, não a veremos. Se o planeta tem por nome "Proibido" e foi assim chamado por vinte mil anos, é provável que ele não tenha sido incluído no mapa. E não foi, pois não o estamos vendo.

– Talvez não estejamos vendo porque ele não existe – disse Júbilo. – Os mitos comporellanos podem ser falsos, ou as coordenadas estão erradas.

– De fato. Entretanto, agora o computador pode fazer uma estimativa de quais seriam as coordenadas atuais, agora que localizou o ponto onde talvez estivesse vinte mil anos atrás. Usando as coordenadas corrigidas temporalmente, correção que eu só poderia ter feito usando o mapa estelar, agora podemos partir para a localização real, na própria Galáxia.

– Mas você apenas supôs uma velocidade constante para o Mundo Proibido – disse Júbilo. – E se sua velocidade *não* fosse constante? Você não teria as coordenadas corretas.

– Sim, é verdade, mas uma correção supondo uma velocidade constante deve chegar muito mais perto de sua posição real do que se não fizéssemos nenhuma correção temporal.

– É o que você espera! – disse Júbilo, duvidosa.

– É exatamente isso – respondeu Trevize. – Eu tenho esperança. E agora vamos ver a Galáxia real.

Os dois observadores encaravam a tela tensos quando Trevize (talvez para reduzir sua própria tensão até a chegada do momento crucial) falou suavemente, quase como se estivesse dando uma aula:

– É mais difícil analisar a Galáxia real. O mapa do computador é uma construção artificial capaz de eliminar irrelevâncias. Se o ângulo de visão é inconveniente para o que quero fazer, posso alterá-lo, e assim por diante. Porém, na Galáxia real, preciso lidar com o que encontro, e se eu quiser uma mudança, preciso me deslocar fisicamente pelo espaço, o que leva muito mais tempo do que apenas ajustar um mapa.

Conforme ele falava, a tela mostrou um campo estrelado tão repleto de estrelas que parecia um amontoado irregular de pó.

– Essa é uma visão ampla de um setor da Via Láctea – explicou Trevize –, e eu quero o primeiro plano, claro. Se eu expandir o primeiro plano, o segundo tende a sumir em comparação. O ponto indicado pelas coordenadas é perto o suficiente de Comporellon para que eu provavelmente possa expandi-lo para mais ou menos o que tínhamos na visualização do mapa. Deixem-me apenas fornecer as instruções necessárias, se conseguir manter minha sanidade por tempo suficiente. *Agora!*

O campo de estrelas expandiu-se rapidamente e milhares de estrelas saíram por todos os cantos, dando aos observadores uma sensação real de movimento na direção da tela que fez os três automaticamente se inclinarem para trás, como uma reação a uma aceleração para frente.

A visão de antes estava de volta, não exatamente tão escura quanto no mapa, mas com a meia dúzia de estrelas mostradas como na visualização anterior. E ali, próximo do centro, estava outra estrela, muito mais brilhante do que as outras.

– Ali está – disse Pelorat, em um sussurro admirado.

– Pode ser que sim. Farei o computador captar seu espectro e analisá-lo.

Houve uma pausa moderadamente longa.

– Classificação espectral, G-4 – disse Trevize –, o que a faz ser menor e um pouco menos luminosa do que o sol de Terminus, mas muito mais luminosa do que o de Comporellon. E nenhuma estrela de classificação G deveria ser omitida do mapa galáctico do computador. Como essa foi, é um forte indício de que pode ser o sol em torno do qual o Mundo Proibido orbita.

– Existe alguma chance – perguntou Júbilo – de que não exista nenhum planeta habitável em órbita ao redor dessa estrela, no final das contas?

– Creio que é possível. Se for esse o caso, tentaremos achar os outros dois Mundos Proibidos.

– E se os outros dois também forem alarmes falsos? – insistiu Júbilo.

– Tentaremos alguma outra coisa.

– Como o quê?

– Quem me dera saber – respondeu Trevize, seco.

PARTE 3
AURORA

8.

Mundo Proibido

31

– GOLAN – DISSE PELORAT. – Se incomoda se eu assistir?

– De jeito nenhum, Janov – respondeu Trevize.

– Posso fazer perguntas?

– Vá em frente.

– O que você está fazendo? – perguntou Pelorat.

Trevize tirou os olhos da tela.

– Preciso medir a distância de cada estrela que pareça próxima do Mundo Proibido na tela para poder determinar a distância real delas. Precisamos saber seus campos gravitacionais e, para isso, preciso da massa e da distância. Sem essas informações, não é possível garantir um Salto perfeito.

– Como você faz isso?

– Bom, cada estrela que vemos tem coordenadas na memória do computador, e elas podem ser convertidas em coordenadas no sistema comporellano. Os números obtidos podem, por sua vez, passar por pequenas correções em relação à posição da *Estrela Distante* no espaço relativa ao sol de Comporellon, e isso me dá a distância de cada uma. Aquelas anãs vermelhas parecem bem próximas do Mundo Proibido na tela, mas algumas podem estar mais perto e outras, mais longe. Precisamos de suas posições tridimensionais, entende?

Pelorat concordou com a cabeça e disse:

– E você já tem as coordenadas para o Mundo Proibido...

– Sim, mas não é o suficiente. Preciso que as distâncias das outras estrelas estejam dentro de uma margem de erro de mais ou menos 1%. A intensidade gravitacional que elas impõem nos arredores do Mundo Proibido é tão pequena que um pequeno erro não faz diferença perceptível. Já o sol em torno do qual o Mundo Proibido orbita, ou talvez orbite, tem um campo gravitacional de intensidade enorme no entorno do Mundo Proibido, e preciso saber sua distância com talvez mil vezes mais precisão do que o necessário para as outras estrelas. Somente as coordenadas não bastam.

– O que você fará, então?

– Medirei a distância aparente entre o Mundo Proibido... ou melhor, entre sua estrela e três estrelas próximas, cujas luminosidades são tão baixas que é necessária uma ampliação considerável para enxergá-las. É de se presumir que essas três estrelas estejam *bem* longe. Então, manteremos uma delas centrada na tela e Saltaremos um décimo de parsec em uma direção com ângulos retos, até termos um ângulo de visão do Mundo Proibido. Poderemos fazer isso com segurança, mesmo sem saber as distâncias de estrelas comparativamente mais longínquas. A estrela usada como referência continuará no centro da tela depois do Salto – prosseguiu Trevize. – As outras duas estrelas de luminosidade baixa, se as três forem mesmo muito distantes, não sofreriam uma mudança mensurável de posição. Mas o Mundo Proibido estará perto o bastante para mudar a própria posição aparente em paralaxe. A partir do tamanho da paralaxe, poderemos determinar a distância dele. Se eu quiser ter certeza mesmo, escolherei três outras estrelas e farei os cálculos novamente.

– Quanto tempo levará tudo isso? – perguntou Pelorat.

– Não muito tempo. O computador fará o trabalho pesado. Eu só dou as ordens. O que demora mesmo é estudar os resultados e ter certeza de que estão corretos, e também garantir que minhas instruções não estão, de alguma maneira, equivocadas. Se eu fosse um daqueles pilotos destemidos que têm fé inabalável em si mesmos e no computador, tudo isso levaria apenas alguns minutos.

– É realmente incrível – comentou Pelorat. – Pense em quanto o computador faz por nós.

– Penso nisso o tempo todo.

– O que você faria sem ele?

– O que eu faria sem uma nave gravitacional? O que faria sem meu treinamento astronáutico? O que faria sem vinte mil anos de tecnologia hiperespacial me apoiando? O fato é que eu sou eu mesmo, aqui e agora. E se nos imaginarmos vinte mil anos no futuro, por qual tipo de maravilha tecnológica ficaríamos agradecidos? Ou será que daqui a vinte mil anos a humanidade não existirá mais?

– Pouco provável – disse Pelorat. – É pouco provável que não exista. Mesmo se não nos tornarmos parte de Galaksia, ainda teremos a psico-história para nos guiar.

Trevize virou a cadeira na direção de Pelorat, desconectando-se do computador.

– Ele calculará distâncias – explicou Trevize – e verificará os dados algumas vezes. Não há pressa – olhou para Pelorat, intrigado. – Psico-história! Sabe, Janov, esse assunto surgiu duas vezes em Comporellon, e nas duas vezes foi descrito como superstição. Eu falei uma vez e Deniador também falou. Afinal, como definir a psico-história a não ser como uma superstição da Fundação? Será que não se trata de uma crença sem nenhuma prova concreta? O que acha, Janov? É mais da sua área do que da minha.

– Por que diz que não há provas concretas, Golan? – perguntou Pelorat. – O simulacro de Hari Seldon apareceu diversas vezes no Cofre do Tempo e discutiu eventos conforme eles aconteciam. Se não fosse por previsões psico-históricas, ele não teria como saber quais seriam esses eventos na época em que viveu.

– Isso soa, de fato, incrível – Trevize concordou com a cabeça. – Ele esteve errado sobre o Mulo, mas mesmo deixando essa questão de lado, é incrível. Ainda assim, parece desconfortavelmente sobrenatural. Qualquer mágico pode fazer truques.

– Nenhum mágico pode prever séculos do futuro.

– Nenhum mágico pode fazer de verdade o que ele faz você achar que ele faz.

– Deixe disso, Golan. Não consigo pensar em nenhum truque que permite prever o que acontecerá daqui a cinco séculos.

– E também não consegue pensar em um truque que permita que um mágico leia o conteúdo de uma mensagem escondida em um pseudo-hipercubo de quatro dimensões em um satélite autônomo em órbita. Mesmo assim, vi um mágico fazer isso. Já lhe ocorreu que o Cofre do Tempo, e também o simulacro de Hari Seldon, podem ser manipulações do governo?

Pelorat parecia revoltado com a sugestão.

– Eles não fariam isso – respondeu.

Trevize fez um som de escárnio.

– E seriam pegos se o fizessem – continuou Pelorat.

– Não tenho tanta certeza quanto a isso. Mas a questão é que não sabemos nada sobre o funcionamento da psico-história.

– Eu não sei como os computadores funcionam, mas sei que funcionam.

– Isso porque outras pessoas sabem como eles funcionam. Como seria se *ninguém* soubesse? Se parassem de funcionar, por qualquer motivo, seríamos incapazes de fazer alguma coisa para remediar a situação. E se a psico-história repentinamente parasse de funcionar...

– Os membros da Segunda Fundação sabem sobre o funcionamento da psico-história.

– Como pode saber isso, Janov?

– É o que dizem.

– Qualquer coisa pode ser dita. Ah, temos a distância da estrela do Mundo Proibido e, espero, com bastante precisão. Vamos considerar os números.

Ele os encarou por bastante tempo, seus lábios movendo-se ocasionalmente, como se estivesse fazendo cálculos de cabeça. Enfim, sem levantar os olhos, disse:

– O que Júbilo está fazendo?

– Dormindo, velho amigo – respondeu Pelorat. Então, defensivamente: – Ela *precisa* dormir, Golan. Manter-se parte de Gaia através do hiperespaço requer muita energia.

– Suponho que sim – disse Trevize, voltando-se novamente para o computador. Colocou as mãos na área de trabalho e murmurou: – Vou deixar que se aproxime com vários Saltos e fazê-lo verificar tudo novamente depois de cada um deles – tirou as mãos novamente e disse: – Estou falando sério, Janov. O que *você* sabe sobre psico-história?

– Nada – Pelorat pareceu surpreso. – Um historiador, o que sou, de certa maneira, é infinitamente diferente de um psico-historiador. Sei sobre os dois fundamentos da psico-história, claro, mas todo mundo sabe.

– Até *eu* sei. O primeiro fundamento é que a quantidade de seres humanos envolvidos seja grande o suficiente para que o tratamento estatístico seja válido. Mas quão grande é "grande o suficiente"?

– A mais recente estimativa da população galáctica – respondeu Pelorat – é algo em torno de dez quatrilhões, o que provavelmente é uma estimativa baixa. Decerto é uma quantidade grande o suficiente.

– Como você sabe?

– Porque a psico-história *funciona*, Golan. Apesar de quanto você argumente, ela *funciona*.

– E o segundo fundamento – continuou Trevize –, é que os seres humanos não saibam sobre a psico-história, para que o conhecimento sobre ela não influencie as reações deles. Mas *sabemos* sobre a psico-história.

– Apenas sobre sua mera existência, velho amigo. Isso não conta. O segundo fundamento é o de que os seres humanos não podem saber sobre as *previsões* da psico-história. Sobre elas, ninguém sabe, exceto os membros da Segunda Fundação, que precisam saber, mas eles são um caso especial.

– E, com base nesses dois únicos fundamentos, a ciência da psico-história foi desenvolvida. É difícil de acreditar.

– Não a partir desses dois fundamentos *apenas* – disse Pelorat. – Há matemática avançada e elaborados métodos de estatística. Diz a história, se você faz questão da tradição, que Hari Seldon delineou a psico-história a partir da teoria cinética dos gases. Cada átomo ou molécula em um gás se move aleatoriamente, portanto é impossível saber a posição ou a velocidade de qualquer um deles. Ainda assim, usando estatística, podemos determinar com grande precisão as regras que governam seu comportamento geral. Da mesma forma, a intenção de Seldon era determinar o comportamento geral das sociedades humanas, mesmo que os cálculos não possam ser aplicados ao comportamento de indivíduos.

– Talvez, mas seres humanos não são átomos.

– Fato – respondeu Pelorat. – Um ser humano tem consciência, e seu comportamento é suficientemente complexo para aparentar livre-arbítrio. Não tenho ideia de como Seldon lidou com isso, e tenho certeza de que não conseguiria entender mesmo que alguém tentasse me explicar. Mas ele o fez.

– E a coisa toda – disse Trevize – depende de lidar com uma imensa quantidade de pessoas que não sabe de nada. Não lhe parece um alicerce movediço para sustentar uma estrutura matemática colossal? Se esses fundamentos não forem cumpridos, tudo entra em colapso.

– Mas considerando que o Plano não entrou em colapso...

– Ou que os fundamentos não foram exatamente descumpridos ou inadequados, mas simplesmente mais frágeis do que deveriam ser, a psico-história poderia funcionar propriamente por séculos e então, ao alcançar alguma crise específica, entraria em colapso, como aconteceu temporariamente na época do Mulo. Ou então... e se houver um terceiro fundamento?

– Qual terceiro fundamento? – perguntou Pelorat, franzindo o cenho de leve.

– Eu não sei – disse Trevize. – Uma argumentação pode parecer totalmente lógica e elegante e, ainda assim, ter pressuposições não expressas. Talvez o terceiro fundamento seja uma pressuposição tão básica que nunca ninguém pensou em levá-la em consideração.

– Uma pressuposição assim tão certa é geralmente válida, ou não seria assim, tão certa.

Trevize bufou.

– Se você conhecesse a história científica tão bem quanto conhece a história tradicional, Janov, saberia quão errada é essa afirmação. Vejo que agora estamos nos arredores do sol do Mundo Proibido.

E, de fato, centralizada na tela estava uma estrela luminosa – tão luminosa que a tela automaticamente filtrou sua luz, o que fez as outras estrelas ficarem apagadas.

32

As instalações para banho e higiene pessoal a bordo da *Estrela Distante* eram compactas, e o uso da água era sempre mantido no mínimo possível para evitar a sobrecarga dos mecanismos de reciclagem. Trevize era severo ao relembrar Pelorat e Júbilo constantemente de tal fato.

Mesmo assim, Júbilo tinha um ar de frescor o tempo todo; era sempre certo que seus longos cabelos escuros estariam brilhantes, que suas unhas reluziriam.

– Aqui estão vocês! – disse Júbilo, ao entrar na sala do piloto.

– Não há motivo para surpresa – Trevize ergueu os olhos do computador. – Era impossível que tivéssemos abandonado a nave, e uma busca de trinta segundos provavelmente teria nos revelado aqui dentro mesmo que você não pudesse detectar nossa presença mentalmente.

– Como você bem sabe, a expressão foi apenas uma forma de saudação que não deveria ser tomada de forma literal – respondeu Júbilo. – Onde estamos? E não diga "na sala do piloto".

– Júbilo, querida – disse Pelorat, estendendo um braço –, estamos na região periférica do sistema planetário do Mundo Proibido mais próximo.

Ela foi até o lado de Pelorat e colocou a mão gentilmente em seu ombro, conforme ele envolveu sua cintura com o braço.

– Não deve ser assim tão Proibido – ela disse. – Nada tentou nos impedir.

– É chamado de Proibido – respondeu Trevize – porque Comporellon e os outros mundos estabelecidos pela segunda onda de colonização consideraram, voluntariamente, os mundos do primeiro grupo, os dos Siderais, fora dos limites. Se não nos sentirmos obrigados a seguir esse acordo voluntário, o que haveria de nos impedir?

– Os Siderais, se ainda houver algum, talvez tenham feito o mesmo, e voluntariamente considerado os mundos do segundo grupo fora dos limites. O fato de não nos incomodarmos de ignorar esse limite não significa que eles não se incomodem.

– É verdade – disse Trevize –, *se* eles existirem. Porém, até agora não sabemos nem se existe algum planeta no qual eles poderiam viver. Até agora, tudo o que vemos são os planetas gigantes de gás de sempre. Apenas dois deles, e que não são nem especialmente grandes.

– Mas isso não significa que o Mundo Sideral não existe – interveio Pelorat apressadamente. – Qualquer mundo habitável ficaria muito mais perto do sol e seria muito menor e difícil de detectar da distância em que estamos por causa do ofuscamento pelo brilho solar. Precisaremos fazer Microssaltos para nos aproximar e conseguir detectar um planeta com essas características – ele parecia bastante orgulhoso de falar como um experiente viajante espacial.

– Nesse caso – disse Júbilo –, por que não estamos nos aproximando?

– Ainda não – respondeu Trevize. – Estou fazendo o computador buscar qualquer sinal de estruturas artificiais até o máximo de sua capacidade. Vamos nos aproximar em etapas, uma dúzia delas se for necessário, fazendo a busca a cada etapa. Não quero cair em uma armadilha, como aconteceu quando nos aproximamos de Gaia. Lembra-se, Janov?

– Podíamos cair todos os dias em armadilhas como aquela. A de Gaia me trouxe Júbilo – Pelorat olhou demoradamente para Júbilo.

Trevize sorriu maliciosamente.

– Espera uma nova Júbilo todos os dias? – perguntou.

Pelorat pareceu magoar-se e Júbilo, com um toque de irritação, disse:

– Meu bom amigo (ou como quer que Pel insista em chamá-lo), você poderia se aproximar mais rapidamente. Enquanto eu estiver com você, não cairá em nenhuma armadilha.

– O poder de Gaia?

– Para detectar a presença de outras mentes? Pode ter certeza.

– Júbilo, está certa de que tem forças suficientes? Pelo que entendi, você precisa dormir bastante para recuperar a energia gasta para manter o contato com o corpo principal de Gaia. Até que ponto posso confiar nos talvez restritos limites de suas habilidades a essa distância da fonte?

Júbilo ficou vermelha de raiva.

– A força da conexão é vasta – respondeu.

– Não se ofenda – disse Trevize. – Estou apenas perguntando. Não enxerga isso como uma desvantagem de ser Gaia? Eu não sou Gaia. Sou um indivíduo completo e independente. Isso quer dizer que posso viajar para tão longe do meu povo e do meu mundo quanto quiser, e continuar sendo Golan Trevize. Minhas capacidades, quaisquer que sejam elas, permanecem e continuam comigo para onde quer que eu vá. Se eu estivesse sozinho no espaço, a parsecs de distância de qualquer ser humano e, por algum motivo, incapaz de me comunicar com alguém, ou até mesmo de ver o brilho de uma única estrela no céu, eu seria e permaneceria Golan Trevize. Posso não conseguir sobreviver, posso morrer, mas morreria Golan Trevize.

– Sozinho no espaço e longe de todos os outros – respondeu Júbilo – você seria incapaz de invocar a ajuda de seus semelhantes, de seus talentos e conhecimentos diferentes. Sozinho, como um indivíduo isolado, você ficaria diminuído em comparação com você como parte de uma sociedade integrada. Você sabe disso.

– Ainda assim, não seria uma diminuição como no seu caso – disse Trevize. – Existe uma ligação entre você e Gaia que é muito mais forte do que entre eu e minha sociedade, e essa ligação se estende pelo hiperespaço e requer energia para ser mantida. Você deve ofegar mentalmente por causa desse esforço e se sentir uma entidade muito mais incapacitada do que eu.

O rosto jovem de Júbilo enrijeceu-se e, por um momento, ela não parecia tão jovem – parecia, na verdade, não ter idade. Era mais Gaia do que Júbilo, como se para refutar o ponto de vista de Trevize.

– Mesmo que tudo o que disse seja verdade, Golan Trevize: que é, foi e será; que talvez não possa ser menos, mas que certamente não pode ser mais... mesmo que tudo o que disse seja verdade, espera que não haja nenhum preço a ser pago pelo benefício? Não é melhor ser uma criatura de sangue quente, como você, em vez de uma criatura de sangue frio, como um peixe ou outra coisa?

– Tartarugas têm sangue frio – disse Pelorat. – Não há nenhuma em Terminus, mas há em alguns outros mundos. São criaturas com carapaças que se movem muito devagar, mas que vivem por bastante tempo.

– Pois bem, não é melhor ser um humano do que uma tartaruga? Mover-se com rapidez, seja qual for a temperatura, e não com lentidão? Não é melhor poder realizar atividades de alto consumo energético, como a contração rápida de músculos, a resposta rápida de nervos, a sustentação de pensamentos duradouros, do que movimentar-se lentamente, sentir gradualmente e ter uma consciência limitada dos arredores? Não?

– Sim – respondeu Trevize. – É verdade. E daí?

– Então! Você sabe o preço que paga para ter sangue quente, não sabe? Para manter sua temperatura acima da que está à volta de seu corpo, você precisa usar energia de maneira muito menos produtiva do que a tartaruga. Precisa comer quase constantemente para abastecer seu corpo de energia com tanta rapidez quanto ela é desperdiçada. Você ficaria faminto muito mais rápido do que uma tartaruga, e morreria mais rápido também. Preferiria ser uma tartaruga, e viver com mais lentidão e por mais tempo? Ou prefere pagar o preço e ser um organismo de movimentos, respostas sensoriais e pensamentos rápidos?

– É mesmo uma analogia válida, Júbilo?

– Não, Trevize, pois a situação de Gaia é mais favorável. Não consumimos quantidades extraordinárias de energia quando estamos próximos. O gasto de energia aumenta somente quando uma parte de Gaia está a distâncias hiperespaciais do resto do planeta. E lembre-se de que a sua escolha não foi apenas por um planeta Gaia maior, não por um mundo individual maior. Você optou por Galaksia, por um vasto complexo de mundos. Em qualquer lugar da Galáxia, você será parte de Galaksia e estará cercado por partes de algo que se estende desde cada átomo interestelar até o buraco negro central. Assim, seria necessária uma quantidade pequena de energia para permanecer como um todo. Nenhuma parte estaria a grandes distâncias de nenhuma outra. Foi por tudo isso que você optou, Trevize. Como pode duvidar que fez a escolha certa?

Trevize estava com a cabeça inclinada, pensativo. Enfim, olhou para Júbilo e disse:

– Eu posso ter feito a escolha certa, mas preciso estar *convencido* disso. A decisão que tomei é a mais importante na história da humanidade e não basta que seja uma boa escolha. Eu preciso reconhecê-la como a *melhor* escolha.

– Do que mais precisa além do que eu lhe disse?

– Eu não sei, mas encontrarei na Terra – afirmou Trevize, com convicção absoluta.

– Golan, a estrela tem um disco galáctico – disse Pelorat.

Era um fato. O computador, ocupado com suas próprias tarefas e sem o mínimo de interesse por nenhuma discussão que se incendiasse ao seu redor, se aproximara da estrela em etapas, e alcançara a distância que Trevize tinha estabelecido.

Eles continuavam longe do plano planetário e o computador dividiu a tela para mostrar cada um dos três pequenos planetas mais próximos do sol.

O mais próximo de todos era o que tinha uma temperatura na superfície que permitia água em estado líquido, e também uma atmosfera de oxigênio. Trevize esperou até que sua órbita fosse calculada, e a primeira estimativa bruta parecia aceitável. Mas manteve a medição, pois quanto mais observações do movimento planetário fossem computadas, mais precisas seriam as determinações de seus elementos orbitais.

– Temos um planeta habitável à vista – disse Trevize, bastante calmo. – Muito provavelmente habitável.

– Ah! – exclamou Pelorat, tão alegre quanto sua expressão solene permitia.

– Porém – disse Trevize –, receio que não haja nenhum satélite gigante. Na verdade, nenhum tipo de satélite foi detectado até agora. Portanto, não é a Terra. Pelo menos, não se seguirmos o modelo tradicional.

– Não se preocupe quanto a isso, Golan – respondeu Pelorat. – Suspeitei que não encontraríamos a Terra aqui quando notei que nenhum dos gigantes de gás tem um sistema incomum de anéis.

– Certo. O próximo passo – continuou Trevize – é descobrir o tipo de vida que o habita. Considerando que tem uma atmosfera com oxigênio, podemos ter certeza de que existem plantas, mas...

– Vida animal também – interveio Júbilo, abruptamente. – E em grande quantidade.

– O quê? – Trevize virou-se em sua direção.

– Posso sentir. É tênue a essa distância, mas, indiscutivelmente, o planeta não é apenas habitável, é habitado.

33

A *Estrela Distante* estava em órbita polar ao redor do Mundo Proibido a uma distância que fazia o período orbital durar pouco mais do que seis dias. Trevize não parecia estar com pressa de sair da órbita. Ele explicou:

– Considerando que o planeta é habitado e considerando também que, de acordo com Deniador, já foi habitado por seres humanos tecnologicamente avançados e que representavam a primeira missão de Colonizadores, os tais Siderais, eles talvez ainda sejam tecnologicamente avançados. E também podem não cair de amores por nós, da segunda missão, que os substituiu. Eu preferiria que eles se fizessem conhecidos para que possamos saber um pouco mais antes de arriscar uma aterrissagem.

– Talvez não saibam que estamos aqui – disse Pelorat.

– *Nós* saberíamos, se a situação fosse reversa. Devo presumir, então, que, se eles existirem, é provável que tentem nos contatar. Talvez queiram, inclusive, vir até nós para nos pegar.

– Mas se vierem atrás de nós e forem tecnologicamente avançados, talvez estejamos indefesos...

– Não acredito nessa possibilidade – respondeu Trevize. – Avanço tecnológico não é necessariamente todo de uma vez. Pode ser que estejam muito além de nós em algumas áreas, mas já é evidente que não investiram em viagens interestelares. Fomos nós, e não eles, que colonizamos a Galáxia e, em toda a história do Império, não sei de nada que poderia indicar que eles saíram de seus mundos e se mostraram para nós. Se não viajaram pelo espaço, como é possível que tenham feito avanços consideráveis em astronáutica? E, se não fizeram, não podem ter nada parecido com uma nave gravitacional. Podemos estar essencialmente desarmados, mas, mesmo que venham para cima de nós com uma nave de guerra, não poderiam nos pegar. Não, não estaríamos indefesos.

– Seus avanços podem ser mentálicos. Pode ser que o Mulo fosse um Sideral...

– O Mulo não pode ser tudo – Trevize deu de ombros, claramente irritado. – Os gaianos o descreveram como um gaiano anômalo. Também já foi considerado um mutante aleatório.

– É verdade – respondeu Pelorat. – Já houve especulações, que não devem ser levadas muito a sério, claro, de que ele era um artefato mecânico. Um robô, em outras palavras, mesmo que o termo não tenha sido usado.

– *Se* houver algo que pareça mentalicamente perigoso, dependeremos de Júbilo para neutralizá-lo. Ela pode... Aliás, ela está dormindo no momento?

– Tem tentado dormir – disse Pelorat –, mas estava agitada quando vim para cá.

– Estava agitada? Bom, ela precisará acordar rapidamente se alguma coisa acontecer. Você deve fazer isso, Janov.

– Sim, Golan – respondeu Pelorat, em tom baixo.

Trevize voltou sua atenção ao computador.

– Uma coisa que me incomoda são as estações de acesso – disse Trevize. – Normalmente, elas são um sinal claro de que um planeta é habitado por seres humanos com alta tecnologia. Mas essas...

– Há alguma coisa errada com elas?

– Várias coisas. Primeiro, são muito arcaicas. Talvez tenham milhares de anos. Depois, não há nenhum tipo de radiação além da térmica.

– O que é radiação térmica?

– Radiação térmica é emitida por qualquer objeto mais quente do que seu entorno. É uma assinatura familiar que tudo emite e que consiste em uma faixa ampla de radiação que segue um padrão fixo, dependendo da temperatura. É isso que as estações de acesso estão emitindo. Se houver equipamentos humanos em funcionamento a bordo das estações, há uma tendência a vazamento de radiação não térmica e não natural. Considerando que apenas radiações termais estão presentes, podemos concluir que as estações estão vazias, talvez por milhares de anos; ou, se estiverem ocupadas, é por pessoas com uma tecnologia tão avançada nessa área que não emitem radiação nenhuma.

– Talvez o planeta tenha uma civilização avançada – supôs Pelorat –, mas as estações de acesso estão vazias porque o planeta foi ignorado de tal maneira durante tanto tempo pelo nosso tipo de Colonizador que eles não se preocupam mais com nenhuma visita.

– Pode ser. Ou talvez seja algum tipo de isca.

Júbilo entrou e Trevize, percebendo sua chegada pelo canto do olho, disse, rabugento:

– Sim, aqui estamos nós.

– Estou vendo – respondeu Júbilo –, e ainda em uma órbita inalterada. Posso ver isso por conta própria.

– Golan está sendo cuidadoso, querida – Pelorat adiantou-se para explicar. – As estações de acesso parecem estar desocupadas, e não temos certeza do que isso significa.

– Não há necessidade de se preocuparem – disse Júbilo, indiferente. – Não há nenhum sinal detectável de vida inteligente no planeta que estamos orbitando.

Trevize lançou-lhe um olhar surpreso e repreendedor.

– Do que está falando? – perguntou. – Você disse que...

– Eu disse que existia vida animal no planeta, e existe mesmo, mas em que lugar da Galáxia lhe ensinaram que vida animal necessariamente implica vida humana?

– Por que não disse isso quando detectou a vida animal pela primeira vez?

– Porque eu não saberia dizer, a distância. Pude detectar a inconfundível vibração de atividade neural animal, mas, naquela intensidade, eu não tinha como distinguir borboletas de seres humanos.

– E agora?

– Agora estamos muito mais perto, e você pode achar que eu estava dormindo, mas não estava... ou, pelo menos, dormi por pouco tempo. Eu estava, na falta de uma palavra melhor, escutando o máximo que posso, em busca de qualquer sinal de atividades mentais complexas o suficiente para indicar a presença de inteligência.

– E não há nenhuma?

– Eu diria que, se não detectei nada a essa distância – respondeu Júbilo, com súbita cautela –, é impossível que haja mais do que alguns milhares de seres humanos no planeta. Se nos aproximarmos mais, poderei averiguar com mais precisão.

– Bom, isso muda as coisas – disse Trevize, um tanto confuso.

– Creio que sim – retrucou Júbilo, que parecia bastante sonolenta e, portanto, irritadiça. – Agora você pode esquecer tudo isso de analisar radiação e inferir e deduzir e sabe-se lá mais o que você estava fazendo. Meus sentidos gaianos cumprem a função com muito mais eficiência e certeza. Talvez você entenda o que quero dizer quando afirmo que é melhor ser um gaiano do que um Isolado.

Trevize esperou antes de responder, claramente se esforçando para manter a compostura. Quando falou, foi em um tom educado, quase formal.

– Agradeço-lhe pela informação. Ainda assim, você precisa entender que, usando uma analogia, a ideia de melhorar meu sentido do olfato não seria motivo suficiente para que eu decidisse abandonar minha humanidade e me tornar um cão farejador.

34

Conforme voavam abaixo da camada de nuvens e cruzavam a atmosfera, já conseguiam ver a superfície do Mundo Proibido. O planeta parecia surpreendentemente degradado.

As regiões polares eram geladas, como era de se esperar, mas não tinham grande extensão. As regiões montanhosas eram áridas, com geleiras esporádicas, mas também não eram muito extensas. Havia pequenas áreas desérticas espalhadas.

Com exceção de tudo isso, o mundo era, pelo menos potencialmente, lindo. Suas áreas continentais eram vastas, mas sinuosas, o que resultava em longas linhas costeiras e ricas planícies litorâneas de tamanhos consideráveis. Havia suntuosas extensões de florestas, tanto tropicais como temperadas, rodeadas por relva – e, ainda assim, a degradação de toda a paisagem era evidente. Espalhadas pelas florestas estavam áreas semiestéreis, e partes da relva eram ralas e frágeis.

– Algum tipo de doença vegetal? – perguntou Pelorat, intrigado.

– Não – respondeu Júbilo, lentamente. – Algo pior do que isso, e mais permanente.

– Já vi muitos planetas – disse Trevize –, mas nada parecido com isso.

– Eu vi poucos planetas – comentou Júbilo –, mas penso os pensamentos de Gaia e isso é o que se pode esperar de um mundo do qual a humanidade desapareceu.

– Por quê? – perguntou Trevize.

– Pense – respondeu Júbilo, áspera. – Nenhum mundo habitado tem equilíbrio ecológico verdadeiro. A Terra, a princípio, deve ter tido, pois, se foi o mundo no qual a humanidade evoluiu, devem ter existido longas eras sem humanidade, nem nenhuma outra espécie capaz de desenvolver tecnologia avançada e modificar o ambiente. Nesse caso, um equilíbrio natural (em constante mudança, claro) deve ter existido. Porém, em todos os outros mundos habitados, os seres humanos cuidadosamente terraformaram seus novos hábitats e estabeleceram vida vegetal e animal, mas o ecossistema que criaram tende a ser desequilibrado; têm apenas uma quantidade limitada de espécies e somente aquelas que os seres humanos gostariam de ter ou não poderiam evitar...

– Sabe o que isso me lembra? – disse Pelorat. – Perdoe-me, Júbilo, por interrompê-la, mas faz tanto sentido que preciso contar-lhes agora mesmo, antes que eu me esqueça. Há uma antiga lenda de criação que encontrei, um mito no qual a vida foi formada em um planeta e consistia em apenas uma variedade limitada de espécies; somente as que eram úteis ou agradáveis para a humanidade. Então, os primeiros seres humanos fizeram algo tolo (não importa o quê, velho amigo, pois esses mitos antigos geralmente são simbólicos e apenas confundem se forem interpretados literalmente) e o solo do planeta foi amaldiçoado. "Ele te produzirá espinhos e abrolhos; e comerás das ervas do campo" é a forma como a maldição foi citada, apesar de a passagem soar muito melhor no galáctico arcaico no qual foi escrita. Mas a questão é: foi mesmo uma maldição? Coisas que seres humanos não gostam e não querem, como espinhos e abrolhos, podem ser necessárias para equilibrar a ecologia.

– É incrível, Pel – sorriu Júbilo – como tudo o faz lembrar de uma lenda, e como elas são, muitas vezes, esclarecedoras. Seres humanos, ao terraformar um mundo, deixam de lado os espinhos e os abrolhos, quaisquer que sejam, e então precisam se esforçar para manter o mundo vivo. Não é um organismo autossuficiente, como Gaia. Em vez disso, é uma coleção deveras variada de Isolados, e a variedade não é suficiente para garantir que o equilíbrio ecológico persista indefinidamente. Se a humanidade desaparece, e se suas mãos controladoras deixam de ter influência, o esquema de vida inevitavelmente começa a ruir. O planeta desfaz a terraformação.

– Se é isso que está acontecendo – disse Trevize, cético –, não acontece rapidamente. Este mundo pode estar sem humanos há vinte mil anos e, mesmo assim, parece que o problema ainda existe.

– Isso certamente depende de como o equilíbrio ecológico foi estabelecido no passado – respondeu Júbilo. – Se for um bom equilíbrio desde o começo, pode durar bastante tempo sem seres humanos. Afinal de contas, vinte mil anos é muito tempo em termos de referencial humano, mas é apenas uma noite se comparado com a vida de um planeta.

– Imagino que – disse Pelorat, observando a paisagem planetária –, se o mundo está se degenerando, seja certo que os seres humanos se foram.

– Ainda não detectei nenhuma atividade mental de nível humano – respondeu Júbilo –, e estou disposta a supor que o planeta está seguramente livre de humanos. Mas há a constante vibração e agitação de níveis mais baixos de consciência, suficientes para representar pássaros e mamíferos. De qualquer forma, eu não diria que o fracasso da terraformação seja suficiente para demonstrar que os seres humanos se foram. Um planeta pode se deteriorar mesmo que haja seres humanos nele, se a sociedade for defeituosa e não compreender a importância de preservar o ambiente.

– Uma sociedade assim decerto se destruiria rapidamente – disse Pelorat. – Não acho possível que seres humanos não reconhecessem a importância de preservar justamente os fatores que os mantêm vivos.

– Não compartilho de sua amável fé na razão humana, Pel – respondeu Júbilo. – Parece-me bastante concebível que, quando uma sociedade planetária consiste apenas de Isolados, preocupações locais e até individuais facilmente sobreponham preocupações planetárias.

– Assim como Pelorat – interveio Trevize –, não creio que isso seja possível. Na verdade, Júbilo, considerando que existem milhões de mundos ocupados por humanos e que nenhum se deteriorou a ponto de desfazer a terraformação, seu medo do Isolamento talvez seja exagerado.

Naquele momento, a nave saiu do hemisfério iluminado e entrou na face noturna do planeta. O efeito foi o de um crepúsculo veloz e então veio a plena escuridão, com exceção das luzes das estrelas em áreas com céu aberto.

A *Estrela Distante* manteve sua altura, monitorando precisamente a pressão atmosférica e a intensidade gravitacional. Eles estavam com altitude suficiente para evitar qualquer maciço montanhoso mais alto, pois o planeta estava em um estágio distante da formação de montanhas e não tinha picos. Ainda assim, o computador tateava o caminho à frente com seus dedos de micro-ondas, para garantir a segurança.

Trevize observou a escuridão atentamente.

– De alguma maneira – disse, pensativo –, o que considero a prova mais convincente de que um planeta é deserto é a ausência de iluminação visível no lado noturno. Nenhuma sociedade tecnológica pode prosperar na escuridão... Assim que voltarmos para o lado iluminado, começaremos a descida.

– Qual a utilidade de fazer isso? – perguntou Pelorat. – Não há nada aqui.

– Quem disse que não há nada aqui?

– Júbilo disse. E você disse.

– Não, Janov. Eu disse que não há radiação de origem artificial e Júbilo disse que não há sinal de atividade mental humana, mas isso não quer dizer que não haja nada aqui. Mesmo se não houver nenhum ser humano no planeta, certamente há relíquias de algum tipo. Estou em busca de informação, Janov, e resquícios de tecnologia podem ser úteis para isso.

– Depois de vinte mil anos? – a voz de Pelorat subiu um tom.

– O que você acha que poderia durar vinte mil anos? Não haverá nenhum filme, nenhum papel, nada impresso; o metal terá enferrujado; a madeira terá se decomposto; o plástico estará reduzido a pó. Até mesmo as rochas estarão desintegradas e corroídas.

– Podem não ser vinte mil anos – respondeu Trevize, pacientemente. – Mencionei esse número como o maior período possível em que o planeta pode ter estado sem seres humanos, pois a lenda comporellana diz que esse mundo prosperava naquela época. E se o último ser humano morreu, sumiu ou abandonou a superfície há apenas mil anos?

Eles chegaram ao outro extremo do hemisfério noturno; o amanhecer acelerado deu lugar à luz solar quase instantaneamente.

A *Estrela Distante* começou a descer e diminuir a velocidade até os detalhes da superfície ficarem claramente visíveis. As pequenas ilhas espalhadas pelas linhas costeiras continentais podiam ser vistas sem obstrução. A maioria era verdejante graças à vegetação.

– Minha intenção é que exploremos, especialmente, as áreas mais degradadas – disse Trevize. – Parece-me que os locais em que os seres humanos estiveram mais concentrados seriam os pontos em que o equilíbrio ecológico estaria mais afetado. Essas áreas podem ser os núcleos da decadência da terraformação. O que acha, Júbilo?

– É possível. De todo modo, na ausência de dados definitivos, deveríamos procurar onde é mais fácil. A relva e as florestas teriam afogado a maioria dos sinais de habitação humana, portanto fazer buscas por ali talvez seja uma perda de tempo.

– Estou pensando – disse Pelorat – que um mundo deve acabar estabelecendo um novo equilíbrio com o que tem; que novas espécies devem se desenvolver e que áreas degradadas podem ser recolonizadas com uma nova estratégia.

– Possivelmente, Pel – respondeu Júbilo. – Depende do nível de desequilíbrio em que o mundo estava. Mas para um planeta se curar e alcançar um novo equilíbrio através da evolução, seriam necessários muito mais do que vinte mil anos. Estamos falando de milhões de anos.

A *Estrela Distante* não estava mais circulando o planeta. Flutuava lentamente por uma extensão de quinhentos quilômetros, que tinha mato baixo, arbustos e alguns poucos aglomerados de árvores.

– O que acham daquilo? – perguntou Trevize subitamente, apontando. A nave parou e ficou flutuando em pleno ar. Houve um baixo, mas persistente zunido conforme os motores gravitacionais acionavam uma potência mais alta, anulando quase totalmente o campo gravitacional do planeta.

Não havia muito para ver na direção em que Trevize apontava. Montículos inclinados, com solo exposto e grama esparsa, eram tudo o que estava visível.

– Não me parece nada de importância – comentou Pelorat.

– Há uma organização em linha reta naqueles montes. São linhas paralelas, e você pode ver alguns ângulos retos também. Estão vendo? Isso é impossível em qualquer formação natural. Aquilo é arquitetura humana, são estruturas e paredes, tão claras quanto se ainda estivessem ali para serem vistas.

– Suponha que sejam mesmo – respondeu Pelorat. – São apenas ruínas. Se fizermos uma busca arqueológica, precisaremos cavar e cavar. Até mesmo profissionais levariam anos para fazer um trabalho apropriado...

– Sim, mas não temos tempo para fazer o que é apropriado. Aquilo pode ser a tênue silhueta de uma antiga cidade, e alguma parte dela talvez ainda esteja inteira. Vamos acompanhar essas linhas e ver aonde elas nos levam.

Foi perto do final daquela área, em um lugar onde as árvores estavam um pouco mais próximas umas das outras, que eles encontraram paredes ainda eretas – ou, pelo menos, parcialmente eretas.

– Bom caminho para começarmos – disse Trevize. – Vamos aterrissar.

9.

Planeta deserto

35

A *Estrela Distante* pousou na base de um pequeno aclive, uma colina na região campestre que era, em sua maioria, plana. Quase sem pensar, Trevize achou melhor a nave estar fora de vista por quilômetros, em qualquer direção.

– A temperatura externa é de vinte e quatro graus – disse –, ventos a aproximadamente onze quilômetros por hora, vindos do oeste, e céu parcialmente nublado. O computador não tem dados suficientes sobre a circulação geral de ar para poder prever o tempo. Mas considerando que a umidade está em 40%, parece pouco provável que chova tão cedo. No geral, parece que escolhemos uma boa latitude ou uma estação do ano agradável. Depois de Comporellon, isso é um alívio.

– Conforme o planeta continuar a desfazer a terraformação – comentou Pelorat –, imagino que o clima ficará mais extremo.

– Tenho certeza disso – respondeu Júbilo.

– Pode ter tanta certeza quanto quiser – disse Trevize, prendendo um largo cinto em sua cintura conforme falava. – Temos milhares de anos para aproveitar até que isso aconteça. No momento, é um planeta agradável, e continuará sendo ao longo de nossas vidas e além delas.

– Trevize, o que é isso? – perguntou Júbilo, rispidamente.

– Meu velho treinamento militar – disse Trevize. – Não vou explorar um planeta desconhecido desarmado.

– Está seriamente pretendendo levar armas?

– Sem dúvida. Aqui, na minha direita – ele deu um tapinha em um coldre com uma grande arma de cano longo –, está meu desintegrador, e aqui, na minha esquerda – uma arma menor, com um cano fino, sem nenhuma abertura –, está meu chicote neurônico.

– Duas opções para cometer assassinato – disse Júbilo, com desgosto.

– Apenas uma. O desintegrador é letal. O chicote neurônico não é. Ele apenas estimula os nervos que registram a dor, e ouvi dizer que dói tanto que você é capaz de desejar a morte. Felizmente, nunca estive do lado errado de um desses.

– Por que os está levando?

– Eu já disse. É um mundo inimigo.

– Trevize, é um mundo *deserto*.

– Será mesmo? Aparentemente, não há sociedade tecnológica. Mas e se houver aborígines pós-tecnologia? Eles podem não ter nada pior do que porretes e pedras, mas essas coisas também podem matar.

Júbilo parecia exasperada, mas abaixou o tom de voz em um esforço para ser racional.

– Trevize, não detectei nenhuma atividade neurônica humana. Isso elimina qualquer tipo de aborígine, pós-tecnológico ou não.

– Então não precisarei usar minhas armas – respondeu Trevize. – Ainda assim, que mal há em levá-las? Elas apenas me deixarão um pouco mais pesado, mas, como a ação da gravidade na superfície é aproximadamente 91% da de Terminus, posso me dar a esse luxo. Escute, a nave pode não dispor de nenhuma arma própria, mas tem um suprimento considerável de armas de mão. Sugiro que vocês também...

– Não – disse Júbilo, imediatamente. – Eu me recuso a fazer qualquer coisa relacionada a matar ou a provocar dor.

– Não é uma questão de matar, mas de evitar ser morto, se entende o que quero dizer.

– Posso me proteger da minha própria maneira.

– Janov?

Pelorat hesitou.

– Não carregamos armas em Comporellon – disse.

– Ora, Janov, Comporellon era conhecido, um mundo associado à Fundação. Além disso, fomos imediatamente abordados. Se tivéssemos levado armas, elas teriam sido tomadas. Você quer uma pistola?

– Nunca estive na marinha, velho amigo – Pelorat negou com a cabeça. – Não saberia usar essa coisa e, em uma emergência, nunca pensaria nela a tempo. Eu sairia correndo e acabaria morto.

– Você não será morto, Pel – disse Júbilo, energicamente. – Eu/nós/Gaia o protegeremos, e protegeremos esse herói militar cheio de pose também.

– Ótimo – respondeu Trevize. – Não tenho nada contra ser protegido, mas não estou fazendo pose. Estou simplesmente garantindo proteção dupla e, se nunca precisar apelar para essas coisas, ficarei totalmente satisfeito, prometo. Ainda assim, *preciso* levá-las.

Ele deu tapinhas afetuosos nas armas.

– Agora – disse –, vamos pisar nesse mundo que não sentiu o peso de seres humanos na superfície por milhares de anos.

36

– Tenho a sensação – disse Pelorat – de que estamos no fim da tarde, mas o sol está alto o suficiente para ser, talvez, quase meio-dia.

– Imagino – respondeu Trevize, observando a pacata paisagem à volta – que essa sensação venha da cor alaranjada do sol, que o faz parecer crepuscular. Se ainda estivermos aqui quando o crepúsculo propriamente dito chegar e a formação das nuvens permitir, provavelmente veremos um vermelho mais escuro do que estamos acostumados. Não sei se, para vocês, será lindo ou deprimente. Aliás, deve ter sido ainda mais extremo em Comporellon, mas ficamos abrigados praticamente o tempo todo.

Ele se virou devagar, analisando os arredores em todas as direções. Além da peculiaridade quase subliminar da luz, naquele planeta – ou, pelo menos, naquela área – havia um odor distinto. Parecia um tanto mofado, mas nada que chegasse a ser desagradável.

As árvores próximas eram de altura mediana e pareciam antigas, com cascas torcidas e nodosas e troncos que não eram totalmente verticais. Trevize não saberia dizer se era por causa de alguma corrente de vento constante ou um elemento incomum no solo. Seriam as árvores a causa do aspecto misteriosamente ameaçador daquele mundo? Ou seria alguma outra coisa, algo menos... concreto?

– O que pretende fazer, Trevize? – perguntou Júbilo. – Certamente não cruzamos toda essa distância para vir aqui admirar a paisagem.

– Na verdade – ele respondeu –, essa talvez seja minha função neste momento. Sugiro que Janov explore o lugar. Há ruínas naquela direção e é ele quem pode determinar a importância de todo registro que encontrar. Imagino que ele possa entender textos ou filmes em galáctico arcaico, e bem sei que sou incapaz disso. E suponho, Júbilo, que você queira ir com ele, para protegê-lo. Quanto a mim, ficarei aqui, de guarda.

– De guarda contra o quê? Primatas com pedras e clavas?

– Talvez. – Quando o sorriso que pairava nos lábios de Trevize desapareceu, ele disse: – Por alguma razão, Júbilo, estou desconfortável com este lugar. Não sei dizer o motivo.

– Venha, Júbilo – interveio Pelorat. – Fui um colecionador de lendas anciãs e um teórico a minha vida toda, e nunca coloquei minhas mãos em documentos antigos de fato. Imagine se conseguirmos encontrar...

Trevize observou os dois se afastarem, a voz de Pelorat sumindo conforme ele caminhava, ansioso, na direção das ruínas, com Júbilo a seu lado.

Trevize escutou sem prestar atenção e então voltou a estudar os arredores. O que poderia haver ali para causar a apreensão que sentia?

Ele nunca havia, de fato, caminhado por um mundo sem população humana, mas viu muitos do espaço. Geralmente, eram mundos pequenos, sem tamanho suficiente para ter água ou ar, mas úteis como ponto de encontro durante manobras militares (não houvera nenhuma guerra durante o tempo de vida de Trevize, nem mesmo um século antes de seu nascimento, mas as manobras continuavam) ou em um simulado de reparos de emergência. As naves em que ele esteve ficavam em órbita ao redor desses mundos ou chegavam até a aterrissar, mas ele nunca tivera a oportunidade de descer à superfície naquelas ocasiões.

E agora ali estava ele, com os pés no solo de um mundo inabitado. Será que teria sentido a mesma apreensão se tivesse descido em um dos muitos planetas pequenos e sem atmosfera que encontrou em seus dias de estudante – ou até mesmo depois disso? Ele sacudiu a cabeça. Não teria ficado incomodado. Estava certo disso. Estaria usando um traje espacial, como fizera inúmeras vezes quando estivera fora de sua nave, no espaço. Era uma situação familiar, e pisar em uma rocha do tamanho de um planeta não teria mudado a familiaridade. Certamente que não!

Mas ele não estava usando um traje espacial naquele momento, claro.

Estava em um mundo habitável, tão confortável aos sentidos quanto Terminus era – e muito mais confortável do que Comporellon. Sentiu o vento contra seu rosto, o calor do sol banhando suas costas, o farfalhar da vegetação em seus ouvidos. Tudo era familiar, com exceção de que não havia nenhum humano – pelo menos, não mais.

Qual era o problema? O que fazia aquele mundo parecer tão sinistro? Será que era o fato de ser não apenas um mundo inabitado, mas um mundo *deserto*?

Trevize nunca estivera em um mundo deserto; nunca ouvira falar em um mundo deserto; nunca tinha imaginado que um mundo *poderia* ser deserto. Todos os planetas dos quais tinha conhecimento até aquele momento, uma vez povoados por seres humanos, permaneciam povoados para sempre.

Ele olhou para o céu. Nada mais havia abandonado aquele mundo. De vez em quando, um pássaro voava por seu campo de visão, parecendo, de alguma maneira, mais natural do que o céu azul-acinzentado que surgia entre as nuvens alaranjadas daquele clima agradável. (Trevize estava certo de que, se passasse alguns dias no planeta, se acostumaria com as cores estranhas, e o céu e as nuvens acabariam parecendo normais.)

Ouvia o canto de pássaros nas árvores e os sons mais baixos dos insetos. Júbilo havia mencionado borboletas quando estavam a bordo da *Estrela Distante* e ali estavam elas – em quantidades surpreendentes, e em muitas variedades coloridas.

Havia também agitações ocasionais nas moitas de grama que cercavam as árvores, mas ele não conseguiria dizer que tipo de criatura provocava aquilo.

A presença óbvia de formas de vida nos arredores não causava medo em Trevize. Como Júbilo havia dito, mundos que passaram por terraformação, desde o primeiro deles, não tinham animais perigosos. Os contos de fadas da infância e as fantasias heroicas da adolescência eram invariavelmente ambientados em um mundo mitológico que deveria ter sido derivado de lendas vagas sobre a Terra. Os hiperdramas exibidos em seu holopainel eram repletos de monstros-leões, unicórnios, dragões, baleias, brontossauros, ursos. Havia dúzias cujos nomes ele não lembrava; alguns eram, decerto, míticos; talvez todos eles. Havia pequenos animais que mordiam e picavam, e até mesmo plantas que não podiam ser tocadas – mas apenas na ficção. Ele ouvira, certa vez, que abelhas primitivas podiam ferroar, mas nenhuma abelha de verdade poderia ser nociva, de jeito nenhum.

Lentamente, ele caminhou para a direita, seguindo pela base da colina. A grama era alta e viçosa, mas esparsa, crescendo em pontos concentrados. Ele andou por entre as árvores, que também formavam grupos.

Então, bocejou. Era fato que não havia nada de empolgante acontecendo e ele se perguntou se deveria voltar para a nave e tirar uma soneca. Não, de jeito nenhum. Não tinha dúvidas de que precisava ficar de guarda.

Talvez devesse fazer rondas – marchar com um, dois, um, dois, dar uma volta batendo os pés no chão e fazer malabarismos complicados com um eletrobastão (era uma arma que nenhum guerreiro usava havia três séculos, mas ainda era absolutamente necessária nos treinamentos, por motivos que ninguém conseguia explicar).

Sorriu a esse pensamento e então se perguntou se deveria juntar-se a Pelorat e a Júbilo nas ruínas. Mas por quê? No que poderia ajudar?

E se visse algo que Pelorat deixara passar? Bom, haveria tempo o suficiente para tentar algo nesse sentido depois que Pelorat voltasse. Se havia alguma coisa que poderia ser achada facilmente, era melhor deixar que Pelorat fizesse a descoberta.

Será que os dois estariam em perigo? Tolice! Que tipo de perigo?

Além disso, *se* houvesse problemas, eles o chamariam.

Parou para escutar. Não ouviu nada.

A irresistível ideia de marchar como uma sentinela voltou e ele se viu marchando, os pés subindo e descendo com força, um eletrobastão imaginário saindo de um ombro, girando e sendo apontado para frente, em exata vertical – e girando de novo, as extremidades mudando de posição, e voltando para o outro ombro. Então, com uma volta de cento e oitenta graus, ele estava mais uma vez olhando na direção da nave, que agora estava a uma distância considerável.

E, quando o fez, ficou paralisado, e não como uma sentinela imaginária que obedece ao comando "sentido!".

Ele não estava sozinho.

Até então, não tinha visto nenhuma criatura viva além de plantas, insetos e um pássaro ocasional. Não vira nem escutara nada se aproximar – mas, naquele momento, havia um animal entre ele e a nave.

A surpresa absoluta causada pelo evento inesperado o privou, momentaneamente, da capacidade de interpretar o que viu. Somente depois de um intervalo de percepção ele entendeu o que seus olhos captavam.

Era apenas um cachorro.

Trevize nunca fora um entusiasta de cães. Nunca tivera um cachorro e não sentia nenhum impulso amistoso quando encontrava um. Tampouco sentiu naquele momento. Pensou, com impaciência, que não havia nenhum mundo no qual essas criaturas não acompanhavam os homens. Existiam em incontáveis variedades e Trevize tinha, havia muito tempo, a aborrecida impressão de que cada mundo tinha pelo menos uma variedade própria e característica de cães. De qualquer maneira, todas as espécies tinham um elemento em comum: seja por diversão, por exibicionismo ou para algum tipo de finalidade útil, eram criados para amar e confiar nos seres humanos.

Era um amor e uma confiança que Trevize não apreciava. Certa vez, tinha morado com uma mulher que era dona de um cachorro. Aquele cão, que Trevize tolerava pelo bem da mulher, desenvolveu uma imensa adoração por ele; seguia-o para onde fosse, apoiava-se nele quando relaxava (todos os seus vinte e dois quilos), cobria-o de saliva e pelos em momentos inesperados e, toda vez que ele e a mulher estavam tentando fazer sexo, deitava--se ao pé da porta e gania.

Graças àquela experiência, Trevize acabou com a firme convicção de que, por algum motivo conhecido apenas pela mente e a capacidade olfativa desses animais, ele era um objeto fixo de devoção canina.

Por isso, assim que a surpresa inicial se dissipou, ele, sem preocupação, observou o cachorro. Era um animal grande, esguio e de pernas longas. Encarava Trevize sem nenhum sinal evidente de adoração. Sua boca estava aberta no que poderia ser considerado um sorriso de boas-vindas, mas os dentes à mostra eram, de alguma maneira, grandes e ameaçadores. Trevize decidiu que ficaria mais confortável sem o cachorro em seu campo de visão.

Ocorreu-lhe, então, que o cão nunca tinha visto um ser humano, assim como incontáveis gerações caninas anteriores. O cachorro talvez estivesse tão surpreso e indeciso com o aparecimento repentino de um ser humano quanto Trevize estava com o surgimento do animal. Mas ele, pelo menos, reconheceu rapidamente que aquela criatura era um cão – o cão não tinha essa vantagem. Ainda estava intrigado e, talvez, em alerta.

Evidentemente, não era seguro deixar um animal daquele tamanho, e com aqueles dentes, em estado de alerta. Trevize percebeu que seria necessário estabelecer um vínculo amigável o mais rápido possível.

Muito lentamente, aproximou-se do cachorro (sem movimentos súbitos, claro). Estendeu a mão, pronto para permitir que fosse farejada, e fez sons suaves, tranquilizadores, na maior parte algo como "bom garoto" – o que considerou profundamente constrangedor.

O cão, olhos fixos em Trevize, deu um ou dois passos para trás, como se estivesse desconfiado, e então seu lábio superior contraiu-se para cima, o que destacou os dentes, e sua boca emitiu um áspero rosnado. Apesar de Trevize nunca ter visto um cachorro se comportar daquela maneira, não havia como interpretar o gesto como algo que não fosse ameaçador.

Por isso, Trevize parou de se aproximar e ficou imóvel. Seus olhos perceberam movimentação em um dos lados e ele virou lentamente a cabeça. Havia outros dois cães se aproximando vindos daquela direção. Pareciam tão mortíferos quanto o primeiro.

Mortíferos? Somente naquele momento o adjetivo veio à mente de Trevize, e sua terrível verdade era indiscutível.

Subitamente, seu coração estava acelerado. O caminho para a nave estava bloqueado. Ele não poderia correr sem direção, pois aquelas longas patas caninas o alcançariam em uma questão de metros. Se ele se defendesse e usasse seu desintegrador, enquanto matasse um, os outros dois estariam sobre ele. Ao longe, podia ver outros cães se aproximando. Haveria algum tipo de comunicação entre eles? Será que caçavam em grupo?

Vagarosamente, Trevize se deslocou para a esquerda, direção em que não havia nenhum cachorro – por enquanto. Devagar, muito devagar.

Os cachorros se movimentaram com ele. Ele tinha certeza de que tudo o que impedia um ataque instantâneo era o fato de os cães nunca terem visto nem farejado algo como ele. Não tinham um padrão de comportamento que poderiam seguir, no caso de Trevize.

Se ele corresse, claro, seria uma reação familiar para os cachorros. Saberiam o que fazer se algo do tamanho de Trevize demonstrasse medo e corresse. Eles correriam também – e mais rápido.

Trevize continuou se deslocando na direção de uma árvore. Tinha um desejo quase incontrolável de subir para onde os cachorros não pudessem alcançar. Eles se moviam com Trevize, rosnando suavemente, se aproximando. Os três estavam com os olhares fixos nele, sem piscar. Outros dois se juntavam à matilha e, a uma distância maior, Trevize podia ver outros chegando cada vez mais perto. Em algum momento, quando estivessem próximos o suficiente, precisaria correr. Não podia esperar tempo demais nem correr cedo demais. Nos dois casos, poderia ser fatal.

Agora!

Ele deve ter estabelecido um recorde pessoal de aceleração e, ainda assim, foi por muito pouco. Sentiu mandíbulas se fechando em um de seus tornozelos e, por um momento, ficou preso, até que os dentes escorregaram pelo rígido ceramoide.

Não era habilidoso para escalar árvores. Não subia em uma desde que tinha dez anos, e lembrava-se de que, naquela ocasião, tinha sido muito desengonçado. Porém, neste caso, o tronco não era totalmente vertical e a casca tinha nódulos que serviam de apoio. Além disso, era guiado pela necessidade – e é extraordinário o que uma pessoa pode fazer quando a necessidade é intensa.

Trevize acabou sentado em uma forquilha, talvez dez metros acima do solo. Naquele momento, não tinha ideia de que arranhara a mão e que sangrava muito. Na base da árvore, cinco cachorros, agora sentados, olhavam para cima, línguas de fora, todos demonstrando paciente expectativa.

E agora?

37

Trevize não estava em condições de pensar na situação de maneira lógica e detalhada. Em vez disso, experienciou lampejos de pensamentos distorcidos e sem sentido que, se colocados em ordem, pareceriam o seguinte:

Júbilo havia defendido que, ao terraformar um planeta, seres humanos estabeleciam uma ecologia desequilibrada, que só conseguiam manter intacta por meio de esforço perpétuo. Por exemplo, nenhum Colonizador levara predadores de maior porte. Os pequenos não podiam ser evitados. Insetos, parasitas, até mesmo pequenos falcões, musaranhos, assim por diante. E aqueles dramáticos animais das lendas e de vagos relatos literários, como tigres, ursos-pardos, orcas, crocodilos? Quem os carregaria de planeta em planeta, mesmo que houvesse sentido em fazê-lo? E qual seria o sentido?

Isso significava que os seres humanos eram os únicos grandes predadores, e dependia deles controlar aquelas plantas e aqueles animais que, se deixados por conta própria, se afogariam na própria superpopulação.

E se os seres humanos, de alguma maneira, desaparecessem, outros predadores assumiriam seu lugar. Mas que predadores? Os maiores predadores tolerados pelos humanos eram os cães e os gatos, domesticados e dependentes da generosidade humana. E se não sobrasse nenhum ser humano para alimentá-los? Eles precisariam encontrar comida – para a própria sobrevivência e para a sobrevivência de suas presas, cujos números precisavam ser controlados, pois, na verdade, uma superpopulação poderia fazer cem vezes mais danos do que predadores.

Assim, as espécies diferentes de cachorros se multiplicariam; os grandes atacariam os herbívoros maiores e sozinhos, e os pequenos caçariam pássaros e roedores. Gatos agiriam à noite, solitários; os cães, de dia e em grupo.

E a evolução talvez criasse mais espécimes para preencher outros nichos ambientais. Será que os cachorros acabariam por desenvolver características marítimas para permitir que vivessem à base de peixes? Será que os gatos desenvolveriam membranas que garantiriam a habilidade de planar, para pegar os pássaros mais desengonçados, tanto no ar como no solo?

Em *flashes*, todos esses pensamentos passaram pela mente de Trevize conforme ele se esforçava para formar um raciocínio sistemático que lhe dissesse o que fazer.

O número de cães continuava crescendo. Ele contou vinte e três que agora cercavam a árvore, e havia outros se aproximando. Quão grande seria a matilha? Que diferença fazia? Já era grande o suficiente.

Ele sacou o desintegrador do coldre, mas a sensação sólida do cabo em sua mão não lhe transmitiu a segurança que ele gostaria. Quando foi a última vez que inseriu uma carga de energia na arma? Quantos disparos tinha? Decerto, não vinte e três.

E quanto a Pelorat e Júbilo? Se aparecessem, os cães os atacariam? Estariam em segurança, mesmo sem aparecer? Se os cachorros percebessem a presença de dois humanos nas ruínas, o que os impediria de atacá-los lá dentro? Certamente não haveria nenhuma porta ou barreira para impedi-los.

Será que Júbilo poderia detê-los e talvez até espantá-los? Será que ela conseguiria concentrar seus poderes pelo hiperespaço e alcançar o nível necessário de intensidade? Por quanto tempo poderia mantê-los?

Então seria o caso de pedir ajuda? Eles viriam correndo, caso Trevize gritasse, e os cachorros fugiriam sob o olhar penetrante de Júbilo? Seria necessário um olhar ou bastaria apenas uma ação mental indetectável para os observadores sem tal habilidade? Ou, se aparecessem, seriam estraçalhados diante de Trevize, que testemunharia tudo, impotente, da relativa segurança de seu posto na árvore?

Não, ele precisava usar o desintegrador. Se pudesse matar um dos cachorros e assustar os outros por apenas um instante, poderia descer da árvore, alertar Pelorat e Júbilo, matar um segundo cachorro caso os demais demonstrassem sinais de que iriam retornar, e os três poderiam correr para a nave.

Ele ajustou a intensidade do feixe para a marca de três quartos. Deveria ser o suficiente para matar um cão com um estampido considerável. O estampido serviria para espantar os outros cachorros, e ele conservaria energia.

Mirou cuidadosamente em um animal no centro da matilha, um que parecia (pelo menos na imaginação de Trevize) exalar malevolência maior do que os outros – talvez simplesmente porque estava sentado com mais calma e, portanto, parecia ter sangue-frio. Naquele momento, o cachorro olhava diretamente para a arma, como se desdenhasse o pior que Trevize pudesse fazer.

Ocorreu a Trevize que ele nunca tinha disparado um desintegrador contra um ser humano, tampouco vira outra pessoa fazê-lo. Durante os treinamentos, houve disparos contra bonecos de couro cheios de água – e a água instantaneamente atingia ponto de ebulição e destruía o revestimento conforme explodia. Mas quem, na ausência de guerras, atiraria contra um ser humano? E que ser humano, perante um desintegrador, forçaria seu uso? Somente ali, em um mundo que ficou patológico por causa do desaparecimento de seres humanos...

Com aquela estranha capacidade do cérebro de reparar em coisas de pouca relevância, Trevize percebeu que uma nuvem tinha escondido o sol – e atirou.

Houve um leve tremeluzir do ar em uma linha reta a partir do cano da pistola até o cão; uma vaga faísca que poderia ter passado despercebida se o sol ainda brilhasse sem impedimento.

O cachorro deve ter sentido o impacto inicial do calor e fez um pequeno movimento, como se estivesse prestes a pular. E então, quando parte de seu sangue e tecidos se vaporizou, ele explodiu.

A explosão fez um som decepcionantemente baixo, pois a constituição física do cachorro era mais frágil do que a dos bonecos que os soldados usavam para treinar. Ainda assim, carne, pele, sangue e ossos se espalharam por todos os lados, e o estômago de Trevize revirou-se.

Os cães se distanciaram, alguns deles bombardeados por fragmentos desagradavelmente quentes. Mas foi apenas uma hesitação momentânea. Repentinamente, os animais se amontoaram para comer o que lhes foi servido. Trevize sentiu seu enjoo piorar. Ele não os estava espantando; estava alimentando-os. Daquele jeito, eles nunca iriam embora. Justamente o contrário: o cheiro de sangue fresco e carne quente atrairia ainda mais cachorros e, possivelmente, também outros predadores menores.

– Trevize! O que... – disse uma voz.

Trevize olhou a distância. Pelorat e Júbilo vinham das ruínas. Júbilo parou imediatamente, seus braços estendidos para manter Pelorat para trás. Ela encarou os cachorros. A situação era óbvia e evidente. Ela não precisou fazer nenhuma pergunta.

– Eu tentei espantá-los sem envolver você e Janov – disse Trevize, em tom alto. – Você pode mantê-los longe?

– Provavelmente não por tempo suficiente – respondeu Júbilo, sem levantar a voz, o que fez Trevize ter dificuldade de ouvi-la, mesmo que os rosnados dos cachorros tivessem sumido, como se uma manta antirruído tivesse sido jogada sobre eles. – São muitos, e não estou familiarizada com o padrão de atividade neural deles. Não temos esse tipo de coisa selvagem em Gaia.

– Nem em Terminus. Nem em nenhum mundo civilizado – disse Trevize, em voz mais alta. – Vou atirar no máximo deles que puder e você tenta lidar com o restante. Uma quantidade menor será mais fácil para você.

– Não, Trevize. Atirar neles apenas atrairá outros. Fique atrás de mim, Pel. Não há nada que você possa fazer para me proteger. Trevize, sua outra arma.

– O chicote neurônico?

– Sim. Ele causa dor. Potência baixa. Potência baixa!

– Está com medo de machucá-los? – alterou-se Trevize, furioso. – Esse não é o momento para considerar a sacralidade da vida!

– Estou pensando na de Pel. E também na minha. Faça o que eu digo. Potência baixa, e acerte um dos cachorros. Não posso segurá-los por muito mais tempo.

Os cães tinham se afastado da árvore e cercavam Júbilo e Pelorat, que estavam de costas para uma parede em ruínas. Os animais mais próximos dos dois faziam tentativas hesitantes de chegar mais perto, ganindo de leve, como se tentassem entender o que os impedia de avançar, quando suas percepções não acusavam nada que pudesse ter esse efeito. Alguns tentaram, sem sucesso, subir na parede para atacá-los por trás.

A mão de Trevize tremia conforme ele ajustava o chicote neurônico para potência baixa. O chicote usava muito menos energia do que a pistola, e um único cartucho garantia centenas de descargas, que agiam como chicotadas – mas, pensando bem, ele também não se lembrava da última vez que tinha carregado o chicote.

Com o chicote psiônico, não era tão importante ter mira precisa. Conservar energia não era algo crítico e Trevize podia fazer movimentos gerais na direção da matilha. Era o método tradicional de controlar multidões que mostravam sinais de que podiam se tornar perigosas.

Ainda assim, ele seguiu a orientação de Júbilo. Mirou em um cachorro e atirou. O cão foi derrubado, suas pernas sofrendo espasmos. Ele emitiu ganidos agudos e estridentes.

Os outros cães se afastaram do animal ferido, as orelhas achatando-se para trás, contra seus crânios. Então, também ganindo, se viraram e começaram a se retirar, primeiro vagarosamente, depois ganhando velocidade até estarem correndo o máximo que podiam. O cachorro que foi ferido tentou dolorosamente se apoiar em suas pernas e mancou para longe, ganindo, assim como os outros.

Os ruídos sumiram conforme eles se distanciaram.

– É melhor entrarmos na nave – disse Júbilo. – Eles voltarão. Ou outros virão.

Trevize pensou que nunca tinha manipulado o mecanismo de entrada da nave tão rapidamente. E era possível que nunca mais o fizesse com tanta rapidez quanto naquele momento.

38

Já era noite quando Trevize começou a sentir alguma coisa perto da normalidade. O pequeno curativo de syntho-epiderme no ferimento em sua mão havia acalmado a dor física, mas havia um ferimento em sua psique que não seria tão facilmente aplacado.

Não foi apenas a exposição ao perigo; ele podia reagir a isso como qualquer pessoa de coragem média. Foi a forma completamente inesperada daquele perigo. Era a sensação de ridículo. O que as pessoas diriam se descobrissem que ele fugira para o topo de uma árvore por causa de *cachorros*? Correr de canários bravos dando voos rasantes teria sido a mesma coisa.

Durante horas, tentou ouvir um novo ataque dos cães, o som de uivos, o arranhar de patas contra a fuselagem externa da nave.

Em comparação, Pelorat parecia bastante calmo.

– Para mim, velho amigo – disse –, não havia nenhuma dúvida de que Júbilo lidaria com a situação, mas devo dizer que você disparou bem.

Trevize deu de ombros. Não estava com disposição para falar sobre o assunto.

Pelorat segurava sua biblioteca – o pequeno disco no qual a pesquisa sobre mitos e lendas que ele conduziu durante toda a vida estava armazenada – e, com ela, entrou em seu quarto, onde mantinha o equipamento de leitura.

Ele parecia bastante satisfeito consigo mesmo. Trevize reparou em tal fato, mas não chegou a fazer perguntas. Haveria tempo para isso depois, quando sua mente não estivesse tomada por cachorros.

Quando Trevize e Júbilo estavam sozinhos, ela disse, hesitante:

– Imagino que você tenha ficado surpreso.

– Bastante – respondeu Trevize, lúgubre. – Quem diria que eu fugiria desesperado ao ver um cachorro? Um *cachorro*!

– Depois de vinte mil anos sem humanos, não era exatamente um cachorro. Atualmente, aqueles animais devem ser os grandes predadores dominantes.

Trevize concordou com a cabeça.

– Cheguei a essa conclusão quando estava sentado no tronco da árvore, sendo a presa dominada. Você estava certa sobre a ecologia desequilibrada.

– Desequilibrada do ponto de vista humano, certamente. Mas, considerando como esses cães parecem dar continuidade à própria existência de maneira eficiente, eu me pergunto se Pelorat estava certo quando sugeriu que a ecologia acharia um equilíbrio próprio, com vários nichos ambientais preenchidos por variações resultantes da evolução das relativas poucas espécies que foram trazidas ao planeta.

– Por incrível que pareça – respondeu Trevize –, o mesmo pensamento me ocorreu.

– Desde que o desequilíbrio não seja acentuado a ponto de o processo de reequilíbrio demorar tempo demais, claro. O planeta pode se tornar totalmente inviável antes disso.

Trevize grunhiu.

Júbilo olhou para ele, pensativa.

– Por que você achou melhor sair armado?

– Não foi muito útil – respondeu Trevize. – Foi a sua capacidade...

– Não totalmente. Eu precisei da sua arma. Naquele curto intervalo de tempo, com contato somente hiperespacial com o restante de Gaia, com tantas mentes individuais de natureza tão desconhecida, eu não poderia ter feito nada sem o seu chicote neurônico.

– Meu desintegrador foi inútil. Tentei usá-lo.

– Com um desintegrador, Trevize, um cão simplesmente desaparece. Os outros podem ficar surpresos, mas não assustados.

– Pior do que isso – disse Trevize. – Eles comeram os restos. Eu os estava subornando para ficar.

– Sim, entendo que o resultado possa ter sido esse. O chicote neurônico é diferente. Inflige dor, e um cachorro sentindo dor emite um ganido específico compreendido pelos outros cães, que começam a sentir medo, no mínimo como um reflexo condicionado. Com os animais já predispostos ao temor, dei apenas um último empurrão mental, e lá se foram eles.

– Sim, mas você percebeu que, nesse caso, o chicote era a mais eficaz das duas armas. Eu não percebi.

– Estou acostumada a lidar com mentes. Você não está. Foi por isso que insisti em potência baixa e no ataque contra apenas um cachorro. Eu não queria dor demais, que mataria um cachorro e o deixaria em silêncio. Não queria que a dor fosse dispersa e causasse apenas um leve receio. Eu queria dor forte, concentrada em um único ponto.

– E você estava certa, Júbilo – respondeu Trevize. – Funcionou perfeitamente. Devo-lhe considerável gratidão.

– Você reconhece esse fato de má vontade – disse Júbilo, pensativa – porque acha que fez papel de ridículo. Ainda assim, repito, eu não poderia ter feito nada sem suas armas. O que me intriga agora é a sua explicação sobre tê-las levado consigo, mesmo depois de eu ter garantido que não havia seres humanos nesse mundo, algo sobre o qual ainda tenho certeza absoluta. Você previu os cachorros?

– Não – respondeu Trevize. – Certamente que não. Pelo menos, não conscientemente. E, em geral, não saio armado. Nunca me ocorreu carregar armas em Comporellon. Mas também não posso cair na armadilha de achar que foi um sentimento mágico. Não pode ter sido. Suspeito que, quando começamos a falar sobre ecologias desequilibradas, tive um vislumbre inconsciente de animais que teriam se tornado perigosos na ausência de seres humanos. Isso talvez seja um tanto óbvio se lembrarmos da conversa, mas eu *talvez* tenha tido um sopro de previsão. Nada mais.

– Não descarte isso tão casualmente – disse Júbilo. – Eu participei da mesma conversa sobre as ecologias desequilibradas e não fiz a mesma previsão. É esse o seu dom especial que Gaia valoriza. Posso ver, também, que deve ser frustrante para você ter uma capacidade oculta de previsão cuja natureza desconhece; agir de maneira resoluta, mas sem motivos claros.

– A expressão corriqueira em Terminus é "agir por palpite".

– Em Gaia, dizemos "saber sem pensar". Você não gosta de saber sem pensar, não é mesmo?

– Sim, isso me incomoda. Não gosto de ser guiado por palpites. Suponho que palpites tenham motivações, mas não saber quais são essas motivações faz com que eu não me sinta no controle da minha própria mente, como um tipo de loucura moderada.

– E quando você decidiu a favor de Gaia e Galaksia, agiu por causa de um palpite, e agora busca as motivações.

– Foi o que eu disse pelo menos uma dúzia de vezes.

– E eu me recusei a aceitar sua afirmação como verdade literal. Peço desculpas por isso. Não contra-argumentarei mais sobre a questão. Mas espero que eu possa continuar a defender os pontos favoráveis de Gaia.

– Sempre – respondeu Trevize –, desde que você, por sua vez, reconheça que eu posso não aceitá-los.

– Certo. Você já considerou que este Mundo Desconhecido está se revertendo a uma espécie de selvageria, e talvez a uma eventual desolação e inabitabilidade, por causa da remoção de uma única espécie capaz de agir como inteligência-guia? Se esse mundo fosse Gaia ou, melhor ainda, parte de Galaksia, isso não aconteceria. A inteligência-guia ainda existiria na forma da Galáxia como um todo, e a ecologia, sempre que estivesse fora de equilíbrio, por qualquer motivo, voltaria a se equilibrar.

– Quer dizer que os cachorros não comeriam mais?

– É claro que comeriam, assim com os seres humanos comem. Mas comeriam com propósito, para equilibrar a ecologia em uma direção proposital, e não como resultado de uma circunstância aleatória.

– A perda de liberdade individual talvez não seja importante para cachorros – disse Trevize –, mas precisa ser importante para seres humanos. E se *todos* os seres humanos fossem removidos da existência, de todos os lugares, e não apenas de um mundo ou de vários? E se Galaksia acabasse sem nenhum ser humano? Ainda haveria uma inteligência-guia? As outras formas de vida e matéria inanimada conseguiriam formar uma inteligência comum adequada para essa função?

Júbilo hesitou.

– Tal situação – disse – nunca ocorreu. E não parece haver probabilidade de que ela ocorra no futuro.

– Mas não lhe parece óbvio que a mente humana é, qualitativamente, diferenciada de todo o resto, e que, se ela se ausentasse, a soma total de todas as outras consciências não poderia substituí-la? Assim, não seria verdade que os seres humanos são um caso especial, que deve ser tratado como especial? Eles não deveriam ser amalgamados uns com os outros, muito menos com entidades não humanas.

– Ainda assim, você decidiu a favor de Galaksia.

– Por alguma razão maior que não consigo enxergar.

– Talvez a razão maior seja um vislumbre do efeito dessas ecologias desequilibradas. Não é possível que o seu raciocínio tenha sido o de que todos os mundos na Galáxia estão no fio da navalha, com instabilidade nos dois lados, e que apenas Galaksia poderia prevenir desastres como o que acontece neste mundo? Isso sem falar nos constantes desastres humanos da guerra e dos fracassos administrativos?

– Não. O desequilíbrio ecológico não estava em minha mente no momento em que tomei minha decisão.

– Como pode ter certeza?

– Posso não saber o que estou prevendo, mas se alguma possibilidade é sugerida depois, eu a reconheceria se fosse, de fato, o que previ. E me parece que posso ter previsto animais perigosos neste mundo.

– Bom, poderíamos estar mortos por causa desses animais perigosos – disse Júbilo –, se não fosse por uma combinação de nossos poderes, da sua presciência e do meu mentalicismo. Então deixe disso e sejamos amigos.

Trevize concordou com a cabeça.

– Se é o que você quer.

Havia uma frieza na voz dele que fez Júbilo erguer as sobrancelhas, mas, naquele momento, Pelorat entrou repentinamente, acenando de forma positiva com a cabeça com tanta veemência que parecia querer soltá-la do pescoço.

– Acho que conseguimos – disse.

39

Geralmente, Trevize não acreditava em vitórias fáceis, mas era agir como humano crer em algo contrário ao próprio bom senso. Ele sentiu os músculos do peito e da garganta se contraírem.

– A localização da Terra? – conseguiu perguntar. – Você a descobriu, Janov?

Pelorat olhou para Trevize por um instante e murchou.

– Bom, não – disse, visivelmente desconcertado. – Não exatamente. Na verdade, Golan, não é nada disso. Eu tinha esquecido essa questão. Foi outra coisa que descobri nas ruínas. Imagino que não seja importante.

Trevize respirou fundo.

– Não faz mal, Janov. Todas as descobertas são importantes. O que você veio nos dizer?

– Bom – disse Pelorat –, é que não sobrou quase nada, entende? Vinte mil anos de tempestades e ventos não deixam muita coisa. Além disso, a flora é gradativamente destrutiva, e a fauna... Mas esqueçam tudo isso. A questão é que "quase nada" é diferente de "nada". As ruínas deviam abrigar um prédio público, pois havia alguma rocha ou concreto com letras entalhadas. Não havia quase nada visível, velho amigo, entenda, mas tirei fotografias com uma daquelas câmeras que temos a bordo, o tipo que vem com realce computadorizado embutido... não tive oportunidade de pedir autorização para pegar uma delas, Golan, mas era importante, e eu...

Trevize fez um gesto impaciente para demonstrar que não era importante.

– Continue – disse.

– Pude ler alguns daqueles escritos, que eram muito arcaicos. Mesmo com realce do computador e com minha própria habilidade para ler Arcaico, era impossível enxergar muita coisa, exceto uma frase curta. As letras eram maiores e um pouco mais claras do que as demais. Devem ter sido talhadas com maior profundidade porque identificavam o planeta. A frase diz "Planeta Aurora", então imagino que este mundo em que estamos chama-se Aurora, ou *chamava-se* Aurora.

– Tinha que ter algum nome – comentou Trevize.

– Sim, mas nomes raramente são escolhidos de maneira aleatória. Agora mesmo fiz uma cuidadosa busca em minha biblioteca e há duas lendas antigas, de dois planetas muito distantes um do outro, aliás, o que torna possível que elas tenham origens independentes, se alguém se lembrar disso. Mas esqueça. Nos dois mitos, Aurora é usado como um nome para o amanhecer. Podemos supor que "Aurora" pode ter significado "amanhecer" em alguma língua pré-galáctica. Acontece que algum termo para amanhecer ou romper do dia é comumente usado como nome para estações espaciais ou outras estruturas que são a primeira de seu tipo. Se este mundo é chamado Amanhecer, em qualquer que seja a língua, pode ser o primeiro de seu tipo.

– Você está se preparando para sugerir – disse Trevize – que este planeta é a Terra e que Aurora é um nome alternativo para ele, pois representa o surgimento da vida e do homem?

– Eu não poderia ir tão longe, Golan – respondeu Pelorat.

– Não há, afinal – disse Trevize, com um traço de rancor na voz –, nenhuma superfície radioativa, nenhum satélite gigante, nenhum gigante de gás com anéis colossais.

– Exato. Mas Deniador, lá em Comporellon, parecia acreditar que esse era um dos mundos que foram habitados pela primeira leva de Colonizadores, os Siderais. Se for verdade, então o nome, Aurora, pode indicar que este foi o primeiro dos Mundos Siderais. Talvez, neste exato momento, estejamos no mundo humano mais antigo da Galáxia depois da própria Terra. Não é empolgante?

– Interessante, pelo menos, Janov. Mas não são deduções demais a partir do nome Aurora?

– Tem mais – continuou Pelorat, animado. – Até onde pude verificar em meus registros, não há nenhum mundo na Galáxia atual com o nome de "Aurora", e estou certo de que seu computador pode comprovar tal fato. Como disse, há todo tipo de planetas e outros objetos chamados "Amanhecer" e suas variações, mas nenhum usa a palavra "Aurora".

– E por que deveriam? É pouco provável que uma palavra pré-galáctica fosse popular.

– Mas nomes *permanecem*, mesmo sem significado. Se este foi o primeiro mundo colonizado, seria famoso; pode até ter sido, durante algum tempo, o planeta dominante da Galáxia. Certamente haveria outros planetas autointitulados "Nova Aurora", "Aurora Menor" ou algo assim. E então outros...

– Talvez não tenha sido o primeiro mundo colonizado – interrompeu Trevize. – Talvez nunca tenha tido importância.

– Há uma razão melhor para isso, meu caro amigo.

– E qual seria, Janov?

– Se a primeira missão de colonização foi sobrepujada por uma segunda missão, à qual todos os mundos da Galáxia agora pertencem, como disse Deniador, então é muito provável que tenha se passado um período de hostilidade entre as duas missões. A segunda missão, estabelecendo os mundos que agora existem, não usaria os nomes dados a nenhum dos mundos da primeira missão. Assim, considerando que o nome "Aurora" não foi reusado, podemos deduzir que houve *de fato* duas missões de Colonizadores, e que este é um mundo da primeira missão.

– Estou começando a entender como vocês, mitólogos, trabalham – sorriu Trevize. – Vocês constroem uma belíssima superestrutura, mas que pode estar sem alicerces. As lendas nos dizem que os Colonizadores da primeira missão foram acompanhados por inúmeros robôs, e que eles teoricamente foram sua ruína. Se pudéssemos encontrar um robô neste mundo, eu estaria disposto a aceitar todas as suposições sobre a primeira missão, mas não podemos esperar algo assim depois de vinte mil...

Pelorat, cuja boca tentava articular um raciocínio, conseguiu encontrar sua voz.

– Mas, Golan, eu não lhe disse? Não, claro que não. Estou tão empolgado que não consigo colocar as coisas na ordem mais apropriada. *Havia* um robô.

40

Trevize esfregou a própria testa, quase como se estivesse sentindo dor.

– Um robô? Havia um robô? – perguntou.

– Sim – disse Pelorat, sacudindo a cabeça afirmativamente.

– Como você sabe?

– Ora! Era um robô. Como eu deixaria de reconhecer um se o visse?

– Você já viu um robô antes?

– Não, mas era um objeto de metal que parecia um ser humano. Cabeça, braços, pernas, tronco. Evidentemente, quando falo metal, quero dizer que era, na maior parte, ferrugem, e, quando caminhei em sua direção, imagino que a vibração dos meus passos o danificou ainda mais, pois, quando estendi a mão para tocá-lo...

– Por que tocar nele?

– Bom, acho que não podia acreditar nos meus próprios olhos. Foi uma reação automática. Assim que encostei, ele se desintegrou. Mas...

– O quê?

– Antes de se desintegrar totalmente, seus olhos pareceram emitir um leve brilho e ele produziu um som, como se estivesse tentando dizer algo.

– Você está dizendo que ele ainda estava *ativo*?

– Muito pouco, Golan. Em seguida, se desintegrou.

Trevize virou-se para Júbilo.

– Você corrobora tudo isso, Júbilo? – perguntou.

– Era um robô e nós o vimos – respondeu Júbilo.

– E ainda estava funcionando?

– Conforme ele se desintegrou – disse Júbilo, inexpressivamente –, captei uma leve atividade neurônica.

– Como poderia haver atividade neurônica? Um robô não tem um cérebro orgânico, feito de células.

– Imagino que tenha sido o equivalente computadorizado – disse ela –, e isso eu detectaria.

– Você captou uma mentalidade robótica, diferente da humana?

Júbilo contraiu os lábios e respondeu:

– Era tênue demais para averiguar qualquer coisa além do fato de que ela existia.

Trevize olhou para Júbilo, depois olhou para Pelorat e, em um tom exasperado, disse:

– Isso muda tudo.

PARTE 4
SOLARIA

10.

Robôs

41

Trevize parecia perdido em pensamentos durante o jantar. Júbilo se concentrou na comida.

Pelorat, o único que parecia ansioso para conversar, comentou que, se o mundo em que estavam era Aurora e se fosse mesmo o primeiro planeta colonizado, talvez fosse próximo da Terra.

– Vasculhar os arredores estelares imediatos pode ser recompensador – disse. – Isso significaria apenas inspecionar algumas centenas de estrelas, no máximo.

Trevize murmurou que tentativa e erro eram o último recurso e que gostaria de ter o máximo possível de informações sobre a Terra antes de tentar se aproximar dela, mesmo depois de encontrá-la. Não disse mais nada e Pelorat, claramente reprimido, também se recolheu ao silêncio.

Depois da refeição, Trevize continuou sem dizer nada, e Pelorat, hesitante, perguntou:

– Vamos continuar neste planeta, Golan?

– Por esta noite, pelo menos – disse Trevize. – Preciso pensar um pouco mais.

– É seguro?

– Estamos seguros aqui na nave – respondeu Trevize –, a não ser que haja alguma coisa à espreita pior do que os cachorros.

– Quanto tempo levaríamos para decolar, caso haja alguma coisa à espreita pior do que os cachorros?

– O computador está em modo de alerta de decolagem. Acho

que conseguiríamos partir em dois ou três minutos. E ele nos avisará de maneira eficaz se alguma coisa inesperada acontecer, portanto sugiro que durmamos um pouco. Tomarei uma decisão sobre nosso próximo passo amanhã de manhã.

Fácil dizer, pensou Trevize, enquanto olhava para a escuridão. Estava encolhido no chão da sala do computador parcialmente vestido. Era bastante desconfortável, mas ele estava certo de que, naquele momento, sua cama seria tampouco capaz de levá-lo ao sono, e ali ele poderia, pelo menos, agir imediatamente, caso o computador disparasse um alarme.

Ele ouviu passos e automaticamente ergueu o tronco, batendo a cabeça contra a beirada da mesa do computador – não o suficiente para machucar, mas o bastante para provocar uma careta e fazê-lo esfregar a área batida.

– Janov? – perguntou, com voz abafada e olhos lacrimejando.

– Não. É Júbilo.

Trevize estendeu a mão por sobre a beirada da mesa para fazer um pequeno contato com o computador, e uma luz suave banhou Júbilo, vestida com um roupão rosa.

– O que foi? – perguntou Trevize.

– Fui até o seu quarto e você não estava lá. Mas não havia como confundir sua atividade neural, e eu a segui. Era evidente que estava acordado, então entrei.

– Sim, mas o que você quer?

Ela se sentou contra a parede, pernas flexionadas contra o tronco, e apoiou o queixo sobre os joelhos.

– Não se preocupe – ela disse. – Não planejo fazer nada com o que sobrou da sua virgindade.

– Não imaginei que planejasse – respondeu Trevize, sardônico. – Por que não está dormindo? Você precisa dormir mais do que nós.

– Acredite – ela disse, em um tom baixo e sincero –, a situação com os cachorros foi extenuante.

– Acredito.

– Mas eu precisava falar com você enquanto Pel estivesse dormindo.

– Sobre o quê?

– Quando ele lhe contou sobre o robô – disse Júbilo –, você disse que aquilo mudava tudo. O que quis dizer?

– Não vê por conta própria? – respondeu Trevize. – Temos três conjuntos de coordenadas; três Mundos Proibidos. Quero visitar todos os três para saber o que for possível sobre a Terra antes de tentar encontrá-la.

Ele se aproximou um pouco, para que pudesse falar mais baixo, então se afastou abruptamente.

– Escute – disse –, não quero que Janov venha à nossa procura. Não sei o que *ele* pensaria.

– É pouco provável. Ele está dormindo, e estimulei de leve seu sono. Se ele começar a despertar, eu saberei. Continue. Você quer visitar todos os três. O que mudou?

– Ficar mais tempo do que o necessário em qualquer mundo não fazia parte dos meus planos. Se este planeta, Aurora, esteve sem ocupação humana por vinte mil anos, duvido que alguma informação de valor tenha restado. Não quero passar semanas ou meses arranhando a superfície planetária, enfrentando cachorros, gatos e touros ou o que quer que tenha se tornado selvagem e perigoso, na esperança de encontrar um resquício de material de referência em meio à poeira, ferrugem e decomposição. Pode ser que haja seres humanos e bibliotecas intactas em um dos outros Mundos Proibidos, ou talvez nos dois. Portanto, é minha intenção deixar este planeta o quanto antes. Por mim, já estaríamos no espaço, dormindo em perfeita segurança.

– Mas?

– Mas se há robôs ainda ativos neste mundo, eles podem ter informações importantes que poderiam nos ser úteis. E deve ser mais seguro do que lidar com seres humanos, pois, pelo que ouvi, precisam seguir ordens e não podem ferir humanos.

– Portanto, você mudou seu plano e agora ficará neste planeta, à procura de robôs.

– Não é o que eu gostaria, Júbilo. Eu diria que robôs não duram vinte mil anos sem manutenção. Porém, como você mesma viu um que ainda tinha uma fração de funcionamento, é evidente que não posso confiar em adivinhações baseadas no senso comum. Não devo ir adiante baseado na ignorância. Os robôs podem ser mais duráveis do que imagino, ou talvez tenham alguma capacidade de automanutenção.

– Escute-me, Trevize – disse Júbilo –, e, por favor, mantenha isso confidencial.

– Confidencial? – Trevize ergueu a voz, surpreso. – Para quem?

– Shhh! Para Pel, claro. Escute, você não precisa mudar seus planos. Estava certo antes. Não há robôs em atividade neste planeta. Não detecto nada.

– Você detectou aquele, e um é o suficiente para...

– Eu não detectei aquele. Ele não estava em atividade; não estava em atividade havia *muito tempo*.

– Você disse...

– Eu sei o que disse. Pel acreditou ter visto movimento e ouvido um som. Pel é um romântico. Passou a maior parte da vida recolhendo dados, mas esse é um jeito difícil de entrar para a história do mundo acadêmico. Ele adoraria fazer uma descoberta importante por conta própria. A descoberta da palavra "Aurora" foi genuína e o deixou mais feliz do que você poderia imaginar. Ele queria desesperadamente descobrir mais.

– E você está me dizendo – respondeu Trevize – que ele desejava tanto fazer uma descoberta que se convenceu de que encontrou um robô em funcionamento quando, na verdade, não encontrou?

– O que ele encontrou foi um amontoado de ferrugem que não tinha uma consciência maior do que a rocha sobre a qual estava apoiado.

– Mas você corroborou a história.

– Não consegui roubar-lhe a descoberta. Ele é muito importante para mim.

Trevize a encarou durante um minuto inteiro, então disse:

– Você pode me explicar *por que* ele é tão importante para você? Eu quero saber. Quero mesmo. Para você, ele deve ser um velhote sem nenhum romantismo. Ele é um Isolado, e você detesta Isolados. Você é jovem e linda, e deve haver outras partes de Gaia que têm corpos de rapazes vigorosos e atraentes. Com eles, você teria relações físicas que poderiam reverberar por Gaia e trazer auges de êxtase. O que vê em Janov?

Júbilo encarou Trevize solenemente.

– Você não o ama? – ela perguntou.

– Tenho afeto por ele – Trevize deu de ombros. – Creio que poderia dizer que o amo, de um jeito não sexual.

– Você não o conhece há tanto tempo, Trevize. Por que o ama, desse seu jeito não sexual?

Trevize pegou-se sorrindo sem perceber.

– É uma figura tão *excêntrica*. Acredito piamente que nunca, em toda a sua vida, tenha dedicado um único pensamento a si mesmo. Ele recebeu ordens de me acompanhar, e veio. Sem objeções. Queria que eu fosse a Trantor, mas quando eu disse que preferia ir a Gaia, nunca discutiu. E agora veio comigo nessa busca pela Terra, apesar de provavelmente saber dos perigos. Tenho plena confiança de que, se ele precisasse sacrificar a própria vida por mim ou por qualquer outra pessoa, sacrificaria, e sem se lamentar.

– Você sacrificaria sua vida por ele, Trevize?

– Talvez, se eu não tivesse tempo para pensar. Se eu tivesse tempo, hesitaria, e poderia me acovardar. Não sou tão *bondoso* quanto ele. E, por causa disso, tenho essa necessidade de protegê-lo e de mantê-lo bondoso. Não quero que a Galáxia o ensine a *não* ser bondoso. Entende? E tenho que protegê-lo de *você*, em especial. Não posso suportar a ideia de você dispensá-lo quando o que quer que você aprecie nele se esgotar.

– Sim, imaginei que você pensaria assim. Você não acha que o que vejo em Pelorat é o mesmo que você vê? E até mais do que isso, já que posso entrar em contato direto com a mente dele? Estou agindo como se quisesse magoá-lo? Eu teria apoiado sua fantasia de ter visto um robô em funcionamento, se não fosse a ideia insuportável de magoá-lo? Trevize, estou acostumada com o que você chamaria de bondade, pois todas as partes de Gaia estão prontas para serem sacrificadas pelo todo. Não conhecemos nem entendemos outras formas de viver. Mas não desistimos de nada ao fazê-lo, pois cada parte é o todo, apesar de eu não esperar que você entenda isso. Pel é diferente.

Júbilo não estava mais olhando para Trevize. Era como se estivesse falando consigo mesma.

– Ele é um Isolado – continuou. – Ele não é altruísta por fazer parte de um grande todo. Ele é altruísta porque é altruísta. Entende o que estou dizendo? Ele tem tudo a perder e nada a ganhar e, ainda assim, é o que é. Ele me deixa envergonhada por ser quem sou sem medo de perda, quando ele é a pessoa que é sem esperança de ganho.

Ela olhou mais uma vez para Trevize com seriedade.

– Você entende o quanto eu enxergo nele, que é muito mais do que você poderia enxergar? E você acha que eu seria capaz de magoá-lo?

– Júbilo – respondeu Trevize –, hoje, mais cedo, você disse "deixe disso e sejamos amigos", e tudo o que eu respondi foi "se é o que você quer". Aquilo foi rancoroso de minha parte, pois eu pensava em como você poderia magoar Janov. Agora é a minha vez. Sejamos amigos. Você pode continuar a apontar as vantagens de Gaia e eu posso continuar a recusar seus argumentos, mas, mesmo assim, e apesar disso, sejamos amigos – e ele estendeu a mão.

– Claro que sim, Trevize – ela disse, e suas mãos seguraram uma à outra com força.

42

Trevize sorriu para si mesmo, em silêncio – foi um sorriso interno; a linha de sua boca não se moveu.

Enquanto ele trabalhara com o computador para encontrar a (possível) estrela no primeiro conjunto de coordenadas, Pelorat e Júbilo tinham observado atentamente e feito perguntas. Dessa vez, preferiram ficar no quarto e dormir ou, pelo menos, relaxar, deixando todo o trabalho a cargo de Trevize.

De certa maneira, era algo lisonjeiro, pois, na opinião de Trevize, parecia que eles tinham simplesmente aceitado o fato de que ele sabia o que estava fazendo e não precisava de supervisão nem encorajamento. E ele mesmo havia ganhado experiência o suficiente com a busca do primeiro planeta para confiar mais plenamente no computador e entender que ele precisava de pouca supervisão, se é que requeria alguma.

Outra estrela, luminosa e não registrada no mapa galáctico, surgiu. Essa segunda estrela era mais luminosa do que aquela em torno da qual orbitava Aurora, o que tornou ainda mais significativo o fato de ela não estar registrada no computador.

Trevize admirou-se com as peculiaridades das tradições antigas. Séculos podiam ser engavetados ou completamente excluídos da consciência. Civilizações inteiras podiam ser banidas ao esquecimento. Ainda assim, das entranhas desses séculos, roubados dessas civilizações, poderiam surgir um ou dois itens factuais que seriam lembrados sem distorções – como aquelas coordenadas.

Ele tinha comentado sobre isso com Pelorat algum tempo antes, e Pelorat imediatamente respondeu que era aquilo que fazia o estudo sobre mitos e lendas ser tão recompensador.

– O segredo é – disse Pelorat, na ocasião – determinar ou decidir quais componentes específicos de uma lenda representam um fato que está oculto. Isso não é fácil, e mitólogos diferentes provavelmente escolhem componentes diferentes, dependendo, no geral, daquilo que é conveniente para as suas interpretações pessoais.

De qualquer maneira, a estrela estava no exato ponto em que as coordenadas de Deniador, corrigidas temporalmente, disseram que estaria. Naquele momento, Trevize estava disposto a apostar uma quantia considerável em que a terceira estrela também estaria no lugar indicado. E, se estivesse, Trevize estava disposto a cogitar que a lenda estava correta também ao dizer que havia, ao todo, cinquenta Mundos Proibidos (mesmo com o número suspeitamente redondo) e a se perguntar sobre a localização dos outros quarenta e sete.

Um mundo habitável, um Mundo Proibido, estava em órbita ao redor da estrela – e, dessa vez, sua presença não causou nem uma mínima vibração de surpresa no estômago de Trevize. Ele tinha certeza absoluta de que estaria ali. Ordenou que a *Estrela Distante* ficasse em lenta órbita ao redor dele.

A camada de nuvens era esparsa o suficiente para garantir uma vista razoável da superfície do planeta. Era um mundo com grande presença de água, como eram quase todos os mundos habitáveis. Havia um oceano tropical sem ilhas e dois oceanos polares, também sem ilhas. No conjunto de latitudes médias de um dos hemisférios, havia um continente mais ou menos sinuoso que circundava o mundo com baías de ambos os lados, com um ocasional istmo estreito. No conjunto de latitudes médias do outro hemisfério, a superfície terrestre era dividida em três grandes partes, e cada uma delas era mais espessa do norte ao sul do que o continente oposto.

Trevize desejou saber mais sobre climatologia para, com base no que viu, prever como deveriam ser as temperaturas e as estações. Por um instante, cogitou a possibilidade de o computador averiguar tais dados. Mas o clima não era o problema em questão. Muito mais importante era o fato de que, mais uma vez, o computador não detectara nenhuma radiação que pudesse ser de origem tecnológica. O telescópio lhe disse que o planeta não estava em decadência, e que não havia sinais de deserto. A superfície passava por baixo da nave em vários tons de verde, mas não havia sinais de áreas urbanas no lado iluminado pelo sol, nem luzes no lado da sombra.

Seria outro planeta repleto de todos os tipos de vida, menos a humana?

Ele bateu à porta do outro quarto.

– Júbilo? – chamou Trevize, em um sussurro alto, e bateu mais uma vez.

Houve som de movimento, e a voz de Júbilo disse:

– Sim?

– Pode vir aqui? Preciso de sua ajuda.

– Se puder esperar um instante, vou me deixar mais apresentável.

Quando ela enfim apareceu, estava tão apresentável quanto Trevize sempre a via. Ele sentiu uma pontada de irritação por ter sido obrigado a esperar, pois não se importava com a aparência de Júbilo. Mas agora eles eram amigos, e ele suprimiu a irritação.

– O que posso fazer por você, Trevize? – ela perguntou, com um sorriso e um tom de voz agradável.

Trevize indicou a tela.

– Como pode ver – disse –, estamos passando pela superfície do que parece ser um mundo perfeitamente saudável, com uma cobertura de vegetação bastante sólida na parte terrestre. Porém, não há luzes na parte noturna, e nenhuma radiação de tecnologia. Por favor, use sua percepção e me diga se existe alguma vida animal. Houve um momento em que achei ter visto rebanhos de animais pastando, mas não pude ter certeza. Pode ter sido um caso de enxergar o que se deseja desesperadamente.

Júbilo usou sua percepção. Ou, pelo menos, um curioso olhar de concentração surgiu em seu rosto.

– Oh, sim, é muito rico em vida animal – disse.

– Mamífera?

– Deve ser.

– Humana?

Ela pareceu se concentrar ainda mais. Um minuto se passou, e então outro, até que, enfim, ela relaxou.

– Não posso dizer com certeza. Em determinados momentos, acreditei ter detectado um traço de inteligência grande o suficiente para ser considerado humano. Mas era tão tênue e tão ocasional que eu talvez tenha percebido apenas o que queria desesperadamente, assim como você. O problema...

Ela parou de falar, pensativa.

– E então? – cutucou Trevize.

– O problema é que acredito estar detectando outra coisa. Não é algo com que esteja familiarizada, mas não vejo como poderia ser outra coisa além de...

Seu rosto se endureceu mais uma vez conforme ela se concentrou com ainda mais intensidade.

– E então? – perguntou Trevize novamente.

Ela relaxou.

– Não vejo como poderia ser outra coisa além de robôs.

– Robôs?

– Sim e, se eu pude detectá-los, certamente poderia detectar também seres humanos. Mas não sinto a presença de nenhum.

– Robôs? – disse Trevize, franzindo as sobrancelhas.

– Sim – respondeu Júbilo. – E, pelo que pude constatar, em grande número.

43

– Robôs! – exclamou Pelorat, quase no mesmo tom de Trevize quando ele reagira à notícia. Então, sorriu de leve. – Você estava certo, Golan, e eu estava errado ao duvidar de você.

– Não me lembro de você ter duvidado de mim, Janov.

– Acontece que achei melhor não *expressar* a minha dúvida. Pensei, de verdade, que era um erro deixar Aurora enquanto havia uma chance de contatar algum robô sobrevivente. Mas agora é evidente que você sabia que haveria um suprimento mais rico de robôs aqui.

– Não foi isso, Janov. Eu não *sabia*. Apenas arrisquei. Júbilo me disse que os campos mentais parecem indicar que eles estão em pleno funcionamento, e me parece que eles não poderiam estar em pleno funcionamento sem seres humanos por perto para cuidar de sua manutenção. Porém, ela ainda não localizou nenhum sinal humano e, por isso, ainda estamos buscando.

Pelorat analisou a tela de visualização, pensativo.

– Parece ser tudo uma grande floresta, não parece?

– Floresta, em sua maioria. Mas há trechos abertos, que podem ser gramados. O problema é que não vejo cidades, nem luzes à noite, nem algo além de radiação termal.

– Então, afinal, não há seres humanos?

– É a grande dúvida. Júbilo está na sala do computador, tentando se concentrar. Estabeleci um meridiano arbitrário para o planeta, o que significa que, no computador, ele está dividido em latitude e longitude. Júbilo tem um pequeno aparelho que aciona sempre que encontra o que parece ser uma concentração incomum de atividade mental robótica (creio que não seja correto dizer "atividade neural" quando se trata de robôs) ou algum traço de pensamento humano. O aparelho está conectado ao computador, que, por sua vez, marca todas as referências de latitude e longitude, e deixaremos que ele escolha entre esses pontos e decida um bom lugar para pousarmos.

– Mas será que é sábio – Pelorat parecia inquieto – deixar a escolha para o computador?

– Por que não, Janov? É um computador muito avançado. Além disso, quando você não tem nenhuma base para tomar uma decisão, qual é o problema de pelo menos considerar a escolha do computador?

O rosto de Pelorat animou-se.

– Isso faz sentido, Golan. Algumas das lendas mais antigas incluem histórias sobre pessoas que jogam cubos no chão para fazer escolhas.

– É mesmo? E para quê?

– Cada face do cubo tinha algum tipo de decisão impressa (sim, não, talvez, adiar, assim por diante). A face que estivesse voltada para cima quando o cubo parava no chão seria considerada portadora do conselho a ser seguido. Ou eles lançavam uma bola sobre um disco com decisões diferentes espalhadas entre cada reentrância do disco. A decisão escrita na reentrância na qual a bola parasse era para ser seguida. Alguns mitólogos acreditam que essas atividades representavam jogos de azar, e não loterias, mas as duas coisas são basicamente a mesma, eu diria.

– De certa maneira – respondeu Trevize –, estamos apostando em um jogo de azar ao escolher nosso ponto de aterrissagem.

Júbilo veio da sala do computador em tempo de ouvir o último comentário.

– Nada de jogo de azar – ela disse. – Pressionei "talvez" diversas vezes, e então um "sim", sem sombra de dúvida, e é na direção deste "sim" que seguiremos.

– O que fez dele um "sim"? – perguntou Trevize.

– Detectei um traço de pensamento humano. Genuíno. Inconfundível.

44

A grama estava molhada, sinal de que havia chovido recentemente. No céu, as nuvens deslocavam-se rapidamente com o vento e mostravam sinais de que iam se dissipar.

A *Estrela Distante* pousara gentilmente perto de um pequeno bosque (com árvores, em caso de cães selvagens, pensou Trevize, apenas parcialmente de brincadeira). Os arredores pareciam formados por pastos e, ao descer de um ponto mais alto, a partir do qual tiveram uma visão melhor e mais ampla, Trevize viu o que pareciam ser pomares e plantações de cereais – e a desta vez inconfundível presença de animais pastando.

Porém, não havia nenhuma estrutura. Nada artificial, tirando o fato de que a regularidade das árvores no pomar e os limites precisos que separavam os campos eram tão artificiais quanto teria sido uma estação de recepção de micro-ondas.

Será que aquele nível de artificialidade teria sido produzido por robôs? Sem seres humanos?

Em silêncio, Trevize vestiu seus coldres. Desta vez, sabia que ambas as armas estavam em condições de funcionamento e totalmente carregadas. Em um momento, seus olhos se encontraram com os de Júbilo e ele parou.

– Vá em frente – disse Júbilo. – Acho que você não encontrará utilidade para elas, mas pensei a mesma coisa antes, não pensei?

– Você gostaria de levar uma arma, Janov? – perguntou Trevize.

– Não, obrigado – Pelorat deu de ombros. – Entre você e sua defesa física e Júbilo e sua defesa mental, não me sinto absolutamente em perigo. Imagino que seja covarde da minha parte me esconder sob a sombra da proteção que me oferecem, mas não posso ficar propriamente envergonhado quando estou ocupado demais me sentindo agradecido por não precisar cogitar a possibilidade de usar a força.

– Entendo – respondeu Trevize. – Apenas não vá a lugar nenhum desacompanhado. Se eu e Júbilo nos separarmos, fique com um de nós e não parta para longe cedendo ao impulso de uma curiosidade particular.

– Não precisa se preocupar, Trevize – disse Júbilo. – Tomarei conta disso.

Trevize foi o primeiro a descer da nave. O vento era fresco e levemente frio por causa da chuva, o que Trevize considerou bem-vindo. Talvez tivesse estado desconfortavelmente quente e úmido antes da chuva.

Ele respirou fundo, surpreso. O cheiro do planeta era delicioso. Cada mundo tinha o seu, ele sabia; um odor sempre desconhecido e geralmente desagradável – talvez justamente por ser desconhecido. Mas será que desconhecido podia também ser agradável? Ou era apenas a coincidência de aterrissar no planeta logo após uma chuva em uma estação específica do ano? Independentemente da resposta...

– Venham – disse Trevize. – Está muito agradável aqui fora. Pelorat saiu.

– Agradável é, definitivamente, a palavra certa – comentou. – Você acha que sempre tem este aroma?

– Não importa. Em uma hora estaremos acostumados com o cheiro, e nossos receptores nasais estarão tão saturados que não sentiremos mais nada.

– Uma pena – respondeu Pelorat.

– A grama está molhada – disse Júbilo, com um traço de reprovação.

– E por que não? Afinal, também chove em Gaia – respondeu Trevize, e, conforme ele disse isso, um facho de luz solar amarela os alcançou momentaneamente por um espaço entre as nuvens. Logo, haveria mais luz.

– Sim – disse Júbilo –, mas sabemos quando, e estamos preparados para ela.

– Lamentável – respondeu Trevize. – Você perde a emoção do inesperado.

– Você está certo – concordou Júbilo. – Tentarei não ser tão provinciana.

Pelorat olhou à volta.

– Não parece haver nada – comentou, em um tom de desapontamento.

– Apenas aparentemente – respondeu Júbilo. – Eles estão se aproximando por trás daquele monte. – Ela olhou para Trevize. – Acha que devemos ir ao encontro deles?

– Não – Trevize negou com a cabeça. – Viajamos muitos parsecs para fazer contato. Que caminhem o restante da jornada. Vamos esperar aqui.

Apenas Júbilo podia sentir a aproximação, até que, na direção para a qual ela havia apontado, uma figura surgiu no topo da elevação. E uma segunda, e uma terceira.

– Acho que são todos, por enquanto – disse Júbilo.

Trevize observou com curiosidade. Apesar de nunca ter visto robôs, não havia nenhuma sombra de dúvida em sua mente de que era aquilo que eles eram. Tinham a forma esquemática e impressionista de seres humanos e não tinham aparência evidentemente metálica. A superfície robótica era opaca e dava a impressão de maciez, como se estivesse coberta por *plush*. Mas como ele sabia que a maciez era uma ilusão? Trevize sentiu, repentinamente, vontade de tocar aquelas figuras que se aproximavam de maneira tão fria. Se aquele era um Mundo Proibido e espaçonaves nunca se aproximavam – o que era muito provável, pois seu sol não estava incluído no mapa galáctico –, a *Estrela Distante* e as pessoas a bordo deveriam representar uma experiência nova para os robôs. Ainda assim, eles estavam reagindo com convicção inabalável, como se estivessem participando de alguma tarefa rotineira.

– Aqui – disse Trevize, em tom baixo – podemos conseguir informações que não conseguiríamos em nenhum outro lugar da

Galáxia. Podemos perguntar sobre a localização da Terra em relação a este mundo e, se souberem, nos dirão. Quem sabe há quanto tempo essas coisas estão em funcionamento? Podem nos responder a partir de memória pessoal. Imaginem só.

– Por outro lado – respondeu Júbilo –, podem ter sido fabricados recentemente e não saberem de nada.

– Ou – completou Pelorat – podem saber, mas se recusarem a nos contar.

– Acho que não podem se recusar – disse Trevize –, a não ser que tenham ordens de não nos contar, e quem poderia ter dado tal ordem se, decerto, ninguém neste planeta contava com nossa chegada?

Os robôs pararam a uma distância de três metros. Não disseram nada e não fizeram mais nenhum movimento.

Trevize, com a mão em seu desintegrador e sem tirar os olhos dos robôs, se dirigiu a Júbilo:

– Pode detectar se são hostis?

– Você precisa levar em consideração – ela respondeu – que não tenho nenhuma experiência com esse funcionamento mental, Trevize, mas não detecto nada que pareça hostil.

Trevize afastou a mão direita do cabo da arma, mas a manteve por perto. Ergueu a mão esquerda, com a palma virada para os robôs, no que esperava ser reconhecido como um gesto de paz.

– Saudações – disse, bem devagar. – Viemos a este mundo amigavelmente.

O robô ao centro abaixou a cabeça em uma espécie de mesura desengonçada que poderia, aos olhos de um otimista, ser considerada um gesto de paz, e respondeu.

O queixo de Trevize caiu, tamanha sua surpresa. Em uma Galáxia interligada, falhas deste nível tão fundamental pareciam improváveis: o robô não falava em galáctico, tampouco outro idioma que se aproximasse dele. O fato era que Trevize não entendera uma única palavra.

45

A surpresa de Pelorat foi tão grande quanto a de Trevize, mas havia, também, um evidente elemento de satisfação.

– Inusitado, não é? – perguntou.

Trevize virou-se em sua direção.

– Não é inusitado – disse, com mais do que um toque de aspereza na voz. – É um ruído ininteligível.

– Não é um ruído ininteligível. É galáctico, mas muito arcaico. Compreendi algumas palavras. Se fosse escrito, eu provavelmente entenderia com facilidade. O verdadeiro mistério é a pronúncia.

– E então, o que ele disse?

– Creio ter dito que não entendeu o que você disse.

– Não entendo o que ele diz – comentou Júbilo –, mas o que estou captando é perplexidade, o que faz sentido. Quer dizer, isso se eu puder confiar em minha percepção sobre emoções robóticas, se é que existe algo como emoção robótica.

Falando muito devagar e com dificuldade, Pelorat disse algo e os três robôs concordaram com a cabeça em uníssono.

– O que foi isso? – perguntou Trevize.

– Eu disse que não tenho domínio do dialeto deles – respondeu Pelorat –, mas que tentaria conversar. Pedi por um instante. Puxa vida, velho amigo, isso é assustadoramente interessante.

– Assustadoramente decepcionante – murmurou Trevize.

– O fato – disse Pelorat – é que todos os planetas habitáveis na Galáxia acabam criando suas próprias variedades do galáctico, portanto existem milhões de dialetos que, às vezes, são praticamente incompreensíveis, mas todos têm uma raiz comum a partir do desenvolvimento do Padrão Galáctico. Supondo que este mundo tenha estado em isolamento por vinte mil anos, a língua, em circunstâncias normais, se distanciaria tanto do restante da Galáxia que se tornaria uma língua inteiramente nova. O fato de isso não ter acontecido pode estar relacionado ao sistema social deste mundo, dependente de robôs, que só entendem a língua usada no código com que foram programados. Em vez de se reprogramar constantemente, a língua permaneceu estática, e agora estamos diante do que é, para nós, uma forma bastante arcaica de galáctico.

– Aí está um exemplo – respondeu Trevize – de como uma sociedade robotizada pode ficar estagnada e acabar se tornando degenerada.

– Mas, meu caro amigo – protestou Pelorat –, manter uma língua relativamente inalterada não é necessariamente um sinal de degeneração. Há vantagens. Documentos preservados por séculos ou milênios retêm seus significados e dão mais longevidade e autoridade a registros históricos. No restante da Galáxia, a linguagem dos éditos Imperiais da Época de Hari Seldon já começa a soar esquisita.

– E você está familiarizado com esse galáctico arcaico?

– Eu não diria *familiarizado*, Golan. Mas, ao estudar mitos e lendas antigos, entendi o raciocínio por trás dele. O vocabulário não é totalmente diferente, mas tem inflexões distintas, há expressões idiomáticas que já não usamos e, como eu disse, a pronúncia mudou completamente. Posso ser o intérprete, mas não um bom intérprete.

Trevize expirou um trêmulo suspiro.

– Um pequeno golpe de sorte é melhor do que nenhum – disse. – Continue, Janov.

Pelorat virou-se para os robôs, esperou um instante e virou-se mais uma vez para Trevize.

– O que devo dizer?

– Vamos direto ao ponto. Pergunte sobre a localização da Terra.

Pelorat disse as palavras, uma por vez, com gestos exagerados com as mãos.

Os robôs entreolharam-se e emitiram alguns sons. Em seguida, o do meio falou com Pelorat, que respondeu enquanto distanciava uma mão da outra, como se estivesse esticando um pedaço de borracha. O robô respondeu com palavras espaçadas, com tanto cuidado quanto Pelorat.

Pelorat disse a Trevize:

– Não tenho certeza se estou conseguindo deixar claro o que quero dizer com "Terra". Suspeito que eles tenham entendido que me refiro a alguma região no planeta deles, pois dizem que não conhecem nenhuma região com esse nome.

– Eles disseram o nome deste planeta, Janov?

– O mais próximo que posso chegar do que acho que eles estão usando como nome é "Solaria".

– Já viu alguma referência a esse nome em seus mitos?

– Não. Tampouco li sobre Aurora.

– Bom, pergunte a eles se há algum lugar chamado Terra no céu, entre as estrelas. Aponte para cima.

Mais uma vez, um diálogo. Depois, Pelorat se virou e disse:

– A única resposta que consigo deles, Golan, é que não há lugares no céu.

Júbilo interveio:

– Pergunte a idade deles – sugeriu. – Ou melhor, há quanto tempo eles estão em funcionamento.

– Eu não sei como dizer "funcionamento" – disse Pelorat, negando com a cabeça. – Na verdade, não sei nem se consigo dizer "idade". *Não sou* um bom intérprete.

– Faça o melhor que puder, Pel, querido – respondeu Júbilo.

Depois de um extenso diálogo, Pelorat disse:

– Eles estão em funcionamento há vinte e seis anos.

– Vinte e seis anos – murmurou Trevize, com desgosto. – São apenas um pouco mais velhos do que você, Júbilo.

Com súbito orgulho, Júbilo respondeu:

– Acontece que...

– Eu sei. Você é Gaia, que tem milhares de anos de existência. De qualquer maneira, esses robôs não podem falar sobre a Terra a partir de experiências próprias, e seus bancos de memória claramente não incluem nada que não seja necessário para seu funcionamento. Portanto, não sabem nada sobre astronomia.

– Talvez haja outros robôs no planeta que sejam mais antigos – disse Pelorat.

– Duvido – respondeu Trevize. – Mas pergunte a eles, Janov, se puder encontrar as palavras.

Dessa vez, a conversa foi longa, e Pelorat a interrompeu com o rosto enrubescido e um evidente ar de frustração.

– Golan – ele disse –, não entendo parte do que eles estão tentando me dizer, mas suponho que os robôs mais antigos são usados para trabalhos manuais e não sabem de nada. Se esse robô fosse humano, eu diria que ele falou sobre os mais velhos com desprezo. Eles dizem que eles três são robôs domésticos, que são substituídos antes de ficarem velhos. São os que realmente sabem das coisas. Palavras deles, não minhas.

– Eles não sabem muita coisa – rosnou Trevize. – Pelo menos, não sobre coisas que precisamos saber.

– Agora lamento termos deixado Aurora com tanta pressa – disse Pelorat. – Se tivéssemos encontrado um robô sobrevivente por lá, e certamente teríamos, pois logo o primeiro que encontrei ainda tinha uma centelha de vida, eles saberiam sobre a Terra a partir de memória pessoal.

– Desde que as memórias estivessem intactas, Janov – respondeu Trevize. – Podemos sempre voltar e, se precisarmos, assim o faremos, com ou sem cachorros. Mas, se esses robôs têm apenas poucas décadas de existência, deve haver aqueles que os fabricaram, e eu diria que os fabricantes devem ser humanos – ele se virou na direção de Júbilo. – Você *tem certeza* de que captou...

Ela ergueu uma mão para interrompê-lo e seu rosto foi tomado por um aspecto tenso e pensativo.

– Está se aproximando neste exato momento – ela disse, em tom baixo.

Trevize olhou para a elevação de onde vieram os robôs e ali, primeiro surgindo atrás dela e depois caminhando na direção deles, estava a inconfundível figura de um ser humano. O tom de pele era pálido e seus cabelos, claros e longos, ondulados nas laterais da cabeça. Seu rosto era solene, mas aparentemente bastante jovem. Seus braços e pernas expostos não pareciam especialmente fortes.

Os robôs abriram espaço para ele, e ele caminhou até posicionar-se entre as máquinas.

Então, com uma voz clara e agradável e com palavras em Padrão Galáctico, facilmente compreensíveis mesmo que usadas de forma arcaica, disse:

– Saudações, viajantes do espaço. O que querem com meus robôs?

46

Trevize não se cobriu de apresentações gloriosas.

– Você fala galáctico? – perguntou, ingenuamente.

– E por que não falaria – questionou o solariano com um sorriso austero – se tenho voz?

– Mas e eles? – Trevize indicou os robôs com um gesto.

– Eles são robôs. Falam nossa língua, assim como eu. Mas sou de Solaria e escuto as comunicações hiperespaciais dos mundos afora e, portanto, aprendi sua forma de falar, assim como meus ancestrais. Eles deixaram descrições sobre a língua, mas ouvi constantemente novas palavras e expressões que mudam com os anos, como se vocês, Colonizadores, pudessem estabelecer colônias, mas não palavras. Por que está surpreso pelo fato de eu entender sua língua?

– Eu não deveria ter reagido dessa maneira – disse Trevize. – Peço desculpas. É que, ao falar com os robôs, não imaginei que ouviria galáctico neste mundo.

Ele estudou o solariano. Usava uma leve túnica branca, apoiada de maneira frouxa nos ombros, com grandes aberturas para os braços. Era aberta na frente, expondo um peito liso e um tecido que cobria a região pélvica. Exceto um frágil par de sandálias, não vestia mais nada.

Trevize percebeu que não saberia dizer se o solariano era um homem ou uma mulher. O peito era certamente masculino, mas não tinha pelos, e o tecido que cobria a pelve não escondia volume algum.

Ele se virou para Júbilo e, em tom baixo, disse:

– Ele pode ser um robô também, mas com a aparência de um...

– A mente é a de um ser humano – respondeu Júbilo, seus lábios quase sem se mover –, não a de um robô.

– Ainda assim – disse o solariano –, você não respondeu à minha pergunta. Vou perdoar essa falha e atribuí-la à sua surpresa. Agora, pergunto novamente, e você não deve falhar uma segunda vez. O que querem com meus robôs?

– Somos viajantes em busca de informações para chegar ao nosso destino – respondeu Trevize. – Pedimos a seus robôs informações que pudessem nos ajudar, mas eles não têm o conhecimento necessário.

– Estão em busca de qual informação? Talvez eu possa ajudá-los.

– Procuramos pela localização da Terra. Pode nos dizer?

As sobrancelhas do solariano se ergueram.

– Eu imaginava – disse – que o primeiro objeto de sua curiosidade seria a minha pessoa. Fornecerei tal informação, mesmo que não tenham pedido por ela. Sou Sarton Bander e vocês estão na propriedade de Bander, que se estende até onde seus olhos podem ver, em todas as direções, e além. Não posso dizer que são bem-vindos, pois, ao virem até aqui, violaram um acordo. São os primeiros Colonizadores a aterrissarem na superfície de Solaria em milhares de anos e, como agora ficou evidente, vieram apenas para fazer perguntas sobre a melhor maneira de alcançar outro mundo. Antigamente, Colonizadores, vocês e sua nave teriam sido destruídos no primeiro contato visual.

– O que seria um jeito brutal de tratar pessoas que não têm nenhuma intenção duvidosa e que não representam nenhum mal – disse Trevize, cautelosamente.

– Concordo, mas quando membros de uma sociedade expansionista entram em contato com uma que é inofensiva e estática, o mero contato já está repleto de danos em potencial. Enquanto temíamos tais danos, estávamos prontos para destruir aqueles que viessem, assim que chegassem. Como não temos mais motivos para receio, estamos, como veem, dispostos ao diálogo.

– Agradeço pela informação que nos forneceu tão abertamente – respondeu Trevize –, porém, você deixou de responder à pergunta que fiz. Agora, pergunto novamente. Pode nos dizer a localização do planeta Terra?

– Por "Terra", imagino que esteja se referindo ao planeta no qual a espécie humana e as várias espécies de plantas e animais – sua mão gesticulou graciosamente, como se para indicar tudo que os cercava – se originaram.

– Sim, senhor, é a ele que me refiro.

Uma estranha expressão de repugnância passou rapidamente pelo rosto do solariano.

– Por favor, dirija-se a mim apenas como Bander, se faz questão de usar algum termo de referência. Não se refira a mim usando palavras que incluam determinação de gênero. Não sou homem nem mulher. Sou *integral*.

Trevize concordou com a cabeça (ele estava certo).

– Como quiser, Bander – respondeu. – Qual é, então, a localização da Terra, o mundo de origem de todos nós?

– Eu não sei – disse Bander. – Tampouco desejo saber. Se eu soubesse ou pudesse descobrir, não lhe seria de nenhuma utilidade, pois a Terra, como mundo, não existe mais. Ah! – continuou, estendendo os braços –, o sol está uma delícia. Não costumo subir à superfície, e nunca o faço quando o sol não se faz aparente. Meus robôs foram enviados para recebê-los enquanto o sol ainda se escondia atrás das nuvens. Vim apenas quando as nuvens se dissiparam.

– Por que a Terra, como mundo, não existe mais? – perguntou Trevize, insistentemente, preparando-se mais uma vez para ouvir histórias sobre superfícies radioativas.

Porém, Bander ignorou a pergunta, ou então a desconsiderou negligentemente.

– A história é longa demais – disse. – Você me disse que veio sem nenhuma intenção duvidosa.

– Correto.

– Por que, então, veio armado?

– É apenas uma precaução. Eu não sabia o que poderia encontrar.

– Não importa. Suas arminhas não representam nenhum perigo para mim. Ainda assim, estou curioso. Já ouvi muitas coisas sobre seus arsenais, claro, e sobre seu histórico curiosamente selvagem, que parece depender exclusivamente de armamentos. Ainda assim, nunca cheguei a ver uma arma. Posso ver as suas?

Trevize deu um passo para trás.

– Receio que não, Bander.

– Pedi apenas por cortesia – Bander pareceu se divertir. – Eu não precisava ter pedido.

Bander estendeu a mão e o desintegrador ergueu-se do coldre direito de Trevize, enquanto o chicote neurônico saiu do coldre esquerdo. Trevize tentou pegar as armas no ar, mas sentiu seus braços impedidos, como se estivessem presos por rígidas cordas elásticas. Pelorat e Júbilo tentaram se mover, mas era evidente que algo também os segurava no lugar.

– Não adianta tentar interferir – disse Bander. – Não há nada que possam fazer.

As armas voaram até as mãos de Bander, que as analisou com cuidado.

– Essa aqui – disse, indicando a pistola – parece ser uma emissora de feixes de micro-ondas que produzem calor, o que explode qualquer corpo que contenha fluidos. A outra é mais sutil e, confesso, não enxergo seu propósito à primeira vista. De toda maneira, como vocês não têm intenções duvidosas e não representam nenhum mal, não precisam de armas. Posso drenar o conteúdo de energia de cada uma, e assim o farei. Isso as deixará inofensivas, a não ser que você tente usar uma ou outra como porrete, e elas devem ser bem desajeitadas se usadas com tal propósito.

O solariano largou as armas, que, mais uma vez, flutuaram pelo ar, dessa vez na direção de Trevize. Cada uma pousou graciosamente em seu respectivo coldre.

Trevize, sentindo-se livre das amarras invisíveis, sacou a pistola, mas não havia propósito. O gatilho estava solto, e a carga de energia havia sido claramente drenada por completo. A mesma coisa acontecera com o chicote neurônico.

Ele olhou para Bander, que, sorrindo, disse:

– Você está indefeso, Estrangeiro. Eu poderia destruir sua nave com a mesma facilidade, se assim desejasse. E a você também, claro.

11.

Subterrâneo

47

Trevize se sentiu paralisado. Tentando respirar normalmente, virou-se para olhar na direção de Júbilo. Ela estava com o braço em torno da cintura de Pelorat, em um gesto de proteção, e, aparentemente, estava calma. Ela sorriu de leve e, com ainda mais sutileza, fez um movimento afirmativo com a cabeça.

Trevize voltou-se mais uma vez para Bander, interpretando os gestos de Júbilo como sinais de confiança e torcendo, com temível ardor, que estivesse certo em sua interpretação. Perguntou, em tom severo:

– Como fez isso, Bander?

– Digam-me, pequenos Estrangeiros – sorriu Bander, com óbvio bom humor –, vocês acreditam em feitiçaria? Em mágica?

– Não, pequeno solariano, não acreditamos – retrucou Trevize.

Júbilo deu um leve puxão na manga de Trevize.

– Não o irrite – sussurrou. – Ele é perigoso.

– Posso ver que é – respondeu Trevize, com dificuldade para manter um tom baixo. – Faça você alguma coisa, então.

– Ainda não – disse Júbilo, com voz praticamente inaudível. – Ele representará menos risco quando se sentir seguro.

Bander não prestou atenção na breve troca de sussurros entre os Estrangeiros. Afastou-se deles despreocupadamente; os robôs se separaram para abrir passagem.

Então, olhou para trás e ergueu um dedo lânguido, chamando-os.

– Venham. Sigam-me. Todos os três. Contarei uma história que talvez não lhes interesse, mas interessa a mim – e continuou a caminhar, sem pressa.

Trevize permaneceu no lugar durante um instante, sem saber qual seria a melhor atitude a ser tomada. Mas Júbilo caminhou na direção de Bander, e a pressão de seu braço conduziu Pelorat. Trevize acabou se colocando em movimento – a alternativa era ser deixado a sós com os robôs.

– Se Bander puder fazer a gentileza – disse Júbilo, com leveza – de nos contar a história que talvez não nos interesse...

Bander virou-se e olhou atentamente para Júbilo, como se tivesse reparado nela pela primeira vez.

– Você é a semi-humana feminina, não é? – perguntou. – A metade inferior?

– A metade menor, Bander. Sim.

– Então esses outros dois são semi-humanos masculinos?

– De fato.

– Já pariu sua criança, feminina?

– Meu nome, Bander, é Júbilo. Ainda não tive uma criança. Este é Trevize. Este é Pel.

– E qual desses dois masculinos irá auxiliá-la quando for o momento? Ou serão os dois? Ou nenhum dos dois?

– Pel me ajudará, Bander.

Bander voltou sua atenção a Pelorat.

– Vejo que tem cabelos brancos – disse.

– Tenho – respondeu Pelorat.

– Sempre foram dessa cor?

– Não, Bander, ficaram assim com a idade.

– E quantos anos você tem?

– Estou com cinquenta e dois anos, Bander – disse Pelorat, e então acrescentou, apressado: – Isso em anos do Padrão Galáctico.

Bander continuou a caminhar (na direção da mansão a distância, presumiu Trevize) ainda mais lentamente.

– Não sei quanto tempo dura um ano do Padrão Galáctico – comentou –, mas não deve ser muito diferente do nosso ano. E quantos anos terá quando morrer, Pel?

– Não sei dizer. Talvez viva mais trinta.

– Oitenta e dois anos, então. Vida curta, e dividida pela metade. Inacreditável, mas meus ancestrais distantes eram como vocês, e viviam na Terra. Alguns deles abandonaram a Terra para estabelecer novos mundos ao redor de outras estrelas, mundos maravilhosos, bem organizados... muitos deles.

– Não muitos – disse Trevize, em tom alto. – Cinquenta.

Bander lançou um olhar arrogante na direção de Trevize. Agora parecia haver menos bom humor.

– Trevize. Esse é seu nome.

– O nome completo é Golan Trevize. Estou dizendo que havia cinquenta Mundos Siderais. *Nossos* mundos somam milhões.

– Então você conhece a história que desejo contar? – perguntou Bander, com suavidade.

– Se a história é sobre a existência de cinquenta Mundos Siderais no passado, eu conheço.

– Não contamos apenas números, pequeno semi-humano – disse Bander. – Consideramos também qualidade. Havia cinquenta mas eram tão grandiosos que nem todos os seus milhões poderiam equivaler a um deles. Solaria foi o quinquagésimo e, portanto, o melhor. Solaria era tão mais avançada do que os outros Mundos Siderais quanto eles eram em relação à Terra. Somente nós, de Solaria, descobrimos como a vida deve ser vivida. Não nos arrebanhamos como animais e não adotamos os mesmos comportamentos, assim como faziam na Terra, assim como faziam até mesmo nos outros Mundos Siderais. Vivíamos cada um por si, com robôs para nos ajudar, vendo uns aos outros eletronicamente quantas vezes desejássemos, mas raramente entrando no campo de visão natural um do outro. Faz muitos anos desde que vi seres humanos como vejo vocês neste momento, mas devo considerar que vocês são apenas semi-humanos e que suas presenças, portanto, não limitam minha liberdade mais do que uma vaca ou um robô a limitariam. Ainda assim – continuou –, também já fomos semi-humanos. Independentemente de quão perfeita tenhamos feito nossa liberdade, de quanto prosperamos como mestres eremitas de incontáveis robôs, a liberdade nunca era absoluta. Para produzir jovens, eram necessários dois indivíduos em cooperação. Era possível, claro, contribuir com espermatozoides e óvulos para que a execução do processo de fertilização e o consequente desenvolvimento embrionário acontecessem artificialmente, de maneira automatizada. Era possível que a criança vivesse adequadamente sob o cuidado de robôs. Tudo isso podia ser feito, mas os semi-humanos não estavam dispostos a abrir mão do prazer que acompanhava a fecundação biológica. Consequentemente, perversos elos emocionais se desenvolviam, e a liberdade desaparecia. Entendem como isso precisava ser mudado?

– Não, Bander – respondeu Trevize –, pois não medimos liberdade com os mesmos parâmetros que você.

– Isso porque vocês não sabem o que é liberdade. Vocês nunca viveram fora de aglomerados e não conhecem outra forma de vida além daquela que os força constantemente, mesmo nas menores coisas, a curvar as vontades de vocês às dos outros ou passar seus dias lutando para forçar os outros a curvarem as respectivas vontades às suas, o que é igualmente vil. É possível alguma liberdade nesse contexto? Liberdade não é nada se não for viver da maneira que você bem entende! Exatamente como você quer! Então veio a época em que os terráqueos recomeçaram a expansão do enxame, quando suas multidões compactas mais uma vez vagaram pelo espaço. Os outros Siderais, que não seguiram em rebanhos, como fizeram os terráqueos, mas que se aglomeravam mesmo assim, em grau menor, tentaram competir. Nós, solarianos, não fizemos o mesmo. Previmos o inevitável fracasso em aglomerações. Fomos para o subterrâneo e eliminamos todo contato com o restante da Galáxia. Estávamos determinados a permanecer nós, a qualquer custo. Desenvolvemos robôs e armamentos adequados para proteger nossa superfície aparentemente abandonada, e eles cumpriram suas funções admiravelmente. Naves chegaram e foram destruídas, e então não vieram mais. O planeta foi considerado deserto e depois esquecido, como esperávamos que fosse. Enquanto isso – continuou Bander –, nos subterrâneos, nos dedicamos a solucionar nossos problemas. Ajustamos nossa genética minuciosamente, delicadamente. Tivemos fracassos, mas também alguns sucessos, e investimos nos sucessos. Foram necessários muitos séculos, mas finalmente nos tornamos seres humanos integrais, incorporando os princípios masculinos e femininos em um único corpo, suprindo nosso próprio e completo prazer da maneira que quiséssemos e produzindo, quando desejássemos, óvulos fertilizados para desenvolvimento sob o cuidado de robôs.

– Hermafroditas – disse Pelorat.

– É assim que se diz em sua língua? – perguntou Bander, indiferente. – Nunca ouvi tal palavra.

– Hermafroditismo congela toda chance de evolução – interveio Trevize. – Cada criança é uma cópia genética de seu progenitor hermafrodita.

– Ora – retrucou Bander –, você trata evolução como uma questão de tentativa e erro. Podemos ajustar nossas crianças, se assim desejarmos. Podemos mudar e manipular os genes e, ocasionalmente, é o que fazemos. Mas já estamos quase em minha residência. Vamos entrar. Está ficando tarde. O sol já não nos oferece calor adequado, e ficaremos mais confortáveis abrigados.

Eles passaram por uma porta que não tinha nenhum tipo de fechadura, mas que se abriu conforme se aproximaram e se fechou atrás deles. Não havia janelas, mas, conforme entraram em um cavernoso aposento, as paredes ganharam vida luminosa. O chão parecia frio, mas era macio e elástico ao toque. Em cada um dos quatro cantos da sala, havia um robô, imóvel.

– Aquela parede – disse Bander, apontando para uma parede oposta à porta que não parecia, de maneira nenhuma, diferente das outras três – é minha tela de visão. O mundo se abre diante de mim através daquela tela, mas minha liberdade não é limitada de maneira nenhuma, pois não tenho obrigação de usá-la.

– Tampouco você pode obrigar outro a usá-la – respondeu Trevize –, caso deseje ver um indivíduo que não queira ser visto.

– Obrigar? – perguntou Bander, com arrogância. – Que façam como bem quiserem, desde que eu possa fazer como eu bem quiser. Favor levar em consideração que não usamos pronomes de gênero ao nos referirmos a nós, habitantes de Solaria.

Havia uma única cadeira no aposento, diante da tela de visão, e Bander sentou-se nela.

Trevize olhou à volta, como se esperasse que outras cadeiras saíssem do chão.

– Podemos nos sentar também? – perguntou.

– Se assim desejarem – respondeu Bander.

Júbilo, sorrindo, sentou-se no chão. Pelorat sentou-se ao seu lado. Trevize, teimoso, permaneceu de pé.

– Conte-me, Bander – disse Júbilo –, quantos seres humanos vivem neste planeta?

– Diga "solarianos", semi-humana Júbilo. O termo "ser humano" foi contaminado pelo fato de semi-humanos se referirem a si mesmos dessa forma. Poderíamos nos chamar de "humanos plenos", mas é desajeitado. "Solariano" é o termo apropriado.

– Então, quantos solarianos vivem neste planeta?

– Não estou certo. Não contamos. Talvez doze mil.

– Apenas doze mil, no mundo todo?

– No total, doze mil. Vocês mais uma vez contam quantidade, e nós contamos qualidade. Tampouco entendem liberdade. Se houver outro solariano para disputar meu domínio sobre qualquer parte de minha propriedade, sobre qualquer robô, ser vivo ou objeto, minha liberdade é limitada. Como existem outros solarianos, a limitação da liberdade deve ser a mais distante possível, por meio da separação de todos a ponto de o contato ser praticamente inexistente. Solaria suporta doze mil solarianos em condições que se aproximam do ideal. Acrescente outros e a liberdade será palpavelmente afetada, e o resultado, insuportável.

– Isso significa – interveio Pelorat, subitamente – que todas as crianças devem ser contadas e é necessário equilibrar as mortes.

– Certamente. Isso deve ser verdade para qualquer mundo com população estável... talvez até para o seu.

– E, como provavelmente há poucas mortes, deve haver poucas crianças.

– De fato.

Pelorat concordou com a cabeça e ficou em silêncio.

– O que quero saber – interveio Trevize – é como você fez minhas armas voarem pelo ar. Ainda não explicou isso.

– Ofereci feitiçaria e magia como explicação. Recusa-se a aceitá-las?

– É claro que me recuso. O que acha que sou?

– Nesse caso, você acreditará na conservação de energia, e no aumento necessário da entropia?

– Nisso eu acredito. Mas não posso acreditar que, mesmo em vinte mil anos, vocês tenham alterado essas leis, ou as modificado nem um micrômetro que seja.

– E não fizemos nada disso, semi-indivíduo. Mas, pense. Lá fora, há luz solar – Bander fez um gesto estranhamente gracioso, como se para indicar luz solar em toda a volta. – E há sombra. É mais quente sob a luz do que na sombra, e o calor flui espontaneamente da área iluminada para a área sombreada.

– Está me dizendo o que já sei – retrucou Trevize.

– Mas você talvez saiba há tanto tempo que não pensa mais no assunto. À noite, a superfície de Solaria é mais quente do que os objetos que estão além de sua atmosfera; assim, o calor flui espontaneamente da superfície planetária para o espaço sideral.

– Sei disso também.

– E, de dia ou de noite, o interior do planeta é mais quente do que a superfície. Logo, o calor flui espontaneamente do interior para a superfície. Imagino que também saiba disso.

– O que quer dizer com tudo isso, Bander?

– A transmissão de calor do mais quente para o mais frio, que deve acontecer como diz a segunda lei da termodinâmica, pode ser usada em algo funcional.

– Teoricamente sim, mas a luz do sol é fraca, o calor da superfície planetária é mais fraco ainda, e a velocidade de emanação do calor interior o faz ser o mais fraco de todos. A quantidade de transferência de calor que pode ser aproveitada provavelmente não seria suficiente para levitar nem um pedregulho.

– Depende do equipamento que você usa para tal propósito – disse Bander. – A ferramenta que usamos foi desenvolvida ao longo de milhares de anos e não é nada menos do que uma parte de nosso cérebro.

Bander levantou os cabelos nas laterais de sua cabeça, expondo as partes traseiras de suas orelhas. Girou a cabeça de um lado para o outro e, atrás de cada orelha, havia um inchaço do tamanho e do formato da parte mais larga de um ovo de galinha.

– Essa parte do meu cérebro, e a ausência dela no de vocês, é o que define a diferença entre um solariano e vocês.

48

De vez em quando, Trevize olhava de relance para o rosto de Júbilo, que parecia totalmente concentrada em Bander. Trevize estava cada vez mais certo de que sabia o que estava acontecendo.

Para Bander, apesar de sua adoração quase sagrada pela liberdade, aquela oportunidade única era irresistível. Não havia nenhuma maneira de conversar com robôs com igualdade intelectual, e muito menos, evidentemente, com animais. Comunicar-se com outros solarianos seria desagradável e tal contato seria forçado, nunca espontâneo.

Trevize, Júbilo e Pelorat podiam ser semi-humanos para Bander; podiam não representar, aos seus olhos, nenhuma infração maior a sua liberdade do que aquela de um robô ou de uma cabra – mas eles eram, intelectualmente, seus iguais (ou quase iguais), e a chance de conversar com eles era um luxo nunca experimentado antes.

Não era de se surpreender, pensou Trevize, que Bander estivesse gabando-se de tal maneira. E Júbilo (Trevize estava ainda mais certo disso) estava encorajando tal atitude, conduzindo gentilmente a mente de Bander para que fizesse o que, de qualquer forma, adoraria fazer.

Júbilo, presumivelmente, acreditava na suposição de que, se Bander falasse bastante, talvez dissesse algo relevante sobre a

Terra. Fazia sentido para Trevize, que, mesmo que não estivesse genuinamente curioso sobre o assunto em discussão, se esforçaria para dar continuidade ao diálogo.

– O que fazem esses lóbulos cerebrais? – perguntou Trevize.

– São transdutores – respondeu Bander. – São ativados pela transmissão de calor e convertem a irradiação de calor em energia mecânica.

– Não posso acreditar nisso. A transmissão de calor é insuficiente.

– Pequeno semi-humano, você não raciocina. Se houvesse muitos solarianos juntos, cada um tentando utilizar a transmissão de calor, neste caso, sim, o suprimento de calor seria insuficiente. Entretanto, tenho mais de quarenta mil quilômetros quadrados para mim, e somente para mim. Posso atrair qualquer quantidade de transmissão de calor nessa área sem dividi-la com ninguém. Portanto, a quantidade é suficiente. Compreende?

– É tão fácil assim atrair transmissão de calor em uma área tão vasta? O simples ato de concentração requer uma grande quantidade de energia.

– Talvez, mas não percebo tal consumo. Meus lóbulos transdutores estão constantemente atraindo transmissão de calor para que, quando o uso for requerido, já esteja disponível. Quando conduzi suas armas pelo ar, um volume específico da atmosfera iluminada pelo sol perdeu parte de seus excessos para um volume da área em sombra, para que eu usasse a energia solar para aquele propósito. Porém, em vez de usar equipamentos mecânicos ou eletrônicos para tanto, usei um equipamento neurônico – Bander tocou gentilmente um dos lóbulos transdutores. – É feito com rapidez e eficiência, constantemente e sem esforço.

– Inacreditável – murmurou Pelorat.

– De forma alguma inacreditável – respondeu Bander. – Considere a complexidade dos olhos e das orelhas, e como eles podem transformar pequenas quantidades de fótons e vibrações do ar em informação. Pareceria inacreditável se você nunca tivesse visto nada assim antes. Os lóbulos transdutores não são mais inacreditáveis do que isso, e não pareceriam tão insólitos para você se lhe fossem familiares.

– O que vocês fazem com esses lóbulos transdutores em constante funcionamento? – perguntou Trevize.

– Administramos nosso mundo – disse Bander. – Cada robô nesta vasta propriedade obtém sua energia de mim; ou melhor, da transmissão natural de calor. Esteja o robô ajustando um contato ou derrubando uma árvore, a energia é derivada de transdução mental. Da *minha* transdução mental.

– E quando você dorme?

– O processo de transdução continua, pequeno semi-humano, quer eu esteja dormindo ou não – respondeu Bander. – Você cessa sua respiração quando dorme? Seu coração para de bater? À noite, meus robôs continuam trabalhando, à custa de resfriar um pouco o interior de Solaria. Em escala global, a mudança é imensuravelmente ínfima, e há apenas doze mil de nós; portanto, a energia que usamos não diminui perceptivelmente a vida de nosso sol nem drena o calor interno do mundo.

– Já lhe ocorreu que pode usar isso como uma arma?

Bander encarou Trevize como se ele fosse algo peculiarmente incompreensível.

– Imagino – respondeu – que você esteja dizendo que, baseando-se em transdução, Solaria poderia enfrentar outros mundos que usam armas de energia. Por que deveríamos? Mesmo se pudéssemos vencer armas de energia baseadas em outros princípios, o que está longe de ser algo garantido, qual seria a vantagem? Controle sobre outros mundos? O que iríamos querer com outros mundos, quando temos nosso próprio mundo ideal? Estabelecer nosso domínio sobre semi-humanos e usá-los em trabalhos forçados? Temos nossos robôs, que são muito melhores do que semi-humanos para esses propósitos. Temos tudo. Não queremos nada além de ser deixados em paz. Escutem, vou contar-lhes outra história.

– Vá em frente – disse Trevize.

– Há vinte mil anos, quando as semicriaturas da Terra começaram a migrar para o espaço e nós nos retiramos para os subterrâneos, os outros Mundos Siderais estavam determinados a se oporem aos novos Colonizadores terráqueos. Por isso, atacaram a Terra.

– A Terra – disse Trevize, tentando esconder a satisfação pelo fato de que, finalmente, o assunto havia surgido.

– Sim, no âmago. Uma estratégia sensata, de certa maneira. Se desejar matar uma pessoa, não golpeie um dedo ou calcanhar, mas o coração. E nossos colegas Siderais, eles próprios não muito distantes da voracidade humana, conseguiram cobrir a superfície da Terra com chamas radioativas, e o mundo tornou-se, em sua maior parte, inabitável.

– Ah, foi isso o que aconteceu – comentou Pelorat, fechando o punho e movendo-o rapidamente, como se martelasse o último prego de uma teoria. – Eu sabia que não poderia ter sido um fenômeno natural. Como isso foi feito?

– Não sei como foi feito – respondeu Bander, indiferente – e, de qualquer maneira, não foi vantajoso para os Siderais. É essa a mensagem importante da história. Os Colonizadores continuaram a se expandir, e os Siderais... definharam e sumiram. Tentaram competir e desapareceram. Nós, solarianos, nos recusamos a competir e nos retiramos. Por isso ainda estamos aqui.

– E os Colonizadores também – disse Trevize, sombrio.

– Sim, mas não para sempre. Esses enxames devem guerrear, devem competir, e vão acabar morrendo. Pode levar dezenas de milhares de anos, mas podemos esperar. E, quando isso acontecer, nós, solarianos, completos, eremitas, livres, teremos a Galáxia toda para nós. Poderemos, então, usar ou não qualquer mundo que desejarmos além do nosso.

– Mas essa questão da Terra – disse Pelorat, estalando os dedos, impaciente. – O que você nos contou é lenda ou fato histórico?

– Como alguém pode distinguir a diferença, semi-Pelorat? – respondeu Bander. – Todo fato histórico é lenda, mais ou menos.

– Mas o que dizem seus registros? Posso ver os registros sobre esse assunto, Bander? Por favor, entenda que a temática de mitos, lendas e história primeva são meu campo de atuação. Sou um acadêmico que lida com essas questões, especialmente aquelas relacionadas à Terra.

– Apenas repito o que ouvi – disse Bander. – Não há registros sobre o assunto. Nossos arquivos lidam exclusivamente com questões solarianas, e outros mundos são mencionados somente quando nos violam.

– A Terra decerto violou vocês – retrucou Pelorat.

– Talvez. Mas, se for o caso, foi há muito tempo, e a Terra, para nós, era o mais repulsivo de todos os mundos. Se tivéssemos algum registro sobre a Terra, estou certo de que teriam sido destruídos por pura repulsa.

Trevize rangeu os dentes.

– Por vocês mesmos? – perguntou, mortificado.

Bander voltou sua atenção na direção de Trevize.

– Não há mais ninguém para destruí-los – disse.

Pelorat não queria desistir do assunto.

– O que mais você ouviu sobre a Terra?

Bander pensou por um instante.

– Quando eu era jovem – disse –, um robô me contou uma história sobre um terráqueo que, certa vez, visitou Solaria; sobre uma mulher solariana que foi embora com ele e que se tornou uma figura importante na Galáxia. Mas, em minha opinião, creio que era uma história inventada.

– Tem certeza? – Pelorat mordeu o lábio.

– Como posso ter certeza de qualquer coisa sobre esses assuntos? – disse Bander. – Ainda assim, um terráqueo ousar vir a Solaria e Solaria permitir a intrusão é algo que vai além dos limites do verossímil. E é ainda menos provável que uma mulher solariana... éramos semi-humanos naquela época, mas mesmo assim... deixasse este mundo voluntariamente. Mas venham, deixem-me mostrar minha casa.

– Sua casa? – perguntou Júbilo, olhando à volta. – Não estamos na sua casa?

– De jeito nenhum – respondeu Bander. – Esta é uma antessala. Uma sala de visualização. Nela, vejo meus colegas solarianos, quando é preciso. Suas imagens aparecem naquela parede ou no espaço diante da parede, tridimensionalmente. Portanto, este aposento é para assembleias públicas e não faz parte da minha casa. Venham comigo.

Bander foi à frente sem se virar para checar se os outros obedeciam a seu chamado, mas os quatro robôs deixaram seus cantos, e Trevize sabia que, caso ele e seus companheiros não seguissem Bander voluntariamente, os robôs os coagiriam com gentileza.

Os outros dois se levantaram e Trevize sussurrou para Júbilo:

– Está estimulando Bander a conversar?

Júbilo pressionou a mão dele e concordou com a cabeça.

– Ainda assim – ela acrescentou, com um toque de apreensão em sua voz –, não consigo descobrir quais são suas intenções.

49

Eles acompanharam Bander. Os robôs permaneceram a uma distância educada, mas suas presenças eram uma ameaça constante.

Seguiam por um corredor, e Trevize murmurou, desanimado:

– Não há nada útil sobre a Terra neste planeta. Tenho certeza disso. Só mais uma variação da história da radioatividade – deu de ombros. – Precisaremos visitar o terceiro conjunto de coordenadas.

Uma porta se abriu diante deles revelando um pequeno aposento.

– Venham, semi-humanos – disse Bander. – Quero mostrar-lhes como vivemos.

Trevize sussurrou:

– Bander sente um prazer infantil em se exibir. Eu adoraria nocautear essa criatura.

– Não tente competir na infantilidade – disse Júbilo.

Bander conduziu os três para dentro da sala. Um dos robôs os seguiu. Bander gesticulou para que os outros robôs fossem embora e também entrou. A porta se fechou.

– É um elevador – comentou Pelorat, com um ar satisfeito de descoberta.

– De fato – respondeu Bander. – Quando nos mudamos para o subterrâneo, nunca mais emergimos. E nem queremos, mesmo que eu considere agradável sentir a luz do sol, ocasionalmente. Mas não gosto de nuvens ou noites a céu aberto. Passam a sensação de subterrâneo, mesmo sem ser genuinamente subterrâneo, se entendem o que quero dizer. É uma dissonância cognitiva, de certa maneira, e considero isso muito desagradável.

– A Terra construiu no subterrâneo – disse Pelorat. – "Cavernas de Aço", era como chamavam as cidades. E Trantor também teve construções subterrâneas ainda mais extensas nos antigos dias do Império. Comporellon constrói embaixo da terra hoje em dia. É uma tendência comum, se você pensar no assunto.

– Semi-humanos em enxames subterrâneos e nós, vivendo sob a terra em esplendor isolado, são duas coisas radicalmente diferentes – disse Bander.

– Em Terminus – interveio Trevize –, as residências são na superfície.

– E expostas ao clima – respondeu Bander. – Muito primitivo.

O elevador, após a impressão inicial de perda de gravidade – o que revelou a Pelorat sua real função –, não passava nenhuma sensação de movimento. Trevize se perguntou sobre a profundidade a que o equipamento desceria, então houve uma breve sensação de maior gravidade e a porta se abriu.

Diante deles estava um aposento amplo e mobiliado com sofisticação. A iluminação era suave, mas a fonte da luz não era aparente. Era quase como se o próprio ar estivesse sutilmente luminoso.

Para onde quer que Bander apontasse, a luz se intensificava em tal ponto. Apontou para outro lugar, e o mesmo aconteceu. Colocou a mão esquerda em um espesso cetro em um dos lados da porta e, com a mão direita, fez um expansivo gesto circular, o que fez a sala toda iluminar-se, como se estivesse sob luz solar, mas sem a sensação de calor.

– O homem é um charlatão – disse Trevize com uma careta, em um tom razoavelmente alto.

– Não sou "o homem" – retrucou Bander, secamente –, mas "solariano". Não tenho certeza do que significa a palavra "charlatão", mas, se levar em consideração seu tom de voz, é algo ofensivo.

– Significa "aquele que não é genuíno" – disse Trevize –, "aquele que prepara truques para que seus atos pareçam mais impressionantes do que são na realidade".

– Admito que amo o dramático – respondeu Bander –, mas o que lhes mostrei não é um truque. É real – Bander deu toques gentis no cetro sobre o qual estava sua mão esquerda. – Este cetro condutor de calor se estende por vários quilômetros para baixo, e há cetros parecidos em muitos locais convenientes por toda a minha propriedade. Sei que existem cetros similares em outras propriedades. Esses cetros aumentam a velocidade com a qual o calor deixa as regiões mais profundas de Solaria para chegar à superfície e facilita a conversão em energia funcional. Não preciso dos gestos de mão para fazer luz, mas isso dá um clima teatral ou, talvez, como você apontou, um leve toque do não genuíno. Aprecio esse tipo de coisa.

– Você costuma ter oportunidades para viver o prazer desses pequenos toques dramáticos? – perguntou Júbilo.

– Não – negou Bander com a cabeça. – Meus robôs não se impressionam com coisas do tipo. Os solarianos com quem converso tampouco se interessariam. Essa incomum oportunidade de encontrar semi-humanos e exibir meus dotes é muito prazerosa.

– Havia pouca iluminação nessa sala quando entramos – disse Pelorat. – Ela tem sempre pouca luz?

– Sim, um pequeno uso de energia; é o mesmo para manter os robôs em funcionamento. Minha propriedade inteira está sempre ativada, e as partes que não estão envolvidas em funções ficam em estado de prontidão.

– E você fornece constantemente a energia para essa vasta propriedade?

– O sol e o núcleo do planeta fornecem a energia. Eu sou apenas o conduíte. E nem todas as áreas da propriedade são produtivas. Mantenho a maior parte intocada, selvagem e abastecida com diversas espécies animais; primeiro porque isso protege minhas fronteiras e, segundo, porque aprecio o valor estético de coisas assim. Na verdade, meus pastos e minhas fábricas são pequenos. Precisam suprir apenas minhas necessidades e algumas especialidades para servir como moeda de troca pelas especialidades dos outros. Tenho robôs, por exemplo, que podem fabricar e instalar os cetros condutores de calor conforme a necessidade. Muitos solarianos dependem de mim para isso.

– E sua casa? – perguntou Trevize. – Qual é o tamanho dela?

Deve ter sido a pergunta certeira, pois Bander abriu um sorriso radiante.

– Muito grande. Creio que seja uma das maiores do planeta. Espalha-se por quilômetros em todas as direções. Tenho tantos robôs cuidando de minha residência subterrânea quanto em todos os milhares de quilômetros quadrados da superfície.

– Certamente não vive em toda a sua extensão – questionou Pelorat.

– É possível que haja câmaras nas quais nunca entrei, mas e daí? – disse Bander. – Os robôs mantêm todos os aposentos limpos, bem ventilados e em ordem. Mas venham, sigam-me.

Eles passaram por uma porta que não era a que tinham usado para entrar e chegaram a outro corredor. Diante deles estava um pequeno carro aberto, que corria por um trilho.

Bander indicou que entrassem e eles, um a um, amontoaram-se a bordo. Não havia espaço suficiente para os quatro e o robô, mas Pelorat e Júbilo se apertaram juntos para garantir espaço para Trevize. Bander sentou-se à frente com um ar de conforto corriqueiro, o robô ao seu lado, e o carro moveu-se sem nenhum sinal de manipulação de comandos, exceto por alguns suaves movimentos esporádicos da mão de Bander.

– Trata-se de um robô em formato de carro, na verdade – explicou Bander, com um ar de indiferença negligente.

Progrediram em um ritmo majestoso, passando suavemente por portas que se abriam conforme se aproximavam e se fechavam quando se afastavam. A decoração de cada aposento era variada, como se os robôs tivessem recebido ordens para criar combinações aleatórias.

Diante deles, o corredor era escuro, assim como para trás. Mas em qualquer ponto em que estivessem havia uma iluminação equivalente à luz solar, sem calor. Os aposentos também se iluminavam conforme as portas se abriam. E, a cada vez, Bander mexia sua mão lenta e graciosamente.

Parecia não haver fim para aquela viagem. Em um momento ou outro, faziam uma curva que deixava claro que a extensão da mansão subterrânea era apenas em duas dimensões. (Não, eram três, pensou Trevize em determinado instante, quando desceram calmamente por um suave declive.)

Havia robôs em toda direção que seguissem, em grandes quantidades – dúzias, centenas –, envolvidos sem pressa em funções cuja natureza Trevize não conseguiu adivinhar com facilidade. Passaram pela porta aberta de uma ampla sala, na qual fileiras de robôs estavam debruçados sobre escrivaninhas, em silêncio.

– O que eles estão fazendo, Bander? – perguntou Pelorat.

– Contabilidade – disse Bander. – Mantendo registros estatísticos, relatórios financeiros, todo tipo de coisas com as quais, fico contente de dizer, não preciso me preocupar. Essa não é uma propriedade ociosa. Aproximadamente um quarto de sua área produtiva é dos pomares; um décimo adicional é de plantações de grãos, mas é dos pomares que tenho bastante orgulho. Cultivamos as melhores frutas do mundo, e na maior variedade possível. Em Solaria, um pêssego Bander é *o* pêssego. Quase ninguém mais se dá ao trabalho de cultivar pêssegos. Temos vinte e sete variedades de maçãs e... E assim por diante. Os robôs podem dar-lhes todas as informações.

– O que faz com todas essas frutas? – perguntou Trevize. – É impossível comer todas você mesmo.

– Nem sonharia em fazê-lo. Minha apreciação por frutas é apenas moderada. Elas são usadas em negociações com outras propriedades.

– Em troca de quê?

– Material mineral, na maioria. Não tenho nenhuma mina que valha a pena ser mencionada em minhas propriedades. E também troco por qualquer coisa necessária para manter um equilíbrio ecológico saudável. Tenho uma variedade imensa de vida animal e vegetal.

– Imagino que os robôs cuidem de tudo isso – disse Trevize.

– Cuidam. E muito bem, devo dizer.

– Tudo só para você.

– Tudo para a propriedade e seus padrões ecológicos. Acontece que somente eu visito as várias regiões da propriedade, quando quero; e isso faz parte da minha liberdade absoluta.

– Suponho que os outros... os outros solarianos também mantenham um equilíbrio ecológico local – disse Pelorat –, e que tenham pântanos, talvez, ou propriedades em áreas montanhosas ou litorâneas.

– Suponho que sim – respondeu Bander. – Esses assuntos nos ocupam nas conferências que as questões planetárias às vezes tornam necessárias.

– Com que frequência precisam se reunir? – perguntou Trevize. (Eles estavam seguindo por uma passagem bastante longa e estreita, sem salas em nenhum dos lados. Trevize imaginou que aquele corredor talvez passasse por uma área que não permitia nenhuma construção mais larga e servia como ligação entre duas alas que poderiam se estender por áreas maiores.)

– Com frequência demais. É raro um mês em que eu não precise passar algum tempo em conferência com um dos comitês dos quais faço parte. Ainda assim, por mais que eu não tenha montanhas ou pântanos em minha propriedade, meus pomares, viveiros de peixes e jardins botânicos são os melhores do mundo.

– Mas, meu caro amigo... digo, Bander – interveio Pelorat –, imagino que você nunca tenha deixado sua propriedade e visitado as dos outros...

– Certamente que *não* – respondeu Bander, com um ar de indignação.

– Eu disse que imaginava – disse Pelorat, suavemente. – Nesse caso, como pode ter certeza de que são os melhores se não investigou ou nem mesmo viu os outros?

– Posso chegar a essa conclusão a partir da demanda pelos meus produtos no comércio interpropriedades – retrucou Bander.

– E quanto à fabricação? – perguntou Trevize.

– Há propriedades em que se fabricam ferramentas e maquinário. Como disse, em minha propriedade fazemos os cetros condutores de calor, mas eles são bastante simples.

– E os robôs?

– Os robôs são fabricados aqui e ali. Ao longo da história, Solaria liderou a Galáxia na inteligência e na sofisticação do design de robôs.

– Hoje em dia também, suponho – respondeu Trevize, tomando cuidado para que a entonação transformasse seu comentário em uma afirmação, e não em uma pergunta.

– Hoje em dia? – disse Bander. – Com quem competiríamos hoje em dia? Apenas Solaria fabrica robôs atualmente. Seus mundos não fabricam, se interpreto corretamente o que ouvi nas hiperondas.

– Mas e os outros Mundos Siderais?

– Eu lhe disse. Não existem mais.

– Nenhum?

– Não creio que exista algum Sideral vivo em outro lugar além de Solaria.

– Então não há ninguém que saiba a localização da Terra?

– Por que alguém iria querer saber a localização da Terra?

– Eu quero saber – interveio Pelorat. – É minha área de estudo.

– Então – respondeu Bander –, você precisará estudar em outro lugar. Não sei nada sobre a localização da Terra, tampouco ouvi falar sobre alguém que saiba ou soubesse, e não dou nem o menor pedaço de sucata robótica para saber mais sobre a questão.

O carro parou e, por um momento, Trevize pensou que Bander havia considerado aquilo uma ofensa. Mas o veículo estacionou com suavidade e Bander, depois de descer, parecia estar com a mesma atitude autoindulgente de antes, liderando os demais pelo caminho.

A iluminação do aposento em que entraram era suave, mesmo depois de Bander tê-la intensificado com um gesto. Era um corredor que seguia para a esquerda e para a direita e, em suas paredes, havia pequenas salas. Em cada uma das pequenas salas estavam um ou dois vasos ornamentados, às vezes cercados por objetos que poderiam ser projetores.

– O que é tudo isso, Bander? – perguntou Trevize.

– São câmaras funerárias ancestrais, Trevize – respondeu Bander.

50

Pelorat olhou à volta com interesse.

– Imagino que as cinzas de seus ancestrais estejam enterradas aqui – disse.

– Se você diz "enterradas" no sentido de "depositadas no solo" – respondeu Bander –, está errado. Podemos estar sob a terra, mas esta é a minha mansão, e as cinzas estão aqui, assim como nós. Em nosso próprio dialeto, dizemos que as cinzas estão "endomiciliadas". – Depois de uma hesitação, completou – "Domicílio" é uma palavra arcaica para "mansão".

Trevize observou os arredores, desinteressado.

– E esses todos são seus ancestrais? – perguntou. – Quantos são?

– Quase cem – disse Bander, sem fazer esforço algum para esconder o orgulho na voz. – Noventa e quatro, se desejar exatidão. É claro que os mais antigos não eram solarianos verdadeiros. Não no sentido atual do termo. Eram semipessoas, masculinos e femininos. Esses semiancestrais foram colocados em urnas vizinhas por seus descendentes imediatos. Não entro nessas câmaras, evidentemente. É deveras vergonhífero. Pelo menos, é essa a palavra solariana; não conheço o equivalente galáctico. Talvez não tenham um.

– E os filmes? – perguntou Júbilo. – Me parece que aquelas coisas são projetores.

– Diários – disse Bander. – As histórias de suas vidas. Cenas em que estão em suas áreas favoritas da propriedade. Assim, não morrem completamente. Partes ancestrais permanecem, e é prerrogativa da minha liberdade me juntar a essas memórias sempre que quiser; posso assistir a este ou aquele trecho de filme a meu bel-prazer.

– Mas não aos... vergonhíferos.

Os olhos de Bander desviaram-se.

– Não – admitiu –, mas todos nós temos isso em nossa ancestralidade. É uma repulsão comum.

– Comum? Então outros solarianos também têm essas câmaras funerárias? – perguntou Trevize.

– Oh, sim, todos temos, mas a minha é a melhor, a mais sofisticada, a mais perfeitamente preservada.

– Você já preparou sua própria câmara funerária?

– Certamente. Está totalmente construída e designada. Isso foi minha primeira tarefa, quando herdei a propriedade. E, quando eu me imortalizar em cinzas, para falar de maneira poética, o solariano que me suceder providenciará a construção da própria câmara como sua primeira tarefa.

– E você tem alguém para a sucessão?

– Terei, quando chegar o momento. Ainda há muito escopo para a minha vida. Quando eu precisar ir embora, haverá um sucessor adulto, maduro o suficiente para apreciar a propriedade e propriamente lobulado para transdução de energia.

– Será gerado por você, imagino.

– Ah, sim.

– Mas, e se algo inesperado acontecer? – perguntou Trevize.

– Suponho que acidentes e infortúnios aconteçam até mesmo em Solaria. O que acontece se um solariano for imortalizado em cinzas prematuramente e não tiver um sucessor para assumir seu lugar, ou, pelo menos, não um que esteja maduro o suficiente para cuidar da propriedade?

– Isso raramente acontece. Em minha linhagem de ancestrais, aconteceu apenas uma vez. Mas, quando é o caso, basta lembrar-se de que existem outros sucessores esperando por outras propriedades. Alguns deles têm idade suficiente para herdar, mas ainda têm progenitores jovens o suficiente para produzirem um segundo descendente e viverem até que este segundo descendente esteja maduro o suficiente para a sucessão. A sucessão de minha propriedade seria atribuída a um desses velhos/jovens sucessores, como são chamados.

– Quem faz essa atribuição?

– Temos um conselho administrativo, e essa é uma de suas poucas funções: a atribuição de um sucessor no caso de cinzamento prematuro. É tudo feito por holovisualização, claro.

– Mas veja bem – interveio Pelorat –, se os solarianos nunca veem uns aos outros, como alguém poderia saber que algum solariano, em algum lugar, foi imortalizado em cinzas inesperadamente... ou até de maneira esperada?

– Quando um de nós é imortalizado em cinzas – respondeu Bander –, toda a energia da propriedade se extingue. Se nenhum sucessor assumir imediatamente, a situação anormal é eventualmente percebida, e medidas de correção são tomadas. Garanto que nosso sistema social funciona perfeitamente.

– Seria possível – disse Trevize – assistir a alguns desses filmes que você tem aqui?

Bander enrijeceu-se.

– Sua ignorância é a única coisa que lhe garante perdão. O que disse é rude e obsceno.

– Peço desculpas por isso – respondeu Trevize. – Não tenho nenhuma intenção de ofender você, mas já explicamos que estamos bastante interessados em obter informações sobre a Terra. Ocorre-me que os filmes mais antigos que possui são datados de uma época antes de a Terra ser radioativa. Logo, esse mundo talvez seja mencionado. Pode haver detalhes sobre a Terra. Certamente não queremos invadir sua privacidade, mas existe alguma possibilidade de você, Bander, investigar esses filmes, ou, talvez, ordenar que um robô faça e então permitir que alguma informação relevante seja fornecida a nós? Mas, claro, se puder respeitar nossas motivações e entender que, em compensação, faremos o máximo possível para respeitar os seus sentimentos, talvez permita que façamos nós mesmos a análise.

– Imagino que você não tenha como saber que está se tornando cada vez mais ofensivo – respondeu Bander, friamente. – Mas podemos acabar com isso de uma vez por todas, pois posso informá-lo de que não há nenhum filme nas câmaras de meus primeiros ancestrais semi-humanos.

– Nenhum? – a decepção de Trevize foi sincera.

– Existiram, no passado. Mas até você pode imaginar o que deveria ser o conteúdo daqueles filmes. Dois semi-humanos demonstrando interesse um pelo outro, ou até... – Bander pigarreou e esforçou-se para continuar – ...interagindo. Naturalmente, todos os filmes semi-humanos foram destruídos muitas gerações atrás.

– E quanto aos registros de outros solarianos?

– Todos destruídos.

– Você tem certeza?

– Seria loucura não destruí-los.

– Pode ser que alguns solarianos *tenham sido* loucos, ou sentimentais, ou esquecidos. Supomos que você não se recusará a nos dizer como chegar às propriedades vizinhas.

Bander encarou Trevize, surpreso.

– Você acredita que os outros serão tão tolerantes com vocês quanto eu fui?

– Por que não, Bander?

– Vocês descobrirão que não será o caso.

– É um risco que teremos de correr.

– Não, Trevize. Não, nenhum de vocês. Escutem-me.

Havia robôs ao fundo, e Bander franzia o cenho.

– O que foi, Bander? – perguntou Trevize, subitamente apreensivo.

– Apreciei a conversa com vocês três – disse Bander – e a oportunidade de observá-los em todas as suas... esquisitices. Foi uma experiência única, com a qual tive muito prazer, mas que não posso registrar em meu diário, tampouco armazenar em filme.

– Por que não?

– Conversar com vocês, escutar vocês, trazê-los para a minha mansão, trazê-los às câmaras funerárias ancestrais foram todos atos vergonhíferos.

– Não somos solarianos. Somos tão importantes para você quanto esses robôs, não somos?

– A desculpa que uso para mim mesmo é justamente essa. Talvez não sirva ao mesmo propósito para os outros.

– E por que se importa com isso? Tem liberdade absoluta para fazer como quiser, não tem?

– Mesmo do jeito que somos, a liberdade nunca é genuinamente absoluta. Se eu fosse o *único* solariano no planeta, poderia fazer até mesmo coisas vergonhíferas em liberdade total. Mas há outros solarianos e, por conta disso, a liberdade ideal, mesmo que almejada, não é propriamente alcançada. Há doze mil solarianos no planeta que me repudiariam se soubessem o que fiz.

– Não há nenhum motivo para que eles saibam.

– Isso é verdade. Tive isso em mente desde o momento em que chegaram. Tive isso em mente durante todo o tempo em que me entretive com vocês. Os outros não podem descobrir.

– Se está dizendo – disse Pelorat – que teme complicações resultantes de nossa visita a outras propriedades em busca de informações sobre a Terra, é claro que, naturalmente, não mencionaremos nada sobre tê-lo visitado primeiro. Isso ficou bastante claro.

– Já me arrisquei demais – Bander negou com a cabeça. – Nunca falarei sobre isso, evidentemente. Meus robôs não mencionarão nada e receberão, inclusive, instruções para que não se lembrem de nada. Sua nave será levada ao subterrâneo e analisada em busca de qualquer informação que possa ser útil...

– Espere – interrompeu Trevize. – Quanto tempo acha que podemos esperar aqui enquanto você inspeciona nossa nave? Isso é impossível.

– De jeito nenhum, impossível, pois vocês não poderão protestar. Eu lamento. Gostaria de conversar mais com vocês e discutir muitos outros assuntos, mas, entendam, a questão está ficando cada vez mais perigosa.

– Não, não está – disse Trevize, enfaticamente.

– Sim, está, pequeno semi-humano. Receio que chegou o momento de fazer o que meus ancestrais teriam feito imediatamente. Devo matá-los, todos os três.

12.

Para a superfície

51

TREVIZE VIROU A CABEÇA IMEDIATAMENTE para ver Júbilo. Ela não demonstrava expressão, mas seu rosto estava tenso, e os olhos, fixos em Bander com uma intensidade que a fazia parecer cega para todo o resto.

Os olhos de Pelorat estavam arregalados, recusando-se a acreditar.

Trevize, sem saber o que Júbilo faria – ou o que poderia fazer –, esforçou-se para vencer uma sensação avassaladora de perda (não tanto por causa da ideia de morrer, mas por morrer sem saber a localização da Terra, sem saber por que tinha escolhido Gaia como o futuro da humanidade). Ele precisava ganhar tempo. Lutando para manter a voz estável e a pronúncia clara, disse:

– Você se provou um solariano cortês e amável, Bander. Não se irritou com nossa intrusão em seu mundo. Foi gentil e nos mostrou sua propriedade e sua mansão; respondeu a nossas perguntas. Seria mais condizente com sua personalidade permitir que deixemos o planeta. Ninguém precisa saber que estivemos neste mundo e não teríamos nenhuma razão para voltar. Chegamos aqui na mais pura inocência buscando apenas informações.

– O que você diz é verdade – respondeu Bander, suavemente – e, até este momento, garanti-lhes a vida. Mas suas vidas deixaram de ser suas no instante em que entraram em nossa atmosfera. O que eu poderia, e deveria, ter feito no contato imediato com vocês era tê-los matado prontamente. Eu deveria, então, ter dado ordens para que o robô apropriado dissecasse seus corpos para obter qualquer informação sobre Estrangeiros que pudesse ser conveniente. Não fiz nada disso. Mimei minha própria curiosidade e cedi à minha própria índole despreocupada. Mas já basta. Não posso continuar com isso. Na verdade – continuou –, já comprometi a segurança de Solaria, pois se eu me entregar, seja pela fraqueza que for, à persuasão de permitir que deixem o planeta, outros de sua espécie certamente viriam em seguida, por mais que prometam que não seria assim. Mas há, pelo menos, uma garantia. Suas mortes serão indolores. Aquecerei o cérebro de vocês levemente, levando-os à inação. Vocês não sentirão dor nenhuma. A vida simplesmente deixará de existir. Eventualmente, quando as autópsias e os estudos estiverem terminados, vou convertê-los em cinzas com um intenso pico de calor e tudo estará terminado.

– Se precisarmos morrer – disse Trevize –, não posso protestar contra uma morte rápida e indolor, mas por que precisaríamos morrer, se não fizemos nada de ofensivo?

– Sua chegada foi uma ofensa.

– Não sob nenhum ponto de vista racional, pois não tínhamos como saber que era uma ofensa.

– É a sociedade que define o que constitui uma ofensa. Para vocês, pode parecer irracional e arbitrário, mas para nós não é, e este é nosso mundo, no qual temos todo o direito de decidir a questão e determinar que vocês fizeram algo errado e que merecem morrer.

Bander sorriu, como se estivesse tendo apenas uma conversa agradável sobre amenidades.

– Tampouco vocês têm direito de argumentar baseados em sua própria virtude superior. Você carrega um desintegrador que usa um feixe de micro-ondas para induzir calor mortífero. Esse feixe faz o que pretendo fazer, mas estou certo de que o faz com muito mais crueza e dor. Você não hesitaria em usá-lo contra mim agora mesmo, se eu não tivesse drenado a energia e cometesse a burrice de permitir que o tirasse do coldre.

Com medo até mesmo de se virar na direção de Júbilo e desviar a atenção de Bander para ela, Trevize, desesperadamente, disse:

– Peço a você que não faça isso, como um ato de clemência.

– Devo, primeiro, demonstrar clemência por mim e pelo meu mundo – respondeu Bander, tornando-se subitamente sombrio. – Para tanto, vocês devem morrer.

Bander ergueu a mão e, instantaneamente, Trevize foi tomado por escuridão.

52

Por um momento, Trevize sentiu a escuridão sufocando-o e pensou, insanamente: "Isso é a morte?".

Como se seus pensamentos tivessem gerado um eco, ele ouviu um sussurro:

– Isso é a morte? – era a voz de Pelorat.

Trevize tentou sussurrar, e descobriu que conseguia:

– Por que perguntar? – disse, com uma imensa sensação de alívio. – O simples fato de você poder perguntar demonstra que isso não é a morte.

– Existem lendas antigas sobre haver vida após a morte.

– Bobagem – murmurou Trevize. – Júbilo? Você está aí, Júbilo?

Não houve resposta.

Pelorat ecoou Trevize mais uma vez:

– Júbilo? Júbilo? O que aconteceu, Golan?

– Bander deve estar morto – respondeu Trevize. – Nesse caso, ele não poderia fornecer energia para a propriedade. As luzes se apagariam.

– Mas como? Quer dizer que Júbilo fez isso?

– Suponho que sim. Espero que ela não tenha sofrido nada no processo – ele estava engatinhando na escuridão do subterrâneo (exceto pelos praticamente invisíveis *flashes* de átomos radioativos se chocando contra as paredes).

Então sua mão tocou algo quente e macio. Ele apalpou o objeto e reconheceu uma perna, que segurou. Era claramente pequena demais para ser de Bander.

– Júbilo? – perguntou.

A perna se debateu, forçando Trevize a largá-la.

– Júbilo? – perguntou novamente. – Diga alguma coisa!

– Estou viva – veio a voz de Júbilo, estranhamente distorcida.

– Mas você está bem? – questionou Trevize.

– Não.

Com a resposta, a luz voltou aos arredores, bem fraca. As paredes reluziam de leve, acendendo-se e apagando-se erraticamente.

Bander estava no chão, encolhido em um amontoado nas sombras. A seu lado, apoiando a cabeça sem vida nas mãos, estava Júbilo.

Ela olhou para Trevize e Pelorat.

– Bander morreu – ela disse, e suas bochechas brilhavam na luz tênue por causa das lágrimas.

– Por que está chorando? – Trevize estava chocado.

– E eu não deveria chorar, depois de assassinar uma criatura viva, de pensamentos e inteligência? Não era essa a minha intenção.

Trevize inclinou-se para ajudá-la a se levantar, mas ela o rejeitou.

Pelorat, então, ajoelhou-se ao lado dela.

– Por favor, Júbilo – disse –, nem mesmo você pode trazê-lo de volta à vida. Conte-nos o que aconteceu.

Ela se deixou ser erguida e disse, atordoada:

– Gaia pode fazer o que Bander podia fazer. Gaia pode, através do poder mental, usar energia distribuída desigualmente pelo universo e aplicá-la em funções.

– Eu sabia disso – respondeu Trevize, tentando acalmá-la, mas sem saber como. – Lembro-me de nosso encontro no espaço, quando você, ou melhor, quando Gaia capturou nossa espaçonave. Pensei nisso quando Bander me prendeu depois de pegar minhas armas. Isso aconteceu com você também, mas eu tinha certeza de que poderia ter se libertado, se desejasse.

– Não. Eu falharia, se tivesse tentado. Quando sua nave foi controlada por mim/nós/Gaia – ela disse, com tristeza –, eu e Gaia éramos, verdadeiramente, uma coisa só. Agora, há uma separação hiperespacial que limita as ações que eu/nós/Gaia podemos executar. Além disso, Gaia faz o que faz através do poder absoluto de cérebros combinados. Mesmo assim, todos aqueles cérebros juntos não têm os lóbulos transdutores que este único solariano tinha. Não podemos utilizar a energia com tantas nuances, com tanta eficiência e sem cansar, como ele fazia. Podem ver que não consigo fazer as luzes brilharem mais do que isso, e não sei por quanto tempo posso fazê-las brilhar como agora sem me esgotar. Bander podia fornecer a energia para uma propriedade imensa mesmo quando estava dormindo.

– Mas você venceu – respondeu Trevize.

– Porque Bander não suspeitava de meus poderes – disse Júbilo –, e porque não fiz nada que pudesse denunciar a existência deles. Assim, não suspeitou de mim e não direcionou nenhuma parte de sua atenção a mim. Concentrou-se totalmente em você, Trevize, porque era você quem estava armado (e, mais uma vez, como nos serviu bem o fato de você ter se armado) e eu precisei esperar pela minha oportunidade de cuidar da situação com um golpe rápido e inesperado. Quando Bander estava a ponto de nos matar, quando sua mente estava concentrada somente nisso e em você, eu pude atacar.

– E funcionou maravilhosamente.

– Como pode dizer algo tão cruel, Trevize? Minha intenção era apenas impedi-lo. Eu queria apenas bloquear o uso que fazia dos lóbulos. No momento de surpresa, quando tentasse nos matar e descobrisse que não conseguiria, ele perceberia, em vez disso, que até a iluminação à nossa volta estaria se apagando, e eu reforçaria meu domínio e o mandaria para um estado dormente prolongado, para então libertar os lóbulos. Assim, a energia continuaria e poderíamos sair dessa mansão, entrar na nave e deixar o planeta. Eu esperava preparar a situação para que, quando Bander enfim acordasse, tivesse se esquecido de tudo o que aconteceu desde o instante em que nos viu. Gaia não tem nenhum desejo de matar para conseguir o que pode ser conseguido sem mortes.

– O que deu errado, Júbilo? – perguntou Pelorat, suavemente.

– Eu nunca vi nada como aqueles lóbulos transdutores, e não tive tempo para manipulá-los e aprender sobre eles. Apenas ataquei vigorosamente com minha manobra de bloqueio e, pelo que parece, não deu certo. Não foi a entrada de energia nos lóbulos que foi bloqueada, mas a saída dela. A energia está sempre entrando naqueles lóbulos em taxas variadas, mas, no geral, o cérebro se protege liberando energia com velocidade proporcional. Porém, uma vez que bloqueei a saída, a energia imediatamente se acumulou nos lóbulos e, em uma mínima fração de segundo, a temperatura subiu a ponto de a proteína cerebral desativar-se explosivamente, e Bander morreu. As luzes se apagaram e eu removi meu bloqueio de imediato, mas, claro, já era tarde demais.

– Não vejo como você poderia ter feito qualquer outra coisa além do que fez, querida – disse Pelorat.

– Como isso pode ser reconfortante, considerando que eu matei?

– Bander estava prestes a nos matar – interveio Trevize.

– Isso era motivo para impedi-lo, não para matá-lo.

Trevize hesitou. Ele não queria mostrar a impaciência que sentia, pois não queria ofender nem deixar Júbilo ainda mais nervosa – ela era, afinal de contas, a única defesa que tinham contra um mundo totalmente hostil.

– Júbilo – disse ele –, chegou o momento de olharmos para além da morte de Bander. Por causa de sua morte, toda a energia da propriedade está apagada. Isso será percebido por outros solarianos, mais cedo ou mais tarde; provavelmente mais cedo. Eles serão forçados a investigar. Não acho que você poderá evitar o possível ataque combinado de vários deles. E, como você mesma admitiu, não poderá fornecer a limitada energia que consegue fornecer agora por muito mais tempo. Portanto, é importante que voltemos à superfície, e à nossa nave, sem demora.

– Mas, Golan – respondeu Pelorat –, como faremos isso? Seguimos por muitos quilômetros em um caminho cheio de bifurcações. Imagino que aqui embaixo seja um labirinto, e não tenho a mais ínfima ideia de onde ir para alcançar a superfície. Meu senso de direção sempre foi péssimo.

Trevize, olhando em volta, percebeu que Pelorat estava certo.

– Imagino que devam haver várias saídas para a superfície – disse –, não precisamos ir atrás da que usamos para entrar.

– Mas não sabemos onde está nenhuma dessas aberturas. Como as encontraremos?

Trevize se virou mais uma vez para Júbilo.

– Consegue detectar qualquer coisa, mentalmente, que possa nos ajudar a achar a saída?

– Os robôs nessa propriedade estão todos inativos – respondeu Júbilo. – Posso detectar um leve traço de vida subinteligente diretamente acima de nós, mas tudo o que isso indica é que a superfície está acima, o que já sabemos.

– Certo – disse Trevize. – Então vamos procurar por alguma saída.

– Tentativa e erro – comentou Pelorat, horrorizado. – Nunca sairemos daqui.

– Talvez dê certo, Janov – disse Trevize. – Se procurarmos, há uma chance, por menor que seja. A alternativa é simplesmente ficar aqui, e se fizermos *isso*, nunca sairemos. Deixe disso, uma chance pequena é melhor do que chance nenhuma.

– Esperem – interveio Júbilo. – Estou captando alguma coisa.

– O quê? – perguntou Trevize.

– Uma mente.

– Inteligência?

– Sim, mas creio que limitada. O que capto com bastante clareza é outra coisa.

– O quê? – perguntou Trevize, mais uma vez lutando contra a impaciência.

– Pavor! Pavor insuportável! – sussurrou Júbilo.

53

Trevize observou os arredores, pesaroso. Sabia por onde tinham entrado, mas não tinha nenhuma ilusão de que seria capaz de reproduzir o caminho que seguiram para chegar ali. Ele tinha, afinal, prestado pouca atenção às curvas e sinuosidades. Quem imaginaria que estariam nessa situação, em que precisariam refazer a rota sozinhos, sem ajuda e com apenas uma luz fraca e incerta para guiá-los?

– Você acha que pode ativar o carro, Júbilo? – perguntou.

– Tenho certeza de que poderia, Trevize – respondeu Júbilo –, mas isso não quer dizer que conseguiria pilotá-lo.

– Acredito que Bander o dirigia mentalmente – disse Pelorat. – Não vi o solariano tocar em nada enquanto o equipamento se movia.

– Sim, controlava mentalmente, Pel – respondeu Júbilo, gentilmente –, mas *como* mentalmente? É o mesmo que dizer que controlava pelos comandos. Se eu não souber os detalhes sobre o uso dos comandos, isso não ajuda, ajuda?

– Você pode tentar – disse Trevize.

– Se eu tentar, precisarei dedicar toda a minha mente a isso e, se assim o fizer, duvido que consiga manter as luzes acesas. O carro não nos ajudará em nada no escuro, mesmo que eu aprenda a comandá-lo.

– Portanto, imagino que seja melhor seguirmos a pé.

– Receio que sim.

Trevize examinou a escuridão maciça e sombria que se estendia diante da área mais próxima deles. Não viu nada, não ouviu nada.

– Júbilo, você ainda capta essa mente assustada? – perguntou.

– Sim.

– Sabe dizer onde ela está? Pode nos guiar até ela?

– A percepção mental é uma linha reta. Não é refratada perceptivelmente por matéria comum, então só posso dizer que vem daquela direção – ela apontou para determinado trecho da parede obscura. – Mas não podemos atravessar a parede para chegar até ela. O máximo que podemos fazer é seguir pelos corredores e tentar encontrar o caminho que faça a sensação ficar cada vez mais forte. Em resumo, seremos obrigados a jogar "quente e frio".

– Então comecemos agora mesmo.

Pelorat ficou para trás.

– Espere, Golan – disse. – Será que queremos mesmo encontrar essa coisa, o que quer que seja? Se ela está assustada, pode ser que também tenhamos motivos para ficar.

– Não temos escolha, Janov – Trevize negou impacientemente com a cabeça. – Assustada ou não, é uma mente, e pode estar disposta, ou pode ser forçada, a nos direcionar à superfície.

– E vamos simplesmente deixar Bander aqui? – perguntou Pelorat, incomodado.

Trevize o segurou pelo cotovelo.

– Vamos, Janov. Também não temos escolha nisso. Eventualmente, algum solariano reativará o lugar e um robô encontrará Bander e tomará conta de tudo; espero que depois de estarmos longe e em segurança.

Ele permitiu que Júbilo guiasse o caminho. A luz era sempre mais forte perto dela, e ela parava em cada porta e em cada bifurcação no corredor, tentando perceber a direção de onde vinha o pavor. De vez em quando, entrava por uma porta ou fazia uma curva e então voltava para tentar um caminho alternativo, enquanto Trevize apenas observava, sem poder fazer nada.

Toda vez que Júbilo tomava uma decisão e seguia firmemente em alguma direção específica, a luz se acendia diante dela. Trevize percebeu que a luz parecia, agora, um pouco mais forte – ou seus olhos estavam se adaptando ao escuro, ou Júbilo estava aprendendo a lidar com a transdução de maneira mais eficiente. Em certo momento, quando ela passou por um dos cetros metálicos fincados no chão, colocou a mão sobre ele e as luzes ficaram perceptivelmente mais fortes. Ela fez um gesto afirmativo com a cabeça, como se estivesse satisfeita consigo mesma.

Nada parecia familiar; era certo que estavam vagando por partes da infinita mansão subterrânea pelas quais não tinham passado ao entrarem ali.

Trevize procurou por corredores que levassem para cima e tentou complementar essa estratégia analisando os tetos, em busca de algum alçapão. Não surgiu nada do tipo, e a mente apavorada continuava sendo a única chance de encontrar uma saída.

Caminharam através do silêncio, com exceção dos próprios passos; através da escuridão, com exceção da luz que os acompanhava; através da morte, com exceção das próprias vidas. De vez em quando, enxergavam os volumes sombrios de um robô, sentado ou em pé na escuridão, sem nenhum movimento. A certa altura, viram um robô caído de lado, com braços e pernas em uma posição estranha. Havia sido pego sem equilíbrio, pensou Trevize, no momento em que a energia fora desligada, e caiu. Bander, vivo ou morto, não podia afetar a força da gravidade. Por toda a extensão da vasta propriedade, deveriam haver robôs, de pé ou no chão, inativos, e seria isso o que rapidamente se veria nas fronteiras.

Ou talvez não, pensou, de súbito. Os solarianos saberiam quando um deles estivesse morrendo por causa da idade e da decadência física. O mundo seria alertado e estaria pronto. Mas Bander havia morrido subitamente, sem a possibilidade de previsão, no auge de sua existência. Quem poderia saber? Quem poderia esperar? Quem estaria vigiando, em busca de inatividade?

Mas não (e Trevize rejeitou o otimismo e a consolação como iscas perigosas da confiança excessiva). Os solarianos perceberiam a interrupção de todas as atividades da propriedade de Bander e agiriam imediatamente. Todos tinham interesse demais na sucessão de propriedades para deixar a morte de lado.

– A ventilação parou – murmurou Pelorat, triste. – Um lugar destes, subterrâneo, precisa de ventilação, e Bander fornecia a energia. Agora, parou.

– Não importa, Janov – respondeu Trevize. – Temos ar suficiente neste complexo subterrâneo vazio para durar anos.

– Não faz diferença. É psicologicamente ruim.

– Por favor, Janov, não fique claustrofóbico. Júbilo, estamos chegando perto?

– Bem perto, Trevize – ela respondeu. – A sensação está mais forte e identifico a direção com mais clareza.

Ela caminhava com mais convicção, hesitando menos nos pontos em que precisava escolher uma direção.

– Ali! Ali! – disse Júbilo. – Posso sentir com intensidade.

– Até eu posso ouvir, agora – respondeu Trevize, secamente.

Os três pararam e, automaticamente, seguraram o fôlego. Podiam ouvir um tênue lamento, intercalado por soluços ofegantes.

Entraram em um amplo aposento e, conforme as luzes se acenderam, viram que, diferentemente das salas que tinham visto até então, aquela era colorida e cheia de móveis.

No centro da sala estava um robô, levemente inclinado, os braços esticados no que parecia um gesto quase afetuoso e, claro, absolutamente imóvel.

Atrás do robô havia um amontoado de roupas que se mexia. Um olho redondo e assustado surgiu em um dos lados, e o som de triste lamento continuava.

Trevize adiantou-se e desviou do robô; do outro lado, uma pequena figura saiu correndo com um grito agudo. Tropeçou, caiu no chão e ficou ali, cobrindo os olhos, chutando com as pernas em todas as direções, como se quisesse afastar ameaças que se aproximassem por qualquer direção, e gritando, gritando...

– É uma criança! – disse Júbilo, sem necessidade.

54

Trevize retraiu-se, intrigado. O que fazia uma criança naquele lugar? Bander tinha demonstrado tanto orgulho de sua solidão absoluta, era tão insistente em defendê-la.

Pelorat, menos inclinado a recorrer a um raciocínio resoluto diante de um evento misterioso, chegou à solução prontamente.

– Imagino que seja um sucessor – disse.

– Descendente de Bander – concordou Júbilo –, mas jovem demais, creio, para ser um sucessor. Os solarianos precisarão procurá-lo em outro lugar.

Ela fitava a criança sem encará-la, mas de uma maneira gentil e encantadora. Lentamente, os sons que a criança fazia foram diminuindo. Ela abriu os olhos e devolveu o olhar a Júbilo. Seus gritos se reduziram a uma ocasional lamúria suave.

Júbilo também começou a fazer sons, sons reconfortantes, palavras soltas que não faziam muito sentido por si próprias, mas que reforçavam os efeitos calmantes de seus pensamentos. Era como se ela estivesse acariciando a desconhecida mente da criança e procurasse apaziguar suas emoções conturbadas.

Lentamente, sem nunca tirar os olhos de Júbilo, a criança se levantou. Ficou parada por um momento, hesitante, e então disparou na direção do robô congelado e silencioso. Jogou os braços ao redor da sólida perna robótica, como se estivesse ávido pela segurança daquele toque.

– Suponho que o robô seja sua babá ou governanta – disse Trevize. – É provável que um solariano não possa cuidar de outro, nem mesmo pais de seus filhos.

– E eu suponho que a criança seja hermafrodita – completou Pelorat.

– Deve ser – respondeu Trevize.

Júbilo, ainda totalmente concentrada na criança, aproximava-se dela lentamente, mãos semierguidas, palmas voltadas para si, como para enfatizar que não havia nenhuma intenção de agarrar a pequena criatura. Agora a criança estava em silêncio, observando a aproximação e segurando o robô com ainda mais força.

– Pronto, criança... acolhedor, criança... – dizia Júbilo. – Gentil, criança... acolhedor, confortável, seguro, criança... Seguro... seguro...

Júbilo parou e, sem olhar para trás e em um tom baixo, disse:

– Pel, converse com ela na língua dela. Diga que somos robôs e que viemos cuidar dela, pois a energia falhou.

– Robôs! – retrucou Pelorat, surpreso.

– Temos que ser apresentados como robôs. A criança não teme robôs. Nunca viu um ser humano, talvez não possa nem conceber o que são.

– Não sei se consigo pensar na expressão certa – disse Pelorat. – Não sei a palavra arcaica para "robô".

– Então diga "robô", Pel. Se não funcionar, diga "coisa de ferro". Diga o que souber dizer.

Devagar, palavra por palavra, Pelorat falou o idioma arcaico. A criança olhou para ele, franzindo intensamente as sobrancelhas, tentando compreender.

– Pode perguntar também sobre como sair daqui – disse Trevize –, já que está falando com ela.

– Não – interveio Júbilo. – Ainda não. Confiança primeiro, depois informação.

A criança, agora observando Pelorat, afrouxou vagarosamente os braços que seguravam o robô e começou a falar, com uma voz musical e aguda.

– Está falando rápido demais para eu entender – disse Pelorat, ansioso.

– Peça para que repita mais devagar – respondeu Júbilo. – Estou fazendo o máximo que posso para acalmá-la e eliminar seus medos.

Pelorat, ouvindo a criança mais uma vez, disse:

– Acho que está perguntando sobre o que fez Jemby parar. Jemby deve ser o robô.

– Pergunte, para termos certeza, Pel.

Pelorat falou, então ouviu.

– Sim, Jemby é o robô – confirmou Pelorat. – A criança chama-se Fallom.

– Que bom! – Júbilo sorriu para a criança, um sorriso luminoso e feliz, direcionado a ela. – Fallom. Fallom, amável. Fallom, corajosa. – Ela colocou uma mão no próprio peito e completou: – Júbilo.

A criança sorriu. Era muito bonita quando sorria.

– Júbilo – disse a criança, sibilando o "j".

– Júbilo – interrompeu Trevize –, se você puder ativar o robô, Jemby, ele pode nos dizer o que queremos saber. Pelorat pode falar com ele da mesma forma que falou com a criança.

– Não! – respondeu Júbilo. – Isso seria errado. O primeiro dever do robô é proteger a criança. Se for ativado e perceber de imediato a nossa presença, perceber seres humanos desconhecidos, pode nos atacar instantaneamente. Nenhum ser humano desconhecido deveria estar aqui. Se eu, então, for forçada a desativá-lo, ele não poderá nos dar informação nenhuma, e a criança, ao testemunhar um segundo desligamento do único pai que conhece... Eu simplesmente não vou fazer isso.

– Mas nos foi dito – disse Pelorat, com suavidade – que robôs não podem ferir seres humanos.

– Assim nos foi dito – respondeu Júbilo –, mas não nos foi dito que tipos de robô esses solarianos criaram. E, mesmo que esse robô não tenha sido projetado para atacar, ele teria que fazer uma escolha entre a criança, ou a coisa mais próxima de uma criança que puder ter, e três objetos que talvez nem reconheça como seres humanos, apenas como intrusos. Naturalmente, escolheria a criança e nos atacaria – ela se voltou para a criança mais uma vez. – Fallom. Júbilo. – Ela apontou: – Pel. Trev.

– Pel, Trev – repetiu a criança, obediente.

Júbilo chegou ainda mais perto; suas mãos lentamente esticando-se na direção de Fallom. A criança a observou e, então, deu um passo para trás.

– Calma, Fallom – disse Júbilo. – Fallom, amável. Fallom, tocar. Fallom, bondosa.

Fallom deu um passo em sua direção. Júbilo expirou.

– Fallom, amável – disse.

Ela tocou o braço exposto de Fallom. Assim como Bander, a criança usava uma túnica aberta na frente e um tecido que cobria a pelve. O toque foi gentil. Ela tirou a mão, esperou e fez contato novamente, acariciando de leve.

Os olhos da criança semicerraram-se sob o forte e apaziguador efeito da mente de Júbilo.

As mãos de Júbilo subiram devagar, com delicadeza, quase sem tocar, até os ombros da criança, seu pescoço, suas orelhas e, então, sob os longos cabelos marrons, em um ponto logo acima e atrás das orelhas.

Então, ela relaxou os braços e disse:

– Os lóbulos transdutores ainda são pequenos. O osso craniano ainda não se desenvolveu. Há apenas uma camada mais grossa de pele, que eventualmente se expandirá e será cercada de osso, depois que os lóbulos crescerem. Isso significa que, no momento, a criança não pode controlar a propriedade, nem ativar seu robô pessoal. Pergunte quantos anos tem, Pel.

Depois de um diálogo, Pelorat respondeu:

– Tem quatorze anos, se entendi direito.

– Parece ter onze.

– A duração dos anos neste mundo – disse Júbilo – pode não ser muito próxima à dos anos no Padrão Galáctico. Além disso, dizem que os Siderais têm ciclos de vida mais extenso e, se os solarianos forem iguais aos outros Siderais nesse quesito, talvez tenham também períodos de desenvolvimento mais longos. Por isso, não podemos usar anos como referência.

– Chega de antropologia – respondeu Trevize, com um impaciente estalo de língua. – Precisamos ir até a superfície e, como estamos lidando com uma criança, talvez estejamos perdendo tempo. Ela talvez não saiba a rota para a superfície. Talvez nunca tenha estado na superfície.

– Pel! – disse Júbilo.

Pelorat sabia o que ela queria e, em seguida, teve a conversa mais longa com Fallom até então.

– A criança sabe o que é o sol – afirmou Pelorat, finalmente. – Diz que já viu. *Acho* que já viu árvores. Não agiu como se tivesse certeza sobre o significado da palavra, ou, pelo menos, o significado da palavra que *eu* usei...

– Sim, Janov – interrompeu Trevize –, mas vá ao que interessa.

– Disse a Fallom que, se puder nos levar até a superfície, talvez seja possível que ativemos o robô. Na verdade, eu falei que a gente *ativaria* o robô. Será que podemos fazer isso?

– Vamos nos preocupar com isso depois – respondeu Trevize. – A criança falou que nos guiará?

– Sim. Achei que ela se esforçaria mais para nos ajudar, sabe, se eu fizesse essa promessa. Imagino que corremos o risco de desapontá-la...

– Vamos – disse Trevize –, vamos começar o trajeto. Tudo isso será teoria se formos pegos aqui embaixo.

Pelorat falou alguma coisa para a criança, que começou a andar, e então parou e olhou para Júbilo.

Júbilo estendeu a mão e os dois caminharam de mãos dadas.

– Sou o novo robô – comentou Júbilo, sorrindo de leve.

– A criança parece consideravelmente feliz com isso – respondeu Trevize.

Fallom saltitava e, por um momento, Trevize se perguntou se a criança estaria feliz simplesmente porque Júbilo a condicionara para tanto ou se, além disso, havia empolgação pela visita à superfície e por ter três novos robôs, ou se era entusiasmo pela ideia de recuperar seu pai adotivo, Jemby. Não que aquilo fosse importante, desde que a criança os guiasse.

Parecia não haver hesitação no progresso de Fallom. Sempre que estava diante de uma escolha de caminhos, virava em uma direção sem hesitar. Será que a criança sabia mesmo para onde estava indo ou era apenas uma questão de indiferença infantil? Estaria simplesmente participando de uma brincadeira, sem fim à vista?

Mas Trevize percebia, pelo pequeno esforço exigido pelo trajeto, que estavam seguindo para cima, e Fallom, saltitando adiante com autoconfiança, apontou para a frente e falou algo.

Trevize olhou para Pelorat, que pigarreou e disse:

– *Acho* que está dizendo "porta".

– Espero que você esteja certo – respondeu Trevize.

A criança se separou de Júbilo e correu. Apontou para uma parte do chão que parecia mais escura do que a área imediatamente à sua volta. A criança pisou naquela parte, pulando algumas vezes, então se virou com uma clara expressão de desalento e disse algo em tom agudo e variável.

– Preciso fornecer a energia – disse Júbilo, com uma careta. – Isso está me esgotando.

Seu rosto enrubesceu suavemente e as luzes diminuíram, mas a porta se abriu logo à frente de Fallom, que riu com encanto de soprano.

A criança atravessou a porta correndo, e os dois homens a seguiram. Júbilo saiu por último, e olhou para trás no momento em que as luzes de dentro diminuíram e a porta se fechou. Então, ela parou para recuperar o fôlego, parecendo exausta.

– Bom – disse Pelorat. – Saímos. Onde está a nave?

Os quatro eram banhados pelo ainda luminoso crepúsculo.

– Me parece que era naquela direção – murmurou Trevize.

– Tenho a mesma impressão – disse Júbilo. – Vamos caminhar – e ela estendeu a mão para Fallom.

Não havia nenhum som além dos produzidos pelo vento e pela movimentação e as vozes dos animais. Em certo momento, passaram por um robô imóvel na base de uma árvore, segurando um objeto cuja função era um mistério.

Pelorat deu um passo na direção do robô, aparentemente curioso.

– Não é problema nosso, Janov – disse Trevize. – Siga em frente.

Passaram por outro robô, a uma distância maior, que estava caído.

– Deve haver robôs espalhados por muitos quilômetros, em todas as direções – comentou Trevize. Então, triunfante: – Ah! Ali está a nave.

Eles apressaram o passo, mas então pararam subitamente. Fallom, com entusiasmo, emitiu um guincho agudo.

No chão, perto da nave, havia o que parecia ser uma pequena embarcação aérea de design primitivo, com um motor e uma hélice que pareciam dispendiosos em termos de combustível, e fuselagem frágil. De pé, ao lado da embarcação e entre o pequeno grupo de Estrangeiros e sua nave, estavam quatro figuras humanas.

– Tarde demais – disse Trevize. – Desperdiçamos tempo demais. E agora?

– Quatro solarianos? – questionou Pelorat, intrigado. – Não pode ser. Eles certamente não aceitariam proximidade física como aquela. Será que são holoimagens?

– Eles são completamente materiais – disse Júbilo. – Tenho certeza disso. E não são solarianos. Suas mentes são inconfundíveis. São robôs.

55

– Pois bem – disse Trevize, cansado –, avancemos.

Com um ritmo tranquilo, continuou a caminhar na direção da nave, e os outros o seguiram.

– O que pretende fazer? – perguntou Pelorat, sem fôlego.

– Se são robôs, precisam obedecer a ordens.

Os robôs esperavam por eles, e Trevize os analisou com cuidado conforme se aproximaram.

Sim, certamente eram robôs. Seus rostos, que pareciam ser feitos de pele sobre carne, eram curiosamente inexpressivos. Estavam vestidos com uniformes que não expunham nenhum centímetro quadrado de pele além do rosto. Até as mãos estavam cobertas por luvas finas e opacas.

Trevize gesticulou casualmente de uma maneira que indicava, sem dúvida, um brusco pedido para que saíssem da frente.

Os robôs não se mexeram.

Em tom baixo, Trevize disse a Pelorat:

– Verbalize, Janov. Seja firme.

Pelorat pigarreou e, com um tom de barítono com o qual não estava acostumado, falou lentamente, indicando com gestos da mesma maneira que Trevize havia feito. Em resposta, um dos robôs, talvez um pouco mais alto do que os outros, disse algo em uma voz fria e incisiva.

– Acho que disse que somos Estrangeiros – Pelorat informou Trevize.

– Diga-lhe que somos seres humanos e que devem nos obedecer.

Então o robô falou, em um galáctico peculiar, mas compreensível:

– Eu entendo o que diz, Estrangeiro. Falo galáctico. Somos robôs-guardiões.

– Então me ouviu quando eu disse que somos seres humanos e, portanto, vocês devem nos obedecer.

– Somos programados para obedecer apenas regentes, Estrangeiro. Vocês não são regentes e não são solarianos. O regente Bander não respondeu ao contato rotineiro e viemos investigar presencialmente. É nossa função. Encontramos uma espaçonave de fabricação não solariana, a presença de diversos Estrangeiros e todos os robôs de Bander desativados. Onde está o regente Bander?

Trevize negou com a cabeça e pronunciou as palavras lenta e cuidadosamente:

– Não sabemos nada sobre o que estão dizendo. Nosso computador de bordo não está em bom funcionamento. Nos aproximamos deste planeta desconhecido contra nossa vontade. Aterrissamos para descobrir nossa localização. Encontramos todos os robôs inativos. Não sabemos nada sobre o que pode ter acontecido.

– Tal relato não é crível. Se todos os robôs da propriedade estão inativados e toda a energia está desligada, o regente Bander deve estar morto. Não é lógico supor que ele tenha morrido coincidentemente no momento em que aterrissaram. Deve haver algum tipo de conexão causal.

– Mas a energia não está desligada. Você e os outros estão ativos – respondeu Trevize, sem nenhum propósito além de complicar a questão e indicar sua própria ignorância de forasteiro e, portanto, sua inocência.

– Somos robôs-guardiões. Não pertencemos a nenhum regente. Pertencemos ao mundo todo. Não estamos sob controle regencial e somos abastecidos por energia nuclear. Repito a pergunta. Onde está o regente Bander?

Trevize olhou ao seu redor. Pelorat parecia ansioso; Júbilo estava com os lábios cerrados, mas calma. Fallom tremia, mas a mão de Júbilo tocou o ombro da criança e ela se enrijeceu de leve; seu rosto tornou-se inexpressivo. (Estaria Júbilo sedando-a?)

– Novamente, e pela última vez, onde está o regente Bander? – exigiu o robô.

– Eu não sei – respondeu Trevize, inflexível.

O robô fez um gesto com a cabeça e dois de seus companheiros foram embora rapidamente.

– Meus colegas guardiões farão uma busca pela mansão – disse o robô. – Enquanto isso, vocês serão detidos para interrogatório. Entregue-me esses objetos que carrega na cintura.

Trevize deu um passo para trás.

– Eles são inofensivos – afirmou.

– Não se mova novamente. Não estou perguntando sobre a natureza dos objetos, sejam nocivos ou inócuos. Ordeno que os entregue.

– Não.

O robô deu um veloz passo à frente e seu braço ergueu-se rápido demais para Trevize perceber o que estava acontecendo. A mão do robô agarrou seu ombro e apertou, forçando-o para baixo. Trevize ficou de joelhos.

– Os objetos – disse o robô, estendendo a outra mão.

– Não – arfou Trevize.

Júbilo adiantou-se, puxou a pistola do coldre de Trevize – que, imobilizado pela força do robô, não pôde impedi-la – e estendeu a arma para o robô.

– Aqui está, guardião – ela disse –, e se me der um segundo... Aqui está o outro. Agora, solte meu companheiro.

O robô, com as duas armas na mão, deu um passo para trás. Trevize levantou-se devagar, esfregando vigorosamente seu ombro esquerdo, o rosto contorcido de dor.

(Fallom choramingou de leve e Pelorat a pegou no colo, distraído, e a segurou com firmeza.)

Em um furioso sussurro, Júbilo disse a Trevize:

– Por que o está enfrentando? Ele pode matá-lo com dois dedos.

Trevize gemeu e, entre dentes cerrados, respondeu:

– Por que *você* não lida com ele?

– Estou tentando. Leva tempo. A mente dele é fechada, com programação rigorosa, e não há espaço para manipular. Preciso estudá-la. Tente ganhar tempo.

– Não estude aquela mente, apenas a destrua! – disse Trevize, quase sem som.

Júbilo olhou rapidamente na direção do robô. Ele estudava as armas com atenção, enquanto o outro robô vigiava os Estrangeiros. Nenhum dos dois parecia interessado nos sussurros entre Trevize e Júbilo.

– Não. Sem destruição – respondeu Júbilo. – Matamos um cachorro e ferimos outro no primeiro mundo. Você sabe o que aconteceu neste mundo. – (Outra olhadela rápida na direção dos robôs-guardiões.) – Gaia não massacra vidas ou inteligências sem necessidade. Preciso de tempo para resolver isso pacificamente.

Ela deu um passo para trás e encarou o robô fixamente.

– Essas coisas são armas – disse o robô.

– Não – respondeu Trevize.

– Sim – disse Júbilo –, mas não são mais úteis. A energia de ambas foi drenada.

– É mesmo? Por que carregariam armas sem energia? Talvez elas não tenham sido drenadas. – O robô segurou uma das armas em punho e colocou seu dedo no gatilho. – É essa a forma de ativá-la?

– Sim – respondeu Júbilo. – Se você apertasse o gatilho, ela seria ativada, se tivesse energia. Mas não tem.

– Isso é verdade? – O robô apontou a arma para Trevize. – Ainda afirma que, se eu ativá-la agora, ela não funcionará?

– Ela não funcionará – disse Júbilo.

Trevize estava petrificado, incapaz de articular qualquer frase. Ele testara a pistola depois de Bander a drenar e ela estava totalmente vazia, mas o robô estava segurando o chicote neurônico. Trevize não tinha testado o chicote.

Se o chicote neurônico tivesse até mesmo um pequeno resíduo de energia, haveria o suficiente para estimular os nervos da dor, e o que Trevize sentiria faria com que a mão do robô agarrando seu ombro parecesse um tapinha de afeição.

No treinamento militar, Trevize tinha sido forçado a sofrer uma leve chicotada neurônica, como acontece com todos os cadetes. Era para que conhecesse a sensação. Trevize não tinha a menor curiosidade em saber mais.

O robô ativou a arma e, por um momento, Trevize enrijeceu todo o corpo – e então, lentamente, relaxou. O chicote também estava vazio.

O robô encarou Trevize e jogou as duas armas para o lado.

– Como se drena a energia dessas armas? – questionou. – Se não têm nenhuma utilidade, por que as carrega?

– Estou acostumado com o peso e as carrego mesmo quando estão vazias.

– Isso não faz sentido – retrucou o robô. – Estão todos presos. Serão mantidos sob custódia para interrogatórios mais completos e, se assim decidirem os regentes, serão desativados. Como se abre essa espaçonave? Precisamos revistá-la.

– Não lhe será útil – disse Trevize. – Não irá compreendê-la.

– Se eu não compreender, os regentes compreenderão.

– Eles tampouco compreenderão.

– Então você há de explicar para que eles entendam.

– Não explicarei.

– Então será desativado.

– Minha desativação não garantirá nenhuma explicação, e acredito que serei desativado mesmo que explique.

– Continue – murmurou Júbilo. – Estou começando a desvendar o funcionamento de sua mente.

O robô ignorou Júbilo. (Era ela quem estava fazendo isso?, pensou Trevize, torcendo com todas as forças para que a resposta fosse afirmativa.)

– Se você criar dificuldades – disse o robô, com a atenção inexoravelmente voltada para Trevize –, desativaremos apenas parte de você. Danificaremos você e então nos dirá o que queremos saber.

– Espere! – gritou Pelorat, subitamente, com a voz parcialmente estrangulada. – Você não pode fazer isso. Guardião, você não pode fazer isso.

– Sigo instruções detalhadas – respondeu o robô, calmamente. – Posso, sim. Farei, é claro, o mínimo de dano que seja consistente com a obtenção da informação.

– Mas você não pode. De jeito nenhum. Sou um Estrangeiro, assim como estas minhas duas companhias. Mas esta criança – e Pelorat olhou para Fallom, que ainda carregava no colo – é solariana. A criança lhe dirá o que fazer e você deve obedecê-la.

Fallom olhou para Pelorat com olhos arregalados, mas que pareciam vazios. Júbilo negou veementemente com a cabeça, mas Pelorat não demonstrou nenhum sinal de entender o gesto.

Os olhos do robô se voltaram brevemente na direção de Fallom.

– A criança não é de nenhuma importância – disse. – Não tem lóbulos transdutores.

– Ainda não tem lóbulos transdutores totalmente desenvolvidos – respondeu Pelorat, ofegante –, mas terá, com o tempo. É uma criança solariana.

– É uma criança, mas sem lóbulos transdutores plenamente desenvolvidos, não é um solariano. Não sou compelido a seguir suas ordens nem protegê-la.

– Mas é descendente do regente Bander.

– É mesmo? Como sabe disso?

Pelorat gaguejou, como fazia às vezes, quando tentava falar muito sério.

– Que-que outra criança estaria nesta propriedade?

– Como sabe que não há uma dúzia delas?

– Você viu alguma outra?

– Sou eu que faço as perguntas.

Nesse momento, a atenção do robô foi desviada quando o segundo robô tocou seu braço. Os dois robôs que haviam sido enviados para a mansão estavam voltando em uma corrida rápida, mas um tanto irregular.

Houve silêncio até eles chegarem e, então, um deles falou no dialeto solariano – em um instante, os quatro robôs pareceram perder elasticidade. Era como se estivessem definhando, quase desinflando.

– Eles encontraram Bander – disse Pelorat, antes que Trevize pudesse gesticular para que ele ficasse quieto.

O robô virou-se lentamente e, engolindo as sílabas, disse:

– O regente Bander está morto. Pela afirmação que você acaba de fazer, comprova que sabia desse fato. Como isso se deu?

– Como posso saber? – retrucou Trevize, desafiadoramente.

– Você sabia da morte do regente. Sabia que o corpo estava lá para ser encontrado. Como poderia saber, se não tivessem presenciado? Se não tivessem sido vocês que acabaram com a vida do regente? – A pronúncia do robô estava melhorando. Ele estava resistindo e anulando o ataque.

– Como poderíamos ter matado Bander? – perguntou Trevize.

– Com os lóbulos transdutores, Bander poderia ter nos destruído em um instante.

– Como sabe o que os lóbulos transdutores podem ou não podem fazer?

– Você acabou de mencionar os lóbulos transdutores.

– Não fiz nada além de mencioná-los. Não descrevi suas propriedades ou capacidades.

– O conhecimento veio até nós em um sonho.

– Isso não é uma resposta crível.

– Supor que causamos a morte de Bander também não é crível – disse Trevize.

– E, de qualquer maneira – acrescentou Pelorat –, se o regente Bander está morto, agora o regente Fallom controla essa propriedade. Cá está o regente e é a ele que devem obedecer.

– Eu já expliquei – disse o robô – que uma cria com lóbulos transdutores subdesenvolvidos não é um solariano. Portanto, não pode ser um sucessor. Outro sucessor, com idade apropriada, será trazido assim que reportarmos a triste notícia.

– E quanto ao regente Fallom?

– Não existe um regente Fallom. Existe apenas uma criança, e temos crianças em excesso. Essa criança será destruída.

– Não ouse! – disse Júbilo, vigorosamente. – É uma criança!

– Não serei necessariamente eu quem cuidará disso – disse o robô – e certamente não sou eu quem decidirá. É uma questão a ser discutida pelos regentes. Porém, em tempos de excesso de crianças, sei qual será a decisão.

– Não. Eu digo não.

– Será indolor. Outra nave se aproxima. É importante que entremos no que era a mansão de Bander e estabeleçamos uma holovisualização, que fornecerá um sucessor e decidirá o que fazer com vocês. Me dê a criança.

Júbilo tomou a criança semiconsciente dos braços de Pelorat. Segurando-a com firmeza e tentando distribuir seu peso nos ombros, disse:

– Não toque nesta criança.

Mais uma vez, o braço do robô ergueu-se rapidamente e ele deu um passo à frente, para alcançar Fallom. Júbilo deslocou-se rapidamente para o lado, começando seu movimento muito antes de o robô se mexer. Mas o robô continuou a ir para a frente, como se Júbilo ainda estivesse adiante. Curvando-se rigidamente para a frente, com as pontas dianteiras dos pés servindo de pivô, ele caiu de cara no chão. Os outros três ficaram imóveis, olhos desfocados.

Júbilo estava chorando, em parte por causa da raiva.

– Eu quase decifrei a maneira apropriada para controlá-los, e ele não me deu tempo. Não tive escolha além de atacar, e agora os quatro estão desativados. Vamos entrar na nave antes que a outra aterrisse. Agora estou cansada demais para enfrentar qualquer outro robô.

PARTE 5
MELPOMENIA

13.

Longe de Solaria

56

A FUGA FOI UM BORRÃO. Trevize pegou suas armas inutilizadas, abriu a câmara de despressurização e eles se jogaram para dentro da *Estrela Distante*. Trevize só percebeu que Fallom também fora trazida a bordo depois que a nave já estava no ar.

Eles provavelmente não teriam escapado a tempo se o uso solariano de aeronaves não fosse, em comparação, tão rudimentar. A embarcação que se aproximava levou um tempo excessivo para descer e pousar. Por outro lado, o computador da *Estrela Distante* não demorou quase nada para impulsionar a nave gravitacional verticalmente.

E, apesar de o isolamento dos efeitos da gravidade e, portanto, da inércia, eliminar os efeitos massacrantes da aceleração que teriam sido consequência de uma decolagem tão rápida, ele não eliminava os efeitos da resistência do ar. A temperatura da fuselagem exterior elevou-se em uma proporção muito mais alta do que os padrões de navegação (e também as especificações da nave) teriam considerado adequada.

Conforme subiam, podiam ver a segunda nave solariana aterrissar, e várias outras se aproximando. Trevize se perguntou com quantos outros robôs Júbilo poderia ter lidado, e decidiu que eles teriam sido subjugados se tivessem permanecido na superfície por mais quinze minutos.

Uma vez no espaço sideral (ou próximo dele, com apenas tênues fragmentos da exosfera planetária no entorno), Trevize seguiu para o lado noturno do planeta. Estava a uma curta distância, pois eles decolaram conforme o crepúsculo se aproximava. No escuro, a *Estrela Distante* poderia esfriar mais rapidamente e a nave poderia continuar a se afastar da superfície em uma lenta espiral.

Pelorat saiu do quarto que dividia com Júbilo.

– Agora, a criança está dormindo normalmente – disse. – Mostramos como usar o banheiro e ela não teve dificuldade nenhuma de entender.

– Não me surpreende. Devem haver instalações parecidas na mansão.

– Não vi nada do tipo por lá, e eu estava procurando – respondeu Pelorat, emotivo. – Já era mais do que hora de voltarmos para a nave.

– Concordo. Mas por que trouxemos aquela criança?

– Júbilo não a deixaria para trás – Pelorat deu de ombros como se pedisse desculpas. – Era como salvar uma vida para compensar a vida que ela tirou. Ela não pode suportar...

– Eu sei – disse Trevize.

– É uma criança de anatomia bastante inusitada – comentou Pelorat.

– Por ser hermafrodita, é de se imaginar – respondeu Trevize.

– Tem testículos, sabe?

– Não faria muito sentido se não tivesse.

– E o que só posso descrever como uma vagina muito pequena.

– Nojento – Trevize fez uma careta.

– Não diga isso, Golan – protestou Pelorat. – A criança é adaptada às próprias necessidades. Gera apenas um óvulo fertilizado, ou um minúsculo embrião, que depois é desenvolvido em laboratório, sob os cuidados, me arrisco a dizer, de robôs.

– E o que acontece se o sistema de robótica entrar em pane? Se isso acontecer, eles perderiam a capacidade de produzir jovens viáveis.

– Qualquer mundo estaria com sérios problemas se sua estrutura social entrasse em pane.

– Não que eu fosse chorar descontroladamente pelo fim dos solarianos.

– Bom – disse Pelorat –, admito que não parece um mundo muito atraente, pelo menos não para nós. Mas, caro amigo, são apenas as pessoas e a estrutura social que não nos apetecem. Desconsidere as pessoas e os robôs, e você tem um mundo que...

– Pode ruir assim como Aurora está começando a ruir – respondeu Trevize. – Janov, como está Júbilo?

– Esgotada, receio. Está dormindo agora. Ela passou por poucas e boas, Golan.

– Eu também não me diverti.

Trevize fechou os olhos e decidiu que ele também precisava dormir, e se entregaria a tal alívio assim que estivesse razoavelmente certo de que os solarianos não eram dotados de capacidades espaciais – e, até aquele momento, o computador não tinha indicado nada de origem artificial no espaço.

Pensou, rancorosamente, nos dois planetas Siderais que tinham visitado – cachorros hostis em um, hermafroditas eremitas hostis no outro, e nem uma ínfima dica sobre a localização da Terra em ambos. Tudo o que tinham para mostrar das duas visitas era Fallom.

Ele abriu os olhos. Pelorat ainda estava sentado no mesmo lugar, do outro lado do computador, observando Trevize solenemente.

– Devíamos ter deixado a criança solariana para trás – disse Trevize, com repentina convicção.

– Pobre criança – respondeu Pelorat. – Eles a teriam matado.

– Mesmo assim – insistiu Trevize –, ela pertencia àquilo. Era parte daquela sociedade. Ser morto por ser dispensável é o contexto no qual ela nasceu.

– Oh, meu estimado amigo, que jeito desumano de enxergar a questão.

– É um jeito *racional*. Não sabemos como cuidar dessa criança; ela pode sofrer por muito mais tempo conosco e ainda assim morrer. O que ela come?

– O mesmo que a gente, suponho. Na verdade, a pergunta é: o que *nós* comeremos? Quanto ainda nos resta no que diz respeito a suprimentos?

– Bastante, bastante. Mesmo considerando uma pessoa a mais.

Pelorat não pareceu feliz com esse fato.

– Tornou-se uma dieta deveras monótona. Deveríamos ter trazido alguns itens a bordo em Comporellon... Não que a culinária local fosse excelente.

– Não tínhamos como. Fomos embora com bastante pressa, lembra-se? Assim como deixamos Aurora e como deixamos, especialmente, Solaria. Mas o que é um pouco de monotonia? Pode até estragar os prazeres de um sujeito, mas o mantém vivo.

– É possível adquirir novos suprimentos, caso seja necessário?

– Sempre, Janov. Com uma nave gravitacional e motores hiperespaciais, a Galáxia é pequena. Podemos estar em qualquer lugar em uma questão de dias. O problema é que metade dos mundos da Galáxia foi alertada para procurar por nossa nave, e prefiro ficar fora de vista por algum tempo.

– Suponho que faça sentido. Mas Bander não parecia ter interesse na nave.

– É provável que Bander nem soubesse, conscientemente, sobre ela. Suspeito que os solarianos tenham abandonado voos espaciais há muito tempo. O que desejam é serem deixados totalmente em paz, e não poderiam usufruir da segurança do isolamento se estivessem sempre em movimento pelo espaço, divulgando a própria presença.

– O que faremos agora, Golan?

– Temos um terceiro planeta para visitar – respondeu Trevize.

– A julgar pelos dois primeiros – Pelorat negou com a cabeça –, não tenho grandes expectativas quanto a *esse*.

– Nem eu, no momento. Mas depois que dormir um pouco, pedirei ao computador que calcule nosso trajeto para o terceiro planeta.

57

Trevize dormiu por mais tempo do que esperava, mas isso era de escassa importância. Não havia dia ou noite – não naturalmente – a bordo de uma nave, e o ritmo circadiano nunca funcionava com perfeição. As horas eram o que foram feitas para ser, e não era incomum que Trevize e Pelorat (e especialmente Júbilo) ficassem um pouco fora de sincronia no que dizia respeito aos ritmos naturais de comer e dormir.

Trevize até cogitava, enquanto fazia a raspagem (a importância de economizar água fazia com que fosse mais recomendável raspar a espuma do sabão do que de enxaguá-la), dormir por mais uma ou duas horas, quando se virou e ficou frente a frente com Fallom, tão sem roupas quanto ele.

Ele não pôde evitar sobressaltar-se por causa do susto – o que, na área reduzida do Privativo, fazia ser muito provável que seu corpo se chocasse contra algo rígido. Ele grunhiu.

Fallom encarava Trevize com curiosidade e apontou para o seu pênis. O que disse foi incompreensível, mas a expressão da criança parecia demonstrar total incredulidade. Para evitar o próprio constrangimento, Trevize não teve escolha além de cobrir o próprio pênis com as mãos.

Então, com uma voz aguda, Fallom disse:

– Saudações.

Trevize ficou ligeiramente surpreso com o uso inesperado do galáctico, mas a palavra tinha a sonoridade de algo decorado.

Fallom continuou, pronunciando uma palavra de cada vez, com muito cuidado:

– Júbilo... diz... você... lavar... eu.

– É mesmo? – perguntou Trevize. Ele colocou as mãos nos ombros de Fallom. – Você... ficar... aqui.

Ele apontou para o chão e Fallom, evidentemente, olhou de imediato para o lugar para o qual o dedo apontava. Não parecia ter compreendido nada.

– Não se mexa – disse Trevize, segurando a criança com firmeza pelos braços, pressionando-os contra o corpo para simbolizar imobilidade. Secou-se rapidamente; vestiu a cueca e, em seguida, a calça.

Saiu do cômodo e rugiu:

– Júbilo!

Era difícil que alguém estivesse a mais de quatro metros de distância de qualquer outra pessoa dentro da nave, e Júbilo foi até a porta de seu quarto no mesmo instante.

– Está me chamando, Trevize? – perguntou, sorrindo. – Ou foi a suave brisa suspirando pela grama verdejante?

– Não seja engraçadinha, Júbilo. O que é aquilo? – ele indicou com o polegar, por cima do ombro.

– Bom – disse Júbilo, olhando por cima do ombro de Trevize –, me parece ser a criança solariana que ontem trouxemos a bordo.

– *Você* trouxe a bordo. Por que quer que eu dê banho nela?

– Imaginei que você gostaria de fazer isso. É uma criatura brilhante. Está aprendendo palavras em galáctico muito rápido. Nunca esquece nada, uma vez que eu tenha explicado. Estou ajudando nisso, claro.

– Naturalmente.

– Sim. Eu a mantenho calma. Eu a mantive em um torpor durante a maior parte dos eventos perturbadores no planeta. Garanti que dormisse a bordo da nave e estou tentando desviar um pouco seus pensamentos sobre o robô perdido, Jemby, que, aparentemente, amava muito.

– Para que acabe gostando daqui, imagino.

– Espero que sim. Tem capacidade de adaptação porque é jovem, e estou encorajando isso ao máximo dentro do que ouso influenciar sua mente. Vou ensinar-lhe a falar galáctico.

– *Você* dá banho. Entendido?

– Darei, se você insiste – Júbilo deu de ombros –, mas eu gostaria que ela se sentisse amigável com cada um de nós. Seria útil se cada um de nós cumprisse algumas funções. Você certamente pode cooperar com isso, não?

– Não a esse ponto. E, quando acabar de dar banho na criança, livre-se dela. Quero falar com você.

Com um súbito toque de hostilidade, Júbilo respondeu:

– O que quer dizer com "livre-se dela"?

– Não estou falando para ejetá-la pela câmara de despressurização. Quero dizer, deixe-a em seu quarto. Faça-a se sentar em um canto. Quero falar com você.

– Estarei à disposição – disse Júbilo, friamente.

Ele a encarou, nutrindo a fúria do momento, e então foi para a sala do piloto e ativou a tela de visualização.

Solaria era um círculo preto com um crescente de luz à esquerda. Trevize pousou as mãos sobre o tampo da escrivaninha para fazer contato com o computador, e sua raiva diminuiu em seguida. Era preciso permanecer calmo para conectar-se ao computador de maneira eficiente. Com o tempo, o condicionamento associava, por reflexo, aquele toque à serenidade mental.

Não havia nenhum objeto artificioso nos arredores da nave, em nenhuma direção, até a distância do planeta. Os solarianos (ou, provavelmente, seus robôs) não podiam – ou não estavam dispostos a – segui-los.

Era o suficiente. Ele podia sair da sombra noturna. Se continuassem se distanciando do planeta, Solaria desapareceria de qualquer maneira, conforme ficasse aparentemente menor do que o sol em torno do qual orbitava – que era mais distante, mas também muito maior.

Ordenou que o computador se afastasse também do plano planetário, pois dessa forma seria mais fácil acelerar com segurança. Assim, alcançariam rapidamente uma região em que a curvatura espacial era pequena o suficiente para garantir um Salto seguro.

E, como era costumeiro em situações como essa, ele começou a analisar as estrelas. Eram quase hipnóticas em suas pacatas constâncias. Toda a turbulência e instabilidade de suas superfícies desapareciam na distância que as transformava em meros pontos luminosos.

Um daqueles pontos podia ser o sol em torno do qual a Terra orbitava – o sol original, cuja irradiação brilhou sobre o início da vida, cuja benevolência testemunhou a evolução da humanidade.

Se os Mundos Siderais orbitavam estrelas que eram membros luminosos e proeminentes da família estelar – e que, mesmo assim, não estavam listadas no mapa galáctico do computador –, o mesmo era, certamente, válido para o sol original.

Ou será que apenas os sóis dos Mundos Siderais tinham sido omitidos, por causa de algum acordo antigo que lhes garantia privacidade? Estaria o sol da Terra incluído no mapa galáctico, mas não destacado dentre a miríade de estrelas que eram análogas solares, sem possuir, entretanto, qualquer planeta habitável em suas órbitas?

Havia, afinal de contas, aproximadamente trinta bilhões de estrelas análogas a sóis na Galáxia, e apenas cerca de uma a cada mil tinha planetas habitáveis em órbita ao seu redor. Talvez houvesse mil desses tais planetas habitáveis dentro de algumas centenas de parsecs de sua atual posição. Será que ele deveria peneirar essas estrelas análogas a sóis uma a uma em busca desses planetas?

Ou será que o sol original não estava nem naquela região da Galáxia? Quantas outras regiões estavam convencidas de que o sol era um de *seus* vizinhos, que *eles* eram os Colonizadores originais?

Ele precisava de informações e, até agora, não tinha nada.

Duvidava seriamente que até mesmo as análises mais minuciosas das ruínas milenares de Aurora pudessem fornecer informações sobre a localização da Terra. Duvidava ainda mais que os solarianos pudessem ser obrigados a entregar informações.

Mas também, se todas as informações sobre a Terra haviam desaparecido da grande Biblioteca de Trantor, se nenhum dado sobre a Terra permanecia na grande Memória Coletiva de Gaia, parecia haver poucas chances de que qualquer informação que talvez existisse nos mundos perdidos dos Siderais tivesse passado despercebida.

E se, graças à mais pura sorte, ele encontrasse o sol da Terra e, então, a própria Terra, será que alguma coisa o forçaria a ignorar tal fato? Será que a defesa da Terra era absoluta? Será que sua determinação para permanecer incógnita era impenetrável?

E, afinal de contas, o que ele estava procurando?

Seria a Terra? Ou ele achava (sem nenhum motivo evidente) que encontraria a falha no Plano Seldon na Terra?

Já fazia cinco séculos que o Plano Seldon estava em funcionamento para, diziam, levar a espécie humana ao porto seguro no ventre de um Segundo Império Galáctico, mais grandioso, mais nobre e mais livre do que o primeiro – e, ainda assim, Trevize decidira contra ele e a favor de Galaksia.

Galaksia seria um grande organismo, enquanto o Segundo Império Galáctico seria, por maior e mais variado que fosse, a mera união de organismos individuais de tamanho microscópico se comparados ao próprio Império. O Segundo Império Galáctico seria outro exemplo do tipo de união de indivíduos que a humanidade estabeleceu desde que se tornou humanidade. O Segundo Império Galáctico poderia ser o maior e melhor da espécie, mas ainda seria nada além de mais uma associação daquela espécie.

Para que Galaksia, uma associação com um tipo completamente diferente de organização, fosse melhor do que o Segundo Império Galáctico, deveria haver alguma falha no Plano, algo que o próprio e grande Hari Seldon não tivesse enxergado.

Mas se havia alguma coisa que Seldon não tinha visto, como poderia Trevize corrigir o problema? Ele não era matemático; não sabia nada, absolutamente nada, sobre os detalhes do Plano e, mesmo que o explicassem para ele, não entenderia nada.

Tudo o que ele sabia eram as pressuposições – a de que um grande número de seres humanos precisava estar envolvido e a de que esses seres humanos não podiam saber sobre as conclusões alcançadas. A primeira pressuposição era automaticamente verdadeira, considerando a vasta população da Galáxia, e a segunda deveria ser verdade, pois apenas os membros da Segunda Fundação sabiam os detalhes do Plano, e mantinham tais informações confidenciais.

Sobrava uma pressuposição adicional, desconhecida; uma pressuposição tomada por certa; uma que todos consideravam tão certa que nunca era mencionada nem questionada – e que poderia ser falsa. Uma pressuposição que, se *fosse* falsa, alteraria a grandiosa conclusão do Plano e faria Galaksia ser preferível no lugar do Império.

Mas, se a pressuposição era tão óbvia e tão tida como certa que não chegava nem a ser mencionada, como poderia ser falsa? E se ninguém a mencionava nem pensava nela, como poderia Trevize saber que estava ali, ou ter alguma ideia de sua natureza, mesmo se estivesse certo sobre sua existência?

Seria ele, Trevize, de fato o homem com a intuição infalível, como insistia Gaia? Ele podia mesmo saber qual era a coisa certa a fazer, mesmo que não soubesse por que estava fazendo aquilo?

Agora, ele visitava todos os Mundos Siderais sobre os quais tinha conhecimento. Era a coisa certa a fazer? Os Mundos Siderais tinham a resposta? Ou, pelo menos, o começo da resposta?

O que haveria em Aurora além de ruínas e cachorros selvagens? (E, presumivelmente, outras criaturas ferozes – touros furiosos? Ratos gigantes? Gatos caçadores com olhos verdes?) Solaria estava vivo, mas o que havia ali além de robôs e seres humanos dotados de transdutores de energia? Qual a relação desses dois mundos com o Plano Seldon, caso não escondessem o segredo da localização da Terra?

E, se a informação pudesse ser encontrada em um deles, qual a relação da *Terra* com o Plano Seldon? Seria tudo uma loucura? Será que ele tinha escutado e levado a sério demais as fantasias de sua própria infalibilidade?

O avassalador peso da culpa tomou conta de Trevize e pareceu pressioná-lo a ponto de ele mal conseguir respirar. Ele olhou para as estrelas – longínquas, alheias – e pensou: devo ser o maior tolo da Galáxia.

58

A voz de Júbilo interrompeu seus pensamentos.

– E então, Trevize, por que quer conversar... há alguma coisa errada? – sua voz distorceu-se em repentina preocupação.

Trevize tirou os olhos do computador e, momentaneamente, foi difícil deixar o mal-estar de lado. Ele olhou para ela e disse:

– Não, não. Não há nada de errado. Eu... eu estava apenas perdido em meus pensamentos. De vez em quando penso nas coisas, afinal de contas.

Ficou desconfortavelmente consciente de que Júbilo podia ler suas emoções. Contava apenas com a promessa de que ela estava voluntariamente se abstendo de ter algum vislumbre de sua mente.

Mas ela, aparentemente, aceitou a explicação que ele lhe tinha oferecido.

– Pelorat está com Fallom, ensinando-lhe termos em galáctico – disse Júbilo. – A criança parece comer o que comemos, sem nenhuma objeção. Mas sobre o que queria falar comigo?

– Não aqui – respondeu Trevize. – O computador não precisa de mim no momento. Vamos até meu quarto; a cama está feita e você pode sentar-se nela enquanto me sento na cadeira. Ou vice-versa, se preferir.

– Não importa – os dois cruzaram a curta distância até o quarto de Trevize. Júbilo o observou com olhos semicerrados. – Você não parece furioso.

– Está analisando minha mente?

– De jeito nenhum. Estou analisando seu rosto.

– Não estou furioso. Posso perder a paciência momentaneamente, de vez em quando, mas não é o mesmo que estar furioso. Se não se importa, tenho perguntas a fazer.

Júbilo sentou-se sobre a cama de Trevize mantendo-se ereta e com uma expressão solene em seu rosto de bochechas largas e olhos castanho-escuros. Os cabelos pretos, na altura do ombro, estavam cuidadosamente penteados, e as mãos esguias, entrelaçadas uma na outra e pousadas de maneira relaxada no colo. Havia um discreto odor de perfume.

– Você está toda arrumada – sorriu Trevize. – Acha que não gritarei tão alto com uma moça jovem e bonita?

– Você pode erguer a voz e gritar o quanto quiser, se isso o fizer se sentir melhor. Só não quero que erga a voz e grite com Fallom.

– Não pretendo. Na verdade, tampouco pretendo erguer a voz e gritar com você. Não tínhamos decidido ser amigos?

– Gaia nunca teve nada além de sentimentos de afeto por você, Trevize.

– Não estou falando de Gaia. Sei que você é parte de Gaia e que você *é* Gaia. Ainda assim, há uma parte de você, em algum lugar, que é um indivíduo. Estou falando com esse indivíduo. Estou falando com alguém cujo nome é Júbilo; sem nenhuma consideração ou com o mínimo de consideração possível por Gaia. Não tínhamos decidido ser amigos, Júbilo?

– Sim, Trevize.

– Então por que você não quis lidar imediatamente com os robôs em Solaria, depois que deixamos a mansão e chegamos à nave? Fui humilhado e ferido, e você não fez nada. Mesmo que cada segundo a mais pudesse permitir a chegada de outros robôs à cena e sabendo que um grande número deles nos sobrepujaria, você não fez nada.

Júbilo olhou para ele com seriedade e respondeu como se fizesse questão de explicar suas ações, e não defendê-las:

– Eu não estava inerte, Trevize. Estava analisando as mentes dos robôs-guardiões e tentando aprender a melhor maneira de lidar com eles.

– Eu sei que era isso que estava fazendo. Pelo menos foi o que disse naquele momento. Só não vejo sentido no que fez. Por que manipular as mentes, se você era perfeitamente capaz de destruí-las, como acabou fazendo?

– Você acha que destruir um ser inteligente é assim tão fácil?

Os lábios de Trevize se distorceram em uma expressão de desgosto.

– Deixe disso, Júbilo. Um *ser* inteligente? Era apenas um robô.

– Apenas um robô? – a voz de Júbilo alterou-se levemente. – O argumento é sempre esse. Apenas. Apenas! Por que o solariano, Bander, hesitou em nos matar? Éramos apenas seres humanos sem transdutores. Por que deveria haver alguma hesitação em deixar Fallom para trás, à mercê da própria sorte? Era apenas um solariano, um espécime imaturo, ainda por cima. Se você começar a descartar qualquer um ou qualquer coisa que o incomoda porque é "apenas" isso ou "apenas" aquilo, pode destruir o que quiser. Há sempre categorias a serem encontradas para todos eles.

– Não leve uma afirmação perfeitamente legítima a extremos, apenas para ridicularizá-la – retrucou Trevize. – O robô era apenas um robô. Você não pode negar esse fato. Não era humano. Não era inteligente da mesma maneira que somos. Era uma máquina imitando uma aparência de inteligência.

– Como é fácil falar quando você não sabe nada sobre o assunto – disse Júbilo. – Eu sou Gaia. Sim, sou Júbilo também, mas eu sou Gaia. Sou um mundo que considera cada um de seus átomos algo precioso e significativo, e cada organização de átomos ainda mais preciosa e significativa. Eu/nós/Gaia não esmigalharíamos uma organização dessas levianamente; na verdade, usaríamos com prazer para construir algo ainda mais complexo, desde que isso não prejudicasse o todo. As mais extraordinárias formas de organização que conhecemos resultam em inteligência, e somente a necessidade mais extrema pode justificar a destruição de inteligências. Não importa se é inteligência mecânica ou bioquímica. Aliás, os robôs-guardiões representavam um tipo de inteligência que eu/nós/Gaia nunca encontramos. Estudá-la foi maravilhoso. Destruí-la seria impensável – a não ser em um momento culminante de emergência.

– Havia três inteligências superiores em risco – respondeu Trevize, secamente. – A sua própria; a de Pelorat, o ser humano que você ama e, se não se importa que eu diga, a minha.

– Quatro! Você continua se esquecendo de Fallom. Elas ainda não estavam em risco. Assim julguei a situação. Escute. Imagine que você está diante de uma pintura, uma grandiosa obra-prima artística cuja existência implica na sua morte. Tudo o que você precisa fazer é dar uma ampla pincelada, violenta e aleatória, na face dessa pintura; ela ficará destruída para sempre e você estará salvo. Mas imagine que, em vez disso, se você estudasse a pintura cuidadosamente e acrescentasse apenas um toque de tinta aqui, um respingo ali, raspasse um pouco de tinta em um terceiro ponto e assim por diante, alteraria a pintura o suficiente para evitar a morte e, ainda assim, manteria a obra-prima. Naturalmente, a alteração precisaria ser feita com o mais minucioso cuidado. Levaria tempo, mas você certamente tentaria salvar também a pintura, não só sua própria vida, caso tivesse esse tempo.

– Talvez – disse Trevize. – Mas, no final, você destruiu a pintura além de qualquer conserto. A grande pincelada surgiu e aniquilou todos os incríveis toques de cor e sutilezas de técnica e forma. E o fez instantaneamente quando um hermafrodita sem importância estava correndo risco, enquanto que o perigo em que nós estávamos, inclusive você, não a levou à ação.

– Nós, Estrangeiros, ainda não estávamos sob perigo *imediato*, enquanto Fallom, me pareceu, subitamente estava. Precisei escolher entre os robôs-guardiões e Fallom e, sem tempo a perder, tive de escolher Fallom.

– Foi isso que aconteceu, Júbilo? Um cálculo veloz colocando uma mente contra a outra, um julgamento rápido sobre a maior complexidade e o maior valor?

– Sim.

– E se eu te disser – continuou Trevize – que era apenas uma criança à sua frente, uma criança ameaçada de morte? Um instinto maternal tomou conta de você naquele instante e você a salvou, enquanto antes, quando apenas as vidas de três adultos estavam em jogo, você foi toda calculista.

– Talvez tenha havido algo do tipo naquele momento – Júbilo enrubesceu de leve –, mas não foi da maneira irônica como você fala. Houve um pensamento racional por trás do que fiz.

– Duvido. Se houve pensamento racional por trás do que fez, você talvez tivesse considerado que a criança teria o destino inevitável em sua própria sociedade. Quem poderia dizer quantos milhares de crianças foram eliminados para manter o pequeno número que esses solarianos acham ser adequado para o mundo em que vivem?

– Não é só isso, Trevize. A criança teria sido morta porque era jovem demais para suceder um solariano, porque seu progenitor morreu prematuramente, porque eu matei esse progenitor.

– Em um momento em que era matar ou ser morto.

– Não importa. Eu matei o progenitor. Não poderia me abster e permitir que a criança fosse morta por causa dos meus atos. Além disso, ela oferece para estudo um cérebro de um tipo que nunca foi visto por em Gaia.

– O cérebro de uma criança.

– Não será um cérebro de criança para sempre. Os dois lóbulos transdutores em cada lado do cérebro se desenvolverão. Esses lóbulos garantem a um único solariano habilidades que nem Gaia inteira poderia equiparar. Foi exaustivo simplesmente manter algumas luzes acesas e ativar um mecanismo para abrir uma porta. Bander podia manter toda a energia correndo por uma propriedade tão complexa quanto aquela cidade que vimos em Comporellon, e ainda maior do que ela, e fazê-lo até mesmo enquanto dormia.

– Então você vê a criança como uma importante fonte de pesquisas sobre o cérebro.

– De certa maneira, sim.

– Não é assim que me sinto. Para mim, parece que trouxemos perigo a bordo. Um perigo sério.

– Que tipo de perigo? Fallom se adaptará perfeitamente, com a minha ajuda. É uma criança dotada de altíssima inteligência e já mostra sinais de afeto por nós. Comerá o que comermos, irá para onde formos, e eu/nós/Gaia vamos obter um conhecimento inestimável sobre seu cérebro.

– E se gerar prole? Não precisa de parceiros. É seu próprio parceiro.

– A criança não será capaz de gerar filhos por muitos anos. Os Siderais viveram séculos, e os solarianos não desejavam aumentar seu número. A população deve ter sido, provavelmente, dotada de reprodução tardia. Fallom não terá filhos por muito tempo.

– Como sabe?

– Eu não *sei*. Estou apenas sendo lógica.

– E eu lhe digo que Fallom acabará sendo um perigo.

– Você não tem como saber disso. E tampouco está sendo lógico.

– Tenho essa intuição, Júbilo, sem fundamento. Pelo menos é o que sinto agora. E é você, e não eu, que insiste que minha intuição é infalível.

Júbilo franziu as sobrancelhas, apreensiva.

59

Pelorat parou na entrada da sala do piloto e olhou para dentro bastante desconfortável. Era como se estivesse tentando decidir se Trevize estava muito ocupado ou não.

Trevize estava com as mãos sobre o tampo da escrivaninha, como sempre fazia quando se conectava ao computador, e seus olhos observavam a tela de visualização. Pelorat concluiu, portanto, que ele estava trabalhando, e esperou pacientemente, tentando não se mexer nem atrapalhar o outro.

Enfim, Trevize olhou para Pelorat. Não com plena consciência do que via – os olhos de Trevize pareciam sempre um tanto distantes e desfocados quando ele estava em comunhão com o computador, como se olhasse, pensasse e vivesse em alguma dimensão diferente da das pessoas em geral.

Mas ele fez um lento gesto afirmativo com a cabeça, como se a presença de Pelorat, captada com dificuldade, finalmente projetasse sua impressão nos lóbulos oculares. Depois de um instante, ergueu as mãos e sorriu. Era Trevize de novo.

– Receio estar atrapalhando, Golan – desculpou-se Pelorat.

– Nada demais, Janov. Eu estava apenas fazendo testes para ver se estamos prontos para o Salto. Estamos quase, mas acho que vou esperar mais algumas horas para favorecer a sorte.

– A sorte, ou algum outro fator aleatório, tem alguma coisa a ver com o Salto?

– É apenas uma expressão – sorriu Trevize –, mas, em tese, fatores aleatórios têm, sim, alguma coisa a ver. Sobre o que quer conversar?

– Posso me sentar?

– Certamente, mas vamos para o meu quarto. Como está Júbilo?

– Muito bem – ele pigarreou. – Está dormindo mais uma vez. Ela precisa dormir, você sabe.

– Entendo perfeitamente. É a separação hiperespacial.

– Exato, velho amigo.

– E Fallom? – Trevize reclinou-se sobre a cama, deixando a cadeira para Pelorat.

– Sabe aqueles livros da minha biblioteca que você imprimiu usando seu computador? Os de contos folclóricos? Ele está lendo. Entende pouco galáctico, claro, mas parece gostar de pronunciar as palavras. Ele... Fico querendo usar o pronome masculino para me referir a Fallom. Por que será, velho camarada?

– Talvez porque você seja do sexo masculino – Trevize deu de ombros.

– Talvez. Ele é extraordinariamente inteligente, sabia?

– Eu acredito.

– Desconfio que você não goste muito de Fallom – hesitou Pelorat.

– Pessoalmente, nada contra, Janov. Nunca tive filhos e nunca fui muito próximo de crianças em geral. Você teve filhos, pelo que me lembro.

– Um rapaz. Lembro-me de que foi um prazer ter meu filho por perto quando ele era menino. Talvez seja por *isso* que eu queira usar o pronome masculino para Fallom. Isso me leva um quarto de século para o passado.

– Não tenho nada contra você gostar de Fallom, Janov.

– Você também se afeiçoaria a ele, se desse uma chance.

– Tenho certeza de que sim, Janov, e talvez eu me permita a chance de fazer isso, algum dia.

– Sei, também – hesitou Pelorat novamente –, que você deve se cansar de discutir com Júbilo.

– Na verdade, não acho que estejamos discutindo tanto assim, Janov. Eu e ela estamos nos dando muito bem um com o outro. Tivemos até uma discussão equilibrada um dia desses, sem gritarias nem recriminações, sobre a demora dela em desativar os robôs-guardiões. Ela continua salvando nossas vidas, afinal de contas, então devo oferecer-lhe, no mínimo, minha amizade, não acha?

– Sim, entendo, mas não estou falando de discussões no sentido de brigas. Refiro-me ao constante debate sobre Galaksia ser oposta à individualidade.

– Ah, é disso que está falando! Imagino que o debate continuará, educadamente.

– Você se importaria, Golan, se eu me juntasse ao debate a favor dela?

– Perfeitamente aceitável. Você concorda com a ideia de Galaksia por conta própria ou apenas se sente mais feliz quando concorda com Júbilo?

– Com sinceridade, concordo por minha própria conta. Acho que Galaksia deveria ser o futuro. Você mesmo escolheu tal destino e estou ficando progressivamente mais convencido de que é o certo.

– Só porque foi minha escolha? Isso não é um argumento válido. Seja o que for que Gaia diga, eu talvez esteja errado. Não deixe que Júbilo o convença sobre Galaksia usando essa justificativa.

– Não acho que você esteja errado. E foi Solaria que me mostrou isso, não Júbilo.

– Como?

– Bom, para começar, somos Isolados, eu e você.

– Termo que *ela* usa, Janov. Prefiro pensar que somos indivíduos.

– Questão de semântica, velho amigo. Chame do que quiser. Somos fechados em nossas próprias peles, que cercam nossos pensamentos particulares, e pensamos, antes de qualquer coisa, em nós mesmos. Autodefesa é nossa primeira lei natural, mesmo que isso signifique ferir todas as outras pessoas que existem.

– Pessoas já abriram mão das próprias vidas pelas vidas de outros.

– Um fenômeno raro. Muito mais pessoas sacrificaram as necessidades mais essenciais de outros por algum frívolo capricho próprio.

– E o que isso tem a ver com Solaria?

– Ora, em Solaria, vemos o que Isolados – ou indivíduos, se preferir – podem se tornar. Os solarianos mal podem suportar dividir o mundo inteiro entre si. Eles consideram sua vida de isolamento completo a liberdade absoluta. Não têm sentimentos nem pelos próprios filhos e os matam se houver crianças demais. Cercam-se de robôs escravos para os quais garantem energia. Assim, se eles morrem, suas imensas propriedades morrem também, simbolicamente. Acha isso admirável, Golan? É possível comparar isso, em termos de decência, gentileza e preocupação mútua, com Gaia? Júbilo não falou sobre nada disso comigo. É meu próprio sentimento.

– E condiz com você, Janov – respondeu Trevize. – Compartilho desse sentimento. Acho que a sociedade solariana é horrível, mas não foi sempre assim. Eles são descendentes dos terráqueos e, mais diretamente, dos Siderais, que viviam uma vida muito mais normal. Os solarianos escolheram um caminho, por qualquer que seja o motivo, que levou a um extremo, mas você não pode julgar por extremos. Em toda a Galáxia, com milhões de mundos habitados, existe algum que você conheça que, atualmente ou no passado, tenha tido uma sociedade como a de Solaria, ou até mesmo *remotamente* parecida com Solaria? E será que Solaria teria uma sociedade como aquela, se não estivesse cheia de robôs? É concebível que uma sociedade de indivíduos chegue ao cúmulo do horror solariano sem robôs?

O rosto de Pelorat contraiu-se de leve.

– Você abre buracos em tudo, Golan – ou digo, pelo menos, que você parece impenetrável ao defender o tipo de Galáxia contra o qual votou.

– Não derrubarei tudo. Existe um raciocínio para defender Galaksia e, quando eu o encontrar, saberei, e aí vou ceder. Ou *se* eu o encontrar, para ser mais preciso.

– Você acha que talvez não consiga?

– Como posso saber? – Trevize deu de ombros. – Sabe por que estou esperando mais algumas horas para realizar o Salto e por que estou correndo o risco de me convencer a esperar mais alguns dias?

– Você disse que seria mais seguro se esperássemos.

– Sim, foi o que disse, mas já estamos em segurança suficiente. O que temo de verdade é que aqueles Mundos Siderais para os quais temos coordenadas não sirvam para absolutamente nada. Temos apenas três, e já esgotamos dois, escapando por pouco da morte em cada um. E, mesmo assim, ainda não temos nenhuma pista sobre a localização da Terra, ou, na realidade, nem pistas sobre a existência dela. Agora estou diante da terceira e última chance. E se ela também falhar?

Pelorat suspirou e disse:

– Sabe, existem antigos contos folclóricos... um deles, aliás, está entre os que dei a Fallom para estudar... nos quais alguém tem direito a três desejos, mas apenas três. Três parece ser um número significativo nesse tipo de coisa, talvez por ser o primeiro número ímpar que pode garantir o mínimo de decisão. Sabe, o melhor de três. O ponto principal é que, nessas histórias, os desejos acabam não tendo utilidade. Ninguém manifesta os desejos corretos, o que, sempre imaginei, é sabedoria antiga que diz respeito à busca pela satisfação que você quer, e não...

Repentinamente, ele ficou em silêncio e constrangido.

– Desculpe-me, velho colega, estou desperdiçando seu tempo. Eu tendo a tagarelar quando falo sobre o meu passatempo.

– Sempre o considero interessante, Janov. Estou disposto a enxergar a analogia. Recebemos três desejos e já gastamos dois, que não nos ajudaram em nada. Agora, só nos resta mais um. De alguma maneira, estou certo de mais um fracasso e, portanto, quero adiá-lo. É por isso que estou protelando o Salto o máximo possível.

– O que fará se for mais um fracasso? Voltará para Gaia? Para Terminus?

– Oh, não – sussurrou Trevize, negando com a cabeça. – A busca precisa continuar. Se ao menos eu soubesse como...

14.

Planeta morto

60

TREVIZE SENTIA-SE DEPRIMIDO. As poucas vitórias desde o começo da busca não haviam sido definitivas, mas apenas esquivas temporárias da derrota.

Ele adiara o Salto ao terceiro Mundo Sideral até que sua inquietação tivesse contaminado os outros. Quando finalmente decidiu que deveria ordenar que o computador movesse a nave pelo hiperespaço, Pelorat estava na porta da sala de pilotagem, solene, e Júbilo estava logo atrás dele, ligeiramente para o lado. Até mesmo Fallom estava ali, observando Trevize com olhos de coruja enquanto segurava a mão de Júbilo com firmeza.

– Uma família bem esquisita! – disse Trevize, grosseiramente, tirando os olhos do computador. Mas era apenas seu próprio desconforto falando.

Ele instruiu o computador a fazer o Salto de maneira que eles reentrassem no espaço a uma distância considerável da estrela que seguiam, maior do que a necessária em absoluto. Disse a si mesmo que estava adotando mais cuidado por causa dos eventos nos dois primeiros Mundos Siderais, mas, na verdade, não acreditava naquilo. Ele sabia que, no fundo, torcia para chegar a uma distância suficiente para que não pudesse ter certeza sobre a presença de um planeta habitável em torno da estrela. Isso resultaria em alguns dias extras de viagem pelo espaço antes que pudesse descobrir e (talvez) encarar a amarga derrota frente a frente.

Então, naquele momento, sob os olhares da "família", ele inspirou profundamente, segurou o fôlego e então expirou com um assobio de lábios contraídos, conforme deu ao computador seu último comando.

O padrão de estrelas mudou em descontinuidade silenciosa, e a tela de visualização ficou mais vazia, pois a nave fora levada a uma região em que as estrelas eram mais escassas. E ali, próxima do centro, estava uma estrela de luminosidade impressionante.

Trevize abriu um largo sorriso, pois se tratava de uma vitória parcial. Afinal, o terceiro conjunto de coordenadas poderia estar errado e talvez não houvesse nenhuma estrela de classe G em vista.

– Lá está – disse Trevize, olhando para os outros três. – A estrela de número três.

– Tem certeza? – perguntou Júbilo, com suavidade.

– Observe! – respondeu Trevize. – Mudarei para a visualização do mapa galáctico no banco de dados do computador considerando o mesmo ponto central e, se a estrela luminosa desaparecer, não está gravada no mapa, e é a que buscamos.

O computador respondeu ao seu comando e a estrela apagou-se repentinamente. Era como se nunca tivesse estado ali – mas o restante do campo de estrelas continuava o mesmo, em sua sublime indiferença.

– Conseguimos – disse Trevize.

Ainda assim, ele deu início ao trajeto da *Estrela Distante* com pouco mais de metade da velocidade que poderia facilmente conseguir. Havia, ainda, a questão da presença ou ausência de um planeta habitável, e ele não tinha pressa para descobrir. Mesmo depois de três dias de aproximação, não havia nada que pudesse levar a qualquer conclusão, tanto positiva como negativa.

Ou, talvez, não exatamente "nada". Em órbita ao redor da estrela, estava um planeta gigante de gás. Ficava a uma grande distância da estrela e brilhava com um amarelo bastante pálido em seu lado ensolarado, que eles podiam ver a partir da posição em que estavam como um espesso crescente.

Trevize não gostou do que viu, mas tentou não demonstrar e explicou de um jeito tão sem emoção quanto um manual.

– Há um planeta gigante de gás por aqui – disse. – É espetacular. Tem um par de anéis estreitos e dois satélites de tamanhos consideráveis, pelo que pode ser determinado no momento.

– A maioria dos sistemas tem gigantes de gás, não tem? – perguntou Júbilo.

– Sim, mas esse é bem grande. Ao julgar pela distância de seus satélites e o período de rotação, esse gigante de gás é quase 2 mil vezes maior do que seria um planeta habitável.

– Qual é a diferença? – continuou Júbilo. – Planetas gigantes de gás são planetas gigantes de gás, e o tamanho que têm não importa, não é? Estão sempre a grandes distâncias da estrela em torno da qual orbitam, e nenhum deles é habitável, graças ao tamanho e à distância. Precisaremos procurar pelo planeta habitável mais perto da estrela.

Trevize hesitou e então decidiu expor todos os fatos.

– O problema é que gigantes de gás tendem a esvaziar grandes áreas do espaço planetário – disse. – Todas as matérias que eles não absorvem em suas próprias estruturas se aglutinam em corpos razoavelmente grandes, que passam a compor seus sistemas de satélites. Isso impede outros aglutinamentos, mesmo a distâncias consideráveis de si próprios. Portanto, quanto maior o gigante de gás, mais provável é que ele seja o único planeta de tamanho considerável em órbita ao redor de uma estrela específica.

– Quer dizer que não há um planeta habitável por aqui?

– Quanto maior o gigante de gás, menor a chance de um planeta habitável. E aquele gigante de gás é tão imenso que é praticamente uma estrela-anã.

– Podemos vê-lo? – perguntou Pelorat.

Os três olharam a tela (Fallom estava no quarto de Júbilo, com os livros).

A visualização foi ampliada até o crescente preencher a tela. Uma fina linha escura cruzava o crescente em um ponto logo acima do centro – era a sombra do sistema de anéis, que podia ser visto até um pouco além da superfície planetária, uma curva brilhante que se estendia por sobre o lado noturno antes de entrar na escuridão.

– O eixo de rotação do planeta – explicou Trevize – está inclinado a aproximadamente trinta e cinco graus de seu plano de translação, e seu anel está no plano equatorial do planeta. Portanto, nesse ponto de órbita, a luz da estrela chega por baixo e projeta a sombra do anel para muito acima do equador.

Pelorat observou, deslumbrado, e comentou.

– São anéis bem estreitos.

– Na verdade, estão bem acima do tamanho médio – disse Trevize.

– De acordo com uma lenda, os anéis que circundam um gigante de gás no sistema planetário da Terra são muito mais largos, luminosos e elaborados do que esse. Diz-se que, em comparação, os anéis faziam o gigante de gás parecer pequeno.

– Não me surpreende – respondeu Trevize. – Quando uma história passa de pessoa para pessoa durante milhares de anos, você acha que, ao ser recontada, ela encolheria ou aumentaria?

– É lindo – interveio Júbilo. – Se você observar o crescente, parece que ele estremece e serpenteia diante dos seus olhos.

– Tempestades atmosféricas – explicou Trevize. – Geralmente, você consegue vê-las com mais clareza se escolher um comprimento de onda de luz apropriado. Um momento, deixe-me tentar – ele colocou as mãos na interface e ordenou que o computador percorresse o espectro de comprimentos de ondas e parasse no que fosse apropriado.

O crescente de luz suave tornou-se uma quantidade atordoante de cores, que se modificavam tão rapidamente a ponto de ser quase ofuscante para os olhos que tentassem acompanhar. Enfim, estabilizou-se em um tom vermelho-alaranjado e, dentro do crescente, vagavam espirais, expandindo-se e retraindo-se conforme se moviam.

– Incrível – murmurou Pelorat.

– Encantador – disse Júbilo.

Bastante crível e nada encantador, pensou Trevize, amargamente. Pelorat e Júbilo, perdidos na beleza, não chegaram a pensar que o planeta que admiravam diminuía as chances de desvendar o mistério que Trevize tentava solucionar. Mas por que deveriam? Ambos estavam satisfeitos com a decisão de Trevize e o acompanhavam em sua busca pela certeza sem estarem emocionalmente ligados à questão. Era inútil culpá-los por isso.

– O lado noturno parece bem escuro – continuou Trevize –, mas se nossos olhos fossem um pouco mais sensíveis do que a faixa comum de ondas de luz, veríamos um vermelho sombrio, profundo, furioso. O planeta emite radiação infravermelha para o espaço em imensas quantidades porque é grande o suficiente para ser quase incandescente. É mais do que um gigante de gás; é um objeto subestelar.

Ele esperou um instante e então disse:

– E agora vamos esquecer esse corpo celeste e procurar pelo planeta habitável que *talvez* exista.

– Talvez exista mesmo – sorriu Pelorat. – Não desista, velho amigo.

– Não desisti – respondeu Trevize, sem convicção verdadeira. – A formação dos planetas é um assunto complicado demais para que regras sejam levadas a ferro e fogo. Falamos apenas em probabilidades. Com esse monstro no espaço, as probabilidades são menores, mas não zero.

– Se os dois primeiros conjuntos de coordenadas nos levaram a um planeta habitável dos Siderais – disse Júbilo –, então o terceiro conjunto, que já mostrou ter uma estrela que se encaixa no esperado, deveria oferecer, também, um planeta habitável. Por que não encarar dessa maneira? Por que falar em probabilidades?

– Espero que você esteja certa – respondeu Trevize, que não se sentia nada consolado. – Agora vamos sair do plano planetário e seguir na direção da estrela.

O computador realizou a tarefa quase ao mesmo tempo em que ele falou de suas intenções. Trevize reclinou-se na cadeira do piloto e concluiu, mais uma vez, que o único problema de pilotar uma nave gravitacional com um computador tão avançado era que ele nunca mais – *nunca mais* – conseguiria pilotar qualquer outro tipo de nave.

Será que voltar a fazer os cálculos ele mesmo seria algo suportável? Será que aguentaria ter de levar em conta a aceleração e limitá-la a um nível razoável? Era muito provável que ele simplesmente se esquecesse e acelerasse até que ele e todos os passageiros fossem esmagados contra uma das paredes.

Pois bem, então ele continuaria a pilotar aquela nave – ou uma exatamente como aquela, se conseguisse fazer uma mudança tão radical – para sempre.

E, como ele queria manter a cabeça longe da questão sobre a existência do planeta habitável, distraiu-se com o fato de ter guiado a nave para passar por cima do planeta, e não por baixo. Com exceção de motivos definitivos para seguir por baixo de um planeta, os pilotos quase sempre escolhiam ir por cima. Por quê?

Aliás, por que fazer tanta questão de considerar uma das direções a "de cima" e outra, a "de baixo"? Na simetria do espaço, aquilo não passava de uma convenção. Da mesma maneira, ele sempre levava em consideração a direção à qual o planeta sob observação rotacionava em torno do próprio eixo e transladava em torno de sua estrela. Se ambas fossem anti-horárias, a direção para a qual os braços erguidos de uma pessoa apontavam seria o norte, e a direção dos pés seria o sul. E, em toda a Galáxia, o norte era sempre acima, e o sul, abaixo.

Era pura convenção, que voltava até os turvos primórdios, seguida com veemência. Se alguém observasse um mapa conhecido com o sul voltado para cima, não reconheceria o mapa; ele precisaria ser virado para fazer sentido. E, se houvesse alguma simetria, essa pessoa se voltaria para o norte – para "cima".

Trevize lembrou-se de uma batalha na qual lutou Bel Riose, o general Imperial de três séculos atrás, que direcionou seu esquadrão por baixo do plano planetário em um momento crucial e emboscou um esquadrão de espaçonaves desprevenidas. Houve reclamações de que tinha sido uma manobra injusta – vindas dos perdedores, claro.

Uma pressuposição tão poderosa e tão primordialmente antiga como essa devia ter começado na Terra – e isso levou Trevize rapidamente de volta à questão do planeta habitável.

Pelorat e Júbilo continuavam a observar o gigante de gás conforme ele lentamente girava na tela de visualização em um retrocesso bastante vagaroso. A porção iluminada pelo sol se espalhava e, como Trevize mantinha a leitura de ondas fixa no comprimento do vermelho-alaranjado, as espirais tempestuosas de sua superfície ficavam mais intensas e hipnóticas.

Então Fallom entrou na sala de pilotagem e Júbilo decidiu que a criança deveria dormir um pouco, e ela também.

– Preciso tirar o foco do gigante de gás, Janov – disse Trevize a Pelorat, que permaneceu na sala. – Quero que o computador se concentre na busca por um ponto gravitacional que tenha o tamanho certo.

– Mas é claro, velho amigo – respondeu Pelorat.

Porém, era mais complicado do que aquilo. O computador não precisava procurar apenas por um ponto gravitacional com tamanho certo, precisava ser do tamanho certo e estar à distância certa. Ainda seriam necessários vários dias para que Trevize pudesse ter certeza.

61

Trevize entrou em seu quarto taciturno, solene – com um aspecto até sombrio – e assustou-se perceptivelmente.

Júbilo estava esperando por ele e, ao lado dela, estava Fallom, com a túnica e o pano pélvico com o inconfundível cheiro de higienização por vapor. A criança tinha um aspecto melhor quando usava aquilo do que quando estava com uma das diminutas camisolas de Júbilo.

– Não quis incomodá-lo no computador – explicou Júbilo –, mas, agora, escute. Vá em frente, Fallom.

Com sua voz musical e aguda, Fallom disse:

– Eu o saúdo, protetor Trevize. É com grande prazer que eu o ed-ef-estou acompanhando nesta nave pelo espaço. Estou contente, também, com a gentileza de meus amigos, Júbilo e Pel.

Fallom parou e abriu um belo sorriso, e, mais uma vez, Trevize pensou consigo mesmo: "Considero esta pessoa um menino ou uma menina? Como os dois ou como nenhum dos dois?"

– Muito bem memorizado – Trevize concordou com a cabeça. – Pronunciado quase com perfeição.

– Não foi memorizado – disse Júbilo, cordialmente. – Fallom escreveu isso por conta própria e perguntou se seria possível recitar para você. Eu nem sabia o que Fallom diria até ouvir.

– Nesse caso – Trevize forçou um sorriso –, muito bom, mesmo. – Ele percebeu que Júbilo evitava pronomes, quando podia.

Júbilo virou-se para Fallom e disse:

– Eu disse que ele iria gostar, não disse? Agora fique com Pel e, se quiser, pode ler mais um pouco.

Fallom correu para fora do quarto.

– É realmente espantoso – disse Júbilo – o quão rápido Fallom está aprendendo galáctico. Os solarianos devem ter uma aptidão especial para línguas. Pense em como Bander falava galáctico apenas de ouvir as comunicações hiperespaciais. Aqueles cérebros devem ser extraordinários em outros aspectos além da transdução de energia.

Trevize grunhiu.

– Não me diga que ainda não gosta de Fallom – disse Júbilo.

– Não gosto nem desgosto. A criatura simplesmente me deixa desconfortável. Para começar, é uma sensação terrível lidar com um hermafrodita.

– Ora, Trevize, isso é ridículo – respondeu Júbilo. – Fallom é um ser vivo perfeitamente aceitável. Para uma sociedade de hermafroditas, pense em quão nojentos devemos ser eu e você, homens e mulheres, no geral. Cada um é metade de um todo e, para se reproduzirem, é preciso uma união temporária e desengonçada.

– Você é contra isso, Júbilo?

– Não finja ter entendido errado. Estou tentando enxergar a nós mesmos pelo ponto de vista hermafrodita. Para hermafroditas, deve ser extremamente repulsivo; para nós, é natural. Portanto, Fallom causa repulsa em você, mas é apenas uma reação tacanha e limitada.

– Sinceramente – disse Trevize –, é irritante não saber que pronome usar em relação à criatura. Hesitar eternamente por causa de pronomes é impedimento ao pensamento e à conversação.

– Mas isso é culpa da nossa língua – respondeu Júbilo – e não de Fallom. Nenhuma língua humana foi concebida com o hermafroditismo em mente. E fico feliz de você ter mencionado o assunto, porque eu mesma estive pensando nele. Dizer termos genéricos, como fazia o próprio Bander, não é uma solução, e não existe pronome nenhum que se refira a objetos que sejam sexualmente ativos em ambos os gêneros. Então, por que não escolher um dos pronomes arbitrariamente? Eu penso em Fallom como uma menina. Para começar, ela tem a voz aguda de uma menina, e tem a capacidade de produzir filhos, o que é a definição vital da feminilidade. Pelorat concordou; por que não faz o mesmo? Consideremos que Fallom é "ela".

– Pois bem – Trevize deu de ombros. – Será estranho dizer que *ela* tem testículos, mas tudo bem.

– Você tem esse irritante hábito de tentar transformar tudo em piada – suspirou Júbilo –, mas está tenso e serei tolerante. Basta usar o pronome feminino para se referir a Fallom, por favor.

– Usarei.

Trevize hesitou e, sem conseguir resistir, disse:

– Fallom parece cada vez mais sua filha postiça toda vez que as vejo juntas. Será por que você quer ter filhos e não acha que Janov poderá lhe dar?

Os olhos de Júbilo se arregalaram.

– Não estou com ele por causa disso! – disse. – Você acha que o estou usando como uma ferramenta para me ajudar a ter filhos? De todo jeito, não é o momento para eu ter filhos. E, quando for, precisará ser uma criança gaiana, algo para o qual Pel não se qualifica.

– Está dizendo que Janov será descartado?

– De jeito nenhum. É apenas um desvio temporário. Talvez seja até feito através de inseminação artificial.

– Imagino que você só possa ter filhos quando Gaia decidir que é necessário, quando houver um buraco resultante da morte de um fragmento gaiano humano que já existe.

– Esse é um jeito insensível de definir, mas é verdade. Gaia deve ser bem proporcionada em todas as suas partes e relações.

– Como é com os solarianos.

Os lábios de Júbilo se contraíram e ela empalideceu.

– De jeito nenhum. Os solarianos produzem mais do que precisam e destroem o excesso. Nós produzimos apenas o que precisamos e nunca há necessidade de destruição, assim como você substitui as camadas de pele que morreu por renovação proporcional sem nenhuma célula a mais.

– Entendo o que quer dizer – respondeu Trevize. – Espero, aliás, que você esteja levando os sentimentos de Janov em consideração.

– Em relação a um possível filho comigo? O assunto nunca surgiu, nem surgirá.

– Não, não é disso que estou falando. Me ocorre que você está se tornando cada vez mais interessada em Fallom. Janov talvez se sinta negligenciado.

– Ele não está sendo negligenciado, e está tão interessado em Fallom quanto eu. Ela é outro ponto de envolvimento mútuo, que nos aproxima ainda mais um do outro. Será que é *você* quem se sente negligenciado?

– *Eu*? – ele ficou genuinamente surpreso.

– Sim, você. Não entendo Isolados, da mesma maneira que você não entende Gaia, mas tenho a sensação de que você gosta de ser o ponto central de atenção nesta nave, e que se sente excluído por Fallom.

– Que tolice.

– Não é mais tolice do que sua sugestão de que estou negligenciando Pel.

– Então vamos declarar trégua e parar. Tentarei enxergar Fallom como uma menina e não me preocuparei excessivamente sobre você desconsiderar os sentimentos de Janov.

– Obrigada – sorriu Júbilo. – Então, tudo está bem.

Trevize virou-se para ir embora.

– Espere! – disse Júbilo.

Trevize voltou-se para ela.

– Sim? – perguntou, em um tom um pouco impaciente.

– Está bem claro para mim, Trevize, que você está triste e deprimido. Não vou sondar sua mente, mas talvez queira me dizer o que há de errado. Ontem, você disse que havia um planeta nesse sistema que se encaixava no que precisamos, e parecia bastante satisfeito. O planeta ainda está lá, espero. A descoberta se revelou um erro?

– Há um planeta que se encaixa, e ainda está lá – respondeu Trevize.

– Tem o tamanho certo?

– Como se encaixa nas condições, tem o tamanho certo – Trevize concordou com a cabeça. – E também está na distância certa do sol.

– Mas, então, o que há de errado?

– Agora estamos perto o suficiente para analisar a atmosfera. Acontece que não há atmosfera.

– Nenhuma atmosfera?

– Nenhuma considerável. É um planeta inabitável, e não há nenhum outro em órbita ao redor do sol que tenha a capacidade mais remota de habitabilidade. Esta terceira tentativa foi um fracasso.

62

Pelorat, com expressão sisuda, estava claramente hesitante em incomodar o silêncio insatisfeito de Trevize. Observou da porta da sala de pilotagem, aparentemente na esperança de que Trevize iniciasse uma conversa.

Trevize não iniciou. Se fosse possível um silêncio que parecesse teimoso, era esse o caso.

Enfim, Pelorat não pôde mais aguentar e, de maneira tímida, disse:

– O que estamos fazendo?

Trevize tirou os olhos do computador, encarou Pelorat por um momento, deu-lhe as costas e respondeu:

– Estamos nos aproximando do planeta.

– Mas se não há atmosfera...

– O *computador* diz que não há atmosfera. Até hoje, ele sempre me disse o que eu queria ouvir, e eu aceitei. Agora, me informou sobre algo que eu *não* queria ouvir, e preciso verificar. Se o computador puder estar errado, este é o momento em que quero que ele esteja errado.

– Você acha que ele está errado?

– Não, não acho.

– Consegue pensar em algo que pudesse fazer com que ele errasse?

– Não, não posso.

– Então, para que fazer isso, Golan?

Trevize finalmente girou a cadeira para ficar face a face com Pelorat, seu rosto distorcido à beira do desespero.

– Não vê, Janov – disse –, que não consigo pensar em mais nada para fazer? Saímos de mãos abanando nos dois primeiros planetas, pelo menos no que diz respeito à localização da Terra, e agora este mundo também não deu em nada. O que faço agora? Viajo de planeta em planeta, vasculhando todos os cantos e perguntando "Com licença, onde fica a Terra?"? A Terra encobriu seus traços com muita habilidade. Não deixou nenhuma pista, em lugar algum. Estou começando a achar que ela talvez nos faça incapazes de identificar uma pista, mesmo que encontremos alguma.

– Eu também tenho seguido um raciocínio semelhante – respondeu Pelorat, concordando com a cabeça. – Discutir sobre o assunto o incomodaria? Sei que você não está feliz, velho amigo, e não quer conversar. Portanto, se quiser que eu o deixe sozinho, assim o farei.

– Vá em frente, fale sobre o assunto – disse Trevize, com algo que parecia bastante um suspiro. – O que tenho de melhor para fazer além de escutar?

– Não me parece que você quer que eu fale – respondeu Pelorat –, mas talvez nos ajude. Por favor, interrompa-me a qualquer momento, se decidir que não aguenta mais. Me parece, Golan, que talvez a Terra não tenha adotado somente medidas passivas e negativas para se esconder. Não tomou apenas a simples atitude de eliminar referências de si própria. Será que ela não plantaria pistas falsas e agiria ativamente para permanecer incógnita?

– Como ela estaria fazendo isso, em sua opinião?

– Bom, ouvimos sobre a radioatividade da Terra em vários lugares, e esse tipo de coisa pode ter sido criada para fazer qualquer pessoa interromper seus planos de localizá-la. Se fosse radioativa de fato, seria impossível nos aproximarmos. É muito provável que não pudéssemos nem aterrissar nela. Nem mesmo robôs exploradores, se dispuséssemos de algum, poderiam sobreviver à radiação. Portanto, para que procurar? Assim, se não for radioativa, permanece inviolada, com exceção de aproximações acidentais e, mesmo nesse caso, ela pode ter outras formas de se mascarar.

– Curiosamente – Trevize conseguiu sorrir –, esse pensamento passou pela minha cabeça. Cheguei a cogitar que aquele improvável satélite foi inventado e plantado nos mitos sobre o mundo. O gigante de gás com o monstruoso sistema de anéis é tão improvável quanto o satélite e pode, também, ter sido plantado. Foi tudo concebido, talvez, para que busquemos algo que não existe, para que passemos reto pelo sistema planetário certo, para que encaremos a Terra e a descartemos porque, na realidade, ela não tem um satélite grande, nem um primo com anéis triplos, nem uma superfície radioativa. Logo, não a reconheceríamos nem sonharíamos estar diante da própria. E imagino coisas piores, também.

– Como pode haver algo pior? – Pelorat parecia abatido.

– É fácil quando sua mente se aflige durante a noite e começa a buscar, no vasto reino da fantasia, por alguma coisa capaz de aumentar o desespero. E se a habilidade da Terra de se esconder for suprema? E se nossas mentes puderem ser cobertas de neblina? E se passarmos diretamente pela Terra, *com* seu satélite gigante e *com* seu gigante de gás com anéis, e nunca enxergarmos nada disso? E se já o fizemos?

– Mas, se você acredita nisso, o que estamos...

– Eu não disse que acredito nisso. Estou falando sobre divagações insanas. Vamos continuar procurando.

Pelorat hesitou e, então, disse:

– Por quanto tempo, Trevize? Decerto precisaremos desistir, em algum momento.

– Nunca! – respondeu Trevize, com ferocidade. – Se eu tiver de passar o resto da minha vida indo de planeta em planeta, vasculhando tudo e perguntando "Por favor, senhor, onde está a Terra?", então é isso que farei. A qualquer momento, posso levar você e Júbilo, e até Fallom, se quiserem, de volta a Gaia, e então partir por conta própria.

– Oh, não. Você sabe que não o abandonarei, Golan, e Júbilo também não. Pularemos de planeta em planeta com você, se for preciso. Mas por quê?

– Porque eu *preciso* encontrar a Terra, e porque vou encontrar. Não sei como, mas vou. Agora, escute, estou tentando chegar a uma posição em que possa estudar o lado do planeta iluminado pelo sol sem que o sol esteja perto demais, então deixe que eu me concentre por alguns momentos.

Pelorat ficou em silêncio, mas não foi embora. Continuou a observar conforme Trevize estudava, na tela, a imagem planetária com mais da metade banhada pela luz do sol. Para Pelorat, não parecia haver nada de especial, mas ele sabia que Trevize, conectado ao computador, via a imagem através de recursos mais sofisticados.

– Há uma neblina – sussurrou Trevize.

– Então deve haver uma atmosfera – Pelorat deixou escapar.

– Não necessariamente uma atmosfera que seja expressiva. Não o suficiente para dar suporte à vida, mas o suficiente para um tênue vento que carrega poeira. É uma característica conhecida de planetas com atmosferas rarefeitas. Talvez haja, até, pequenas calotas polares. Um pouco de água congelada nos polos, sabe? Esse mundo é quente demais para dióxido de carbono solidificado. Terei de mudar para mapeamento por radar. E, se fizer isso, posso trabalhar com muito mais facilidade no lado noturno.

– É mesmo?

– Sim. Eu devia ter tentado isso primeiro, mas com um planeta praticamente sem ar e, portanto, sem nuvens, a tentativa com luz visível parecia natural.

Trevize ficou em silêncio por bastante tempo, enquanto a tela de visualização perdeu nitidez com leituras de radar que produziam quase uma abstração de um planeta, algo que um artista do período cleoniano poderia ter criado. Então, enfaticamente, disse:

– Bom... – e segurou o som por um instante antes de ficar em silêncio mais uma vez.

– "Bom" o quê? – perguntou Pelorat.

Trevize olhou para ele de soslaio.

– Não vejo nenhuma cratera – respondeu.

– Nenhuma cratera? Isso é bom sinal?

– Totalmente inesperado – disse Trevize. Seu rosto se abriu num sorriso. – E *muito* bom. Talvez até excelente.

63

Fallom mantinha o nariz pressionado contra a portinhola da nave, através da qual um pequeno segmento do universo podia ser visto na forma exata em que os olhos o viam, sem ampliação ou realce computadorizado.

Júbilo, que vinha tentando explicar tudo, suspirou e, em um tom baixo, disse a Pelorat:

– Pel, querido, não sei o quanto ela entende. Para ela, a mansão de seu pai e uma pequena área da propriedade em que a mansão ficava eram todo o universo. Acho que ela nunca tinha saído à noite, nunca tinha visto as estrelas.

– Acha mesmo?

– Acho. Não ousei mostrar nada até que ela tivesse vocabulário o suficiente para me entender um pouco; e que bom que você pode conversar com ela em sua própria língua.

– O problema é que não sou muito bom nisso – desculpou-se Pelorat. – E o universo é muito difícil de compreender, se você entrar em contato com ele subitamente. Ela me disse que, se aquelas pequenas luzes são mundos, cada um deles como Solaria (eles são muito maiores do que Solaria, claro), eles não podiam ficar pendurados no vazio. Ela disse que eles cairiam.

– E ela está certa, considerando o que sabe. Ela faz perguntas pertinentes e, pouco a pouco, entenderá. Pelo menos, está curiosa e não tem medo.

– A questão é que eu também estou curioso, Júbilo. Veja como Golan mudou de expressão assim que descobriu que não havia crateras no mundo para o qual seguimos. Não tenho a menor ideia da diferença que tal fato faz. Você tem?

– Nenhuma. Mas ele entende muito mais sobre planetologia do que nós. Tudo que podemos fazer é confiar que ele sabe o que está fazendo.

– *Eu* queria saber.

– Pois, então, pergunte a ele.

– Sempre fico com medo de irritá-lo – Pelorat fez uma careta. – Estou certo de que ele acha que eu deveria saber esse tipo de coisa sem que me expliquem.

– Que bobagem, Pel – disse Júbilo. – Ele nunca hesita em perguntar-lhe sobre qualquer aspecto das lendas e mitos da Galáxia que ache que pode ser útil. Você está sempre disposto a responder e a explicar, então por que ele não deveria fazer o mesmo? Vá perguntar. Se isso irritá-lo, ele terá uma chance de treinar sociabilidade, e isso será bom para ele.

– Você viria comigo?

– Não, claro que não. Quero ficar com Fallom e continuar a tentar introduzir o conceito do universo em sua cabeça. Você pode explicar para mim depois, uma vez que ele tenha lhe explicado.

64

Tímido, Pelorat entrou na sala do piloto. Alegrou-se ao perceber que Trevize estava assobiando, claramente bem-humorado.

– Golan – disse, com a maior leveza possível.

– Janov! – Trevize tirou os olhos do computador. – Você chega sempre nas pontas dos pés, como se achasse que fosse contra a lei me importunar. Feche a porta e sente-se. Sente-se! Olhe para aquilo – ele apontou para o planeta na tela. – Não achei mais do que duas ou três crateras, todas bem pequenas.

– Isso faz diferença, Golan? De verdade?

– Se faz diferença? Com certeza. Como pode ter dúvidas?

– É tudo um mistério para mim – Pelorat fez um gesto de desamparo. – Sou diplomado em história. Estudei também sociologia e psicologia, além de letras e literatura, na maioria antiga, e sou doutor em mitologia. Nunca investi em planetologia ou em outra ciência física.

– Isso não é crime, Janov. Prefiro o conhecimento que você tem. Suas habilidades com línguas antigas e mitologia nos foram de grande utilidade. Você sabe disso. E, quando o assunto for planetologia, pode deixar comigo. A questão, Janov, é que planetas se formam pelo choque de objetos menores. Os últimos objetos a colidirem deixam crateras, quer dizer, podem deixar crateras. Se o planeta é grande o suficiente para ser um gigante de gás, ele é, basicamente, líquido sob uma atmosfera gasosa, e as últimas colisões são objetos atingindo esse líquido, o que não deixa nenhuma marca. Planetas menores e sólidos, sejam de gelo ou rocha, *exibem* marcas de crateras, que permanecem indefinidamente, a não ser que exista algum agente de remoção. Existem três tipos de remoção – continuou Trevize. – Primeiro, um mundo pode ter uma camada de gelo sobre um oceano líquido. Nesse caso, qualquer objeto que colida quebra o gelo e espirra água. Depois, o gelo se forma novamente e a ferida é curada, vamos dizer assim. Tal planeta, ou satélite, precisaria ser gelado, e não seria o que consideraríamos um mundo habitável. Segundo, se o planeta for intensamente ativo em termos vulcânicos, um fluxo perpétuo de lava ou uma queda constante de cinzas preenche e esconde qualquer cratera que se forme. Um planeta ou satélite desse tipo tampouco pode ser habitável. Isso nos leva a planetas habitáveis como uma terceira possibilidade. Tais mundos podem ter calotas polares, mas a maioria do oceano deve ser líquida. Podem ter vulcões ativos, mas eles devem ser distribuídos esparsamente. Esses mundos não podem "curar" crateras, tampouco preenchê-las. Mas há efeitos de erosão. Ventos e água corrente desgastam crateras e, se houver vida, as ações dos seres vivos também são bastante desgastantes. Entende?

Pelorat ficou pensativo por um momento e então disse:

– Mas Golan, não entendo o que está fazendo. Esse planeta para onde nos dirigimos...

– Aterrissaremos amanhã – interveio Trevize, animado.

– Este planeta para onde nos dirigimos não tem oceano.

– Somente pequenas calotas polares.

– E nem uma atmosfera considerável.

– Apenas um centésimo da densidade da atmosfera em Terminus.

– Tampouco vida.

– Nada que eu consiga detectar.

– Então, o que poderia ter desgastado as crateras?

– Um oceano, uma atmosfera, vida – disse Trevize. – Escute, se esse planeta não tivesse ar nem água desde o início, qualquer cratera formada ainda existiria, e a superfície toda estaria coberta de crateras. A ausência de crateras prova que ele não foi sempre desprovido de ar e água, e talvez houvesse até uma atmosfera e um oceano consideráveis em um passado próximo. Além disso, há imensas depressões geológicas visíveis, que podem ter sido mares e oceanos, sem falar em leitos de rios que agora estão secos. Portanto, veja só, *houve* erosão, e essa erosão acabou há pouco tempo, pois ainda não houve tempo suficiente para a formação de novas crateras.

Pelorat parecia desconfiado.

– Posso não ser um planetólogo – disse –, mas me parece que, se um planeta é grande o suficiente para ter uma atmosfera densa por, talvez, bilhões de anos, ele não a perderia repentinamente, não é?

– Eu diria que não – respondeu Trevize. – Mas esse planeta, sem dúvida, teve vida antes do desaparecimento de sua atmosfera; provavelmente vida humana. Suponho que tenha sido um mundo terraformado, como são quase todos os planetas habitados por humanos da Galáxia. O problema é que não sabemos como eram suas condições antes da chegada da vida humana, ou o que foi feito para que sua superfície fosse confortável para ela; tampouco sob quais condições a vida desapareceu. Pode ter acontecido uma catástrofe que tragou a atmosfera e que resultou no fim da vida humana. Ou talvez houvesse algum desequilíbrio incomum nesse planeta, que era controlado pelos seres humanos enquanto estavam aqui, e que entrou em um círculo vicioso de redução atmosférica assim que eles se foram. Talvez encontremos a resposta quando aterrissarmos, talvez não. Não importa.

– Mas também não importa se houve vida no passado se não houver vida agora. Qual a diferença entre um planeta que sempre foi inabitável e um que só é inabitável agora?

– Se é inabitável somente agora, haverá ruínas dos habitantes do passado.

– Havia ruínas em Aurora...

– Sim, mas em Aurora passaram-se vinte mil anos de chuva e neve, congelamento e degelo, ventos e mudanças de temperatura. E também havia vida; não se esqueça da vida. Não havia seres humanos por lá, mas havia bastante vida. Ruínas podem ser desgastadas tanto quanto crateras. Mais rapidamente, até. E, em vinte mil anos, não sobrou o suficiente para nos ser útil. Porém, aqui neste planeta, houve uma passagem de tempo, talvez de vinte mil anos, talvez menos, sem ventos, sem tempestades, sem vida. Houve mudanças de temperatura, reconheço, mas isso foi tudo. As ruínas estarão bem conservadas.

– A não ser – murmurou Pelorat, incrédulo – que não haja ruínas. Seria possível nunca ter havido vida no planeta, ou, pelo menos, nunca ter havido vida humana, e que a perda da atmosfera tenha sido causada por algum evento com o qual os seres humanos não tenham tido envolvimento?

– Não, não – respondeu Trevize. – Você não pode virar pessimista para cima de mim porque não vai funcionar. Até mesmo a essa distância, vi os resquícios do que tenho certeza de que era uma cidade. Portanto, aterrissamos amanhã.

65

– Fallom está convencida de que vamos levá-la de volta a Jemby, o robô – disse Júbilo, em tom preocupado.

– Humm – respondeu Trevize, estudando a superfície do planeta conforme ela passava rapidamente sob a nave em descida. Então, olhou para Júbilo como se tivesse ouvido a afirmação com atraso. – Bom, era a única figura paterna que ela conhecia, não era?

– Sim, claro, mas ela acha que voltamos a Solaria.

– Esse planeta não se parece nada com Solaria...

– Como ela pode saber?

– Diga que não é Solaria. Escute, darei a você um ou dois livro-filmes com ilustrações de referência. Mostre a ela imagens de vários planetas habitados e explique que existem milhões deles. Você terá tempo. Não sei quanto tempo eu e Janov teremos para explorar, uma vez que tenhamos escolhido um alvo provável e aterrissado.

– Você e Janov?

– Sim. Fallom não poderá vir conosco, mesmo se eu quisesse, o que só aconteceria se eu fosse clinicamente insano. Esse mundo requer trajes espaciais, Júbilo. Não há ar respirável. E não temos um traje espacial que sirva em Fallom. Portanto, ela precisa ficar na nave, com você.

– Por que eu?

– Admito que me sentiria mais seguro se você viesse conosco – Trevize abriu um sorriso sem humor –, mas não podemos deixar Fallom sozinha. Ela pode danificar alguma coisa, mesmo sem querer. Preciso de Janov comigo porque ele talvez possa decifrar qualquer tipo de escrito arcaico que exista por lá. Isso significa que você precisa ficar com Fallom. Eu achei, inclusive, que você iria gostar de fazer isso.

Júbilo parecia em dúvida.

– Escute – disse Trevize. – Você queria Fallom a bordo e eu não. Estou convencido de que ela não trará nada além de problemas. A presença dela impõe restrições, e você precisará adaptar-

-se a isso. Ela está aqui, portanto você deverá ficar aqui também. É assim que funciona.

– Imagino que seja – suspirou Júbilo.

– Ótimo. Onde está Janov?

– Ele está com Fallom.

– Pois bem. Vá substituí-lo. Quero falar com ele.

Trevize ainda estudava a superfície planetária quando Pelorat entrou, pigarreando para anunciar sua presença.

– Algo errado, Golan? – perguntou Pelorat.

– Não exatamente errado, Janov. Estou apenas inseguro. Este é um mundo peculiar e não sei o que aconteceu com ele. Os mares devem ter sido imensos, a julgar pelas depressões geológicas deixadas para trás, mas eram rasos. O máximo que posso dizer com base nesses traços é que este era um mundo de canais e dessalinização, ou talvez os mares não fossem muito salgados. Se não eram salgados, isso explicaria a ausência de grandes depósitos de sal nas depressões. Ou então, quando o oceano foi perdido, o conteúdo de sal desapareceu junto, o que certamente faz parecer um feito humano.

– Perdoe minha ignorância sobre esse tipo de coisa, Golan – disse Pelorat, hesitando –, mas esses dados fazem alguma diferença no que diz respeito ao que estamos procurando?

– Acho que não, mas não consigo evitar a curiosidade. Se eu soubesse como este planeta foi terraformado para garantir habitabilidade humana e como era antes da terraformação, talvez conseguisse entender o que aconteceu com ele depois que foi abandonado; ou logo antes de ser abandonado, talvez. E, se soubéssemos o que aconteceu, talvez pudéssemos nos prevenir contra surpresas desagradáveis.

– Que tipos de surpresa? É um mundo morto, não é?

– Bem morto. Pouquíssima água; atmosfera rarefeita e irrespirável; Júbilo não detecta nenhum traço de atividade mental.

– Conclusivo, eu diria.

– Ausência de atividade mental não implica necessariamente ausência de vida.

– Certamente implica ausência de vida que represente perigo.

– Eu não sei. Mas não era sobre isso que eu queria falar com você. Há duas cidades que podem servir para nossa primeira inspeção. Parecem estar em excelente condição; todas elas parecem. Aparentemente, o que quer que tenha destruído o ar e os oceanos não tocou as cidades. De todo jeito, essas duas cidades são especialmente grandes. Porém, a maior delas parece ter poucos espaços vazios. Há espaçoportos longínquos, nos arredores, mas nada na própria cidade. A que não é tão grande tem espaços vazios, portanto será mais fácil aterrissar, mesmo que não em espaçoportos formais. Mas quem se importaria?

Pelorat fez uma careta.

– Quer que *eu* decida, Golan?

– Não, eu decidirei. Quero apenas saber o que acha.

– Uma cidade grande e extensa é, provavelmente, um centro comercial, ou industrial. Uma cidade menor, com espaços mais abertos, talvez seja um centro administrativo. O centro administrativo é o que queremos. Tem algum prédio monumental?

– O que quer dizer com prédio monumental?

– Não sei bem – Pelorat abriu um pequeno sorriso com seus lábios finos. – Costumes mudam de mundo para mundo e de época para época. Mas suspeito que eles sempre parecem imensos, inúteis e dispendiosos. Como o lugar em que estivemos em Comporellon.

Trevize também sorriu.

– É difícil dizer, olhando de cima – respondeu Trevize –, e quando tenho um vislumbre lateral, conforme nos aproximamos ou nos distanciamos, é confuso demais. Por que você prefere o centro administrativo?

– É ali que temos mais chances de encontrar o museu, a biblioteca, os arquivos, a universidade etc.

– Ótimo. Então seguiremos para lá, para a cidade menor. E talvez encontremos algo. Fracassamos duas vezes, mas talvez encontremos algo desta vez.

– Talvez seja a trinca da sorte.

Trevize ergueu as sobrancelhas.

– De onde tirou esse termo? – perguntou.

– É antigo – disse Pelorat. – Encontrei em uma lenda arcaica. Acredito que signifique sucesso na terceira tentativa.

– Gosto disso – respondeu Trevize. – Ótimo. Trinca da sorte, Janov.

15.

Musgo

66

TREVIZE FICAVA COM UM ASPECTO ESQUISITO em seu traje espacial. A única coisa que permanecia do lado de fora da roupa eram seus coldres, de um tipo diferente do que ele geralmente usava em torno da cintura; eram maiores e faziam parte do traje. Cuidadosamente, ele inseriu a pistola no coldre direito e o chicote neurônico no esquerdo. Tal como antes, tinham sido recarregados e, dessa vez – pensou Trevize, carrancudo – *ninguém* as tomaria de suas mãos.

Júbilo sorriu e disse:

– Você levará armas mesmo em um mundo sem ar ou... Esqueça. Não questionarei suas decisões.

– Ótimo – respondeu Trevize, e virou-se para ajudar Pelorat a ajustar seu capacete antes de vestir o próprio.

– Eu conseguirei mesmo respirar nesta coisa, Golan? – perguntou Pelorat, que nunca tinha usado um traje espacial antes, em tom melancólico.

– Eu prometo – disse Trevize.

Júbilo observou conforme as últimas juntas foram seladas, seu braço sobre o ombro de Fallom. A jovem solariana, evidentemente amedrontada, encarava as duas figuras com roupas espaciais. Ela tremia, e o braço de Júbilo a apertou gentilmente para transmitir segurança.

A câmara de despressurização se abriu e os dois entraram, seus braços volumosos acenando em despedida. Ela se fechou. A comporta para o exterior se abriu e eles desceram desengonçadamente para o solo de um mundo morto.

Era amanhecer. O céu estava aberto, evidentemente, e era de cor arroxeada, mas o sol ainda não tinha surgido. No horizonte mais claro, de onde viria o sol, havia uma tênue neblina.

– Está frio – disse Pelorat.

– Você está com frio? – perguntou Trevize, surpreso. Os trajes eram bem isolantes e, se houvesse algum problema, o que era raro, era justamente o de eliminar o calor corpóreo.

– Não, mas veja aquilo – respondeu Pelorat, sua voz por rádio cristalina nos ouvidos de Trevize, e ele apontou o dedo.

Na luz roxa do amanhecer, a frente da laje corroída do prédio ao qual se dirigiam estava revestida de geada esbranquiçada.

– Com uma atmosfera rarefeita – disse Trevize –, fica mais frio à noite do que você imaginaria, e mais quente durante o dia. Agora é a parte mais fria do dia, e deve levar várias horas antes de ficar quente demais para permanecermos sob a luz do sol.

Como se a palavra tivesse sido um encantamento cabalístico, a borda do sol surgiu no horizonte.

– Não olhe diretamente para ele – aconselhou Trevize. – Seu visor é reflexivo e filtra ondas ultravioleta, mas ainda assim seria perigoso.

Ele deu as costas para o sol nascente e deixou sua longa sombra chegar ao edifício. A luz solar estava fazendo com que a geada desaparecesse diante de seus olhos. Por alguns instantes, a parede ficou escura por causa da umidade, e então a umidade também sumiu.

– Os prédios não parecem em condições tão boas daqui de baixo quanto pareciam vistos do céu – disse Trevize. – Estão rachados e danificados. Imagino que seja o resultado das mudanças de temperatura e de traços de água se congelando e degelando todas as noites e dias durante cerca de vinte mil anos.

– Há letras entalhadas na pedra acima da entrada – comentou Pelorat –, mas a corrosão as tornou difíceis de ler.

– Você consegue decifrá-las, Janov?

– Algum tipo de instituição financeira. Quer dizer, identifico uma palavra que talvez seja "banco".

– O que é isso?

– Se for o que estou pensando, um local onde recursos eram armazenados, extraídos, trocados, investidos, emprestados...

– Um prédio inteiro dedicado a isso? Sem ser por computadores?

– Sem nenhum domínio de computadores.

Trevize deu de ombros. Não considerava os detalhes da história antiga algo inspirador.

Eles continuaram a exploração, acelerando o passo, dedicando menos tempo a cada prédio. O silêncio, a *lugubridade* eram completamente deprimentes. O lento colapso milenar que os dois violavam fazia o lugar parecer o esqueleto de uma cidade; nada além de ossos.

Eles estavam em plena zona temperada, mas Trevize imaginou que podia sentir o calor do sol em suas costas.

Pelorat, uma centena de metros à direita de Trevize, disse, em tom alto:

– Olhe para aquilo!

Os ouvidos de Trevize doeram.

– Não grite, Janov – disse. – Posso ouvir seus sussurros com clareza, mesmo que você esteja longe. O que foi?

Pelorat, com a voz controlada, respondeu:

– Esse prédio é o "Hall dos Mundos". Pelo menos, é o que acho que diz a inscrição.

Trevize se juntou a ele. Havia uma estrutura com três andares diante dos dois; a linha do telhado era irregular e coberta por grandes fragmentos de rocha, como se alguma imensa escultura que ornara o prédio tivesse sido despedaçada.

– Tem certeza? – perguntou Trevize.

– Se entrarmos, poderemos descobrir.

Eles subiram cinco degraus baixos e largos e cruzaram uma praça que era um grande desperdício de espaço. No ar rarefeito, seus passos, revestidos de metal, produziam uma vibração sussurrada, em vez de som.

– Agora entendo o que você quis dizer com "imensos, inúteis e dispendiosos" – murmurou Trevize.

Eles entraram em uma ampla galeria. Luz solar passava por janelas altas e iluminava com intensidade as partes que banhava, deixando várias outras partes ocultas nas sombras. A atmosfera escassa contribuía muito pouco para a distribuição de luz.

No centro, havia uma estátua humana de tamanho maior do que o real, feita do que parecia ser uma rocha sintética. Um braço havia caído. O outro braço estava rachado no ombro, e Trevize imaginou que, se desse uma pancada naquele braço, ele também cairia. Ele deu um passo para trás, como se chegar perto demais fosse provocá-lo a realizar tal ato de vandalismo.

– Quem será essa pessoa? – ponderou Trevize. – Nenhuma marcação em lugar algum. Imagino que aqueles que prestaram essa homenagem achavam que sua fama era tão óbvia que não seria necessário incluir identificação, mas agora... – Ele se sentiu perigosamente próximo de filosofar e desviou a atenção.

Pelorat estava com a cabeça inclinada para cima, observando algo, e Trevize acompanhou o ângulo de visão. Havia marcações – entalhes – na parede, os quais Trevize não conseguia ler.

– Incrível – disse Pelorat. – Têm, talvez, vinte mil anos de idade e aqui, razoavelmente protegidos do sol e da umidade, ainda são legíveis.

– Não para mim – respondeu Trevize.

– Estão em escrita antiga e ainda têm muitos ornamentos, mesmo depois de tanto tempo. Vamos ver... sete... um... dois... – sua voz desapareceu em um murmúrio, e então ele falou alto mais uma vez. – Há cinquenta nomes listados, e teoricamente existiram cinquenta Mundos Siderais. E este é o "Hall dos Mundos". Suponho que esses sejam os nomes dos cinquenta Mundos Siderais, provavelmente em uma ordem de fundação. Aurora é o primeiro e Solaria é o último. Veja só, há sete colunas; sete nomes nas primeiras seis colunas e, então, oito nomes na última. É como se tivessem planejado uma proporção de sete por sete e só depois adicionaram Solaria. Eu diria, velho amigo, que essa lista data de antes da terraformação e da colonização de Solaria.

– E qual é este planeta em que estamos? Você consegue dizer?

– Repare que o quinto, de cima para baixo, na terceira coluna, décimo nono na contagem, está inscrito com letras um pouco maiores do que as outras. As pessoas que fizeram a listagem devem ter sido egocêntricas o suficiente para darem uma posição de maior destaque a si mesmas. Além disso...

– Qual é o nome?

– O que consigo identificar é Melpomenia. É um nome com o qual não tenho familiaridade nenhuma.

– Poderia representar "Terra"?

Pelorat negou veementemente com a cabeça, mas não era possível ver o gesto sob o capacete.

– Há dezenas de palavras usadas para Terra nas lendas antigas. Gaia é uma delas, como você já sabe. Assim como Jorth e Erda, e assim por diante. São todas curtas. Não sei de nenhum nome longo para ela, ou de alguma coisa que lembre uma versão mais curta de Melpomenia.

– Portanto, estamos em Melpomenia, que não é a Terra.

– Sim. Além disso, como comecei a falar antes, uma indicação melhor do que as letras maiores são as coordenadas ao lado do nome Melpomenia, 0, 0, 0, coordenadas que você só encontraria como referências para o próprio planeta em que se está.

– Coordenadas? – Trevize soou aturdido. – Essa lista dá, também, as coordenadas?

– Eles fornecem três números para cada, e presumo que sejam coordenadas. O que mais poderiam ser?

Trevize não respondeu. Abriu um pequeno compartimento na parte do traje espacial que cobria sua coxa direita e retirou um equipamento compacto, com fios que o conectavam ao compartimento. Ele colocou o aparelho diante dos olhos e focou cuidadosamente na inscrição da parede, seus dedos cobertos dificultando uma tarefa que, geralmente, teria sido questão de segundos.

– Câmera? – perguntou Pelorat, desnecessariamente.

– Ela enviará as imagens diretamente para o computador da nave – disse Trevize.

Ele tirou diversas fotografias de ângulos diferentes.

– Espere! – disse. – Preciso ir para um ponto mais alto. Ajude-me, Janov.

Pelorat uniu as mãos para formar um estribo, mas Trevize recusou.

– Isso não aguentará meu peso. Apoie-se nas mãos e nos joelhos.

Assim fez Pelorat, com esforço. Então, depois de guardar a câmera novamente no compartimento e também com esforço, Trevize subiu nos ombros de Pelorat e, em seguida, para o pedestal da estátua. Ele tentou sacudir a estátua com cuidado para determinar a solidez, colocou um dos pés sobre o joelho dobrado da escultura e o usou como base para se erguer e segurar o ombro sem braço. Apoiando as pontas dos pés em espaços desiguais do torso, ele continuou a subir e, enfim, depois de muitos grunhidos, conseguiu se sentar no ombro. Para os antigos que reverenciavam aquela estátua e o que ela representava, o que Trevize fez pareceria uma blasfêmia, e Trevize estava suficientemente influenciado por esse pensamento para tentar se sentar com cuidado.

– Você vai cair e se machucar – berrou Pelorat, ansioso.

– Não vou cair e nem me machucar – respondeu Trevize –, mas *você* talvez me deixe surdo.

Trevize sacou a câmera e focou mais uma vez. Várias outras fotografias foram tiradas, e então ele guardou a câmera novamente e desceu com cuidado, até que seus pés tocaram o pedestal. Ele saltou para o chão e a vibração de seu contato foi, aparentemente, o golpe final, pois o braço ainda intacto se despedaçou e formou um pequeno monte de entulho ao pé da estátua. Não fez quase ruído nenhum ao cair.

Trevize ficou imóvel; seu primeiro impulso foi o de encontrar algum lugar para se esconder antes que o vigia viesse pegá-lo em flagrante. Incrível – pensou, em seguida – como alguém pode voltar rapidamente para os dias da infância em uma situação como aquela, em que você acidentalmente quebra alguma coisa que parecia importante. Durou apenas um instante, mas foi arrebatador.

A voz de Pelorat estava vazia, adequada para alguém que havia testemunhado e até ajudado em um ato de vandalismo, mas ele conseguiu encontrar palavras de conforto:

– Está... está tudo bem, Golan. Já estava prestes a ruir por conta própria, de qualquer maneira.

Ele foi até os pedaços espalhados pelo pedestal e pelo chão, como se fosse demonstrar o que acabara de dizer, e pegou um dos fragmentos maiores.

– Golan, venha aqui – disse.

Trevize se aproximou e Pelorat, apontando para um pedaço de pedra que havia sido, claramente, a parte do braço que se ligava ao ombro, perguntou:

– O que é isso?

Trevize olhou de perto. Havia uma área aveludada, de cor verde-clara. Com seu dedo coberto pelo traje, ele esfregou gentilmente. O material soltou-se com facilidade.

– Parece muito com musgo – disse.

– A vida sem atividade mental que você mencionou?

– Não estou totalmente convicto de quão sem atividade mental. Júbilo, imagino, insistiria que isso também tem consciência, mas afirmaria que essa pedra também tem.

– Você acha que esse musgo esquisito é o que está deteriorando a pedra?

– Eu não ficaria surpreso se ajudasse na corrosão – respondeu Trevize. – Este mundo tem bastante luz do sol e um pouco de água. Metade da pouca atmosfera presente é vapor de água. O resto é nitrogênio e gases inertes. Apenas um traço de dióxido de carbono, o que poderia levar alguém a crer que não existiria nenhuma vida vegetal, mas pode ser que o dióxido de carbono esteja baixo porque está praticamente todo incorporado na superfície rochosa. Se esta rocha tiver algum carbonato, este musgo talvez o decomponha com a secreção de ácido e então aproveite o dióxido de carbono gerado pela reação. Pode ser a forma de vida dominante das que restaram neste planeta.

– Fascinante – comentou Pelorat.

– Sem dúvida – respondeu Trevize –, mas apenas razoavelmente. As coordenadas dos Mundos Siderais são muito mais interessantes, embora o que queremos mesmo sejam as coordenadas para a *Terra*. Se não estão aqui, talvez estejam em outro lugar do prédio, ou em outro prédio. Venha, Janov.

– Mas sabe... – começou Pelorat.

– Não, não – interrompeu Trevize, impacientemente. – Conversaremos depois. Precisamos ver o que mais esse prédio pode nos oferecer, se é que há mais alguma coisa. Está ficando mais quente – ele olhou para o pequeno indicador de temperatura na parte de trás da sua luva esquerda. – Vamos, Janov.

Eles caminharam pelos aposentos, tentando pisar com o maior cuidado possível – não por estarem fazendo barulho no sentido tradicional ou porque poderia haver alguém para escutá-los, mas porque não queriam causar mais danos com a vibração.

Conforme andavam, eles levantavam poeira, que subia pelo ar e descia rapidamente, e deixavam poeira para trás. De vez em quando, um ou o outro apontava em silêncio para mais áreas cobertas de musgo em algum canto escuro. Parecia haver um pouco de conforto na presença de vida, por menor que fosse; algo que tirava a sufocante e angustiante sensação de caminhar por um mundo morto, especialmente um repleto de artefatos que mostravam o passado longínquo de uma vida complexa.

– Acho que isso deve ser uma biblioteca – disse Pelorat, depois de algum tempo.

Trevize olhou à volta, curioso. Havia prateleiras e, conforme ele inspecionou mais de perto o que seus olhos tinham descartado como meros ornamentos, viu o que pareciam ser livro-filmes. Com cuidado, pegou um deles. Os livro-filmes eram espessos e desengonçados, e Trevize percebeu que eram apenas caixas. Com as luvas, teve dificuldades para abrir uma delas e, dentro, encontrou vários discos. Os discos também eram espessos e pareciam quebradiços, mas ele não testou para comprovar.

– Inacreditavelmente primitivo – comentou.

– Tem milhares de anos de idade – respondeu Pelorat, como

se defendesse os antigos melpomenianos contra a acusação de tecnologia atrasada.

Trevize apontou para a lombada do filme, na qual havia os contornos pálidos da ornamentada letra que os antigos usavam.

– Esse é o título? – perguntou. – O que diz?

– Não tenho certeza, velho amigo – disse Pelorat, conforme analisava a lombada. – Acho que uma das palavras se refere à vida microscópica. Talvez seja uma palavra para "microrganismo". Suspeito que sejam termos técnicos da microbiologia, os quais eu não entenderia mesmo no Padrão Galáctico.

– Provavelmente – respondeu Trevize, mal-humorado. – E, tão provavelmente quanto, não nos seria nada útil, mesmo se conseguíssemos ler. Não estamos interessados em germes. Faça-me um favor, Janov. Dê uma olhada em alguns desses livros e veja se há alguma coisa aqui com um título interessante. Enquanto faz isso, vou investigar aqueles visualizadores de livros.

– É isso que eles são? – perguntou Pelorat, pensativo.

Eram estruturas baixas e cúbicas, encostadas à parede, que serviam de suporte para telas anguladas e para uma extensão curvada sobre essas telas que talvez fosse um apoio para braços ou para uma um eletro-bloco – se é que Melpomenia tinha tal tecnologia.

– Se essa é a biblioteca – disse Trevize –, eles devem ter visualizadores de livros de algum tipo, e isso aqui parece que poderia ser um.

Ele espanou a poeira da tela com muito cuidado e ficou aliviado pelo fato de a tela não ter se despedaçado ao toque, qualquer que fosse o material. Manipulou os comandos com leveza, um depois do outro. Não aconteceu nada. Então testou outro visualizador, e depois mais um, com os mesmos resultados negativos.

Não ficou surpreso. Mesmo que os equipamentos continuassem em condições de funcionamento depois de vinte milênios em uma atmosfera rarefeita e fossem resistentes ao vapor d'água, havia, ainda, a questão da fonte de energia. Energia guardada sempre encontrava alguma maneira de se esvair, independentemente do que fosse feito para impedir esse processo. Era outro aspecto da onipresente e irresistível segunda lei da termodinâmica.

Pelorat estava atrás dele.

– Golan?

– Sim?

– Tenho um livro-filme aqui...

– De que tipo?

– Acho que é sobre a história dos voos espaciais.

– Perfeito. Mas não será de nenhuma utilidade se eu não conseguir fazer este visualizador funcionar – Trevize cerrou as mãos, frustrado.

– Podíamos levar o filme para a nave.

– Eu não saberia como adaptá-lo aos nossos visualizadores. Não se encaixaria, e nosso sistema de escaneamento certamente será incompatível.

– Mas isso tudo é mesmo necessário, Golan? Se nós...

– É mesmo necessário, Janov. Agora, não me interrompa. Estou tentando decidir o que fazer. Posso tentar fornecer energia para o visualizador. Talvez seja a única coisa de que ele precisa.

– Onde você conseguiria energia?

– Bom... – Trevize sacou suas armas, observou-as brevemente e então devolveu o desintegrador ao coldre. Abriu o chicote neurônico e estudou o nível de abastecimento de energia. Estava no máximo.

Trevize inclinou-se na direção do chão e tateou atrás do visualizador (ele continuava supondo que aquilo era um visualizador), tentando empurrá-lo para a frente. O aparelho se deslocou um pouco, e Trevize estudou o que descobriu com esse movimento.

Um daqueles cabos deveria ser responsável pela carga de energia e certamente era aquele que saía da parede. Não havia nenhuma tomada ou conexão óbvia. (Como alguém conseguia lidar com uma cultura antiga e alienígena na qual as questões mais simples e convencionais eram irreconhecíveis?)

Ele puxou o cabo gentilmente, então com mais força. Virou para um lado, depois para o outro. Apalpou a parede ao redor do cabo, e o trecho do cabo próximo à parede. Voltou sua atenção o máximo que pôde para a traseira semioculta do visualizador, e nada do que estava fazendo ali surtia algum efeito.

Ele apoiou uma mão no chão para se levantar e, conforme ficou em pé, o cabo veio com ele. Não tinha a menor ideia do que fizera para soltá-lo.

Não parecia quebrado nem rasgado. A extremidade parecia estar com o encaixe intacto, e deixou um acesso intacto na parede.

Gentilmente, Pelorat disse:

– Golan, eu...

– Agora não, Janov – Trevize ergueu um braço peremptório para o outro. – Por favor!

Repentinamente, ele percebeu a substância verde se solidificando nas reentrâncias de sua luva esquerda. Ele provavelmente esmagara parte do musgo atrás do visualizador. Sua luva estava coberta por uma leve umidade, que secou conforme ele observava, e a mancha esverdeada se tornou marrom.

Ele voltou sua atenção para o cabo, examinando cuidadosamente a extremidade solta. Havia dois pequenos buracos nela, onde fios podiam ser inseridos.

Ele se sentou no chão e abriu a unidade de energia de seu chicote neurônico. Com cautela, despolarizou um dos fios e soltou-o da unidade. Então, lenta e delicadamente, inseriu-o no buraco do cabo, forçando a entrada até onde foi possível. Quando tentou retirar o fio gentilmente, o fio continuou no lugar, como se tivesse se encaixado. Ele suprimiu o impulso de arrancá-lo à força. Despolarizou o outro fio e colocou-o na outra abertura. Era possível que aquilo fechasse o circuito e fornecesse energia ao visualizador.

– Janov – disse Trevize –, você já mexeu com todos os tipos de livro-filmes. Veja se consegue descobrir uma maneira de inserir esse livro no visualizador.

– É mesmo necessá...

– Por favor, Janov, você continua tentando fazer perguntas que não levam a nada. Não temos muito tempo. Não quero ter de esperar até altas horas da madrugada para que o prédio esfrie o suficiente e possamos retornar.

– Deve ser encaixado dessa maneira – disse Janov –, mas...

– Ótimo – respondeu Trevize. – Se é a história do voo espacial, deve começar com a Terra, pois foi na Terra que o voo espacial foi inventado. Vamos ver se, agora, esta coisa funciona.

Pelorat, de maneira um pouco mal-humorada, colocou o livro-filme no óbvio receptáculo e começou a estudar as marcações dos vários comandos, em busca de alguma pista sobre seu funcionamento.

– Imagino que devam existir robôs também neste mundo – comentou Trevize, em tom baixo, em parte para atenuar a própria tensão enquanto esperava –, robôs em condições razoavelmente boas, reluzentes no quase vácuo. O problema é que seu abastecimento de energia estaria drenado há muito tempo; e mesmo se fossem recarregados, como estaria o cérebro deles? Alavancas e engrenagens talvez resistam aos milênios, mas e quanto aos microinterruptores ou dispositivos subatômicos que têm no cérebro? Eles provavelmente teriam se deteriorado e, mesmo que não fosse o caso, o que saberiam sobre a Terra? O que eles...

– O visualizador está funcionando, velho amigo – disse Pelorat. – Dê uma olhada.

Sob a luz fraca, a tela do visualizador de livro-filmes começou a tremeluzir. Era apenas tênue, mas Trevize aumentou ligeiramente a potência do seu chicote neurônico e a tela ficou mais clara. O ar rarefeito ao redor deles fazia com que as partes fora dos focos de luz do sol fossem comparativamente escuras, e a sala era desbotada e cheia de sombras. A tela parecia ainda mais clara por causa do contraste.

A imagem continuou a oscilar, com sombras esporádicas passando pela tela.

– Precisa de foco – disse Trevize.

– Eu sei – respondeu Pelorat –, mas isso parece ser o melhor que posso fazer. O próprio filme deve estar deteriorado.

Agora, as sombras iam e vinham com maior velocidade e, às vezes, parecia haver alguma coisa semelhante a uma pálida caricatura de letras. Então, por um instante, houve nitidez, que sumiu tão rapidamente quanto tinha aparecido.

– Volte para aquela imagem e a estabilize – disse Trevize.

Pelorat já estava tentando. Passou por ela ao voltar, e mais uma vez ao ir adiante, e então a achou e a segurou na tela.

Ansiosamente, Trevize tentou ler.

– *Você* consegue entender, Janov? – perguntou, frustrado.

– Não totalmente – disse Pelorat, semicerrando os olhos para observar a tela. – É sobre Aurora. Essa parte eu consigo entender. Acho que fala sobre a primeira expedição hiperespacial, a "expansão primordial", é o termo que está aqui.

Ele adiantou as imagens, que ficaram borradas e fora de foco mais uma vez.

– Todos os trechos que consigo ler, Golan – continuou Pelorat, depois de algum tempo –, parecem falar sobre os Mundos Siderais. Não há nada que eu possa encontrar sobre a Terra.

– Não, não haveria – respondeu Trevize, amargamente. – Foi tudo apagado neste mundo, assim como em Trantor. Desligue essa coisa.

– Mas não tem problema... – começou Pelorat, conforme desligava o equipamento.

– Porque podemos olhar em outras bibliotecas? Estará tudo apagado nelas também. Em todos os lugares. – Ele olhou para Pelorat conforme falava. – Você saberia...

Trevize agora encarava Pelorat com uma mistura de horror e repulsa.

– O que há de errado com o seu visor? – perguntou.

67

Por reflexo, Pelorat colocou a mão coberta pela luva em seu visor, depois a desencostou e olhou para ela.

– O que foi? – perguntou, intrigado. Então, olhou para Trevize e continuou, com voz nervosa. – Há algo de peculiar em *seu* visor, Golan.

Trevize olhou à volta automaticamente, em busca de um espelho. Não havia nenhum – e, mesmo se houvesse, ele precisaria de luz.

– Venha até a luz, por favor – murmurou.

Ele guiou e puxou Pelorat ao mesmo tempo até o feixe de luz solar da janela mais próxima. Podia sentir o calor em suas costas, apesar do efeito isolante do traje espacial.

– Olhe na direção do sol, Janov, e feche os olhos – disse.

O que estava errado com o visor ficou imediatamente evidente. Havia musgo crescendo abundantemente no ponto em que o vidro do visor encaixava-se no tecido metalizado do traje. As bordas do visor estavam cobertas de verde aveludado, e Trevize sabia que seu próprio visor também estava.

Ele esfregou um dedo de sua luva sobre o musgo no visor de Pelorat. Parte dele saiu e o verde esmagado manchou a luva. Conforme ele observava o musgo em sua mão brilhar ao sol, a textura pareceu ficar seca e quebradiça. Tentou de novo e, dessa vez, o musgo esmigalhou-se. Ele esfregou os cantos do visor de Pelorat mais uma vez, com força.

– Limpe o meu, Janov – disse. Depois: – Eu pareço livre do musgo? Ótimo, você também. Vamos embora. Acho que não há mais nada a fazer aqui.

O sol estava desconfortavelmente quente na cidade deserta e sem ar. Os prédios de pedra brilhavam com intensidade, quase dolorosamente. Trevize semicerrou os olhos conforme observava as construções, e caminhou o máximo que podia pelos trechos das ruas que estavam na sombra. Parou diante de uma rachadura em uma das fachadas, ampla o suficiente para que ele pudesse colocar o dedo, mesmo com a luva. Foi o que fez.

– Musgo – murmurou. Caminhou para o limite da sombra e esticou o dedo para ser banhado pela luz solar. – Dióxido de carbono é o fator determinante. Onde quer que possa encontrar dióxido de carbono, seja em rochas deterioradas ou em qualquer outro lugar, o musgo cresce. Somos uma excelente fonte de dióxido de carbono, sabe? Provavelmente mais rica do que qualquer coisa neste planeta moribundo, e imagino que traços do gás vazam pela junção do visor.

– Portanto, o musgo cresce ali.

– Sim.

A caminhada de volta à nave pareceu longa, muito mais longa e, claro, mais quente do que a que haviam feito ao amanhecer. Mas a nave ainda estava à sombra quando chegaram; pelo menos aquilo Trevize havia calculado corretamente.

– Veja! – disse Pelorat.

Trevize olhou. As extremidades da câmara de despressurização estavam contornadas por musgo verde.

– Mais vazamento? – perguntou Pelorat.

– Claro. Tenho certeza de que são quantidades insignificantes, mas esse musgo parece ser melhor indicador de traços de dióxido de carbono do que qualquer coisa de que eu já tenha ouvido falar. Seus esporos devem estar por toda parte e, onde quer que haja algumas moléculas de dióxido de carbono, eles brotam. – Ele ajustou seu rádio para a frequência da nave. – Júbilo, pode me ouvir?

– Sim – a voz de Júbilo soou nas orelhas dos dois. – Estão prontos para entrar? Tiveram alguma sorte?

– Estamos do lado de fora da nave – disse Trevize –, mas *não* abra a comporta. Vamos abrir daqui de fora. Eu repito, *não* abra a comporta.

– Por que não?

– Júbilo, apenas faça o que lhe peço, por favor. Poderemos ter uma longa conversa depois.

Trevize sacou seu desintegrador, cuidadosamente diminuiu a intensidade até o mínimo e então a observou, inseguro. Nunca a tinha usado no mínimo. Olhou à volta. Não havia nada adequadamente frágil para testar.

Em puro desespero, apontou a arma na direção do barranco rochoso em cuja sombra estava a *Estrela Distante*. Seu alvo não ficou incandescente. Automaticamente, ele apalpou o local que tinha atingido. Será que estava quente? Através do tecido isolante de seu traje, não sabia dizer com nenhum grau de certeza.

Hesitou mais uma vez e então pensou que a fuselagem da nave seria tão resistente, pelo menos em ordem de magnitude, quanto o barranco. Ele apontou a pistola para a beirada da comporta e deu um leve toque no gatilho, segurando o fôlego.

Vários centímetros da vegetação musgosa ficaram marrons de imediato. Ele agitou a mão perto da área marrom e a suave brisa produzida dessa maneira espalhou os leves resquícios que formavam aquela matéria.

– Funciona? – perguntou Pelorat, ansiosamente.

– Sim, funciona – disse Trevize. – Transformei a pistola em um raio de calor moderado.

Ele pulverizou o calor por toda a beirada da comporta e o verde desapareceu ao toque. Tudo. Ele deu uma pancada no metal para criar uma vibração que derrubaria o que restasse, e uma poeira marrom caiu – uma poeira tão leve que até flutuou na atmosfera rarefeita, formando redemoinhos por causa de traços de gases.

– Acho que, agora, podemos abrir – afirmou Trevize.

Usando os controles que tinha no pulso, digitou a combinação de ondas de rádio que ativava o mecanismo de abertura por dentro. A comporta começou a abrir.

– Não enrole, Janov, entre de uma vez – disse Trevize, quando a comporta ainda não estava aberta nem pela metade. – Não espere pelos degraus. Entre.

Trevize foi em seguida e pulverizou as bordas da comporta com sua pistola com potência mínima. Aqueceu, também, os degraus, uma vez que tinham abaixado. Então sinalizou para que a comporta se fechasse, e continuou pulverizando calor até que estivessem completamente abrigados.

– Estamos na câmara de despressurização, Júbilo – disse Trevize. – Ficaremos aqui por alguns minutos. Continue sem fazer nada!

– Me dê alguma informação – soou a voz de Júbilo. – Você está bem? Como está Pel?

– Estou aqui, Júbilo – disse Pelorat –, e perfeitamente bem. Não há nada com que se preocupar.

– Se é o que você diz, Pel, mas quero ouvir explicações depois. Espero que saibam disso.

– Eu prometo – respondeu Trevize, e ativou a luz de dentro da câmara.

As duas figuras nos trajes espaciais estavam uma diante da outra.

– Estamos ejetando o máximo possível de ar planetário – explicou Trevize –, portanto vamos esperar até que o procedimento termine.

– E quanto ao ar da nave? Vamos deixar que entre?

– Não por um tempo. Estou tão ansioso para sair do traje espacial quanto você, Janov. Quero apenas ter certeza de que nos livramos de qualquer esporo que tenha entrado conosco, pelo ar ou nos trajes.

Sob a iluminação não muito satisfatória da câmara de despressurização, Trevize apontou a pistola para a junção interna da comporta e da fuselagem, espalhando calor metodicamente ao longo do chão, pelo teto e pelas laterais, e de volta ao chão.

– Agora você, Janov.

Pelorat ficou inquieto.

– Você talvez sinta calor – explicou Trevize. – Não deve acontecer nada além disso. Se ficar desconfortável, basta dizer.

Ele pulverizou o raio invisível pelo visor, especialmente nas bordas. Então, pouco a pouco, pelo resto do traje espacial.

– Levante os braços, Janov – ele murmurou. Então: – Apoie seus braços em meus ombros e levante um dos pés. Preciso limpar as solas. Agora, o outro. Está ficando quente demais?

– Não me sinto exatamente banhado por brisas frescas, Golan.

– Pois bem, então me dê uma amostra do meu próprio veneno. Pulverize-a em mim.

– Nunca empunhei uma pistola.

– Você *precisa* empunhá-la. Segure desse jeito e, com o polegar, aperte este pequeno botão. E segure o cabo com força. Isso. Agora passe pelo meu visor. Mova-o uniformemente, Janov, não deixe que fique tempo demais em um ponto só. Pelo resto do capacete, então pelas bochechas e pelo pescoço.

Trevize continuou passando orientações e, quando já havia recebido calor pelo corpo todo e, como resultado, transpirava desconfortavelmente, pegou a pistola de volta e observou o nível de energia.

– Mais da metade se foi – disse, e então pulverizou o interior da câmara de despressurização metodicamente, para frente e para trás pelas paredes, até que a carga da pistola se esgotou e ela estava bastante quente por causa da descarga contínua. Ele a recolocou no coldre.

Somente então sinalizou para entrar na nave. Conforme a comporta interna se abriu, apreciou o sibilar e a sensação de ar entrando na câmara. O frescor e a capacidade de convecção eliminavam o calor dos trajes com muito mais rapidez do que a simples radiação. Podia ser apenas imaginação, mas ele sentiu o efeito refrigerador instantaneamente. Imaginário ou não, foi muito bem-vindo.

– Pode tirar o traje, Janov, e deixe-o aqui fora, na câmara – disse Trevize.

– Se não se importa – respondeu Pelorat –, um banho é o que eu gostaria agora, antes de qualquer coisa.

– Não antes de qualquer coisa. Na verdade, acho que, antes disso, e antes que possa até esvaziar sua bexiga, imagino que você terá de falar com Júbilo.

Júbilo, é claro, estava esperando por eles com uma expressão preocupada no rosto. Atrás dela estava Fallom, espiando, com as mãos agarradas firmemente ao braço esquerdo de Júbilo.

– O que aconteceu? – perguntou Júbilo, severa. – O que foi tudo isso?

– Prevenção contra infecções – respondeu Trevize, secamente –, portanto vou ativar a radiação ultravioleta. Pegue os óculos escuros. Por favor, não demore.

Com o ultravioleta somado à iluminação das paredes, Trevize tirou suas roupas úmidas, uma a uma, e as sacudiu, examinando-as com todo o cuidado.

– Apenas uma precaução – explicou. – Você também precisa fazer isso, Janov. E, Júbilo, precisarei me despir completamente. Se isso a deixar desconfortável, vá para outro aposento.

– Não me deixará desconfortável nem embaraçada – disse Júbilo. – Tenho uma boa noção da sua aparência, e isso certamente não me trará nada novo. Que infecção?

– Apenas uma coisinha que, se seguisse seu curso natural – respondeu Trevize, com um ar proposital de indiferença –, acredito que poderia causar grandes danos à humanidade.

68

Estava feito. A luz ultravioleta havia cumprido seu papel. Oficialmente, de acordo com os complexos filmes de informação e instrução que tinham vindo com a *Estrela Distante* quando Trevize embarcou pela primeira vez em Terminus, a luz estava incluída justamente para desinfecção. Mas Trevize suspeitava que, para pessoas que vinham de mundos em que bronzeados eram moda, a tentação de usá-la para conseguir um tom de pele atraente estava sempre presente – e, às vezes, alguém provavelmente cedera a ela.

Eles levaram a nave para o espaço e Trevize a manobrou o mais próximo possível do sol de Melpomenia sem que eles ficassem desconfortáveis demais, virando e rotacionando a embarcação para garantir que toda a sua superfície fosse banhada por raios ultravioleta.

Por último, resgataram os dois trajes espaciais que haviam sido deixados na câmara e os examinaram até que todos, inclusive Trevize, estivessem satisfeitos.

– Tudo isso – comentou Júbilo, ao final da tarefa – por causa de musgo. Não foi isso que você disse que era, Trevize? Musgo?

– Eu chamo de musgo – disse Trevize – porque foi isso que me pareceu. Mas não sou botânico. Tudo o que posso dizer é que é de um verde intenso e que provavelmente pode se propagar com pouquíssima luz.

– Por que pouquíssima?

– O musgo é sensível à ultravioleta e não cresce, nem mesmo sobrevive, sob iluminação direta. Seus esporos estão por toda parte e ele se desenvolve em cantos escondidos, em rachaduras nas estátuas, nas superfícies debaixo de estruturas, se alimentado da energia de fótons de luz espalhados onde quer que haja uma fonte de dióxido de carbono.

– Imagino que você o considere perigoso – disse Júbilo.

– Pode ser que seja. Se alguns esporos estivessem em nossos trajes quando entramos, ou flutuassem para dentro conosco, encontrariam bastante iluminação sem os danosos raios ultravioleta. Encontrariam água abundante e um suprimento infinito de dióxido de carbono.

– Apenas 0,03% da nossa atmosfera – respondeu Júbilo.

– Uma grande quantidade, para o musgo... e 4% em nossa expiração. E se crescessem esporos em nossas narinas e em nossa pele? E se ele se decompusesse e destruísse nossa comida? E se produzisse toxinas mortíferas? Se, mesmo depois de tanto trabalho para matar os esporos, sobrassem alguns vivos, seria o suficiente para infestar outro mundo, caso os carregássemos até lá. Dali, o musgo se espalharia para mais mundos. Quem sabe o tipo de dano que ele poderia causar?

Júbilo negou com a cabeça.

– Uma forma de vida não é necessariamente perigosa por ser diferente – disse. – Você está sempre tão pronto para matar.

– Isso é Gaia falando – respondeu Trevize.

– Claro que é, mas espero, ainda assim, fazer sentido. O musgo está adaptado às condições deste mundo. Assim como faz uso de pequenas quantidades de luz, mas é morto se houver grandes quantidades, pode fazer uso de pequenas quantidades de dióxido de carbono, mas ser morto se houver muito. Talvez não seja capaz de sobreviver em nenhum outro planeta além de Melpomenia.

– Você gostaria que eu arriscasse? – exigiu Trevize.

– Certo – Júbilo deu de ombros. – Não fique na defensiva. Entendo o que diz. Como um Isolado, provavelmente não teve escolha além de fazer o que fez.

Trevize teria respondido, mas a voz aguda e cristalina de Fallom os interrompeu. Ela falou em sua própria língua.

– O que ela está dizendo? – perguntou Trevize a Pelorat.

Pelorat começou:

– O que Fallom está dizendo...

Mas Fallom, como se lembrasse tarde demais de que sua própria língua não era facilmente compreendida, tentou de novo:

– Havia Jemby lá onde vocês estavam? – pronunciou as palavras meticulosamente, e Júbilo ficou radiante.

– Ela fala galáctico tão bem, não fala? – comentou. – E aprendeu com uma rapidez impressionante.

– Estragarei tudo se eu tentar – disse Trevize, em tom baixo –, mas explique a ela, Júbilo, que não encontramos nenhum robô no planeta.

– Eu explico – interveio Pelorat. – Venha, Fallom – ele colocou um braço gentil sobre os ombros da criança. – Vamos para o nosso quarto e eu pegarei outro livro para você ler.

– Um livro? Sobre Jemby?

– Não exatamente... – e a porta se fechou atrás deles.

– Sabe – disse Trevize, observando impacientemente a porta se fechar –, estamos desperdiçando tempo ao brincarmos de babá com aquela criança.

– Desperdiçando? – perguntou Júbilo. – Trevize, de que maneira isso interfere em sua busca pela Terra? Em nada. Brincar de babá estabelece comunicação, alivia medo, traz amor. Essas conquistas não são nada?

– Isso é Gaia falando novamente.

– Sim – disse Júbilo. – Então, sejamos práticos. Visitamos três dos Mundos Siderais e não conseguimos nada.

– Não tenho como discordar.

– E, na verdade, cada um deles era perigoso, não era? Em Aurora, havia cães raivosos; em Solaria, seres humanos estranhos e perigosos; em Melpomenia, um musgo ameaçador. Então, aparentemente, quando um mundo é deixado por conta própria, com ou sem seres humanos, ele se torna temerário para a comunidade interestelar.

– Você não pode considerar isso uma regra.

– Três de três certamente parece um número impressionante.

– E qual a impressão que isso lhe causa, Júbilo?

– Vou dizer. Por favor, me escute com a mente aberta. Se você tem, na Galáxia, milhões de mundos que interagem, como é a realidade, e se cada um deles é composto inteiramente por Isolados, como de fato o são, então em cada mundo os seres humanos são dominantes e podem forçar suas vontades sobre formas de vida não humanas, sobre o plano geológico inanimado e até mesmo uns sobre os outros. A Galáxia, portanto, é uma forma muito primitiva, hesitante e disfuncional de Galaksia. O princípio de uma unidade. Entende o que quero dizer?

– Entendo o que está tentando dizer, mas isso não significa que concordarei quando você terminar.

– Apenas escute. Concorde ou não, como quiser, mas escute. A única forma para a Galáxia funcionar é como uma proto-Galaksia, e quanto menos proto e mais Galaksia, melhor. O Império Galáctico foi uma tentativa de uma proto-Galaksia forte e, quando ruiu, a realidade se tornou rapidamente pior, e havia o constante esforço para fortalecer o conceito de proto-Galaksia. A Confederação da Fundação é uma tentativa desse tipo. Assim como o Império do Mulo. Assim como o Império que a Segunda Fundação planeja. Mas mesmo se não houvesse esses impérios ou confederações; mesmo se a Galáxia estivesse caótica, seria um caos conectado com cada mundo interagindo com todos os outros, ainda que fosse apenas de maneira hostil. Isso seria uma espécie de união, e, ainda assim, não seria a pior situação possível.

– O que seria a pior situação possível?

– Você sabe a resposta para essa pergunta, Trevize. Você testemunhou. Se um mundo habitado por humanos se separar por completo, será verdadeiramente um Isolado e, se perder todas as interações com os outros mundos humanos, ele acabará se tornando... maligno.

– Como um câncer.

– *Sim*. Solaria não é justamente isso? Sua índole é contra todos os mundos. E, em sua própria superfície, a índole de cada indivíduo é contra a índole de todos os outros. Você viu. E, se os seres humanos desaparecessem, o último traço de disciplina desapareceria também. O "cada um por si e contra todos os outros" se torna irracional, como os cachorros, ou é simplesmente uma força elementar, como o musgo. Espero que você enxergue que, quanto mais perto estivermos de Galaksia, melhor será a sociedade. Por que, então, parar antes de chegarmos a Galaksia?

Por um momento, Trevize encarou Júbilo em silêncio.

– Estou pensando no assunto – disse. – Mas por que essa presunção de que dosagem é algo de mão única; de que, se um pouco é bom, muito é melhor, e que tudo é melhor ainda? Não foi você mesma quem apontou que o musgo talvez seja adaptado a pouquíssimo dióxido de carbono e que um suprimento generoso pudesse matá-lo? Um ser humano com dois metros de altura se sai melhor do que um de apenas um metro; mas também se sai melhor do que um que tenha três metros. Um rato não tem uma vida melhor se for expandido para o tamanho de um elefante. Ele não sobreviveria. Tampouco o elefante se sairia melhor se fosse reduzido ao tamanho de um rato. Existe um tamanho natural, uma complexidade natural, alguma qualidade otimizada para tudo, seja estrela ou átomo, e isso é certamente válido para seres vivos e sociedades vivas. Não digo que o antigo Império Galáctico fosse ideal, e posso ver, com certeza, falhas na Confederação da Fundação, mas não estou preparado para dizer que, se Isolamento total é ruim, Unificação total é boa. Os extremos podem ser, ambos, igualmente horríveis, e um antiquado Império Galáctico, por mais imperfeito que seja, talvez seja o melhor que possamos fazer.

Júbilo negou com a cabeça.

– Eu me pergunto se você acredita no que diz, Trevize. Você diria que um vírus e um ser humano são igualmente insatisfatórios e que deseja se contentar com algo no meio-termo, como um fungo viscoso?

– Não. Mas eu talvez dissesse que um vírus e um super-humano são igualmente insatisfatórios, e que desejo me contentar com algo no meio-termo, como uma pessoa comum. Mas não há sentido em discutir a questão. Terei minha solução quando encontrar a Terra. Em Melpomenia, encontramos as coordenadas para os outros quarenta e sete Mundos Siderais.

– E você visitará todos?

– Cada um deles, se for preciso.

– Expondo-se aos perigos de cada um.

– Sim, se isso for o que é preciso para encontrar a Terra.

Pelorat tinha saído do quarto no qual deixara Fallom, e parecia prestes a dizer algo quando foi envolvido pela discussão acelerada entre Júbilo e Trevize. Encarou um e depois o outro, conforme eles falavam um de cada vez.

– Quanto tempo levará? – perguntou Júbilo.

– Quanto tempo for preciso – respondeu Trevize –, e talvez encontremos o que procuramos no próximo que visitarmos.

– Ou em nenhum deles.

– Não podemos saber até procurar.

Agora, enfim, Pelorat conseguiu inserir uma palavra na discussão.

– Mas para que procurar, Golan? Temos a resposta.

Trevize fez um gesto de mão impaciente na direção de Pelorat, parou o movimento, virou a cabeça e perguntou, confuso:

– Como é que é?

– Eu disse que temos a resposta. Tentei dizer-lhe pelo menos cinco vezes em Melpomenia, mas você estava tão envolvido com o que fazia...

– Temos qual resposta? Do que você está falando?

– Sobre a *Terra*. Acho que sabemos onde está a Terra.

PARTE 6
ALFA

16.

O centro dos mundos

69

TREVIZE ENCAROU PELORAT DURANTE um longo momento, com uma evidente expressão de desagrado.

– Há alguma coisa que você tenha visto que eu não vi e sobre a qual não me falou? – perguntou.

– Não – respondeu Pelorat, calmamente. – Você viu e, como acabei de dizer, tentei explicar, mas você não estava disposto a me ouvir.

– Pois tente novamente.

– Não seja agressivo com ele, Trevize – interveio Júbilo.

– Não estou sendo agressivo. Estou pedindo uma informação. E não o trate como se ele fosse um bebê.

– Por favor – disse Pelorat –, escutem a mim, e não um ao outro, pode ser? Você se lembra, Golan, que discutimos tentativas antigas de descobrir a origem da espécie humana? O projeto de Yariff? Aquela tentativa de estabelecer as épocas de colonização seguindo a hipótese de que os planetas teriam sido colonizados de maneira uniforme e progressivamente mais longe do mundo de origem, em todas as direções? Assim, passando dos planetas de colonização mais recente para os mais antigos, seria possível se aproximar do mundo de origem por todas as direções.

– O que me lembro – Trevize concordou impacientemente com a cabeça – é que não funcionou, pois as datas de colonização não eram confiáveis.

– Exato, velho amigo. Mas os mundos com os quais Yariff lidou faziam parte da segunda expansão da raça humana. Naquele momento, a viagem hiperespacial já estava bastante avançada, e a colonização deve ter sido deveras assimétrica. Era muito fácil realizar Saltos imensos por grandes distâncias, e a colonização não foi necessariamente progressiva e radial. Tal fato certamente contribuiu com o problema da inconfiabilidade das datas. Mas pense, Golan, nos Mundos Siderais. Eles estavam na primeira onda colonizadora. Viagens hiperespaciais eram pouco sofisticadas, e era provavelmente impossível realizar grandes saltos. Enquanto milhões de mundos foram colonizados, talvez de forma caótica, durante a segunda expansão, apenas cinquenta foram colonizados, possivelmente de maneira mais organizada do que na primeira. Enquanto os milhões de mundos da segunda expansão foram colonizados em um período de vinte mil anos, os cinquenta da primeira expansão foram colonizados em um período de poucos séculos, quase instantaneamente, em comparação. Estes cinquenta, se considerados um conjunto, devem existir dentro de uma simetria razoavelmente esférica em relação ao mundo de origem. Temos as coordenadas desses cinquenta mundos. Você as fotografou, lembra-se, de cima da estátua? Quem ou o que estiver destruindo as informações relacionadas à Terra deve ter negligenciado essas coordenadas ou não parou para pensar que elas poderiam nos fornecer a informação de que precisamos. Tudo o que você precisa fazer, Golan, é ajustar as coordenadas para levar em consideração os últimos vinte mil anos de deriva estelar e então encontrar o centro da esfera. Você acabará bem perto do sol da Terra, ou, pelo menos, de onde ele estava há vinte mil anos.

O queixo de Trevize havia caído durante o discurso, e ele demorou um pouco para fechar a boca depois que Pelorat terminara.

– Por que não pensei nisso? – comentou.

– Eu tentei lhe dizer enquanto ainda estávamos em Melpomenia.

– Tenho certeza de que tentou. Peço desculpas, Janov, por me recusar a ouvir. Acontece que eu não imaginei que... – ele parou de falar, constrangido.

– Que eu poderia ter alguma coisa importante para falar – Pelorat riu-se em silêncio. – Acho que, normalmente, eu não teria mesmo, mas isso era algo em meu campo de estudo, sabe? Tenho certeza de que, via de regra, você tem justificativas perfeitas para não me ouvir.

– Nunca – respondeu Trevize. – Não é verdade, Janov. Sinto-me um tolo, e mereço me sentir assim. Mais uma vez, peço desculpas. E agora preciso usar o computador.

Ele e Pelorat entraram na sala de pilotagem e Pelorat, como sempre, observou, com uma combinação de admiração e incredulidade, conforme as mãos de Trevize tocaram a escrivaninha e ele se tornou o que era quase um único organismo homem/computador.

– Terei de fazer algumas suposições, Janov – disse Trevize, bastante inexpressivo por estar conectado ao computador. – Vou supor que o primeiro número é uma distância em parsecs e que os outros dois números são ângulos em radianos, o primeiro sendo acima e abaixo, por se dizer, e o outro, direita e esquerda. Vou supor que o uso de positivo e negativo, no caso dos ângulos, está no Padrão Galáctico, e que a marca 0-0-0 é o sol de Melpomenia.

– Me parece correto – respondeu Pelorat.

– Será? Existem seis maneiras possíveis de dispor os números, quatro maneiras possíveis de dispor os sinais; as distâncias podem estar em anos-luz, em vez de parsecs; os ângulos podem estar em graus, e não em radianos. Já são noventa e seis variações diferentes só nessas informações. Além disso, se as distâncias adotadas forem em anos-luz, não posso ter certeza da duração dos anos usados. Além disso, não sei quais convenções foram usadas para medir os ângulos; imagino que seja a partir do equador melpomeniano em um caso, mas qual seria o meridiano?

– Agora você fez parecer que não tem jeito – Pelorat franziu o cenho.

– Tem sim. Aurora e Solaria estão incluídas na lista, e sei onde elas estão no espaço. Usarei as coordenadas para ver se consigo localizá-las. Se eu acabar no lugar errado, ajustarei as coordenadas até que elas me deem a localização certa, e isso me dirá quais suposições errôneas estou fazendo no que diz respeito às convenções que governam as coordenadas da lista. Uma vez que tenha corrigido minhas suposições, posso procurar pelo centro da esfera.

– Com todas as possibilidades de variação, não será difícil decidir o que fazer?

– O quê? – perguntou Trevize. Ele estava cada vez mais concentrado. Então, depois que Pelorat repetiu a pergunta, ele respondeu:

– Bom, é provável que as coordenadas sigam o Padrão Galáctico, e ajustá-las para um meridiano desconhecido não é difícil. Esses sistemas para localizar pontos específicos do espaço foram elaborados há muito tempo, e a maioria dos astrônomos acredita que precedem as viagens interestelares. Os seres humanos são muito conservadores com algumas coisas e quase nunca mudam convenções numéricas, uma vez que tenham se acostumado com elas. Acho, inclusive, que chegam a confundi-las com leis da natureza. Isso não é ruim, pois, se cada mundo tivesse suas próprias convenções de medida mudando a cada século, acredito, sinceramente, que os avanços científicos congelariam permanentemente.

Era evidente que ele trabalhava enquanto falava, pois suas palavras vinham pausadamente. Então, murmurou:

– Agora, silêncio.

Em seguida, seu rosto se contraiu, concentrado, até que, depois de vários minutos, ele se reclinou e respirou fundo.

– As convenções se aplicam – disse, em tom baixo. – Localizei Aurora. Não há dúvidas. Veja.

Pelorat olhou para o campo estrelado e para a estrela mais brilhante, perto do centro.

– Tem certeza? – perguntou.

– Minha opinião não importa – disse Trevize. – O *computador* tem certeza. Afinal, visitamos Aurora. Temos suas características: o diâmetro, a massa, a luminosidade, a temperatura, detalhes sobre o espectro; isso sem considerar o padrão das estrelas vizinhas. O computador diz que é Aurora.

– Então temos de aceitar a palavra do computador.

– Sim, acredite. Deixe-me ajustar a tela de visualização e o computador pode começar os cálculos. Ele tem os 50 conjuntos de coordenadas e os usará um por vez.

Trevize interagia com a tela conforme falava. O computador trabalhava rotineiramente nas quatro dimensões de espaço-tempo, mas, para um observador humano, era raro que a tela fosse necessária em mais do que duas dimensões. Agora, a tela parecia ser preenchida por uma escuridão tão profunda quanto ampla. Trevize diminuiu a luz da sala quase totalmente para que a observação do brilho das estrelas fosse mais fácil.

– Começará agora – sussurrou.

Um instante depois, surgiu uma estrela – depois outra, depois outra. A visualização da tela mudava com cada acréscimo, para que todas ficassem visíveis. Era como se o espaço se distanciasse do olho para que a visão ficasse cada vez mais panorâmica. Havia, também, alguns deslocamentos para cima ou para baixo, à direita ou à esquerda...

Enfim, cinquenta pontos coloridos haviam aparecido, flutuando no espaço tridimensional.

– Eu teria preferido um arranjo esférico mais bonito – disse Trevize –, isso parece o esqueleto de uma bola de neve moldada às pressas, feita com neve dura e granulada.

– Isso estraga tudo?

– Traz algumas dificuldades, mas acho que são inevitáveis. As próprias estrelas não são distribuídas uniformemente, e os planetas habitáveis certamente não são, portanto é esperado que haja desigualdades na colonização de novos mundos. O computador ajustará cada um desses pontos para suas posições atuais, incluindo a possível deriva ocorrida nos últimos vinte mil anos, mesmo que esse período não represente muita coisa, e então os encaixará em uma esfera otimizada. Em outras palavras, encontrará uma superfície esférica da qual os pontos estão a uma distância mínima possível. Assim, encontraremos o centro da esfera, e a Terra deve estar razoavelmente próxima desse centro. Ou assim esperamos. Não vai demorar.

70

Não demorou. Trevize, acostumado a aceitar os milagres do computador, descobriu-se surpreso com o pouco tempo que foi necessário.

Ele havia instruído o computador a emitir uma nota suave e reverberante ao determinar as coordenadas do centro otimizado. Não havia nenhum motivo para tanto, exceto a satisfação de ouvi-la e saber que a busca possivelmente terminara.

O som veio em questão de minutos, e foi como o gentil soar de um gongo. Cresceu até que eles pudessem sentir a vibração fisicamente e, então, desapareceu de maneira gradual.

Júbilo apareceu à porta quase imediatamente.

– O que foi isso? – ela perguntou, olhos arregalados. – Uma emergência?

– De jeito nenhum – disse Trevize.

– Talvez tenhamos localizado a Terra, Júbilo – acrescentou Pelorat, ansiosamente. – O som foi a maneira do computador de nos avisar.

– Eu poderia ter sido comunicada – Júbilo entrou na sala.

– Lamento, Júbilo – disse Trevize. – Não era minha intenção que tivesse soado tão alto.

Fallom seguira Júbilo para dentro da sala.

– Júbilo, por que houve a existência daquele som? – perguntou.

– Vejo que ela também está curiosa – disse Trevize.

Ele se recostou na cadeira, sentindo-se exausto. O próximo passo era tentar aplicar a descoberta na Galáxia verdadeira; focar nas coordenadas do centro dos Mundos Siderais e verificar se havia, de fato, uma estrela de classe G ali. Mais uma vez, ele relutava em dar o passo óbvio, incapaz de colocar a possível solução à prova.

– Sim – respondeu Júbilo. – Por que não deveria ficar? Ela é tão humana quanto nós.

– Seu criador não concordaria – disse Trevize, distraído. – Preocupo-me com a criança. Ela é mau agouro.

– O que ela fez para comprovar sua teoria? – exigiu Júbilo.

– É apenas uma intuição – Trevize abriu os braços.

Júbilo olhou para ele com desdém e virou-se na direção de Fallom.

– Estamos tentando encontrar a Terra, Fallom – disse.

– O que é Terra?

– É outro mundo, mas muito especial. É o mundo de onde vieram nossos ancestrais. Você sabe o que quer dizer a palavra "ancestral" a partir das suas leituras, Fallom?

– Quer dizer ****? – a última palavra não era do Padrão Galáctico.

– Essa, Júbilo – explicou Pelorat –, é uma palavra arcaica para "ancestrais". Em nosso vocabulário, a palavra "precursor" é a mais próxima dela.

– Excelente – disse Júbilo, com um súbito sorriso luminoso. – A Terra, Fallom, é o mundo de onde vieram nossos precursores. Os seus, os meus, os de Pel e os de Trevize.

– Os seus, Júbilo... E os meus também – Fallom soava intrigada. – Os dois?

– Existe apenas um grupo de precursores – respondeu Júbilo. – Temos os mesmos precursores, todos nós.

– Me parece que a criança sabe muito bem que é diferente de nós – disse Trevize.

– Não diga isso – respondeu Júbilo, em tom baixo. – Ela precisa enxergar que não é. Não na essência.

– Hermafroditismo é essencial, eu diria.

– Estou falando da mente.

– Lóbulos transdutores também são essenciais.

– Trevize, não seja difícil. Ela é inteligente e humana, apesar dos detalhes.

Ela se voltou na direção de Fallom, sua voz voltando ao tom normal.

– Pense com calma sobre isso, Fallom, e descubra o que significa para você. Seus precursores e os meus foram os mesmos. Todas as pessoas, em todos os mundos... muitos, muitos mundos... tiveram os mesmos precursores, e esses precursores viveram, originalmente, no mundo chamado Terra. Isso significa que somos todos parentes, não acha? Agora, volte para o nosso quarto e pense nisso.

Depois de lançar um olhar pensativo para Trevize, Fallom se virou e correu para fora da sala, acelerada pelo afetuoso tapinha que Júbilo deu em suas costas.

Júbilo encarou Trevize e disse:

– Por favor, Trevize, prometa-me que não fará mais comentários na presença de Fallom que a levarão a achar que é diferente de nós.

– Eu prometo – respondeu Trevize. – Não tenho nenhum desejo de impedir ou subverter o processo educacional, mas, sabe, ela *é* diferente de nós.

– De algumas maneiras. Assim como sou diferente de você e assim como Pel também é.

– Não seja ingênua, Júbilo. No caso de Fallom, as diferenças são muito maiores.

– Um *pouco* maiores. As similaridades têm importância muito mais vasta. Algum dia, ela e seu povo farão parte de Galaksia, e estou certa de que serão uma parte muito útil.

– Certo. Não vamos discutir. – Ele se reclinou sobre o computador com evidente relutância. – Nesse meio-tempo, receio que terei de verificar a suposta posição da Terra no espaço real.

– Receia?

– Bom – Trevize ergueu os ombros de um jeito que ele esperou ter sido semicômico –, e se não houver nenhuma estrela adequada perto da localização?

– Então, não haverá nenhuma estrela – disse Júbilo.

– Eu me pergunto se é mesmo necessário verificar isso agora. Não poderemos executar o Salto nos próximos dias.

– E você passará todos esses dias angustiado por causa das possibilidades. Descubra agora. Esperar não mudará nada.

Por um momento, Trevize ficou em silêncio, com os lábios contraídos. Então disse:

– Você tem razão. Pois bem, aqui vamos nós.

Ele se voltou para o computador, colocou as mãos nas marcações sobre o tampo e a tela ficou escura.

– Vou deixá-los a sós – disse Júbilo. – Farei apenas com que fique nervoso, caso eu permaneça.

Ela foi embora com um gesto de despedida.

– A questão – murmurou Trevize – é que primeiro vamos verificar o mapa galáctico do computador e, mesmo que o sol da Terra esteja na posição calculada, o mapa não deve incluí-lo. O que faremos em seguida...

Sua voz sumiu em perplexidade conforme a tela brilhou com um fundo de estrelas; bem espalhadas pela tela, eram pálidas e em número considerável. De quando em quando, uma estrela brilhava mais que as outras, cintilando aqui e ali.

– Encontramos – disse Pelorat, alegremente. – Encontramos, velho amigo. Veja só como brilha.

– Qualquer estrela com coordenadas centralizadas pareceria brilhante – respondeu Trevize, evidentemente tentando abafar qualquer alegria que pudesse se provar infundada. – A visualização, afinal, é apresentada a partir da distância de um parsec das coordenadas usadas como centro. Ainda assim, aquela estrela centralizada certamente não é uma anã vermelha, tampouco uma gigante vermelha e muito menos uma azul-branca de alta temperatura. Espere pelas informações, o computador está verificando seu banco de dados.

Houve silêncio por alguns segundos, e então Trevize continuou:

– Classe espectral G-2 – outra pausa. – Diâmetro, um milhão e quatrocentos mil quilômetros; massa, 1,02 vez a do sol de Terminus; temperatura na superfície, seis mil absolutos; rotação lenta, logo, abaixo de trinta dias. Nenhuma atividade incomum ou irregularidade.

– Tudo isso é típico da categoria de estrelas em torno das quais podem ser encontrados planetas habitáveis, não é?

– Típico – Trevize concordou com a cabeça na penumbra – e, portanto, o que esperaríamos do sol da Terra. Se tiver sido ali que a vida se desenvolveu, o sol da Terra teria estabelecido o padrão original.

– Portanto, há uma boa chance de que exista um planeta habitável em sua órbita.

– Não precisamos especular – disse Trevize, que parecia bastante intrigado com a questão. – O mapa galáctico diz que ele tem um planeta com vida humana. Mas com um ponto de interrogação.

– É exatamente o que deveríamos esperar, Golan – o entusiasmo de Pelorat aumentou. – O planeta que pode sustentar vida está lá, mas a tentativa de esconder esse fato ocultou dados sobre ele e deixou os criadores deste mapa incertos.

– É justamente isso que me incomoda – disse Trevize. – Isso *não é* o que deveríamos esperar. Deveríamos esperar muito mais do que isso. Considerando a eficiência com que os dados sobre a Terra foram apagados, os criadores do mapa não deveriam ter conhecimento sobre a vida que existe neste sistema, muito menos sobre a vida humana. Eles não deveriam saber nem que o sol da Terra existe. Os Mundos Siderais não estão no mapa. Por que o sol da Terra estaria?

– Bom, ainda assim, ele está ali. Qual a utilidade de discutir esse fato? Que outras informações sobre a estrela são fornecidas?

– Um nome.

– Ah! Qual é o nome?

– Alfa.

Houve uma pausa, e então Pelorat disse, ansioso:

– É isso, meu caro. É a prova derradeira. Considere o significado.

– Ele tem um significado? – perguntou Trevize. – É apenas um nome para mim, e um nome muito estranho. Não parece nem estar no Padrão Galáctico.

– *Não está* no Padrão Galáctico. Está em uma língua pré-histórica da Terra, a mesma que nos deu Gaia como o nome do planeta de Júbilo.

– Então o que significa Alfa?

– Alfa é a primeira letra do alfabeto dessa língua antiga. É um dos fragmentos de informação mais autênticos que temos sobre ela. Antigamente, "alfa" era usado para nomear o primeiro de qualquer coisa. Chamar um sol de "alfa" implica que é o primeiro sol. E o primeiro sol seria aquele em torno do qual orbitaria o primeiro planeta a ter vida humana: a Terra. Não seria?

– Tem certeza disso?

– Absoluta – respondeu Pelorat.

– Existe alguma coisa nas lendas primitivas (você é o mitólogo, afinal de contas) que dê ao sol da Terra algum atributo bastante incomum?

– Não. Como poderia haver? Precisa ser padrão por definição, e imagino que as características que o computador nos deu são tão padrão quanto possível, não são?

– Imagino que o sol da Terra seja uma única estrela, correto?

– Mas é claro! – respondeu Pelorat. – Que eu saiba, todos os mundos habitados orbitam estrelas individuais.

– Penso da mesma maneira – disse Trevize. – O problema é que aquela estrela no centro da tela de visualização não é uma estrela individual. É uma binária. A mais brilhante das duas estrelas que compõem a binária é, de fato, padrão, e os dados que o computador nos forneceu são dela. Porém, orbitando essa estrela em um período de mais ou menos oito anos, está outra estrela, com uma massa de quatro quintos da massa da mais brilhante. A olho nu, não podemos vê-las como estrelas separadas, mas se eu ampliar a visualização, tenho certeza de que veremos.

– Está certo disso, Golan? – perguntou Pelorat, surpreso.

– É o que o computador está me dizendo. E se estamos olhando para uma estrela binária, não é o sol da Terra. Não pode ser.

71

Trevize interrompeu o contato com o computador e as luzes voltaram ao normal. Aparentemente, foi o sinal para o retorno de Júbilo, com Fallom logo atrás.

– E então, quais são os resultados? – ela perguntou.

– Um tanto decepcionantes – disse Trevize, inexpressivamente. – Encontrei uma estrela binária no lugar em que esperava achar o sol da Terra. O sol da Terra é uma estrela individual, portanto a estrela localizada nessas coordenadas não é ele.

– E agora, Golan? – perguntou Pelorat.

Trevize deu de ombros.

– Eu não esperava ver o sol da Terra nessas coordenadas – disse. – Nem mesmo os Siderais colonizariam mundos em um padrão que formaria uma esfera perfeita. Aurora, o mais antigo dos Mundos Siderais, pode ter enviado seus próprios colonizadores, o que talvez tenha distorcido ainda mais a esfera. Além disso, o sol da Terra talvez não tenha se deslocado com a exata velocidade média dos Mundos Siderais.

– Portanto, a Terra pode estar em qualquer lugar – respondeu Pelorat. – É isso que está dizendo?

– Não. Não em "qualquer lugar". Todas essas possibilidades de erro não devem se acumular muito. O sol da Terra deve estar nas *proximidades* das coordenadas. A estrela que localizamos quase exatamente nas coordenadas deve ser vizinha do sol da Terra. É surpreendente que exista uma vizinha tão semelhante à da Terra, com exceção de ser binária, mas deve ser esse o caso.

– Mas então veríamos o sol da Terra no mapa, não veríamos? Quero dizer, perto de Alfa?

– Não, pois tenho certeza de que o sol da Terra não está no mapa. Foi isso que abalou minha convicção quando vimos Alfa pela primeira vez. Por mais que seja parecida com o sol terrestre, o simples fato de estar no mapa me fez suspeitar de que não era o próprio.

– Pois bem – disse Júbilo. – Por que não centralizar as mesmas coordenadas no espaço real? Assim, se houver alguma estrela brilhante próxima ao centro, uma estrela que não exista no mapa do computador e que seja muito parecida com Alfa em suas propriedades, mas que seja solitária, não seria o sol da Terra?

– Se for assim – suspirou Trevize –, eu estaria disposto a apostar metade da minha fortuna que, em órbita ao redor da estrela que você descreve, estaria o planeta Terra. Mais uma vez, hesito em tentar.

– Porque talvez falhe?

Trevize concordou com a cabeça e disse:

– Mas me dê algum tempo para recuperar o fôlego e eu me forçarei a fazê-lo.

Enquanto os três adultos olhavam uns para os outros, Fallom se aproximou da mesa do computador e observou com curiosidade as indicações de contato manual sobre ela. A criança estendeu a própria mão, hesitante, na direção dos sinais luminosos, e Trevize bloqueou o movimento com uma veloz intervenção com o braço.

– Não toque nisso, Fallom – disse, severamente.

A jovem solariana se assustou e foi até o reconfortante abraço de Júbilo.

– Precisamos encarar a possibilidade, Golan – disse Pelorat. – E se você não encontrar nada no espaço real?

– Então seremos forçados a voltar para o plano anterior – respondeu Trevize – e visitar cada um dos quarenta e sete Mundos Siderais.

– E se isso não resultar em nada, Golan?

Trevize negou com a cabeça, irritado, como se quisesse evitar que tal pensamento criasse raízes profundas.

– Pensarei em outro plano – disse, abruptamente cabisbaixo, olhando para as próprias pernas.

– Mas e se o mundo dos precursores não existir?

Trevize ergueu os olhos rapidamente ao ouvir a voz aguda.

– Quem disse isso? – perguntou.

Era uma pergunta inútil. O momento de surpresa passou e ele sabia muito bem quem tinha feito a indagação.

– Eu disse – respondeu Fallom.

Trevize olhou para ela com as sobrancelhas levemente franzidas.

– Você entendeu a conversa?

– Você procura pelo mundo dos precursores – disse Fallom –, mas ainda não encontrou. Esse mundo talvez não existe.

– Talvez não *exista* – corrigiu Júbilo, gentilmente.

– Não, Fallom – disse Trevize, com seriedade. – Há um esforço contínuo e muito grande para escondê-lo. Se alguém faz tanta questão de esconder, significa que existe algo a ser escondido. Você entende o que estou dizendo?

– Sim – respondeu Fallom. – Você não permite que eu toque a mesa com as mãos. Se não permite que eu a toque, significa que seria interessante tocá-la.

– Ah, mas não para você, Fallom. Júbilo, você está criando um monstro que nos destruirá. Nunca a deixe entrar aqui, a não ser que eu esteja no computador. E mesmo nesse caso, pense duas vezes, está bem?

Mas a pequena distração aparentemente acabou com a indecisão de Trevize:

– Obviamente, é melhor que eu volte ao trabalho. Se eu ficar aqui parado, essa pequena aberração tomará conta da nave.

As luzes diminuíram.

– Você prometeu, Trevize – disse Júbilo, em tom baixo. – Não a chame de monstro ou aberração quando ela estiver ouvindo.

– Então fique de olho nela e ensine um pouco de boas maneiras. Diga que crianças nunca devem ser ouvidas e que devem ser raramente vistas.

– Sua atitude para com crianças é simplesmente abominável, Trevize – Júbilo franziu o cenho.

– Talvez, mas não é o momento para discutir isso. – Então, em um tom de satisfação e alívio em dosagens iguais, disse: – Ali está Alfa no espaço real. E, à sua esquerda e ligeiramente para cima, há uma estrela quase tão brilhante quanto e que não está no mapa galáctico do computador. *Esse* é o sol da Terra. Apostarei *toda* a minha fortuna nisso.

72

– Bom, não aceitaremos nenhuma parte de sua fortuna, se você perder – disse Júbilo. – Então, por que não resolver a questão de forma direta? Vamos visitar a estrela assim que você puder executar o Salto.

– Não – Trevize negou com a cabeça. – Desta vez, não é uma questão de indecisão ou receio. É uma questão de ser cuidadoso. Visitamos três mundos desconhecidos e três vezes acabamos diante de algo inesperadamente perigoso. Três vezes tivemos de abandonar o planeta às pressas. Agora, a situação é crucial, e não entrarei no jogo mais uma vez sem saber de nada; ou, pelo menos, sem ter o máximo de conhecimento que puder adquirir. Até agora, tudo o que temos são histórias vagas sobre radioatividade, e isso não é suficiente. Graças a um bizarro acaso que ninguém poderia ter antecipado, há um planeta com vida humana a um parsec de distância da Terra...

– Temos certeza de que há um planeta com vida humana na órbita de Alfa? – interrompeu Pelorat. – Você disse que o computador colocou um ponto de interrogação sobre ele.

– Ainda assim – disse Trevize –, uma investigação é válida. Por que não dar uma olhada? Se houver, de fato, seres humanos naquele planeta, vamos tentar descobrir o que eles sabem sobre a Terra. Afinal, para eles, a Terra não é uma lenda distante; é um mundo vizinho, brilhante e proeminente em seu céu.

– Não é má ideia – interveio Júbilo, pensativa. – Me ocorre que, se Alfa é um sistema habitado, e se os habitantes não forem Isolados completamente típicos, eles talvez sejam amigáveis e talvez consigamos comida decente, para variar.

– E encontremos pessoas agradáveis – completou Trevize. – Não se esqueça disso. Está de acordo, Janov?

– Você é quem decide, velho amigo – respondeu Pelorat. – Para onde quer que você vá, eu irei junto.

– Encontraremos Jemby? – perguntou Fallom, repentinamente.

– Vamos procurar por ele – respondeu Júbilo rapidamente, antes que Trevize pudesse fazê-lo.

– Então está decidido – disse Trevize. – Para Alfa.

73

– Duas estrelas GRANDES – disse Fallom, apontando para a tela.

– Isso mesmo – respondeu Trevize. – Duas. Júbilo, fique de olho nela, sim? Não quero que ela se intrometa em nada.

– Ela é fascinada por maquinário – disse Júbilo.

– Sim, eu sei que ela é – disse Trevize –, mas eu não sou fascinado por esse fascínio. Apesar de que, para dizer a verdade, estou tão fascinado quanto ela com a visão de duas estrelas tão brilhantes na tela ao mesmo tempo.

As duas estrelas eram tão brilhantes que pareciam estar a ponto de exibir um halo – cada uma delas. A tela havia automaticamente aumentado a densidade do filtro para eliminar a radiação direta e enfraquecer a luz das estrelas a fim de evitar danos às retinas. Por isso, poucas outras estrelas emitiam brilho suficiente para serem perceptíveis, e as duas principais reinavam em um orgulhoso semi-isolamento.

– Acontece – continuou Trevize – que nunca estive tão perto de uma binária antes.

– Nunca? – perguntou Pelorat, com surpresa genuína na voz. – Como isso é possível?

– Já viajei para muitos lugares, Janov – riu-se Trevize –, mas não sou o peregrino que você acha que sou.

– Eu nunca tinha nem visitado o espaço até conhecê-lo, Golan – disse Pelorat –, mas sempre acreditei que qualquer pessoa que conseguisse ir para o espaço...

– Iria para todos os cantos. Eu sei. É um raciocínio natural. O problema com pessoas que vivem confinadas em seus mundos é que não importa o quanto suas mentes evoluam, a imaginação simplesmente não consegue conceber a verdadeira extensão da Galáxia. Poderíamos viajar durante toda a vida e deixar a maior parte da Galáxia incólume e intocada. Além disso, ninguém visita as binárias.

– Por que não? – perguntou Júbilo, franzindo as sobrancelhas. – Nós, em Gaia, sabemos pouco sobre astronomia em comparação aos Isolados viajantes da Galáxia, mas, de acordo com o que estudamos, as binárias não são raras.

– Não mesmo – disse Trevize. – Existe uma quantidade substancialmente maior de binárias do que de estrelas individuais. Porém, a formação de duas estrelas com associação próxima afeta os processos comuns de formação planetária. As binárias têm menos material planetário do que as estrelas individuais. Os planetas que chegam a se formar em torno delas muitas vezes têm órbitas relativamente instáveis e raramente são de um tipo habitável. Imagino que os primeiros exploradores tenham estudado de perto muitas binárias, mas, depois de algum tempo e por causa da colonização, passaram a buscar apenas as individuais. E uma vez que você tenha uma Galáxia densamente povoada, praticamente todas as viagens envolvem comércio e comunicações e são realizadas entre mundos habitados que orbitam estrelas individuais. Em períodos de atividade militar, suponho que bases fossem instaladas em pequenos planetas normalmente desabitados que orbitam uma das estrelas de uma binária que calhou de estar estrategicamente posicionada, mas, uma vez que a viagem hiperespacial foi aperfeiçoada, tais bases não eram mais necessárias.

– É inacreditável o quanto eu não sei – comentou Pelorat.

– Não deixe que isso o impressione, Janov – Trevize apenas sorriu. – Quando eu estava na marinha, tivemos um número extraordinário de aulas sobre táticas militares ultrapassadas que ninguém planejava ou pretendia usar, e falávamos sobre elas somente por inércia. Eu estava apenas matraqueando um trecho de uma delas. Pense em tudo o que você sabe sobre mitologia, folclore e línguas arcaicas que eu não sei, e que apenas você e poucos outros sabem.

– Sim – disse Júbilo –, mas essas duas estrelas formam um sistema binário, e uma delas tem um planeta habitável em órbita ao seu redor.

– Esperamos que tenha, Júbilo – respondeu Trevize. – Tudo tem sua exceção. E há um ponto de interrogação oficial neste caso, o que o faz ser ainda mais intrigante. Não, Fallom, esses botões não são brinquedo. Júbilo, ou você a algema ou a leva embora daqui.

– Ela não danificará nada – disse Júbilo, defensiva, mas puxou a jovem solariana em sua direção, mesmo assim. – Se você está tão interessado nesse planeta habitável, por que ainda não estamos lá?

– Para começar – respondeu Trevize –, sou meramente humano e quero observar esse sistema binário de perto. E sou, também, humano o suficiente para ser cuidadoso. Como já expliquei, nada do que aconteceu desde que deixamos Gaia me encorajou a deixar de ser, no mínimo, cuidadoso.

– Qual dessas duas estrelas é Alfa, Golan? – perguntou Pelorat.

– Não vamos nos perder, Janov. O computador sabe exatamente qual delas é Alfa e, na verdade, nós também. É a de temperatura mais alta e a mais amarelada das duas, pois é a maior. A que está à direita tem uma tonalidade distintamente laranja, semelhante ao sol de Aurora, se sua memória não falhar. Percebe?

– Sim, agora que você chamou minha atenção.

– Pois bem. Essa é a menor. Qual é a segunda letra daquela língua antiga que você mencionou?

Pelorat pensou por um instante e, então, disse:

– Beta.

– Então vamos chamar a laranja de Beta e a amarelo-branca de Alfa. E é para Alfa que estamos seguindo agora.

17.

Terra Nova

74

– QUATRO PLANETAS – MURMUROU TREVIZE. – Todos pequenos. Há também um rastro de asteroides. Nenhum gigante de gás.

– Considera isso uma decepção? – perguntou Pelorat.

– Na verdade, não. É esperado. Binárias que circulam a uma curta distância entre si não podem ter planetas orbitando uma delas. Os planetas podem orbitar o centro gravitacional de ambas, mas é muito improvável que esses planetas sejam habitáveis, pois ficariam longe demais. Por outro lado, se as binárias forem razoavelmente separadas, poderiam haver planetas em órbitas estáveis ao redor de uma delas, se fossem próximos o suficiente de uma das duas estrelas. De acordo com o banco de dados do computador, essas duas estrelas têm uma separação média de três bilhões e meio de quilômetros, e durante o periastro, quando estão mais próximas, ficam a aproximadamente um bilhão e setecentos milhões de quilômetros de distância uma da outra. Um planeta em órbita a menos de duzentos milhões de quilômetros de qualquer uma delas estaria situado de forma estável, mas não pode haver planetas com órbitas maiores do que isso. Ou seja, não haveria nenhum gigante de gás, pois eles precisariam estar mais longe das estrelas. Mas que diferença faz? Gigantes de gás não são habitáveis.

– Mas um destes quatro planetas talvez seja habitável.

– Na verdade, o segundo planeta é a única possibilidade real. Para começar, é o único com tamanho suficiente para ter atmosfera.

Eles se aproximaram rapidamente do segundo planeta e, ao longo de dois dias, sua imagem expandiu-se. De início, foi um crescente majestoso e calculado e, como não houve nenhum sinal de naves para interceptá-los, a velocidade aumentou e se tornou quase assustadora.

A *Estrela Distante* movia-se rapidamente ao longo de uma órbita temporária mil quilômetros acima da camada de nuvens quando Trevize disse, aborrecido:

– Agora entendo por que o banco de dados do computador colocou um ponto de interrogação na informação de que é habitado. Não há nenhum sinal evidente de radiação; nenhuma luz no hemisfério à sombra, nem rádio.

– A camada de nuvens parece bastante densa – comentou Pelorat.

– Isso não bloqueia a radiação de rádio.

Eles observaram o planeta passar sob eles, uma sinfonia de turbilhões de nuvens brancas com buracos esporádicos através dos quais uma superfície azulada indicava um oceano.

– A presença de nuvens é consideravelmente grande, para um mundo habitado – disse Trevize. – Talvez seja bem escuro. O que mais me incomoda – continuou, enquanto eles entravam mais uma vez no lado noturno – é que nenhuma estação espacial nos recebeu.

– Quer dizer, como fizeram em Comporellon? – perguntou Pelorat.

– Como fariam em qualquer mundo habitado. Precisaríamos parar para a rotineira verificação de documentos, carga, duração da estadia e assim por diante.

– Talvez tenhamos passado sem sermos percebidos, de alguma maneira – disse Júbilo.

– Nosso computador teria captado qualquer comprimento de ondas que eles pudessem ter usado. E estamos enviando nossos próprios sinais, mas não instigamos a resposta de nada nem de ninguém. Descer abaixo da camada de nuvens sem comunicar os oficiais das estações é uma violação da cortesia espacial, mas não creio que tenhamos escolha.

A velocidade da *Estrela Distante* diminuiu e a nave ajustou sua antigravidade para manter a altura. Entrou na parte iluminada mais uma vez, e reduziu ainda mais a velocidade. Em coordenação com o computador, Trevize encontrou uma considerável abertura nas nuvens. A nave mergulhou e passou por ela. Abaixo deles, o oceano se agitava com o que devia ser uma brisa fresca. Expandia-se por diversos quilômetros, ondulado, levemente riscado por linhas de espuma.

Eles voaram para fora do foco de luz e ficaram sob a camada de nuvens. A vastidão de água imediatamente abaixo deles mudou para um cinza homogêneo, e a temperatura caiu perceptivelmente.

Fallom, com olhos fixos na tela, falou em sua própria língua rica em consoantes durante um momento. Então, mudou para galáctico. Sua voz estava trêmula:

– O que é isto que vejo abaixo?

– É um oceano – disse Júbilo, apaziguadoramente. – É uma massa de água muito grande.

– Por que ela não seca?

Júbilo olhou para Trevize, que respondeu:

– Há água demais para secar.

– Eu não quero toda essa água – disse Fallom, com voz estrangulada. – Vamos embora – e então ela gritou fracamente quando a *Estrela Distante* passou por um aglomerado de nuvens de tempestade, o que fez com que a tela ficasse turva e coberta de gotas de chuva.

As luzes na sala de pilotagem diminuíram e a movimentação da nave tornou-se ligeiramente espasmódica.

Trevize tirou os olhos do computador, surpreso, e ergueu a voz:

– Júbilo! Essa sua Fallom tem idade suficiente para fazer transdução. Ela está usando energia elétrica para tentar manipular os controles. Faça-a parar!

Júbilo envolveu Fallom com os braços e deu-lhe um abraço apertado.

– Está tudo bem, Fallom, está tudo bem. Não há nenhum motivo para ter medo. É apenas outro mundo, só isso. Existem muitos como esse.

Fallom relaxou um pouco, mas continuou a tremer.

– A criança nunca viu um oceano – disse Júbilo a Trevize – e, até onde sei, talvez nunca tenha visto neblina ou chuva. Você não pode tentar ser solidário?

– Não se ela tentar interferir na nave. Nesse caso, ela representa perigo para todos nós. Leve-a para o seu quarto e acalme-a.

Júbilo concordou com um rude movimento de cabeça.

– Vou com você, Júbilo – disse Pelorat.

– Não, não faça isso, Pel – ela respondeu. – Fique aqui. Eu acalmarei Fallom e você acalma Trevize – e foi embora.

– Eu não preciso ser acalmado – rosnou Trevize para Pelorat.

– Lamento se exagerei, mas não podemos permitir que uma criança mexa nos controles, podemos?

– Claro que não – disse Pelorat –, mas Júbilo foi pega de surpresa. Ela pode controlar Fallom, que é extraordinariamente bem-comportada para uma criança tirada de sua casa e de seu... seu robô, e jogada, por bem ou por mal, em uma vida que não compreende.

– Eu sei. Lembre-se de que não foi minha ideia trazê-la conosco. Foi ideia de Júbilo.

– Sim, mas a criança teria sido morta se não a tivéssemos trazido.

– Pois bem, em breve pedirei desculpas a Júbilo. E à criança também.

Mas ele ainda estava com uma expressão preocupada.

– Golan, velho amigo – disse Pelorat, gentilmente –, há mais alguma coisa que o incomode?

– O oceano – respondeu Trevize. Fazia algum tempo que eles tinham saído da tempestade, mas as nuvens continuavam.

– O que há de errado com ele? – perguntou Pelorat.

– Há oceano demais, só isso.

Pelorat não demonstrou reação, e Trevize disse, acelerado:

– Nenhuma terra firme. Não vimos nenhuma terra firme. A atmosfera é perfeitamente normal, oxigênio e nitrogênio em proporções aceitáveis, portanto o planeta deve ter sido terraformado, e deve haver vida vegetal para manter o nível de oxigênio. Em estado natural, tais atmosferas são impossíveis exceto talvez na Terra, onde, sabe-se lá como, se desenvolveu. Porém, em planetas terraformados, existem sempre quantidades consideráveis de terra firme; até um terço do total da superfície, e nunca menos do que um quinto. Como esse planeta pode ter sido terraformado e não ter terra firme?

– Considerando que esse planeta faz parte de um sistema binário – respondeu Pelorat –, talvez seja completamente atípico. Talvez não tenha sido terraformado, mas desenvolveu uma atmosfera distinta daquela de planetas que orbitam estrelas individuais. Talvez aqui a vida tenha se desenvolvido de forma independente, assim como aconteceu na Terra, mas apenas vida marítima.

– Mesmo que aceitemos essa possibilidade – disse Trevize –, ela não nos seria útil. Não há como vida marítima desenvolver tecnologia. Tecnologia é sempre baseada em fogo, e fogo é impossível no oceano. Um planeta com vida, mas sem tecnologia, não é o que procuramos.

– Tenho consciência disso, mas estou apenas considerando ideias. Afinal, até onde sabemos, a tecnologia se desenvolveu apenas uma vez, na Terra. Em todos os outros lugares, os Colonizadores trouxeram tecnologia consigo. Você não pode dizer que tecnologia é "sempre" alguma coisa, se tem apenas um estudo de caso.

– Locomoção marítima requer aerodinâmica. A vida marítima não pode ter silhuetas e membros irregulares, como mãos.

– Lulas têm tentáculos.

– Reconheço que podemos especular – disse Trevize –, mas, se você estiver pensando em criaturas inteligentes semelhantes a lulas que tenham se desenvolvido de maneira independente em algum lugar da Galáxia e criado uma tecnologia não baseada em fogo, tem em mente algo de absoluta improbabilidade, em minha opinião.

– Em sua *opinião* – respondeu Pelorat, gentilmente.

– Muito bem, Janov – Trevize riu, subitamente. – Vejo que você está insistindo no contra-argumento como um castigo por eu ter sido duro com Júbilo, e está fazendo um ótimo trabalho. Prometo que, se não encontrarmos terra firme, examinaremos o mar com o máximo de atenção para ver se encontramos lulas civilizadas.

Conforme ele falava, a nave mergulhou mais uma vez na sombra noturna e a tela de visualização ficou preta.

– Eu fico me perguntando. É seguro? – estremeceu Pelorat.

– O que, Janov?

– Correr no escuro desse jeito. Talvez mergulhemos e nos choquemos contra o oceano. Seremos destruídos instantaneamente.

– Impossível, Janov. Impossível! O computador nos mantém em uma linha gravitacional de força. Em outras palavras, ele permanece sempre em uma intensidade constante da força gravitacional planetária, o que quer dizer que estamos sempre a uma distância praticamente constante acima do nível do mar.

– Mas a que altura?

– Quase cinco quilômetros.

– Isso não me tranquiliza, Golan. E se nos aproximarmos de terra firme e batermos em uma montanha que não enxergamos?

– *Nós* não enxergamos, mas o radar da nave enxergará, e o computador guiará a nave em torno da montanha ou sobre ela.

– E se houver terra firme no mesmo nível do mar? Deixaremos passar, no escuro.

– Não, Janov, não deixaremos. Ondas de radar refletidas pela água não são nada parecidas com as ondas refletidas pela terra. A água é, essencialmente, plana; a terra é irregular. Por esse motivo, ondas refletidas pela terra são muito mais caóticas do que as refletidas pela água. O computador saberá a diferença e me avisará se houver terra firme à vista. Mesmo se fosse de dia e o planeta estivesse iluminado pelo sol, o computador provavelmente detectaria antes de nós.

Eles ficaram em silêncio e, dentro de duas horas, estavam de volta ao lado iluminado, com um oceano indistinto passando monotonamente sob a nave, ocasionalmente invisível conforme eles adentravam uma das numerosas tempestades. Em uma delas, o vento forçou a *Estrela Distante* para fora de sua rota. O computador cedeu, explicou Trevize, para evitar um gasto desnecessário de energia, e também para minimizar as chances de danos físicos. Então, depois que a turbulência passou, o computador corrigiu gentilmente a rota da nave.

– Provavelmente o limiar de um furacão – disse Trevize.

– Mas, velho amigo, estamos apenas viajando oeste-leste, ou vice-versa. Estamos vasculhando apenas o equador.

– Isso seria uma tolice, não seria? – respondeu Trevize. – Estamos em uma rota circular nordeste-sudoeste. Isso faz com que cruzemos os trópicos e ambas as zonas temperadas. Cada vez que repetimos o círculo, o trajeto se desloca para oeste, conforme o planeta gira em seu próprio eixo. Estamos vasculhando o mundo metodicamente. De acordo com o computador, como não encontramos terra firme até agora, as chances de existir um continente de tamanho considerável são menores do que uma em dez, e de uma ilha de tamanho considerável, são de uma em quatro. As chances diminuem a cada volta que completamos.

– Você sabe o que eu teria feito? – indagou Pelorat, lentamente, quando o hemisfério noturno os envolveu mais uma vez. – Eu teria ficado a uma boa distância do planeta e usado o radar para fazer uma varredura no hemisfério inteiro diante da nave. As nuvens não teriam feito diferença, teriam?

– E então seguiria para o outro lado do planeta e repetiria o procedimento. Ou deixaria que o planeta girasse para examinar o outro hemisfério. Isso pode parecer óbvio agora, Janov. Mas quem imaginaria que nos aproximaríamos de um planeta habitado sem termos de parar em uma estação e receber uma rota, ou sem sermos rejeitados? E se alguém atravessasse a camada de nuvens depois de não ter sido parado em nenhuma estação, esse alguém esperaria encontrar terra firme imediatamente, não? Planetas habitáveis são... terra firme!

– Decerto não são todos de terra firme – disse Pelorat.

– Não é disso que estou falando – respondeu Trevize, repentinamente empolgado. – Estou falando que encontramos terra firme! Fique quieto!

Então, com uma contenção que não era suficiente para esconder sua empolgação, Trevize colocou as mãos na mesa e se uniu ao computador.

– É uma ilha com aproximadamente duzentos e cinquenta quilômetros de comprimento e sessenta e cinco quilômetros de largura. Possivelmente quinze mil quilômetros quadrados de área. Não é grande, mas é respeitável. Mais do que um ponto no mapa. Espere...

As luzes na sala do piloto diminuíram e apagaram.

– O que estamos fazendo? – perguntou Pelorat, automaticamente sussurrando, como se a escuridão fosse frágil e não pudesse ser estilhaçada.

– Esperando que nossos olhos se adaptem ao escuro. A nave está pairando sobre a ilha. Observe. Está vendo alguma coisa?

– Não... Pequenos pontos de luz, talvez. Não tenho certeza.

– Também os vejo. Ativarei as lentes telescópicas.

E havia luz! Claramente visível. Fragmentos irregulares de luz.

– É habitada – disse Trevize. – Talvez seja a única parte habitada do planeta.

– O que faremos?

– Esperaremos pelo dia. Isso nos dá algumas horas de descanso.

– Será que eles nos atacarão?

– Com o quê? Não detecto quase nenhuma radiação, com exceção de luz visível e infravermelha. É habitada, e os habitantes são claramente dotados de inteligência. Eles têm tecnologia, mas, evidentemente, tecnologia pré-eletricidade. Portanto, não creio que haja motivos para nos preocuparmos aqui em cima. Se eu estiver errado, o computador me avisará com tempo de sobra.

– E quando vier o dia?

– Aterrissaremos, é claro.

75

Quando os primeiros raios do sol matutino atravessaram uma abertura nas nuvens para revelar parte da ilha – verdejante, com o interior marcado por uma cadeia de colinas baixas que se estendiam até o horizonte arroxeado –, eles desceram.

Conforme se aproximaram do solo, puderam ver aglomerados densos de árvores e pomares ocasionais, mas a maior parte era de fazendas bem conservadas. Imediatamente sob eles, no litoral sudeste da ilha, havia uma praia de brancura prateada, cercada por uma barreira intervalada de rochedos. Além da barreira, havia um campo de relva. Tiveram vislumbres de casas esporádicas, mas elas não se acumulavam para formar cidades.

Mais próximos da aterrissagem, puderam identificar uma discreta rede de estradas rodeadas esparsamente por moradias. Então, no frescor do ar matutino, viram um carro aéreo a distância. Só puderam determinar que era um carro aéreo, e não um pássaro, pela maneira como manobrava. Era o primeiro sinal incontestável de vida inteligente que tinham visto no planeta até então.

– Pode ser um veículo automático – comentou Trevize –, se é que eles conseguem fazer algo assim sem eletrônica.

– Talvez – respondeu Júbilo. – Acredito que, se houvesse um ser humano no controle, ele estaria vindo em nossa direção. Com um veículo aterrissando lentamente sem o uso de jatos ou foguetes de propulsão, devemos ser bastante chamativos.

– Algo chamativo em qualquer planeta – disse Trevize, pensativo. – Não deve haver muitos mundos que testemunharam a descida de uma embarcação espacial gravitacional... A praia seria um ótimo campo de pouso, mas, se o vento se acentuar, não quero que a nave seja inundada. Seguirei na direção da campina do outro lado das rochas.

– Pelo menos – interveio Pelorat – uma nave gravitacional não queimará propriedade privada ao pousar.

A nave se acomodou gentilmente sobre os quatro trens de pouso que surgiram lentamente durante o último estágio da descida. Eles afundaram no solo, sob o peso da nave.

– Mas receio que deixaremos marcas – continuou Pelorat.

– Pelo menos – disse Júbilo, e havia um tom que não era de

aprovação em sua voz – o clima é, evidentemente, muito agradável. Eu diria, inclusive, que é quente.

Um ser humano estava no gramado, observando a descida da nave sem demonstrar nenhum sinal de medo ou surpresa. A expressão no rosto da mulher indicava apenas um interesse arrebatador.

Ela usava poucas roupas – foi o que Júbilo concluiu a respeito do clima. Suas sandálias pareciam ser feitas de lona e, em torno de seus quadris, estava uma saia florida com uma abertura lateral. Não havia nada cobrindo suas pernas ou a parte de cima de seu corpo.

Seus cabelos eram pretos, longos e muito brilhosos, chegando quase à cintura. Era negra de pele clara e seus olhos eram estreitos.

Trevize vasculhou os arredores e não havia nenhum outro ser humano à vista.

– Bom – ele deu de ombros –, é muito cedo, e a maioria dos habitantes deve estar em casa, talvez dormindo. Ainda assim, eu não diria que essa área é muito povoada – ele se voltou para os outros e continuou: – Sairei da nave e falarei com a mulher, se ela usar uma língua compreensível. O resto de vocês...

– Eu acho – interrompeu Júbilo, com firmeza – que seria melhor se todos nós saíssemos. Aquela mulher parece ser totalmente inofensiva e, de qualquer maneira, quero esticar as pernas, respirar ar planetário e talvez arranjar comida planetária. Quero também que Fallom experimente outro mundo, e creio que Pel gostaria de examinar a mulher mais de perto.

– Quem, eu? – perguntou Pelorat, levemente ruborizado. – De jeito nenhum, Júbilo. Mas eu *sou* o linguista do nosso pequeno grupo.

– Venha um, venham todos – Trevize deu de ombros. – Ela pode parecer inofensiva, mas, ainda assim, levarei minhas armas.

– Duvido que você fique tentado a usá-las naquela moça – disse Júbilo.

– Ela é mesmo atraente, não é? – Trevize sorriu maliciosamente.

Trevize foi o primeiro a sair da nave; então vieram Júbilo, com uma mão para trás para segurar a de Fallom, que caminhava cuidadosamente pela rampa. Pelorat foi o último.

A jovem mulher de cabelos pretos continuou a observar com interesse. Ela não recuou nem um centímetro.

– Bom, vamos tentar – murmurou Trevize. Ele afastou os braços das armas e dirigiu-se a ela: – Saudações.

A mulher ficou pensativa por um instante e respondeu:

– Eu saúdo a vós e a vossos companheiros.

– Incrível! – exclamou Pelorat, entusiasmado. – Ela fala o galáctico clássico, e com o sotaque correto.

– Eu também entendo o que ela diz – disse Trevize, oscilando a mão para indicar que sua compreensão não era impecável. – Espero que ela me entenda. – Então, com um sorriso e uma expressão amigável, ele continuou: – Viemos do espaço. Viemos de outro mundo.

– Perfeitamente – respondeu a jovem, com sua cristalina voz de soprano. – Vossa espaçonave provém do Império?

– A espaçonave veio de uma estrela distante, e se chama *Estrela Distante*.

A moça observou as letras na fuselagem da nave.

– É tal nome, ali enunciado? Se este for o caso, e se a primeira letra for um E, então, constatai, a impressão está inversa.

Trevize estava prestes a contradizê-la quando Pelorat, em êxtase, disse:

– Ela está certa. A letra E foi invertida há aproximadamente dois mil anos. Que chance maravilhosa de estudar o galáctico clássico em detalhes, e como uma língua viva!

Trevize estudou a moça cuidadosamente. Ela não teria mais do que um metro e meio de altura e seus seios, embora fossem formosos, eram pequenos. Ainda assim, parecia adulta. Os mamilos eram grandes, e as auréolas, escuras, mas talvez fosse resultado do tom de sua pele.

– Meu nome é Golan Trevize – ele disse. – Meu amigo é Janov Pelorat; a mulher é Júbilo, e a criança é Fallom.

– É, portanto, costumeiro que os homens recebam nomes duplos, na estrela distante de onde provêm? Eu sou Hiroko, filha de Hiroko.

– E seu pai? – perguntou Pelorat, repentinamente.

– O nome dele, tal como diz minha mãe, é Smool – respondeu Hiroko, dando de ombros de maneira indiferente –, mas esse fato não é de importância. Eu não o conheço.

– E onde estão os outros? – perguntou Trevize. – A senhorita parece ser a única a nos receber.

– Muitos homens estão a bordo das embarcações pesqueiras – disse Hiroko. – Muitas mulheres estão nos campos. Estive em retiro nos últimos dois dias e, portanto, tive a afortunada oportunidade de testemunhar este grandioso acontecimento. Todavia, as pessoas são curiosas, e a espaçonave há de ter sido vista na descida, mesmo a distância. Outros estarão aqui em breve.

– Existem muitos outros nesta ilha?

– Há mais de cinco mil e vinte – respondeu Hiroko, com orgulho evidente.

– E existem outras ilhas no oceano?

– Outras ilhas, prezado cavalheiro? – ela parecia intrigada.

Trevize considerou a resposta bastante clara. Aquele era o único ponto do planeta habitado por seres humanos.

– Do que chama seu mundo? – perguntou.

– Alfa, prezado cavalheiro. Nossos ensinamentos dizem que o nome completo é Alfa Centauri, se oferecer-lhe significado mais relevante, mas o chamamos apenas de Alfa e, contemplem, é um mundo deleitoso.

– Um mundo *o quê*? – disse Trevize, virando-se para Pelorat.

– Ela quer dizer um mundo bonito – explicou Pelorat.

– De fato – comentou Trevize –, pelo menos aqui, e neste momento. – Ele observou o suave azul do céu da manhã, com ocasionais nuvens à deriva. – É um belo dia ensolarado, Hiroko, mas imagino que não haja muitos deles em Alfa.

– Há tantos quanto desejarmos, cavalheiro – Hiroko pareceu defensiva. – As nuvens podem vir quando necessitamos de chuva, mas, na maior parte dos dias, nos calha muito bem o céu límpido acima de nós. Um céu benevolente e um vento pacífico são certamente desejáveis nos dias em que os pesqueiros estão no mar.

– Então o seu povo controla o clima, Hiroko?

– Do contrário, cavalheiro Golan Trevize, ficaríamos encharcados pela chuva.

– Mas como fazem isso?

– Por não ser uma engenheira experiente, cavalheiro, não posso lhe dizer.

– E qual seria o nome desta ilha que a senhorita e seu povo chamam de lar? – perguntou Trevize, descobrindo-se envolvido pela entonação ornamentada do galáctico clássico (e perguntando-se, ansioso, se tinha acertado a gramática).

– Chamamos nossa ilha celestial em plena vastidão do oceano de Terra Nova.

Trevize e Pelorat olharam um para o outro, surpresos e extasiados.

76

Não houve tempo para fazer mais perguntas. Outros se aproximavam. Dezenas. Deveriam ser aqueles, pensou Trevize, que não estavam nos barcos ou nos campos, nem a longas distâncias. A grande maioria se aproximava a pé, apesar de dois carros terrestres terem surgido, velhos e desajeitados.

Tratava-se, evidentemente, de uma sociedade de tecnologia primitiva – e, ainda assim, eles controlavam o clima.

Era conhecimento comum o fato de a tecnologia não ser necessariamente homogênea; de que a ausência de avanços em algumas áreas não excluía necessariamente avanços consideráveis em outras, mas esse exemplo de desenvolvimento assimétrico era extraordinário.

Entre todos os que agora observavam a nave, pelo menos metade eram homens e mulheres idosos; havia também três ou quatro crianças. Do restante, eram mais mulheres do que homens. Nenhum demonstrava medo ou insegurança.

– Você os está manipulando? – perguntou Trevize a Júbilo, em tom baixo. – Eles parecem... serenos.

– Não estou intervindo de maneira nenhuma – ela respondeu. – Nunca influencio mentes se não for necessário. Estou preocupada é com Fallom.

Por mais que os recém-chegados fossem poucos para uma pessoa que tivesse estado entre as multidões de curiosos em qualquer mundo comum da Galáxia, eles eram um grande grupo para Fallom, para quem os três adultos na *Estrela Distante* foram algo com o que ela precisou se acostumar. Fallom estava respirando de maneira curta e rápida, e seus olhos estavam semicerrados. Era quase como se estivesse em choque.

Júbilo a acariciava, gentil e ritmicamente, e fazia sons calmantes. Trevize tinha certeza de que ela acompanhava tais gestos com toques infinitamente delicados em suas fibrilas mentais.

Subitamente, Fallom respirou fundo, quase como um último suspiro, e se sacudiu com o que talvez tivesse sido um arrepio involuntário. Ela levantou a cabeça e observou as pessoas presentes com uma expressão que se aproximava do normal, e então escondeu o rosto no espaço entre o braço e o corpo de Júbilo.

Júbilo deixou que ela permanecesse naquela posição, com seu braço em torno do ombro de Fallom, que apertava periodicamente, como se para reforçar sua presença protetora vez após vez.

Pelorat parecia bastante intimidado conforme seus olhos passavam de um alfaense para o outro.

– Golan – disse –, eles são tão diferentes entre si.

Trevize também tinha reparado nisso. Havia diversas tonalidades de pele e de cores de cabelo, inclusive um ruivo de olhos azuis e pele sardenta. Pelo menos três aparentes adultos eram tão baixos quando Hiroko, e um ou dois eram mais altos do que Trevize. Várias pessoas de ambos os sexos tinham olhos parecidos com os de Hiroko, e Trevize lembrou-se de que aqueles olhos eram característicos da população dos abundantes planetas comerciais do setor Fili – mas ele nunca visitara aquele setor.

Todos os alfaenses estavam nus da cintura para cima e, entre as mulheres, todos os seios pareciam ser pequenos. Dentre todas as características corporais que ele podia ver, aquela era a mais próxima de ser uniforme.

– Senhorita Hiroko – disse Júbilo, repentinamente –, minha criança não está acostumada com viagens espaciais e está testemunhando novidades além do que consegue lidar. Será que ela poderia se sentar e, talvez, comer e beber alguma coisa?

Hiroko pareceu intrigada, e Pelorat repetiu o que Júbilo havia dito usando o dialeto mais ornamentado do galáctico da época Imperial.

A mão de Hiroko cobriu sua boca e ela se ajoelhou graciosamente.

– Rogo por seu perdão, respeitosa madame – disse. – Não me ocorreu pensar nas necessidades dessa criança, tampouco em vossas necessidades. A singularidade deste evento também me arrebatou. Por obséquio, senh... por favor, vocês poderiam, como visitantes e convidados, me acompanhar até o refeitório para o desjejum? Seria possível nos juntarmos a vocês e sermos vossos anfitriões?

– É muito gentil de sua parte – disse Júbilo. Ela falou lentamente e pronunciou as palavras com cuidado, tentando fazê-las mais fáceis de serem compreendidas. – Entretanto, seria melhor se apenas a senhorita fosse nossa anfitriã, pelo conforto da criança, desacostumada com a presença de tantas pessoas ao mesmo tempo.

Hiroko levantou-se.

– Assim como a senhora deseja, será.

Ela os conduziu lentamente pela campina. Outros alfaenses se aproximaram. Eles pareciam especialmente interessados nas vestimentas dos visitantes. Trevize tirou sua leve jaqueta e a entregou a um homem que havia se aproximado silenciosamente e encostado um curioso dedo nela.

– Tome – ele disse –, pode examiná-la, mas devolva-a. – Então, dirigindo-se a Hiroko: – Faça com que eu a receba de volta, senhorita Hiroko.

– Ela lhe será retornada; é uma promessa, respeitável cavalheiro – ela fez um solene gesto afirmativo com a cabeça.

Trevize sorriu e continuou andando. Na brisa suave e agradável, estava mais confortável sem a jaqueta.

Ele não havia detectado nenhuma arma visível em meio às pessoas do grupo que o cercava, e achou interessante o fato de ninguém parecer demonstrar receio ou desconforto em relação às que ele mesmo carregava. Não pareciam nem ter curiosidade sobre elas. Eles talvez nem reconhecessem aqueles objetos como armas. Pelo que Trevize tinha observado até aquele momento, Alfa podia ser um mundo totalmente pacífico.

Uma mulher, que havia caminhado rapidamente para se posicionar um pouco à frente de Júbilo, virou-se para examinar minuciosamente sua blusa.

– Tens seios, respeitável madame?

E, como se não pudesse esperar por uma resposta, ela colocou a mão gentilmente sobre o peito de Júbilo.

– Como descobriste – sorriu Júbilo – sim, eu os tenho. Quiçá não tão formosos quanto os vossos, mas não é este o motivo pelo qual os mantenho ocultos. Em meu mundo, não é adequado que expostos estejam. – Em um sussurro lateral para Pelorat, ela disse: – Que tal o jeito como estou aprendendo a usar o galáctico clássico?

– Você o usou muito bem, Júbilo – respondeu Pelorat.

A sala de jantar era ampla, com mesas compridas alinhadas a longos bancos laterais. Era evidente que os alfaenses faziam refeições comunitárias.

Trevize sentiu uma pontada de culpa. O pedido de Júbilo por privacidade havia reservado aquele lugar para cinco pessoas e forçado os alfaenses em geral a permanecerem do lado de fora, exilados. Mas alguns deles haviam se posicionado a uma considerável distância das janelas (que não passavam de aberturas nas paredes, sem nenhum tipo de revestimento), possivelmente para poderem observar os estranhos se alimentando.

Involuntariamente, Trevize se perguntou o que aconteceria caso chovesse. A chuva certamente só vinha quando era desejada, fina e tênue, pelo tempo necessário, sem nenhum vento significativo. Além disso, imaginou Trevize, ela viria sempre em momentos determinados pelos alfaenses, que estariam preparados para tanto.

A janela à sua frente garantia vista para o mar, e a distância, no horizonte, Trevize podia ver o que parecia ser um aglomerado de nuvens semelhante àqueles espalhados por todo o céu, menos sobre aquele pequeno pedaço do jardim do Éden.

Havia vantagens no controle do clima.

Foram, enfim, servidos por uma moça, que se aproximou nas pontas dos pés. Ninguém perguntou sobre as preferências dos visitantes; apenas serviram. Havia um pequeno copo de leite; um maior, com suco de uva; e um ainda maior com água. Cada convidado recebeu dois ovos *poché* acompanhados de lascas de queijo branco. Recebeu também uma grande travessa com peixe grelhado e pequenas batatas assadas, tudo servido sobre folhas frescas de alface. Júbilo olhou, desolada, para a quantidade de comida diante de si, claramente sem saber por onde começar. Fallom não teve o mesmo problema. Bebeu o suco de uva avidamente e com óbvia aprovação, e então se deliciou com o peixe e as batatas. Estava prestes a usar seus dedos para tanto, mas Júbilo mostrou-lhe uma colher com borda dentada, que também podia ser usada como garfo, e Fallom aceitou o utensílio.

Pelorat sorriu e imediatamente cortou os ovos em pedaços.

– Hora de relembrar o gosto de ovos de verdade – disse Trevize, fazendo o mesmo que Pelorat.

Hiroko, esquecendo-se do próprio desjejum graças à satisfação de ver o prazer com que os outros comiam (pois até mesmo Júbilo havia começado, com evidente apetite), disse, enfim:

– Está agradável?

– Está ótimo – respondeu Trevize, sua voz um tanto abafada. – Aparentemente, esta ilha não carece de alimento. Ou estão nos servindo mais do que deveriam, por educação?

Hiroko ouviu, com olhar atento, e pareceu entender, pois disse:

– Não, não, respeitável cavalheiro. Nossa terra é abundante; nosso mar, ainda mais. Nossos patos fornecem ovos; nossas cabras, queijo e leite. E temos nossos grãos. Acima de tudo, nosso mar é repleto de incontáveis variedades de peixes, em quantidade imensurável. O Império inteiro poderia saciar-se em nossas mesas sem extinguir os peixes de nosso mar.

Trevize sorriu discretamente. Era óbvio que a jovem alfaense não tinha a menor noção do verdadeiro escopo da Galáxia.

– Você chama esta ilha de Terra Nova, Hiroko – ele perguntou. – Então, onde estaria a Terra Antiga?

Ela o encarou, confusa.

– Terra *Antiga*, indaga-me? Rogo por perdão, respeitável cavalheiro. Não compreendo o que diz.

– Antes de existir uma Terra Nova – explicou Trevize –, seu povo deve ter vivido em outro lugar. Onde fica esse outro lugar de onde vieram?

– Não sou dotada de conhecimento sobre isso, respeitável cavalheiro – ela respondeu, com angustiada seriedade. – Esta terra foi minha durante toda a minha vida, e de minha mãe e de minha avó antes de mim e, não tenho dúvida, de suas avós e das bisavós que as precederam. Sobre qualquer outra terra, sou ignorante.

– Mas – disse Trevize, argumentando gentilmente – a senhorita se refere a esta ilha como Terra *Nova*. Por que a chama assim?

– Porque, respeitável cavalheiro – ela respondeu, com igual gentileza –, é esse o nome pelo qual todos a chamam, pois a mente da mulher não diz o contrário.

– Mas trata-se de Terra *Nova* e, portanto, uma Terra posterior. Deve existir uma Terra *Antiga*, uma Terra do passado, que justifique o nome. Em cada manhã começa um novo dia, o que implica que antes existiu um dia antigo. Compreende que é necessário ser assim?

– Não, respeitável senhor. Sei apenas o nome desta terra. Sou ignorante sobre outras e tampouco acompanho vosso raciocínio, que é muito semelhante ao que aqui chamamos de sofisma... sem nenhuma intenção de insultá-lo.

E Trevize negou com a cabeça, sentindo-se derrotado.

77

Trevize inclinou-se na direção de Pelorat e sussurrou:

– Não importa para onde a gente vá ou o que a gente faça, não conseguimos informação nenhuma.

– Sabemos onde está a Terra. Então, de que importa? – respondeu Pelorat, quase sem mover os lábios.

– Quero saber alguma coisa *sobre* ela.

– A moça é muito jovem. Não deve ser exatamente um repositório de informações.

Trevize pensou por um momento.

– Certo, Janov – concordou com a cabeça. Voltou-se para Hiroko e continuou: – Senhorita Hiroko, a senhorita não nos perguntou o motivo de nossa visita à sua terra.

– Fazer tal indagação seria deveras descortês de minha parte – Hiroko abaixou o olhar – até que vossas senhorias estivessem devidamente alimentadas e descansadas, respeitável senhor.

– Mas já estamos alimentados, ou quase, e descansamos recentemente. Portanto, hei de contar-lhe o motivo de nossa visita. Meu amigo, o dr. Pelorat, é um erudito em nosso mundo, um homem dedicado aos estudos. Ele é um mitólogo. Sabe o que isso significa?

– Não, respeitável senhor, eu não sei.

– Ele estuda histórias antigas e a maneira como são contadas em mundos diferentes. Histórias antigas são chamadas de mitos ou lendas e são de interesse do dr. Pelorat. Existem homens dedicados ao estudo em Terra Nova que conheçam as histórias antigas deste mundo?

A testa de Hiroko franziu-se de leve em uma expressão pensativa.

– Não se trata de um assunto sobre o qual sou conhecedora – respondeu. – Temos um Ancião nesta área que ama discorrer sobre épocas antigas. Como ele aprendeu tais coisas, eu não sei. Creio que ele possa ter elaborado tais noções a partir do ar, ou as aprendeu com outros que assim o fizeram. Quiçá seja o material que vosso companheiro letrado alegrar-se-ia de ouvir. Entretanto, eu não vos iludiria. É de minha opinião – ela olhou para a direita e para a esquerda, como se não quisesse ser entreouvida – que o Ancião não passa de um falastrão; entretanto, muitos estão dispostos a ouvi-lo.

– Tal falatório é o que desejamos. Seria possível a senhorita levar meu amigo até esse Ancião...

– Monolee, ele diz ser chamado.

– ...a Monolee, e a senhorita acredita que ele teria disposição para conversar com meu amigo?

– Ele? Disposição para falar? – disse Hiroko, desdenhosamente. – Em vez disso, vossa pergunta há de ser se ele terá, algum dia, disposição para cessar o falatório. Ele é apenas um homem e, se lhe for garantida a autorização, falará durante uma quinzena de dias, sem parar. Sem intenção alguma de insultá-lo, respeitável senhor.

– Não me sinto insultado. A senhorita poderia levar meu amigo até Monolee agora?

– Isso pode ser feito a qualquer momento, por qualquer um. O Ancião se encontra perpetuamente em casa e está perpetuamente disposto a acolher um par de orelhas.

– E talvez uma senhora de mais idade esteja disposta a ficar com madame Júbilo? Ela precisa cuidar da criança, e não pode se deslocar muito. Ser-lhe-ia muito agradável ter companhia, pois as mulheres, como a senhorita sabe, têm apreço por...

– Falatório? – perguntou Hiroko, divertindo-se. – Por que assim dizem os homens, se eu observo que eles são sempre os grandes tagarelas? Permita que eles se reúnam após a pescaria e um rivalizará com o outro na narração de absurdos progressivamente maiores sobre suas pescas. Nenhum deles desmascarará os outros, tampouco acreditará neles, e isso não os impede de fazerem o mesmo. Mas chega de meu próprio falatório. Hei de pedir a uma amiga de minha mãe, que posso ver através da janela, que faça companhia a madame Júbilo e à criança e, antes disso, que ela conduza seu amigo, o respeitável doutor, até o Ancião Monolee. Se vosso amigo escutar com tanta voracidade quanto Monolee discorre, terás dificuldade de separá-los em vida. Rogo que perdoe minha ausência por um instante.

Depois que ela havia saído, Trevize se dirigiu a Pelorat:

– Escute, consiga o que for possível do velho e, Júbilo, descubra o que puder com a pessoa que ficar com você. Estamos atrás de qualquer coisa sobre a Terra.

– E quanto a você? – perguntou Júbilo. – O que vai fazer?

– Ficarei com Hiroko e tentarei conseguir uma terceira fonte.

– Ah, sim – Júbilo sorriu. – Pel ficará com o velhote, eu ficarei com uma velhota. Você fará o esforço de ficar com essa moça encantadoramente seminua. Parece uma divisão justa de trabalho.

– Acontece, Júbilo, que *é* justo, sim.

– Mas imagino que você não se incomode nem um pouco que a divisão justa de trabalho tenha se configurado dessa maneira.

– Não, não me incomodo. Por que deveria?

– De fato. Por que deveria?

Hiroko estava de volta, e sentou-se.

– Tudo está acertado. O respeitável dr. Pelorat há de ser levado a Monolee e a respeitável madame Júbilo, juntamente com a criança, há de ter companhia. Portanto, respeitável senhor Trevize, será que hei de ter o privilégio de conversações subsequentes convosco, quiçá sobre essa Terra Antiga sobre a qual...

– Matraqueio? – perguntou Trevize.

– Não – disse Hiroko, rindo-se. – Mas calha-te zombar de mim. Mostrei-lhe nada além de descortesia ao responder vossa indagação sobre o assunto. Estou ávida por retratar-me.

Trevize virou-se para Pelorat.

– Ávida? – perguntou.

– Ansiosa – explicou Pelorat, em tom baixo.

– Senhorita Hiroko – disse Trevize –, não reconheço nenhuma descortesia de sua parte, mas, se isso fará a senhorita se sentir melhor, falarei convosco com prazer.

– Palavras gentis. Agradeço-lhe – respondeu Hiroko, levantando-se.

Trevize também se levantou.

– Júbilo – disse –, cuide da segurança de Janov.

– Deixe comigo. Quanto a você, tem suas... – ela indicou seus coldres com um gesto da cabeça.

– Não acho que serão necessárias – disse Trevize, desconfortável.

Ele seguiu Hiroko para fora do refeitório. O sol estava mais alto no céu, e a temperatura havia subido. Como sempre, havia um odor alienígena. Trevize lembrou-se de que o cheiro havia sido tênue em Comporellon, um pouco embolorado em Aurora e muito agradável em Solaria. (Em Melpomenia, haviam usado trajes espaciais nos quais é possível sentir apenas o odor do próprio corpo.) Em todos os casos, o cheiro desaparecia em questão de horas, pois os receptores olfativos do nariz acabavam ficando saturados.

Ali, em Alfa, o cheiro era uma agradável fragrância gramínea sob o calor do sol, e Trevize ficou irritado, sabendo que também desapareceria em breve.

Eles se aproximaram de uma pequena estrutura que parecia feita de gesso levemente rosado.

– Este é meu lar – disse Hiroko. – Pertenceu à irmã mais nova de minha mãe.

Ela entrou e fez um gesto para que Trevize a seguisse. A porta estava aberta ou, como ele percebeu ao passar, era mais correto dizer que não havia porta.

– O que vocês fazem quando chove? – perguntou Trevize.

– Estamos preparados. Há de chover em dois dias, durante as três horas que precedem a alvorada, quando é mais frio e o solo é umidificado mais eficientemente. Basta que eu estique esta cortina, pesada e impermeável – conforme falava, ela assim o fez. A cortina parecia feita de um material resistente, semelhante a lona.

– Hei de deixá-la fechada agora. Assim, todos hão de saber que estou em casa, porém indisponível; adormecida ou ocupada com assuntos de importância.

– Não parece preservar efetivamente a privacidade.

– Por que não haveria de preservar? Veja, a entrada está coberta.

– Mas qualquer pessoa poderia abri-la.

– Sem consideração pelas vontades do ocupante? – Hiroko parecia chocada. – São tais coisas feitas em vosso mundo? Seria uma barbaridade.

– Foi apenas uma pergunta – Trevize sorriu maliciosamente.

Ela o conduziu ao segundo de dois aposentos e, depois de ser convidado a se sentar, Trevize acomodou-se em uma cadeira acolchoada. Havia algo de claustrofóbico no tamanho diminuto e no vazio dos aposentos quadrados, mas a casa parecia ter sido criada para pouco além de reclusão e descanso. As janelas eram pequenas e próximas do teto, mas havia pedaços desiguais de espelho arranjados em cuidadosos padrões pelas paredes que refletiam a luz difusamente. Havia fendas no chão pelas quais subia uma brisa suave e fresca. Trevize não viu nenhum sinal de luzes artificiais e se perguntou se os alfaenses precisavam acordar ao amanhecer e dormir ao pôr do sol. Ele estava prestes a perguntar, mas Hiroko falou primeiro:

– A madame Júbilo é vossa mulher de companhia?

– Você está perguntando – respondeu Trevize, cauteloso –, se ela é minha parceira sexual?

Hiroko enrubesceu.

– Rogo-lhe que tenha consideração pelo decoro da conversa cortês, mas, sim, me refiro a deleites privados.

– Não, ela é a mulher de companhia de meu amigo dedicado aos estudos.

– Mas tu és o mais novo e o mais estimável.

– Bom, obrigado por sua opinião, mas não é a mesma opinião de Júbilo. Ela gosta do dr. Pelorat muito mais do que de mim.

– Tal fato me surpreende. Ele não a empresta?

– Não perguntei a ele se a emprestaria, mas estou certo de que ele não faria isso. E eu nem iria querer que fizesse.

– Eu sei – Hiroko concordou amplamente com a cabeça. – São os fundamentos dela.

– Fundamentos?

– Sabes a que me refiro. A isto – e ela deu um tapa em uma de suas graciosas nádegas.

– Ah, isso! Entendo o que diz. Sim, Júbilo tem proporções generosas em sua anatomia pélvica – ele fez gestos curvilíneos com suas mãos e piscou (e Hiroko riu-se). – De qualquer maneira, muitos homens apreciam esse tipo de generosidade de formas.

– Não posso acreditar. Almejar o excesso daquilo que é agradável em moderação certamente deve consistir em algum tipo de gulodice. Estimar-me-ias mais se meus seios fossem grandes e oscilantes, com mamilos apontados para os pés? Assim já os vi, digo honestamente; entretanto, não vi homens a disputá-los. A desafortunada mulher afligida dessa maneira há de ocultar tais monstruosidades, assim como faz madame Júbilo.

– Tamanho exagerado desse tipo também não me atrai, mas tenho certeza de que Júbilo não oculta seus seios por causa de imperfeição.

– Então não reprovas minha aparência ou formas?

– Eu seria um louco se reprovasse. A senhorita é linda.

– E o que fazes por deleites em vossa nave ao adejar de um mundo ao outro, sendo Júbilo proibida?

– Nada, Hiroko. Não há nada a fazer. Ocasionalmente, penso em deleites, o que traz desconforto. Mas nós, viajantes do espaço, bem sabemos que há períodos em que devemos ficar sem eles. Compensamos tal fato em outras ocasiões.

– Tratando-se de um desconforto, como há de eliminá-lo?

– Sinto um desconforto consideravelmente mais acentuado desde que a senhorita mencionou o assunto. Não creio que seria cortês da minha parte sugerir uma maneira de ser reconfortado.

– Seria descortês uma sugestão vinda de mim?

– Dependeria completamente da natureza de tal sugestão.

– Eu sugiro que sejamos deleitosos um com o outro.

– A senhorita me trouxe até aqui, Hiroko, para que pudesse ser assim?

– Sim – respondeu Hiroko, com um sorriso satisfeito. – Trata-se tanto da cortesia esperada de uma anfitriã quanto, também, de meu próprio desejo.

– Nesse caso, admito que também é o que desejo. Na verdade, eu gostaria muito de ser recíproco em tal cordialidade. Eu estou... hm, *ávido* para lhe dar prazer.

18.

O festival de música

78

O ALMOÇO FOI SERVIDO NO MESMO REFEITÓRIO em que eles tinham tomado o café da manhã. Estava repleto de alfaenses. Trevize e Pelorat estavam entre eles; suas presenças eram totalmente bem-vindas. Júbilo e Fallom comiam separadamente, com relativa privacidade, em um pequeno anexo. Havia muitas variedades de peixes, servidas com uma sopa na qual havia pedaços do que deveria ser cabra cozida. Pães estavam disponíveis para serem fatiados e cobertos com manteiga e geleia. Uma salada, grande e variada, veio em seguida, e a ausência de sobremesas foi notável, apesar de sucos de frutas terem passado de um lado para o outro em jarros aparentemente inesgotáveis. Depois do generoso café da manhã, ambos os habitantes da Fundação sentiram-se forçados a comer de maneira mais moderada, mas todos os outros pareciam se alimentar livremente.

– Como evitam engordar? – divagou Pelorat, em tom baixo.

– Muito trabalho braçal, talvez – Trevize deu de ombros.

Era, evidentemente, uma sociedade em que comedimento nas refeições não era muito valorizado. Havia uma confusão de gritaria, risadas e batidas na mesa com canecas espessas, obviamente inquebráveis. As mulheres eram tão espalhafatosas e barulhentas quanto os homens, mas em tom mais agudo.

Pelorat encolheu-se, mas Trevize, que agora (pelo menos temporariamente) não sentia nenhum traço do desconforto sobre o qual falara com Hiroko, estava relaxado e bem-humorado.

– Na verdade – ele disse, gritando para ser ouvido –, isso tem seu lado agradável. Essas são pessoas que parecem apreciar a vida e que têm poucas preocupações, se é que têm alguma. O clima é o que eles determinam que seja e a comida é inimaginavelmente abundante. Para eles, é uma era de ouro que simplesmente continua e continua.

– Mas é tão barulhento! – gritou Pelorat, em resposta.

– Eles estão acostumados.

– Não consigo imaginar como eles entendem uns aos outros, nesse tumulto.

As conversas eram um caso perdido para os habitantes da Fundação. A pronúncia exótica e a gramática e a estrutura arcaicas da língua alfaense faziam com que fosse impossível entendê-la naquele volume. Para os dois, era como ouvir os sons de um zoológico em pânico.

Somente depois do almoço eles se juntaram a Júbilo em uma pequena estrutura que Trevize considerou praticamente idêntica aos aposentos de Hiroko, e que fora reservada para seu uso como hóspedes. Fallom estava no segundo aposento, imensamente aliviada por estar sozinha – de acordo com Júbilo – e tentando tirar uma soneca.

Pelorat examinou a abertura-porta na parede e disse, inseguro:

– Há pouquíssima privacidade aqui. Como poderemos conversar abertamente?

– Uma vez que tenhamos fechado a cortina de lona – respondeu Trevize –, eu garanto que não seremos perturbados. A lona é uma barreira impenetrável, fortalecida pelo costume social.

Pelorat olhou para as janelas altas e abertas.

– Poderão nos ouvir – comentou.

– Não precisamos falar muito alto. Os alfaenses não nos escutarão às escondidas. Mesmo quando ficaram nas janelas do refeitório, durante o café da manhã, permaneceram a uma distância respeitável.

Júbilo sorriu e comentou:

– Você aprendeu tanta coisa sobre os costumes alfaenses no tempo que passou sozinho com a pequena e gentil Hiroko, e adquiriu tanta confiança no respeito que eles têm pela privacidade. O que aconteceu?

– Se você tem consciência de que as correntes da minha mente melhoraram e pode adivinhar o motivo – respondeu Trevize –, tudo o que posso fazer é pedir que deixe minha mente em paz.

– Você sabe muito bem que Gaia não tocará sua mente sob nenhuma circunstância que não envolva uma crise fatal, e sabe por quê. Ainda assim, não sou mentalmente cega. Pude perceber o que aconteceu a um quilômetro de distância. É um costume invariável em suas viagens espaciais, meu amigo erotomaníaco?

– Erotomaníaco? Deixe disso, Júbilo. Duas vezes, em toda a viagem. Duas vezes!

– Estivemos em apenas dois mundos com humanas funcionais. Dois de dois, e ficamos apenas algumas horas em cada um deles.

– Você sabe muito bem que não tive escolha em Comporellon.

– Faz sentido. Lembro-me de como ela era – e, durante alguns instantes, Júbilo rendeu-se à risada. Então, continuou: – Mas não creio que Hiroko o tenha deixado indefeso sob seu aperto implacável ou forçado aquele irresistível ímpeto para cima de seu corpo relutante.

– Claro que não. Eu estava totalmente interessado. Mas, de qualquer maneira, a sugestão veio dela.

Com um toque de inveja em sua voz, Pelorat perguntou:

– Isso acontece sempre com você, Golan?

– É óbvio que deve acontecer, Pel – disse Júbilo. – As mulheres se sentem incorrigivelmente atraídas por ele.

– Quem me dera fosse assim – respondeu Trevize –, mas não é. E fico feliz que não seja. Há outras coisas que quero fazer com minha vida. Porém, neste caso, eu *fui* irresistível. Afinal, somos as primeiras pessoas de outro mundo que Hiroko viu; e, aparentemente, que qualquer ser vivo em Alfa tenha visto. Deduzi, com base em coisas que ela deixou escapar, em observações casuais, que ela estava interessada na possibilidade de eu ser diferente dos alfaenses, anatomicamente ou em técnica. Pobrezinha. Receio que ela tenha ficado desapontada.

– É mesmo? – perguntou Júbilo. – E você, ficou?

– Não – respondeu Trevize. – Eu já estive em muitos mundos e vivi minhas experiências. E o que descobri é que as pessoas são pessoas e que sexo é sexo, onde quer que se vá. Se há diferenças notáveis, são geralmente triviais e desagradáveis. Cada coisa que já encontrei por aí! Lembro-me de uma moça que simplesmente não conseguia fazer se não houvesse música aos berros, e a música consistia em sons de guinchos desesperados. Então ela colocou a música para tocar, e aí *eu* não consegui. Eu garanto: se for a boa e velha coisa de sempre, fico satisfeito.

– E por falar em música – disse Júbilo –, fomos convidados para um sarau depois do jantar. Aparentemente, é um evento muito formal que está sendo realizado em nossa honra. Parece que os alfaenses têm muito orgulho de sua música.

Trevize fez uma careta.

– Esse orgulho não fará com que a música soe melhor aos nossos ouvidos – disse.

– Preste atenção – respondeu Júbilo. – Parece que esse orgulho está relacionado à destreza com que tocam instrumentos antigos. *Muito* antigos. Talvez consigamos alguma informação sobre a Terra nesse evento.

– Um raciocínio interessante – Trevize levantou as sobrancelhas. – O que me lembra que talvez vocês já tenham informações adicionais. Janov, você visitou esse tal de Monolee sobre quem Hiroko nos falou?

– Sim, de fato – disse Pelorat. – Fiquei com ele durante três horas, e Hiroko não exagerou. Foi praticamente um monólogo por parte dele e, quando o deixei para vir almoçar, ele me segurou e não me largou até que eu prometesse voltar quando pudesse para escutá-lo por mais tempo.

– E ele falou alguma coisa interessante?

– Bom, assim como todo mundo, ele insistiu que a Terra é totalmente coberta por radioatividade fatal; que os ancestrais dos alfaenses foram os últimos a deixá-la e que, se não o tivessem feito, teriam morrido. E, Golan, ele foi tão enfático que não tive como duvidar. Estou convencido de que a Terra está morta e que toda a nossa busca é, afinal de contas, inútil.

79

Trevize reclinou-se na cadeira, encarando Pelorat, que estava sentado em uma estreita cama de lona. Júbilo, que estivera sentada ao lado de Pelorat e agora havia levantado, olhava de um para o outro.

– Pode deixar que eu decido se nossa busca é inútil ou não, Janov – disse, enfim, Trevize. – Conte-me o que o velho tagarela tinha para dizer. Resumidamente, claro.

– Fiz anotações conforme Monolee falou – respondeu Pelorat. – Ajudaram a reforçar minha posição de acadêmico, mas não preciso consultá-las. Ele se manteve bastante no "fluxo de consciência". Cada coisa que me dizia o lembrava de outra coisa, mas, evidentemente, passei minha vida toda tentando organizar informações em busca do relevante e do significativo, portanto é quase automático para mim condensar um longo e incoerente discurso...

– Em algo tão longo e incoerente quanto? – perguntou Trevize, gentilmente. – Vá direto ao ponto, caro Janov.

– Sim, certamente, velho amigo – Pelorat pigarreou, constrangido. – Tentarei fazer um relato coerente e cronológico de tudo. A Terra era o lar original da humanidade e de milhões de espécies de plantas e animais. Continuou assim por incontáveis anos, até que a viagem hiperespacial foi inventada. Assim, os Mundos Siderais foram fundados. Eles se tornaram independentes da Terra, desenvolveram suas próprias culturas e passaram a desprezar e oprimir seu planeta natal. Depois de alguns séculos assim, a Terra conseguiu reconquistar sua liberdade, apesar de Monolee não ter explicado exatamente como isso aconteceu e eu não ter ousado fazer perguntas, mesmo que ele tivesse me dado chances de interrompê-lo, o que não fiz, pois talvez isso apenas o levasse a novos desvios. Ele chegou a mencionar um herói popular chamado Elijah Baley, mas as referências eram tão características do hábito de atribuir conquistas de gerações a apenas uma figura que havia pouca utilidade em tentar...

– Sim, Pel, querido – interrompeu Júbilo –, entendemos essa parte.

– É claro – Pelorat interrompeu seu raciocínio mais uma vez e reconsiderou o que dizia. – Peço perdão. A Terra deu início a uma segunda onda de colonização, estabelecendo diversos mundos, usando uma estratégia diferente da anterior. O novo grupo de Colonizadores provou-se mais vigoroso do que os Siderais; foram mais rápidos do que eles, derrotaram-nos, viveram por mais tempo e, por fim, estabeleceram o Império Galáctico. Durante as guerras entre os Colonizadores e os Siderais... não; guerras, não; ele usou o termo "conflito" e tomou muito cuidado com isso... a Terra se tornou radioativa.

– Isso é ridículo, Janov – disse Trevize, claramente irritado. – Como um mundo pode se *tornar* radioativo? Desde a formação, todos os mundos têm um pouco de radioatividade, em grau maior ou menor, e essa radioatividade decai lentamente. Eles não ficam *mais* radioativos.

– Estou apenas contando o que ele me disse – Pelorat deu de ombros. – E ele apenas me contou o que ouviu de alguém que contou para ele, que ouviu de *outra* pessoa, e assim por diante. É história folclórica contada e recontada por gerações, com sabe-se lá quais distorções se intrometendo a cada vez que é recontada.

– Entendo, mas não existem livros, documentos ou histórias antigas que tenham congelado os fatos de uma época ancestral e que poderiam nos dar algo de maior precisão do que isso que você nos relata?

– Na verdade, consegui fazer essa pergunta, e a resposta foi "não". Ele disse, vagamente, que havia livros sobre isso no passado e que foram perdidos há muito tempo, e que o que ele me contava era o que estava naqueles livros.

– Sim, com muitas distorções. É sempre a mesma coisa. Em todos os mundos aos quais vamos, os registros sobre a Terra, de uma maneira ou de outra, desapareceram... E como ele explicou o aumento da radioatividade da Terra?

– Ele não explicou. O mais perto que chegou sobre isso foi ao afirmar que os Siderais foram os responsáveis. Mas, pelo que pude constatar, os Siderais eram considerados os demônios aos quais a população da Terra atribuía todo e qualquer infortúnio. A radioatividade...

– Júbilo – uma voz aguda interrompeu Pelorat –, eu sou uma Sideral?

Fallom estava na estreita abertura entre os dois aposentos, com cabelos emaranhados. A camisola que ela usava (feita para vestir as proporções mais generosas de Júbilo) havia caído de um de seus ombros e revelava um seio pouco desenvolvido.

– Ficamos preocupados com bisbilhoteiros externos – disse Júbilo – e nos esquecemos da que está aqui dentro. Fallom, querida, por que diz isso? – ela se levantou e caminhou na direção da criança.

– Eu não tenho o que eles têm – Fallom apontou para os dois homens – e nem o que você tem, Júbilo. Sou diferente. É porque sou uma Sideral?

– Sim, você é, Fallom – disse Júbilo, em tom tranquilizador –, mas pequenas diferenças não têm importância nenhuma. Volte para a cama.

Fallom tornou-se submissa, como sempre ficava quando Júbilo a influenciava para agir assim. Fallom virou-se e disse:

– Eu sou um demônio? O que é um demônio?

– Esperem por mim um instante – disse Júbilo, por cima do ombro, para Trevize e Pelorat. – Já volto.

E ela voltou dentro de cinco minutos. Estava fazendo uma negação com a cabeça.

– Agora ela dormirá até que eu a acorde – disse. – Eu deveria ter feito isso antes, creio, mas qualquer influência mental deve ser resultado de necessidade – acrescentou, defensivamente. – Não quero que ela se preocupe com as diferenças entre seus órgãos genitais e os nossos.

– Algum dia – comentou Pelorat – ela precisará saber que é hermafrodita.

– Algum dia – respondeu Júbilo –, mas não agora. Prossiga com a história, Pel.

– Sim – disse Trevize –, antes que outra coisa nos interrompa.

– Bom, a Terra se tornou radioativa, ou, pelo menos, sua superfície se tornou radioativa. Naquela época, a Terra tinha uma população imensa, centrada em cidades colossais, a maioria subterrânea...

– Isso é certamente mentira – interrompeu Trevize. – Deve ser o patriotismo local glorificando a era dourada de um planeta, e os detalhes eram simplesmente uma distorção de Trantor em *sua* era dourada, quando era a capital Imperial de um sistema de mundos que abrangia toda a Galáxia.

Pelorat parou e disse:

– Por favor, Golan, não tente ensinar-me minha profissão. Nós, mitólogos, sabemos muito bem que mitos e lendas contêm empréstimos, lições de moral, ciclos naturais e uma centena de outras influências que causam distorções, e nos dedicamos a eliminá-las para chegar ao que pode ser uma essência verdadeira. Na realidade, essas mesmas técnicas deveriam ser aplicadas à maioria das histórias não fictícias, pois ninguém escreve apenas a verdade cristalina e aparente, se é que tal coisa existe. Neste momento, estou contando mais ou menos o que Monolee me contou, apesar de que, imagino, deva estar acrescentando minhas próprias distorções, por mais que tente evitá-las.

– Fique calmo – respondeu Trevize. – Não quis ofendê-lo. Continue, Janov.

– Não estou ofendido. As cidades gigantes, supondo que elas tenham existido, ruíram e encolheram conforme a radioatividade ficou lentamente mais intensa, até que a população tornou-se apenas um vestígio do que tinha sido, dependendo precariamente de regiões relativamente livres da radioatividade. A população era mantida em pequeno número por meio de um rígido controle de natalidade e por eutanásia de pessoas acima de sessenta anos.

– Horrível – disse Júbilo, indignada.

– Sem dúvida – respondeu Pelorat –, mas foi isso que fizeram, de acordo com Monolee, e deve ser verdade, pois certamente não é elogioso para os terráqueos, e é pouco provável que uma mentira não elogiosa fosse inventada. Os terráqueos, que tinham sido desprezados e oprimidos pelos Siderais, eram agora desprezados e oprimidos pelo Império, apesar de talvez existir algum exagero de autopiedade, uma emoção muito sedutora. Há aquele caso do...

– Sim, sim, Pelorat, alguma outra hora – disse Trevize. – Por favor, continue a falar sobre a Terra.

– Peço desculpas. O Império, em um acesso de benevolência, concordou em retirar solo contaminado do planeta e substituí-lo por solo importado, livre de radiação. É desnecessário dizer que foi uma incumbência enorme, da qual o Império logo se cansou, especialmente considerando que esse período (se meu palpite estiver certo) coincidiu com a queda de Kandar V, depois da qual o Império tinha muitas outras coisas para se preocupar além da Terra. A radiação continuou a crescer, a população continuou a decair e, enfim, o Império, em outro acesso de benevolência, ofereceu-se para transferir o restante da população para um novo mundo... para *este* mundo, em resumo. Parece-me que uma expedição anterior supriu o oceano para que, quando os planos para a transferência dos terráqueos estivessem sendo executados, houvesse uma atmosfera completa de oxigênio e um amplo estoque de comida em Alfa. Nenhum mundo do Império Galáctico cobiçaria este mundo, pois há certa antipatia natural contra planetas que orbitam estrelas de sistemas binários. Imagino que existam tão poucos planetas ajustados a esse tipo de sistema que até mesmo os adequados são rejeitados, graças à pressuposição de que existe algo de errado com eles. É como um senso comum. Existe, por exemplo, o famoso caso de...

– Deixe o caso famoso para depois, Janov – disse Trevize. – Fale sobre a transferência.

– O que faltava – continuou Pelorat, acelerando um pouco as palavras – era preparar uma base terrestre. A parte mais rasa do oceano foi encontrada. Sedimentos foram retirados de partes mais profundas para serem acrescentados à área rasa para, enfim, criar a ilha de Terra Nova. Grandes rochas e recifes foram escavados e acrescentados à ilha. Plantas terrestres foram semeadas para que seus sistemas de raízes ajudassem a solidificar a nova sedimentação. Mais uma vez, o Império havia se proposto a realizar uma tarefa enorme. Talvez, a princípio, continentes tivessem sido planejados, mas, quando esta única ilha foi terminada, o momento de benevolência do Império havia passado. Assim, o que restou da população da Terra foi trazido para cá. A frota do Império foi embora com sua tripulação e seu maquinário, e nunca voltou. Os terráqueos, vivendo em Terra Nova, acabaram em isolamento completo.

– Completo? – perguntou Trevize. – Monolee disse que ninguém, de nenhum lugar da Galáxia, veio para cá até a nossa chegada?

– Quase completo – respondeu Pelorat. – Suponho que não haja nenhum motivo para vir para cá, mesmo que deixemos de lado a aversão supersticiosa por sistemas binários. De vez em quando, em intervalos longos, vinha uma nave, como a nossa, mas ela acabava por ir embora sem consequências. E é isso.

– Você perguntou a Monolee sobre a localização da Terra? – disse Trevize.

– Claro que perguntei. Ele não sabia.

– Como ele pode saber tanto sobre a história da Terra sem saber sua localização?

– Perguntei-lhe especificamente, Golan, se a estrela que está a apenas um parsec de distância de Alfa poderia ser o sol em torno do qual a Terra orbita. Ele não sabia o que era um parsec, e eu expliquei que é uma distância curta, astronomicamente falando. Ele disse que, curta ou longa, ele não sabia a localização da Terra, e que não sabia de ninguém que poderia saber e que, em sua opinião, era um erro tentar encontrá-la. Ela deveria, afirmou, poder vagar infinitamente pelo espaço sem ser perturbada.

– Você concorda com ele? – perguntou Trevize.

– Na verdade, não – Pelorat negou com a cabeça, melancolicamente. – Mas ele disse que, na velocidade com que a radiação aumentava, o planeta deve ter se tornado completamente inabitável não muito depois da transferência e que, a essa altura, deve estar queimando com tanta intensidade que ninguém pode se aproximar.

– Bobagem – disse Trevize, com firmeza. – Um planeta não pode se tornar radioativo e, se o fizesse, não teria uma radioatividade progressivamente maior. A radiação só diminui.

– Mas Monolee tem certeza absoluta. São inúmeras as pessoas com quem conversamos, em vários mundos, que concordam nessa questão, de que a Terra é radioativa. Certamente é inútil continuarmos.

80

Trevize respirou fundo.

– Bobagem, Janov – disse, num tom cuidadosamente controlado. – Isso não é verdade.

– Ora, velho amigo, você não deve acreditar em uma coisa só porque quer acreditar nela.

– O que eu quero não tem nada a ver com isso. Mundo após mundo, descobrimos que os registros da Terra foram eliminados. Se não há nada a ser escondido, se a Terra for um planeta morto e radioativo que não pode ser visitado, por que seriam eliminados?

– Eu não sei, Golan.

– Sim, você sabe. Quando estávamos nos aproximando de Melpomenia, você disse que a radioatividade poderia ser o outro lado da moeda. Destrua registros para eliminar informações verídicas; implante a história da radioatividade para acrescentar informações enganosas. Ambos os casos desencorajariam toda tentativa de encontrar a Terra, e não devemos ser iludidos e nos desencorajar.

– Bom – interveio Júbilo –, você parece acreditar que a estrela vizinha é o sol da Terra. Por que, então, continuar discutindo a questão da radioatividade? Que diferença faz? Por que não ir à estrela vizinha e verificar se é a Terra, e, se for, checar como ela é?

– Porque os habitantes da Terra devem ser, à sua própria maneira, extremamente poderosos – respondeu Trevize –, e prefiro me aproximar com algum conhecimento sobre eles e sobre aquele mundo. Do jeito que estamos, considerando que continuo ignorante sobre a Terra, é perigoso nos aproximarmos dela. Creio que deva deixar todos vocês aqui em Alfa e ir sozinho até a Terra. Uma vida já é risco suficiente.

– Não, Golan – disse Pelorat, com sinceridade. – Júbilo e a criança podem esperar aqui, mas eu preciso ir com você. Tenho pesquisado a Terra desde antes de você nascer e não posso ficar para trás quando o objetivo está tão perto, sejam quais forem os perigos que nos ameacem.

– Júbilo e a criança *não* esperarão aqui – interrompeu Júbilo. – Eu sou Gaia, e Gaia pode nos proteger até mesmo da Terra.

– Espero que esteja certa – disse Trevize, sombrio –, mas Gaia não conseguiu evitar a eliminação de todas as memórias primordiais sobre o papel da Terra em sua fundação.

– Isso foi feito na história antiga de Gaia, quando ainda não estava bem organizada, quando não estava avançada. Agora as coisas são diferentes.

– Espero que sejam mesmo. Ou você obteve informações sobre a Terra hoje de manhã, coisas que ainda não sabemos? Eu lhe pedi que conversasse com algumas das mulheres mais velhas que poderiam estar por aqui.

– E assim o fiz.

– E o que descobriu? – perguntou Trevize.

– Nada sobre a Terra. Há um vazio total sobre esse assunto.

– Hm.

– Mas eles são biotecnólogos avançados.

– É mesmo?

– Nesta pequena ilha, eles desenvolveram e testaram inúmeras variedades de plantas e animais, e criaram um equilíbrio ecológico apropriado, estável e autossuficiente, apesar de terem começado com pouquíssimas espécies. Fizeram melhorias na vida marítima que encontraram quando chegaram aqui, há alguns milhares de anos, aumentando seus valores nutritivos e melhorando os sabores. Foi essa biotecnologia que fez deste planeta uma cornucópia de abundância. E também têm planos para eles mesmos.

– Que tipos de planos?

– Eles têm plena consciência de que não podem expandir sua civilização nas atuais circunstâncias, confinados como estão no único pedaço de terra firme existente em seu mundo, mas sonham em se tornar anfíbios.

– Em se tornar o quê?

– Anfíbios. Planejam desenvolver guelras para complementar os pulmões. Sonham poder passar períodos consideráveis submersos; sonham encontrar regiões rasas e construir estruturas no fundo do oceano. Minha informante ficou bastante entusiasmada com o assunto, mas admitiu que é um objetivo antigo dos alfaenses e que pouco progresso foi feito, se é que foi feito algum.

– Então são duas áreas nas quais eles talvez estejam mais avançados do que nós – disse Trevize. – Controle de clima e biotecnologia. Quais serão suas técnicas?

– Precisaríamos encontrar especialistas – respondeu Júbilo –, e eles talvez não estejam dispostos a falar no assunto.

– Não é nossa preocupação principal – disse Trevize –, mas seria claramente recompensador para a Fundação tentar aprender alguma coisa com este pequeno mundo.

– Nós já temos um bom controle do clima em Terminus, atualmente – comentou Pelorat.

– O controle é bom em muitos mundos – respondeu Trevize –, mas é sempre uma questão do mundo como um todo. Aqui, os alfaenses controlam o clima de uma pequena área do mundo, e devem ter técnicas que não temos. Júbilo, mais alguma coisa?

– Interações sociais. Eles são, aparentemente, inclinados ao lazer e ao descanso, em qualquer período em que possam ficar longe da lavoura e da pesca. Hoje, depois do jantar, haverá um festival de música. Já lhes contei sobre isso. Amanhã, durante o dia, haverá uma festividade na praia. Aparentemente, haverá uma reunião em toda a costa da ilha, com todos que puderem deixar de trabalhar nos campos, para que possam apreciar a água e celebrar o sol, pois choverá no dia seguinte. Na manhã do dia chuvoso, a tripulação dos pesqueiros voltará antes da chuva, e, à tarde, haverá um festival gastronômico, com degustação do que tiver sido pescado.

– As refeições já são bem exageradas – grunhiu Pelorat. – É difícil imaginar como será um festival gastronômico.

– Pelo que entendi, não será uma oferta de quantidade, e sim de variedade. De todo modo, nós quatro fomos convidados para participar de todas as festividades, especialmente o sarau de hoje à noite.

– Aquele com instrumentos antigos? – perguntou Trevize.

– Isso mesmo.

– Aliás, o que os fazem ser antigos? Computadores primitivos?

– Não, não. Aí é que está. Não se trata de música eletrônica, e sim mecânica. Elas descreveram para mim. Eles arranham cordas, assopram em tubos e batem em superfícies.

– Espero que você esteja inventando – disse Trevize, assombrado.

– Não, não estou. E parece que a sua Hiroko assoprará em um dos tubos (esqueci o nome) e você deveria se esforçar para ouvir.

– Quanto a mim – comentou Pelorat –, eu adoraria ir. Conheço muito pouco sobre música primitiva e gostaria de ouvi-la.

– Ela não é a "minha Hiroko" – disse Trevize, friamente. – Você imagina que sejam instrumentos como os que eram usados antigamente, na Terra?

– Imagino que sim – respondeu Júbilo. – Pelo menos as mulheres alfaenses disseram que eles foram criados muito antes de seus ancestrais terem vindo para cá.

– Nesse caso – disse Trevize –, pode ser interessante ouvir toda essa arranhação, sopração e batucada para descobrir quaisquer informações que eles talvez possam nos fornecer sobre a Terra.

81

Surpreendentemente, Fallom era quem estava mais empolgada com a perspectiva de uma noite musical. Ela e Júbilo se banharam no pequeno anexo atrás de seus aposentos. Havia uma banheira com água corrente, quente e fria (ou melhor, morna e fresca), uma pia e uma cômoda. Era totalmente limpo e usável e, ao sol do fim da tarde, era bem iluminado e alegre.

Como sempre, Fallom demonstrou fascinação pelos seios de Júbilo, e ela foi obrigada a explicar (agora que Fallom entendia galáctico) que era assim a anatomia das pessoas em seu mundo. Inevitavelmente, Fallom perguntou o motivo, e Júbilo, depois de pensar por um momento, concluiu que não havia nenhuma maneira sensata de explicar e devolveu a resposta universal: "porque sim!".

Quando terminaram, Júbilo ajudou Fallom a vestir a roupa íntima oferecida pelos alfaenses e ajustou a vestimenta para que a saia ficasse por cima dela. Deixar Fallom de torso nu parecia razoável, mas Júbilo, ainda que estivesse usando os trajes alfaenses abaixo da cintura (que ficaram deveras apertados em torno dos quadris), vestiu uma de suas blusas. Parecia tolice ficar constrangida com a exposição de seus seios em uma sociedade na qual todas as mulheres o faziam, especialmente considerando que eles não eram grandes demais e eram tão formosos quanto qualquer um dos que tinha visto, mas preferiu ir vestida mesmo assim.

Em seguida, os dois homens usaram o anexo; Trevize murmurou a corriqueira reclamação masculina sobre o tempo que elas tinham demorado.

Júbilo fez Fallom dar uma volta para ter certeza de que a saia não escorregaria pelo quadril masculinizado da criança.

– É uma saia muito bonita, Fallom. Você gosta dela?

Fallom olhou para a saia pelo espelho e disse:

– Sim, eu gosto. Todavia, não ficarei com frio sem nada por cima? – e ela passou as mãos por seu peito desnudo.

– Acredito que não, Fallom. Este mundo é caloroso.

– *Você* está com mais roupas.

– Sim, estou. É assim em meu mundo. Escute, Fallom, estaremos na companhia de muitos alfaenses durante o jantar e depois dele. Você acha que conseguirá aguentar?

Fallom pareceu ficar aflita, e Júbilo continuou:

– Estarei sentada à sua direita, segurando você. Pel sentará à sua esquerda e Trevize estará sentado à sua frente, do outro lado da mesa. Não permitiremos que ninguém fale com você e você não precisará conversar com ninguém.

– Eu me esforçarei, Júbilo – esganiçou Fallom em seus tons mais agudos.

– Então, depois – disse Júbilo –, alguns alfaenses tocarão música para nós do jeito especial deles. Você sabe o que é música? – ela cantarolou de boca fechada a melhor imitação de harmonia eletrônica que podia.

O rosto de Fallom iluminou-se.

– Você se refere a ****? – a última palavra era em sua própria língua, e ela começou a cantar.

Júbilo arregalou os olhos. Era uma linda melodia, mesmo que fosse acelerada e repleta de trinados.

– Isso mesmo. Música. – disse Júbilo.

– Jemby fazia... – começou Fallom, empolgada. Então ela hesitou e decidiu usar a palavra em galáctico – música o tempo todo. Fazia música em uma **** – outra palavra em sua língua.

– Em uma "faful"? – Júbilo repetiu a palavra com hesitação.

Fallom riu-se.

– Não "faful", ****.

Com as duas palavras justapostas dessa maneira, Júbilo conseguiu perceber a diferença, mas desistiu de pronunciar a segunda.

– Com o que se parece? – ela perguntou.

O ainda limitado vocabulário em galáctico de Fallom não era suficiente para uma descrição precisa, e seus gestos não criaram nenhuma imagem clara na mente de Júbilo.

– Ele me mostrou como usar a **** – disse Fallom, orgulhosa. – Eu usava meus dedos da mesma forma que Jemby usava, mas ele disse que logo eu não precisaria mais usar.

– Isso é ótimo, querida – respondeu Júbilo. – Depois do jantar, veremos se os alfaenses são tão bons quanto era o seu Jemby.

Os olhos de Fallom cintilaram, e pensamentos agradáveis sobre o que viria em seguida ajudaram-na a suportar um jantar extravagante, apesar do grande número de pessoas, risadas e barulhos ao seu redor. Em apenas um momento, quando um prato foi acidentalmente derrubado, causando guinchos de empolgação, Fallom pareceu assustada, e Júbilo prontamente a envolveu com um abraço afetuoso e protetor.

– Eu me pergunto se a gente conseguiria algum jeito de comer sozinhos – Júbilo murmurou para Pelorat. – Caso contrário, precisaremos ir embora deste mundo. Já é ruim o suficiente eu ter de comer toda essa proteína animal isolada; eu *deveria* poder fazê-lo em paz.

– É apenas alegria e entusiasmo – disse Pelorat, que toleraria qualquer coisa relacionada a comportamentos e crenças primitivos desde que dentro do aceitável.

E então o jantar terminou e veio o anúncio de que o festival de música começaria em breve.

82

O salão em que o festival de música seria realizado era quase do mesmo tamanho que o refeitório, e havia cadeiras dobráveis (deveras desconfortáveis, Trevize descobriu) para cento e cinquenta pessoas, mais ou menos. Como convidados de honra, os visitantes foram levados à primeira fila, e diversos alfaenses comentaram educada e positivamente sobre suas roupas.

Os dois homens estavam nus da cintura para cima, e Trevize contraía seus músculos abdominais sempre que pensava neles e olhava para baixo, ocasionalmente, com autoadmiração complacente por seu peito cabeludo. Pelorat, em sua fervorosa admiração por tudo à sua volta, era indiferente em relação à própria aparência. A blusa de Júbilo atraía discretos olhares de perplexidade, mas nada foi dito.

Trevize reparou que o salão estava com apenas metade de sua capacidade preenchida, e que a grande maioria do público era feminina, já que, presumivelmente, muitos homens deveriam estar no mar.

– Eles têm eletricidade – Pelorat sussurrou para Trevize, depois de cutucá-lo.

Trevize olhou para os tubos verticais nas paredes, e também para os que estavam no teto. Eles eram suavemente luminosos.

– Fluorescência – disse. – Bastante primitivo.

– Sim, mas cumprem sua função, e há mais dessas coisas em nossos aposentos e no anexo. Pensei que era apenas decoração. Se pudermos descobrir como eles funcionam, não precisaremos ficar no escuro.

– Eles podiam ter nos contado – disse Júbilo, irritada.

– Devem ter pensado que saberíamos – respondeu Pelorat –, que qualquer pessoa saberia.

Quatro mulheres surgiram de trás de telas e se sentaram juntas no espaço à frente da plateia. Cada uma carregava um instrumento de madeira polida e de formato parecido, que não poderia ser facilmente descrito. Os instrumentos eram bastante distintos em tamanho. Um era bem pequeno, dois eram um pouco maiores e o quarto, consideravelmente maior. Cada mulher tinha uma longa vareta na outra mão.

O público assobiou suavemente conforme elas entraram e, em resposta, as quatro mulheres fizeram reverências. Cada uma tinha uma faixa de tecido firmemente enrolada em torno dos seios, como se para impedir que eles interferissem nos instrumentos.

Trevize, interpretando os assobios como sinais de aprovação ou de grande expectativa, sentiu que seria educado assobiar também. Nesse momento, Fallom começou um trinado que ia muito além de um assobio, o que começou a chamar a atenção, quando um aperto da mão de Júbilo a calou.

Três das mulheres, sem preparação, colocaram seus instrumentos sob os queixos, enquanto o maior dos instrumentos permaneceu entre as pernas da quarta mulher, apoiado no chão. A longa vareta na mão direita de cada uma delas foi friccionada nas cordas que se esticavam por quase todo o comprimento de cada instrumento, enquanto os dedos da mão esquerda dedilhavam rapidamente as extremidades superiores dessas cordas.

Aquilo era, pensou Trevize, a "arranhação" que ele estava esperando, mas não soava de maneira nenhuma como algo arranhando. Houve uma suave e melodiosa sucessão de notas; cada instrumento fazia algo por conta própria e o todo se fundia de maneira agradável.

Não tinha a complexidade da música criada eletronicamente ("música de verdade", como Trevize não conseguia deixar de pensar) e havia nela uma distinta uniformidade. Ainda assim, conforme o tempo passava e seus ouvidos se acostumaram com esse excêntrico sistema de som, ele começou a distinguir sutilezas. Era cansativo fazê-lo e ele se lembrou da precisão matemática, do clamor e da pureza da música de verdade, mas lhe ocorreu que, se escutasse a música desses simples equipamentos de madeira por tempo suficiente, poderia vir a gostar daquilo.

Somente quando o concerto já havia durado quarenta e cinco minutos, Hiroko surgiu. Ela imediatamente viu Trevize na primeira fileira e sorriu para ele. Ele se juntou com sinceridade ao suave assobio de aprovação do público. Ela estava linda, com uma longa e sofisticada saia, uma grande flor no cabelo e nada cobrindo seus seios – aparentemente, não havia nenhum perigo de eles interferirem no instrumento.

Era um cilindro escuro de madeira, com cerca de sessenta e cinco centímetros de comprimento e quase dois de espessura. Ela levou o instrumento aos lábios e assoprou em uma abertura próxima de uma das extremidades, produzindo uma fina e doce nota, que variou em intensidade conforme seus dedos manipularam objetos de metal distribuídos no comprimento do cilindro.

Com a primeira nota, Fallom agarrou o braço de Júbilo e disse:

– Júbilo, aquilo é uma **** – e a palavra soou como "faful" para Júbilo.

Júbilo negou firmemente com a cabeça e Fallom continuou, em um tom mais baixo:

– Mas é!

Outros olhavam na direção de Fallom. Júbilo colocou a mão sobre a boca de Fallom, com firmeza, e reclinou-se sobre ela para murmurar um "Silêncio!" quase agressivo em seu ouvido.

Depois disso, Fallom ouviu a música de Hiroko em silêncio, mas seus dedos se moviam espasmodicamente, como se estivessem operando os objetos ao longo do comprimento do instrumento.

O último músico do concerto foi um senhor que tinha um instrumento com laterais sulcadas, pendurado nos ombros. Ele o expandia e comprimia conforme uma de suas mãos dedilhava uma sucessão de pequenos objetos pretos e brancos em uma das extremidades, pressionando-os em grupos.

Trevize considerou aquele som cansativo, deveras rústico, desagradavelmente parecido com a lembrança dos latidos dos cães em Aurora – não que o som fosse como latidos, mas as emoções que ele despertava eram semelhantes. Júbilo parecia querer cobrir as orelhas com as mãos e Pelorat estava com o cenho franzido. Apenas Fallom parecia gostar, pois batia o pé de leve. Trevize, ao perceber tal fato, reparou, para sua surpresa, que havia um ritmo na música que sincronizava com os movimentos do pé de Fallom.

A apresentação, enfim, terminou, e houve um furor de assobios, com o trinado de Fallom soando claramente mais alto.

Em seguida, o público dividiu-se em pequenos grupos de conversa e tornou-se tão barulhento e desordeiro quanto os alfaenses pareciam ser em todos os eventos públicos. As várias pessoas que haviam tocado no concerto ficaram à frente do salão e conversavam com aqueles que se aproximavam para parabenizá-los.

Fallom soltou-se de Júbilo e correu até Hiroko.

– Hiroko – ela gritou, ofegante. – Deixe-me ver a ****.

– A o quê, estimada Fallom? – perguntou Hiroko.

– A coisa com que você fez música.

– Oh – riu-se Hiroko. – É uma flauta, minha pequena.

– Posso vê-la?

– Perfeitamente. – Hiroko abriu um estojo e retirou o instrumento. Estava dividido em três partes, mas ela o montou rapidamente. Segurou o objeto diante de Fallom, com o bocal perto dos lábios da criança, e disse: – Aqui, sopre o ar de vossos pulmões neste buraco.

– Eu sei, eu sei – disse Fallom, ansiosa, e tentou pegar a flauta.

Automaticamente, Hiroko a tirou do alcance de Fallom e a segurou no alto.

– Sopre, criança, mas não encoste.

Fallom parecia decepcionada.

– Posso apenas olhar para ela, então? Não vou encostar.

– Certamente, estimada Fallom.

Hiroko estendeu a flauta mais uma vez e Fallom olhou para o instrumento, concentrada.

A iluminação fluorescente do aposento diminuiu um pouco e o som de uma nota de flauta, incerto e oscilante, pôde ser ouvido.

Hiroko, surpresa, quase derrubou a flauta, e Fallom gritou:

– Eu consegui! Eu consegui! Jemby disse que eu conseguiria, algum dia.

– Fizeste este som? – perguntou Hiroko.

– Sim, eu fiz. Eu fiz.

– Mas como o fizeste, criança?

Júbilo, ruborizada de constrangimento, interveio:

– Lamento, Hiroko. Eu a levarei embora.

– Não – disse Hiroko. – Rogo para que ela faça novamente.

Alguns dos alfaenses nas proximidades haviam chegado mais perto para observar. Fallom franziu as sobrancelhas, se esforçando ao extremo. As fluorescências diminuíram mais do que antes e, mais uma vez, surgiu uma nota da flauta, dessa vez pura e estável. Então se tornou errática, conforme os objetos metálicos ao longo do corpo da flauta começaram a mexer sozinhos.

– É um pouco diferente da **** – comentou Fallom, um tanto sem fôlego, como se o ar que estava ativando a flauta fosse o dela, em vez de vindo de outra fonte de energia.

– Ela deve estar extraindo energia da corrente elétrica que abastece as fluorescências – disse Pelorat a Trevize.

– Faça novamente – pediu Hiroko, com voz estrangulada.

Fallom fechou os olhos. Agora, a nota era mais suave e estava sob um controle mais firme. A flauta tocava sozinha e era manipulada por dedos invisíveis. Estava sendo movida por energia distante, que surgia através da transdução dos lóbulos ainda imaturos do cérebro de Fallom. As notas, que haviam começado de maneira quase aleatória, encaixaram-se em uma sucessão musical, e agora todas as pessoas do salão haviam se juntado em torno de Hiroko e Fallom, conforme Hiroko segurava a flauta gentilmente pelas extremidades com o polegar e o dedo indicador e Fallom, de olhos fechados, direcionava a corrente de vento e o movimento das chaves.

– É a canção que eu toquei – sussurrou Hiroko.

– Lembro-me dela – disse Fallom, concordando de leve com a cabeça, tentando não quebrar sua concentração.

– Não perdeste nenhuma nota – comentou Hiroko, depois que havia acabado.

– Mas não está certo, Hiroko. Você não tocou direito.

– Fallom! – interveio Júbilo. – Que falta de educação. Você não deve...

– Por favor – disse Hiroko, com firmeza –, não interfira. Por que não está certo, criança?

– Porque eu tocaria de um jeito diferente.

– Mostre-me.

Mais uma vez, a flauta tocou, mas de maneira mais sofisticada, pois as forças que acionavam as chaves o faziam com mais rapidez, com uma sucessão mais veloz e com combinações mais elaboradas do que antes. A música era mais complexa, infinitamente mais emocionante e comovente. Hiroko ouvia, imóvel, e o salão ficou em silêncio absoluto.

Não houve nenhum som mesmo depois que Fallom terminou de tocar, até que Hiroko respirou fundo e disse:

– Pequena, tocaste isso antes?

– Não – respondeu Fallom –, antes disso eu só usava meus dedos, e não consigo usar meus dedos para tocar dessa maneira.

– Então, com simplicidade e nenhum traço de arrogância, completou: – Ninguém consegue.

– Podes tocar algo de outro tipo?

– Posso inventar alguma coisa.

– Diz, improvisar?

Fallom franziu as sobrancelhas por causa daquela palavra e olhou para Júbilo, que fez um gesto afirmativo com a cabeça.

– Sim – respondeu Fallom.

– Rogo que o faça – disse Hiroko.

Fallom pensou por um ou dois minutos e então começou lentamente, com uma sucessão muito simples de notas que passavam uma sensação etérea. As luzes fluorescentes diminuíam e aumentavam conforme a quantidade de energia usada era intensificada e enfraquecida. Ninguém demonstrou perceber tal fato, pois parecia ser o efeito da música, e não sua causa, como se um espectro elétrico estivesse obedecendo a ordens das ondas sonoras.

A combinação de notas, então, repetiu-se um pouco mais alto, e mais uma vez, com um pouco mais de complexidade; então, em variações daquela melodia, sem nunca perder a evidente combinação básica. Ela foi ficando mais inspiradora e mais emocionante até que, para os presentes, tornou-se quase impossível respirar. Por fim, uma curva descendente muito mais acentuada do que a ascendente teve o efeito de um arrebatador mergulho que levou os ouvintes à terra firme, mesmo que eles ainda tivessem a sensação de estar flutuando pelo ar.

Depois da música, o salão explodiu em um pandemônio sonoro, e até mesmo Trevize, acostumado a um tipo totalmente diferente de música, pensou, melancolicamente: "E agora eu nunca mais escutarei essa música novamente".

Quando um silêncio quase relutante voltou, Hiroko estendeu sua flauta.

– Aqui, Fallom, é tua.

Fallom estendeu os braços ansiosamente para pegá-la, mas Júbilo a segurou e disse:

– Não podemos aceitar, Hiroko. É um instrumento valioso.

– Tenho outra, Júbilo. Não tão apurada, mas assim há de ser. Este instrumento pertence àquele que melhor o tocar. Nunca ouvi música de tal elevação e seria errado de minha parte possuir um instrumento cujo potencial não posso alcançar. Quem me dera saber tocá-lo sem as mãos.

Fallom pegou a flauta e, com uma expressão de profunda satisfação, segurou-a contra seu peito.

83

Cada um dos dois aposentos reservados para os visitantes estava iluminado por uma luz fluorescente. O anexo tinha uma terceira. As luzes eram fracas, e era desconfortável ler sob elas, mas pelo menos os aposentos não estavam mais no escuro. Ainda assim, eles estavam do lado de fora. O céu estava repleto de estrelas, algo fascinante para um nativo de Terminus, em que a paisagem noturna estava sempre sem estrelas e com apenas uma vaga imagem da Galáxia visível.

Hiroko os havia acompanhado de volta aos seus aposentos, temendo que se perdessem no escuro ou que tropeçassem. Ao longo de todo o caminho, ela segurou a mão de Fallom e então, depois de acender as luzes fluorescentes, ficou fazendo companhia para os visitantes do lado de fora, ainda de mãos dadas com a criança.

Era evidente que Hiroko estava em um difícil conflito de emoções. Por isso, Júbilo tentou mais uma vez:

– Eu repito, Hiroko, não podemos levar sua flauta.

– Não. Fallom deve ficar com ela – respondeu Hiroko, parecendo indecisa mesmo assim.

Trevize continuou olhando para o céu. A noite era genuinamente escura, uma escuridão quase não influenciada pelo tremeluzir da luz que vinha de seus aposentos, e muito menos pelas insignificantes luminosidades vindas de outras casas a distância.

– Hiroko – disse ele –, você vê aquela estrela ali, bem luminosa? Qual é o nome dela?

Hiroko olhou casualmente para cima.

– Aquela é a Companheira – respondeu, sem aparentar grande interesse.

– Por que é chamada assim?

– Pois circunda nosso sol a cada oitenta anos do Padrão Galáctico. É uma estrela vespertina nesta época do ano. Podeis vê-la também à luz do dia, quando ela se posiciona acima do horizonte.

Ótimo, pensou Trevize. Ela não é totalmente ignorante sobre astronomia.

– Você sabia que Alfa tem outra companheira? – perguntou. – É uma estrela muito pequena e de fraca luminosidade, que está a uma distância muito maior do que aquela brilhante. Você não pode vê-la sem um telescópio.

(Ele mesmo não a tinha visto e não se deu ao trabalho de procurá-la, mas o computador tinha essa informação em seu banco de dados).

– Assim nos dizem na escola – disse ela, indiferente.

– E quanto àquela ali? Está vendo aquelas seis estrelas em zigue-zague?

– Aquela é Cassiopeia – respondeu Hiroko.

– É mesmo? – surpreendeu-se Trevize. – Qual estrela?

– Todas. O zigue-zague completo. Trata-se de Cassiopeia.

– Por que é chamada assim?

– Careço de tal conhecimento. Não sei nada sobre astronomia, respeitável Trevize.

– Está vendo a estrela mais baixa do zigue-zague? A que é mais luminosa do que as outras? O que é aquilo?

– É uma estrela. Eu não sei a nomenclatura.

– Mas, com exceção das duas estrelas companheiras, é a estrela mais próxima de Alfa. Está a apenas um parsec de distância.

– Assim afirmas? – disse Hiroko. – Tal conhecimento me escapa.

– Será que não poderia ser a estrela em torno da qual a Terra orbita?

Hiroko observou a estrela com um tênue lampejo de interesse.

– Não sei. Nunca ouvi ninguém assim dizer.

– Não acha que poderia ser?

– Como hei de saber? Ninguém sabe onde poderia estar a Terra. Eu... eu hei de deixar-vos sozinhos, agora. Assumirei meu turno nos campos amanhã, na alvorada, antes do festival na praia.

Hei de vê-los todos amanhã, no festival, logo depois do almoço. Sim? Sim?

– Certamente, Hiroko.

Ela foi embora subitamente, quase correndo no escuro. Trevize a acompanhou com o olhar e, então, seguiu os outros para seus aposentos.

– Você saberia dizer, Júbilo, se ela estava mentindo sobre a Terra? – perguntou Trevize.

– Não acho que estava – Júbilo negou com a cabeça. – Ela está sob enorme tensão, algo que eu não tinha notado até depois do concerto. Já existia antes de você lhe perguntar sobre as estrelas.

– Seria porque ela ficou sem a flauta, então?

– Talvez. Não sei dizer. – Ela se virou para Fallom. – Agora, Fallom, quero que você vá para seu quarto. Quando estiver pronta para dormir, vá para o anexo, faça suas necessidades e então lave suas mãos, seu rosto e seus dentes.

– Eu gostaria de tocar a flauta, Júbilo.

– Apenas por pouco tempo, e *bem* baixinho. Entendeu, Fallom? E precisa parar quando eu lhe pedir.

– Sim, Júbilo.

Agora, os três estavam sozinhos; Júbilo sentada na única cadeira e os dois homens, cada um em sua cama de lona.

– Existe alguma razão para ainda estarmos neste planeta? – perguntou Júbilo.

Trevize deu de ombros.

– Não chegamos a conversar com ninguém sobre a conexão da Terra com os instrumentos antigos – disse – e talvez possamos descobrir alguma coisa assim. Pode ser recompensador, também, esperar pela volta da frota de pesqueiros. Os pescadores podem saber algo que aqueles que ficam em terra firme não sabem.

– *Muito* improvável, creio – respondeu Júbilo. – Tem certeza de que não são os olhos escuros de Hiroko que o prendem aqui?

– Eu não entendo, Júbilo – disse Trevize, impaciente. – De que lhe importa o que escolho fazer? Por que se atribui o direito de fazer julgamentos morais em relação a mim?

– Não estou preocupada com sua moral. A questão afeta nossa jornada. Você deseja encontrar a Terra para decidir, finalmente, se esteve certo ao escolher Galaksia em vez de mundos Isolados. Quero que chegue a essa decisão. Você diz que precisa visitar a Terra para tomar essa decisão, e parece estar convencido de que a Terra orbita em torno daquela estrela luminosa no céu. Vamos para lá, então. Admito que seria útil termos alguma informação antes de ir, mas é evidente, para mim, que tais informações não serão encontradas aqui. Não quero permanecer aqui simplesmente porque você aprecia Hiroko.

– A gente talvez vá embora – respondeu Trevize. – Deixe-me pensar no assunto, e garanto que Hiroko não terá influência nenhuma no que eu decidir.

– Sinto que deveríamos seguir para a Terra – interveio Pelorat –, mesmo que seja apenas para verificar se é radioativa. Não vejo nenhum motivo para esperarmos por mais tempo.

– Tem certeza de que não são os olhos escuros de Júbilo que o guiam? – disse Trevize, um tanto rancoroso. Então, quase imediatamente: – Não... Eu retiro o que disse, Janov. Estava apenas sendo infantil. De toda maneira, este é um mundo encantador, além de Hiroko, e devo dizer que, em outras circunstâncias, eu ficaria tentado a permanecer aqui indefinidamente. Você não acha, Júbilo, que Alfa destrói sua teoria sobre os Isolados?

– De que maneira? – perguntou Júbilo.

– Você tem defendido que todo mundo genuinamente Isolado acaba se tornando perigoso e hostil.

– Até mesmo Comporellon – disse Júbilo, inexpressiva –, que está consideravelmente fora da corrente principal da atividade galáctica, pois se trata, em tese, de uma Potência Associada da Federação da Fundação.

– Mas *não* Alfa. Este mundo é completamente Isolado, mas é impossível reclamar de sua amabilidade e hospitalidade. Eles nos deram comida, roupas, abrigo; organizaram festivais em nossa honra, insistem para que fiquemos. Do que poderíamos acusá-los?

– De nada, aparentemente. Hiroko cedeu-lhe, inclusive, o próprio corpo.

– Por que isso a incomoda tanto, Júbilo? – perguntou Trevize, raivoso. – Ela não me cedeu o próprio corpo. Cedemos nossos corpos um ao outro. Foi totalmente mútuo, totalmente prazeroso. Tampouco você poderia dizer que hesita em ceder o próprio corpo quando lhe convém.

– Por favor, Júbilo – disse Pelorat. – Golan tem completa razão. Não há nenhum motivo para repudiar seus prazeres privados.

– Desde que eles não nos afetem – respondeu Júbilo, obstinadamente.

– Eles não nos afetam – disse Trevize. – Iremos embora, eu garanto. Um atraso para buscar mais informações não há de ser muito longo.

– Ainda assim, eu não confio em Isolados – comentou Júbilo –, mesmo que eles nos deem presentes.

– Você chega a uma conclusão – Trevize jogou os braços para o alto – e então distorce provas para se adequarem a ela. Típico de uma...

– Não diga isso – interrompeu Júbilo, ameaçadoramente. – Eu não sou uma mulher. Eu sou Gaia. É Gaia, e não eu, que está inquieta.

– Não há nenhum motivo para...

Nesse momento, alguém ou alguma coisa arranhou a porta. Trevize congelou.

– O que foi isso? – perguntou, sussurrando.

Júbilo deu de ombros levemente.

– Abra a porta e veja. Você é quem diz que este é um mundo gentil, que não representa nenhum perigo.

Ainda assim, Trevize hesitou, até que uma tênue voz veio do outro lado da porta:

– Por favor. Sou eu.

Era a voz de Hiroko. Trevize abriu a porta.

Hiroko entrou rapidamente. Suas bochechas estavam molhadas por lágrimas.

– Feche a porta – ela ofegou.

– O que foi? – perguntou Júbilo.

Hiroko agarrou Trevize.

– Eu não pude manter distância. Tentei, mas não pude tolerar. Partam agora, todos vocês. Levem a criança convosco, rápido. Levem a espaçonave para longe, para longe de Alfa, enquanto a escuridão ainda nos cerca.

– Mas por quê? – indagou Trevize.

– Porque, do contrário, morrerás; vós todos haveis de morrer.

84

Os três Estrangeiros, imóveis, encararam Hiroko durante um bom tempo.

– Você está dizendo que seu povo nos matará? – perguntou, enfim, Trevize.

– Tu já estás na estrada para a morte, respeitável Trevize. E os outros convosco – respondeu Hiroko. – Em tempos de outrora, aqueles dedicados aos estudos conceberam um vírus, inofensivo para nós, porém mortífero para Estrangeiros. Nós fomos imunizados – ela sacudiu os braços de Trevize, distraída. – Vós estais infectados.

– Como?

– Quando fomos deleitosos um com o outro. É uma das maneiras.

– Mas sinto-me perfeitamente bem – respondeu Trevize.

– Por ora, o vírus encontra-se inativo. Há de ser ativado no retorno da frota de pesqueiros. De acordo com nossas leis, haverá uma decisão conjunta, que incluirá os pescadores. Todos certamente hão de decretar a ativação, e vos manteremos aqui até tal momento, duas manhãs adiante. Partam agora, enquanto o escuro vos envolve e ninguém suspeita.

– Por que os alfaenses fazem isso?

– Por nossa segurança. Somos poucos, dotados de muito. Não desejamos intromissões Estrangeiras. Se assim suceder e formos revelados, outros hão de se intrometer e, portanto, quando uma espaçonave aterrissa, em vastos intervalos de tempo, precisamos garantir que tal espaçonave não parta.

– Mas, então – disse Trevize –, por que nos avisa e permite que fujamos?

– Não questioneis os motivos. Não... hei de contar-lhes, pois o escuto novamente. Escutai...

Do outro aposento, eles podiam ouvir Fallom tocando suavemente e com infinita ternura.

– Não posso suportar a destruição de tal música – disse Hiroko –, já que a criança também há de morrer.

– Foi por isso que deu a flauta a Fallom? – perguntou Trevize, de modo ríspido. – Porque sabia que a teria de volta a partir do momento em que ela estivesse morta?

– Não, tal pensamento não povoou minha mente – Hiroko pareceu horrorizada. – E quando tal ideia adentrou meu raciocínio, eu sabia que era errado. Fujais com a criança e, com ela, levais a flauta que eu nunca hei de ver novamente. Estareis a salvo no espaço e, abandonado em inatividade, o vírus agora em vossos corpos há de morrer com o tempo. Em retribuição, rogo que nenhum de vós mencione este mundo, para que ninguém saiba sobre ele.

– Não falaremos sobre ele – disse Trevize.

Hiroko olhou para ele e disse em voz baixa:

– Hei de beijar-te antes que parta?

– Não. Já fui infectado uma vez, o que certamente é suficiente – respondeu Trevize. E então, com uma voz menos dura, continuou: – Não chore. As pessoas perguntarão por que chora e você não conseguirá responder. Considerando seu esforço para nos salvar, perdoarei o que fez comigo.

Hiroko endireitou a coluna, enxugou cuidadosamente suas bochechas com as costas das mãos e respirou fundo.

– Por isso, sou grata a ti – disse, e foi embora rapidamente.

– Apagaremos as luzes – disse Trevize a Pelorat e Júbilo – e esperaremos durante algum tempo. Então, partiremos. Júbilo, peça que Fallom pare de tocar. Lembre-se de levar a flauta, claro. Então iremos para a nave, se pudermos encontrá-la no escuro.

– Eu a encontrarei – disse Júbilo. – Tenho vestimentas a bordo e, por mais tênue que seja a ligação, elas também são Gaia. Gaia não tem dificuldade de encontrar Gaia – e ela foi para o outro quarto buscar Fallom.

– Você supõe que eles tenham danificado a nave para nos manter no planeta? – perguntou Pelorat.

– Eles não têm tecnologia para tanto – disse Trevize, sombriamente.

Quando Júbilo voltou, segurando Fallom pela mão, Trevize apagou as luzes.

Eles ficaram em silêncio, no escuro, pelo que pareceu metade da noite, mas que deve ter sido apenas meia hora. Então Trevize abriu a porta, lenta e silenciosamente. O céu parecia ter um pouco mais de nuvens, mas as estrelas ainda brilhavam. Agora, Cassiopeia estava em um ponto alto, com o que poderia ser o sol da Terra brilhando com intensidade na ponta mais baixa. O ar estava estático, e não havia nenhum som.

Trevize saiu cuidadosamente, gesticulando para que os outros o seguissem. Uma de suas mãos tocou o chicote neurônico em um movimento quase automático. Ele tinha certeza de que não seria necessário usá-lo, mas...

Júbilo assumiu a dianteira, segurando a mão de Pelorat, que segurava a de Trevize. A outra mão de Júbilo segurava a de Fallom, que, com a outra mão, carregava a flauta. Tateando gentilmente com os pés na escuridão quase total, Júbilo guiou os outros na direção em que ela detectava o tênue contato de Gaia que suas roupas emanavam a bordo da *Estrela Distante*.

PARTE 7
TERRA

19.

Radioativa?

85

A ESTRELA DISTANTE DECOLOU EM SILÊNCIO, subindo lentamente pela atmosfera, afastando-se da ilha envolta pela escuridão. Os poucos e tênues pontos de luz abaixo deles diminuíram e desapareceram. Conforme a atmosfera se tornou mais rarefeita, a velocidade da nave aumentou, e os pontos de luz no céu acima ficaram mais numerosos e brilhantes.

Depois de algum tempo, eles viam o planeta Alfa como nada além de um crescente iluminado; um crescente cercado, em sua maioria, por nuvens.

– Suponho que eles não tenham tecnologia espacial ativa – disse Pelorat. – Não podem nos seguir.

– Não tenho certeza se isso me anima – respondeu Trevize, com rosto fechado e voz desolada. – Estou infectado.

– Mas com uma variedade inativa – disse Júbilo.

– Ela pode ser ativada. Eles têm um gatilho. Qual é o gatilho? Júbilo deu de ombros e respondeu:

– Hiroko disse que o vírus, se deixado inativo, acabaria por morrer em um corpo não adaptado a ele como o seu.

– É mesmo? – perguntou Trevize, irritado. – Como ela sabe? Aliás, como posso saber se essa afirmação de Hiroko não passou de uma mentira para seu próprio consolo? E será que o método de ativação poderia ser duplicado naturalmente? Algum químico específico, algum tipo de radiação, algum... algum... sabe-se lá o quê? Posso ficar subitamente doente, e então vocês três morreriam também. Ou, se acontecer depois de chegarmos a um planeta

povoado, pode haver uma terrível pandemia, que refugiados acabariam por levar para outros mundos. – Trevize olhou para Júbilo.
– Há alguma coisa que você possa fazer?

Lentamente, Júbilo negou com a cabeça.

– Não com facilidade – disse. – Existem parasitas que fazem parte de Gaia. Microrganismos, vermes. São uma parte benigna do equilíbrio ecológico. Vivem e contribuem com a consciência do nosso mundo, mas nunca se alastram. Vivem sem causar danos perceptíveis. O problema, Trevize, é que o vírus que o afeta não faz parte de Gaia.

– Você diz "não com facilidade" – respondeu Trevize, franzindo as sobrancelhas. – Nessas circunstâncias, você poderia se esforçar para tanto, mesmo que seja difícil? Pode localizar o vírus em mim e destruí-lo? Caso isso não dê certo, você poderia, pelo menos, fortalecer minhas defesas?

– Você entende o que está pedindo, Trevize? Não estou familiarizada com a flora microscópica de seu corpo. Eu talvez não consiga distinguir com facilidade um vírus dos genes normais que habitam as células de seu corpo. Seria ainda mais difícil distinguir o vírus com o qual Hiroko o contaminou daqueles aos quais seu corpo está acostumado. Tentarei fazê-lo, Trevize, mas levará tempo, e eu talvez não consiga.

– Leve o tempo que for – disse Trevize. – Tente.

– Certamente – respondeu Júbilo.

– Júbilo – interveio Pelorat –, se Hiroko falou a verdade, você talvez possa encontrar um vírus cuja vitalidade pareça estar diminuindo, e poderia acelerar esse declínio.

– Eu poderia fazer isso – disse Júbilo. – É um bom raciocínio.

– Você não se enfraquecerá? – perguntou Trevize. – Você sabe que precisará destruir preciosas formas de vida ao matar esses vírus.

– Trevize, você está apenas sendo sardônico – respondeu Júbilo, friamente –, mas, sardônico ou não, fala de uma dificuldade genuína. Ainda assim, não posso deixar de colocá-lo à frente do vírus. Eu os matarei se tiver a chance, não tenha medo. Afinal, mesmo com a possibilidade de eu não ter consideração por você

– e sua boca se contraiu, como se estivesse reprimindo um sorriso –, Pelorat e Fallom também estão em risco, e você talvez confie mais na consideração que tenho por eles do que na estima que tenho por você. Pode se lembrar também de que eu mesma estou em risco.

– Não tenho fé nenhuma em seu amor por si mesma – murmurou Trevize. – Você está totalmente disposta a abrir mão da própria vida por algum motivo maior. Mas aceitarei sua preocupação por Pelorat. – Então, disse: – Não ouço a flauta de Fallom. Há alguma coisa errada com ela?

– Não – respondeu Júbilo. – Ela está dormindo. Um sono perfeitamente natural, sobre o qual não tive influência. E sugiro, depois que você determinar o Salto para a estrela que acreditamos ser o sol da Terra, que todos nós façamos o mesmo. Preciso muito de sono e suspeito, Trevize, que você também.

– Sim, se eu conseguir. Você estava certa, sabe, Júbilo?

– Sobre o quê, Trevize?

– Sobre os Isolados. Terra Nova não era um paraíso, por mais que parecesse. Aquela hospitalidade, toda aquela amabilidade expansiva do início, era para abaixar nossas defesas, para que um de nós pudesse ser facilmente infectado. E toda a hospitalidade que veio depois, os festivais disso e daquilo, foi concebida para que ficássemos lá até que a frota de pesqueiros voltasse e a ativação pudesse ser executada. E teria dado certo, se não fosse por Fallom e sua música. Pode ser que você tenha razão sobre isso, também.

– Sobre Fallom?

– Sim. Eu não queria trazê-la, e nunca fiquei contente com a presença dela na nave. Foi por causa de suas ações, Júbilo, que a temos aqui e foi ela quem, involuntariamente, nos salvou. Ainda assim...

– Ainda assim o quê?

– Apesar disso, a presença de Fallom *ainda* me deixa inquieto. Não sei por quê.

– Se fizer com que se sinta melhor, Trevize, eu não diria que podemos atribuir todos os créditos a Fallom. Hiroko mencionou a música de Fallom como sua justificativa para cometer o que os outros alfaenses certamente considerariam um ato de traição. Ela fez, inclusive, com que nós também acreditássemos nisso, mas havia algo mais em sua mente, algo que detectei vagamente, mas que não pude identificar; algo que ela talvez tivesse vergonha de deixar emergir para sua mente consciente. Tenho a impressão de que ela sentia afeição por você e não estava disposta a vê-lo morrer, apesar de Fallom e sua música.

– Você acha mesmo? – perguntou Trevize, sorrindo de leve pela primeira vez desde que eles haviam deixado Alfa.

– Acho. Você deve ter alguma habilidade para lidar com mulheres. Persuadiu a ministra Lizalor a permitir que levássemos nossa nave de Comporellon, e ajudou a influenciar Hiroko a salvar nossas vidas. Créditos merecidos.

– Bom, se você acha – Trevize abriu um sorriso maior. – Pois bem. Para a Terra – e desapareceu para dentro da sala de pilotagem com passos quase orgulhosos.

Pelorat, que ficou para trás, comentou:

– Você interveio na mente dele, não interveio, Júbilo?

– Não, Pelorat, nunca influenciei a mente de Trevize.

– Você certamente interveio quando mimou a vaidade masculina dele de um jeito tão extravagante.

– De maneira totalmente indireta – respondeu Júbilo, sorrindo.

– Ainda assim, obrigado, Júbilo.

86

Depois do Salto, a estrela que tinha chances de ser o sol da Terra ainda estava a um décimo de parsec de distância. Era o objeto mais luminoso no céu, mas não passava de uma estrela.

Trevize manteve filtros sobre a luminosidade para facilitar a visualização e a estudou seriamente.

– Parece não haver dúvidas de que é, efetivamente, a gêmea de Alfa, a estrela em torno da qual orbita Terra Nova – disse. – Porém, Alfa está no mapa do computador, e essa estrela não está.

Não temos um nome para ela, não temos nenhuma estatística, e carecemos de qualquer informação sobre seu sistema planetário, se tiver algum.

– Não é isso que esperaríamos se a Terra orbitasse em torno desse sol? – perguntou Pelorat. – Essa ausência completa de informações se encaixaria com o fato de todos os dados sobre a Terra terem sido, aparentemente, eliminados.

– Sim, mas poderia significar também que é um Mundo Sideral que calhou de não estar na lista daquela parede do prédio em Melpomenia. Não podemos ter certeza de que aquela listagem estava completa. Ou então essa estrela pode não ter planetas e, portanto, não justifica sua inclusão em um mapa virtual usado primariamente para propósitos comerciais e militares. Janov, existe alguma lenda que fale sobre o sol da Terra estar a aproximadamente um parsec de distância de um sol gêmeo?

– Lamento, Golan – Pelorat negou com a cabeça –, mas nenhuma lenda do tipo me ocorre. Talvez exista. Minha memória não é indefectível. Vou pesquisar.

– Não é importante. Há algum nome atribuído ao sol da Terra?

– Alguns nomes diferentes são usados. Imagino que deva existir um nome em cada uma das diferentes línguas.

– Eu sempre esqueço que a Terra tinha muitas línguas.

– Deve ter tido. É a única forma de explicar e entender boa parte das lendas.

– Pois bem – disse Trevize, de maneira insolente. – O que faremos? A essa distância, não podemos determinar nada sobre o sistema planetário, e teremos que nos aproximar. Eu gostaria de ser cuidadoso, mas existe cautela excessiva e descabida, e não vejo nenhuma indicação de possíveis perigos. Presumivelmente, qualquer coisa poderosa o bastante para eliminar informações sobre a Terra na Galáxia inteira seria poderosa o suficiente para acabar conosco, mesmo a essa distância, se não quisesse mesmo ser localizada. Mas nada aconteceu. Não faz sentido permanecer aqui para sempre por causa da possibilidade de algo acontecer caso nos aproximemos, não é verdade?

– Imagino que o computador não tenha detectado nada que possa ser interpretado como perigo – respondeu Júbilo.

– Quando eu digo que não vejo nenhuma indicação de possíveis perigos, me baseio no computador. Eu certamente não posso ver nada a olho nu. Nem esperaria ver.

– Portanto, você está apenas buscando apoio para tomar uma decisão que considera arriscada. Pois bem. Estou do seu lado. Não viemos tão longe para voltar sem motivo nenhum, viemos?

– Não – disse Trevize. – O que você acha, Pelorat?

– Estou disposto a prosseguir – respondeu Pelorat –, mesmo que seja só por curiosidade. Seria insuportável voltar sem saber se encontramos a Terra.

– Certo – disse Trevize. – Então estamos todos de acordo.

– Não todos – afirmou Pelorat. – Há Fallom.

Trevize ficou pasmo.

– Está sugerindo que consultemos a criança? – perguntou. – De que valor seria sua opinião, se ela tivesse alguma? Além disso, tudo o que ela quer é voltar para seu próprio mundo.

– E podemos culpá-la por isso? – questionou Júbilo, amorosamente.

E, graças ao surgimento de Fallom na conversa, Trevize percebeu que ela estava tocando flauta; uma marcha inspiradora.

– Ouçam isso – ele disse. – Onde ela pode ter ouvido alguma coisa com compasso de marcha?

– Talvez Jemby tocasse marchas para ela.

– Duvido – Trevize negou com a cabeça. – Ritmos dançantes, talvez. Canções de ninar. A questão é que Fallom me deixa desconfortável. Ela aprende rápido demais.

– Eu a *ajudo* – disse Júbilo. – Lembre-se disso. Ela é extremamente inteligente, e foi extraordinariamente estimulada mentalmente nesse tempo que passou conosco. Novas sensações invadiram sua mente. Ela viu o espaço, mundos diferentes, muitas pessoas. Tudo pela primeira vez.

A música cadenciada de Fallom ficou mais grandiosa e com nuances mais estimulantes.

– Bom, ela está aqui – Trevize suspirou – e produz música que parece exalar otimismo e gosto pela aventura. Considerarei isso seu voto a favor de nos aproximarmos. Sejamos cautelosos e verifiquemos o sistema planetário desse sol.

– Se houver algum – disse Júbilo.

– Existe um sistema planetário – Trevize sorriu de leve. – É uma aposta. Escolha a quantia.

87

– Você perdeu – disse Trevize, distraidamente. – Quanto tinha decidido apostar?

– Nada. Nunca aceitei a aposta – respondeu Júbilo.

– Sorte sua. Mas, de qualquer forma, eu não teria aceitado o dinheiro.

Eles estavam a aproximadamente dez bilhões de quilômetros do sol. Ainda parecia uma estrela, mas tinha quase 1/4.000 da luminosidade que um sol teria quando visto da superfície de um planeta habitável.

– Com a ampliação, já podemos ver dois planetas – disse Trevize. – Considerando seus diâmetros e os espectros de luz refletida, eles são, claramente, gigantes de gás.

A nave estava consideravelmente longe do plano planetário, e Júbilo e Pelorat, observando a tela por cima do ombro de Trevize, viram dois pequenos crescentes de luz esverdeada. O crescente menor estava em uma fase ligeiramente mais avançada.

– Janov! Está certo, não está? – perguntou Trevize. – O sol da Terra, em tese, tem quatro gigantes de gás.

– De acordo com as lendas, sim – respondeu Pelorat.

– Dos quatro, o que está mais próximo do sol é o maior, e o segundo mais próximo tem anéis. Correto?

– Anéis grandes e proeminentes, Golan. Sim. Mas, velho amigo, você precisa levar em conta possíveis exageros no contar e recontar de uma lenda. Se não encontrarmos um planeta com um sistema de anéis fora do comum, não acho que devamos levar isso muito a sério como evidência contra a possibilidade de esse ser o sol da Terra.

– De todo modo, os dois que podemos ver são os mais distantes do sol, e os outros dois, que ficam mais próximos dele, devem estar do outro lado, longe demais para serem facilmente localizados em meio à paisagem de estrelas. Precisaremos nos aproximar ainda mais e contornar o sol para ver o outro lado.

– Isso pode ser feito com a massa da estrela nessa proximidade?

– Estou certo de que, com cuidado, o computador pode fazê-lo. Se ele considerar o perigo grande demais, se recusará a nos mover. Se for o caso, nos deslocaremos com mais cautela, e por trechos menores.

Sua mente instruiu o computador e o campo de estrelas na tela mudou. A estrela brilhou intensamente e então saiu da tela conforme o computador, seguindo instruções, vasculhava o espaço em busca de outro gigante de gás. E foi bem-sucedido.

Os três observadores enrijeceram e ficaram boquiabertos conforme a mente de Trevize, quase desorientada por causa do assombro, tentava ordenar que o computador aumentasse a amplificação.

– Inacreditável – comentou Júbilo, ofegante.

88

Um gigante de gás estava na tela, visto a partir de um ângulo em que a maior parte de sua superfície estava coberta por luz. Em torno dele havia um anel de detritos largo e luminoso, inclinado de maneira que o lado aparente refletia a luz solar. Era mais brilhante do que o próprio planeta, e ao longo desse anel havia uma fina linha divisória na direção da superfície do planeta.

Trevize ordenou ampliação máxima e o anel se tornou vários anéis menores, mais estreitos e concêntricos, resplandecendo sob a luz solar. Apenas uma parte do sistema de anéis era visível na tela, e o próprio planeta havia saído do campo de visão. Trevize deu mais uma ordem e um canto da tela se separou do todo e mostrou uma versão em miniatura do planeta e dos anéis, com ampliação muito menor.

– Esse tipo de coisa é comum? – perguntou Júbilo, chocada.

– Não – disse Trevize. – Quase todos os planetas gigantes de gás têm anéis de detritos, mas eles tendem a ser tênues e estreitos. Certa vez, vi um em que os anéis eram estreitos, mas muito brilhantes. Mas nunca vi nada assim. Nem ouvi falar.

– É evidente que se trata do gigante anelado sobre o qual falam as lendas – interveio Pelorat. – É realmente algo único...

– Realmente algo único, considerando o que sei e o que o computador tem de informações – disse Trevize.

– Então *deve* se tratar do sistema planetário que inclui a Terra. Decerto ninguém inventaria esse planeta. Ele precisaria ter sido visto para ter sido descrito.

– Neste momento, estou disposto a acreditar em qualquer coisa que suas lendas digam. Esse é o sexto planeta, e a Terra seria o terceiro?

– Sim, Golan.

– Então, eu diria que estamos a menos de um bilhão e meio de quilômetros da Terra e ainda não fomos impedidos. Gaia nos deteve quando nos aproximamos.

– Vocês estavam mais próximos de Gaia quando foram detidos – comentou Júbilo.

– Ah – respondeu Trevize –, mas creio que a Terra é mais poderosa do que Gaia, e considero isso um bom sinal. Se ainda não fomos parados, pode ser que a Terra não tenha objeções contra nossa aproximação.

– Ou que não haja uma Terra – disse Júbilo.

– Quer apostar, desta vez? – perguntou Trevize, com firmeza.

– Acho que Júbilo está dizendo que a Terra talvez seja radioativa, como todos parecem acreditar – interveio Pelorat –, e que ninguém nos parou porque não há vida na Terra.

– Não! – disse Trevize, agressivamente. – Acredito em tudo que é dito sobre a Terra, *menos* nisso. Vamos nos aproximar da Terra e vermos por nós mesmos. E creio que não seremos impedidos.

89

Os gigantes de gás já estavam a uma grande distância para trás. Havia um cinturão de asteroides no interior do gigante de gás mais próximo do sol. (Aquele gigante de gás era o maior e com mais massa, como diziam as lendas.)

Dentro do cinturão de asteroides, havia quatro planetas.

Trevize os estudou cuidadosamente.

– O terceiro é o maior. O tamanho é o apropriado, e a distância do sol é a apropriada. Pode ser habitável.

Pelorat captou o que poderia ter sido um traço de incerteza nas palavras de Trevize.

– Ele tem atmosfera? – perguntou.

– Ah, sim – disse Trevize. – O segundo, o terceiro e o quarto planetas têm atmosfera. E, assim como no conto infantil, a do segundo é densa demais e a do quarto não é densa o suficiente, mas a do terceiro é ideal.

– Então você acredita que pode ser a Terra?

– Acreditar? – respondeu Trevize, quase explosivamente. – Eu não preciso acreditar. *É* a Terra. Tem o satélite gigante sobre o qual você me contou.

– Tem? – e Pelorat abriu um sorriso maior do que qualquer um que Trevize já tinha visto em seu rosto.

– Com certeza! Veja por aqui. Observe com ampliação máxima.

Pelorat viu dois crescentes, um distintamente maior e mais brilhante do que o outro.

– O menor é o satélite? – ele perguntou.

– Sim. Está um tanto mais longe do planeta do que seria esperado, mas está, definitivamente, orbitando ao seu redor. Tem o tamanho de um pequeno planeta; mas é menor do que qualquer um desses quatro planetas mais próximos do sol. Ainda assim, é grande para um satélite. Tem pelo menos dois mil quilômetros de diâmetro, o que o coloca na classe de grandes satélites que orbitam gigantes de gás.

– Não maior do que eles? – Pelorat parecia decepcionado. – Então não é um satélite gigante?

– Sim, é gigante. Um satélite com um diâmetro de dois ou três mil quilômetros que orbita um gigante de gás é uma coisa. Esse mesmo satélite orbitando um pequeno e rochoso planeta habitável é outra muito diferente. O satélite em questão tem um diâmetro com mais de um quarto do diâmetro da própria Terra. Você já ouviu falar sobre uma paridade tão próxima envolvendo um planeta habitável?

– Sei muito pouco sobre essas coisas – respondeu Pelorat, timidamente.

– Então escute o que estou dizendo, Janov – disse Trevize. – É algo único. Estamos olhando para o que é, praticamente, um planeta duplo, e há poucos planetas habitáveis com algo maior do que pedregulhos em suas órbitas. Janov, se você considerar aquele gigante de gás com o imenso sistema de anéis o sexto; e esse planeta, com seu gigantesco satélite, o terceiro (sobre os quais as lendas lhe contaram, contra toda a credibilidade, antes mesmo que você os visse), então o mundo para o qual você está olhando deve ser a Terra. É impossível que seja outra coisa. Encontramos a Terra, Janov. Encontramos a Terra!

90

Eles estavam no segundo dia do processo de aproximação da Terra, e Júbilo bocejou diante de seu jantar.

– Me parece que passamos mais tempo nos aproximando e nos afastando de planetas do que em qualquer outra coisa. Foram semanas disso, literalmente.

– Em parte porque Saltos para perto *demais* de uma estrela são perigosos – explicou Trevize. – E, *neste* caso, estamos nos deslocando lentamente porque não quero me aproximar assim tão rápido de possíveis perigos.

– Mas você disse que tinha a sensação de que não seríamos impedidos.

– E repito, mas não quero apostar tudo em uma sensação – Trevize observou o conteúdo da colher antes de colocá-la na boca. – Sabe, sinto falta dos peixes que comemos em Alfa. Fizemos apenas três refeições lá.

– Uma pena – concordou Pelorat.

– Bom – disse Júbilo –, visitamos cinco planetas e fomos obrigados a abandoná-los com tanta pressa que não tivemos tempo de aumentar nossos suprimentos alimentícios e incluir variedades. Mesmo quando o mundo tinha comida a oferecer, como Comporellon e Alfa, e presumivelmente...

Ela não terminou a frase, pois Fallom, virando o rosto rapidamente para olhar para ela, completou o raciocínio:

– Solaria? Não conseguiram nenhuma comida quando estiveram lá? Há bastante comida em Solaria. Tanto quanto em Alfa. E até mais gostosa.

– Eu sei disso, Fallom – respondeu Júbilo. – Simplesmente não tivemos tempo.

Fallom encarou Júbilo solenemente.

– Júbilo, eu verei Jemby novamente? – perguntou. – Diga-me a verdade.

– Talvez, se voltarmos a Solaria – respondeu Júbilo.

– Nós voltaremos a Solaria?

Júbilo hesitou.

– Eu não saberia dizer.

– Agora estamos a caminho da Terra, não é mesmo? Você disse que foi nesse planeta que nos originamos.

– Em que nossos *precursores* se originaram – disse Júbilo.

– Eu posso dizer "ancestrais" – respondeu Fallom.

– Sim, estamos a caminho da Terra.

– Por quê?

– Qualquer pessoa gostaria de conhecer o mundo de seus ancestrais, não gostaria? – disse Júbilo, gentilmente.

– Acho que não é só isso. Vocês todos parecem muito preocupados.

– Nunca estivemos lá antes. Não sabemos o que esperar.

– Acho que é mais do que isso.

– Você já terminou de comer, Fallom, querida – sorriu Júbilo.

– Então por que não vai para o quarto e toca uma serenata para nós, em sua flauta? Você tem tocado cada vez mais lindamente. Vamos, vamos – ela deu um tapinha de incentivo no bumbum de Fallom, que foi para o quarto, virando-se uma vez para observar Trevize, pensativa.

Trevize a acompanhou com o olhar, com clara aversão.

– Essa coisa pode ler mentes?

– Não a chame de "coisa", Trevize – repreendeu Júbilo, secamente.

– Ela pode ler mentes? Você deve conseguir perceber.

– Não, ela não lê. E nem Gaia. Tampouco leem os membros da Segunda Fundação. Leitura de mentes, no sentido de escutar uma conversa ou captar ideias precisas, não é algo possível no momento, nem será em um futuro próximo. Podemos detectar, interpretar e, até certo ponto, manipular emoções, mas não é a mesma coisa, de forma alguma.

– Como você sabe que ela não consegue fazer essa coisa que supostamente não pode ser feita?

– Porque, como você acabou de dizer, eu seria capaz de perceber.

– Talvez ela esteja manipulando você para que continue ignorando o fato de que ela consegue.

– Seja sensato, Trevize – Júbilo girou os olhos. – Mesmo se ela tivesse habilidades incomuns, não poderia fazer nada comigo, pois não sou Júbilo, sou Gaia. Você se esquece disso o tempo todo. Pode imaginar a inércia mental representada por um planeta inteiro? Você acha que uma única Isolada, por mais talentosa que seja, pode sobrepujar essa inércia?

– Você não sabe de tudo, Júbilo. Portanto, não seja confiante demais – disse Trevize, sombrio. – Aquela co... *Ela* está conosco há pouco tempo. Nesse período, não consegui aprender nada além dos fundamentos de uma língua, mas ela já fala galáctico com perfeição e com um vocabulário praticamente completo. Sim, eu sei que você a tem ajudado, mas eu gostaria que parasse.

– Eu falei que a estava ajudando, mas também falei que ela é assustadoramente inteligente. Tão inteligente que eu gostaria de tê-la como parte de Gaia. Se pudermos incluí-la, se ela for jovem o suficiente, poderíamos aprender o bastante sobre os solarianos para absorver seu planeta inteiro, no futuro. Poderia ser-nos muito útil.

– Já lhe ocorreu que os solarianos são Isolados patológicos até mesmo para os *meus* padrões?

– Eles não continuariam assim se fossem parte de Gaia.

– Você está errada, Júbilo. Acredito que aquela criança solariana seja perigosa e que deveríamos nos livrar dela.

– Como? Ejetá-la pela câmara de despressurização? Matá-la, fatiá-la e acrescentá-la ao nosso suprimento de comida?

– Oh, Júbilo – exclamou Pelorat.

– Isso é nojento – disse Trevize – e completamente desnecessário. – Ele escutou por um instante. A flauta soava impecável e sem hesitações, e eles estavam conversando quase em sussurros.

– Quando tudo isso terminar, precisamos levá-la de volta a Solaria e garantir que Solaria fique isolada do restante da Galáxia para sempre. Eu, particularmente, acho que aquele planeta deveria ser destruído. Ele me deixa desconfiado e apreensivo.

Júbilo pensou por um momento.

– Trevize – ela disse –, eu sei que você tem talento para chegar à decisão correta, mas sei também que você demonstrou antipatia por Fallom desde o princípio. Suspeito que seja porque foi humilhado em Solaria e, por isso, criou um ódio violento pelo planeta e seus habitantes. Como não posso interferir em sua mente, não tenho como ter certeza. Por favor, lembre-se de que, se não tivéssemos trazido Fallom conosco, ainda estaríamos em Alfa. Mortos e provavelmente enterrados.

– Eu sei disso, Júbilo, mas, ainda assim...

– E a inteligência de Fallom deve ser admirada, não invejada.

– Eu não a invejo. Eu tenho medo dela.

– De sua inteligência?

– Não – Trevize lambeu os lábios, pensativo. – Não exatamente.

– Do quê, então?

– Eu não sei, Júbilo. Se soubesse do que tenho medo, talvez não precisasse ficar com medo. É algo que não consigo compreender. – Sua voz ficou mais baixa, como se estivesse falando consigo mesmo. – A Galáxia parece repleta de coisas que não compreendo. Por que escolhi Gaia? Por que devo encontrar a Terra? Existe uma pressuposição equivocada na psico-história? Se existe, qual é essa pressuposição? E, além de tudo isso, por que Fallom me deixa receoso?

– Infelizmente – disse Júbilo –, eu não posso responder a essas perguntas. – Ela se levantou e saiu do aposento.

Pelorat a acompanhou com o olhar e, então, disse:

– As coisas certamente não são tão sombrias, Golan. Estamos chegando cada vez mais perto da Terra e, uma vez que a alcancemos, os mistérios talvez sejam todos solucionados. E, até agora, não há sinal de resistência contra a nossa aproximação.

Trevize olhou de relance para Pelorat.

– Eu gostaria que houvesse – disse, em tom baixo.

– Gostaria? – surpreendeu-se Pelorat. – Por que iria querer algo assim?

– Sinceramente, eu daria boas-vindas a um sinal de vida.

Os olhos de Pelorat se arregalaram.

– Você descobriu que a Terra é, afinal de contas, radioativa?

– Não exatamente. Mas as temperaturas são altas; um pouco mais altas do que eu esperava.

– Isso é ruim?

– Não necessariamente. As temperaturas podem ser altas, mas isso não faria com que fosse obrigatoriamente inabitável. A camada de nuvens é espessa e feita, definitivamente, de vapor de água. Portanto, essas nuvens, somadas a um vasto oceano, poderiam manter o ambiente habitável, seja qual for a temperatura que calculamos pelas emissões de micro-ondas. Ainda não posso ter certeza. Mas é que...

– Sim, Golan?

– Bom, se a Terra *for* radioativa, isso explicaria o fato de ser mais quente do que o esperado.

– Mas o inverso não é válido, não é? Ser mais quente do que o esperado não significa ser radioativa.

– Não, não significa – Trevize conseguiu forçar um sorriso. – Não há nenhum sentido em ficarmos remoendo isso, Janov. Em um ou dois dias terei mais informações sobre ela, e então saberemos com certeza.

91

Fallom estava sentada na cama, absorta em pensamentos, quando Júbilo entrou no quarto. Fallom olhou para ela rapidamente e baixou os olhos.

– Qual é o problema, Fallom? – perguntou Júbilo, calmamente.

– Por que Trevize me detesta tanto, Júbilo? – disse Fallom.

– Por que você acha que ele a detesta?

– Ele olha para mim com impaciência. É essa a palavra?

– Pode ser que seja.

– Ele olha para mim com impaciência quando estou perto dele. Seu rosto sempre se contrai um pouco.

– Trevize está em um momento difícil, Fallom.

– Por causa da procura pela Terra?

– Sim.

Fallom pensou por um momento.

– Ele fica especialmente impaciente quando eu movo alguma coisa com meu pensamento – continuou.

– Escute, Fallom – os lábios de Júbilo se contraíram –, eu já lhe disse para não fazer isso, especialmente quando Trevize estiver presente, não disse?

– Bom, foi ontem, aqui neste quarto, ele estava na porta e eu não percebi. Eu não sabia que ele estava observando. De todo modo, era só um dos livro-filmes de Pel, e eu estava tentando fazê-lo ficar em pé em uma das pontas. Não estava causando nenhum mal.

– Isso o deixa nervoso, Fallom, e quero que você pare mesmo que ele não esteja observando.

– Isso o deixa nervoso porque ele não consegue fazer igual?

– Talvez.

– Você consegue?

– Não, eu não consigo – Júbilo negou lentamente com a cabeça.

– *Você* não fica nervosa quando eu faço. Pel também não.

– As pessoas são diferentes.

– Eu sei – respondeu Fallom, com súbita aspereza, o que surpreendeu Júbilo e a fez franzir o cenho.

– O que você sabe, Fallom?

– *Eu* sou diferente.

– Claro que é, foi o que acabei de dizer. As pessoas são diferentes.

– Minha forma é diferente. Eu posso mover as coisas.

– É verdade.

– Eu *preciso* mover as coisas – disse Fallom, com uma sombra de rebeldia. – Trevize não devia ficar bravo comigo por causa disso, e você não devia me impedir.

– Mas por que você precisa mover as coisas?

– É treinamento. Exerçácio. É essa a palavra certa?

– Quase. Exercício.

– Sim. Jemby falava sempre que eu preciso treinar meus... meus...

– Lóbulos transdutores?

– Sim. E deixá-los fortes. Então, quando eu estivesse grande, eu poderia fornecer energia para todos os robôs. Até para Jemby.

– Fallom, quem fornecia energia para todos os robôs, se não era você?

– Bander – respondeu Fallom, categórica.

– Você conheceu Bander?

– Claro. Eu o vi muitas vezes. Eu seria líder da propriedade depois dele. A propriedade de Bander se tornaria a propriedade de Fallom. Jemby me disse.

– Você quer dizer que Bander a visitava...

A boca de Fallom formou um perfeito "O" de surpresa.

– Bander nunca viria me... – disse Fallom, com voz estrangulada. Ela perdeu o fôlego e ofegou por um instante. Então, continuou: – Eu *vi* a imagem de Bander.

– Como Bander a tratava? – perguntou Júbilo, hesitante.

Fallom olhou para Júbilo com uma expressão levemente intrigada e respondeu:

– Bander me perguntava se eu precisava de alguma coisa; se eu estava confortável. Mas Jemby estava sempre perto de mim, portanto eu nunca precisava de nada e estava sempre confortável.
– Fallom abaixou a cabeça e olhou para o chão. Então, colocou as mãos sobre os olhos e disse: – Mas Jemby parou. Acho que foi porque Bander... parou também.

– Por que diz isso? – perguntou Júbilo.

– Tenho pensado nisso. Bander fornecia energia para todos os robôs, e se Jemby parou, e se todos os outros robôs pararam também, Bander deve ter parado. Não é?

Júbilo ficou em silêncio.

– Mas quando vocês me levarem de volta a Solaria, eu fornecerei energia para Jemby e para o resto dos robôs e serei feliz de novo.

Ela estava soluçando entre lágrimas.

– Você não está feliz conosco, Fallom? – perguntou Júbilo. – Nem um pouquinho? De vez em quando?

Fallom ergueu seu rosto lacrimoso para Júbilo e sua voz tremeu quando ela negou com a cabeça e disse:

– Eu quero Jemby.

Em agonia de compaixão, Júbilo envolveu a criança em seus braços.

– Oh, Fallom, como eu queria reunir você e Jemby novamente – e Júbilo percebeu, subitamente, que também estava chorando.

92

Pelorat entrou e encontrou as duas. Ele parou de andar imediatamente.

– Qual é o problema? – perguntou.

Júbilo se separou e buscou um pequeno lenço para enxugar os olhos. Ela negou com a cabeça e Pelorat, ainda mais preocupado, repetiu:

– Mas qual é o *problema*?

– Fallom, descanse um pouco – disse Júbilo. – Pensarei em alguma maneira de fazer as coisas melhorarem para você. Lembre-se de que eu te amo do mesmo jeito que Jemby amava.

Ela segurou o cotovelo de Pelorat e o levou rapidamente para fora do quarto, para a sala de estar.

– Não é nada, Pel – ela disse. – Nada.

– É Fallom, não é? Ela ainda sente falta de Jemby.

– Terrivelmente. E não há nada que possamos fazer a respeito. Posso dizer a ela que a amo... e eu a amo, de verdade. Como não amar uma criança tão gentil e inteligente? Assustadoramente inteligente. Inteligente *demais*, para Trevize. Sabe, ela esteve com Bander, no passado. Ou melhor, viu Bander como uma imagem holográfica. Mas ela não se comove com essa lembrança; ela fala no assunto de maneira fria e categórica, e posso entender o motivo. O único laço que havia entre os dois era apenas o fato de Bander possuir a propriedade e Fallom ser a próxima dona. Não havia nenhum outro tipo de relação.

– Fallom entende que Bander era seu pai?

– Sua *mãe*. Concordamos em usar o feminino para Fallom e deve ser o mesmo para Bander.

– Tanto faz, Júbilo, querida. Fallom tem consciência da relação de ascendência?

– Não sei se ela entenderia o que é isso. Talvez entenda, claro, mas não deu nenhuma indicação. Mas Pel, ela concluiu que Bander morreu, pois lhe ocorreu que a inativação de Jemby foi resultado de perda de energia e, considerando que Bander fornecia a energia... Isso me assusta.

– Por que deveria assustá-la, Júbilo? – disse Pelorat, atenciosamente. – É apenas uma conclusão lógica.

– Pode surgir outra conclusão lógica a partir dessa morte. Mortes devem ser raras e distantes em Solaria, com seus Siderais longevos e isolados. A experiência de morte natural deve ser limitada para todos eles, e provavelmente impensável para uma criança solariana da idade de Fallom. Se Fallom continuar a pensar sobre a morte de Bander, começará a se perguntar sobre *como* Bander morreu, e o fato de ter acontecido quando nós, Estrangeiros, estávamos no planeta certamente a conduzirá à óbvia relação de causa e efeito.

– À conclusão de que matamos Bander?

– "Nós" não matamos Bander, Pel. *Eu* matei.

– Ela não teria como chegar a isso.

– Mas eu teria de contar a ela. Ela já está incomodada com Trevize, e ele é, claramente, o líder da expedição. Ela estaria certa de que teria sido ele quem causou a morte de Bander, e como posso permitir que Trevize leve a culpa injustamente?

– De que importaria, Júbilo? A criança não sente nada por seu... por sua mãe. Apenas pelo robô, Jemby.

– Mas a morte da mãe significou também a morte do robô. Eu quase assumi a responsabilidade. Fiquei bastante tentada a fazê-lo.

– Por quê?

– Para que pudesse explicar do meu jeito. Para que pudesse acalmá-la, antecipar sua própria descoberta do fato por meio de um raciocínio que se desenrolaria de maneira que dispensasse justificativas.

– Mas *houve* justificativa. Foi legítima defesa. Se você não tivesse agido, todos nós teríamos morrido em um instante.

– É o que eu teria dito, mas não consegui. Temi que ela não acreditasse em mim.

Pelorat negou com a cabeça.

– Você acha que teria sido melhor se não a tivéssemos trazido conosco? – ele suspirou. – Essa situação a deixa tão infeliz, Júbilo.

– Não! – respondeu Júbilo, brava. – Não diga isso. Eu teria ficado bem mais infeliz de estar sentada aqui neste momento, lembrando que deixamos uma criança inocente ser assassinada cruelmente por causa do que *nós* fizemos.

– É assim que funciona o mundo de Fallom.

– Ora, Pel, não caia na linha de raciocínio de Trevize. Isolados acreditam ser possível aceitar coisas assim e não pensar mais no assunto. Mas a índole de Gaia é preservar a vida, não destruí-la; tampouco se omitir enquanto ela é destruída. Sabemos que todos os tipos de vida precisam constantemente terminar para que outras vidas possam continuar, mas nunca de maneira desnecessária, nunca sem propósito. A morte de Bander, embora inevitável, foi muito difícil de suportar. A de Fallom seria além de qualquer limite suportável.

– Pois bem – disse Pelorat. – Acho que você está certa. E, de todo jeito, o problema envolvendo Fallom não foi o motivo pelo qual vim vê-la. É Trevize.

– O que tem Trevize?

– Júbilo, estou preocupado com ele. Ele está esperando para averiguar os fatos sobre a Terra e não tenho confiança de que possa suportar a tensão.

– Não temo por ele. Suspeito que ele tenha uma mente sólida e estável.

– Todos nós temos os nossos limites. Escute, o planeta Terra é mais quente do que se esperava; ele mesmo me disse. Suspeito que Trevize o considere quente demais para permitir a existência de vida, mas ele está claramente tentando se convencer de que não é o caso.

– Talvez ele esteja certo. Talvez *não seja* quente demais para ter vida.

– Além disso, ele admite ser possível que o calor seja resultado de uma superfície radioativa, mas também se recusa a acreditar em tal fato. Em um ou dois dias, estaremos próximos o suficiente para que a verdade seja inconfundível. E se a Terra *for* radioativa?

– Nesse caso, ele deverá aceitar o fato.

– Mas... Não sei como dizer isso, nem em termos mentais. E se a mente dele...

Júbilo esperou, e então, com voz distorcida, completou:

– Queimar um fusível?

– Sim. Queimar um fusível. Será que você não deveria fazer alguma coisa agora para fortalecê-lo? Para mantê-lo equilibrado e sob controle, digamos assim?

– Não, Pel. Não posso acreditar que ele seja tão frágil, e há uma inabalável decisão gaiana para não haver interferências em sua mente.

– Mas a questão é justamente essa. Ele tem essa "certeza" incomum, ou como quiser chamá-la. O choque de toda a sua diligência ser reduzida ao nada absoluto no exato momento em que parece ter sido bem-sucedida talvez não acabe com seu cérebro, mas destrua sua "certeza". Ele tem uma habilidade extraordinária. Será que ela também não é extraordinariamente frágil?

Júbilo ficou pensativa por um momento. Então, deu de ombros e disse:

– Bom, talvez eu fique de olho nele.

93

Ao longo das trinta e seis horas seguintes, Trevize ficou vagamente consciente de que Júbilo e, em menor grau, Pelorat tenderam a acompanhar seus passos. Mas aquilo não era algo totalmente inesperado em uma espaçonave tão compacta quanto a deles, e ele tinha outras coisas em mente.

Agora, sentado diante do computador, percebeu os dois na entrada da sala de pilotagem. Olhou para eles inexpressivo.

– Pois não? – disse, baixinho.

– Como você está, Golan? – perguntou Pelorat, todo desajeitado.

– Pergunte a Júbilo – respondeu Trevize. – Ela esteve concentrada em mim por horas. Deve estar cutucando a minha mente. Não está, Júbilo?

– Não, não estou – ela disse, calmamente –, mas, se você sentir que precisa de minha ajuda, posso tentar. Quer a minha ajuda?

– Não, por que iria querer? Deixem-me em paz. Vocês dois.

– Por favor – insistiu Pelorat. – Diga-nos o que está acontecendo.

– Adivinhe!

– A Terra é...

– Sim. Isso mesmo. O que todos têm insistido em nos dizer é totalmente verdade.

Trevize gesticulou na direção da tela em que aparecia o lado noturno da Terra, que eclipsava o sol. Era um círculo sólido de preto contra o espaço estrelado, sua circunferência contornada por uma instável curva laranja.

– Essa cor laranja é a radioatividade? – perguntou Pelorat.

– Não. Apenas luz solar refletida pela atmosfera. Seria um círculo laranja sólido se a atmosfera não fosse tão encoberta por nuvens. Não podemos ver a radioatividade. As diversas radiações, até mesmo os raios gama, são absorvidos pela atmosfera. Mas elas emitem radiações secundárias, comparativamente tênues, mas que o computador pode detectar. Também são invisíveis para os olhos, mas o computador pode criar um fóton de luz visível para cada partícula ou onda de radiação que recebe e atribuir uma coloração falsa à Terra. Vejam.

E o círculo preto brilhou com uma cor azul manchada.

– Quanta radiação existe? – perguntou Júbilo, em tom grave. – O suficiente para que nenhuma vida humana possa existir no planeta?

– Nenhuma vida, de nenhum tipo – respondeu Trevize. – O planeta é inabitável. A última bactéria e o último vírus se foram há muito tempo.

– Podemos explorá-lo? – indagou Pelorat. – Digo, com trajes espaciais?

– Por algumas horas, antes de sermos irreversivelmente envenenados por radiação.

– Então o que faremos, Golan?

– O que faremos? – Trevize encarou Pelorat com o mesmo rosto inexpressivo. – Você sabe o que eu gostaria de fazer? Eu gostaria de levar você e Júbilo, e também a criança, de volta a Gaia e deixá-los lá para sempre. Então, eu gostaria de voltar para Terminus e devolver a nave. Depois, eu gostaria de me demitir do Conselho, o que faria a prefeita Branno muito contente. Depois, eu gostaria de viver da minha aposentadoria e deixar a Galáxia seguir da maneira que bem entender. Não darei a mínima para o Plano Seldon, ou para a Fundação, ou para a Segunda Fundação, ou para Gaia. A Galáxia pode escolher o próprio caminho. Ela existirá enquanto eu viver, e por que eu deveria me importar com o que acontecerá depois?

– Você decerto não está falando sério, Golan – disse Pelorat, ansioso.

Trevize olhou para ele durante um tempo e então respirou profundamente.

– Não, não estou – disse –, mas, oh, como seria bom fazer exatamente o que acabei de descrever a você.

– Esqueça isso. O que você *fará*?

– Vou manter a nave em órbita ao redor da Terra, descansar, superar o choque de tudo isso e pensar no que fazer a seguir. O problema é que...

– Sim?

– O que *posso* fazer a seguir? – desabafou Trevize. – O que mais posso buscar? O que mais há para ser encontrado?

20.

O planeta nas proximidades

94

POR QUATRO REFEIÇÕES CONSECUTIVAS, Pelorat e Júbilo viram Trevize apenas *durante* as refeições. No restante do tempo, ele estava na sala de pilotagem ou em seu quarto. Durante as refeições, permaneceu em silêncio. Seus lábios se mantinham contraídos e ele comeu pouco.

Mas na quarta refeição, Pelorat suspeitou que um pouco da incomum austeridade havia sumido da fisionomia de Trevize. Pelorat pigarreou duas vezes, como em preparação para dizer algo, mas então se retraiu.

Enfim, Trevize olhou para ele e disse:

– Sim?

– Você... você já considerou o assunto, Golan?

– Por que pergunta?

– Você parece menos melancólico.

– Eu não estou menos melancólico, mas andei pensando. *Muito.*

– Podemos saber o que andou pensando? – perguntou Pelorat.

Trevize olhou para Júbilo de soslaio. Ela mantinha o olhar fixo em seu prato e guardava um cuidadoso silêncio, como se tivesse certeza de que Pelorat chegaria mais longe do que ela em um momento tão delicado.

– Você também está curiosa, Júbilo? – questionou Trevize.

Ela ergueu os olhos por um instante.

– Sim – respondeu. – Certamente.

Fallom chutou uma das pernas da mesa, mal-humorada.

– Já encontramos a Terra? – perguntou.

Júbilo apertou um dos ombros da criança. Trevize não prestou atenção.

– Precisamos começar a partir de um fato básico – disse ele. – Todas as informações relacionadas à Terra foram eliminadas, em inúmeros mundos. Isso nos leva a uma conclusão inevitável. Algo na Terra está sendo escondido. Ainda assim, por observação, vemos que a Terra é mortalmente radiativa; portanto, qualquer coisa ali está automaticamente oculta. Ninguém pode aterrissar nela e, a essa distância, em que estamos bem próximos do limite exterior da magnetosfera e não ousaríamos nos aproximar mais, não há nada a ser encontrado.

– Você tem certeza disso? – perguntou Júbilo, gentilmente.

– Dediquei meu tempo ao computador, analisando a Terra de todas as maneiras possíveis. Não há nada. Além disso, tenho *certeza* de que não há nada. Por que, então, os dados relacionados à Terra foram eliminados? Decerto, o que quer que esteja escondido está mais efetivamente oculto agora do que seria de se imaginar, e não é necessária nenhuma manutenção humana para que continue assim.

– Pode ser que houvesse, de fato, alguma coisa oculta na Terra – disse Pelorat – em uma época em que o planeta não tinha se tornado tão radiativo a ponto de impedir a aproximação de visitantes. As pessoas da Terra talvez tenham receado que alguém chegasse e encontrasse o que quer que seja. Foi nesse momento que a Terra se dedicou a eliminar as informações sobre si. O que temos agora é um remanescente vestigial dessa época de insegurança.

– Não, creio que não – respondeu Trevize. – A remoção dos dados da Biblioteca Imperial em Trantor parece ter acontecido recentemente – ele se virou subitamente para Júbilo. – Estou certo?

– Assim eu/nós/Gaia pudemos averiguar – disse Júbilo, calmamente –, a partir da inquieta mente de Gendibal, o membro da Segunda Fundação, quando ele, você e eu tivemos o encontro com a prefeita de Terminus.

– Portanto – continuou Trevize –, o que foi preciso esconder por causa de qualquer chance de ser encontrado *ainda* deve estar escondido, e *ainda* deve haver o perigo de ser encontrado, independentemente do fato de a Terra ser radioativa.

– Como isso é possível? – perguntou Pelorat, ansioso.

– Pense – disse Trevize. – E se o que estava na Terra não estiver mais na Terra? E se foi removido quando o perigo da radioatividade aumentou? Ainda assim, mesmo que o segredo não esteja mais na Terra, pode ser que, ao encontrarmos a Terra, possamos deduzir o lugar para onde o segredo foi levado. Se for o caso, o paradeiro da Terra ainda precisaria ser ocultado.

A voz aguda de Fallom soou mais uma vez:

– Porque se não pudermos encontrar a Terra, Júbilo disse que você me levará de volta a Jemby.

Trevize se virou para Fallom e a encarou severamente.

– Eu disse *talvez*, Fallom – interveio Júbilo. – Conversaremos sobre isso mais tarde. Agora, vá para o seu quarto e leia, ou toque flauta, ou faça o que quiser fazer. Vá. Vá!

Fallom, frustrada e de cara fechada, saiu da mesa.

– Mas como pode dizer isso, Golan? – perguntou Pelorat. – Cá estamos nós. Localizamos a Terra. É possível deduzir a localização do que quer que seja, se não estiver mais na Terra?

Trevize levou algum tempo para superar o mau humor causado por Fallom.

– Por que não? – disse, finalmente. – Imagine a radioatividade da superfície da Terra ficando progressivamente pior. A população estaria diminuindo constantemente em decorrência da morte e da emigração, e o segredo, o que quer que seja, estaria em perigo cada vez maior. Quem permaneceria no planeta para protegê-lo? Seria necessário, por fim, transferi-lo para outro mundo, ou seu uso, qualquer que seja, estaria perdido para os terráqueos. Imagino que tenha havido relutância em movê-lo, e é provável que tenha acontecido mais ou menos de última hora. Então, Janov, escute. Lembra-se do velho em Terra Nova, que entupiu seus ouvidos com a versão que ele tinha da história da Terra?

– Monolee?

– Sim. Esse mesmo. Ao falar sobre o surgimento de Terra Nova, ele disse que o restante da população da Terra fora levado para lá, não disse?

– Você está dizendo, velho amigo – respondeu Pelorat –, que o objeto de nossa busca está, neste momento, em Terra Nova? Foi levado para lá pelos últimos terráqueos a abandonarem a Terra?

– Pode ser, não pode? – disse Trevize. – Terra Nova não é mais conhecida pela Galáxia em geral do que a Terra, e os habitantes são suspeitamente desejosos de manter Estrangeiros a distância.

– Estivemos lá – interveio Júbilo. – Não encontramos nada.

– Não estávamos buscando nada além do paradeiro da Terra.

Intrigado, Pelorat disse:

– Mas estamos procurando algo de tecnologia de ponta, algo que possa eliminar informações debaixo do nariz da própria Segunda Fundação e até mesmo debaixo do nariz de... perdoe-me, Júbilo... Gaia. Aquelas pessoas em Terra Nova podem ser capazes de controlar microclimas e ter algumas técnicas de biotecnologia à disposição, mas você há de admitir que o nível de tecnologia daquele planeta é, no geral, bastante baixo.

– Eu concordo com Pel – Júbilo fez um gesto afirmativo com a cabeça.

– Estamos julgando com base em muito pouco – respondeu Trevize. – Não chegamos a ver os homens das frotas pesqueiras. Nunca vimos nenhuma parte da ilha além da pequena área em que aterrissamos. Se tivéssemos explorado com mais afinco, o que poderíamos ter descoberto? Afinal, não reconhecemos as luzes fluorescentes até que as vimos em ação, e se a tecnologia aparentava ser precária, e repito, *aparentava*...

– Sim? – perguntou Júbilo, claramente cética.

– Isso poderia fazer parte do véu criado para ocultar a verdade.

– Impossível – disse Júbilo.

– Impossível? Foi você quem me disse, em Gaia, que, em Trantor, a civilização era deliberadamente mantida em um nível obsoleto de tecnologia para esconder o pequeno núcleo de membros da Segunda Fundação. Por que a mesma estratégia não seria usada em Terra Nova?

– Então você sugere que voltemos para Terra Nova e enfrentemos a infecção mais uma vez; desta vez, para que ela seja ativada? Intercurso sexual é, sem dúvida, um jeito muito prazeroso de infecção, mas pode não ser o único.

Trevize deu de ombros.

– Não gosto da perspectiva de voltarmos a Terra Nova, mas talvez seja necessário.

– *Talvez?*

– Talvez! Afinal, existe outra possibilidade.

– Qual?

– Terra Nova orbita a estrela que as pessoas chamam de Alfa. Mas Alfa faz parte de um sistema binário. Será que não existe um planeta habitável na órbita da companheira de Alfa?

– Pouco provável, eu diria – respondeu Júbilo, negando com a cabeça. – A companheira tem apenas um quarto da luminosidade de Alfa.

– Pouco provável, mas não impossível. Se houver um planeta razoavelmente próximo da estrela, há uma chance.

Pelorat perguntou:

– O computador diz alguma coisa sobre os planetas em órbita ao redor da companheira?

– Verifiquei tal fato – Trevize abriu um sorriso malicioso. – Há cinco planetas de tamanhos moderados. Nenhum gigante de gás.

– Algum desses cinco planetas é habitável?

– O computador não fornece nenhuma informação sobre os planetas além de uma numeração e do fato de eles não serem grandes.

– Oh – disse Pelorat, desanimado.

– Não é motivo para ficar decepcionado – respondeu Trevize. – Nenhum dos Mundos Siderais pode ser encontrado no computador. As informações incluídas sobre Alfa são mínimas. Essas coisas estão escondidas propositalmente e, se quase nada é conhecido sobre a companheira de Alfa, é, provavelmente, um bom sinal.

– Então – interveio Júbilo, como se estivesse em uma negociação –, o que você planeja fazer é o seguinte: visitar a companheira e, se não conseguirmos nenhum resultado, voltar a Alfa.

– Sim. E, desta vez, quando chegarmos à ilha de Terra Nova, estaremos preparados. Examinaremos a ilha meticulosamente antes de aterrissarmos e, Júbilo, peço que use suas habilidades mentais para proteger...

Neste momento, a *Estrela Distante* guinou de leve, como um soluço que abarcou a nave inteira, e Trevize, dividido entre fúria e perplexidade, gritou:

– Quem está nos controles?

E, ao perguntar, já sabia muito bem a resposta.

95

Fallom, no computador, estava completamente concentrada. Suas pequenas mãos com dedos compridos estavam esticadas para preencher as tênues indicações luminosas de contato manual sobre o tampo da escrivaninha. Suas mãos pareciam afundar no material do móvel, ainda que a rigidez da superfície escorregadia fosse evidente.

Ela tinha visto Trevize fazer o mesmo inúmeras vezes, e nunca o vira fazer nada além de pousar as mãos naquelas marcações, então era bastante óbvio que, ao fazê-lo, ele controlava a nave.

De vez em quando, Fallom observara Trevize fechar os olhos, e, naquele momento, ela fechou os seus. Depois de um ou dois instantes, era quase como se ela ouvisse uma voz fraca e distante – distante, mas dentro de sua própria cabeça, através (ela percebeu vagamente) de seus lóbulos transdutores. Eles eram ainda mais importantes do que suas mãos. Fallom se esforçou para entender as palavras.

Instruções, dizia a voz, quase implorando. *Quais são as suas instruções?*

Fallom não disse nada. Nunca tinha visto Trevize conversar com o computador, mas ela sabia o que queria, do fundo do coração. Queria voltar para Solaria, para a confortável infinitude da mansão, para Jemby... Jemby... Jemby...

Ela queria ir para lá e, conforme pensou no mundo que amava, o imaginou visível na tela, como havia visto diversos outros mundos que não queria. Abriu os olhos e encarou a tela de visualização, desejando algum outro mundo ali, e não aquela detestável Terra, e então observou a tela, imaginando que seria Solaria. Ela odiava a Galáxia vazia à qual fora apresentada contra a própria vontade. Lágrimas correram de seus olhos e a nave tremeu.

Ela podia sentir a nave estremecendo, e retomou o controle em resposta. Então, ouviu passos ecoando pelo corredor, lá fora, e quando abriu os olhos, o rosto de Trevize, distorcido, preencheu seu campo de visão, bloqueando a tela que mostrava tudo o que ela queria. Ele estava gritando alguma coisa, mas ela não prestou atenção. Tinha sido ele quem a havia levado de Solaria e assassinado Bander, e era ele quem a impedia de voltar, pois pensava apenas na Terra. Ela se recusou a escutá-lo.

Ela ia levar a nave até Solaria e, com a intensidade de sua determinação, a nave estremeceu novamente.

96

Júbilo agarrou Trevize agressivamente pelo braço.

– Não! Não!

Ela o segurava com força, impedindo-o de se aproximar, enquanto Pelorat, confuso e paralisado, observava, ao fundo.

– Tire suas mãos do computador! – gritava Trevize. – Júbilo, saia do meu caminho. Não quero machucar você.

– Não cometa violência contra a criança – disse Júbilo, num tom que parecia quase exausto. – Serei obrigada a machucá-*lo*, contra todas as recomendações.

Os olhos de Trevize dardejaram furiosamente de Fallom para Júbilo.

– Então *você* tire-a de lá, Júbilo – disse. – Agora!

Júbilo o empurrou para fora do caminho com força surpreendente (talvez extraindo-a de Gaia, pensou Trevize, mais tarde).

– Fallom – ela disse –, levante suas mãos.

– Não! – esganiçou Fallom. – Eu quero que a nave vá para Solaria. Quero que ela vá para lá. Para lá! – ela indicou a tela com um gesto de cabeça, pois não queria tirar as mãos da escrivaninha.

Júbilo estendeu os braços para tocar os ombros da criança e, conforme suas mãos encostaram nela, Fallom começou a tremer.

– Agora, Fallom – a voz de Júbilo suavizou-se –, diga ao computador para ficar como estava antes, e venha comigo. Venha comigo – suas mãos acariciaram a criança, que desabou em um choro agoniado.

As mãos de Fallom soltaram-se da mesa e Júbilo, segurando-a pelas axilas, ajudou-a a ficar em pé. Ela a virou e a abraçou firmemente contra o peito, permitindo que a criança abafasse os angustiados soluços em seus braços.

– Saia do caminho – disse Júbilo a Trevize, que agora estava em silêncio no vão da porta –, e não encoste em nenhuma de nós ao passarmos.

Trevize deu um passo rápido para o lado.

Júbilo parou por um instante e, em tom baixo, disse:

– Precisei invadir a mente de Fallom por um momento. Se eu tiver causado algum dano, não perdoarei você facilmente.

Trevize teve o impulso de responder que não dava o menor milímetro cúbico de vácuo pela mente de Fallom; que era a integridade do computador que o preocupava. Porém, diante do avassalador olhar de Gaia (decerto aquela expressão facial, que lhe inspirou um momento de gélido horror, não poderia ser apenas de Júbilo), permaneceu em silêncio.

Ele continuou quieto e imóvel por um longo período depois que Júbilo e Fallom desapareceram no quarto. Ficou assim até que Pelorat perguntou, com suavidade:

– Golan, você está bem? Ela não o machucou, não é?

Trevize negou vigorosamente com a cabeça, como para se livrar do toque de paralisia que o dominara.

– Estou bem – disse. – A verdadeira pergunta é se *isso* está bem – ele se sentou diante da escrivaninha e pousou as mãos nas duas marcações de contato com o computador, que tão recentemente haviam recebido as mãos de Fallom.

– E então? – perguntou Pelorat, ansioso.

– Parece estar respondendo normalmente – Trevize deu de ombros. – É possível que eu encontre algum problema mais para a frente, mas agora não há nada que pareça ter sido prejudicado. – Então, com raiva: – O computador não deveria se conectar com eficiência a nenhum outro par de mãos além do meu, mas, no caso daquela hermafrodita, não foram apenas as mãos. Foram os lóbulos transdutores, tenho certeza...

– Mas o que fez a nave sacudir? Ela não deveria fazer isso, deveria?

– Não. É uma nave gravitacional, não deveríamos ter qualquer efeito de inércia. Mas aquela monstrinha... – ele parou, parecendo furioso mais uma vez.

– Sim?

– Suspeito que ela tenha exigido do computador duas demandas contraditórias entre si, cada uma com tanta força que o computador não teve escolha senão tentar realizar ambas ao mesmo tempo. Em uma tentativa de fazer o impossível, o computador deve ter anulado momentaneamente o mecanismo que livra a nave da inércia. Pelo menos, é o que eu acho que aconteceu – então, de alguma maneira, sua expressão se suavizou. – E pode ter sido uma coisa boa, pois agora me ocorre que tudo o que falei sobre Alfa Centauri e sua companheira foi bobagem. Eu sei para onde a Terra deve ter transferido seu segredo.

97

Pelorat encarou Trevize. Ele decidiu ignorar a última afirmação e voltou para um mistério anterior.

– De que maneira Fallom poderia pedir duas coisas contraditórias entre si?

– Bom, ela afirmou que gostaria que a nave fosse para Solaria.

– Sim. É claro que gostaria.

– Mas o que ela quis dizer com Solaria? Ela não consegue identificar Solaria no espaço. Nunca viu o planeta do espaço. Estava dormindo quando fomos embora com urgência. E, apesar das leituras que ela fez do material em sua biblioteca, juntamente com qualquer coisa que Júbilo tenha dito, imagino que ela não consiga conceber a realidade de uma Galáxia de centenas de bilhões de estrelas e milhões de planetas habitados. Criada no subterrâneo e sozinha, como foi o caso dela, o mais próximo que ela consegue chegar desse conceito é reconhecer que existem mundos diferentes. Mas quantos? Dois? Três? Quatro? Para ela, qualquer mundo que vê pode ser Solaria, e, considerando a força de seu anseio para que *seja* Solaria, acaba por *ser* Solaria. Suponho que Júbilo tenha tentado acalmá-la sugerindo que, se não encontrarmos a Terra, nós a levaremos de volta a Solaria, e, assim, ela talvez tenha chegado à conclusão de que Solaria fica perto da Terra.

– Mas como pode afirmar isso, Golan? O que o faz pensar que foi isso?

– Foi ela quem nos disse, Janov, quando a flagramos no computador. Ela gritou que queria ir para Solaria e acrescentou "para lá, para lá", indicando a tela com a cabeça. E o que estava na tela? O satélite da Terra. A tela não estava focada no satélite quando eu me desconectei do computador para jantar; era a Terra que estava. Mas Fallom deve ter pensado no satélite quando pediu para ir para Solaria, e o computador, ao responder, deve ter se voltado para o satélite. Acredite em mim, Janov, eu sei como esse computador funciona. Quem poderia saber melhor do que eu?

Pelorat observou o espesso crescente de luz na tela.

– Era chamado de "Lua" em pelo menos uma das línguas da Terra – disse, pensativo. – "Luna", em outra língua. Provavelmente havia muitos outros nomes. Imagine a confusão, velho amigo, em um mundo com diversas línguas. Os desentendimentos, as complicações, os...

– Lua? – perguntou Trevize. – Tão adequadamente simples...
Pensando bem, pode ser também que a criança tenha tentado, por
instinto, mover a nave por meio de seus lóbulos transdutores usando a fonte de energia da própria nave, o que pode ter colaborado
para a confusão momentânea com a inércia. Mas nada disso importa, Janov. O que importa é que tudo isso trouxe essa Lua... sim, gosto desse nome... para a tela e ampliou a imagem, que ainda está lá.
Estou olhando para ela agora, e fazendo perguntas a mim mesmo.

– Sobre o quê, Golan?

– Sobre seu tamanho. Tendemos a ignorar os satélites, Janov.
São coisinhas insignificantes, isso quando existem. Mas esse é
diferente. É um *mundo*. Tem um diâmetro de aproximadamente
três mil quilômetros e meio.

– Um mundo? Decerto não deve chamá-lo de mundo. É impossível que seja habitável. Mesmo um diâmetro de três mil quilômetros e meio é pequeno. Não tem atmosfera. Posso chegar a
tal conclusão apenas olhando para ele. Não há nenhuma nuvem.
A curvatura é muito bem definida, assim como o limite interno
que separa o hemisfério iluminado do noturno.

– Você está se tornando um viajante espacial experiente, Janov
– Trevize concordou com a cabeça. – Está certo. Não há ar. Não há
água. Mas isso significa apenas que a Lua não é habitável em sua
superfície desprotegida. E quanto ao subterrâneo?

– Subterrâneo? – perguntou Pelorat, em dúvida.

– Sim. O subterrâneo. Por que não? Você mesmo diz que as
cidades da Terra eram subterrâneas. Sabemos que Trantor era
subterrâneo. A maior parte da capital de Comporellon é subterrânea. As mansões solarianas eram quase totalmente subterrâneas. É uma solução bastante comum.

– Mas, Golan, em cada um desses exemplos, as pessoas viviam em um planeta habitável. A superfície também era habitável, com uma atmosfera e um oceano. É possível viver sob a terra
quando a superfície é inabitável?

– Deixe disso, Janov, e pense! Onde vivemos neste exato momento? A *Estrela Distante* é um mundo minúsculo com uma su-

perfície inabitável. Não há ar ou água no exterior. Ainda assim, vivemos aqui dentro, perfeitamente confortáveis. A Galáxia está repleta de estações e colônias espaciais de variedades infinitas, sem contar as espaçonaves, e todas são inabitáveis, com exceção do interior. Considere a Lua uma espaçonave colossal.

– Com uma tripulação?

– Sim. Poderiam ser milhões de pessoas, talvez, e plantas, e animais, e tecnologia avançada. Escute o que estou dizendo, Janov. Não faz sentido? Se a Terra, em seus últimos dias, pôde enviar um grupo de Colonizadores para um planeta em órbita ao redor de Alfa Centauri, e se, possivelmente com ajuda Imperial, pôde terraformá-lo, semear seus oceanos e construir terra firme onde não havia nenhuma, ela também poderia ter enviado um grupo para seu satélite e terraformado seu interior, não poderia?

– Pode ser que sim – respondeu Pelorat, relutante.

– Eles *teriam* feito isso. Se a Terra tem algo a esconder, por que mandar tal segredo percorrer um parsec quando ele poderia ser escondido em um mundo a menos de um milionésimo da distância de Alfa? E a Lua seria um esconderijo mais eficiente, do ponto de vista psicológico. Ninguém pensaria em fazer a associação entre um satélite e vida. Aliás, eu não associei. Com a Lua debaixo do meu nariz, meus pensamentos galoparam até Alfa. Se não tivesse sido por Fallom... – seus lábios se contraíram e ele fez um gesto negativo com a cabeça. – Imagino que eu deva dar-lhe crédito por isso. Júbilo certamente dará, se eu não o fizer.

– Mas, caro colega – disse Pelorat –, pense bem. Se há algo escondido sob a superfície da Lua, como o encontraremos? Deve haver milhões de quilômetros quadrados de superfície...

– Aproximadamente quarenta milhões.

– E precisaríamos inspecionar todos eles em busca do quê? Uma abertura? Algum tipo de câmara de despressurização?

– Encarando dessa maneira – respondeu Trevize –, seria uma tarefa e tanto, mas não estamos procurando simples objetos, estamos à procura de vida; e de vida inteligente. E temos Júbilo, e detectar manifestações de inteligência é seu talento, não é?

98

Júbilo lançou um olhar acusador na direção de Trevize.

– Finalmente consegui fazer com que ela dormisse. Foi extremamente difícil. Ela estava *agitada*. Por sorte, acho que não danifiquei sua mente.

– Você talvez devesse eliminar a fixação que ela tem por Jemby, sabe – respondeu Trevize friamente –, pois não tenho intenção nenhuma de voltar para Solaria. Jamais.

– Simplesmente remover a fixação, é isso? O que sabe sobre essas coisas, Trevize? Você nunca sentiu uma mente. Não tem a mais ínfima ideia da complexidade. Se soubesse o mínimo, não falaria sobre remover uma fixação como se fosse geleia a ser tirada do fundo de um pote.

– Bom, enfraqueça-a, pelo menos.

– Eu talvez possa enfraquecê-la um pouco, depois de um mês de cuidadoso desentranhamento.

– O que quer dizer com desentranhamento?

– Para alguém que não sabe, é algo que não pode ser explicado.

– Então o que vai fazer com a criança?

– Ainda não sei; será necessária muita deliberação.

– Nesse caso – disse Trevize –, deixe-me dizer o que faremos com a nave.

– Eu sei o que você fará. De volta à Terra Nova e mais um pouco da adorável Hiroko, se ela prometer não infectá-lo dessa vez.

Trevize manteve seu rosto inexpressivo.

– Na verdade, não – disse. – Mudei de ideia. Vamos para a Lua, que é o nome do satélite, de acordo com Janov.

– O satélite? Por ser o mundo mais próximo? Eu não tinha pensado nisso.

– Nem eu. Ninguém mais teria pensado. Não existe, em nenhum lugar da Galáxia, um satélite que mereça consideração, mas esse satélite, por ser grande, é único. Além disso, o anonimato da Terra serve para camuflá-lo. Quem não puder encontrar a Terra também não conseguirá encontrar a Lua.

– É habitável?

– Não na superfície, mas não é nem um pouco radioativa; portanto, não é absolutamente inabitável. Pode haver vida; aliás, pode estar repleta de vida sob a superfície. E, claro, você poderá nos dizer se é esse o caso, quando estivermos próximos o suficiente.

– Tentarei – Júbilo deu de ombros. – Mas o que o fez pensar repentinamente no satélite?

– Algo que Fallom fez quando estava no comando – respondeu Trevize, calmamente.

Júbilo ficou em silêncio por um momento, como se esperasse por mais, e então deu de ombros mais uma vez.

– O que quer que tenha sido, imagino que você não teria tido essa inspiração se tivesse seguido o seu impulso de matá-la.

– Eu não tinha nenhuma intenção de matá-la, Júbilo.

– Certo – Júbilo fez um aceno com a mão –, basta desse assunto. Estamos seguindo na direção da Lua neste momento?

– Sim. Por uma questão de cautela, não estou indo rápido, mas, se tudo correr bem, estaremos em suas imediações dentro de trinta horas.

99

A superfície da Lua era morta. Trevize observou a luminosa porção banhada pelo sol passar abaixo deles. Era um monótono panorama de anéis de crateras, áreas montanhosas e sombras totalmente escuras contrastadas com a luz do sol. Havia sutis mudanças de coloração no solo e ocasionais trechos planos de tamanho considerável, interrompidos por pequenas crateras.

Conforme se aproximaram do lado noturno, as sombras se alongaram e, enfim, se fundiram umas às outras. Durante algum tempo, atrás deles, picos montanhosos tremeluziram contra o sol, como estrelas imensas, brilhando muito mais do que suas irmãs no espaço. Então desapareceram, e havia somente a luz tênue da Terra no céu, uma grande esfera azul-esbranquiçada com um crescente pela metade. A nave acabou por se distanciar também da Terra, que mergulhou sob o horizonte. Assim, restou sob eles apenas a escuridão ininterrupta e, acima, pálidas estrelas salpicadas, que, para Trevize, criado no mundo sem estrelas de Terminus, pareciam sempre um milagre.

Novas estrelas luminosas apareceram adiante; primeiro uma ou duas, depois outras, expandindo-se e aumentando e, enfim, coalescendo. Logo em seguida, eles passaram o limiar para o lado iluminado. O sol se ergueu em seu infernal esplendor enquanto a tela desviou seu foco imediatamente e filtrou o brilho ofuscante do solo abaixo.

Trevize constatou com facilidade que era inútil buscar uma entrada para o interior habitado desse mundo perfeitamente imenso (se tal entrada existisse) a olho nu.

Ele se virou para observar Júbilo, sentada ao seu lado. Ela não olhava para a tela; na verdade, estava de olhos fechados. Parecia ter desabado na cadeira em vez de ter sentado nela.

– Consegue detectar alguma coisa? – perguntou Trevize, suavemente, na dúvida se ela estava dormindo.

– Não – sussurrou Júbilo, negando discretamente com a cabeça. – Houve apenas aquele pequeno traço. Acho melhor que me leve de volta para lá. Sabe qual região era?

– O computador sabe.

Foi como se aproximar de um alvo, desviando para este e para aquele lado até encontrá-lo. A área em questão ainda estava nas profundezas do lado noturno e, com exceção da luminosidade consideravelmente baixa da Terra, que estava próxima do horizonte e dava à superfície lunar um fantasmagórico brilho cinzento entre as sombras escuras, não havia nada à vista, mesmo com a luz da sala de pilotagem apagada para facilitar a visualização.

Pelorat havia se aproximado e esperava no vão da porta, ansioso.

– Encontramos alguma coisa? – perguntou, em um rouco sussurro.

Trevize ergueu a mão, pedindo silêncio. Estava observando

Júbilo. Sabia que seriam dias até a luz solar voltar para aquela área da Lua, mas sabia também que qualquer tipo de luz era irrelevante para o que Júbilo tentava captar.

– Há alguma coisa aqui.

– Tem certeza?

– Sim.

– E este é o único lugar?

– O único lugar que detectei. Você sobrevoou toda a superfície da Lua?

– Sobrevoamos uma respeitável fração dela.

– Bom, então, dentro dessa respeitável fração o que detectei aqui foi tudo o que pude detectar. Agora o sinal está mais intenso, como se tivesse detectado *a nós*, e não parece ser perigoso. A sensação que consigo captar é de boas-vindas.

– Tem certeza?

– É a sensação que consigo captar.

– Pode ser uma sensação simulada?

– Eu detectaria uma simulação – respondeu Júbilo, com um traço de arrogância. – Eu garanto.

Trevize murmurou alguma coisa sobre excesso de autoconfiança e, em seguida, disse:

– O que você detecta é inteligência, espero.

– Detecto inteligência proeminente. Porém... – e um tom de incerteza tomou conta de sua voz.

– Porém o quê?

– Ssh. Não me perturbem. Preciso me concentrar – a última palavra foi um mero movimento de seus lábios. Então, com discreta surpresa positiva, continuou: – Não é inteligência humana.

– Não é humana? – perguntou Trevize, ainda mais surpreso do que Júbilo. – Estamos lidando com robôs novamente? Como em Solaria?

– Não – Júbilo sorria. – Não é inteligência robótica, tampouco.

– Precisa ser uma ou outra.

– Não é nenhuma das duas – Júbilo chegou a rir. – Não é humana e não é semelhante a nenhum robô que eu tenha detectado antes.

– Eu gostaria de ver isso – disse Pelorat. Ele fez um vigoroso gesto afirmativo com a cabeça, seus olhos arregalados de satisfação. – Seria empolgante. Algo novo.

– Algo novo – murmurou Trevize, com uma súbita melhoria de seu próprio ânimo. E uma inesperada faísca de revelação pareceu iluminar o interior de seu crânio.

100

Mergulharam na direção da superfície lunar sentindo quase êxtase. Até mesmo Fallom se juntara a eles e, com o desprendimento de uma criança, agora abraçava a si mesma em alegria transbordante, como se estivesse mesmo voltando para Solaria.

Já Trevize sentia em seu âmago um toque de sanidade que apontava para o estranho fato de que a Terra – ou o que houvesse da Terra na Lua –, que havia tomado tantas medidas para manter todos a distância, agora tomava medidas para recebê-los. Seria o objetivo final dessas duas estratégias o mesmo? Seria um caso de "se não puder evitá-los, atraia-os e destrua-os"? Das duas maneiras, o segredo da Terra permaneceria intocado, não é?

Porém, tais pensamentos enfraqueceram e se afogaram na onda de alegria que aumentava progressivamente conforme eles se aproximavam da superfície da Lua. E, acima de tudo isso, Trevize conseguiu ater-se ao momento de iluminação que o havia arrebatado pouco antes de eles terem começado o mergulho angulado para a superfície do satélite da Terra.

Ele parecia não ter dúvidas sobre o destino da nave. Agora, estavam próximos dos picos das colinas e Trevize, no computador, não sentiu necessidade de fazer nada. Era como se tanto ele quanto o computador estivessem sendo guiados, e tudo o que sentiu foi uma enorme euforia pela remoção do peso da responsabilidade de suas costas.

Eles flutuavam paralelamente ao solo, na direção de um penhasco que impunha sua ameaçadora altura como uma barreira diante da nave; uma barreira que cintilava tenuemente sob a luminosidade da Terra e sob os feixes de holofotes da *Estrela Distante*. A iminência de uma colisão fatal não parecia significar nada para Trevize, e foi sem nenhuma surpresa que ele percebeu que a área do penhasco diretamente à frente se abriu e que um corredor, iluminado por luzes artificiais, estendeu-se diante deles.

Aparentemente por conta própria, a nave desacelerou até quase parar e passou com precisão pela abertura, flutuando para dentro do penhasco. A abertura se fechou atrás deles, e outra se abriu à frente. A *Estrela Distante* passou pela segunda passagem e entrou em uma gigantesca galeria, que parecia ser o interior oco de uma montanha.

A nave aterrissou e todos os passageiros se apressaram para a câmara de despressurização. Não ocorreu a nenhum deles, nem mesmo a Trevize, verificar se havia uma atmosfera respirável – ou alguma atmosfera.

Mas *havia* ar. Era respirável e confortável. Eles olharam uns para os outros com o humor satisfeito de pessoas que, de alguma maneira, haviam chegado em casa, e somente depois de algum tempo perceberam um homem que estava educadamente à espera da aproximação do grupo.

Era um homem alto, com uma expressão séria. Seus cabelos eram cor de bronze e curtos. As maçãs de seu rosto eram acentuadas, seus olhos eram vivazes e suas roupas seguiam uma moda que só podia ser vista em livros antigos de História. Apesar de parecer robusto e vigoroso, havia nele também um ar de cansaço – nada visível, mas perceptível por sentidos além dos sensoriais.

Fallom foi a primeira a reagir. Com um grito alto e estridente, ela correu na direção do homem, agitando os braços.

– Jemby! Jemby! – dizia Fallom, sem fôlego.

Ela não diminuiu a velocidade e, quando estava próxima o suficiente, o homem inclinou-se para frente e a ergueu para o alto. Ela envolveu seu pescoço com os braços.

– Jemby! – ofegou Fallom, chorando.

Os outros se aproximaram com mais calma. Trevize, lentamente e com pronúncia clara (será que esse homem entendia galáctico?), disse:

– Pedimos desculpas, senhor. Essa criança perdeu seu protetor e busca por ele desesperadamente. Por que ela se apegaria ao senhor é um mistério para nós, já que ela procura por um robô; uma máquina...

O homem falou pela primeira vez. Sua voz era utilitária em vez de musical, permeada por um tênue ar arcaico. Mas ele falava galáctico com perfeita facilidade:

– Saudações e boas-vindas a todos vocês – disse, e parecia inconfundivelmente amigável, mesmo que seu rosto continuasse fixo em uma expressão grave. – Quanto a esta criança – continuou –, ela talvez demonstre maior percepção do que imaginam, pois sou um robô. Meu nome é Daneel Olivaw.

21.

A busca chega ao fim

101

TREVIZE VIU-SE EM UM ESTADO de completa descrença. Havia se recuperado da estranha euforia que sentira antes e depois da alunissagem – uma euforia, agora suspeitava, imposta por esse autointitulado robô diante dele.

Trevize continuou encarando Daneel e agora, com a mente perfeitamente sã e intacta, ainda estava perdido de espanto. Conversou espantado, fez perguntas espantado; mal entendeu o que disse e escutou conforme buscava nesse aparente humano alguma coisa em seu aspecto, em seu comportamento, na maneira como falava, que revelasse o robô.

Não era de surpreender, pensou Trevize, que Júbilo houvesse detectado algo que não era humano nem robô, e sim, nas palavras de Pelorat, "algo novo". Não se tratava de perda total, claro, pois aquele termo direcionara seus pensamentos por outra vertente, mais esclarecedora – mas até mesmo isso, naquele momento, havia sido empurrado para os confins de sua mente.

Por uma sugestão de Júbilo, ela e Fallom tinham ido explorar os arredores; para Trevize, a sugestão veio depois de uma troca-relâmpago de olhares entre ela e Daneel. Quando Fallom recusou a ideia e pediu para ficar com aquele ser que insistia em chamar de Jemby, uma firme palavra de Daneel e uma indicação com o dedo foram suficientes para que ela deixasse as imediações na mesma hora. Trevize e Pelorat ficaram.

– Elas não são membros da Fundação, senhores – disse o robô, como se aquilo explicasse tudo. – Uma é Gaia e a outra é Sideral.

Trevize permaneceu em silêncio enquanto foram conduzidos a cadeiras de aparência simples que estavam sob uma árvore. Eles se sentaram depois de um gesto do robô. Daneel sentou-se em seguida, em um movimento perfeitamente humano.

– Você é mesmo um robô? – perguntou Trevize.

– De fato, senhor – respondeu Daneel.

O rosto de Pelorat parecia iluminado de alegria.

– Existem referências a um robô chamado Daneel nas lendas antigas – disse. – Você foi nomeado em homenagem a ele?

– Eu sou esse robô – respondeu Daneel. – Não se trata de uma lenda.

– Oh, não – disse Pelorat. – Se você fosse aquele robô, teria milhares de anos de idade.

– Vinte mil – respondeu Daneel, calmamente.

Pelorat pareceu constrangido pelo comentário e olhou para Trevize.

– Se você é um robô – interveio Trevize, com um traço de raiva –, ordeno que diga a verdade.

– Não é preciso que me ordene a dizer a verdade, senhor. Eu *preciso* dizer a verdade. Portanto, o senhor está diante de três alternativas. Posso ser um homem que mente para o senhor; posso ser um robô que foi programado para acreditar que tem vinte mil anos de idade, mas que, na realidade, não tem; ou sou um robô que tem, *de fato*, vinte mil anos de idade. O senhor precisa decidir qual alternativa aceitará.

– A questão pode se decidir por conta própria pela continuidade desta conversa – disse Trevize, secamente. – Aliás, é difícil acreditar que este é o interior da Lua. A luz e a gravidade não parecem nada críveis – ele olhou para cima ao falar, pois a luz era exatamente idêntica à luz solar suave e difusa, apesar de não haver nenhum sol, nem mesmo céu, claramente visíveis. – Este mundo deveria ter uma gravidade de menos de dois décimos de 0,2 g na superfície.

– Na verdade, a gravidade normal da superfície é de 0,16 g, senhor. Mas utilizamos as mesmas forças que dão ao senhor, em sua nave, a sensação de gravidade normal, mesmo que esteja em queda livre ou em aceleração. Outras necessidades energéticas, inclusive a luz, também são supridas gravitacionalmente, apesar de usarmos energia solar no que for conveniente. Nossas necessidades materiais são todas supridas pelo solo lunar, com exceção dos elementos leves (hidrogênio, carbono e nitrogênio), que a Lua não possui. Obtemos esses elementos pela captura de cometas ocasionais. Uma captura por século é mais do que suficiente para suprir nossas necessidades.

– Imagino que a Terra seja inútil como fonte de suprimentos.

– Infelizmente, é isso mesmo, senhor. Nossos cérebros positrônicos são tão sensíveis à radiação quanto as proteínas humanas.

– Você usa o plural, e esta mansão à nossa frente parece imensa, bela e elaborada... pelo menos, vista de fora. Portanto, existem outros seres na Lua. Humanos? Robôs?

– Sim, senhor. Temos uma ecologia completa na Lua e uma vasta e complexa extensão subterrânea dentro da qual existe essa ecologia. Porém, todos os seres inteligentes são robôs, mais ou menos como eu. Os senhores não verão nenhum deles. Quanto a esta mansão, ela é usada apenas por mim e é uma propriedade modelada exatamente de acordo com uma em que morei há vinte mil anos.

– Da qual você se lembra nos mínimos detalhes?

– Perfeitamente, senhor. Fui fabricado e existi durante um período (me parece um período tão breve, agora) no Mundo Sideral de Aurora.

– Aquele com os... – Trevize interrompeu a frase.

– Sim, senhor. Aquele com os cachorros.

– Você sabe sobre isso?

– Sim, senhor.

– Então o que aconteceu para você parar aqui, se viveu em Aurora?

– Senhor, foi para prevenir a criação de uma Terra radioativa que vim para cá, nos primórdios da colonização da Galáxia. Havia outro robô comigo, chamado Giskard, que podia perceber e ajustar mentes.

– Assim como Júbilo?

– Sim, senhor. Falhamos, de certa maneira, e Giskard deixou de funcionar. Entretanto, antes de seu funcionamento ser comprometido, ele fez com que fosse possível que eu tivesse seu talento, e deixou os cuidados da Galáxia em minhas mãos; e da Terra, especificamente.

– Por que da Terra, especificamente?

– Em parte, por causa de um homem chamado Elijah Baley, um terráqueo.

Pelorat interveio, empolgado:

– É o herói popular que mencionei há algum tempo, Golan.

– Herói popular, senhor?

– O que o dr. Pelorat quer dizer – explicou Trevize – é que se trata de uma pessoa a quem muito foi atribuído e que talvez tenha sido um amálgama de muitos homens da história real, ou talvez um personagem completamente inventado.

Daneel ficou pensativo por um momento.

– Isso não é verdade, senhores – disse, calmamente. – Elijah Baley foi um homem real, e um único homem. Eu não sei o que as suas lendas dizem sobre ele, mas, na história factual, se não fosse por ele, a Galáxia talvez nunca tivesse sido colonizada. Em sua honra, fiz o melhor que pude para resgatar o possível da Terra, depois que ela começou a ficar radioativa. Meus colegas robôs foram distribuídos pela Galáxia em um esforço para influenciar uma pessoa aqui, outra ali. Em determinado momento, fiz as manipulações necessárias para o início da reciclagem do solo da Terra. Em outro, muito depois, fiz as manipulações necessárias para o início da terraformação de um mundo em órbita ao redor da estrela vizinha, agora chamada Alfa. Em ambos os casos, fui bem-sucedido. Nunca pude ajustar totalmente as mentes humanas da maneira como queria, pois havia sempre a chance de causar dano aos diversos humanos que eram manipulados. Eu estava restrito, e ainda estou, até hoje, pelas Leis da Robótica.

– Sim?

Não era necessário um ser com os poderes mentais de Daneel para detectar incerteza naquele monossílabo.

– A Primeira Lei, senhor – explicou –, é a seguinte: "Um robô não pode ferir um ser humano ou, por inação, permitir que um ser humano venha a ser ferido". A Segunda Lei: "Um robô deve obedecer às ordens dadas por seres humanos, exceto nos casos em que tais ordens entrem em conflito com a Primeira Lei". A Terceira Lei: "Um robô deve proteger sua própria existência, desde que tal proteção não entre em conflito com a Primeira ou com a Segunda Lei". Naturalmente, ofereço-lhes essas leis em aproximação linguística. Na realidade, elas representam sofisticadas configurações matemáticas de nossos circuitos positrônicos cerebrais.

– Você considera difícil seguir essas Leis?

– Eu devo segui-las, senhor. A Primeira Lei é um absoluto que praticamente proíbe o uso de meus talentos mentais. Ao lidar com a Galáxia, é pouco provável que uma decisão, seja qual for, não inclua algum tipo de dano. Há sempre algumas pessoas, ou talvez muitas pessoas, que sofrerão; portanto, um robô deve escolher o mínimo de dano possível. Porém, a complexidade de possibilidades é tanta que é necessário tempo para fazer tais escolhas, e essa escolha, mesmo assim, é sempre incerta.

– Entendo – disse Trevize.

– Ao longo de toda a história galáctica – continuou Daneel –, tentei amenizar os piores aspectos da discórdia e dos desastres que perpetuamente marcam presença na Galáxia. Posso ter obtido sucesso ocasionalmente e até certo ponto, mas, se você conhece sua história galáctica, sabe que não fui bem-sucedido com frequência, nem substancialmente.

– Disso eu sei – comentou Trevize, com um sorriso torto.

– Antes do fim de Giskard, ele concebeu uma lei da robótica que suplantava até mesmo a Primeira. Nós a chamamos de Lei Zero, graças a uma incapacidade de criar outro nome que fizesse sentido. A Lei Zero é: "Um robô não pode ferir a humanidade ou, por inação, permitir que a humanidade seja ferida". Isso automaticamente significa que a Primeira Lei deve ser alterada para: "Um robô não pode ferir um ser humano ou, por inação, permitir que um ser humano venha a ser ferido, exceto quando isso entrar em conflito com a Lei Zero". Modificações semelhantes devem ser feitas à Segunda e à Terceira Leis.

Trevize franziu o cenho.

– Como você decide o que é e o que não é danoso para a humanidade como um todo? – perguntou.

– Exatamente, senhor – respondeu Daneel. – Em tese, a Lei Zero era a resposta para os nossos problemas. Na prática, era impossível decidir. Um ser humano é um objeto concreto. Danos contra uma pessoa podem ser estimados e quantificados. Humanidade é uma abstração. Como poderíamos lidar com isso?

– Eu não sei – disse Trevize.

– Espere um momento – interveio Pelorat. – Você poderia converter a humanidade em um único organismo. Gaia.

– Foi o que tentei fazer, senhor. Arquitetei o surgimento de Gaia. Se a humanidade pudesse ser transformada em um único organismo, seria um objeto concreto e, portanto, seria administrável. Porém, não é tão fácil criar um superorganismo quanto eu esperava. Em primeiro lugar, seria algo impraticável se os seres humanos não valorizassem o superorganismo mais do que a própria individualidade, e precisei encontrar uma configuração mental que permitisse isso. Passou-se muito tempo até que eu chegasse às Leis da Robótica.

– Ah, então os gaianos *são* robôs. Eu suspeitei desde o início.

– Nesse caso, o senhor suspeitou equivocadamente, senhor. Eles são seres humanos, mas têm cérebros profundamente impregnados pelo equivalente das Leis da Robótica. Eles precisam valorizar a vida, valorizá-la *verdadeiramente*. E, mesmo depois que isso foi feito, existia, ainda, uma falha séria. Um superorganismo composto apenas de seres humanos é instável. Não pode ser estabelecido. Outros animais precisam ser acrescentados, e depois plantas, e depois, o mundo inorgânico. O menor superorganismo genuinamente estável é um mundo, e um mundo grande e complexo o suficiente para ter uma ecologia estável. Foi necessário muito tempo para que isso fosse compreendido, e foi somente neste último século que Gaia estabeleceu-se *integral-mente* e ficou pronta para progredir até Galaksia... e, mesmo assim, isso também levará muito tempo. Mas talvez não tanto quanto a estrada já percorrida, pois agora sabemos as regras.

– Mas você precisou de mim para tomar a decisão em seu lugar. Foi isso, Daneel?

– Sim, senhor. As Leis da Robótica não permitiriam que eu, nem Gaia, fizéssemos tal escolha e arriscássemos prejudicar a humanidade. No meio-tempo, cinco séculos atrás, quando parecia que eu seria incapaz de alinhavar métodos para superar todas as dificuldades existentes na concepção de Gaia, dediquei-me à segunda melhor alternativa e colaborei com o desenvolvimento da ciência da psico-história.

– Eu poderia ter enxergado isso – murmurou Trevize. – Sabe, Daneel, estou começando a acreditar que você tem *mesmo* vinte mil anos de idade.

– Obrigado, senhor.

– Esperem um momento – disse Pelorat. – Acho que entendi. Você faz parte de Gaia, Daneel? É por esse motivo que você sabia sobre os cães em Aurora? Por meio de Júbilo?

– De certa maneira – respondeu Daneel –, o senhor está correto. Tenho uma conexão com Gaia, apesar de não fazer parte dela.

– Soa muito semelhante a Comporellon – Trevize ergueu as sobrancelhas –, o mundo que visitamos imediatamente depois de Gaia. Eles insistem que não fazem parte da Confederação da Fundação, mas que são apenas associados a ela.

Daneel concordou lentamente com a cabeça.

– Creio que sua analogia seja adequada, senhor. Como associado de Gaia, posso ter consciência do que Gaia tem consciência, através, por exemplo, da pessoa que é a mulher, Júbilo. Porém, Gaia não pode ter consciência do que eu tenho consciência, para que eu mantenha minha liberdade de ação. Tal liberdade de ação é necessária até que Galaksia esteja estabelecida.

Trevize observou o robô com firmeza por um instante e então perguntou:

– E você usou sua consciência por meio de Júbilo para interferir nos eventos de nossa jornada e moldá-los para melhor acomodar seus objetivos?

– Não pude fazer muita coisa, senhor – Daneel suspirou de maneira curiosamente humana. – As Leis da Robótica sempre me impedem. De toda maneira, aliviei o fardo na mente de Júbilo, somando uma pequena porção de responsabilidade às inúmeras que já tenho, para que ela pudesse lidar prontamente com os lobos de Aurora e com o Sideral em Solaria, com menor dano para si mesma. Além disso, por meio de Júbilo, tive influência sobre a mulher em Comporellon e também sobre a outra, em Terra Nova, para que elas favorecessem o senhor e o senhor pudesse prosseguir com sua jornada.

– Eu deveria ter imaginado que não fui eu – Trevize abriu um sorriso quase tristonho.

– Muito pelo contrário, senhor – Daneel respondeu, ignorando a lamentável autodepreciação da frase de Trevize –, foi o senhor em considerável proporção. Cada uma das mulheres o encarou de maneira favorável desde o início. Eu meramente fortaleci o impulso que já estava presente; é praticamente a única possibilidade segura de ação sob as restrições das Leis da Robótica. Por causa dessas restrições, e também por outros motivos, foi com imensa dificuldade que trouxe os senhores para cá, e apenas de maneiras indiretas. Em diversos momentos, estive em grande perigo de perdê-los.

– E agora eu *estou* aqui – disse Trevize. – O que você quer de mim? Que eu confirme minha decisão a favor de Galaksia?

O inexpressivo rosto de Daneel demonstrou, de alguma maneira, o que parecia ser angústia.

– Não, senhor. A mera decisão já não é mais suficiente. Eu o trouxe aqui, da melhor maneira que pude em minhas atuais condições, por um motivo muito mais desesperador. Eu estou morrendo.

102

Talvez tenha sido a maneira trivial com que Daneel disse; ou talvez porque uma vida de vinte mil anos fazia a morte não parecer uma grande tragédia para alguém condenado a viver menos de meio por cento daquele período. De todo jeito, Trevize não sentiu nenhum impulso de compaixão.

– Morrendo? Uma máquina pode morrer?

– Pode deixar de existir, senhor. Use a palavra que o senhor desejar. Eu sou velho. Nenhum ser da Galáxia que estava vivo quando ganhei consciência pela primeira vez está vivo ainda hoje; nenhum orgânico, nenhum robótico. Nem eu mesmo tenho essa continuidade.

– Como assim?

– Não há nenhuma parte física de meu corpo, senhor, que escapou da substituição, e não apenas uma vez, mas muitas. Até meu cérebro positrônico foi substituído, em cinco ocasiões diferentes. Em cada vez, o conteúdo do cérebro anterior foi registrado no mais recente, até o último pósitron. Em cada vez, o novo cérebro tinha mais capacidade e complexidade do que o anterior, para que houvesse espaço para mais memórias, e para decisões e ações mais ágeis. Porém...

– Porém?

– Quanto mais avançado e complexo é o cérebro, maior é sua instabilidade e mais rápida é sua deterioração. Meu cérebro atual é cem mil vezes mais sofisticado e tem dez milhões de vezes a capacidade do primeiro; mas, enquanto meu primeiro cérebro perdurou por mais de dez mil anos, o atual tem apenas seiscentos anos e está em incontestável processo de envelhecimento. Com cada memória desses vinte mil anos perfeitamente registrada e com um infalível mecanismo de busca dessas memórias, o cérebro está no limite de sua capacidade. Minha habilidade de tomar decisões está em franca decadência, assim como a habilidade de sondar e influenciar mentes a distâncias hiperespaciais. Tampouco posso criar um sexto cérebro. Qualquer miniaturização adicional iria contra o princípio da incerteza, e maior complexidade garantiria apenas decadência quase imediata.

– Mas, Daneel – Pelorat parecia desesperadamente angustiado –, decerto Gaia pode continuar sem você. Agora que Trevize ponderou e optou por Galaksia...

– O processo simplesmente demorou tempo demais, senhor – respondeu Daneel, como sempre sem demonstrar nenhuma emoção. – Precisei esperar pela concretização total de Gaia, apesar das dificuldades imprevistas que surgiram. Quando um ser humano capaz de tomar a decisão essencial (o senhor Trevize) foi localizado, era tarde demais. Mas não pense que não tomei providências para alongar minha expectativa de vida. Aos poucos, reduzi minhas atividades, para conservar o que pudesse para emergências. Quando não podia mais depender de medidas ativas para preservar o isolamento do sistema Terra/Lua, adotei medidas passivas. Ao longo de um período de anos, os robôs humanoides que trabalhavam comigo foram, um a um, convocados a voltar para casa. A última missão que lhes foi atribuída foi remover todas as referências à Terra dos arquivos planetários. E, sem mim e meus colegas robôs em atividade, Gaia carecerá das ferramentas essenciais para dar continuidade ao desenvolvimento de Galaksia em um período que não seja caótico.

– E você sabia de tudo isso quando tomei minha decisão? – perguntou Trevize.

– Desde um considerável tempo antes, senhor – disse Daneel. – Gaia, evidentemente, não sabia.

– Mas então – respondeu Trevize, furioso – qual era a utilidade de perpetuar a farsa? De que adiantou? Desde minha decisão, varri a Galáxia em busca da Terra e do que eu imaginava ser o "segredo", sem saber que o segredo era *você*, para validar minha decisão. Pois bem, eu a *validei*. Agora sei que Galaksia é absolutamente essencial... e parece que foi tudo em vão. Por que você não deixou a Galáxia em paz? Por que não *me* deixou em paz?

– Porque, senhor – disse Daneel –, tenho procurado uma solução, e agi continuamente na esperança de encontrar uma. Acredito que encontrei. Em vez de substituir meu cérebro por outro cérebro positrônico, o que seria impraticável, eu poderia mesclá--lo com um cérebro humano; um cérebro humano não afetado pelas Três Leis. Tal cérebro não acrescentaria apenas capacidade cerebral; garantiria, também, um novo nível de habilidades. Foi esse o motivo de sua vinda até aqui.

Trevize parecia chocado.

– Você está dizendo que pretende fundir um cérebro humano ao seu? Fazer com que o cérebro humano perca sua individualidade para que você tenha uma Gaia de dois cérebros?

– Sim, senhor. Isso não me faria imortal, mas talvez permita que eu viva o suficiente para estabelecer Galaksia.

– E você *me* trouxe até aqui para isso? Quer que minha independência das Três Leis e minha capacidade de julgamento façam parte de você, à custa da minha individualidade? De jeito nenhum!

– Mas o senhor disse há pouco que Galaksia é essencial para a prosperidade da espécie...

– Mesmo que seja, seria necessário um longo período para se consolidar, e eu permaneceria como um indivíduo pelo resto da minha existência. Por outro lado, se Galaksia fosse estabelecida rapidamente, haveria perda de individualidade em nível galáctico, e a minha própria perda faria parte de um todo inimaginavelmente maior. Entretanto, eu nunca consentiria em perder minha individualidade enquanto todos os outros seres da Galáxia permanecessem com as deles.

– É, portanto, como imaginei – disse Daneel. – Seu cérebro não se fundiria com facilidade e, de todo modo, se você mantiver a capacidade de julgamento independente, será de mais serventia.

– Em que momento você mudou de ideia? Você disse que era justamente esse o motivo de minha vinda para cá.

– Sim, e foi através do uso pleno de meus poderes severamente comprometidos. Entretanto, eu disse "Foi esse o motivo de sua vinda até aqui"; por favor, lembre-se de que, no Padrão Galáctico, a palavra "sua" representa também o plural, e não apenas o singular. Estava me referindo a todos vocês.

Pelorat enrijeceu-se em sua cadeira.

– É mesmo? – exclamou. – Então, diga-me, Daneel, um cérebro humano que se fundisse ao seu cérebro compartilharia todas as suas memórias? Todos os vinte mil anos de memória, até os tempos mitológicos?

– Certamente, senhor.

Pelorat respirou fundo.

– Isso concluiria minha busca vitalícia, e é algo pelo qual eu cederia minha individualidade com prazer. Por favor, permita-me o privilégio de compartilhar seu cérebro.

– E Júbilo? – perguntou Trevize, gentilmente. – E quanto a ela?

Pelorat hesitou por apenas um instante.

– Júbilo entenderá – respondeu. – Afinal, ela estará melhor sem mim... Depois de um tempo.

Daneel negou com a cabeça.

– Sua oferta, dr. Pelorat – disse –, é generosa, mas não posso aceitá-la. Seu cérebro é um cérebro velho, que não pode sobreviver por mais de duas ou três décadas, no máximo, mesmo em uma fusão com o meu. Eu preciso de outra coisa. Vejam! – Ele apontou. – Eu pedi que ela retornasse.

Júbilo se aproximava, caminhando alegremente, quase saltitando.

– Júbilo! – Pelorat levantou-se bruscamente. – Oh, não!

– Não fique alarmado, dr. Pelorat – disse Daneel. – Não posso usar Júbilo. Isso me fundiria com Gaia, e devo permanecer independente de Gaia, como já expliquei.

– Mas, nesse caso – respondeu Pelorat –, quem...

– O robô queria Fallom esse tempo todo, Janov – disse Trevize, observando a esbelta figura que corria atrás de Júbilo.

103

Júbilo estava de volta, sorrindo, em estado de grande satisfação.

– Não pudemos passar das fronteiras da propriedade – disse –, mas o entorno me lembrou muito Solaria. Fallom, claro, está convencida de que é Solaria. Perguntei se ela acha que Daneel tem uma aparência diferente da de Jemby (afinal, Jemby era metálico), e Fallom disse: "Não, na verdade não". Não sei o que ela quis dizer com "na verdade".

Ela olhou para Fallom, que agora, a distância, tocava sua flauta para um solene Daneel, cuja cabeça meneava conforme o ritmo. A melodia os alcançou, graciosa, cristalina e adorável.

– Vocês sabiam que ela tinha trazido a flauta quando deixamos a nave? – perguntou Júbilo. – Acho que não conseguiremos separá-la de Daneel por um bom tempo.

A observação foi recebida por um pesaroso silêncio, e Júbilo olhou para os dois homens, subitamente alarmada.

– Qual é o problema? – ela perguntou.

Trevize indicou Pelorat gentilmente – a explicação estava a cargo dele, o gesto parecia dizer. Pelorat pigarreou.

– Na verdade, Júbilo – disse Pelorat –, creio que Fallom ficará com Daneel permanentemente.

– Como é? – perguntou Júbilo, com uma expressão de reprovação, voltando-se na direção de Daneel para ir até lá. Pelorat a segurou pelo braço.

– Júbilo, querida, não faça isso. Ele é mais poderoso do que Gaia até mesmo em sua atual situação, e Fallom precisa ficar com ele para que Galaksia possa existir. Permita-me explicar e, Golan, por favor, corrija-me se eu me equivocar em algum momento.

Júbilo escutou o relato, sua expressão afundando-se em algo próximo ao desespero.

– Você pode compreender o raciocínio, Júbilo – disse Trevize, em uma tentativa de racionalizar sem emoção. – A criança é uma Sideral, e Daneel foi concebido e fabricado por Siderais. A criança foi criada por um robô e não tinha nenhum outro referencial, em uma propriedade tão vazia quanto esta. A criança tem poderes de transdução, dos quais Daneel precisará, e ela viverá por três ou quatro séculos, o que pode ser o período requerido para a construção de Galaksia.

Com as bochechas avermelhadas e olhos lacrimosos, Júbilo respondeu:

– Suponho que o robô tenha manipulado nossa jornada para a Terra de maneira que passássemos por Solaria para pegar uma criança que ele pudesse usar.

– Ele talvez tenha apenas se aproveitado da oportunidade – Trevize deu de ombros. – Não creio que seus poderes estejam fortes o suficiente no momento para que ele nos transformasse em fantoches a distâncias hiperespaciais.

– Não. Foi de propósito. Ele fez com que eu tivesse fortes sentimentos pela criança para levá-la comigo, em vez de deixá-la morrer; e fez com que eu a protegesse até mesmo de você, quando não demonstrou nada além de rancor e insatisfação pela presença dela entre nós.

– Isso pode facilmente ter sido, também, sua ética gaiana – respondeu Trevize –, que, imagino, Daneel pode ter fortalecido. Deixe disso, Júbilo, não há nenhuma vantagem em pensar assim. Suponha que você *pudesse* levar Fallom embora. Para onde poderia levá-la que a fizesse tão feliz quanto ela está aqui? Você a levaria de volta para Solaria, onde ela seria morta sem nenhuma piedade? Para um mundo superpopuloso, em que ela ficaria doente e morreria? Para Gaia, onde ela desgastaria o próprio coração com saudades de Jemby? Para uma infinita viagem pela Galáxia, em que ela veria Solaria em cada mundo que encontrássemos? E você conseguiria encontrar um substituto que Daneel pudesse usar para que Galaksia fosse construída?

Júbilo caiu num triste silêncio.

Pelorat estendeu-lhe a mão de maneira um tanto tímida.

– Júbilo – disse –, eu ofereci meu cérebro para ser fundido ao de Daneel. Ele não aceitou minha oferta, pois disse que sou velho demais. Eu gostaria que ele tivesse aceitado, se isso poupasse Fallom para que ela ficasse com você.

Júbilo pegou a mão de Pelorat e a beijou.

– Obrigada, Pel, mas o preço seria alto demais, até mesmo para Fallom. – Ela respirou profundamente e tentou sorrir. – Quem sabe, quando voltarmos para Gaia, haverá espaço em um organismo global para um filho meu, e eu colocarei Fallom nas sílabas de seu nome.

E agora, Daneel, como se tivesse percebido que a questão havia sido resolvida, caminhava na direção do grupo, com Fallom saltitando ao seu lado.

A criança começou a correr e os alcançou antes.

– Obrigada, Júbilo – ela disse –, por ter me trazido para casa e para Jemby, e por ter cuidado de mim enquanto estávamos na nave. Terei você para sempre em minhas memórias. – Então, ela se jogou sobre Júbilo, e as duas se abraçaram com intensidade.

– Espero que você seja sempre feliz – respondeu Júbilo. – Você também estará em minhas memórias, Fallom, querida. – E ela se soltou de Fallom, com relutância.

Fallom voltou-se para Pelorat e disse:

– Obrigada a você também, Pel, por permitir que eu lesse seus livro-filmes.

Então, sem mais nenhuma palavra e depois de um traço de hesitação, a mão graciosa e feminina de Fallom foi estendida a Trevize. Ele a segurou por um momento, e depois soltou.

– Boa sorte, Fallom – ele murmurou.

Daneel disse:

– Sou muito agradecido aos senhores e à senhora por tudo o que fizeram, cada um ao seu próprio jeito. Agora estão livres para partir, pois sua busca chegou ao fim. Quanto à minha própria missão, ela também terminará em breve e, agora, com sucesso.

– Espere – interveio Júbilo. – Ainda não terminamos. Ainda não sabemos se Trevize continua a acreditar que o melhor futuro para a humanidade é Galaksia, em vez de um vasto conglomerado de Isolados.

– Ele já deixou isso claro há pouco, senhora – respondeu Daneel. – Ele decidiu a favor de Galaksia.

Os lábios de Júbilo se contraíram.

– Prefiro ouvir dele – disse. – Trevize, o que decidiu?

– O que gostaria que fosse, Júbilo? – perguntou Trevize, calmamente. – Se eu decidir contra Galaksia, você talvez possa ter Fallom de volta.

– Eu sou Gaia – ela respondeu. – Preciso saber qual foi sua

decisão e os motivos pelos quais decidiu assim. Pelo bem da verdade, e nada mais.

– Conte a ela, senhor – interveio Daneel. – Gaia tem consciência de que sua mente permanece intocada.

– Minha decisão é a favor de Galaksia – disse Trevize. – Não há mais nenhuma dúvida em minha mente sobre esse assunto.

104

Júbilo permaneceu imóvel pelo tempo que alguém levaria para contar até cinquenta em ritmo moderado, como se ela estivesse permitindo que a informação alcançasse todas as partes de Gaia.

– Por quê? – ela perguntou, finalmente.

– Escutem-me – disse Trevize. – Eu sabia, desde o princípio, que havia dois futuros possíveis para a humanidade: Galaksia ou o Segundo Império, fruto do Plano Seldon. E me parecia que esses dois futuros possíveis eram mutuamente excludentes. Não poderíamos ter Galaksia a não ser que, por algum motivo, o Plano Seldon tivesse alguma falha fundamental. Infelizmente, eu não sabia nada sobre o Plano Seldon além dos dois axiomas nos quais ele é baseado: um, que deve envolver um número de seres humanos grande o suficiente para que a humanidade, mesmo sendo um grupo de indivíduos interagindo de maneira aleatória, pudesse ser tratada estatisticamente; e dois, que a humanidade não poderia saber os resultados das conclusões psico-históricas antes que fossem alcançados. Como eu já tinha decidido a favor de Galaksia, senti que já possuía uma percepção subliminar de falhas no Plano Seldon, e essas falhas só poderiam estar nos axiomas, que eram tudo o que eu sabia sobre o Plano. Ainda assim, não pude ver nada de errado nos axiomas. Por isso, me esforcei para encontrar a Terra, acreditando que não estaria tão completamente escondida se não houvesse um motivo. Eu precisava descobrir qual era esse motivo. Não havia nenhuma razão verdadeira para esperar uma solução uma vez que eu encontrasse a Terra, mas estava desesperado, e não pude pensar em nada mais a ser feito... e talvez o desejo de Daneel de conseguir uma criança solariana tenha ajudado a me impelir nessa direção. Seja como for, enfim encontramos a Terra e, depois, a Lua. Júbilo detectou a mente de Daneel; ele, claro, estava deliberadamente chamando a atenção para si. Ela descreveu tal mente como não sendo humana nem robótica. Em retrocesso, isso faz sentido, pois o cérebro de Daneel é muito mais avançado do que qualquer robô que tenha existido, e não seria detectado como simplesmente robótico. Tampouco seria detectado como humano. Pelorat se referiu a ele como "algo novo", e isso serviu de gatilho para um "algo novo" em mim mesmo: um novo raciocínio. Assim como, há muito tempo, Daneel e seu colega elaboraram uma quarta lei da robótica que era mais fundamental do que as outras três, pude enxergar um terceiro axioma básico para a psico-história, mais fundamental do que os outros dois; um terceiro axioma tão fundamental que ninguém nunca considerou importante mencioná-lo. É o seguinte: os dois axiomas conhecidos envolvem seres humanos, e são baseados no axioma nunca mencionado de que os seres humanos são a *única* espécie inteligente da Galáxia e, portanto, os únicos organismos cujas ações são significativas no desenvolvimento da sociedade e da história. Este é o axioma não declarado: o de existir apenas uma espécie dotada de inteligência na Galáxia, a do *Homo sapiens*. Se houvesse "algo novo", se houvesse outras espécies de natureza imensamente diferente da nossa e dotadas de inteligência, seu comportamento não poderia ser calculado corretamente pela matemática da psico-história, e o Plano Seldon não faria nenhum sentido. Entendem o que estou dizendo?

Trevize quase tremia por causa do sincero desejo de ser compreendido.

– Entendem o que estou dizendo? – repetiu.

– Sim, eu entendo – respondeu Pelorat –, mas, no papel de advogado do diabo, velho amigo...

– Sim? Vá em frente.

– Os seres humanos *são* a única inteligência na Galáxia.

– E os robôs? – perguntou Júbilo. – E Gaia?

Pelorat ficou pensativo por um momento, e então, hesitante, respondeu:

– Os robôs não tiveram nenhum papel significativo na história humana desde o desaparecimento dos Siderais. Gaia não teve nenhum papel significativo até muito recentemente. Os robôs são criação dos seres humanos, e Gaia é criação dos robôs; e, considerando que estão restritos pelas Três Leis, tanto os robôs como Gaia não têm escolha além de ceder às determinações humanas. Apesar dos vinte mil anos de trabalho de Daneel e do longo desenvolvimento de Gaia, uma única palavra de Golan Trevize, um ser humano, daria um fim a todos esses trabalhos e a esse desenvolvimento. Portanto, a humanidade é a única espécie dotada de inteligência significativa na Galáxia, e a psico-história continua válida.

– A única forma de inteligência na Galáxia – repetiu Trevize, lentamente. – Eu concordo. Ainda assim, falamos tanto e com tanta frequência sobre a Galáxia que é impossível enxergar que isso não é suficiente. A Galáxia não é o universo. Existem outras galáxias.

Pelorat e Júbilo pareciam inquietos. Daneel escutou com solenidade benevolente, sua mão gentilmente acariciando os cabelos de Fallom.

– Escutem-me mais uma vez – continuou Trevize. – Na fronteira da Galáxia estão as Nuvens de Magalhães, nas quais, até hoje, nenhuma espaçonave humana entrou. Depois delas existem bilhões e bilhões de galáxias. A nossa Galáxia desenvolveu apenas *uma* espécie com inteligência suficiente para desenvolver uma sociedade tecnológica, mas o que sabemos sobre as outras galáxias? A nossa talvez seja atípica. Em algumas das outras, talvez em *todas* as outras, podem existir diversas espécies inteligentes que competem entre si, que guerreiam; cada uma delas incompreensível para nós. Os conflitos mútuos talvez sejam suas únicas preocupações. Mas e se, em alguma galáxia, uma espécie dominar as restantes e então tiver tempo de considerar a possibilidade de invadir outras galáxias? Em termos hiperespaciais, a Galáxia é um ponto, assim como todo o universo. Não visitamos nenhuma outra galáxia e, até onde sabemos, nenhuma espécie inteligente de outra galáxia veio nos visitar; mas essa situação pode mudar. E, se os invasores vierem, provavelmente encontrarão maneiras de colocar seres humanos em conflito contra outros seres humanos. Lutamos apenas contra nós mesmos há tanto tempo que nos acostumamos com essas rixas mutuamente destrutivas. Um invasor que encontre a espécie humana dividida em lutas contra si mesma dominará a todos, ou nos destruirá. A única defesa verdadeira é a criação de Galaksia, que não pode ser voltada contra si mesma e que pode confrontar invasores com poder máximo.

– O futuro que você descreve é muito assustador – disse Júbilo. – Teremos tempo de formar Galaksia?

Trevize olhou para cima, como se pudesse ver através da espessa camada de rocha lunar que o separava da superfície e do espaço; como se estivesse se forçando a enxergar aquelas galáxias longínquas, movendo-se lentamente em paisagens inimagináveis do espaço.

– Em toda a história humana – disse –, até onde sabemos, nenhuma outra inteligência se impôs sobre nós. Se isso continuar assim por mais alguns séculos, talvez por menos de um décimo do tempo de existência da civilização, estaremos a salvo. Afinal – e, nesse momento, Trevize sentiu uma repentina pontada de angústia, que se forçou a ignorar –, não é como se o inimigo já estivesse aqui, entre nós.

E ele não baixou o olhar para encontrar os taciturnos olhos de Fallom – hermafrodita, transdutora, diferente – enquanto ela o observava, indecifrável.

TIPOGRAFIA:
Minion Pro [texto]
Titania [títulos]
Century Old Style [subtítulos]

PAPEL:
Ivory Slim 65 g/m² [miolo]
Ningbo 250 g/m² [capa]

IMPRESSÃO:
Rettec Artes Gráficas Ltda. [agosto de 2024]
1ª edição: abril de 2013 [4 reimpressões]
2ª edição: agosto de 2021 [2 reimpressões]